晓波 著

回眸一笑

GUANGXI NORMAL UNIVERSITY PRESS
广西师范大学出版社
·桂林·

回眸一笑
HUIMOU YIXIAO

图书在版编目（CIP）数据

回眸一笑 / 晓波著. --桂林：广西师范大学出版社，2023.8

　ISBN 978-7-5598-6151-1

Ⅰ．①回… Ⅱ．①晓… Ⅲ．①长篇小说－中国－当代 Ⅳ．①I247.5

中国国家版本馆 CIP 数据核字（2023）第 109312 号

广西师范大学出版社出版发行

广西桂林市五里店路 9 号　邮政编码：541004

　网址：http://www.bbtpress.com

出版人：黄轩庄

全国新华书店经销

广西民族印刷包装集团有限公司印刷

　南宁市高新区高新三路 1 号　邮政编码：530007

开本：880 mm × 1 230 mm　1/32

印张：16.875　字数：350 千

2023 年 8 月第 1 版　　2023 年 8 月第 1 次印刷

印数：0 001~5 000 册　　定价：62.00 元

如发现印装质量问题，影响阅读，请与出版社发行部门联系调换。

目 录

俏的脸庞认真地看了看，嬉皮一笑，说："别开玩笑了，想想你在将军府酒店那会儿，你现在还能沦落到什么地步呢？"

第四章

王四曳一张口就给暗访的记者定了性。说："你说一个当记者的，好端端的全国形势一片大好你看不见，改革开放取得许多新成绩你不宣传报道，却专门寻些吃饭喝酒娱乐休闲的事来挑拨是非，你这不是闲得无聊吗！"

第五章

马志武从警多年，因为职业需要，平时要和各色人等打交道，慢慢地，他养成一种习惯，喜欢将自己接触过的人，在心中进行简单地用"好人"与"歹人"进行分类。

第六章

最热门的当数眼下的反腐了，说整个西北、靖州政治生态出现塌方真的是一点也不为过。让他感到心惊肉跳的是，省市部级干部出问题的就有六七人之多，这其中，印象最深的三件事让魏子明陷入深思。

第七章

"总体来看，这次交流出省任职是好事。"市长陈唐山帮着分析道，"一是说明上级领导和组织对你是信任的；二是对你的综合素质和工作能力是认可的，相信你能够在当前的形势下稳住阵脚，打开局面；三是也可以看出上级组织为你今后的发展预留了上升空间。"

第八章

魏子明曾私下和王笑宽交流过自己的看法，觉得妻子李月茹的一些症状，如果定性为抑郁症也许会更准确些。言下之意，自己在内心深处，还是不愿意将自己的老婆划归到"精神病"之列的。

第九章

马志武没有客气，继续批道："你们把吃饭的地点选错了，不和记者们闹将起来便也罢了，纵然闹将起来，最多把他们偷拍的影像资料删除掉便也罢了，你们倒好，闹到最后把别人的记者证也撕了，手机也给砸了！"说到后来，马志武露出了一副恨铁不成钢的样子来，骂道，"你们这帮小子这是一错、再错、还错！"

第十章

被称为大毛、二毛的两个汉子立马停止了争论，抬头见是院长王笑宽在和他们打招呼，其中一人就哈哈一乐，笑着回答："院长啊，我们哪里是不放心那俩小子呀，关键是近期想捣鼓着再生出一个老三来哩。"

'庆中秋迎国庆'才艺展。你猜我看到了什么？"

"你可别搞性别歧视啊。"丁小乔人长得娇小，心气倒是很大，她有些炫耀地说道，"张副所你知道我以前是干什么的吗？"

张雷盯着她看了眼，说："知道你以前当过兵。不会是特种兵吧？"

"哦，原来只是个缓兵之计啊。"王笑宽颔了颔首，说，"这事一定要慎重些，回归家庭后的家庭环境营造是很重要的。不然，一旦再反复，恢复起来会很困难。"

谁也没想到，丁小乔随口问的一句是否带着小屁孩，仿佛是一句魔咒，马上使剧情得到反转。就见刘澜珊身子一颤，突然对着丁小乔"扑通"一声跪了下来，并由低声呜咽变为失声痛哭，连连求情道："警官同志你行行好，我家小宝宝还不满一周岁呀，你们得让我回家啊……"

他的观点很明确，黄赌毒从来都是社会治安的隐患与重点，同性恋虽然还不能与之相提并论，但是同性恋群体在很多时候与艾滋病、毒品联系得十分紧密，而一旦有人与这两项结了缘，谁敢说这不是一个大的社会问题?!

伍先生大约发现魏子明的眼神一直在壶面的几个字面上游走，便道:"'为君倾一杯，狂歌竹枝曲。'当初吴湖帆先生在壶面绘画了风动疏竹不算，又题写如此意境深远的诗句，细细一品，真乃相映成趣、别有洞天啊。"

古德山基本判定这对男女是在搞行为艺术，是从他们当众拥吻的那一刻开始的……后来这对男女随着舞曲响起，开始慢慢褪下衣服时，他不得不承认自己心里还是有些阴暗，觉得他们既然要为所表达的行为艺术大胆裸露展示，一个下班回家途中的警察，顺便挂挂眼科也没什么不好。

程洪海眼见着发生的一切，脸上阴沉得不成样子。他垂着眼睑对张雷道:"都是熟人，何必要这样? 要不，我给你们局里的孙小安或是马志武通个话吧。"

张雷依旧挂着笑，回说道:"程总是过来人。今晚是统一行动，我们得按规矩来。"

间，似乎还隐匿了些许的羞赧。他冲着王小奇抬了抬被铐着的双手，说："王队你给评评理，派出所的人凭什么把我带到这里来？！"

第三十章

"岂有此理！"魏子明禁不住骂道，"黑老大出狱，弄得倒像是首长检阅部队似的，他妈的这儿还有没有王法！"

朱珠见身边有好几个人盯着他们看，于是扯了扯魏子明的衣袖，说："马上就结束了，走，我们上车吧。"

魏子明黑着脸站那儿半晌没有挪步。有那么一刻，他暗自在心里默念了好几遍"扫黑除恶"。

尾声

纪委书记庄德相扭头打开身边的公务包，取出一个牛皮信封，从中抽出一张照片，一边递给魏子明，一边笑着问："认识这位姑娘吗？"

……画面的聚焦点，是吕胜杰正配合一位女子给一名貌似溺水的男子在做人工呼吸。魏子明眉眼动了动，似显犹豫地说道："如果没认错的话，这位姑娘名叫叶馨竹，城管局的职员，还是我的干女儿。"

第一章

消息来得很突然。省委组织部常务副部长张家和的电话打过来的前几分钟，他刚答应特警支队的支队长王小奇，说好了晚上找个安静的小饭馆，心情放松地去喝几杯小酒。

连续几天的城运会警力保障，别说他手下成百上千的兄弟辛苦，就连他这位江城市的公安局局长也感觉有些吃不消了。

张家和在电话中说出的话，他一时还有些反应不过来，眼睛连着眨巴了好几下，才对着话筒问道："有没有搞错？调我去西北省的靖州市任职？别开玩笑了，我到那鬼地方去干什么！"

之所以脱口冒出个"鬼地方"，一是他平生从未涉足过西北省的地界，再就是近年来，有关西北、有关靖州的曝光频率特高，似乎总有些省、市领导在接连出问题。

"不讲政治了吧？让你去西北那边，也是组织对你的信任和考验。"张家和副部长在电话的那一端很淡定地说道，"况且，这也是工作的需要，去靖州市任职，还是干你公安局长的老本行。"

"你是听谁说的，消息准吗？"直到现在，他仍然觉得张家和在和他开玩笑。

"魏子，我可是组织部的，怎么可能不准！"张家和在电话那边似有不快地说道，"调你去靖州工作又不是什么坏事。悄悄做些准备吧，近期别弄出什么岔子了。"

张家和其实也不是别人，在电话里不叫他魏子明或魏局，还是习惯地叫他魏子。

几十年前，两人曾在中国警官大学同过窗，并且一起进了江城市公安局，只是这家伙喜欢舞文弄墨，在公安局所属的基层派出所没干上几年，就被选调到市局机关，给时任公安局长郭春喜当秘书。之后，随着被他服务的郭局长出任省公安厅厅长、政法委书记，直至省委常委、常务副省长，他的仕途也就像皮影戏中的木偶一般，后面有一根看不明了的细绳在把持和牵引，上天入地、左冲右突，没几个回合，地市公安局副局长、局长、常务副市长、市长、市委书记都干过一遍了，现在坐在组织部常务副部长的位子上等着，说不清什么时候，又一颗政治明星就会突然升了起来。

魏子明放下电话，有好一会儿大脑似乎处在一种空白状态。他不明白自己在江城公安系统工作了将近三十年了，从最初的片警到基层派出所副所长、所长，到支队副支队长、支队长，再到市局副局长、局长，可以说一路走下来，没落下任何一个环节，而且每一步、每一个环节都走得那样的踏实和辛苦，有时他也曾想到过，会不会有一天，组织上突然找他谈话，要么让他进入市级领导班子，或者把他交流到另外一个地市进常委，好歹能成为一个名正言顺的副局级干部，毕竟他在现岗位上任局长已经快三年了。况且，按目前公安系统干部管理的相关要求，交流任职是常态，反之则会让人感到不正常。只是他怎么也没想到，要么长时间不交流，突然一交流，竟然还出了省，要去一个他还从未涉足过的遥远的城市。

呼朋唤友地吃个饭、喝点酒，要在之前原本是件小事，现在却成了个头痛的事。一是车多，出门就堵。二是地点选择要慎之又慎，保证饭局的安全是首要考量。路上他几次打电话问王小奇，说我在华昌小区都转了两圈了，怎么也没看到楼栋口立着什么广告牌啊。电话中你问我答弄了好几个来回，最后才知道信息不对称，王小奇以为他带了司机，走的小区地下停车场，哪知道他在小区门口就下了，让司机回家待命，说是需要来车接时再给他去电话。

近年来的一些私下活动里，不带或少带秘书、司机已成了习惯。这倒不是要做什么见不得人的事情，他长期在一线工作，每天工作时间基本都没什么规律，身边的人一直跟着他转，也是十分辛苦，如果有些与工作无关的活动再把他们都耗上，觉得于心不忍。

人高马大的王小奇匆匆忙忙从楼上下来，见了局长正想打声招呼，魏子明却低声埋怨道："你们现在都变得有些神神道道的了，不就吃个饭吗，竟然找了这么个曲里拐弯的地方。"

王小奇讪然一笑，自我解嘲般地答道："谁说不是呢，现在吃个饭，比得上做地下工作了。"

魏子明知道王小奇不是在开玩笑。自从中央巡视组进驻本省后，各级纪委监委都抓得紧，隔三岔五地有人在饭馆酒店明察暗访。就在昨天，还通报了几起县处级、厅局级领导公款吃喝和公车私用的事情。人到了一定的层级和年龄倒不是怕被处分，关键是一个面子，况且有的一把年纪了，甚至行将退到二线了，最后为了点吃喝、用车这样一些琐碎小事，弄得在各种媒体上炒得沸沸扬扬的，摊上谁，脸面上都不是很好看的。

说好是放松放松喝点小酒的，谁承想被张家和在电话中透出的小道消息一闹腾，兴趣竟然提不起来了。

平调。交流。出省。而且，还是目前正处在政治生态塌方的地方，想想心里都有点堵、有些惶惑。

能与江城市公安局局长私下里坐在一起小酌聊天，自然都不是等闲之辈。最先发现他有些异样的是市公安局副局长兼治安支队队长马志武。马志武四十上下年纪，却跟着他魏子明在公安系统干了二十多年了，也是魏子明从派出所一路带出来的干将。马志武年龄不是很大，人长得却老成，加上发际线高，头发稀少，以前在所里时，魏子明带着小年轻到社区街道走访出警，往往被老头老太们错把马志武当成派出所的头儿。

马志武说："怎么了，老大，这几天是不是有些累着了，感觉有些不在状态。"

"没有啊。"魏子明回头看了他一眼，说，"昨天可能凉了胃，这酒一进去，感觉里面像着了火似的灼痛。"魏子明说完，还下意识皱起眉头，用手揉了揉已经有些发福的肚皮。

"需不需要弄点胃药过来？"王小奇放下筷子，看了眼魏子明，有些迟疑地说，"这儿离叶子叶馨竹住的地方不远，要不，让这丫头给你买点药送过来？"

吃饭的地方完全是居家陈设，饭桌还是长条形的西餐桌。魏子明坐在王小奇对面。听王小奇说到叶馨竹，却不置可否，只是抬眼瞥了他一下，自顾自拿起调羹喝起面前的萝卜鱼丸子汤来。

不过就是魏子明这看似不经意的一瞥，却被同样坐在他斜对面的市消防支队的队长吕胜杰看在眼里。吕胜杰马上粗门大嗓接过话，说："还要叶馨竹送什么胃药啊，我包里带有老陈普哩，快三十年的老班章，色纯、味正，一杯下去，保证局长的胃马上就舒坦了。"说完，也不等魏子明认可，径自起身张罗着去泡茶。

魏子明爱喝云南普洱茶，在市公安系统还是很有名声的。他之所以爱上普洱，也是与他的胃有关系，不知是之前在基层工作期间，人年轻，酒喝得猛了，还是走上更高层次的岗位后，工作压力大了，肠胃总是不省心。要么无缘无故地痛，要么突然拉肚子，而且持续的时间长，总是治不彻底，一段时间他连酒也不敢喝了。后来，还是在一次到基层调研检查工作时，偶遇一位民间老中医，给他把了脉、看了舌苔，问了他的一些症状，竟没有给他开任何药方，只是建议他有事没事时，可以喝点发酵的普洱茶，也就是熟普，说熟普可以养胃。不仅如此，最让魏子明感到不可思议的是，老中医还不倾向他戒酒，说他的症状属胃寒，适当喝点老白酒，反而对胃有好处。有些事还真不好说清，不知道老中医给的建议是歪打正着，还是普洱茶确实有滋养肠胃的功效，反正，他试喝了没多久，以前的毛病竟然真的不翼而飞了。

中国有句俗语"上有所好，下必甚焉"。没有多久，就因为局长魏子明喜欢喝普洱茶，在江城市公安系统，不管是市局本部，还是分局、支队、派出所，不管是各层级领导，还是普通干警，喝茶，喝普洱茶，竟然成了一种时尚。有些条件好点的二级单位甚至是基层派出所，还专门弄出一间茶室，买上一套像模像样的茶台茶具，购回价格不菲的茶叶，明面上说是等魏局来检查工作时，能有一个休闲放松的去处，而真实目的，十有八九，就是想借机附庸风雅地享受一把。那时中央八项规定还没有出台，有些过了火的铺张和溜须拍马，魏子明心里其实也清楚，只是兄弟们的一点小情谊和各自打的一点小算盘，终归还是不忍心拂却与揭穿。况且，公安系统的基层干警们总是跟办案、出警，跟枪械警器分不开，平时心火旺，容易冲动，倘若有机会坐下来喝喝茶，平衡平衡心气神也是不错的，当属高雅且能陶冶性情之活动，因之也就睁只眼闭只眼罢了。

吕胜杰泡上来的茶的确是好茶。杯中的汤色红浓中透着些紫黑，魏子明先是端起来轻轻晃了晃，发现杯中的汤汁晶莹剔透，很有鲜活感。放到鼻下嗅了嗅，马上被一股温润醇厚的清香所裹挟。他有些享受地呷了一口，便就信口责怪起吕胜杰来，说："你这家伙不够意思，这么好的茶，以前怎么就没拿出来让大家分享分享？！"

"魏局，你这样说话可就是在冤枉好人了。"吕胜杰马上矢口否认，辩解道，"最近一个多月，我给你打电话、发信息起码不下四五次，想请你和兄弟们在一起小聚一下，但你总是忙，一推再推。"吕胜杰人长得不是很高，但身材很敦实，因为是现役，大约平时军体拳、武当功练得刻苦，所以身上的肌肉看起来比常人要厚实发达不少。不知是魏子明开玩笑让他着了急，还是因为几杯酒下肚起了反应，吕胜杰的国字形的脸上竟然沁出了细密的汗珠。

魏子明笑着端起茶杯，对着吕胜杰一晃，说："还真错怪你兄弟了，来，我先自罚一杯！"

"这不成，当领导的怎么能占这样的便宜。"王小奇在一边拍着马屁，说，"要奖要罚，大家得跟着领导保持一致呀。"说话的同时就站起来邀约大家一起来和魏子明碰杯。他这样一说，吕胜杰也马上来了情绪，竟然把面前的分酒器端了起来，要来个"一口闷"。

然而马志武却坐那儿并不响应。惹得三人一起看着马志武，不清楚他要打什么小九九。

马志武晃着快要秃顶的脑壳，说："你们只晓得乱起哄，也不看看，魏局说要自罚，端的是茶杯哩。"

原来是要将魏子明的军。魏子明却并不在意，只见他扫了马志武一眼，说："是茶又怎么了，等我喝几口茶再来收拾你小子。"说完一抬手，将端着的茶有滋有味地喝将下去。

酒桌上的气氛也自此开始活跃起来。

先是魏子明装模作样地在吕胜杰的侍候下，着实喝了几杯普洱茶之后，便腾出手，拍了拍坐在他左侧的马志武，说："武子，你想怎么个喝法？"

"听你的。"马志武毫不含糊地说，"酒品看人品。治安支队的人什么时候孬种过，况且，兄弟们为了这场酒等了好多天了，今天不一醉方休，完全给自己没个交代。"马志武担任市公安局副局长已经有大半年了，但他的支队长职务却一直没有免，因之，常常卖着乖，说他的副局长一职是虚挂的，他的主要工作还是在治安支队这边。

魏子明清楚，马志武酒量其实不是很大，但他长期在一线厮混，在喝酒这方面，似乎掌握了江湖上的独门绝技，本来也就小半斤的量，但他总能不动声色地或者是嘻嘻哈哈地把能喝八两一斤的人弄得最后找不到北。当然，他的一些小伎俩别人不知道，魏子明心里是透亮的，平时，但凡有魏子明在场，马志武一般是不敢抛头露面的，魏子明曾不止一次地笑着警告马志武，说你小武子的三板斧我睡着了都清楚——一哄、二骗、三耍赖。酒桌上，只要最后阶段把你盯紧，你只有死路一条。刚开始，马志武对魏子明的话并不是很上心，有时喝得高兴了，甚至在酒桌上也敢和魏子明叫板，以至于最后被魏子明紧盯单挑，往往"死"得比较难看。人在一个地方摔跤的次数多了，记性就会变得深刻起来，再往后，但凡有魏子明在酒桌上，如果不是魏子明事先授意要他冲锋陷阵，一般情况下，他马志武是中规中矩不敢造次的。现在，马志武之所以敢接魏子明的招，其实他从一开始就发现，声称要出来放松放松的魏子明，精神状态和平时有些不一样，只是揣摩不清是什么原因。马志武看起来大大咧咧的，其实他长期从事基层警务工作，经常面对这样和那样的矛盾与问题，如果平时不用心、不细心，工作是没法开展的。他想，这几天偌大的江城市，偌大的全国城运会在江城市召开，中央首长和部委领导多批次莅临江城市参加相关活动，现场稳控与安全保障对魏子明这个江城市公安局的掌门人来说，其压力是可想而知的。因之，在他马志武看来，人一旦有了压力，酒是最好的舒缓剂，一杯一杯地灌将下去，压力和不爽就会在一呼一吸中给释放出来。他曾不止一次地想，发明酒的老祖宗真是功德无量，值得后人顶礼膜拜。

魏子明眼见着马志武把桌上的分酒器都收到一起，咋咋呼呼地指挥吕胜杰吕胖子倒酒，便知道这家伙是要激将他喝酒了，有心暗示吕胜杰分酒时，每个酒杯都少倒一些，但一看旁边王小奇和马志武摆开的架势，心里有根绷着的弦突然一软，似乎有个声音在耳边嘀咕："算了，该放松就放松吧，一切顺其自然。何况，如果真的交流到西北靖州去工作，以后再有这样兄弟般的小聚，只怕机会不是很多的。"

桌上的分酒器容量不是很大，装到杯颈，大约有个小三两。几杯酒倒好后，马志武还算清醒，就问魏子明，说："魏局，之前，你因为胃不舒服，基本上没怎么喝，我们哥几个自由活动时喝下那几杯酒算是热身，不作数的；从现在开始，正经八百地都满上了酒，现在你只管发个话，你说感情深，咱们就一口闷了；你说感情好，咱就一杯一杯地慢慢品。"

按照平时喝酒的套路，大家聚在一起，不管是用大杯还是用小杯，一开始总是要共同喝上三杯之后才能自由活动，包括要对领导师长表达敬意的，对兄弟同僚表达情谊的，甚至以前在酒桌上吃了亏想借机"报仇雪恨"的，如果没有共同喝的这三杯门槛酒，其他别的科目都是没法往下进行的。而此时，马志武突然出了一道选择题，魏子明想，这家伙大约是在给自己找台阶。不然，就这样用分酒器直接喝上三杯，首先出状况的肯定是他马志武了。

他想逗一逗马志武，装模作样地低头看了看酙得满满的几杯酒，正要表明态度，不料却被王小奇和吕胜杰抢着发了言。

王小奇说："马支队，要我说，还是建议您带着我们和魏局用大杯'闷'了的好，这样显得大伙在魏局的领导下，团结和谐、感情深厚。"

王小奇在江城公安系统，属于颜值很高的美男子，不仅身材颀长匀称，一米八二的身高，配一副五官端正、英气逼人的脸庞，走在大街上，回头率高得几乎爆表，而且王小奇经历比较丰富，历经多岗位锻炼，有基层机关经历，更主要的是，魏子明前些年在花口分局当局长时，王小奇曾在他的手下做过秘书和办公室主任，如今年纪轻轻就坐上市特警支队队长的交椅，当然与魏子明有着密切的关系。

吕胜杰因为和马志武年龄相仿，说话就更直接："马支队你也是老警官了，喝场酒怎么还变得婆婆妈妈起来了？今天魏局好不容易来了兴趣，你却变得不爽快了！"说完，就把面前的分酒器端了起来。

魏子明其实也是不擅长喝急酒的。刚才想着逗逗马志武，也只是一个闪念而已。真要在酒桌上分出个高低弄出个洋相，伤身体是一方面，说出去也不是很好听。再加上，他今天也的确在心里还藏着事，嘴上说要放下，但实际上一时半会儿还真放不下。特别是随着年龄的增长，在喝酒的问题上，觉得还是要本着喝好不喝醉为原则。况且，按照中国传统的酒文化，酒是需要慢慢品味的，如果一上来就海吹胡饮，不几下就麻醉了神经瘫痪了味觉，再好的酒也品不出什么滋味了。

魏子明扫了眼桌上神态各异的几位部属，和事佬般地颔了颔首，一笑，说："兄弟们都别急，酒，不能喝得太慢，也不能喝得太凶太快。这样，这第一杯，既然倒上了，咱哥们儿就一口闷了，第二杯、第三杯，咱们就可以文明点，套用一句葛优的广告语：'酱香型茅台，用小杯喝，更讲究'。"

因为魏子明采用的是折中法，照顾到了各方的意见和想法，自然得到了大家的一致响应，一干人齐刷刷地站将起来，高举着呈葫芦型的分酒器在餐桌的上空豪迈地一碰，紧接着就听咕咚咕咚一阵响，满满的一壶酒立马就进了各自的肚腹。

有了这样一壶酒打底，再接下来用小杯喝时，就感到压力减少了许多。不过在中国，但凡有酒局，一旦酒喝得差不多的时候，总会自觉或不自觉地在桌上找一个对象来"群殴"的，就像斗地主，没一个斗争对象怎么能好玩？觥筹交错间，目标渐渐指向了马志武。

先是王小奇起身给自己的分酒器倒了大半杯酒，举起来要跟马志武"一口闷"，声称也算感情酒。具体理由有两点：一是马志武在原治安支队队长的职务之前，加任了市公安局副局长，是市局领导了，都任职好长时间了，一直没机会表示祝贺；二是他王小奇在南方下海经商的一个同学，在江城不小心犯了点事儿，在马支队的"开恩"下没有被拘留，应该表示感谢。事由是，不久前王小奇的一位从深圳过来的同学，在湖锦大酒店洗浴中心桑拿时，涉嫌接受色情服务，被马志武所辖的治安大队的人给拿下了。王小奇得到消息，先是让手下人活动去找具体负责的中队长放人，中队长推说报到了治安大队，找到治安大队，大队又推三阻四，说已报到了支队，他们没权力处理了，弄到最后，还是王小奇自己出面找了马志武，人虽给放出来了，他手下的人还是开出了一张5000元的罚单。王小奇相信罚单的事马志武也许并不知情，只是想想这样的结果心里还是有些不爽。

听得出来，王小奇此时找这个理由喝酒，哪里是要喝祝贺酒、感谢酒，分明就是在发泄一种不满。

马志武自然不接招，辩称公安局副局长和治安支队队长同样都是副处级职务，没什么值得祝贺的。至于王小奇的同学在湖锦大酒店涉嫌"马失前蹄"一事，他更是干脆装糊涂，说："这都是什么时候的事了，我早就没印象了。"

王小奇却不管这些，出口就笑着回说道："你们看看马支队，这就是境界。有了好事、做了好事都不往心里记，低调着哩。"王小奇平时是个很内敛的人，特别是有魏子明在场的一些私密性较强的酒局上，他一般是只喝酒不怎么主动出击的，这时，竟然探身抓过马志武的分酒器要往他杯中倒酒。

马志武在酒场上算是老江湖，看着王小奇给他倒酒，却并不像一般人那样会挡着、拦着。他很淡定，坐那笑眯眯地看着王小奇颠来倒去地想把两个酒杯的酒分得一样多。

魏子明知道马志武和王小奇在喝酒的问题上不是一个重量级。王小奇前后跟着他好几年的时间，那时还没有出台八项规定，吃请、请吃基本成了每天工作的一项重要内容。特别是办公室主任，跟着领导在酒桌上喝酒，遇到恶战，往往都是冲锋陷阵挡子弹的角色。但是王小奇不管在多么频繁和多么恶战的酒局上，他都是一脸平静，根本看不出喝多了酒或者说话办事有失态的样子。魏子明私下曾问过他，说："你小子究竟能喝多少酒啊，怎么就没有看见你醉过？"王小奇听了领导的问话，也只是淡淡一笑，回答说："我也不清楚自己能喝多少，反正如果喝多了有点反应的话，就是两个手掌心里会起些水泡泡，得要一两天才能消下去。"

现在眼看着王小奇要和马志武单挑，而且马志武还笑眯眯地看着没有退却的意思，就担心真的喝多了惹出一些事情来，于是就好心地提醒道："志武，你和小奇的酒量可不是一个级别的，建议你们都用小杯喝，三杯为一组。"

马志武却不领情，手一挥，说："魏头你先别管，今天兄弟们不是高兴嘛，酒先斟上，如何喝？咱还得有个说法哩。"

魏子明听了马志武的回答，知道这家伙的酒是喝得差不多了，大约是在想心思准备耍赖了。因之就不再作声，有心看看马志武能玩出什么花招来。

然而，坐在马志武对面的吕胜杰却没有耐心，端过王小奇分好的酒往马志武的面前一放，说："马支队你这人啊什么都好，就是在喝酒这事上不爽快。不就一杯酒吗，小奇这可是敬的感谢酒啊。"吕胜杰能喝酒，但身体的反应似乎也很激烈，这会儿不仅满头满脸地出汗，而且还脸红，和关公庙里的红脸关公没什么区别。

马志武对吕胜杰的话并不理会。低头看了看面前的酒杯，依然很淡定地说："不急，这酒我会喝的。只是，这感谢的酒，只怕要归你吕支队先喝。"

吕胜杰觉得很诧异，红着脸瞪着马志武，说："马支队你要搞清楚，我吕胜杰可没有同学啊、朋友啊什么的弄出麻烦事，需要找你说情开恩高抬贵手哩。"

"我说你这人啊真是喝酒喝糊涂了，你不是还有比涉嫌赌博、嫖娼、接受异性服务更重要的事要找魏局吗？！"

一语点醒梦中人。马志武的一句话，不仅让吕胜杰一下回过了神，几乎是同时，也把魏子明的脑细胞给激活了：酒喝了半天，原来不只是几个兄弟要寻乐子放松心情，其实还外带着一些目的和任务哩。

吕胜杰想转业进江城市公安局的事，早在去年初就和马志武去办公室找过他了。因为马志武长期分管治安工作，平时与吕胜杰接触比较多，相互比较了解，对吕胜杰的人品性格、工作能力和敬业精神一直佩服有加，曾不止一次地在魏子明面前称赞吕胜杰是条汉子。声称他亲眼所见，有几次在救灾现场，他带着消防队员赶过来时，火势已经大范围蔓延，几乎把大门都给封住了，但他为了救人，竟然不顾个人安危，一次次带着消防战士冒险突入火场找人救人。马志武说吕胜杰在现场的那种虎劲儿冲劲儿，换了他自己是断然不敢去如此玩命的……

魏子明一直认为，地方公安系统其实和军队的性质差不了多少。这个群体的从业人员，同样需要阳刚威猛、需要奉献担当、需要不怕流血牺牲的干警。像吕胜杰这样的人转业进入江城市公安系统，其实带来的是正能量，他是发自内心地欢迎的。因之他当时就答应，只要部队确定他转业的命令一下来，就可立马告诉他，只要他魏子明还在江城市公安局，你吕胜杰我要定了。

眼下，吕胜杰转业到江城公安的态还能表吗？特别是，一旦脱下军装进了公安系统，随之而来的职级、职务安排他还能有话语权吗？！

吕胜杰没给他机会多想，端着酒杯就冲着魏子明举起来了，说："魏局，今天凑一起喝场酒不容易，本来不想为自己的事扫大家的兴，现在马支队既然说了出来，我就先用行动表示感谢了。"说完，也不等魏子明回话，一仰脖子，就把满满一杯酒给灌了下去。

有趣的是，马志武也没给吕胜杰时间多想，趁着魏子明愣神的机会，立马就将自己面前的一杯酒给吕胜杰递了过去，说："还愣着干什么？好事成双，魏局等着看你的行动哩！"

吕胜杰这时也喝红了眼，明知道这是马志武在转移目标，但他的豪气上来了，也就不管不顾了，只见他端起杯，什么话也不说，头一仰，又将一杯酒给灌了下去。原本，魏子明探起身想拦住吕胜杰的，手刚一伸出去，却被马志武给挡住了。

对面坐着的王小奇见状却不干了。撇撇嘴，不满地说："马支队，你这人可要厚道啊，明明是我敬你的酒，你怎么却把吕支队给诓进去了？"

马志武听了，一笑，说："小奇你这人就是性子急，吕支队转业的事可是大事啊，现在吕支队该喝的酒也喝了，你就听魏局怎么说吧。"

吕胜杰大约是酒喝急了，呛着了气管，站在那儿一边捂着嘴咳嗽，一边拿眼瞅着魏子明，似乎在等着给一个明确的说法。

魏子明这时反而淡定下来了。避开吕胜杰的目光，抬腕看了看表，却对马志武和王小奇说："我魏子明在江城公安系统交上你们这几个兄弟也算是福分，大家今后要多珍惜。吕支队是个好兄弟，今后，你们俩可都得帮着他点。"说完，端起面前的酒杯，也是一仰脖子，把几乎一满杯酒给灌了下去。

这下，轮到桌上其他人发愣了。王小奇说："魏局，您是我的福星，没有您的培养和关爱就没有我的今天哩。"

马志武说："魏局，酒喝得好好的，怎么突然冒出这样的话了？不是有什么事情吧？"马志武的职业敏感不得不让人叹服。

魏子明知道他们想歪了，也不等满脸红得发紫的吕胜杰开口，兀自哈哈一笑，说："能有什么事呢？吕支队放心，你的事，我会管的！"

第二章

手机铃声突然在床头柜上响起来的时候，叶馨竹刚刚进入梦乡。这么晚了谁还打电话进来？她被惊醒后的第一反应，并不是马上起身去接听电话，而是后悔自己在临睡前，忘记将功能键调到静音或关机状态了。她有些气恼地躺在那儿，暗自思忖一定是有人误拨了号码让她躺着中了枪。于是便耐着性子等这一拨铃声响过，好将手机关机了事。然而拨打手机的人很固执，一遍铃声刚结束，紧接着又拨了过来，似有不把要找的人从手机那头给找寻出来就誓不罢休的意味。

叶馨竹在市城管局工作。从一定的层面上讲，城管局的工作性质和公安警察有很多相近之处。正常情况下，也许看不出有什么特殊，但是一旦有了事，往往就会是急事和要事，有时应对不及时，可能就会酿成大事。想到这一层，人便一激灵，翻身拿起了电话。一问一答，就听王小奇在电话那一头没好气地埋怨道："叶子你干什么哩？电话响了好半天才接听，哪像个城管队员！"王小奇本来说的是一句玩笑话，但这时叶馨竹听了却并不开心，因之，便冲着电话回说道："王支队啊，这都大半夜了，你还让人睡不睡觉啦？难道是要查岗不成！"叶馨竹话说完了，一回味，觉得重了些，就又缓了缓语气，说，"我是城管队员哩，不是您麾下的特警队员，本小姐不归您节制哦。"

王小奇在那边一定是被叶馨竹的话给噎住了，感觉过了好半晌才回过神，只听他在电话里嗫嚅道："叶子，你这话可是……可是见外了，我打电话只是想告诉你，晚上，我们和魏局在一起喝酒了。"

"哎哟，公安干警们真是雷厉风行啊，安保任务一结束就开始庆功了。"叶馨竹所在的市城管局也是城运会服务保障单位之一，叶馨竹她们作为江城市全国首批特招的女子城管队员，这些天，配合着在江城的大街小巷巡查值勤，防止小摊小贩随意摆摊设点，为维护江城形象添色不少。叶馨竹说，"您王支队也太不够意思了，喝酒时没想起我们城管队员，酒喝完了，电话却打过来了。说吧，有什么善后的事需要本小姐去做，您只管吩咐。"

"其实，也没什么大事。"王小奇在电话里顿了顿，说，"只是……只是我们哥几个在酒桌上都感到魏局有些不在状况……"

那究竟是一个什么状况哩？或者有什么具体表象呢？是闷闷不乐、表情忧郁，还是说话语无伦次、前言不搭后语，还是态度蛮横粗暴、不问青红皂白地乱批评人？叶馨竹的脑瓜中飞快地闪过许多不具确定的影像。她斜靠在床边没有马上接话，只是表情专注地等着王小奇继续往下说。

"我们也说不上来是怎么了。"王小奇说，"只是感觉他心里藏着事。具体有什么事，我和马支队直到分手时也没猜出个所以然，你看，若方便的话，可以问一问，现在这种生态环境下，魏局也算是风口浪尖上的人……"

叶馨竹想着说一句既然感到魏局有些异样，你们当面问他一问不就一清二楚了，但话到嘴边，还是忍住了。她想，王小奇之所以这个时候打电话给她，一方面的确是感到魏子明的表现有些异常，另一方面也能看出是对她叶馨竹的一种信任吧。

在江城公安系统，能知晓局长魏子明和叶馨竹这种特殊关系的人其实很有限。除了王小奇，剩下的也就是马志武、吕胜杰了。这倒不是说魏子明与叶馨竹的关系有什么见不得人，需要搪塞或遮遮掩掩，主要是魏子明平时处事低调，他不希望把自己私下的行为举止弄得沸沸扬扬，甚至让人浮想联翩。

当然，王小奇和马志武之所以对此熟悉和了解，从某种意义上讲，他们从一开始就充当了参与者、促成者和见证者的角色。

魏子明曾经有过许多次的思考，他觉得大千世界真的是奇幻无比，很多事情的出现，看似没有关联，没有因果，但走着走着就会出现奇迹，冥冥之中就会发生变化，就像背后有什么神秘的力量在控制、牵引、来得突然、来得让人猝不及防、来得让人无法回避和躲闪。

魏子明想，叶馨竹对于他，是上帝送来的一份礼物吗？然而这样的想法马上又让自己给否定了。他感到这句话在哪儿听到或看到过的，好像是一位耄耋老人对着一位年轻而知性的女人所言。而最后的结果，让人觉得这是耄耋老人在为自己娶了个比自己孙女还小的女人找的一个堂而皇之的理由与说辞，话语中甚至还蕴含着一种受之有愧却之不恭的味道。

理由与说辞很冠冕堂皇，但对魏子明而言却不能信服和苟同。他时常想，即便上帝开恩送了你一件珍贵的礼物，可对待礼物的方式方法有很多种选择，非要弄得有辱斯文与体统吗？！好在老先生也是经见过世事沧桑之人，心理素质超好，这么多年过去了，先生一直心安理得、处之泰然，还时常步履蹒跚且沾沾自喜地手牵美丽天使，天南地北一路走过，日月打发得倒也惬意温情。

当然说归说，魏子明对老先生的勇气和坦荡还是钦佩有加的。不说别的，就凭那种敢于冲破世俗、勇于担当之精神，便足以让他自叹弗如。他魏子明和叶馨竹是一种什么关系？救助与被救助的关系？长者与晚辈的关系？干爹与干女儿的关系？红颜与知己的关系？上述的每个选项似乎都是，也似乎都不是。因为不管是一种什么关系，只要涉及没有血缘与亲属关系的一个男人和女人，就是一种男女关系。这中间，假如具备了一定的条件和要素后，会很容易让人生发一些想象和误解的——他魏子明不愿中的。

魏子明的手机突然"叮咚"一响的时候，他正在网上一边搜寻有关西北与靖州的相关信息，一边等着局总值班室的电话。而此时手机上收到的短信提示，他不用看也知道，一定是叶馨竹发来的无疑。近几年，他和叶馨竹事实上有个不成文的约定，也可以说是个习惯，但凡有几天不见面或没有对方的消息，一方总会抽空打个电话或发个信息问候一下，就包括有时感到不方便电话，哪怕是用手机给对方发送一个动画表情，也能让自己和对方感到愉悦与温暖。果然，叶馨竹发过来一个小女孩的图像，似在显示屏上萌萌地眨动着眼睛问：人呢？魏子明脸上于是就不自觉地绽出了笑容，想了想，是否有必要回上一个电话过去，不过，最终只是在手机中找出一个小男孩正挠着头的图案发了过去，算是给了个回应。

魏子明之所以选择一个挠头的图像给叶馨竹发过去，说起来并不是无中生有或是故意逗笑好玩。大约在三四个小时前，也就是他在和自己的几个部下、朋友小聚时，在江城市南湖风景区，同样也是他手下的六七个派出所民警，因为在一家酒店聚餐喝酒，在被据称为南国城市报的两位记者暗访偷拍后，双方发生争执，最终暗访记者以涉嫌寻衅滋事被带到了110巡特警大队接受调查处理。现在南国城市报将电话打到了市政府总值班室，要求市公安局迅速查明情况，赶快放人，严惩违规违纪的警察。

要在往常，叶子看到这种图案，知道他还有要事，不方便电话，一般就会回一个"害羞女孩"的表情过来，表示知道了、不打扰了，然后一切归于平静。然而今天却不。魏子明没想到，叶馨竹很快又发过来一段文字，问他：在哪儿哩？听说喝了不少酒，还好吗？

魏子明匆匆看了看，心想这鬼丫头消息倒是蛮灵通的，竟然很快就知道自己晚上喝了酒。嘴角不经意地一动，浮出一丝让人不易察觉的微笑，在手机上很快写下几个字回了过去：办公室。有事。放心。晚安！

第三章

　　南湖能冠名于景区，不仅在于湖水清澈浩渺、树木繁茂葱茏、屋舍俨然有序、亭台楼阁错落有致，更在于它的人文历史和所处的城市区位。

　　从历史上看，南湖自古以来就是游览胜地，屈原在南湖"泽畔行吟"，楚庄王在南湖击鼓督战；三国时期，刘备在南湖磨山设坛祭天；李白在南湖湖畔放鹰题诗；开国领袖毛泽东在新中国成立后视察和下榻南湖数十次，在南湖宾馆接待了几十个国家的近百名政要；当代也有作家在作品中把南湖喻为"江城的胃"，称其"曾消化过多少历史故事，也健壮了一座城市肌体"。近现代还有九女墩、行吟阁、沧浪亭、陶铸楼、屈原纪念馆、朱碑亭等历史文化遗址，均分布于此。特别值得一提的是置建于此的江南省博物馆，是国家级重点博物馆之一，馆藏文物丰富，多达二十余万件，其中国家一级文物就有九百多件；享誉中外的曾侯乙编钟、越王勾践剑等一众文物均为镇馆之宝。

在地理区位上，南湖风景区位于城市的中心区域，景区与城市的二环线、三环线相接，景区三十多平方公里的水面加沿湖陆地风景区，总体面积多达八十余平方公里。最为可圈可点的是，南湖湖岸曲折，港汊交错，环湖山峰绵延起伏，景区内设计建造的各种别致多姿的亭、台、楼、阁和风景点的各种设施不但与自然景观协调相融、浑然一体，而且景区内种植的法桐、樟树、池杉、水杉、雪松等各种树木，精心栽培的许多名贵果树、苗圃、花圃，更是生生让南湖变成了一个四季常青、四季花香的中国最大的城中之湖、城中胜景。

有人曾将西湖与南湖进行过比较，说西湖的面积虽不及南湖的六分之一，但西湖被打理得玲珑精致、一步一景，步步引人入胜、熠熠生辉，宛如小家碧玉。而南湖与西湖相比，虽然没有西湖那般婀娜多姿、纤秀美艳，但南湖的那种天广水阔、粗犷威猛，那种雄浑、辽阔，宛如横刀立马于长江、汉水之间的疏眉俊目的汉子，既英气逼人，又威风俊朗，展现出的是一种不同景致的阳刚之美。

江城南湖风景区共由六个区块组成，分别是听涛区、磨山区、珞洪区、落雁区、吹笛区、白马区。江城南湖宾馆就坐落于风景秀丽的听涛区的核心区域之内。

马志武赶到与南湖宾馆相距不远的南湖会所时，这里已结束了纠缠和争吵。会所内透出的灯光和外墙上勾勒出的景观灯交相辉映，把这个三面绿树掩映、一面临湖而居的会所装扮得金碧辉煌。他本来接到局长魏子明的指令，应该直奔设在南湖景区旁的110

巡特警大队的，车开过了省博物馆，他忽然觉得还是先到现场去看看，了解一些情况。

警官小黄载着他刚在大厅的门口停下，隐在暗处的两个保安便闪身迎了过来。看到从车上下来的是马志武，立马就举手碰腿地给他敬了个礼，并亮着嗓子来了句："欢迎马支队长大驾光临！"

看得出来，会所目前的保安人员还都认得他，以前八项规定没出台时，他也是这里的常客。马志武没有言语，只是对着他们点点头便径自往大厅里面走。大约是天很晚了，也许是刚刚出了些事情，平时金碧辉煌的大厅这时变得有些昏暗、压抑。身材高挑、穿着开叉旗袍的大堂迎宾小姐估计是新人，见了马志武走进大厅，只躬身道了句"您好"，便问："您预约的是哪个房间？"马志武斜着眼睛看了看迎宾小姐，本想没好气地回怼一句"什么时候了还要预约房间！"，但发现小姑娘长得还真不赖，不仅让人感到清纯，而且皮肤白净，脸型还有些酷似章子怡，于是到了嘴边的话就拐了个弯，说："我找你们老总。在吗？"小姑娘一听是找他们的老板，回话时就稍略迟疑了一下："真对不起，我们程总早下班走了，不过今晚当值的经理还在。请问您贵姓啊，我马上去叫她，行吗？"

"不用。你直接带我上去找就行了。"南湖会所的老板程洪海他其实也熟悉，以前也在基层公安派出所干过，只是这家伙摊上了个好爹，没干几年就下海当了老板，眼下资产据说过亿了。至于小姑娘说的今晚当值经理，他想大概是各部门的经理罢了。电梯上到四楼，门一开，便有一个身着藏青色制服的女人迎了过来，四目相对，马志武觉着有些眼熟，可能是酒劲还没完全消退的原因，脑袋瓜子一时反应不过来是在哪里见过。倒是制服女人的一句娇滴滴的"马哥"，一下把他短了路的神经给激活了。

马志武说："这不是王四曳吗？你什么时候跳槽到南湖会所来啦？！"

"就是啊，我到南湖都快小半年了，还从没见你过来看过我哩。"被称作王四曳的女人一边说，一边就贴身过来，挽着马志武的左臂，摇晃着撒起娇来，说，"马哥你不知道，干我们这一行的，眼下都快下岗了，都要喝西北风了。"

"有这么严重吗？"马志武一边说，一边将手臂从女人的搂抱中抽了出来，并显得很随意地扯了扯她的衣领，"你看看，都改穿制服、当领导了。"

"才不是哩。"王四曳并不领情，有些嗔怪地用手拉扯了下马志武的胳膊，嘴一撇，说道，"马哥你就是喜欢开我的玩笑，你不知道我现在都沦落到什么地步了。"

马志武显然是喝了酒的缘故，表面上虽然看不出有什么异样，但是见了王四曳后的冲动，还是自觉不自觉地凸显出来，他甚至伸出手一下揽住了王四曳的腰，歪着头盯着王四曳俊俏的脸庞认真地看了看，嬉皮一笑，说："别开玩笑了，想想你在将军府酒店那会儿，你现在还能沦落到什么地步呢？"

"去你的吧。"王四曳佯装生气地扭身推了一把马志武搂着她的手，说，"我跟你说正经的哩。你看看我现在说起来是餐饮部的经理，可是每天的营业额不足十万块钱，不说奖金提成了，一个月下来，三五千块钱的基本工资都难得拿回来。"

趁着王四曳说话的机会，马志武也边走边观察了会所的情况，整个四楼，大大小小的包房不少于二三十间，然而现在亮着灯，还传出说话声、喝酒喧闹声的也就四五个房了。眼下刚进入深秋，要说在江城，经过漫长的高温酷暑，现在正是人们聚餐、喝酒交往的最轻松、最惬意的时节，而此时此刻，却多少显得有些落寂和冷清。马志武知道这种情况和时下的强力反腐与整治"四风"有关系，以前都是公款消费，吃多少、用多少，没有一个管理和限制，但凡有点小职小权或混个一官半职的人，都有签单报销的权力。就说他所在的治安支队，要在以前，光是招待费一项，少说也有几十、上百万的预算，从大队长，到中队长、小队长，或多或少都分有职务消费的费用指标，都有签字报销的权力。现在好了，诸如职务消费、公务接待的年度预算虽然进行了大幅压缩，但分配下去之后，大家却不知道如何花了，准确点说，是不敢花了，因为按照新的要求，凡属于公务接待的，每张报销凭据的背后，都得附上接待事由，并且还得写清参与接待和被接待人员的单位姓名，说是以备审计和纪检监察部门的检查、抽查。以至于弄到后来，预算分下去的钱，大都不敢花销最后还给退了回来。

当然这些情况，马志武此时不可能和王四曳说，只是就着她的话打起了哈哈，说："这还不是怪你自己，既然知道餐饮业的生意不好做，你在将军府干得风生水起的，何必跑到这来干呢！"

"我最烦你们这些当官的揣着明白装糊涂了。"王四曳娇嗲地贴近马志武，看似不经意地在马志武的手腕上拧了一下，说，"那次将军府的场子被冲，到现在还关停整改着。我怀疑啊，这幕后的策划指挥都与你有关系哩。"王四曳说完，还故作亲昵地摇着马志武的膀子，脸几乎抵着马志武的脸，逼问道："你说句实话，我有没有猜错吧？"

要说，王四曳的猜测也不是没有道理，谁让他是江城分管治安支队的队长呢。王四曳说的场子被冲一事，应该是指上次公安部直接指挥打击的那次。将军府是一个集住宿、洗浴、娱乐健身于一体的综合性酒店，不仅在江城赫赫有名，就是在江城附近的华中几省，也都是小有名声的，一度能与北京的天上人间、河南郑州的皇家会馆相媲美。当然，之所以能与之相媲美，不是别的，主要还是洗浴和娱乐。在江城，私底下有这样一种说法——吃在南湖边，玩在将军府。马志武是江城治安支队的头儿，自然对辖区内哪些场所是干些什么营生、经营得如何，哪些场所都有些什么特点和特色了如指掌，就包括他之所以和王四曳熟，甚至熟得有些暧昧，究其原因，也是工作性质的使然。用他自己调侃的话说："我得深入基层啊。"当然，此时面对王四曳的逼问，他没有正面作答，只是笑着说："要真是我来策划指挥，早就一网打尽把你也送去劳动教养了，哪里还有机会让你在这人模人样地当经理。"

"去你的吧。"这次，王四曳没客气，结结实实在马志武的胳膊上拧了一把。完了，似乎还不够解恨地说，"你们这些男人，真的是没有一个好东西！"

马志武原本是信口打着哈哈说的，没想到王四曳当了真，拧他的时候虽然面带着微笑，但用在指端上的力度还是暗暗地下了功夫的，一时痛得马志武一边捂着膀子倒吸凉气，一边也不客气地骂道："世上最毒妇人心。你这个死婆娘，是成心想谋害我呀！"

　　也不怪王四叟暗下狠手。说起来，马志武与王四叟也算是老相识。追溯起来，王四叟还在江城艺术学院读书时，马志武就在当时一个颇负盛名的"夜半钟声"歌厅里一睹芳容了。那会儿，从严治警还停留在口头上，而有些学校也时兴美其名曰的搞勤工俭学。周末或节假日，组织学生到一些娱乐场所唱歌跳舞表演节目搞有偿陪侍，可以说是再正常不过的事情了。"夜半钟声"歌厅在江城并不是如何的考究奢华、档次多么高端大气，主要是它的区位优势和资源配置——紧临江城几所知名的品牌大学。虽然学校也有规定，不准私下到娱乐场所进行有偿陪侍活动，但暗地里还是有很多女学生偷偷跑出来，陪客人唱唱歌、跳跳舞，挣些学费、生活费什么的。而"夜半钟声"的老板也是从高校下海的老师，自然对来唱歌陪侍的女生很关照，除了象征性的收点管理费外，客人给学生的小费他是从不收提成的，他的收入，主要从客人的包房费和茶点酒水消费中赚取。不过，即便是这样，老板生意仍然做得风生水起，夜夜爆满，只赚得盆满钵满。江城九省通衢，往来人等如过江之鲫，英雄好汉有之、大款老板有之、小偷无赖有之，鱼龙混杂中，大家都对逐香猎艳趋之若鹜、乐此不疲，不多久，争风吃醋、打架斗殴的一些治安事件就引起了马志武的重视。那时，马志武还是治安中队的中队长，小小的芝麻官，但管辖的范围和手中的权力可不小，大到公共安全，小到邻里纠纷，只要他愿意管，一年三百六十五天下来，他就是白加黑、五加二也忙不过来，更遑论还有治下的宾馆酒店、歌厅舞厅、洗浴按摩店出现的吸毒、嫖娼、赌博、寻衅滋事等事体要打击监管，总之，权力大，责任也大。

　　那天，马志武一干人去到"半夜钟声"也不是有了什么案由。而之所以要选这个地方，实则是他带着中队的兄弟们，刚刚打掉了一个赌博窝点，因为连着蹲守了三四个晚上，大家很累很压抑很辛苦，提议找个地方吼几嗓子、蹦跶蹦跶舒展一下筋骨，于是就有人提到了"夜半钟声"，说那儿近期治安情况不是很好，常常有客人为争选包房和陪侍人员打得不可开交，声称110就接到好几次报警了。建议去"夜半钟声"的兄弟不说那儿有一些高校学生妹，不说她们年轻漂亮颜值高、能歌善舞有情调，而是强调，如果现在他们一干人去那里晃一晃露露脸，肯定对那地方今后的治安秩序有好处。马志武对治下"夜半钟声"情况早有耳闻，只是一直没机会走近并一睹那些女学生的芳容。眼下，有人提出这样的建议正可以揣着明白装糊涂，来个顺水推舟。

　　"夜半钟声"门脸不是很大，一、二楼经营餐饮，歌厅舞厅在三、四楼。因为事先给老板打过电话，马志武带着身穿便服的五六个兄弟上去的时候，老板正在张罗着想办法来为他们腾挪一个包房，他们倒是蛮守规矩，就站在入口的吧台边上有一搭没一搭地抽烟候着，大约过了五六分钟，老板就一脸歉意地过来了，一边打躬作揖，一边说不好意思不好意思，今天包房的客人都是爷，还真不太好说话，要不委屈委屈兄弟们就在大厅里唱唱歌、跳跳舞算了。马志武看了看表，都晚上十点钟了，就在大厅里放松放松也是可以的。可是还没等着他首肯，负责联系这片的警察张雷却不干了，他把手上还燃着的大半截烟往吧台上的烟灰缸中一按，冲着歌厅老板一指，不客气地说："走，你带我去看看，都是从哪儿冒出来的爷？！"

马志武不知道张雷采用了什么样的手段，生生把几个衣着怪异的小年轻从其中一个很大的包房中赶了出来。反正，等他们进到包房时，几个衣着还算得体的女学生正不知所措地在靠门的一侧站着，犹豫着不知道是走好还是留下好。不过歌厅老板很会来事，马上对几个学生一挥手，说："你们还愣着干什么呢？这几位都是管着我们这一块儿的警官，你们快为他们点歌唱啊，晚上的小费由我统一给你们结了。"马志武有心说我们自娱自乐，不要陪跳陪唱的，但眼见女学生们一点不见外地叫着警察哥哥、警察叔叔，并贴着他们的身子坐下来的时候，他的拒绝，竟然没好意思说出口来⋯⋯

王四曳就是在这儿进入马志武的视野的。要说，王四曳也并不是特别漂亮，五官和长相既不会让游鱼沉底、飞雁落地，也不会让月亮闭眼、花草害羞。但她身材好，高挑、胸挺、蜂腰翘臀，而且皮肤白皙，最让人难忘的是她的一双眼睛，顾盼生辉、楚楚动人，眼眸中似有一对可怜见的小人儿在向你搔首弄姿，撩拨心绪，让人没法儿超然物外。当然，那天在舞厅里灯光昏暗，同去的警员也多，陪着唱歌跳舞的姑娘们也多，马志武一开始并未对王四曳有什么特别的印象，开始引起他注意的是娱乐活动临近结束快要散场的时候，大伙兴趣高昂地吼了唱了，搂着小姑娘们三步、四步跳了，甚至于按惯例，在舞厅的"温馨一刻"时间，也有人偷摸着试探了些"温馨"，准备抽身撤退，回去继续审那些关押的赌博佬的时候，王四曳突然贴近马志武，问道："马哥，我能给大伙表演个节目吗？"

马志武原本已站起身准备走人的了。听到王四曳主动过来说想表演节目，当时心里一格愣，思忖着现在女大学生也真够开放的，要艳舞表演？要拉人民警察下水？有没有必要顺水推舟开开眼界？马志武扭头看王四曳的眼光是横着扫过去的。不过，横着过去的眼光在与王四曳的目光一对接，似乎立马就变了频道和味道，因为他发现，眼前和自己对接的目光很亮、很清澈，不仅没有杂质污秽，而且纯得透彻、空灵，让你感觉不到丝毫的放荡与淫邪。有那么一会儿，他甚至为自己的邪思淫念感到羞愧。不过，出于职业习惯，他还是故作镇定地问道："还有表演？单人还是群体表演？我们是警察，带彩的节目我们可不看啊！"

马志武说话的时候，眼光仍然没有离开与王四曳的交接。王四曳听了，知道马警官是误会了，清澈的眼波中似乎突然被丢了一颗石子般溅起一丝水花。而这不经意溅起的水花，碰撞到马志武的眼神时就有了些迷离、幽怨的意思，似有欲说还休、欲说不能的味道在里面了。当然，那种迷离和幽怨也只是转瞬间一掠而过，王四曳眼风一挑，嫣然一笑，说："马哥真会开玩笑，我想给大家表演古筝哩，绝对满满的正能量啊。"

张雷他们几位年轻的警察原本玩得正上瘾，还没有完全尽兴，这时听到王四曳说还可以表演节目，自然就不管他们头儿的意思了，有的说："古筝也是高雅艺术，我们都爱听哩。"有的说："既然小妹妹会弹琴，那你还愣着干什么？快让我们欣赏欣赏吧……"

王四曳在艺校读的舞蹈专业，本来跳芭蕾舞、民族舞、现代舞等是她的长项和专业，但她进校后却选修了古筝，有时在歌厅陪客人唱了歌、跳了舞，偶尔为客人弹几首曲子，既是一种才艺展示以博得客人开心，同时对自己的技艺也是一种练习和提高。当然，王四曳在歌厅为客人表演古筝，也是要看人和心情的，宝剑赠英雄，曲款送知音。她不可能不看场合、不看环境地为一些不三不四的痞子、混混们也高山流水、梅花三弄的。那天，王四曳在江城的"夜半钟声"的包房里，不仅为马志武他们一干人演奏《梅花三弄》《高山流水》，还演奏了《十面埋伏》和《将军令》，只把这些平时"舞枪弄棒"的汉子们，撩拨得一会儿柔情万端、情意绵绵，一会儿血脉偾张、激情飞扬。之后许久，中队的兄弟们偶尔聚餐，大家还在回味那天王四曳的古筝表演，时不时在马志武的跟前嘀咕："头儿，有机会，再带着我们去'夜半钟声'放松放松呗。"

不过自此之后，马志武再也没有去过"夜半钟声"了，至于那些兄弟瞒着他去没去过他也不得而知。但是，王四曳给马志武留下的印象却十分深刻，并且在后来，因了工作的关系，他们不仅时常会在一些娱乐场所见面，而且，随着时间的推移，王四曳在江城娱乐场所一度红得发紫，很有声名。有时，马志武在有意或无意中见到王四曳时，脑瓜里就时常会冒出她在"夜半钟声"时的影像来，感叹社会这个大染缸，早就把王四曳的清纯浸润得无影无踪了。

第四章

　　问话进行得很顺利。地点就在王四曳的办公室。王四曳张罗着给马志武泡好茶，在楼下停好车的警察小黄拎着公文包就上来了。小黄名叫黄处良，是去年刚从警校分来的新人。他和王四曳也不熟，进来挨着马志武旁边的沙发坐下后，就习惯性地打开公文包，摊开了询问用到的纸和笔，摆开做笔录的架势。王四曳这些年一直在娱乐场所行走，对这样的阵势见得多了，知道今天领头的是马志武，于是就故意地问："怎么，你们这是要审问我吗？"

　　"你别胡乱想，我们这不叫审问。"因为有黄处良在场，马志武显得一本正经地说，"涉事双方都还留置在110巡特警大队哩，我们只是到现场向你了解些情况。"

　　王四曳说："如何了解？是你们问我答，还是把当时的情况向你们讲述一遍？"

　　马志武略一思忖，说："简洁点，你配合我们把当时的整个过程给还原一下就行了。"

"其实事情的经过很简单，那两个记者完全是没事找抽型的。"王四曳一张口就给暗访的记者定了性，有些愤然地指责道，"一个当记者的，好端端的全国形势一片大好你看不见，改革开放取得的许多新成绩你不宣传报道，却专门寻些吃饭喝酒娱乐休闲的事来挑拨是非，这不是闲得无聊吗！"

"你认识他们？"马志武问。

"认识其中的一个叫李小伟的，长得头大脖子粗的，以前他可是将军府娱乐中心的常客。"

"去唱过歌、跳过舞？"马志武问。

"岂止是唱歌跳舞！"王四曳说，"洗浴按摩、莞式全套服务都耍过的。如果不是他有一个蓝皮的记者证，你怎么也不会想到他能和记者联系到一起。"

"你怎么会知道得这么清楚？"马志武似有不解地问。

"我怎么会不知道？"王四曳白了马志武一眼，说，"我那时在将军府娱乐中心当领班，曾亲自给他安排过小妹的，你说你一个大男人，享受了、快活了，总得买单付账吧，他却不，结账时死活要打折，说小妹的服务完全没达到莞式服务标准。"

"他那性质不是嫖娼吗？"

"这就说到这家伙的无良和无德了！"王四曳恨恨道，"他知道从事这个行业的水深水浅，知晓老板们不敢把这样的事情闹大。"

"你们可以告他啊？"

"不是没想过。"王四曳说，"可他有记者证，他甚至声称自己是在进行暗访。"

"程洪海是吃素的？"马志武还真有些不理解了。

"正因为他不是吃素的，才一不小心和这家伙结上了梁子。"王四曳见马志武和负责记录的警官黄处良都抬着头看她，一笑，说，"刚开始，想着他的记者身份也不想把事情弄僵，占点便宜揩点油就让他占点、揩点吧，可谁能想到，这家伙后来还恃无恐了，隔三岔五地过来'暗访'，而且每次来不是要打折就是要免单，如果稍有怠慢，便威胁要向媒体曝光。以致弄到后来，我们程总不得不、不得不采取了一些手段……"

程洪海曾经当过警察，对于这个近似无赖的记者，他会采取一种什么手段来对付呢？马志武摆出一副愿闻其详的样子，但王四曳却突然支支吾吾地不想往明里说。

"莫非还用上了一些街面上的小混混？"马志武佯装不在意地问。

"那你也太小看我们程总了。"王四曳眨巴眨巴眼睛，大约在考虑如何进行表述。

"你就如实说呗，我也不是要管你们什么闲事。"马志武看起来有些不耐烦了。

"其实也没什么。程总只不过通过一种合理的方式，把李小伟的一些违法违纪行为，反映给了他所在单位的纪检监察部门。"

"实名举报了李小伟？"马志武问道。

"应该是匿名反映的问题。"王四曳说，"但不知后来从哪儿走漏了消息，李小伟认准是将军府给他使了绊子。"

"李小伟最后没受什么处分？还照样当着记者？"

"老实过一阵子的。"王四曳说，"他以前是在一家中央媒体驻江城记者站当记者。因遭到举报，被原单位解聘后，就再没见到他在将军府娱乐中心露面了。"

"既然已被解聘了，现在怎么又在充当记者到处招摇撞骗呢？"

"车有车路，马有马途。"王四曳感慨道，"李小伟不知又走了什么关系，据说又成了南国什么报的记者。现在不是上面反腐败、反四风吗？这家伙眼下就盯上南湖会所了。"

"什么意思？有意搅和你们的生意？"马志武问。

"这是肯定的。"王四曳说，"前面不说过吗？那次举报让他丢了饭碗，一直怀疑是将军府的人员所为。眼下，他这是在通过媒体监督来搅黄南湖会所的生意哩。"

"怎么就能这么肯定？他私底下放过风？"

"岂止是私下放风！这家伙私底下甚至暗暗地和程洪海老总较上劲了。"王四曳说到这里，突然停顿了一下，扫了眼低头做着记录的黄处良，便盯着马志武问道，"我一直没找到机会证实。上半年，将军府娱乐中心被警察抄底，是不是有人向你们举报说我们那边有黄赌毒行为？"

"有没有黄赌毒，你们自己应该清楚，这和举不举报没啥太大关系。"马志武生怕王四曳说跑了题，赶紧把话往回收，说道，"你主要还是讲一下今天南湖会所发生的事情。"

马志武刚与王四曳见面时，她就在问那次将军府场子被冲与他马志武有没有关系，被他嘻嘻哈哈给搪塞过去了，况且，她那会儿问他，小黄警官还在下面停车没上来，话轻一点重一点都没啥关系。现在是在干什么？说轻点是了解情况，说重点、说规范点是在做口供，做询问笔录哩。这些询问笔录，最后都是要进入案件卷宗的。

事实上，关于将军府场子被冲，与李小伟的举报有没有关系？与他马志武有没有关系？说有关系还有点关系，说没关系也可以说没太大关系。这样说虽然有些绕口，但现实又确实如此，将军府娱乐中心在江城的名声是很大的。之所以说它颇负盛名，在马志武看来，主要是与如下几个要素分不开的。

一是它的规模大、设施全。将军府娱乐中心紧挨着长江边，是一幢独立的高层建筑，总面积有数万平方米。一到十八楼主要是住宿、餐饮和会议中心，从十九楼到二十五楼，则是歌厅舞厅、洗浴中心，外加室内游泳馆和室内旱冰场。大楼的室内室外都是按五星级酒店标准一体化设计装修，不仅品位高，装潢考究，而且融入了江南地域文化特色，带给人一种既富丽堂皇，又格调清新舒适的感受。特别是在楼层最顶端的椭圆形旋转观光厅，后来被改造装修成棋牌室，最终变成了富豪、商贾私密聚会的场所。

二是美女多、消费高。将军府娱乐中心的歌厅舞厅，马志武很早以前曾私下陪着客人进去消费过，洗浴和按摩的地方虽说没有进去享受和消费过，但对那些地方进行例行检查还是进去过多次的，不管是在歌厅舞厅消费，还是到有关洗浴按摩场地检查，无一例外地对这些地方的服务小姐印象深刻，这些女孩子不仅身材高挑、皮肤白皙，而且个个貌美清纯，他曾私下问过程洪海，说你那些从事唱歌洗浴按摩的小妹都是从哪儿招的，个个美得像天仙！程洪海听了，却笑而不答，完了，还调侃地问他马志武，说："怎么，你马队也有想法了？都是兄弟，看上哪个妹子了招呼一声就是了，保证随叫随到。"

程洪海如此一说，马志武听了，也只是报之一笑。马志武分管的那些工作，用王小奇酒后之言，称为"花活"，说大家不应该叫他"马队长"，而应该称他为"花队长"。王小奇的话虽有些调侃，但说的也是实情。马志武平常的多数时间，都是在和赌博吸毒的、卖淫嫖娼的人打交道。特别是对于抓卖淫嫖娼的事情，在有些人看来，那是很有一些令人神情亢奋而心之向往的活计，当然，那是在排除了人权和人性之后。想想吧，男男女女正在卿卿我我渐入佳境，抓嫖的警察破门而入，对那些吓蒙了头的男女进行讯问那些苟且与不堪的细节。那样一种情境，是不是很容易让人联想到猫捉老鼠的游戏？！有一次，马志武和王小奇、吕胜杰等人凑在一起小聚，酒喝到高潮处，大家就开始寻乐子下酒，吕胜杰率先就冲着马志武来了，问："'花队'，你管的'花活'无数，我来考一下你，说有一哥们儿玩小姐，不小心被公安民警抓了个现行，罚款拘留不说，还要他写悔过书，这哥们儿吭哧了半晌，竟然只用一句话对自己所犯的错误进行了高度概括，你知道这是一句什么话吗？"

要在平时，别人叫马志武不叫"马队"而叫"花队"，他会非常生气、非常抵触，然而此时，他不仅不生气，反而风趣地马上加以回应，说："这样的事情我怎么会不知道。这家伙倒是会偷工减料、轻描淡写，说是'在巴掌大的地方犯了一个天大的错误'。既然知道巴掌大的小地方犯了天大的错误，悔过书怎么能太过于简单抽象呢？所以啊，悔过书必须重写，必须得细化、量化、用数据说话。"马志武煞有介事地说完，看看吕胜杰和王小奇笑眯眯地听着没有接话的意思，于是自己竟摇头晃脑地抖开了包袱，说："这家伙聪明过人，略一思忖，写下如下十点：一个人寂寞；两个人快活；三分钟快感；四百块小费；五千元罚款；六个月工资；七天拘留；八辈子倒霉；九（酒）惹的祸；十分后悔……"有意思的是，马志武揭了谜底，一干人等笑得前仰后合，他自己却一如局外之人，竟然兀自喝下一小杯酒，莫测高深地来了句："淡定、淡定……"的确，马志武长期在这种环境下工作，如果自己不能处之泰然，很容易惹下事端，捆住自己的手脚。

再就是将军府有背景，消费娱乐比较安全。在当今社会，要想从事餐饮娱乐行业，特别是在这个行业还想做得风生水起，就必须得有些亮点和特色。所谓的亮点和特色，穷尽所能，仍然是离不开人的本质属性的，而人的本质属性，自然离不开"食、色"二字。马志武有次曾问过程洪海，说你下海闯荡很多年了，又有老爷子在职期间的人脉和威望，干吗弄到后来，却偏偏把主要资产都投到餐饮娱乐业这个行当上了呢。程洪海听了，一笑，说了句不着边际的话："萝卜白菜、各有所爱。"完了，用手拍拍马志武的肩膀，跟着发了句感慨，说："谁让我在公安这边有这么多的兄弟哩！"程洪海说得一点也不假，他从警的时间虽然不是很长，但他下海后多年，一直没有放松在公安系统各种关系的深耕细作，上至省厅、市局，下至各分局、基层派出所，没有他不熟知的领导和哥们儿朋友，用一句社会上的行话——上面有高人给罩着，下面有人抬着、捧着，谁能奈之若何？！因之，在江城，将军府娱乐中心之所以办得红红火火，之所以明里暗里会出现一些黄赌毒，之所以还可以在诸如"百日行动""雷霆风暴"的扫黄打非、缉毒扫黑等诸多行动中处之泰然，其实已是不言自明、路人皆知的事情了。这中间，包括负责江城治安的马志武，也只能睁一只眼闭一只眼的，最多，觉得他们做得太过了，会或明或暗地给程洪海那边提个醒，要知所进退，有所收敛。

　　在对待将军府的问题上出现这种格局，马志武在内心深处是极为矛盾的，甚至有过痛苦的挣扎。作为一名警察，有自己的职责所在，该作为的一定要有所作为，不能给警徽、不能给所从事的职业抹黑，而且，不能让人牵着鼻子走东窜西。最初，对于将军府从事的一些违规活动，他也尝试着想通过重点整治行动一举给端掉，但是往往都会事与愿违，不是行动的风声被走漏，就是虽然抓了现行、捉了人、封了场子，可要不了多久，打招呼说情的就会通过不同的方式寻着他过来了。弄到最后，他自己似乎成了孤家寡人，再不松口对将军府网开一面，就显得不厚道、不够哥们儿朋友了。他曾经私下和魏子明发过牢骚，说程洪海凭什么能有如此大的神通，难道在这个社会，真的只要有了钱便有了一切吗？！想不到的是，连魏子明听了，也只是露出一丝苦笑，把手上还燃着的半支烟狠狠地按在了烟灰缸里……

　　因之，话说回来，李小伟写不写信举报将军府的一些内幕，实际上对将军府的影响并不是很大。写三封、五封不多，一封信也不写同样不会影响上面对情况的了解与掌握。而将军府之所以后来受到查处，如果不是中央强力反腐，或者说不是一不小心撞到了枪口上，谁能奈之若何？

马志武一直有一个疑问没有得到答案。说是将军府之所以受到冲击，起因是有一天中央有位首长下榻江城的万豪酒店，晚上公务结束后，自个儿也没声张，只悄悄带着秘书到江边散步，然而没想到散步的途中，就有一个瘦高的小哥从一旁塞给他一张卡片，老爷子感到很奇怪，歪着头就着路灯看了看手上的卡片，上面不仅印有风情万种、衣着暴露的美女，还有莞式 ISOG 标准化服务的简要介绍，地点就在离万豪酒店不远的将军府娱乐中心。老爷子不看则已，看了，当下容颜震怒，私下让秘书在外围进行察访，等到确认无误后，电话直接要通了公安部，老爷子说话一点也不客气，直截了当地问对方，说你们公安部现在还有千里眼和顺风耳吗？还有畅通的信息渠道吗？前几年南方东莞扫掉的黄赌毒，都他妈的跑到江城来了，而且，还胆大妄为地向六七十岁的老头子发起了进攻……

上述桥段是否真实马志武没法求证。但有一点是可以肯定的：那天对将军府娱乐中心的清查行动，的确是由北京那边组织实施的。之前，为防止走漏风声，省厅、市局没有得到丝毫信息，所有警力全部从邻近的市州抽调而来。为这，从省厅到市局，都进行了深刻反思，他马志武作为分管治安支队的领导，还写了书面检查。并且为了举一反三、配合整改，又接二连三地在全市范围内开展了为期三个月的"蓝色风暴""霹雳行动"。江城娱乐业一度哀鸿遍野。

黄处良到底是从警校出来的科班生，处事非常成熟老到，他在马志武这边沉默走神的时候，仍然有条不紊地和王四曳进行着询问笔录。马志武回过神时，听他在对王四曳说："你刚才讲到他们先后到酒店来吃过好几次饭了，现在，你就重点说说今天是如何与警察们发生冲突的。"

　　王四曳说："今天这事说起来应该是有预谋的。李小伟是下午五点左右过来的，先是在大厅坐着玩手机，服务员曾问他要不要订个包房，他说先不忙，等朋友来了再说。大约过了半个小时，果真就来了位脑后扎着根马尾辫子的中年男子和他碰了头，两人在大厅嘀咕了一会儿，就起身到大厅左侧的一楼咖啡厅喝茶。"

　　"他们到咖啡厅喝茶？"黄处良突然停下记录抬眼问道。

　　"是的。"王四曳肯定地说，"我们这儿说的咖啡厅，实际上不是真正意义的咖啡厅，而是一个多功能的休息区，可以喝茶喝咖啡，也可以作为散台供客人吃煲仔饭、吃面点快餐。"

　　"新来的人你认识吗？"黄处良问。

　　"认识，但叫不出名字。"王四曳说。

　　"以前打过交道？"黄处良提示道，"可以说说认识的过程。"

　　"其实说认识也是在将军府认识的，因为他之前也时常到娱乐中心去消遣。"王四曳说，"只不过他每次去，都是有朋友陪着一起过去，至于他具体是干什么的，在此之前我也不是很清楚。"

　　"那你怎么能说认识呢？"黄良处看了看马志武，对王四曳说，"你甚至连这家伙叫什么名字都不知道。"

　　"主要是他这人的特征很明显。"王四曳说，"一个大男人，长得又瘦又高不说，偏偏还在脑后蓄一根马尾辫，让人感到很滑稽的。"

"他们和警察发生冲突是什么时候的事情？"马志武问道。

王四曳抬腕看了看表，说："双方发生冲突应该是在八点钟之后，因为那帮来就餐的警察是七点左右进来的，上四楼安排进包房都是我张罗的。"

"他们一共有多少人？"马志武问，"有你认识的没有？"

"一共有七个人。"王四曳说，"我只认识其中一个叫张雷的警察。不过，今天来的那些警察也根本不是公款消费大吃大喝的。"

"张雷？南湖派出所的胖子张雷？"马志武问，"你怎么知道不是公款消费？"

"对，就是南湖派出所的张雷副所长。"王四曳说，"张警官一进来就说，他们是刚刚完成了城运会的执勤保卫，下班了，哥几个凑一起到这喝点酒放松放松的。并且特别说明，今晚他请客，多上点家常菜。"

胖子张雷以前曾是马志武在治安中队时的老部下，后来调到派出所当了副所长。马志武问："他们一共消费了多少钱？最后是谁买的单？"

"不到一千块钱。"王四曳说，"还没买单哩。饭还没吃完，双方就动手了。"

王四曳说到这里，见马志武和黄处良都盯着她看，便起身到身后的办公桌上，找出几张纸片递给马志武，说："看看吧，菜单和发票都还在我手上，改天还要去找张雷副所长要账哩。"

马志武接过来看了看点的菜品，还真如王四曳所说，都是家常小菜，比如油炸小鱼虾、清炒莴笋、虎皮青椒、荷塘三宝、沔阳三蒸之类，最贵的一道大菜，也就是荆沙水煮财鱼。没有饮料，酒喝的是 12 年的白云边，共计四瓶。马志武还特意看了看机打的发票，抬头的单位名称一栏，填写的是个人消费，金额是 968.50 元。

马志武将几张菜单和发票在手中颠过来倒过去看了半晌，一边递还给王四曳，一边问道："当时李小伟他们在一楼咖啡厅喝茶，张雷他们则在四楼包房就餐，双方怎么就发生了冲突呢？"

"李小伟他们不是有备而来的吗。"王四曳说，"最初发生冲突的时候我并不在现场，包括李小伟和马尾辫怎么上去暗访照相我都不是很清楚。但后来我听负责那个包房的服务员讲，先是一个方头大脸的男人进到房间晃了一圈出来了，当时大家都没在意，以为是就餐的客人走错了地方，但后来等菜上得差不多时，一干人正喝得上劲，先前那位方头大脸的男人又进来了。不过这次不止他一人，后面还跟着一位扎着马尾辫的瘦高个男人。"

"这个方头大脸的男人应该就是李小伟吧。"马志武问，"他们进到房间直接亮明了记者身份？"

"没有。他们这次实际上是悄悄溜进来的。"王四曳说，"趁着警察小哥们喝得正酣时，偷偷躲在旁边录像、拍照。"

"真他妈个笨蛋。"马志武听了，忍不住骂了句，问，"他们带着照相机和录像机在暗访？"

"哪里。你把记者的智商看得也太低了。"王四曳一笑，说，"俩人分工明确，方头大脸的李小伟用手机录像功能进行现场录像，马尾辫则用手机的照相功能进行拍照。原计划偷偷录了、拍了后快闪的，谁知道这些警察的警惕性很高，虽然喝着酒、闹着酒，还是有人注意到场外出现了状况。"

"他们没想着赶快跑？"马志武面无表情地说，"和警察较劲不是什么好事情。"

"跑了，但没有跑脱。"王四曳说，"这些警察的确反应快，发现有人偷拍后，马上就炸了窝似的想着堵人夺手机。李小伟和马尾辫原本顺着楼梯跑到了二楼，还是被警察们一拥而上给按住了。"

"张雷他们动手了？"马志武说，"其实是个误会，他们自己凑一起小聚，又不公款吃喝。"

"就是啊，完全是个人消费，没必要怕的。"王四曳说，"他们这边闹腾起来时我就赶过来了，双方我都有认识，本可以和平解决的，但那个马尾辫很固执，不仅不肯交出手机，把里面拍录的相关影像视频资料删除，而且还高门大嗓地声称他们是记者，有自由采访的权利，有权对他们认为有价值的新闻线索进行了解和掌握。"

"他们当时亮明了记者身份没有？"马志武问。

"亮明了的，听说当时都拿出记者证给警察看了。"王四曳说，"但一帮警察小哥很生气，说我们自己掏钱吃饭碍着你记者什么事了，竟然三两下给撕了。"

"撕了？！"马志武突然感到坐在沙发上的屁股有些不舒服了，身子扭了扭，端起茶几上的茶杯连喝了好几口茶，暗自在心中嘀咕道：格八马的张胖子，你们自己出钱该喝酒就喝酒，撕别人记者证干什么哩？！

"最后怎么动用了110呢？"马志武问，"谁打电话报的警？"

"酒店保安看到双方各不相让，于是就赶紧打了110。"王四曳说，"况且那些警察喝了酒，又撕了别人的记者证。害怕事情闹大失控。"

"动手了？"马志武问。

"动了。不过只是争夺和撕扯。人倒没什么事，双方都不同程度地有些皮外伤，但双方的衣服在拉扯中有撕烂的情况。"王四曳说到这里，稍做停顿，看了眼马志武，进一步解释道，"关键还有一点，争夺中，记者的两部手机也让警察小哥们给砸烂掉了……"

马志武忽然感到身上一阵燥热。江城的天气进入九月中下旬，原本已经凉爽起来了的。他抬头看了看室内中央空调的送风口，发现网格型风口处系着的红丝带仍然在呼呼地舞动着，因之，将准备责怪王四曳不开空调的话给堵了回来。他在心中暗自思忖：张雷这家伙可是惹出事儿来了啊。愣神的工夫，一直做着记录的黄处良抬起头，示意马志武，手上的记录已经整理得差不多了。

"还有什么要说的吗？"马志武对此时静默无语的王四曳问道。

"没有了，我知道的大概就是这些了。"王四曳说完，拿起刚才丢在茶几上的那几张单据，在手上抖了抖，笑着对马志武说，"马队，如果我没记错，这张雷警官也曾是你手下的兄弟，你能帮他把这单给买了吗？"

"冤有头、债有主，怎么能张冠李戴？"黄处良这时把询问笔录递给王四曳，让她看过后签字认可。跟着补了句，"你怎么能随便让我们支队长代人买单？"

王四曳听了却哈哈一笑，说："我也不是强求，只是说说而已。"

马志武稍稍顿了顿，便掏出钱夹数了十张百元钞，轻轻往茶几上一放，说："这单我先代张雷交了，不用找零……"

第五章

　　市局 110 巡特警大队距南湖宾馆不是很远，都在景区范围内，和南湖派出所比邻而居。

　　马志武带着黄处良驱车来到 110 巡特警大队办公楼，负责当晚出警的带班中队长毛亮虎，在一楼值班室向他简要地汇报了一干人被带到中心做笔录的情况。按工作程序，110 接警后，对一般性质的事件，如果不需要立案处理的，110 出警人员要么在现场就给予调解处置了，要么就带回大队进行调解处理。问题严重的，则要带回大队，进行简单询问了解后，移交事发属地派出所或是刑侦部门去立案调查处理。今晚的纠纷原本是个小事，但当事的双方身份特殊——一方是警察，一方是号称无冕之王的媒体记者，关键是，两名记者得理不让人，一直到了 110 巡特警大队，仍然高门大嗓地指责张雷他们无法无天，说公安民警不仅公然在高档酒店大吃大喝、奢侈浪费，而且受到媒体记者暗访监督后，竟然大打出手，撕了记者证，砸坏了记者的手机，毁灭了记录他们违反中央八项规定精神的证据。

马志武阴沉着脸听了毛亮虎的介绍，便问："这俩记者究竟是哪家报社的？核实过了吗？"

"核实过了。"毛亮虎说，"这俩人都是南国城市报驻江城记者站的，一个叫邹一鸣，是记者站的副主任，另一个叫李小伟，是记者站聘用记者。据说，这个李小伟，以前还是中央一家媒体驻江城记者站的网络记者。"

"叫邹一鸣的那个记者是不是瘦高个，脑后扎着一个马尾巴？"黄处良在一边插问道。

"没错，脑后拖着一条马尾巴。"毛亮虎脸上露出一丝不屑，说，"男不男女不女的，这是干吗呀？！"

"这事你们打算如何处理？"

毛亮虎盯着问话的马志武眨了眨眼睛，回话说这事本可以移交给属地派出所的，可属地的派出所从副所长到警察都成了当事人，他们得回避呀。值班室有一张形似乒乓球台大小的会议桌，毛亮虎坐在马志武和黄处良的对面，黄处良看着毛亮虎说话时双手放在桌上一摊一摊的为难样子，感到很滑稽，于是忍住心里的窃笑，连着追问道："询问笔录都做过了？他们人哩？"

毛亮虎听了，没言语，很快起身出了值班室，再进来时，手里就拿着一叠信笺，身后还跟着两位一高一矮身着短袖制服的警察，他没有介绍这俩制服警察姓甚名谁，只是把手中的一叠信笺递给了马志武，说："他俩已把当事双方的笔录做完了，请领导审一审，看还需不需要补充什么。"

马志武接过询问笔录大致翻了翻，就转手递给了一边的黄处良，说："你先看看吧，看与王四曳的说法有没有大的出入。"

马志武见跟在毛亮虎身后的两位警察一直站着，便示意他们落座，问道："现在的情况都基本清楚了，如何妥善处理，你们是什么看法？"

俩警察分坐在毛亮虎的左右，听到问话，就都扭头看了看他们的中队长毛亮虎，知道这话得由他们的头儿来回答。毛亮虎也没客气，在座位上吭哧吭哧清了清嗓子，说道："我们原想着这事大事化小，小事化了的，现在看来有点麻烦。"

"有什么麻烦？"马志武不动声色地问道。

"不同意调解。"毛亮虎做了个手势，指了指坐在他右侧的高个警察说道，"小鲁带着小秦和俩记者做了半天工作，俩人却得理不让人。"

"他们是些什么要求？"马志武问。他知道这事能被记者抓住不放的要害，主要是张雷他们一干人撕了俩人的记者证，还砸烂了手机。至于拉扯中撕破了衣服，有了点皮外伤都不是什么原则性问题，因为他们吃饭喝酒毕竟是属于个人消费。况且，你记者没弄清楚就私下拍照录像也不是很妥当的。

"他们提的条件很明确，也很苛刻。"毛亮虎摊开手上的记录本看了看，说道，"归纳起来有五点：一是要求市公安局严肃处理南湖派出所副所长张雷及一干顶风违纪、参与大吃大喝的警察；二是赔偿被损坏的采访通信工具苹果手机、三星手机各一部；三是赔偿被撕烂的沙驰 T 恤衫、金利来长袖衬衫各一件；四是在撕扯过程中，不仅身上、手臂有多处扭伤、擦伤，而且混乱中有警察对他们施以拳脚，因之在随后的治疗检查费用要据实报销；五是要求市公安局在江城日报、江城晚报、南国城市报等报刊的显著位置公开登报道歉以正视听……"

"还要登报道歉以正视听？"马志武似乎有些不相信自己的耳朵般地插进话来，瞪着眼睛说道，"他们没提让魏子明上门去给他们赔礼道歉？！"

"他们还真提了当面道歉的事。"这时坐在毛亮虎右侧的小鲁接过话说道，"不过不是要公安局领导上门道歉，是要当事人当面道歉，否则，他们扬言将在报刊网络上公之于众。"

马志武听了，半晌没有言语，身子往椅背上靠了靠，暗自做了下深呼吸。他在想，这件事必须得高度重视，如果不管控好，真被媒体炒作起来，用网络上的行话说"搅动了吃瓜群众和打酱油的网民们"那就麻烦了。恰在此时，一直认真看着询问笔录的黄处良抬起了头，低声对马志武说："双方在笔录中说的情况与王四曳说的基本一致。不同的是暗访的记者不认可他们是个人请客，说他们是公款聚餐。"

"是不是公款吃喝不能由他们记者说了算。"马志武有些愤然地说，"张雷他们就餐的发票上不是写得清清楚楚是个人消费吗？！"话说完了，见黄处良没什么反应，突然想到就餐发票是他刚刚从王四曳那儿拿过来的，单还是自己帮忙买的，于是便没好气地问对面坐着的毛亮虎："张雷他们呢？还在询问室做笔录？"

"没有，笔录早做完了，张雷他们已经回派出所了。"

"给这小子打电话，让他马上过来。"马志武不满地说，"惹了事，让别人给他擦屁股，他自己躲到一边图清静去了。"

南湖派出所和市110巡特警大队相距不足百米，很快，张雷就急匆匆地过来了。让人没想到的是，和张雷一起过来的，还有南湖派出所的所长武玉明。两人进来后也不说话，冲着面门而坐的马志武就"啪"地敬了个礼。马志武抬眼看了看对面一瘦一胖的正副所长，突然觉得很喜感。对面站着的两人其实他都熟，矮胖的张雷就不说了，前前后后在他手下干过好几年治安警察，能在南湖派出所当一个副所长，多多少少也和他在魏子明那儿大力举荐有关系。瘦高的武玉明则是在全市公安系统小有名气的优秀警察，多年前参加全市组织的严打活动中，在抓捕一名在逃案犯时，由于情报不准，原以为隐匿在湖汊荒野的民房之中的仅有案犯一人，结果他带着两名助手强行进入房间抓捕时，面对的是七八个类似于流氓地痞的团伙在一起聚众赌博，而且后来据查证，还有人吸毒。这一下好似惹了马蜂窝，聚赌的团伙见冲进来的警察只有区区三个人，马上趁势反抗。有的就地抄起椅子板凳、有的从腰中掏出了杀猪的砍刀、有的跳到墙角边抢起了翻地挖渠用的铁锹。抓捕小组只有武玉明带着枪，另两名助手只带着手铐和警棍，几乎不等他们发出诸如"不准动""把手放在脑后""就地蹲下"之类的警告声落地，椅子、板凳、砍刀、铁锹之类的凶器就呼呼迎着他们过来了。

识时务者为俊杰。眼看大事不妙，武玉明大喊一声快撤，就护着另外两名警察抽身往外面跑。要说还亏得他带着的那支54式手枪，匆忙中朝天空发出的两声警告性射击，在歹徒们一瞬间的愣神中让他的两位助手得以逃过厄运，至于他自己在断后时背上被砍刀留下的长达 20 多厘米的伤口，为他日后的从警生涯平添了不少亮点，但同时也让他的身体，从以前的人高马大、虎背熊腰，沦落成现在的身材佝偻、弱不禁风的模样。

事实上，在他受伤后，也曾有人问过他："你既然手中有枪，也进行了射击示警，并且歹徒们仍然不放下凶器，公然行凶，你为什么就不开枪还击？"而往往，武玉明要么笑而不答，要么实在抵挡不过，讪然地说一句："毕竟是条人命啊，对着人一响枪，也许就追悔莫及了……"马志武记得，武玉明不怕牺牲、舍身救战友、勇斗歹徒的事迹在全市传开后，还在治安大队当队长的马志武专门通过市局宣传处，邀请武玉明去他那儿做了场事迹报告会，通过武玉明现身说法的演讲，让手下的兄弟们学习他那种不怕牺牲的精神是一方面，更多的还是希望治安大队的全体警员能从中吸取一些教训——凡事预则立、不预则废；不能打无准备之仗；要知己知彼，才能百战不殆。想想啊，治安大队几十上百号人，见天不是抓吸毒赌博的，就是捉嫖娼卖淫的，如果不注意情报信息来源的收集研究和分析，不注意前期的行动预案制订，弄不好就会出现一些意想不到的情况发生，甚至酿成一些群体事件也未可知。就是在那次邀请武玉明去治安大队演讲的时候，马志武也曾悄悄地问过他，在他开枪示警后，那帮歹徒仍然对他们穷追不舍，甚至要威胁到自己生命的时候，为什么就没有开枪自卫。武玉明同样只是讪然一笑，说一句："毕竟是条人命啊，对着人一响枪，也许就追悔莫及了……"

马志武从警多年，因为职业需要，平时要和各色人等打交道，慢慢地，他养成一种习惯，喜欢将自己接触过的人，在心中进行简单地用"好人"与"歹人"进行分类。所谓"好人"，不管你是他的领导、同事、熟人，还是刚接触的陌生人，只要他觉得此人面目和善、说话谈吐有礼有节、整个气场让自己舒适愉悦，一般都会被划入"好人"之列，认为是可以信赖并长期接触交往的；而所谓"歹人"，同样是不管你是他的领导、同事、熟人，还是刚接触的陌生人，除了办案时碰到的犯罪嫌疑人自当归入"歹人"之列外，但凡感到相貌粗俗凶恶的，或者说对方说话办事风格与自己心目中依存的行为方式、价值标准不甚一致的，或者说让自己感到别扭、气场不符的，无一例外地会被他列入"歹人"之列，提醒自己在与之相处交往时要心存一些小心。当然，他的这种看似毫无道理的"简分法"，也只是藏在他自己心中的一种习惯而已，并没有轻示于人或公之于众，因之也不存在准确与否、科学与否，甚至公允与否！这就包括他对武玉明的认知，也就是在那次的初次相识中，毫无道理地把他划在了自己心中的"好人"之列。

　　现在，站在他面前的"好人"已经和从前判若两人了。那会儿武玉明虽然伤后初愈，精神状态不是很好，但一米八五的魁梧身材还没怎么变形，满脸的勃发英气还没有消失，不像现在肚腹干瘪、身形消瘦细如麻秆，而且腰身也明显地伛偻下来了，头顶上警徽的帽檐下，一双犀利的眼神还在，但远没了过去那种精明清澈的神采，略显瘦长的脸庞上透出的是一种倦态与落寂。以致当他猛然看到矮胖的张雷和武玉明并排站在一起的视觉反差，从最初的喜感突然再想到以前的过往，竟一下子变得有些伤感起来，他在想，短短的几年时间，武玉明的身子怎么就没落成现在这副样子了？是和先前因公负伤有关系吗？不过，他终归没有问出口，只是欠了欠身子算是打过了招呼，并用手示意他们在对面坐下来说话。

张雷没有马上落座，而是从随身带着的手包里掏出一盒刚打开的黄鹤楼香烟，腆着笑脸绕到马志武的身边，显得十分恭敬地给他递了支烟，并用双手捧着打火机想着给他燃起来。但马志武没有回应理睬，只是接了烟竖着拿起来在桌子上顿了顿，板着脸说道："今天晚上我的烟倒是没少抽，只是你们惹下的事到现在还没解决哩。"

张雷讨了个没趣，匆匆回到武玉明身边坐下，正要开口进行一番解释和说明，武玉明却抢着做开了检讨，说："实在对不住马局了，出了这样的事件主要是我的问题，平时没有教育管束好警员们。"

"这与你有什么关系？"马志武觉得武玉明的"老好人"真是好到家了，他歪着头看了武玉明一眼，说道，"你既没有参与南湖会所里的吃喝，也没有撕记者证、打人、抢手机，何错之有？！"

武玉明听了，微微一笑，说："我不是一所之长吗。况且，今晚的这个活动，我也是同意了的。"

"怎么，你们这个活动是集体组织的？属于公款消费吗？！"坐在马志武身边的黄处良马上警觉起来，因为王四曳在做询问笔录时说的可是个人请客，倘若其真相是公款吃喝，那性质可就不一样了。

"哪里，今晚的聚餐是百分之百的属于个人私下活动，绝对和单位和我们武所没关系的。"张雷抢着解释道，"主要是我个人有点犯酒瘾了，加之考虑这些天兄弟们在城运会上连轴值勤，于是邀约大伙小聚一下放松放松，谁承想竟闹出这样一档子事来。"

"既然是自己组织的活动，干吗招惹上记者了呢？"黄处良仍然不是很放心，刨根问底地说道，"你们是不是有什么事得罪了记者，让他们给盯上了？"

"能有什么事得罪这些无聊透顶的记者？！"张雷扭头看了看武玉明，说，"这俩家伙我在之前就根本没见过他们的。"

黄处良大约和张雷他们都不是很熟，加之入职的时间也不是很长，说话办事多少还有些校园时候的认真劲儿，明明知道王四曳先前已对他们的消费情况说得清楚明白了，此时他还是不放心地故意敲打起来，问："你们说是个人消费，拿得出消费的什么凭据吗？"

然而就是这样的突然一问，一下把先前感到有些万分委屈的张雷问得愣怔起来。会议室高悬的白炽灯下，众目睽睽中，张雷脸上的汗眼看着就冒出来了，不过他还算镇定，掩饰地用手背抹了抹嘴巴，说："因为事发突然，还没来得及买单就被毛亮虎他们给拉到这儿来了。"张雷大约是手中没有消费的单据，话说出来自己都感到不太硬气，于是稍微停顿了下，又补充道，"如果不信，马队你可派人去找南湖会所的王四曳了解一下，在她给我们排菜的时候就说清楚了的，私人消费，我张雷请客！"

马志武知道这是黄处良在有意印证相关事实细节，从目前情况看，属于个人消费应是确凿无疑了。他在想，有了这个基本点来托底，此事应该不至于太失控。只见他深呼了口气，动了动一直端坐着的身子，伸手从裤兜里掏出皮夹，从中抽出几张折叠着的纸片，故意不急不缓打开来看了看，然后朝对面的张雷扔了过去，说道："自己看看吧，是不是你们今晚上吃吃喝喝的东西?！"

马志武扔给张雷的几张纸片，实际上就是王四曳让他帮助代买的晚餐消费发票和点菜时的酒水菜单存根，一共两张，一张是机打的就餐发票，上面标注了消费的类别和相关条款，主要内容包括：属于单位消费还是个人消费，消费的时间、金额等，票面上还有税务和餐馆酒店的印章。另一张是手写的，记录着用餐的菜名、单价、包括所用的酒水、饮料、湿巾等一应明细。张雷探身拿起来只匆匆地扫了一眼，便像鸡啄米似的连着点头，有些戏谑地说："是哩是哩，还是马队好，帮着我们把挂在南湖会所消费的发票都给拿过来了。"张雷不喊马志武为马支队或马局，而是称为马队，能让人觉出他与马志武的关系较为密切和亲近。不过，他说完，见对面的马志武仍旧板着面孔，周遭的人也都没怎么呼应，一时就显得有些尴尬，于是便自我找了个台阶，把手中的发票递给坐在身旁的武玉明，说："武所你看看吧，这发票上可是写得清楚明白的，属于个人消费。"

张雷歪着头指点着发票上的内容给所长武玉明看的时候，黄处良又不失时机地说话了："张副所要弄清楚啊，你在南湖会所没来得及买的单，可是马局自掏的腰包哦。"言下之意是，你惹下的事，领导在为你断后，还有，你得把领导为你代付的钱款要及时还上。

张雷自是明白人，丢下手中的发票就开始掏口袋。然而，上上下下的口袋掏遍了，除了一个打火机和一包开过封的黄鹤楼香烟，其他什么都没有。大家都知道他是在掏钱还账给马志武，但掏了半天，却一无所有、身无分文，那种窘态让人感到好笑。毛亮虎因为张雷他们惹下的事，到现在还摊在他手上没处理完，心中早就积聚了不满，见状，便不失时机地调侃开了："怎么？张副所说好请大家的客，敢情弄半天忘记带银子了！"

武玉明到底是个厚道人，在一边看了，就关切地问道："是不是在现场和记者们纠缠撕扯时给弄丢了？"

武玉明的提醒马上激活了张雷的记忆，只见他抬手拍了拍汗津津的脑门，对着马志武一笑，说："想起来了，先前那身衣服被那俩记者给撕破弄脏了，刚才回所里换下时忘记把钱包给掏出来了。不过请马队放心，明天一早我会把钱如数送到您办公室的。"说完，还双手抱拳对着马志武拱了拱。

马志武紧绷着的脸稍微和缓了些，说道："钱还不还我都是小事，关键是那两个记者不同意调解并且还待在这儿不肯走是大事。"马志武说完，用手往桌子对面的几位下属一划拉，"你们说说，你们都说说，这事该怎么办？！"马志武后面的口音明显提高了半拍。

"不愿调解那就让他们在那儿待着呗。"张雷仗着与马志武那种亦师亦友的关系，说出的话就显得很随性，他说，"我要不是穿着这身警服，我不把这俩混蛋家伙收拾得喊爹叫娘才怪！"

毛亮虎撇了撇嘴："快别逗能了。张副所你可别小看这事，虽然他们暗访你们公款消费不实，但再怎么讲，撕别人的记者证、摔碎别人的手机是没道理的。"

"无风不起浪。"张雷仍然不服气，"若不是他们没事找事，我们哥几个就是喝高了撞墙、跳南湖也不会去招惹这俩小瘪三的。"

武玉明到底是一所之长，思考问题比较缜密周全，这时插话道："张副所你可别小看这些记者了。你想想，假若这俩记者把今晚这事换个角度，放到网站和一些平面媒体上，只怕我们市局就会很被动的。"

"说说看，他们会如何转换角度给我们捅上一刀？"马志武问。

比如说警察蛮不讲理，阻挠记者新闻采访并对记者大打出手，比如说警察在风景区聚众大吃大喝，被暗访后砸碎新闻采访设备、撕烂记者证件，等等。武玉明回答得不急不缓，说道，"中国自古就有'欲加之罪、何患无辞'之说。而眼下，恰恰招惹的是那些码文弄字的记者，他们稍微动个脑筋，鼓捣个什么标题就能吸人眼球，引来众人围观。"

"那怎么办？难不成他们赖着不走，我们还要去给他们磕头作揖？"张雷显得有些气愤难平地说道，"这天下就没有公理了？这俩烂记者想颠倒黑白就颠倒黑白了？！"

武玉明没有正面回答张雷。只是自顾莫测高深地发了句感慨，说："眼下的各路网络媒体，就像长江大海，能够包罗万象，容得下江河百川。至于其间孰是孰非、谁对谁错，只有天知地晓……"

有那么一会儿，屋子里陷入了长久的沉寂。大家都知道，眼下的生态有些怪诞：许多网络和自媒体，但凡曝出有关政府或公职人员的一些负面消息，不管是真是假，是黑是白，只要一经上传到网络媒体，只要稍有些吸引眼球的标题，就能引起众多网民的围观，就会有千奇百怪的谩骂和谴责，就能赚到足够多的点击率和支持率，就会让那些已经老去或正在老去的40后、50后，甚至60后，隐约地回忆起漫天飞舞的"大字报"时代。

马志武抬手看了看表，时针已快指向午夜11点了。他皱了皱眉头，便直截了当地问张雷："记者们提出来的五条要求你都清楚吗？"

"都清楚。"张雷回说道，"除了他们提出的登报道歉这一条不能答应外，剩下的，马队你可以问毛队毛亮虎，我们南湖派出所都是照单全收的。"

"怎么是南湖派出所照单全收？"马志武不满地说道，"刚才不是说清楚了吗，你们今晚的餐叙属于下班后的个人活动，与单位是没有任何关系的哟。"

"那是那是。"张雷连忙改口，并抬手象征性地抽了自己一耳光，"口误了、口误了。应该是我们当事人员照单全收了。该道歉的道歉，该赔钱的赔钱，我们是自认倒霉了。"

马志武听了，不动声色地颔了颔首，问毛亮虎："这俩记者就真铁了心地要在询问室待着？"

"请神容易送神难啊。"毛亮虎苦笑了一下，说，"我还真没办法了，这俩家伙态度顽劣，不满足他们提出的五点要求不肯罢休。"

马志武听了，突然把手中一直拿捏把玩着的烟往桌面上一丢，说，"毛队你去安排一下，我来会会这俩记者，我倒要看看他们的胃口有多大？！"

在场的人听说马志武要亲自出面来和俩记者进行调解交涉，最高兴的当数毛亮虎了。想想，当事人是他出警带过来的，而且一方是与他同行的警察兄弟，另一方是素有"无冕之王"的记者，两边都是不好惹的主，现在僵持在他值班时段，不妥善处理好终归是个事情。就见他露着一脸的笑，有些谄媚地说："太好了，马局出马，一个顶俩。您看，是把他们叫过来，还是直接去询问室？"

不等马志武回话，武玉明建议道："我看还是在这会议室的氛围要好些，显示马局对他们的一种态度。"

马志武点点头，认可道："武所长说得有道理，就在这见面了，毛亮虎、黄处良和张雷一起参加。"说完，扫了大家一眼，用手一指武玉明，说："武所长你就不用参加了，暂时回避一下好。"

武玉明知道马志武的用心，他是想把此事尽量与派出所进行切割。便立马点头应道："好的，我一切听马局的。"武玉明站起身，临要出门时，又折回到马志武的身边，弯着腰低声问道，"您看，有没有必要我私下从外围想些办法？"

马志武眼睛眨了眨，问道："什么意思？有什么高招吗？"

"我是在想，李小伟、邹一鸣他们不都是南国城市报驻江城记者站的人吗，按规定，各记者站都是归口当地宣传部门管的，找找宣传部门的关系，兴许会有用的。"

马志武听了武玉明这样一说，突然提醒了他，近几年省市每年都会采用不同的形式，在电台或电视台对政府各职能部门及相关水、油、电、气等服务性单位，开展电视问政和行风评议，市公安局作为维护社会稳定和秩序的强力部门，自然每年都是当仁不让地属于被问政、被评议的对象。马志武身为治安支队队长，也顺理成章地被要求参加或列席参加一些活动，而这些活动的组织者，一般都是由宣传部门或纪检监察部门牵头负责的。而更为重要的是，省委宣传部、省纪委，包括许多省委、省政府的机关，都在南湖风景区内，更直白点说，大部分的省委、省政府机关都在南湖派出所的辖区内，南湖派出所从某种意义上讲，有很大一部分职责是为这些首脑机关服务的。因之，身为派出所的一所之长，与这些部门的领导建立一些较为特殊的关系是再自然不过的事情。而此时，如果有个得力的领导或是朋友出来帮助转圜一下，兴许今晚这事就大事化小，小事化了了。

马志武再次抬腕看了看手表，不容置疑地说道："时间不早了，咱们就分头行动吧，我就不相信，这俩记者的癞痢头，我还剃不了了?！"

第六章

马志武向魏子明汇报冲突事件处置情况时，大约已是次日凌晨一点了。不过，因为时间太晚，马志武汇报的方式只是用手机短信告知了一下最后的结果。

事实上，魏子明在办公室等待处置结果的过程中，也丝毫没闲着。他先是端坐在办公桌前，打开电脑，进入局内部自动化办公系统，把近几天因忙于城运会安保而没及时处理的公文给处理了。然后便随手拿了桌上放着的一个苹果 iPad，走到办公桌对面的长条沙发上，斜躺着身子，打开 iPad 开始从网络上搜索有关西北省靖州市的信息，通过百度输入有关"西北""靖州""靖州公安"等字词，显示出来的信息简直多如牛毛。最热门的当数眼下的反腐了，说整个西北、靖州政治生态出现塌方真的是一点也不为过。让他感到心惊肉跳的是，省市部级干部出问题的就有六七人之多，这其中，印象最深的三件事让魏子明陷入深思。

一是原省委常委、纪委书记任得民，弄不清他的心怎么会那么贪，初步落实的贪腐金额就有数千万元之巨，还有，私底下包二奶，一包还包了一对姊妹花。

　　二是靖州市委的掌门人。他从网上搜索出的信息发现，近些年靖州竟然先后有三任市委书记出了问题，特别是刚刚被中纪委宣布带走调查的原市委书记胡江山。年轻有为，好好的正道不走，要钻什么营、投什么机。搭上权贵入了东山会，进了东山门就能保住你青云直上，一生平安？！

　　还有就是他最关心的靖州市公安局，竟然前后有三任公安局局长倒了台。出现这样的问题，究竟是组织部门在选人用人上失察，干部自身素质不过硬，还是靖州公安那地儿的水太深，容易让人站着进去躺着出来？最有意思的是，他还在网上看到有一则留言，是为其中一位倒台的局长吴树宝鸣不平的，说吴树宝局长原本还是一位非常不错的人，之所以也出了事，完全是儿子坑了爹，因了一起发生在京城的恶性交通事故牵连了当官的老子……

　　真的是不看不知道，一看吓一跳。有那么一会儿，他甚至感到身上发紧、发冷。他在想，假如省委组织部常务副部长张家和私下透露的消息最后成了真，他要去的地方究竟是火坑还是冰窖啊？这样的差事，凭什么就会无端地落到他的头上呢？全国地市级公安局局长少说也有二三百人吧？躺在沙发上翻来覆去地想，却总没有想清楚明白。迷迷糊糊中，他觉得自己仿佛坠入一个混沌不清的地方，周遭寂静无声，土地贫瘠荒芜，不仅孤寥苦寒，而且视线极其模糊，什么也看不清，什么也听不见，他竟不知自己是怎么稀里糊涂地跑到这个地方来的……

魏子明长期养成的习惯，电话是二十四小时不关机的。而且，随着年纪的增长，他的睡点极低，稍稍有点风吹草动就会让他突然惊醒。以前，老婆的身体还没出状况时，曾经常和他开玩笑，说他天生就是一个黑猫警长的命，一年三百六十五天似乎都处在一种戒备状态。马志武前后给他发了两条信息，然而手机信息来电时的"呗、呗"声，竟然没把躺在沙发上迷糊过去的魏子明叫醒。一直到早上七点时分，负责为局领导打扫卫生、配送开水的清洁工开门进来，才让他从睡梦中醒转过来。习惯性地打开手机，看到手机显示屏上有两条未读的信息，匆匆点开一看，都是马志武夜半发过来的，内容其实很简单。

一则是：南湖会所突发纠纷已处置妥当。特报！

另一则是：干警聚餐属个人行为。记者暗访有些误会，目前引起的纠纷、造成的损失已达成和解协议。特报！

魏子明看到容易引发的舆情被妥善处理，一直悬着的心便放了下来。

市公安局多年形成的规矩，每周五早八点，局班子成员、各支队队长、城区分局局长、市局办公室主任，都要在一起碰碰头，对本周的重要工作小结一下，对下周的大体工作进行一个安排。这中间，包括有些副局长分管的工作自己拿捏不准，需要拿出来集体商量，或者需要主要领导明确表态的；还有就是有些要推动的工作超越了个人分管权限，需要提请其他领导或部门予以协助配合的，总之，都会在会上提出来议一议并加以明确。

会议由局长魏子明主持。魏子明八点整踏进会议室，与会人员都已在摆放的桌签后面落下座了。会议室是个长方形，魏子明在墙壁上挂有警徽、印有江城市公安局标识的一端坐下后，习惯性地左右扫了一眼：右侧，坐着的是局党委委员、局领导班子的六位成员，包括兼任着治安支队队长的马志武，党委委员、政治部主任崔金龙；左侧，落座的是特警支队、刑警支队、禁毒支队、网络安全支队等几个支队长和城区分局局长，以及负责组织和协调会议的市局办公室主任孙小安。会议一开始，照例是办公室主任通报本周的重点工作完成情况，包括近期需要引起各位领导重视的大事要事。之后是各位班子成员说一说下周要做的重点工作。参会的几个支队长和城区分局局长一般都是听会，若不是遇到与自己有关的特殊事项，大都不会单独发言。魏子明每周之所以要他们列席会议，主要目的是让大家对全局下周要做的重点工作做到心里有数，特别是涉及与己有关的工作，下来之后，要严格认真地抓好执行和落实。

下周四就是十一国庆了。今年的国庆节刚好和中秋节碰到了一起，放假的时间比平时就要多出一天，办公室早在两天前就把领导值班的预安排发给了大家，征求各位领导的意见。主任孙小安汇报完相关工作，最后就值班事项专门提醒了一句，说发给各位领导的节日值班预安排，如果大家没什么意见，周一就要正式报送到省厅和市政府总值班室了。

孙小安在市公安系统属于老资格了，光在办公室主任的位置上就干了十多年的时间了，对办公室的日常管理业务和组织协调工作让人再放心不过了。然而，轮到坐在对面的各位领导安排工作时，负责分管指挥中心的党委委员、副局长潘宏光，就指出办公室安排的节日值班有问题，没有考虑增加中秋节的假日值班。本来，孙小安按惯例汇报完工作，若不出什么意外，自己就没什么事了的，突然听说今年的中秋节和十一国庆碰到了一起，放假值班少安排了一天，当下就有些坐不住了，赶紧掏出手机，一边查看日历，一边说："潘副局这一说还真提醒我了，秘书室最初送我审核时，我还真忘记核对一下日历了。"

孙小安可以称得上是市公安局的骨灰级元老。年龄有五十五岁，警龄有三十三年。特别是，他从警校毕业不多久，就被抽调进了市局机关，先是在局政治处干了两年的组织干事，因为有一定的文字功底，就被调到局办公室。从文字秘书做起，到担任副科长、科长、副主任，一路都是顺风顺水。然而，自从到了办公室副主任的岗位后却变成了原地踏步，一干，就有近十年之久，好不容易去掉"副"字，当上了办公室主任，谁知在这个位置上一干又是十多年了。现在会议室在座的班子成员、各支队长，没有一个人比他在机关待的时间长，起步比他早。魏子明刚到任时，曾有心帮帮他，能进党委班子，任副局长或者纪委书记什么的，但往上面一反映，从市委组织部长到市委分管组织人事工作的书记都知道他孙小安，都说他能力强、人不错，但一说到他的进步，不是推说他年龄大了些，就说他群众基础差了些，总之，没有什么实际效果。孙小安自己倒是很淡定，有时他陪客时喝多了酒，会三番五次地在魏子明面前声称，说魏局呀，我这人一辈子就是吃了嘴巴的亏，进不进步无所谓了、无所谓了，但是有一点，士为知己者死，只要你在局里当老大，我愿为你两肋插刀、肝脑涂地。魏子明最初听孙小安说他一辈子是"吃了嘴巴的亏"，还只是认为他性情爽直，说话不怕得罪人，再就是喝酒后话多，该说的说，不该说的也乱说，久而久之，坏了自己的形象。但是到机关久了，魏子明慢慢知道孙小安"吃了嘴巴的亏"是一方面，更多的原因，可能还是吃了自己下面那个玩意的亏——酒后乱性，喝了酒，常常和机关里几位风骚的女干警有说不清道不明的关系。当然，这些传言是否属实，其实也没人能说得清，也许正因为是这些没人说得清的传言，风言风语说多了，也就真的说不清了。既然说不清，组织上如何能贸然起用这样的干部呢？！这也包括魏子明，他在后来听到这样一些传言后，也放弃了为孙小安进步的努力，既然说不清也就不要再说了。但是孙小安的敬业精神、工作认真负责的态度，还是值得肯定和褒奖的。五十多岁的人了，无论寒冬酷暑，整个公安局，早上进办公室最早的是他，晚上离开办公室最晚的也是他，有这样一位对工作兢兢业业的办公室主任，他魏子明放心。

现在，魏子明抬头看过去，发现孙小安显得很窘迫。白皙的脸上，甚至有些微微发红。心里也就有些不忍，说："孙主任你下去再调整一下吧，如果值班领导安排不过来，把我也可以排进去的。"

市公安局一直有个不成文的规矩，每逢节假日，局长一般是不参加值班排班的。表面上看，这好像是单位的老大在搞特殊，实则是因为公安系统的性质使然——谁也不知道什么时候、什么地点会发烧发热，会冒出一些突发事件来，而一旦有了大的突发事件，身为一把手，不管你值不值班，第一时间进入应急状态是天经地义的事情，所以，排不排他值班，其实没有什么实际意义，没值班胜似值班。孙小安听魏子明这样一说，知道局长是在为他解围，便连忙点头应道："魏局放心吧，我马上再排一下，重新征求各位领导的意见。"

党委委员、政治部主任崔金龙不仅分管党务和组织人事，舆情和信访维稳也归口他负责。此时，他见大家议完了节日值班的事项，便开口发言说，昨天他参加了由市委副书记郑一光组织召开的联席会议，有关节日前后的信访维稳精神给大家通报一下，需要引起大家的重视。

公安系统是个特殊行业，越是逢到节假日，突发事件比平时就会越多，自然在警力的安排配置上就得考虑周全。现在社会上信访维稳是个大事，说起来以信访局为主的，但是弄到最后，总是找到公安局的头上，完了还美其名曰：你们公安局是强力部门，关键时候还是得你们上。

崔金龙通报的联席会议的内容，和平时大家掌握的情况也没有太大的出入，无外乎是对当前信访维稳的形势进行分析，对全市信访维稳的重点群体、对象进行分类，明确维稳的职责任务和要求。而最后要强调的，肯定是抓重点、重点抓；加强信息预警预防预测，对重点人违法煽动策划等重点信息，要摸清情况、掌握底数；对于非法煽动聚集、串访闹访的带头人员，切实做到行动要快、露头就打、精准有效，坚决将一切不稳定因素控制在可控状态。

魏子明记得去年也是国庆节期间，江城市曾出现过退伍老兵到北京上访事件，由于事先没有一点预兆，最后弄得非常被动。为此，市公安局还被连带着受到通报批评。于是，魏子明在崔金龙通报情况的过程中，就忍不住地问道："去年去北京天安门广场走队列的几位老兵情况怎么样了，今年不会再出现反复吧？"

崔金龙听到魏子明的问话，眨巴眨巴眼睛，说："一共是八位老兵，有关他们反映的下岗和生活困难问题倒是解决了，只是又跟着冒出一些新的问题来。"

"也是部队复退人员？"魏子明警觉起来。

"是啊，仍然还有涉军群体。"崔金龙说，"还不光是本省本市的，由于现在通信方便了，全国许多省份的参战的、参试的、复退后生活困难的人员，都相互联络、纠缠在一起，不知什么时候给生出一些事来。"崔金龙说完，跟着又补了句，"不过，根据联席会上通报的情况看，国家成立了退役军人事务部，下面也相应成立了对口部门，目前涉军群体的一些矛盾和问题正在逐步得到缓解。"

江城市信访维稳工作一度是做得非常不错的。只是近些年大约是受了"互联网＋"的影响，以前相对单一的信访上访个体，也充分利用起高速便捷的各种通信网络工具，不仅在全省、全市串联起来，甚至在一些关键节点，还和其他省市的一些闹访缠访人员纠结在一起，动不动就想闹些动静出来。就说复退军人吧，在去年十一国庆节期间，全省有三十多位从老山下来的老兵，因单位改制下了岗，生活受到影响，突然出现在天安门广场，并且佩戴着军功章和纪念章，在那儿着装整齐地走起了队列，一时引得众人围观，弄得在广场值勤的公安民警和武警战士不知所措。好在这帮老兵比较克制，除了在走队列时喊了"提高警惕、保卫祖国""流血流汗、只求温饱"几句口号之外，没有什么过激行为。但即便是这样，造成的影响也很坏，值得反思的东西很多，正如后来召开的事件通报反思会上，市委副书记郑一光在讲话中提到的几个设问：复退老兵都是有功于国家和人民的，是做出了很多贡献和奉献的，我们要反思，对于国家的安置优抚政策落实到位了没有？对于他们的疾苦和困难，我们真正关心帮助到位了没有？特别是那些走队列走正步的老兵中，其中就有八名江城市的参战老兵。事前，这些老兵如何邀聚的？他们是如何进京的？又是如何突然出现在天安门广场的？我们所有的部门和人员都眼瞎了、耳聋了、鼻子发炎没有嗅觉了……

那天的通报反思会，明确要求各相关单位的一把手参加。魏子明最初听到郑一光的几个反问句时，还没怎么太往心里去，觉得领导讲话总是上纲上线往重要性和严重性方面讲，目的是要引起大家的高度重视。但是事后再一回想，魏子明自己也突然感到了心惊，不是别的，假如这帮老兵真的行为过激，在广场上不是走队列、不只是喊口号，而是打的反标、拿的凶器、做的是震惊世人和世界的事情怎么办，追起责来，他魏子明的公安局局长的位子还坐得稳吗？

魏子明知道，崔金龙之所以在碰头会上专门通报信访维稳的情况，也是在提醒大家引起重视，加强配合。这种重视和配合不单单是思想上的，更重要的是在警力的安排上，对信息的监测和掌控上。魏子明歪着头扫了扫左侧摆着的几位支队长的台签，眼光聚焦在网络监管支队队长牛海涛的脸上，问道："牛队说说吧，你那边近期有什么状况没有？"

牛海涛是去年年底从省厅派下来的干部。人年轻、业务熟，在省厅时就在网络监管办公室任副主任，派到市局担任支队长其实是为了加强这边的力量。牛海涛原本没打算发言的，突然听到魏子明点名问话，坐那儿稍稍沉吟了一下，方才字斟句酌地回说道："崔主任刚才说到的信访舆情，省厅那边也有要情通报过来，我们正密切监测着，一有异常，我们会第一时间向崔主任和办公室孙主任汇报沟通的。"

听到牛海涛说到省厅下发的要情通报，魏子明突然记起昨晚在办公室处理公文时，他也曾看到过这份通报，只是当时因为喝了酒，才出现了记者与警察纠纷事件，也因为突然冒出的西北省、靖州市让他心神不宁，对通报的内容并没太在意，但大致的情况还是有印象的，比如，涉及信访稳定的群体，不仅有复转军人群体、三线建设群体、民代幼师群体，还有失独家庭、疫苗受害家属、农电工、农民合同工，等等。这些群体人多面广不说，关键是诉求千奇百怪，许多事一时半会儿是没法协商解决的。解决不了问题，又要稳控在当地，这让有舆情任务的单位和社区，全面负责包保做工作是一方面，公安机关适时监测和掌握信息、防止串联群访也是不容忽视的。魏子明有些不放心地问："目前采取了什么特殊措施没有？"

"暂时还没有。"牛海涛说，"主要是现在面上比较平稳，不好锁定具体对象。"

魏子明听了，微微点了点头，说："信访维稳的归口管理在办公室。孙主任啊，你们不能掉以轻心，要随时注重信息的收集和掌握。有事，要及时和崔主任商量应对。"

魏子明知道，信访维稳工作虽然由崔金龙分管，责任部门却是在办公室。崔金龙现在是党委成员，但他最初只是政治部主任，和办公室孙小安在一个层级，而孙小安无论是年龄还是资历都比崔金龙要老。只是因工作需要崔金龙后来进了党委班子，一下从先前的平级成了领导，并且还分管办公室的一部分工作。表面上看，孙小安也没什么，但内心还是会有些不舒服的，以至于在工作的协调配合上多少还是有些不顺畅。

孙小安表面看有些大大咧咧的，其实内心也是很要面子的。刚才因为节日值班的事闹了个红脸，心里不自在了好半天，这时听到魏子明说到信访维稳的事，马上表态道："请领导放心，办公室已在着手安排了。昨天秘书科刚起草了一份文件，目前正在相关部门会签，力争今天下班前送崔主任签批后印发。"孙小安说完，觉得还没完全说清楚明白，又补充道，"拟下发的文件，除了要求网监部门要从技术层面支持外，同时也要求各分局、各支队、派出所，都要做好舆情的监控和信息的反馈，确保做到万无一失。"

马志武发言时，魏子明以为他要说一说昨晚警察与记者暗访纠纷的事，然而马志武开口却说起了牡丹花卉展的治安保卫工作。

举办"江城金秋牡丹花卉展"已沿袭四五年了，每开展一次，对市公安局来说都是一种考验。不说别的，主要是花卉展的地点选定在南湖景区，而南湖景区基本处于中心城区。平时没有大的活动时，到南湖参观游玩的人员还不至于出现人满为患、车满为患的情况，而一旦南湖举办点什么活动，城区的市民加周边地市、县市的游客会一起拥过来，整个南湖景区可就热闹了。特别是紧邻南湖广场前的南湖大道，又和城区的二环、三环线交汇相接，严重的时候，几乎将小半个城市变成了停车场。还有，活动开幕以及花卉展活动期间，还有一系列的招商引资以及大型的文艺演出活动，这样就给治安保卫带来了更大的压力，好在是办的次数多了，治安支队和交警支队都有了经验，特别是交警支队，但凡南湖举办大型活动，对广场门前的南湖大道就实行交通管制，该分段限行的限行，该分流的分流，有时就干脆将进入南湖的车道关闭，逼着进入景区车辆另择栖身之所，从而保证南湖景区附近的交通不至于瘫痪。相比交警支队，治安支队的前期管控能力就要相形见绌，因为在会展期间，进入南湖游玩参观的人员都是购了门票的，游客是凭票入园，加之从主办方来说，入园人员的多少，直接影响着其经济利益的大小，所以，治安支队不可能控制入园的人员，能做的功课，主要还在于警力的配备和遇到突发问题如何有效处置。

马志武简要地介绍了花卉展的情况之后，着重谈了两点建议：一是关于现场警力的配置，除了他所分管的治安支队，包括几个景区的派出所之外，希望就近抽调部分单位的干警，在集中举办的花卉展和文艺演出时，增加到景区充当便衣或流动巡逻警察现场值勤；二是在园区外围，除了有特警支队待命值勤外，防爆、防火警力也要相应增强，一旦出现意外可以及时介入处置。

魏子明知道，马志武讲的几点建议，实际上涉及跨单位、部门之间的协同配合，而且这些单位、部门都分属几个局领导分管，需要在会上对工作加以明确。魏子明说:"南湖国庆牡丹花卉展,市局最关键的一点是要确保安全。刚才马局通报的情况和建议,一定要引起大家的重视。要打破领导分管线条和单位、部门之间的壁垒,通力协作,确保花卉展的安全,真正让全市人民过一个祥和欢乐的国庆节和中秋佳节。"魏子明说到这里,稍微停顿了一下,看了看右侧居中而坐的潘宏光,继续说道,"考虑到当前国际国内、省内省外的安全形势,我想,局里还是成立一个领导小组,具体由潘宏光同志任组长,马志武、崔金龙同志为副组长,各相关部门、支队负责人为小组成员,统一警力配置,统一调度指挥,确保万无一失。"

潘宏光在市局班子成员中,年龄不是很大,但资历和经验却是非常丰富的。他不仅在刑警支队、特警支队任过支队长,早期还在基层派出所以及经侦支队、禁毒支队干过。魏子明之所以让他分管调度指挥,一方面是考虑到他对公安系统的各主要专业都比较熟悉,另一方面就是他这人看起来长得人高马大,说话高门大嗓,但做事考虑问题格外细致周密,大大小小的事情只要经过他的手,几乎就不会出什么乱子。

潘宏光听到魏子明点他的将,让他牵头负责国庆花卉展的安保工作,坐那儿扭了扭身子,点头应允道:"魏局放心,下来后我和马局他们再碰碰头,弄个方案,不会有问题的。"潘宏光说完,抬头看了眼对面坐着的网监支队的牛海涛,问道:"牛支队,天网升级进展得如何了?南湖景区在节前投运没问题吧?"

牛海涛回答说:"正在分段进行。南湖片区这边主体工程已经差不多了，近几天我们把项目单位盯紧点，力争节前能投入使用。"

潘宏光突然说到的天网升级，实际上是指城市天网改造升级工程。从前以公安、交通为主建设管理的天网工程，一度给社会综合治理和交通安全带来极大的方便和好处，特别是对提高公安机关的破案率带来了最直接的效果，但近年来随着江城市被纳入全国为数不多的智能化试点城市，原有的一些设备在兼容上就有了些问题，不能满足智能化城市的标准和要求，因此需要进行改造升级。报告年初就打上去了，直到半年经济工作会后才批下来。潘宏光除了分管调度指挥，信息通信和网络监管也由他负责，前段时间听说已招了标，具体实施情况如何魏子明也不是很清楚，于是就问道："整个升级工程大约需要多长时间？年底能完成吗？"

"元旦前有问题。"潘宏光没等牛海涛回答，顾自说道，"主要是前期项目批复下来晚了，又在招标局排队招标耽误了一段时间，春节前整个工程完成应该没问题。"

魏子明听了，点了点头，没有再多言语，因为心里还惦记着昨晚记者暗访事件，当然，也包括好友张家和的那句"近期别弄出什么岔子了"的友情提示。就丢下潘宏光，问马志武，说："昨晚南湖派出所几个警察与记者发生纠纷的事，志武去现场进行了处置，你看还有没有什么要说的？"

"都处理完了。"马志武欠了欠身子，轻描淡写地说道，"其实是个误会，南湖所的几个警察自己掏钱小聚一下，结果被两位好事的记者发现了，误以为是公款消费，偷拍过程中发生了冲突，记者偷拍用的手机被摔坏了。"

"手机被警察们砸了？"魏子明听说摔坏了记者的手机，神情一下变得严肃起来。

"没有。双方发生了撕扯，在撕扯中摔坏的。"马志武说，"不过昨晚已就赔偿达成了协议。具体的，下来后我再和崔主任碰碰吧。"

魏子明知道马志武对下属有护短的习惯，南湖派出所是他联系分管的单位，见他在会上不愿多说，也就不再勉强。于是扫了扫会场，最后着重强调了三点：一是要认真落实好主体责任，工作要做细做实，确保"双节"期间的社会稳定；二是要注重协同配合，加大严打、严防、严管力度，确保重要场所、重点区域安全可控、在控；三是要准确预警，切实做好"双节"期间的舆情管控工作。魏子明说到最后，还特别提醒办公室和网管部门，要密切关注南湖事件的跟踪监控，防止有人利用网络恶意炒作，惹出新的事端。他本来还想对一些不良记者的行为发些感慨的，不过，话到嘴边，觉得场合不对，忍了忍，终究没有说出口。

第七章

印证将要调任西北省靖州市公安局局长的消息，魏子明是在市长陈唐山的办公室得到的。虽然和组织部张家和私下透露的性质差不多，同样是非正式的，但毕竟说明相关程序确实已经启动，只不过是还没到组织与他本人正式谈话的阶段。

下午，他和陈唐山市长一起参加了由市委书记伍运杰主持召开的全市争创全国文明城市动员大会。会议的时间不长，但规格很高，市里的四大家班子成员、市所属部办委局、各县市区党政主要负责人，以及驻江城市各大型企业、大专院校的主要负责人参加了会议。会上，宣读了争创全国文明城市领导小组名单；发布了创建方案；相关单位和部门做了表态发言；市委书记伍运杰最后做了动员讲话，要求全市上下统一思想、提高认识，要切实通过卓有成效的工作，务期实现创建全国文明城市的目标。

市里召开大型会议，书记、市长以及市委常委们，一般都是要在主席台上就座的。魏子明因为不是常委，也没进入市一级领导班子，他在会场里的座次，只能排在台下那些不是常委的四大家正副职领导的座次之后了，也就是说，他的座位，是排在主席台下第三排居中的位置。而按会议惯例，开会时，领导们是最后入场，散会时，则反其道而行之，领导们一般先行离开。

魏子明在会议结束后，原本是没机会和市长陈唐山并排走到一起的。然而巧就巧在陈唐山从主席台下来时，为一件事和秘书长站下来多说了几句话，走到楼道口，刚好和魏子明碰上了。魏子明和往常一样，见了陈唐山，微微一笑，点点头，算是打过招呼了。同样，陈唐山见了魏子明，也只是点了点头，脸上也没什么表情。直到并排向前走了好几步之后，陈唐山突然用胳膊碰了碰稍稍落在后面的魏子明，低声说："到我办公室来一趟吧。"

市长办公室和会议中心相距不足百米，中间就隔着一个花坛。进了办公室，陈唐山马上就放下了市长在外人面前的矜持，一边将脱下的西服和领带随便往沙发边的凳子上一扔，一边示意魏子明在沙发上落座，自己也往沙发上一歪，顺便还把脚上的鞋也脱了，两腿交叉着架在面前的茶几上。魏子明见了，也不在意，笑着把他的脚一指，说："看看你一市之长的脚吧，脚拇指都探出头来了。"陈唐山听了，也不言语，笑眯眯地盯着自己露了破绽的袜子，很享受地说道："哈哈……我这也是艰苦朴素，用实际行动反对'四风'。"

"你就吹吧。"魏子明也不客气，说，"嫂夫人一定是好久没进城了，看看让你这一市之长沦落成什么样子了。"

陈唐山和魏子明本属上下级关系，私底下却能如此放松随性，说起来也是有原因的。陈唐山是从乡镇、县市成长起来的干部，如果不是机缘巧合，可能一辈子也到不了省城来工作，遑论当上一市之长了。大约是在十多年前，陈唐山还在位于江南省西北部的石门市担任副市长，分管工业以及文教卫生。石门市在江南省的十一个地级市中，不管是从人口、地域面积、经济规模，还是所处的区位上，都排名靠后，没有什么优势。不过，所幸的是，20世纪六七十年代的"三线"工程，使其形成了较为完整的工业体系，特别是几家隐匿于大山深处的军工企业，从很大程度上持续保证了全市百分之七八十的财政与税收来源。一个城市，如果有了稳定可观的财税收入，运转起来也就如鱼得水，十分顺畅。主要分管工业的陈唐山，由于有着全市如此好的基础，平时，他基本上没有太多的心可操，除了偶尔协调一些企业与政府部门的关系，主要精力反而放在了文教卫这方面了。只是，他的这种状态保持了没太久，随着金融风暴的影响，军工企业也受到强烈的冲击，不得不面临着转产改制的命运。当时有一个测算，受到影响的企业，仅在石门市，就波及了数十万职工——有的提前退休，有的提前内部退养，有的下岗、待岗，有的职工即使保住了岗位，但由于生产任务不饱满，工资收入大幅降低，只拿得到从前的百分之七八十。这样一来，不管是退休的、内退的、下岗待岗的，还是上着岗的，无一例外，原有的生活节奏和生活水准都受到极大的影响，虽然主管企业事先做了充分的准备，北京总部甚至还委派改革改制大员担任组长，驻厂参与指导改革，但是突然有一天，石门市所辖的阳平县城，在事先没有任何征兆的情况下，成百上千的工人从车间、从厂区冲了出来，先是占领打砸了与县政府比邻而居的509军工厂总部大楼，扣押了从北京派来的改革领导小组组长。勒令其停止改制、恢复生产、补发工资。如不达条件，便要拿北京来的领导小组组长的人头来祭党旗、国徽。还有一部分人，为了扩大事端、引起高层注意，围住了县委县政府，焚烧了几辆县公安局的警务用车，有的甚至扬言要冲击公、检、法机关，打开军械库，要把那些胡乱改革、不顾职工群众死活的贪官污吏一律乱枪崩掉。维护社会稳定，确保一方平安，历来是压倒一切的重要工作。面对如此严峻的群体事件，省市县三级应急预案快速启动，陈唐山作为石门市分管工业的副市长，当仁不让地成了石门市处置群体事件领导小组的副组长。他也是求胜心切，带着政府副秘书长和经委主任在第一时间赶了过去，与闹事的职工对话，希望尽快平息事态。然而，令人大跌眼镜的是，话不投机，不仅扣押的领导没能解救出来，他自己也被几乎失去理智的闹事职工给扣住了……

后来事态平息，魏子明曾毫不客气地揶揄他，说你好歹也是一个副市长，再怎么性急也不能鲁莽行事，险些把我们吃饭的家伙给弄丢了。言下之意是责怪他不该冒险进入509厂的总部办公大楼去救北京来的领导，弄得几乎将他魏子明的小命也给搭进去了。

当时，魏子明是作为省政府处置509厂事件直接参与者和执行者进入到石门市阳平县的。他那时任江城市特警支队队长，他带着他的队员全副武装，坐车星夜赶到目的地时，已是凌晨两点多钟了。进入城区的几个主要路口已被武警控制，路的两边排着警车绵延好几里路，整个小城已处于戒备状态。省指挥部的要求很明确：尽快平息事态，确保被扣人员安全。

事实上，509厂的职工最初也没想到事件会闹得如此之大，他们冲击厂总部，控制厂指导改革的领导及相关成员，目的只是想给上面施加压力，不要把好端端的企业弄得七零八落，不要把大家的工作、饭碗给弄丢了，不要把职工们赖以生存的家给弄没了。魏子明抵达后，被指令配合解救被扣人质。因为闹事职工情绪很激动，他一身戎装，和省政法委副书记陪着省政府方副秘书长一进入509厂办公大楼，立刻被几位粗壮的汉子给围住了，省委副秘书长方国宇个头不大，口才好，人长得也很精干，往那一站气场十足。他平心静气地把政策道理一宣讲，站在职工的角度把利弊一分析，先前几个主事的人慢慢变得安静下来，觉得这事闹得是有些唐突，还把省上的领导们都惊动了，现在政府过来的领导话讲得也真诚，并且还答应不搞秋后算账，因之也就见好就收，何况509厂属于军工企业，与地方关系不大，于是答应把扣下的市政府副市长陈唐山等一干人可以先放了，而北京总部派来的驻厂改革大员等人还得扣着，上面不答应条件不能就此罢休。然而令人不可理喻的是，被控制的陈唐山被人从一间办公室带出来后，不仅不同意离开，反而和秘书长嘀咕，要求将陪同前去的魏子明留下来，一起陪着被扣的央企总部派驻的改革大员，直到问题得到全面解决为止……

几天后事件得以平息，魏子明和陈唐山在患难之后小酌时有过这样一番对话。

魏子明说："陈副市长的勇气可嘉，但如此冒险草率真的不敢苟同。"

陈唐山回说："怎么，怕死了？"

魏子明说："此言差矣，我是警察！"

陈唐山问："知道我为何向方副秘书长请求留下你吗？"

魏子明说："找个垫背的呗。"

陈唐山说："我俩无冤无仇。况且，我也不认识你。"

魏子明说："就是，谁知道你陈副市长怎么就搭错了筋呢。"

陈唐山说："此言差矣。我认定的是你头上顶着的警徽、身上穿着的警服。"

魏子明一笑，说："没让你失望吧？"

陈唐山端起桌面上的酒杯与魏子明一碰，说道："兄弟，啥也别说了，干杯……"

社会上曾有这样一个段子，描述人与人之间关系的可靠程度：一起同过窗，一起下过乡，一起扛过枪，一起嫖过娼。"一起嫖过娼"我们姑且当成一句戏谑，但一起同过窗和一起下过乡、一起扛过枪，反映出的是在曾经的峥嵘岁月里同甘共苦、生死相依的真挚情感。魏子明和陈唐山原本素不相识，却因为大山深处的老三线企业的改制改革，把两个命运轨迹不可能有交集的人撮合到了一起。

中国的国企改革历经十数年风雨，因改革、改制，因工作、工资，因饭碗造成的纠纷最终引起的群体事件时有发生，而因群体事件最终造成人员伤亡的事件也是屡见不鲜。最著名的当数辽东钢厂重组事件，当年就是因为改革引起职工误解，最后演变成一场骚乱、暴乱，一名新派驻的总经理被昏了头的国企职工活活打死不说，还造成多名警察和公职人员的死难。

那一天，两个人喝得酒酣耳热，陈唐山说了心里话。他说其实我也害怕，我是从农村走出来的乡镇干部，至今父母、老婆、孩子都还在山区小镇生活，我清楚地知道自己在这个家庭的分量啊。可谁让我是分管工业的副市长呢？509厂的管理权限不在地方，但509厂落户在地方、税收在地方、维护社会稳定责任在地方。我有责任保证自己分管的工作范围内不出群体事件，保证央企大员在石门市的人身安全啊。那一天我执意留下来，并且还连带着把你也留下来，说白了，还是觉得你这人的气质和一身警服浑然一体，让人感到可靠、安心……

人的一生究竟有多少机缘巧合任谁也难说清。坊间曾有传言：陈唐山后来之所以仕途通达，就是与那位被营救的央企老总、后来转任地方行政高官的人有关联。魏子明后来升任江城市公安局副局长、局长，看起来是顺理成章、水到渠成的，但好多"煮熟的鸭子"最后弄飞了的情况也不是没有，这中间与他参与事件处置时的表现有没有关系？也许有，也许没有。但是多年后，陈唐山高居一市之长，正经八百地成了他的顶头上司，谁能说这不又是一种机缘巧合！平时在明面上，上下等级泾渭分明，该请示的请示，该汇报的汇报，一切仪礼如常，外人看不出半点异样和不同，而一旦避开了外人视线，两人之间的那种友情和放松马上就显现出来了。就像现在，一个无所顾忌地脱了鞋让双脚舒适地架在茶几上，被另一个调侃"露了馅"的脚指头之后，俩人哈哈一乐，显得很是自然、融洽，没有丝毫的拘谨和做作。

"弟媳现在情况如何？"陈唐山没有回答自己的妻子是否来到

了江城，反而关心起魏子明妻子的病情来，问，"好点没有？"

"还是老样子。"魏子明回说，"年初时正常过一段时间，然而刚一过清明节，就又显得有些不稳定。"

"就没别的办法了？"陈唐山说，"也许民间的一些土办法能管用的。"

"该试的都试过了。"魏子明拍了拍沙发扶手，显得无可奈何地说道，"包括跳大仙的都请来试过了。"

"眼下怎么在弄？一直在康复医院住着？"陈唐山缩回了架在茶几上的双脚，说，"长期这样也不是个办法呀。"

魏子明在沙发上动了动身子，叹了口气，说："关键是没有别的好办法，只能先这样待着了。"

室内忽然变得安静下来。过了许久，陈唐山打破了沉默，问："最近听到什么消息没有？"

"指什么方面的？市里的？还是公安局里的？"魏子明问。

"别扯远了。"陈唐山说，"关于你个人的。"

魏子明最初听到陈唐山问他听到什么消息没有，他的思绪还沉浸在妻子的病情之中，近段时间忙着城运会的事，算起来，竟然有好久没去探望妻子李月茹了。他在想，今天无论如何都得抽空过去看看了。魏子明故作淡然地答道："不是指要调到西北靖州那边任职的事吧？"

"不错。你这个黑猫警长的消息还很灵通的。"陈唐山在私下时，总喜欢这样戏称他，陈唐山没有问他消息从何而来，只是扭头看了魏子明一眼，叹了口气，说，"只是弟媳现在这种情况，能行吗？"

"偌大的江城难道就容不下我了？"魏子明话中似有怨气。

"不是容不下你。应该是组织对你的信任。"陈唐山正色道，"西北、靖州现在这种情况，你应该已从电视、报纸和网络上看到了，中央定性是'塌方式腐败'，全国瞩目哩。"

魏子明听了，想说西北、靖州现在发生的事谁不知道呢，可我魏子明说白了也就是一名警察，而遥远的北方省市发生的事，与我可是没任何关系的啊。但他话一出口，却是连着来了两个追问："真的要走吗？消息可靠吗？"

陈唐山没有马上回答，而是从沙发上起身，到靠放在墙边的饮水机上接了两杯白开水，端过来，给了魏子明一杯，自己连着喝了好几口之后，才缓缓地说道："上级组织部门已私下和市委、市政府主要领导了解过你的情况了，如不出意外，应该很快就会有结果。"

好半晌，房间里处于静默状态。魏子明在想，如果说先前组织部副部长张家和私下透露的消息，让他还觉得有些疑问的话，此时市长陈唐山给出的说法基本上已成了定局。他只是想不明白，全国地市公安局局长总有好几百人，为什么偏偏让他中的呢？！

陈唐山大约也猜出了他的心思，打破沉默，问道："之前真还没人和你打过招呼？"

魏子明摇了摇头。陈唐山知道他和组织部的张家和有同学之谊，而且素来走动密切，因之也就实言相告，说："昨天下午张家和在电话里私下给我透信时，我整个人都有点发蒙了。"

"总体来看，这次交流出省任职也是好事。"市长陈唐山帮着分析道，"一是说明上级领导和组织对你是信任的；二是对你的综合素质和工作能力是认可的，相信你能够在当前的形势下稳住阵脚，打开局面；三是也可以看出上级组织为你今后的发展预留了上升空间。"

陈唐山知道魏子明对于自己担任公安局长好几年了，一直没有进入市委班子是有想法的。这倒不是说魏子明没有格局、小心眼，在个人的问题上患得患失。主要是进了常委，或者是退一步讲，进了不是常委的市级领导班子，他就成了名正言顺的副局级领导了。在中国目前的政治格局和行政体系中，处级和厅局级，对很多从政的官员而言，简直就是一道难于逾越的分水岭，许多栉风沐雨、砥砺前行，胸怀家国情怀、期望实现人生抱负的人，也只能到此打住，踯躅不前了。有人甚至在私底下开玩笑，说处级到副局级，就像小三想转正、小妾成大房那般不容易。况且，就全国省市县三级党委班子的配置情况看，属地的公安局局长，一般都进了党委或是政府班子的，如果不进班子，就容易让人产生误解：是工作不得力，还是组织不信任？当然，话说回来，魏子明想法归想法，现实归现实，他也知道江城市目前的格局明摆在那儿——政法委书记邹涛是市委常委，从上面空降来的。当时，公安局原局长因年龄原因行将退休，很明显，下一步公安局长应是他邹涛的囊中之物。然而后来不知是什么原因，剧情突然反转，老局长退休后，一向低调的魏子明却脱颖而出，成了江城市公安局局长。邹涛的局长没能兼任，其岗位又迟迟没有调整，位置自然就没有空出来，以至于使得魏子明的身份就一直那样不尴不尬地挂着。中国有句俗话叫"人挪活，树挪死"。魏子明外调到西北省靖州市任职，谁能说对他而言不是一个机遇呢？陈唐山于是半开玩笑地安慰道："子明啊，要我看，如果抛开弟媳现在这种情况，对你来说，这应该是天上掉下来的一块馅饼。"

"可我本人压根就没想到会离开江南去西北啊。"

"世上有些事，是不以人的意志为转移的。"陈唐山顿了顿，有些莫测高深地说，"没事时，可以再品一品吕蒙正老先生的《寒窑赋》。"

魏子明对于大宋国宰相吕蒙正写的《寒窑赋》，从前在高中阶段，包括高考应试阶段也都读过背过的，只是随着时间的流逝，那些颇富人生哲理的词句美文如过眼烟云变得遥远而虚幻，不能像江城大学中文系毕业的陈唐山，至今仍可以出口成章，可以将整篇赋辞倒背如流，并理解领悟得那么透彻深刻。

魏子明记得，那是"509厂事件"后不久。陈唐山时来运转，出任石门市市长后来省城参加人大政协会议，期间邀约了三五个同学好友小聚，魏子明因为与之有患难之交，自然位列其中。大家喝到高兴处，突然就有人说起当时刚发生的雍垵事件，说起了因处置不力而受到撤职处分的官员。自然，大家也就联想到"509厂事件"，唏嘘之余，不禁哀叹起人生的命运机缘。当时，陈唐山突然问大家，还记不记得吕蒙正先生写的《寒窑赋》，并且，也不等在场的人回应，就坐那儿抑扬顿挫地朗诵起来。魏子明没想到陈唐山有那么好的记性，竟然能从篇首第一段的"天有不测风云，人有旦夕祸福。蜈蚣百足，行不及蛇；雄鸡双翼，飞不过鸦；马有千里之程，无骑不能自往；人有冲天之志，非运不能自通。"开始，一直到最后将"嗟乎，人生在世，富贵不可尽用，贫贱不可自欺，听由天地循环，周而复始焉。"一字不漏地背了下来。不仅如此，更让魏子明对他高看一眼的是，陈唐山不但能背诵，而且还对全文词句逐一诠释，阐述后来之人应如何认识自然、顺应时代，如何在坎坷与逆境中接受现实和应对天地时空的变化。在他陈唐山看来，古往今来，没有任何一位名士先贤，能像吕蒙正吕老先生那样，通过一篇赋辞，把天地自然、人生命运沉浮，阐述理解得那么淋漓尽致。

"你是说，此去西北，我这是命中注定的事了？"魏子明有些不甘心地问道。

"顺其自然吧，也许那真就是命中注定的事哩。"

"那儿可是倒下过三任局长啊。"魏子明没说他昨晚刚刚在网上做了功课，知道那儿还倒下了六七位省部级高官。

"有了前车之鉴，聪明人就不会在同一个地方倒下。"陈唐山对魏子明的担心丝毫不以为意，不过说完了，觉得表述似乎还不够准确，于是又补充道，"人之根本，是要弃恶扬善，有所作为的。因之，我们不管做人做事，都不能忘记初心，都要有敬畏之心。而人一旦有了敬畏之心，有了责任与担当，就没有立而不稳的道理。"

魏子明在想，如果交流任职一旦成真，妻子李月茹该怎么办呢？

第八章

在江城公安系统，魏子明为人低调、性格内敛是有名的。不管是早先在基层当一名小警察，还是慢慢走上领导岗位，包括一直到现在成为主管一方的公安局局长，说话办事总是不急不缓、沉稳冷静，内心纵有翻江倒海之情感，脸面上却可以不动声色，让人看不出半丝异样。就连后来成为至交、成为他直接领导的陈唐山也不得不感叹，说你魏子明是天生做警察的料啊。

陈唐山之所以这样评价魏子明，一来可能与当时在处理"509厂事件"中的现场表现有关系。想想啊，他和省政府副秘书长方国宇进到大楼，经过说理调解，带头闹事的职工已同意先行放出被扣押的石门市的调解人员，包括副市长陈唐山，然而陈唐山因职责所在，不仅自己不愿离开，反而还要建议留下身为特警支队队长的魏子明为他壮胆，为他保驾护航。按说，当时魏子明不归他节制，完全可以找许多理由加以拒绝的，没想到的是魏子明只是略加思忖，便对用眼神征询他意见的方副秘书长点点头，很平静地留了下来。这还不算，留下来后，魏子明马上进入角色，一天一夜，他一直守在北京来的指导工厂改革的大员办公室门前，任谁也不能贸然接近和对大员施以无礼。他对领头闹事的人员明确亮明底牌，说："我是从江城特警支队来的特警支队长，现在，保护北京来的领导的安全是我的首要责任，如果有人想对领导施以无礼和加以伤害，我的这身警服不会答应，我手上的枪也不会答应。"完了，门神似的往那一站，一种凛然之气真的把在场的人都震慑住了……

再就是关于他的妻子李月茹的病情。陈唐山自从与魏子明有了那场"生死之交"，两人的交流就变得多了起来，后来甚至一度到了无话不谈的地步，包括，陈唐山调任江城市委副书记、市长，其远在家乡照顾瘫痪父母的妻子偶尔来到江城，魏子明有几次尽地主之谊，宴请市长夫妇。说好的是两家小聚，而出现在餐桌边时魏子明却总是单枪匹马，以至于陈唐山夫妇诧异地问起怎么不见弟媳，魏子明总会恰到好处地扯个理由、打个哈哈给搪塞过去。前不久，国家卫计委领导到江城就"健康中国2030"规划纲要调研，陈唐山陪同去市精神病康复医院（以下简称"康复医院"）视察，若不是康复医院院长王笑宽说漏嘴透露出消息，只怕他至今也不会知道魏子明的爱人是个精神病患。

市康复医院始建于20世纪50年代中期，一开始，主要收治无家可归、无依无靠、无生活来源的"三无"人员，以及部分"优抚"对象。而所谓的"优抚"对象，则主要是指一些在服现役期间患有精神疾病的复退军人。后来，随着社会的发展，收治范围也逐步扩大起来，包括对按规定减免了医药费或减免了医药费支出仍有困难的"特困人员"，由公安收送的对社会和他人安全有危害的"110"送管人员，以及社会病患要求入院救治的人员。

公安局长魏子明的妻子李月茹，则属于"社会病患要求入院救治的人员"类别。

市康复医院的日常管理是非常严格、规范的。探视的时间分上午、下午两个时间段，上午是9：00—11：00，下午则是3：00—5：00。一般来讲，超过这个时间段，病患家属是没办法进入病房区或休养康复区探视的。魏子明因工作性质所迫，能按医院规定的时间去探望妻子李月茹是一种奢望，好在是院长王笑宽他们还算熟，如果错过了探视时间，提前打个电话，一般也就没有太大问题的。

魏子明将自己的私家车在康复医院门前的停车场停好，徒步穿过门诊楼，来到探视区门前时，习惯性地看了看手机上的时间显示，已到晚上八点十分了，与等在门前的院长王笑宽握了握手，说了句"对不起，耽误院长大人休息时间了"，就相跟着进入了病房区。

康复医院占地面积很大，分前后两个区域。前院包括停车场、门诊（急诊）大楼、医技、行政综合楼以及后勤保障用房；后院则主要是住院楼和康复疗养区。而且，这座康复医院的最大特点是它的康复疗养区，不仅规模大、设施齐全，更主要的是，入住这儿的精神病患，一旦经过治疗病情得到控制，转入三类护理后，可以在院内实现开放式的休养和康复。魏子明之所以选择将李月茹送到这儿来，主要看重的就是医院实行的"开放式的休养和康复"项目比较有特点和特色，真的适合病人康复，或者说比较适合他妻子李月茹的休养与康复。

一般常见的精神病主要有以下几种类型：一是脑器质性精神障碍，原因是脑组织直接受到损害而造成的器质性精神病。二是躯体疾病伴发的精神障碍，原因是躯体疾病影响了大脑功能而造成的，如心、肺、肝、肾发生疾病，导致脑供血、供氧不足，或代谢产物堆积，或水与电解质平衡紊乱，从而继发脑功能紊乱。三是中毒性精神障碍，原因是某些非依赖物质，如苯中毒、铅中毒、一氧化碳中毒、食物中毒、医学药物中毒，等等，在短期大量或长期少量进入人体，引起急性或慢性中毒后，造成的精神障碍。四是情感性精神障碍，又称心境障碍，是以心境或情感显著而持久的改变——也就是以情绪高扬或低落为主要特征的一组疾病，伴有相应认识和行为的改变。五是精神分裂症，也是较为常见的重型精神病之一，多起病于青壮年，主要可分为偏执型、青春型、紧张型、单纯型等，常见症状有精神恍惚、狂躁不安、幻觉妄想、兴奋躁动、打人毁物、抑郁多疑等，病程迁延不愈，病人及家属痛苦万分。李月茹最终被医生定性为精神分裂症的时候，魏子明还觉得有些不准确，原因是妻子在病症上虽然也有精神恍惚、幻觉妄想的一些现象，但总体来看还是比较平静的，处在一种可控状态，没有出现像有些精神分裂症病人那种胡言乱语、狂躁不安，甚至打人毁物的情况。

魏子明曾私下和王笑宽交流过自己的看法，觉得妻子李月茹的一些症状，如果定性为抑郁症也许会更准确些。言下之意，自己在内心深处，还是不愿意将自己的老婆划归到"精神病"之列的。

王笑宽当时听了，却不以为然，说："在精神疾患中，严重的抑郁症其实是精神分裂症的一种类型而已，怎么定性并不重要，关键是症状的消除，病人能恢复正常生活和工作。"

王笑宽20世纪80年代中期毕业于江城医学院，学的是神经内科专业，毕业分配时被分到江城市远郊的黄城县乌龙山镇人民医院，因为当时医院条件有限，乡镇医院能充实到一名科班出身的医生，对医院、对病人来说都是一种幸事。那会儿的乡镇医院，也不可能像大医院那样设内科、外科、皮肤科、妇科、五官科等诸多门诊科室，整个医院总共就开设一个门诊，能坐诊的也就两三名医生。王笑宽学的是神经内科，但往门诊那儿一坐，看的却是全科，也不管是头痛脑热、感冒发烧，还是皮肤红肿、溃烂化脓，还是跌打损伤、扭了胳膊腿子闪了腰椎的，他就是个全能型医生，什么病都得看、什么病人都得接诊，用他自己的话说：除了不当兽医，不给猪马牛羊鸡鸭猫狗看病外，剩下的，只要是人犯的病他都得看。

当然，病是给人看了，但是看得好与不好又是另一回事。好的是，王笑宽胆大，当然也心细，而且还善于学习，包括在学校读书时，虽然学的是神经内科，但他还选修了内科和外科，业余时间甚至还有意识地研究中医的望闻问切，囫囵吞枣地研读过《黄帝内经》《伤寒论》《金匮要略方论》和李时珍的《本草纲目》。特别是王笑宽的长相、性格和他的人名一样，能给人喜感与安心。王笑宽中等身材，不胖不瘦的，但是脸盘很大，而且偏圆。如果要进行稍加描述的话，整个脸庞上发际线很高，天庭饱满，眉毛浓黑粗壮，眼睛细眯有神，鼻如悬胆，嘴阔且唇角微翘，再加上左右两边长的一对肥硕犹若弥勒佛似的耳垂，初一见面，无须多言，一副笑面佛的样子就会让人顿生好感。

长相如此，性格上也同样温善平和，说话不急不缓的。穿一身白大褂，脖子上挂着听诊器，往门诊台前一坐，见了病人，不是先问病症如何，而是像中医似的先给病人号号脉，看看舌苔，问了近期的饮食、睡眠之后，才开始问哪儿不舒服、有什么明显的症状。一般情况下，不管是自己专业知识范围内的，或是根据症状能判明病情的，或者说压根就无法判明病情的，他都会无一例外地用听诊器探探心肺等器官，听听心率、心音、血管杂音，了解一下脾肺功能系统的工作情况，间或地，还会用体温计给病人查查体温。完了，才煞有介事地一边在处方笺上龙飞凤舞地开具药方，一边笑模笑样地安慰病人，说不是什么大毛病啊，没什么事的，吃了我开的药就会好的。当然，王笑宽说是这样说，对于自己拿捏不准的病情，或是显见病情比较危重的，他也会毫不犹豫地给出建议，让之转院或是到县市大医院去看医生，只是他在给出建议时会字斟句酌，话会说得委婉得体，不会让病人心生紧张、无所适从……一度，王笑宽在黄城县乌龙山镇声名鹊起，不管男女老少，但凡是找过王笑宽看过病的，都觉得新来的小王医生，人年轻、和善，医术好。

事实上，随着生命科学研究的不断深入，生命密码也在不断破译，人作为世界上距今为止最为高级的动物，其自身的进化程度和身体的自愈能力是相当强大的。许多身体的不适，有些可能原本就不算是病，只是身体的一种自身的新陈代谢或自身的修复与调整。看不看医生、吃不吃药、打不打针，对身体的修复、对身体的一些症状的消除其实没什么太大关系，关键是一种认知、一种感受和一种心理上的需求。

王笑宽后来曾看过一份人体医学研究的权威资料，说是从大概率上讲，人类有30%左右的病症是可以完全不需要外部医治、调整便可自愈的；有30%左右的病症是可调治或不调治也能恢复本原的；还有30%左右的病症是进行外部调治后可以恢复，也可能是无论如何调治也无法恢复的。比如有些癌症病患、有些重要器官的功能性衰竭，一部分是可以通过外部力量进行修复还原的，而有些，你纵然是华佗再世，也肯定是无力回天的。

知道了"三三三"大概率，当王笑宽再回味自己的从医经验和经历时，他就曾不止一次地暗自思忖：作为医生，医术是一方面，能洞察病人的心理，能恰到好处地给病人以心理上的安抚、疏导，也许比单纯地就病治病取得的效果会更好。

市康复医院实施的"开放式的休养和康复"项目，也许就是王笑宽深思熟虑后的一种尝试吧。

魏子明和李月茹的生活轨迹，在二十多年前能重叠在一起，就一般人而言是完全没有可能的。然而世上的有些事，真的就是无巧不成书。不早不晚、不偏不倚，就在一个不经意间，碰上了、撞上了，而且还阴错阳差地碰撞出一束奇异的火花，碰撞出一段浪漫、凄美的尘世姻缘。

应该是一个暮春时节。在魏子明的记忆空间里，一旦回味起与李月茹的最初相识，总会蹦出苏轼先生的几行诗句：春未老，风细柳斜斜。试上超然台上看，半壕春水一城花，烟雨暗千家……在他的心境里，似乎总是自觉或不自觉地浸透着一幅挥之不去的江南水墨画。

从地域上讲，江城市虽说也是江南，但是远没有苏老先生所思所望的那种半渠碧水、满城繁花与民居房舍掩隐在暮云烟雨中的景致。不过即便如此，春天的脚步早已踏进并行将远去，何况，魏子明刚刚在书店购买了苏轼先生的诗词全集，暗自咏诵着《望江南》攀上黄鹤楼，登高望远，极目楚天，虽没有满城繁花、绿树葱茏，却有江水浩渺，有千帆竞发，有摩天大厦，有居民小楼，有车水马龙，有人流熙熙攘攘。更主要的是，这儿，将会有自己所要的事业、理想与将要追寻的幸福。

江城的暮春实际上就已进入初夏了。破旧的公交车上挂着的几只电扇，经过一个冬春的蛰伏，现在又开始转着脖子为往来的乘客忙碌起来了。魏子明着一件从集贸市场上购买的深灰色夹克，从黄鹤楼公共汽车站跳上车时，脑门上虽然挂着细密的汗珠，但丝毫没有感到热，没有感到头顶上忙碌的电扇给人们送来的其实也不算凉爽的风。他的脑际中，似乎镶嵌着一个看不见的开关，交替转换着不同的画面：时而白云江天、浪遏飞舟，时而满城繁花、烟雨朦胧。他在想，繁花烟雨中，如果隐约、朦胧里出现的是一位打着花纸伞的妙龄少女，那又将是一幅怎样触动心灵的美景呢？

仿佛是心有灵犀，仿佛是命中注定。就在他神接千年的思绪中，窗外，在即将到达的又一个站台上，恰好有位着一袭鹅黄色连衣裙的姑娘，像一幅久违的画，映入他的眼帘。并且，门开处，这位画中人是那么轻快地跳上车并站在了他的身旁。午后开行的电车，乘客不是很多，但座位还是不易寻觅的。黄衣姑娘往他身边一站，车厢里的空气在那一刻仿佛凝滞了，他心跳骤然加速，大脑瞬间变得一片空白。他看不见自己脸红，他唯一能够感受到的，在他的身边，似乎突然有一团灼热的火球在炙烤着他，又似乎有一块磁力极强的吸铁石，在他的身边做功发力，碰撞并牵引着他，让他浑身燥热、面红耳赤、汗流浃背，让他在那一刻几乎傻掉了。

他不知道，在车厢乘客并不是很多的过道上，在他座位的周边，不知何时忽然簇拥站立了三四个俊秀少年。他唯一能感受到的是，他身边的那团火、那块磁铁，在不间断地对他施加影响，先是黄衣姑娘的腿，在有意无意地触碰他。他身体僵硬，没有任何反应。继而，黄衣姑娘温热的身子，似乎也在有意或无意地触碰他，而且触碰的幅度几乎让他心尖震颤、血脉偾张。他是警察，准确点说，他是一名将要从警官大学毕业出来的准警察，而且还是着了便衣的准警察。在警官大学，他学过擒拿格斗，学过案件侦破，但是没有学过如何对付频频来袭的妙龄美女，在他年轻的人生经历中，如何对付美女来袭还是一片空白。

后来，他和李月茹不止一次谈及此情此景，不止一次地开怀大笑。李月茹也不止一次地揶揄取笑他，说你一个还没走出校门的小警察，看起来一本正经的，其实心中也是藏着花花肠子的，要不然，我哪里会为你出上一回彩……

魏子明一厢情愿地被异性折磨得"心尖震颤、血脉偾张"的感受没有维持太久，便就像一阵拂面清风，几乎在瞬间消弭得无影无踪了。随着公交车到站，车门的开启，站在他身边的着鹅黄色连衣裙的姑娘竟突然捣了他一拳，跟着就喊了声："快抓小偷！"

魏子明回过神看到的情景是：先前围在他身边的几位俊朗少年正慌张地相跟着下车，落在后面的一位染着棕黄色头发的瘦高个青年，正在与着鹅黄连衣裙的姑娘像拔河似的僵持着。原来，正要下车的瘦高个被黄衣姑娘从一旁扯住了衣服。也许，瘦高个压根也没想到，哥几个顺利得手后撤退时，会有个不识时务的疯丫头跳出来多管闲事，而且还扯住了衣服不撒手，他想努力挣脱，但是没想到黄衣姑娘很执着，而且手劲还很大。他很有些生气，也很有些紧张，他的脸开始由红变黄，再由黄变得发白。他一边努力挣脱着一边骂："格婊子养的发神经啦，你给老子快松手！我喊一、二、三，再不松手老子废了你格婊子养的。"

瘦高个儿果真腾出手从腰间掏出一把锋利的三角刀，气势汹汹地对着黄衣姑娘的胸口顶过去了。魏子明不知道瘦高个儿喊没喊一二三，反正出于警察的本能，当刀尖几乎就要和姑娘的鹅黄色连衣裙相接的一刹那，只见一道白光闪过，魏子明一直拿在手上的那本苏轼先生的诗词全集呼地飞了过去，不偏不倚，一下将三角刀击落在地。紧跟着，一声惨叫在车厢中漫起——他的那只练过铁砂掌、投过标枪、扔过铅饼的右臂手起书落时，不仅把将要施以罪恶的凶器打掉了，同时把将要施以罪恶的凶手也给打趴下了。魏子明旋风般扑上去按住瘦高个的时候，倒霉透顶的瘦高个已没了丝毫的反抗之力，只能哎哟哎哟地捂着手连声喊"疼疼疼"了……

魏子明是从江城市远郊农家走出来的小伙子。从学校进入警官大学，对社会对江城的了解几乎可以归零。此次到江城，实际上是他成年后第一次与省城亲密接触，第一次用欣赏和审视的目光来观察、感悟将要在这儿生活和工作的地方。他属于幸运的一分子，从下一年开始，国家对于应届毕业生，将不再包分配，一律采取双向选择，让学生和就业单位直接进行相互沟通签约。用同学们调侃的话说，将由组织上的"包办婚姻"转变为个体的"自由恋爱"了。

春节过后返校，他和同学张家和就被辅导老师告知，说是他们的工作单位已确定下来了，要分配回家乡江城市公安局。从农家能走出一个大学生，而且能成为一名警察，并能回到故乡的省城去当一名警察，他的心情是何等的激动与振奋。听到这个消息后，他第一时间去了学校旁边的电话亭，第一时间将好消息与远在千里之外的父母进行了分享。这次利用清明假期返回家乡，给沉睡于荒野中的祖先扫墓是一方面，更主要的是，再有两个多月时间，他就将进入江城公安系统工作了，他想借机探探路，提前去逛逛将要生活的江城，了解了解他将要供职的"衙门"位居何处、门开何方。特别是对于将要去工作的江城公安系统，他买了一份市区地图，从市公安局到所属的五个市区公安分局，全部按图索骥找了个遍，并且在地图上标列清楚，完了，还认真进行过一番比对。他在想，万一报到时不能留在市局机关，要进行二次分配，倘若组织征求他意见时，他能够做到心中有数。最起码能知道哪个分局是在市区、郊区，哪个分局交通便利，或是相对闭塞偏僻。从清晨进城，坐公汽、换电车、乘巴士，甚至搭乘黑摩的，一圈转下来，离晚上返校的火车发车时间尚早，于是顺便进了书店，体味书香，咏诵先贤的佳词丽句；登上了黄鹤楼，纵览白云苍天、江河美景，甚至神越红袖妙景、期冀桃花好运。谁承想，生生冒出个不识相的扒手搅了一出好局。

那时，魏子明对江城的小偷"有如过江之鲫"还没什么概念，也不知道江城的小偷之多，在国内早已声名远扬，并且曾一度上过外媒。他更不知道江城的小偷作案是团伙行动，一人出手众人掩护，一人失手群起攻击。他们不仅组织严密、扒窃手段高明，而且这些年轻的扒手心狠手辣，遇到多管闲事的路人和市民妨碍作案，从来都是毫不手软，一律打、杀不论。一段时间以来，这帮混蛋家伙一度猖獗到在公共场所扒窃他人财物到了肆无忌惮、如入无人之境的地步。在公共场所，人们见到小偷行窃，要么抬头望远，视而不见；要么如躲瘟疫，唯恐避之不及惹火烧身。大家能做出的反应，往往只是在心里，或者在小偷们顺利得手，相跟着溜之乎也之后，脱口骂一句"格婊子养的小偷太厉害了"，或者是"狗日的这帮贼娃子不得了"，算是表明了一种态度。

江南省的江城市，位居泱泱华夏之中心区域，水陆交通便利，物流集散，人员往来方便快捷，自古有九省通衢之说。不知从何时起，"格婊子养的""狗日的"几乎在江城成为一种"国骂"或者一种文化。见了面打个招呼，自觉不自觉地会问一句"狗日的吃了猫"，或者说"格婊子养的去搞么事去的"；因人因事发生口角闹翻了脸，也同样会高门大嗓地吼道"格婊子养的想么样啊""狗日的不想活了跟老子犯翘";还有,对于一个人表示友好,或者很为欣赏,同样会将"格婊子养的""狗日的"当成主语,竖起大拇指来一句"格婊子养的够意思""狗日的讲义气够兄弟"以示褒奖。

至于后来,有人把这种"国骂"调侃成江城的名片,总结为"两多两少",说是在江城"狗日的多、爹日的少","婊子养的多、亲妈养的少"。更有好事者,对江城小偷的泛滥,自己口袋里的钱屡遭不测,提议说给江城可以再加上个"两多两少",说是本该是属于自己的钱,结果是"小偷花得多、自己花得少","看着小偷行窃的人多、敢于上前制止的人少"……不难看出,前后两个"两多两少",前者是对江城这种独特的"国骂"现象的贬损与戏谑,后者则是对江城的正不压邪,没有公道正义,缺少正能量的讥讽与挞伐。反正都不是什么好话。

现在,公交车上出演的"全武行"无疑是在一潭死水中吹来的掠池清风。

初出茅庐的魏子明有如猛虎扑食。他按着一头棕黄色头发的瘦高个儿青年厉声喝道:"钱呢?老实交出来!"

被魏子明用一只膝盖死死顶在车厢地板上的扒手却不理会,依然不停地嗷嗷号叫,并努力挣扎着想往车门边挪动。而先前相跟着下车的几个小年轻,见有同伙被人多管闲事地给按住了,便回转身气势汹汹企图上车营救。这时就有乘客连声提醒司机:"格婊子养的快关门走撒……快关门走撒。"与此同时,李月茹则像一个红颜侠女,飞快地拾起被魏子明打掉在地板上的电工用三角刀,对着那几个企图冲上来营救的小青年摇晃着吼道:"看好了,看好了,你们谁敢上来我就捅了谁。"

最初反应有些木讷的司机，被突如其来的变故和乘客们的"格婊子养的"一骂，手脚立马灵动起来，一边赶紧打开汽门阀，一边挂挡加速离开了站台，只惹得车门外的几个不良青年跳着脚喊叫着跟车追了好远……

有意思的是，接下来魏子明向司机亮明身份，让司机就近将车开到汉江派出所，从扒手的身上搜出赃物时，才发现那些钱物原来是他魏子明自己的，那其中，包括他仅有的不足 500 元现金和当晚由江城返校的火车票……

后来，他们曾不止一次地回味过最初相识的情景，并且相互嬉笑着进行过这样一段对话。

魏子明说："你一个貌美如花的女孩子家，怎么就有了勇气去抓小偷呢？"

李月茹说："我这人心软。看着小偷几次三番掏你的口袋于心不忍啊。"

魏子明哈哈一笑，说："你当时喊着抓小偷时，我那小心脏都快蹦出来了。"

李月茹歪着头，亮着眼睛问："怎么啦？害怕了？"

魏子明眨了眨眼睛，说："当时脑瓜中冒着一个念头，天助我也，英雄救美的机会来啦。"

李月茹做了个鬼脸，并抬手给了他一个粉拳，说："好意思，最后却是个弱女子救了你这个大英雄哩！"

魏子明当时一边夸张地捂着被打的肩头，一边笑问李月茹：

"你老实说，你那会儿之所以出手相帮，是否早就存有一些不可告人的小心思了？"

李月茹听了却不置可否。半晌，才面带娇羞地白他一眼，道："当时还以为你是刚进城的农民兄弟，打工挣点钱不容易啊。"

魏子明听了放声怪笑，头摇得像拨浪鼓，连声戏谑道："折杀老夫、折杀老夫也。"

李月茹哈哈一乐，嘴巴依旧不饶人："真不晓得你是如何混进人民警察队伍的。小偷行窃时，我几次触碰提醒你，你怎么就会没有一点警觉？！"

魏子明只会咧嘴讪笑，半晌无语。他实在不好意思说，李月茹让他一见倾心、神魂颠倒，哪里知道扒手会趁火打劫，哪里知道站在身边妙龄女郎对他一次次有意或无意的触碰，是在提醒他看护好自己的口袋……

事过境迁，当年行将走出校门的魏子明对李月茹触电般的一见钟情，并且一度魔怔到让人不可理喻的情状，也正说明了男女之间的情愫、人与人之间磁力作用的排斥与吸引，是一件说不清道不明的事情。往往，一个瞬间的相遇、一次不经意的擦肩，也许就可能碰撞出璀璨炽热的火花。而这种偶然的相遇、不经意的一次擦肩时迸射出的火花，谁人能说这不是先天注定的命运呢？！他们的结合，纵然现在看来说不上是一出金玉良缘，但总归称得上是人间的一段凄美姻缘与爱情吧……

第九章

　　马志武连着几天都在为牡丹花卉展的安保操心费神。因为涉及好几个支队，他除了要召开协调会，审定整个现场管控方案和应急预案之外，还带着一干人马，沿着展区外围方圆 500 至 1000 米内的通道、路口进行了现场勘察。这其中包括消防支队的消防车，供电公司的应急发电车，移动、联通公司的应急通信车，市电台、电视台的现场转播车等各停放在什么位置，附近如何安排定点和流动安保人员，都一一进行了定位和明确。

　　下午回到办公室，第一件事给自己泡了杯龙井茶，燃上一支烟，而后便坐到办公桌前打开电脑，点击进入市公安局办公系统，开始一件件地批阅起积压了好几天的文件来。中央一直在持续反"四风"，从总体层面上看，公款吃喝、铺张浪费、贪图安逸的享乐主义、奢靡之风好了很多，见了成效，但是在一些地方，多年形成的形式主义、官僚主义之风还没有得到有效的改观。就比如现在等着要处理的电脑中的一应文件，许许多多打开看了其实都是一个面孔：国庆节、中秋节眼看就快到了，中央提前十天半个月就专门下发了关于在"两节"期间严格遵守中央八项规定精神的相关通知要求，中央层面明确了，按说党内各层级，为了落实规定要求，最重要的是要细化措施、抓好执行和落实。然而各级各地党委政府，包括各行业、部门，几乎是无一例外地重新用各自的红头文件，把中纪委的文件又再次转发申明一遍，好像不如此就不足以表明一种鲜明的态度。至于要如何制定可行的措施去具体地执行和落实，似乎就显得不是那么特别重要了。他粗略地估算了一下，在他有待阅处的文件框内，涉及有关中央"两节"期间遵守八项规定精神的文件通知，就有省委转发的、市委转发的、省直机关工委转发的、市直机关工委转发的、省公安厅党委转发的以及市公安局党委转发的六个不同层级的红头文件。还有关于"两节"的维稳工作，同样一个主题，省委、省政府要开会发文，市委、市政府也同样要开会发文，再往下各县区、乡镇党委政府也要开会发文，到了各行业、部门，也同样是开会发文来安排布置这项工作。现在大气环境治理十分严峻，北京、天津，整个华北就不说了，一年有好多天都生活在雾霾的包裹之中，眼下就连素有江南鱼米之乡著称的江城也不能幸免，时不时会受到大范围的雾霾侵袭，虽说大面积雾霾的暴发是由很多因素形成的，殊不知那些发文的油墨纸张也是要用树木、水草、矿石、土壤、环境来做支撑的啊。

　　曾经有段时间，江城市委主要领导就反对形式主义和官僚主义，提出过"开短会、讲短话、发短文、干实事"的"三短一实"

的要求，而且自己也身体力行，能不开的会尽量不开，能长话短说的尽量长话短说，能不发文的尽量不发文，而对于基层反映的问题和困难要扎实有效地给予帮助解决。不仅如此，对于如何提高工作效率，甚至创造性地提出"一、三、五、七、零"电子台账管理，并将其形成工作制度，明确要求：对于上级和市委、市政府的重大决策、重大部署，基层反映和要求解决的实际问题，一天内就要研究部署；三天内要向市委办公厅反馈办理情况；五天内对所要解决的问题要有实质性进展；七天内对于一般性问题原则上要给予落实解决；一个月内，对于重大问题，包括一些复杂问题要落实解决，确实解决不了的，要拿出解决的节点和方案；最终达到对所有的事项都能跟踪到底，事事有着落、件件有结果，销号清零……

　　然而让人想不到的是，他的这种创造性的、务实的做法施行没多久，忽然有一天，这位仁兄还正在市委常委会议室主持召开扩大会议，中途出来上洗手间的工夫，就被几位候在外面的纪委监委的办案人员给带走了。消失了一个多星期，才有消息传出来，说是经济上涉嫌贪污腐败、作风上搞权色交易、政治上不坚定，违犯政治纪律和政治规矩。据说，还出现了妄议。新来的书记是从北京的一所重点高校交流过来的，知识面宽，口才也是了得，大会小会，办公厅那帮俊朗干练、大都戴着眼镜的秘书，原本细心地为领导准备好了讲话稿的，但领导讲着讲着，就有点返璞归真，近似于回归到讲台上的味道了，于是便索性丢了讲稿，神思飞越、信马由缰、天南海北地侃侃而谈起来。现场侃完了、谈完了便也就罢了，但是办公厅那帮小秘书却没那么幸运，他们得按秘书长或哪位分管领导的意思，回办公室后要一遍遍地将录音设备进行回放，凝心静气地将书记的脱稿讲演一字不漏地加以整理，最后经审核无误后，再用市委的红头文件下发至各基层单位和部门进行学习。

表率的作用是无穷的。上行下效，没过多久，不仅以前的"三短一实"的要求和做法给翻篇了，就连会后印发学习领导讲话的红头文件，也从最初的只印发书记、市长的讲话，而逐步向副书记、副市长，以及各单位、各部门的领导们蔓延开来。这种会后重新整理印发主要领导的讲话，并加上按语让基层进一步学习领会的初衷也许是好的，问题出在当下官场中的溜须拍马、政治正确的流弊真的不容小觑。没过多久，会后重新印发学习领导讲话似乎成了一种待遇，领导参加的是什么方面的会，会上领导是否脱稿讲话了，或者说是否脱稿讲了哪些十分重要的话倒不是最主要的，主要是会后用不用红头文件印发给基层才是最最重要和关键的。譬如他现在正阅览处理着的文件，就有市委办公厅印发的市委书记在市委党校中青年干部培训班开班仪式上的讲话、市委副书记在全市维护社会稳定包保责任制工作座谈会上的讲话、市政府办公厅印发的市长在创建全国文明城市动员大会上的讲话、常务副市长在全市深化企业改革发展不断推进产业升级工作现场会上的讲话，还有省公安厅印发的厅主要领导在基层调研时的讲话，等等。

马志武是从基层成长起来的警官，对于官场上的许多流弊虽然有些看法，但是这种看法也只是粗浅的和表象的。而且，即使这些"粗浅的、表象的"看法，他所能表现出来的也无非在心里发点小牢骚，在无人或人少的小范围内发泄一些不满的言辞而已，别的，实在是无能为力了。不过，在中国也有句俗话——上有政策下有对策。小人物也有小人物的聪明与办法。乾坤不能倒转，海水不可倒流。但是顺应大势在乾坤中寻一段好旅途、在浩瀚的大海里觅一处相对平静的港湾纳纳凉、洗洗澡，方便的时候，顺手摸几只小鱼虾总归还是可行的。比如对于烦之又烦的文山会海，马志武就有一套他自认为"行之有效"的办法：首先说到要参加的大大小小的各类会议，但凡与他工作无太多关联甚至是毫不相干的，但是又要求必须参加的，他的办法是"人在曹营心在汉"。也就是说，人在会场，但对会上的一应要求和讲话根本就没往心里去，心思早飞出了会场之外——坐那儿兀自想着自己感兴趣的人和事了，包括，偶尔会务人员疏忽，忘记了对会场无线信号进行屏蔽，他还可以在下面悄悄地看看微信、浏览一下感兴趣的网页。

当然，他的这种神思飞越、开小差，也是建立在对自己的严格要求和外在的行为约束为支撑的。比如要符合会议的着装要求，手机要调在静音状态，不能在会场打瞌睡，也不要闭目养神；偷偷看微信、发微信、浏览网页时，还要留心不要被会场上来来回回摄像、照相的记者们给录上、拍上，等等。再就是批阅文件，对于层层转发的文件，他采取的办法是"看上看下不看中"，也就是说，同样的内容，不管你转发的层级有多少，他一般只认真阅读两份文件，一是最初发文单位的文件，也就是最上层的始发文件；二是与自己隶属关系最近的文件，也就是市局或省厅的文件。这样他就弄清了上面的精神和下面有否具体措施要求，做到心中有数。至于中间有多少个转发环节，有否什么新的要求，他觉得与自己都没什么太大关系，因之，用鼠标在阅办栏中点个"阅"字就完事了。至于层层用红头文件印发的领导讲话，他也有他的办法和招式。具体讲，就是"看题看点少看文"，意思是但凡用红头文件印发的领导讲话，首先要看的是文件的标题，如果标题的内容与自己的工作相关联，或自己对此项内容比较感兴趣，他会视情况一目十行地翻看一下讲话的内文结构和大、小标题的要点，然后有选择性地看一些相关的具体讲话内容，心里大致有个印象就差不多了。他一般不会去逐页逐行、逐章逐句地认真阅读的。反之，看完标题如果与自己分管的工作关系不大或者说自己不太感兴趣，他要么点一个"阅"字了结差事，要么随手转给分管的部属去"阅处"。总之，马志武多年来总结出的"阅文"小技，不仅为自己节约了许多的时间，提高了办事效率，而且能从冗繁无聊的"文字游戏"中解脱出来，让自己的心情也多少能获得一些愉悦。

电脑显示屏上有待处理的一份份文件，犹如割韭菜般地被一茬茬消灭得差不多的时候，关着的门突然被人"咚咚咚"地擂响了。心里正暗自骂着谁他妈这样没礼貌，还没等他不情愿地喊一声"请进"，关着的门便一下被推开了，皱着眉头的马志武一看是胖子张雷，紧绷着的脸便松弛下来。张雷着了一身警服，进来后的第一件事便是将头上的帽子摘了下来，并将腋下夹着的一个灰色文件袋一并放到马志武的办公桌上，转身到门边的饮水机边用纸杯接了一杯凉水，站那儿咕噜咕噜一气灌了下去，才又回到马志武桌对面的椅子上坐了下来。左右晃着肥大的头把办公室打量了一番，也不等马志武问话，就自顾自开口说道："马队啊，你这官可是越当越回去了。我看你这局副级的办公室，和我这个基层副所长的办公室大小差不多了。"

马志武盯着张雷看了一眼，从桌上的烟盒里抽出一支烟丢了过去，说道："你小子跑过来就是检查我办公室的大小的？！"

"哪敢哪敢，我也是顺口一说。"张雷一边点着烟，一边解释道，"只是进到房间以后，感到和以前大不相同了，有点压抑。"

张雷说进到办公室感到有些压抑，马志武还真有同感。他以前的办公室是相互连着的两大间，足有三四十平方米，室内不仅有宽大的老板台，而且在老板台的对面，还配有一组由一只条发和一对单人沙发组成的小型会客区，四周的墙面，除了他坐着的那面一溜摆放着整组的书柜外，另外的三面墙壁上分别悬挂着世界地图、中国地图和江城市区图，沙发的两边和几处墙角，还错落有致地点缀着高大的"发财树"和开得火红的"红运当头"之类的绿植。偶尔不出警、不开会，在办公室坐上一天也没什么压抑不适的感觉。马志武还只是支队长，没有挂市公安局副局长职务时，因为每周都要列席参加市局周五召开的早会，加上局办公大楼的办公用房也还宽裕，局办公室便给几个资历老些的支队长配了办公室。八项规定出台后，根据上级要求，凡在同一城区内，在几个层级或几个单位部门任职的，只能从方便工作出发，保留一处办公场地。因之，他后来即便挂了市局副局长的职务，在市局办公楼也同样没有了落脚的地方。而治安支队的办公室因为超出了一多半的面积，最后只能拦腰从中隔开，于是就形成现在这个样子，不仅摆不了沙发绿植，就是在他的老板台对面摆上一把木腿椅子都显得很拥挤。平时进了办

111

公室，门一关，坐那儿不仅感到空间狭窄、让人憋闷，而且，还时不时会觉出有一种面壁思过的味道。不过即便如此，年初市局党委委员、政治部主任崔金龙按照魏子明的要求，带着人下来对各基层单位的办公室进行专项检查时，用皮尺一量，还是有点超标，只是考虑到房型的格局，也只能打个马虎眼算了，前提是要支队写个说明，以备上级巡视巡察或检查时好有个交代。

根据国家发改委、住房和城乡建设部最新发布的《党政机关办公用房建设标准》规定，党政机关办公用房按单位级别和性质分为五类，分别为中央机关、省级机关、市级机关、县级机关、乡（镇）级机关，对各级工作人员办公室使用面积进行了严格限制。以中央机关为例，部级正职每人不超过54平方米，部级副职不超过42平方米，正司（局）级不超过24平方米，副司（局）级不超过18平方米，处级不超过12平方米，处级以下不超过9平方米。这一标准同样适用于全国乡（镇）级及以上党的机关、人大机关、行政机关、政协机关、审判机关、检察机关，工会、共青团、妇联等人民团体机关，以及各级机关组成机构、直属机构、派出机构和直属事业单位办公用房建设标准。

中纪委根据两部委发布的建设标准，对省市县三级机关和层级干部的实际办公用房标准进一步给予了细化和明确，而且对于省市县机关的办公用房，还有所适当放宽。比如对于地市一级机关干部的办公用房：市级正职是42平方米，市级副职是30平方米，正局（处）级是24平方米，副局（处）级是18平方米，局（处）级以下则没有变化，仍然是不超过9平方米。

马志武的市公安局副局长和治安支队队长都属于副局（处）级干部，按规定不能超出 18 平方米，但是办公楼原先设计的房屋面积每间房有将近 20 平方米，以前连通着的两个房间现在居中一隔，仍然多出了两个平方米，这超标出来的两个平方米如果再单独隔离出来，显然是典型的形式主义和教条主义的做法，因之，崔金龙当时让支队写个说明备查，马志武心里虽然不是很爽，但还是觉得这样做是比较实事求是的。

现在，张雷突然跑进来对他的办公室发感慨、表达不满，他当然不会随声附和，相反，还微微皱了皱眉，说道："你小子一个小副科级干部，按规定只能坐 9 个平方米的办公室，你如何就和我的办公室大小差不多了？现在是什么形势你可得弄清楚了，等撞到枪口上了可别怪我没提醒你。"

马志武的话说得很重，表情也很严肃，这在张雷的印象中还是很少见的。因之，张雷再说话时就小心了许多。他晃了晃硕大的脑袋，转着眼珠算计了一下，有些自嘲地回说道："马队放心，我那办公室小，办公桌椅也小，属于等比例浓缩版的。只是感官上觉得空间和您这儿是差不多的。我这是在穷开心哩。"

"前不久，市纪委监委专门就违规的问题发了一个通报，这其中有公款吃喝的、有公款旅游的、有公车私用的，也有婚丧嫁娶大操大办的，当然也还有办公用房超标的，这中间包括检察院、法院、国土局、安监局都有领导受到了处分。"

"知道哩。"张雷说，"那份通报，我们还在所里的支部大会上学习过了的。现在还真是不敢马虎了。"

"知道就好。"马志武把将要燃尽的烟蒂按在烟灰缸里，仍然沉着脸说道，"以前的确太稀松了，现在紧紧螺丝很有必要。"

张雷从参加工作就在马志武的手下，虽然对马志武言听计从，但偶尔，也会借机开些玩笑调节调节气氛。于是便大着胆子戏谑道："马队，就您这境界，完全可以转岗去当纪委书记了。"

"我说的可是认真的哩。"马志武沉着的脸没有松弛下来，拧起眉头用手点着张雷说道，"就说前几天你带着那帮小子做出的混蛋事，也太他妈小儿科了。"

张雷知道这是在说那天与记者闹纠纷的事，便有些不服气地辩解道："我们那天可是自己掏钱消费的啊。王四曳做笔录时不都说得很清楚吗？况且消费的钱款还是你马队给我们先垫上的！"

"你说的这些都没错。"马志武用手指轻敲着办公桌的台面，不满地说道，"你小子可别给我瞪眼睛。你要动脑子想想，要知道错，知道错在什么地方！"

"我们能有什么错呢？"张雷愣在那儿眨了眨眼睛，说，"最多是不该和那俩烂记者发生冲突。"

"你这只能算是说对了一半。"马志武脸色稍微有了些和缓，说道，"首先，你们在地点的选择上就错了。偌大的江城，在哪儿不能吃顿饭，偏偏跑到南湖会所去吃？那地方可是定义为会所的啊！"

"早就更名了。"张雷低声说，"现在叫南湖客舍了。"

"那是程洪海这家伙在糊弄人。"马志武说，"南湖会所早就名声在外了，临时换个鬼符就能改变其内容和性质了？！"

张雷听了没有出声，探手把马志武面前的烟盒拿了过来，先给马志武敬上了，自己才燃起一支来，挺起腰板摆出一副愿闻其详的样子来。

马志武没有客气，继续批道："你们把吃饭的地点选错了，不和记者们闹将起来便也罢了，纵然闹将起来，最多把他们偷拍的影像资料删除掉便也罢了，你们倒好，闹到后来把别人的记者证也撕了、手机也给砸了！"说到后来，马志武露出了一副恨铁不成钢的样子来，骂道，"你们这帮小子这是一错、再错、还错！"

"这最后不是有您马队给我们兜底吗?！"张雷又开始嬉皮笑脸起来。

"那天如果不控制住，弄不好会出一个大的舆情事件的。"马志武的话说得十分严肃。

"我们当时确实不够冷静。"张雷连着点头道，"听说魏局那天一晚上都没睡觉。"

"也算你胖子运气好。"马志武说，"不然闹大了，你的副科级都可能会给你撸掉的。"

"事实上，那俩记者那天也不是冲着我们去的。"

"你就瞎胡说吧！不是冲你们去的？不是冲你们去的怎么就偏偏找上你们这帮小子了！"马志武依然没有客气。

"其实是程洪海得罪了那个叫李小伟的记者。他们是故意过去搅场子去的哩。"张雷解释道。

"刚好就你们火背、点子低？瞎猫子碰上你们这帮死耗子？"马志武恨恨地说道，"媒体人有机会把警察给弄进去炒，你自己说说该有多吸引眼球吧？！"

张雷用手挠了挠脑袋没再接话。他知道马志武该说、该训的话也差不多了，斜着眼看了看腕上的手表，就把放在桌上的帽子拿了起来，同时把压在下面的那个文件袋往马志武面前推了推，说："黄鹤楼新出来的一个老牌子烟，叫什么游泳牌的，据说以前是为毛老爷爷开发生产的，马队你尝尝看。"

"瞎扯。游泳牌香烟只是个老牌子而已，和毛老爷爷有什么关系。你张胖子就专门给我送烟来的？！"马志武有些狐疑地问。

张雷摇了摇，说："秦副支召集我们开会，晚上有任务哩。"

张雷说的秦副支，其实是治安支队的副支队长秦海，也是他马志武的副手。这几天，治安支队正在依循惯例，也是在落实魏子明的相关要求，组织各辖区的警力，分头在"双节"前，对相关特种行业、重要公共场所、区域进行扫黄打非和重点抽检工作。

"你来开会，你们所长武玉明呢？"马志武问道。

"病了。估计是城运会保障时累着了，肝区痛，肝功能超标很厉害。"张雷说，"他那身体，现在是一天不如一天了。"

"晚上的行动由你负责组织？"马志武觉得有些不放心，说道，"南湖所辖的那片儿很复杂，你小子得长点心。"马志武知道，晚上的集中行动，其实是好几个片区同时进行的。秦海之前在向他汇报具体行动方案时，因为南湖片区所处的位置特殊，还特意请示要不要派一个支队的领导过去督导。马志武考虑武玉明是个老所长了，做事干练、稳妥，不会有什么问题的。现在突然听说武玉明病了，南湖那块的行动由张雷组织，就免不了多了份小心。

张雷倒不以为意，打着哈哈道："强将手下无弱兵。我从一参加工作就跟着您扫黄打非，马队您放心好了。"说完，也不等马志武发话，就径自起身往门边走。然而快要开门时，却被马志武叫住了。回过头看时，马志武已把他留在桌上的文件袋打开了，正把里面放着的一个厚厚的信封抽了出来，对他一晃，说："怎么还有这东西啊？！"

张雷脸一红，说："这是还您代我给王四曳的餐费哩。"

"烟我留下了。"马志武不容置疑地说，"这个你得拿回去。"说完，感觉张雷愣那儿有点下不了台，就又笑着补了一句："代你付给王四曳的餐费，就算我请了你们这帮小子的客吧。"

第十章

魏子明晚上要来康复医院探视妻子李月茹，院长王笑宽是一直留着小心的。

电话打过来的时候，王笑宽原本已起身在收拾东西准备下班的。听魏子明在电话中说估计晚上八点左右才能到。言下之意是过了探视时间，要王笑宽行个方便，到时能有人给他开个门、带个路什么的。

王笑宽因为上次市长陈唐山陪国家卫计委领导来调研，参观康复人员工艺作品展时，王笑宽在介绍情况的过程中一不小心说漏了嘴，把李月茹与魏子明的关系给透露了出来，魏子明知道后十分生气，曾专门打电话过来，将他好一顿责怪。他知道，魏子明虽然位高权重，堂堂的江城市公安局局长，平时倒是十分低调谦和的，很少见他出言不逊、发火骂人。然而那一天魏子明在电话中丝毫没有客气。他直截了当地在电话中责骂，说王笑宽你格八马的脑壳进水了是怎么回事?！跟你说过多少次、多少次了，叫你不要对外乱讲、不要对外乱讲！现在你倒好，直接捅给了市长、部长，我看你那一张大嘴真该弄条破抹布给塞住，省得你把不住门关不住风！

当时，挨了骂的王笑宽，就像被人突然从后背拍了一闷砖，愣在那儿好半天缓不过劲来，等回过神刚要做一番解释，对方却气咻咻地把电话给压了。再打，魏子明却怎么也不接电话了。现在，王笑宽听说魏子明晚上要过来，他便赶紧在电话里说，魏局你什么时间来都可以，今晚正好是我值班哩。

康复医院多年形成的习惯，从院长书记到副院长，到纪委书记、工会主席，一年三百六十五天，都要按领导班子排序，依次值二十四小时的行政班的。放下电话，他立马从桌上的文件夹里翻出本周值班安排表，一看当日的值班领导是工会主席杜江琴，便顺手用内部座机电话给杜江琴办公室拨了过去，电话中他和杜江琴商量，说他有个朋友突然晚上要过来看个病患，估计会到得很晚，于是想着和她调换个班，今天的夜班由他王笑宽来值。然而对方在电话中听了却显得有些不高兴，娇嗔地说院长你要调换值班的时间干吗不早点说哩，害得我为了今天值班，把晚上的同学聚会都给推掉了。

王笑宽是个老好人，虽然是院长，但是和大家的关系处得极其融洽随和，听了对方的嗔怪，便马上打起了哈哈，说："同学会、同学会，搞散一对是一对。既然有同学会，你现在去还来得及的。算了，今晚的夜班就算是我帮着搞了一次义务劳动吧，也不用你还了。"

晚上在食堂吃了饭，王笑宽特意回到办公室，换了身白大褂，在住院部楼上楼下转了一圈后，又进到偌大的康复区走了走，并专门折到社区才艺作品展厅以及李月茹所在的编织艺术康复区的五号院去看了看。

江城市精神病康复医院之所以远近闻名，之所以能有国家卫计委领导来视察，并不是这个医院的建院时间长、规模大、在院人员多。最主要的还是医院的办院特色、适宜康复休养人员的软硬件环境。王笑宽担任医院院长有十好几年的时间了，他倡导的"以人为本、贴近自然、回归本源"十二字办院宗旨，一度得到业界的高度认同和广泛赞誉。特别是近年来他一手操办开辟的康复休养园社区，几乎成了闻名全国的品牌。新增的康复休养园社区的面积，差不多有两三万平方米，以前是市东方红棉纺厂的主要生产厂区。20世纪八九十年代，原本是非常红火的企业，生产的纺织品远销欧美等多个国家和地区，但是后来随着一场莫名的不该发生的学潮风波，产品、订单双双受到西方一些国家的打压，以致造成产品滞销、订单丢失，企业出现严重亏损。为了生存，棉纺厂先是减人增效、搞经营承包，继而又进行股份制改造，建立现代企业制度。然而，一路走下来，东方红棉纺厂就像风烛残年、病入膏肓的老人，各种方法用尽，仍然难以起死回生，苟延残喘多年之后，还是走上了倒闭清算之路。

王笑宽所在的市精神病康复医院和东方红棉纺厂相距咫尺。有意思的是，以前棉纺厂十分红火的时候，康复医院门庭冷清落寂，收治的病患很少。然而"三十年河东，四十年河西"，随着岁月流转，随着社会的进步发展，随着各项改革的不断深化，东方红棉纺厂似乎完成了它应有的使命走向了穷途末路。而先前落寂冷清的康复医院却在社会经济形势不断向好、生活水平得到充分改善和提升的过程中，其精神病患的数量却逆势而上，前来求医问药、住院康复的人越来越多，多得让一院之长王笑宽有点难以招架，特别是床位紧张、康复区受限，有时为收治一个病人，要排队等好长时间才能遂愿。有一段时间，市里盛行搞什么行风评议，每年都要分期分批地将机关及企事业单位拿出来，让社会各界进行评点打分，对排列后三名的单位主要领导，市纪委还要视情况进行约谈或采取组织处理。让人不可理喻的是，一个无职无权的康复医院竟然被评了个倒数第三，有好事的朋友拿他开玩笑，说你一个精神病医院，行风怎么能会不过关？你们是怎么吃拿卡要的？！王笑宽听了，自然也是哭笑不得，嗫嚅了半晌，说了句："都是精神病太多惹的祸啊……"不明白的，还以为是他王笑宽对市里组织开展的行风评议有意见，在发牢骚，不该把他所在的康复医院拿出来评议开涮；知道实情的，则心里清楚，此时王笑宽说的是大实话：眼下精神病人逐渐增多，精神病院不扩展、不增加床位，老百姓看病有困难，群众对市康复医院的工作是真的不满意。

而恰恰在此时，东方红棉纺厂难以为继将要破产进行资产处置，正好给王笑宽天赐了一个难得的机会。他得到消息后马上闻风而动，不是涎着脸找卫生局领导当面请示汇报，就是托关系找门子给市领导递报告、呈实情。有好长一段时间，王笑宽就像一位从四方山上跑下来化缘的和尚，走东窜西、四处游说，希望政府能给康复医院拨款购买棉纺厂的部分土地，扩大医院规模，解决老百姓看病难的问题。功夫不负有心人，最终，经省、市相关部门研究，由市政府财政出资购买后，整体划拨给了康复医院。要说，王笑宽还真是个能办事、会办事的人。东方红棉纺厂的部分土地被划过来后，按最初的规划设计，是要把以前地面的建筑全部推倒，按新的标准要求重新进行建设的。没想到的是，王笑宽让人在划拨过来的土地打上了围墙，老农似的倒背着双手，十分惬意地在那儿一圈圈地走过许多个来回后，就改变了先前推倒重来的想法：划拨过来的土地上，还有那些废弃的厂房，一些破旧低矮的职工宿舍，他觉得还有利用价值，如果进行一番设计改造翻新，一座别具特色的康复休养区不就出来了吗？因之，在他的主导下，江城市精神病康复医院充分利用棉纺厂旧有的一些房屋设施，经过重新规划建设整修，以及相关设施配套，打造了书画艺术、编织艺术、农林园艺、手工技艺、机械制作等五六个独具特色的开放式康复休养社区。

之所以称之为康复休养社区，主要体现在四个方面：其一，社区有它的相对独立性，康复人员的衣、食、住、行都在一个相对集中且较为宽阔的范围与环境之中；其二，每个社区的人员组成有相对的同质性，即康复人员过去的职业、爱好有一定的相同相近之处；其三，每个社区的日常活动有相对的自主性，采取医护管理人员的引导和康复人员群体自主管理相结合，以康复人员的群体自我管理为主；其四，康复人员由过去单一的药物治疗，拓展到心理行为训练的综合治疗，寓心理教育于工娱疗法之中，促进患者早日康复。

以前棉纺厂遗留下来的破旧的职工宿舍，设计改造时按每套住房入住1人、2—3人、3—4人的格局进行了整体装修，里里外外面貌焕然一新。进入社区的康复休养人员，原则上2—3人或3—4人合住一套住房，室内每人可分得一个单间，共用客厅和卫生间，有特殊需求，且家庭条件较好、愿意多出入住费用的康复人员，可以申请入住一室一厅的小套房。而以前的厂房，准确点说那些废弃的车间，也按不同社区的性质和特点，进行了区域划分和功能性装修布置，昔日偌大的一个个车间，眼下变成了健身区、休闲娱乐区、荣誉展示区和工作实操区。

　　李月茹所在的编织艺术康复社区，入住的康复人员有三十多人，多是以喜欢纺织或对手工编织有一定技能和爱好的人员，社区就像一个管理规范的单位和集体，作息时间统一，住宿与工作娱乐疗法分开。魏子明第一次带李月茹进到康复休养社区的时候，就发现李月茹的眼眸似乎突然变得清亮起来。及至进到被改造的编织社区实操间，一字排开的工作台前，静默无声地坐着几十位年纪不等的女人，都在神情专注地忙着自己手中的活计，看到众多的女工灵巧地让两根针线在手中上下翻飞，编织着各自钟爱的物品，李月茹似乎一下被什么触动了，竟然在靠边的一个空着的工位上坐下来，找出两个线针，就着台边放着的一团灰色毛线，比比画画地编织开了。那时正是隆冬时节，病后多年一直变得沉默寡言的她，竟然主动对魏子明说："我要给你织个围巾。"魏子明听了，心里一热，马上回答说："谢谢。你以前给我织的毛衣真的很漂亮！"魏子明说完，紧接着又问道："这儿好吗？"李月茹连连点头，说：

"好！好！我喜欢！"

当时，从编织艺术康复社区出来，王笑宽又带着魏子明和李月茹参观了其他几个社区，李月茹就像换了个人似的，主动向魏子明介绍，说这儿以前是什么什么车间，那儿是谁谁谁住的集体宿舍，还有前面那个地方是一个大花坛，与花坛隔了不远的地方以前有假山还有喷泉……李月茹的话匣子仿佛被什么看不见的东西给激活了一样，娓娓道来，不绝于耳，让魏子明听得心里发酸，眼眶里竟然噙了泪水……

当时那样一种情形，让一边陪着的王笑宽大惑不解。王笑宽悄悄地问魏子明，说："弟媳以前是干什么的？好像对这儿的情况很熟悉啊？！"魏子明装着不经意地仰了仰脖子，平了平心气，声调低缓地说道："怎么能不熟呢？她以前就是东方红棉纺厂的中层管理人员，下岗了！"

王笑宽听了，有些发愣，几次歪过头打量魏子明，他大概想不明白，一个威武赫赫的公安局长，老婆怎么会是一个下岗人员哩？不过，王笑宽的疑虑，就像江城夏天的夜空划过的流星，瞬间就消弭逃遁了。魏子明从没和他谈起过李月茹的病因，是否与她的下岗有什么联系，但王笑宽却说："如果是这样，弟媳参加到康复休养社区的集体活动中来，也许能重新找回从前的自己。"现在看来，当时王笑宽如此一说，不管是信口开河意在安慰魏子明，还是洞若观火，早已对李月茹得病的诱因有所了解和掌握。反正，李月茹入住康复休养社区后，病情总体还算平稳，没有出现什么太大的反复，仅凭这一点，他魏子明对王笑宽还是心存感激的。

康复医院扩建后，实际形成了前后两个特点各异的不同区域。前一个区域主要是由从前的门诊大楼、住院楼、医技及行政综合楼和后勤保障用房组成，门诊大楼坐北朝南在前，住院楼与之平行居后，左右两侧是医技、行政楼，以及后勤服务楼，呈一个较大的围院式分布，在这一区域看病住院的，一般是病情比较严重，需要重点医治并严加看管和护理的；后一个区域则主要是从棉纺厂划拨过来的土地上新建改造形成的康复休养区域，重点收治那些病情通过强制性治疗后得到控制，行为能力得到基本恢复，且愿意继续进行康复休养治疗的病患。以前棉纺厂虽然与康复医院相邻，但中间实际上还有一条十余米宽的人工水渠相隔，部分厂区土地划拨过来后，规划改造时，就特意在水渠上横向铺设了近百米宽的预制板，上面铺上沥青，不仅把原本分开的两边连接到了一起，而且还成为进入康复休养区域的一条通道，在通道的两侧，各竖着两根石柱，中间用不锈钢管镶嵌焊接、构建了坚固美观的围栏，从前面的住院楼跨过通道，进入康复休养区时，还设有一道管理严格的值班门卫，平时有一名内部保安值守。国庆节还有好几天，康复休养社区的节日氛围已经很浓了。王笑宽带着魏子明和门卫打了个招呼，进入康复区。魏子明发现，通道两侧的围栏边，不仅摆放着许多盛开的牡丹、秋菊等绿植花卉，而且在康复区内，那些正散发着阵阵幽香的桂花树、香樟树上，还悬挂着许多彩灯，在变幻闪烁中，衬出"欢度国庆""祖国万岁"等各不相同的造型。

"有点意思。"魏子明停下脚步，指着那些闪烁的彩灯赞赏道，"用彩灯勾勒出字形还是要费些功夫哩。"

"那是。"王笑宽也不谦虚，说，"魏局你要知道，我这儿分设着五六个社区，一百多号人，可是什么样的人才都有的。"

魏子明微笑着点了点头。他知道，王笑宽的精神病院、康复社区，和他工作的公安机关所要调整、规范的对象差不多，但凡是犯罪分子或者说犯罪嫌疑人，许多都是聪明能干且智商很高的家伙，同样的，许多出现精神疾患的人，从大概率上讲，犯病前也大都是非常精明聪慧之人。

王笑宽一直惦记着魏子明对他的不满。但是平心而论，那次无意间泄露李月茹与他魏子明的夫妻关系，也的确是事出有因，只是事过境迁，一直找不到合适的机会向他解释。今晚魏子明过来，王笑宽显而易见的是想借机化解这个心结。

王笑宽说："我们前些日子，提前搞过一次'庆中秋迎国庆'社区才艺竞赛作品展览，前面顺路，魏局可以看看的。"

魏子明听了，抬手看了看手机上的时间，说："现在看展览晚不晚？都是些什么方面的才艺？"

"没关系，用不了多长时间。"王笑宽说道，"那些参展的作品，全部是各社区的休养康复人员创作或生产的，还是很不错的。"

王笑宽所说的展览活动，实际上是前段时间省、市两级卫计委，为迎接国家卫计委领导的调研检查，精心布置的一个看点。当然他们的这种布置和弄虚作假是两码事。首先，所有出展的物品都是出自康复社区的人员之手，没有瓜田李下假手他人之嫌；其二，活动的组织也是年初就列入了年度既定工作计划的，不是临时的应景之作。所不同的，只是在布展的规模和布展的用材上提高了些档次、多花了些钱而已。比如，一些参展的书画摄影作品，包括刺绣、十字绣作品，都委托市里一家装裱公司统一进行了装裱，并且分门别类悬挂上墙；机械发明创造、编织作品，包括园艺根雕、盆景作品，甚至稼穑农副食品，则请专业的装潢公司根据实物的类别与大小搭建展台，统一进行布展，同时辅以不同的灯光与色彩，使得整个展厅看起来既有档次也有内涵。

才艺展示厅设在康复休养社区的综合会议室内。魏子明在王笑宽的陪同下，顺着康复区内的主干道走了不一会儿，远远地就看到会议室内外灯火通明，室外门厅上方的条形电子屏上，还有节奏地闪动着"庆中秋迎国庆才艺作品展览"字样。魏子明有些好奇地看了看王笑宽，问道："这么晚了，展厅还开放着？"

王笑宽一笑，回说："我这儿不存在开不开放的问题，在社区内，只要大家愿意，随时可以进出参观游览的。"

仿佛是对王笑宽的话给出的回应，恰在此时，从会议室内走出两位身高和体形相仿的中年汉子，都穿着短腿裤、套着老头衫，一边走还在一边大声地争论着什么。魏子明紧走几步，大约是想听听这些精神世界紊乱的人，到底是因为什么事情发生了争执。然而还没等他走到跟前，便被落在他身后的王笑宽的问话给打断了。只听王笑宽冲着两个汉子说道："大毛、二毛，这么晚了不休息，还惦记着你们家的俩小子？"

被称为大毛、二毛的两个汉子立马停止了争论，抬头见是院长王笑宽在和他们打招呼，其中一人就哈哈一乐，笑着回答："院长啊，我们哪里是不放心那俩小子呀，关键是近期想捣鼓着再生出一个老三来哩。"

"生就生嘛，怎么意见不统一了？"王笑宽也跟着打哈哈，说，"该不是为生男生女发生了分歧吧！"

"没有。"仍然是先前回话的汉子说道，"主要是为它今后的长相和体形有些犯愁哩。"

双方一问一答，着实让一边的魏子明犯了迷糊：他首先看到的这是两个汉子，而且长相几乎是一模一样，应该是一对孪生兄弟，既然是兄和弟，他们如何能"生"？

王笑宽发现魏子明有些发愣，就探出手在他肩头上一拍，指了指面前的一对孪生兄弟，介绍道："这是我们机械工艺社区的大毛和二毛，发明家，他们发明的机器人还是很有些意思的。"

魏子明听了，眼睛一亮，问道："那里面也展有你们的作品？"

"嗯，当然有啦。"王笑宽见兄弟俩对陌生的魏子明的问话显得有些迟疑，就连忙在一旁帮着回答道，"不仅有，还有两个哩。他们送展的作品，可以称得上是我们此次活动的镇馆之宝。"

趁着王笑宽介绍情况的机会，魏子明借着灯光认真地打量了面前站着的大毛和二毛，他发现这兄弟俩真像是一个模具里刻出来的，猛然一看，很难分辨出什么不同点，都是国字形脸，眼睛不是很大，但眉毛浓黑且长，鼻梁有些塌，不过鼻子的准头丰隆，嘴巴大小适中，下颌微微上翘。从脸上显现的神情上看，不仅透着一些刚毅而且还充满着自信，如果不考虑他们所处的环境与场所，谁也想不到他们曾经是精神疾患之人。

魏子明说："不错，能发明制造出机器人可不是件容易的事情。

正好，王院长你就让大毛、二毛两兄弟给我开阔开阔眼界吧。"

王笑宽将大毛、二毛参展的机器人称为展厅的"镇馆之宝"，在魏子明看来还真是不假。呈现在魏子明眼前的一个足有三四百平方米的会议室，几乎被布展的物品全部占据了。甫一入内，迎面是两块立着的展板，上面无一例外地介绍了参展的目的、意义和内容，并配上一些省市领导来康复社区检查指导工作的各种图片。左侧是书画工艺作品展区，一溜的墙壁上，分门别类且错落有致地悬挂着参展的书法、绘画、摄影、刺绣、十字绣等作品；右边则是搭建的大小、高低不同的展台，上面摆放的展品可以说是千奇百怪：有自制加工改造的钟表、相机，有根雕、盆景，有泥陶作品，有折叠收放自如的桌椅板凳，还有农艺社区送展的改良西瓜、冬瓜、玉米、土豆等实物。当然，在这一展区，最显眼的当数摆在最前面的两尊形态不一的"机器人"了。之所以说它们形态不一，首先是大小不一，高的有一米四五，矮的和公安局豢养的警犬不相上下；再就是它们的长相，根本就和人们印象中的机器人有天壤之别，高的机器人看起来有些人形：有身体躯干、一对胳膊和两条腿，还有两只蒲扇般大小的脚，但是脑袋看着不是很明显，该长脑袋的地方实际上就是带动两个手臂的几个传动齿轮。矮的机器人就更好玩了，乍一看，就是组合起来的"工"字形的钢筋构架上，中间吊着一坨铁疙瘩。魏子明的目光在它身上停留了很久，一直没弄明白这家伙怎么能被称为机器人呢？！

王笑宽大约是看出了魏子明的疑虑，马上对陪在他身边的大毛二毛挥挥手，说："你俩也别愣着了，快去让你们家那俩小子给魏局露露绝活。"

　　大毛二毛得到提醒，也不言语，只是笑眯眯地迈步跨上足有半米高的展台，分别对摆在上面的一大一小的"机器人"鼓捣了一下。原先静止不动的两个铁家伙，立马就像打了鸡血，十分夸张地在台上踢里哐啷地动了起来。高个头机器人的一对蒲扇般大小的脚这时派上了用场，大约是在齿轮的带动下，竟然一前一后地迈开了步子，当然，它的步幅不是很大，走得也不是太稳，看起来有些像小脚女人似的走得歪歪扭扭，但是它移动的频率很快。特别令人叫绝的是，它有超强的感官识别系统，展台的面积有七八平方米大小，快走到边缘时，它会自动调整方向。而另一个呈"工"字形、只有警犬般大小的"小矮人"，那坨看似毫无缘由地吊在中间的铁疙瘩，这会儿同样被赋予了超强的能量，竟然能腾挪翻飞，并带动上下两根作支撑用的横担，交替移动，那情形，很有些类似少年武术班的儿童们练的前空翻、后空翻。"小矮人"同样也有感官识别能力，前空翻到了展台边缘，虽然不会拐弯，但它会就地改成后空翻，在台上碰到迈步走的"大块头"，它还知道停顿、避让……

　　机器人的发明制造在当今社会已不是什么稀奇事了，而且其智能化程度已经远远超出了人们的想象，有的，甚至已走进了人们的生活和工作之中。魏子明去年曾在江城经济开发区参观过一家物流分拣中心，成百上千平方米的分拣车间里，往来忙碌着的全是大大小小的智能机器人，他当时看了内心觉得十分震撼，暗自思忖：假如有一天高智能的机器人进入警察系统，像他们这些职业警察会不会就要丢掉饭碗！他甚至还想到，这些高智能的机器人，它们的程序控制系统能否与人脑兼容？能不能校正人脑的某些缺陷，让患有精神疾病，或者说能让患有忧郁症的诸如妻子李月茹一样的人回归正常的生活？

魏子明在展台前走着神。院长王笑宽却处在全神贯注、超级兴奋状态，只听他冲着台上喊道："大毛，你让那个'大块头'不要再走猫步了，叫它过来干点活。"

魏子明回过神，扭头看了看王笑宽，有些诧异地问道："它们能干什么活？！"

"当然能干活了。"王笑宽指了指"大块头"，说出来的话竟然多了几分的幽默，他说："这家伙是老二。那个翻跟头的是老大。老大是两三年前诞生的，先天性不足，只能翻个跟头玩些虚把式；这老二就不一样了，今年年初才面世的，营养足，身子骨壮实，能比画着干点活了。"

这边说着话，台上的大毛一边让"大块头"停了下来，一边就问："院长，你看是让它先扇风，还是让他捶背按摩？"

"还是让它先扇扇风吧。"王笑宽说，"今年的秋老虎持续的时间长，天这么晚了，我还感到身上有些燥热。"

"大块头"给人打扇子扇风是要道具的。大毛从展台下面拖出一个大的塑料袋，从中找出一把眼下市面上已很少见的芭蕉扇，将扇柄插入"大块头"的左边的仿真手臂预设的机关上，然后启动电源，左臂于是就带动芭蕉扇有节奏地上下舞动起来。还别说，"大块头"手臂舞动的幅度虽然不是很大，但风力却不小，魏子明所站的位置距离"大块头"少说也有一两米远，阵阵凉风拂面而来，还是很让人感到开心和惬意的……

　　轮到表演给人按摩捶背时，大毛又玩魔术似的从塑料袋里找出两只大号棉手套，给"大块头"的两只仿生手套了上去，乍一看，有点像要表演拳击的味道。二毛则从台下搬了一只塑料凳子上去，摆在"大块头"的面前，并对着王笑宽打了个手势，意思是一切准备就绪。王笑宽有心让魏子明上前去体验一下，却发现魏子明在一直打量着"大块头"的两只套了手套的大手，丝毫没有要上去体验的意思，于是就对台上说道："可以开始了，二毛你就当一次接受按摩的对象吧，让你们家二小子给你捶捶背松松骨。"

　　魏子明有些担心"大块头"捶背的精准度显然是多余的。因为"大块头"戴着棉手套的两只手，并不是像刚才打扇子那样上下舞动，或是像灯光暧昧的按摩店的小姐粉拳半握，鸡啄米似的有一搭没一搭地啄啄点点，而是两只手臂自上而下地伸了过去，等到戴有棉手套的拳头接触到身体后，才开始在既定的落点上，交替进行有规律的小幅度敲打和呈波浪形地来回揉搓，而接受按摩的人也得主动配合，自己拿捏掌握好身体与"机器手"的敲打、揉搓力度和舒适程度。从表象上看，坐在凳子上接受按摩的二毛还是很享受的，微闭着眼，一会儿眉毛上挑，一会儿嘴角下撇，间歇里，嘴里还舒服得咝咝吐着惬意的呻吟，惹得王笑宽哈哈笑得合不拢嘴。

　　"大块头"一下一下地给二毛"捶背"的时候，魏子明下意识地按亮了好几次手机看时间。王笑宽办的展览虽然很丰富，大毛二毛和他们的机器人在展台上的表演也很卖力、很精彩，但他的主要目的不是看表演、看展览，而是来看他的妻子李月茹的。王笑宽不愧是坐诊多年的医生，不仅医术好，而且洞察力强，由表及里，深谙人的内心世界。他瞅了个空当，对台上兴趣盎然的大毛二毛喊道："可以了，你们捣鼓出来的俩小子还真不错。给你们提个小建议，再弄'小三'时，除了智能程度要更高些外，你们还要注意在它的模样打扮上多下点功夫，争取长得漂亮点。"

大毛二毛在台上听了，相互笑着对视了一眼，先前操弄着"大块头"的大毛应声说道："那是必须的。眼下我们正在考虑的是它的身高、体型用多大的比例更合适。"

王笑宽佯装认真地点点头，敷衍着说："好，你们可以多琢磨琢磨。"一边用手扯了扯魏子明，道，"魏局的时间宝贵，对面还展出了一些工艺美术作品，也可以简单地去看一眼的。"

王笑宽所说的值得一看的工艺美术作品，其实也包括了李月茹的作品。魏子明被引导着，在左侧墙壁上挂着的一幅画作前停顿下来。王笑宽故意卖着关子，问道："魏局看看，知道这是一幅什么画吗？"

"这可是幅名画啊。"魏子明抬头打量着眼前约一米见方的画作，说，"《江山如此多娇》。这可是傅抱石、关山月先生的名作哩。只是可惜，用十字绣表现出来，效果就会差一些。"

王笑宽听了，伸手把他往后拽了拽，说："欣赏十字绣作品和看油画一样，要站得远一点才会看出效果。"

的确，后退几步再看，整个画面的磅礴气势和效果就出来了：一轮红日从东方升起，普照着苍茫大地；山峦起伏，连绵不绝，浩浩瀚瀚，郁郁葱葱；其下飘然的烟云，回绕着整个大地，古老的长城、奔腾的黄河、蜿蜒的长江、世界屋脊的珠穆朗玛峰，全都疏密有致、相得益彰地跃然于画面之中。

魏子明对这幅名画的最初出处还是略知一二的。前几年，他参加由公安部组织的全国优秀基层公安局长培训学习，期间，会议主办方曾专门组织学员去参观人民大会堂，魏子明不仅亲眼见过这幅山水名画，而且还听大礼堂的工作人员介绍过这幅画诞生的一些趣闻逸事。比如画面右上角的那轮艳如朱砂的太阳，据说就是听了周恩来总理的建议后完成的，而画面左上方的"江山如此多娇"几个字，竟然是在画作的创作后期，由当时的开国领袖毛泽东主席在百忙中亲自给题写的。

魏子明在画前端详了许久，说："这幅画还真绣得不错，把原作的整个神韵都很好地表现出来了。不过，要说不足的话，如果比例能够再稍大些就更完美了。"

"魏局说得没错。"王笑宽附和道，"整体画幅如果能再大一些，效果肯定会更好。只是画幅大了，用十字绣表现出来不太容易，那可是得一针一线地去勾描啊。况且，我们康复休养社区的作品，更多反映出的是作者的欣赏水准、表现能力和创作时的心态。"

"什么意思？"魏子明一时没有反应过来，有些疑惑地盯着王笑宽看。

王笑宽没有回答魏子明的探询，兀自说道："这幅作品，前些日子市长陪同国家卫计委的领导来参观时，很是受到大家好评的。"

"是临摹的题材好，还是工艺技法精？"魏子明问。

"应该是兼而有之。"王笑宽说，"当时卫计委的领导现场点评，说通过这样一幅画，可以看出康复人员在创作时对祖国山河饱含的热爱与深情，体现出的是对生活、对艺术的向往与追求，特别是还反映了创作者的一种敞亮、积极向上的人生态度。同时，也从一个侧面，证明在这里进行康复治疗人员的身体恢复情况很好！"

魏子明站在那儿静静地听着，在心里细细一品味，觉得还是上面的领导有水平，能透过现象看本质。于是便问道："绣这幅画的作者是谁啊？病患之前是个什么情况？"

王笑宽抬手指了指画框旁边的一块小铭牌，说："那儿印有创作者的姓名和所在的社区，魏局你看看认不认识。"

何止是认识？！当魏子明凑上前去，看清铭牌上写着的"编织艺术康复区""李月茹"等几个字样时，有那么一会儿，他的大脑有点像短路般地不好使唤了，他的李月茹什么时候学会的十字绣？多年来，她不是一直在为她心爱的男人编织一件又一件的毛衣、毛裤、毛背心吗？！

魏子明有些愣神的时候，王笑宽在一边却没有闲着，他不失时机地说道："那一天来参观的领导也和你魏局一样，看了这幅十字绣，也问起了画作背后的作者是个什么情况。只是，我一高兴，竟把李月茹和你的关系给透了出去。唉，真的是……真的是对不起你魏局了。"王笑宽说到最后，不仅声音变得很低，而且，神情也像犯了错误的小学生，显得无所适从。

魏子明的眼眶有些发热，突然伸出一只手，搂住比他矮了小半个头的王笑宽，在他的肩上连着用力拍了好几下，半晌没有言语。

第十一章

　　扑克牌的玩法可以说是变幻无穷。经典的玩法，或者说哪种玩法人数最多，有一个统计，当数"双升"莫属。"双升"，也叫"拖拉机"或者"闷升级"了。这种玩法最大的好处在于讲究协同配合，富有进取精神，且文明健康。不像打麻将，虽然极富刺激，但它的核心要义是，盯上，卡下，防对面。体现的是钩心斗角、单打独斗，而且，主要是以赌博为目的，只能偷偷摸摸地干活。所以，不像打"双升"，不仅可以让国人堂而皇之地在大庭广众之下聚而乐之，还可以正儿八经地作为单位、部门组织开展娱乐活动的一个竞技项目。

　　马志武进门的时候，室内已经有四个人围着一副电动麻将桌玩起了扑克牌。孙小安面门而坐，看到进来的马志武，一边抓着牌，一边对马志武打招呼："嗨，志武你总算来了，程洪海还生怕你拿架子爽约哩。"孙小安这样一说，另几位正顾自抓牌的人都立马起身打招呼。马志武笑眯眯地扫了一眼，牌桌上的几个人除了一人显得面生，余下的都是熟人。程洪海和孙小安是对家，背门而坐的，回转身和马志武握了握手，就要将手里的牌递给马志武，说："今天我和孙主任坐的是南北向，火气旺得很，马队你上来玩几把吧。"不等马志武伸手，坐在孙小安下家的王四曳已经把自己的位置让出来了，并且显得亲昵地扯了扯马志武的衣袖，说："还是我这儿位置好，你上来吧，我来给你们搞服务。"

孙小安见马志武在王四曳的位置上落了座，便随口向他介绍起与之相向而坐的对家："市委宣传部施文峰施处长，你可能不太熟。以前在市政府办公厅，也是多年的兄弟加朋友了。"

马志武与施文峰对视了一眼，各自点点头并微微一笑，算是相互认识了。

孙小安是庄家，拿了底牌，正在斟酌着一张一张往下扣牌时，马志武已把从王四曳手中接过来的牌理顺了，抬眼扫了扫桌面，便伸出手，要翻看程洪海面前反扣着的几张牌，问道："你这是亮的主牌吗？反扣着干什么！"

程洪海面前反扣着的牌有三张，马志武的手刚一伸过去，却被孙小安给按住了，说："哎哎哎，你先别动，我们打的是'刮大风'哩，你得等我扣完底牌后才能翻开看的。"

马志武一听不是打的"双升"，立马就嚷开了，说："老孙你是刮的什么大风？我还从来没玩过哩。"

孙小安听他说没玩过"刮大风"，愣了下，转着眼睛想着怎么来进行一番讲解，坐在他对面的程洪海抢着说话了。他说："刮大风是从河北山东那边传过来的，和双升的打法有些近似，但是比双升更刺激、更好玩。"

"也是捡分、升级？"马志武眨了眨眼睛问道。

"这是必须的。"程洪海说，"庄家这边打牌时，对家捡分。满80分可以上台，捡120分升一级，捡满200分可以升三级。反之，如果一分没捡上，算是剃了个大光头，庄家可以连升三级，捡分低于40分算是小光头，庄家可以连升两级。捡分不满80分，庄家升一级继续当庄家。"

马志武听了点点头，说："这些和打双升是一样的。你就说说和打双升有哪些不一样的吧。"

"简单地说，在取牌和亮牌上，每人要取26张牌，最后留4张作为底牌。在取牌过程中，只有拥有至少一个王和至少任意一对同花色的牌才可亮主。"程洪海稍微停了停，进一步解释道，"每局主牌的花色由所亮出的一对牌的花色来决定。而且，亮主牌时要对其他人保密，只能反扣着，最后要等庄家取走底牌并换成新的底牌后才能翻开亮明主牌。"

程洪海说的时候，怕马志武听不明白，还顺手从自己握着的牌中挑出一张小王和一对黑桃7做示范，说："假若我想亮主时，这几张牌是不能给大家看的，只能反扣着，一直要等庄家扣了底牌才能翻开让大家知晓。"

"知道了。如果翻开后，这一局就是黑桃的主了。"马志武一边点着头，一边继续问道，"牌的大小如何区分呢？"

"这和打双升差不多，分主牌、副牌，讲究大牌管小牌，主牌管副牌。"程洪海说，"特别是这种打法常主多，除了大王、小王，所有的 2、3、5 都是主牌之外，所打的每级的级牌也是常主。比如现在归我们打 7 了，所有花色的 7 也都是常主。"

孙小安这时已扣下了四张底牌，就示意程洪海，说道："你可以翻开你的主牌了，弄不好我可能给了你一两张主牌的。"

程洪海翻开的主牌是一张大王带着一对梅花 6。孙小安就把牌往马志武这边拨了拨，指点道："这一局的主牌就是梅花的了。你看，我刚扣下的底牌有一张梅花 9，平白就会让程洪海换上一张主牌上去。"

庄家先出牌。孙小安上来就用一张大王调主，因为和打双升差不多，也是靠捡分升级，马志武就丢了一张梅花 4 出去应付了事。大王为大，孙小安再继续出牌时，一下甩出了六张牌，说道："我的副牌不行，先搜主吧。"马志武用手拨开看了看，见是梅花三连对，分别为一对梅花 10、一对梅花 J 和一对梅花 Q，愣了愣正要问他自己要怎么出牌时，王四曳给他倒了杯茶后，已坐到他和孙小安之间观战了。见马志武犹豫着不知如何出牌，就马上偏过头对他进行指导，说："这就是典型的刮大风了，主上有对牌就得先出对牌。你看，你手上的主牌没有对牌，都是单张，但你得从大往小里出牌。"王四曳一边说，一边探身把马志武手上的一张大王，两个单张的红 7、方 7，以及一张红 5、一张黑 3、一张黑 2 抽了出来。

王四曳今天着了一身质地很好的淡绿色的套裙，不仅做工精良，而且很合身，生生把王四曳的细腰、肥臀、丰乳衬托得淋漓尽致。她的这种打扮倒没什么要紧，问题是她探过身，指点着马志武抽牌出牌时，右边的一只硕乳几乎就在他的左肩左臂上来来回回地磨蹭着，间或地，成熟女人的体香混着兰蔻香水淡淡的芬芳便也相跟着袭来绕去的，一时让马志武竟然有些心猿意马。

孙小安的牌势好，一直掌控着牌局的主动权，又连着调了两对主牌之后，他的这种势如破竹的"刮大风"，不仅把马志武的主牌全刮走了，同时把程洪海和坐在他上家的施文峰手上的主牌也全刮没了。施文峰和马志武互为对家，大约和马志武不是很熟悉的原因，孙小安、程洪海相继介绍有关"刮大风"的打法时，他坐那儿一直很淡定，包括最初孙小安连着调主"刮大风"，他都微笑着按部就班地出牌，几乎没怎么言语，然而随着牌局的推进，看看手上的牌没几张了，而孙小安还在不停地调主，于是就忍不住提醒道："马局得注意了啊，不然我们很可能被剃光头的哩。"

马志武原本就对"刮大风"的打法不熟，又赶上孙小安的牌如此凌厉强势，再加上王四曳在一边指导时香风肥乳有意无意的袭扰，早让其心神不宁了，此时经施文峰一提醒，下意识地回过神来，思索着孙小安目前一刻不停地调主，肯定是在为手上拿着的不是很逞强的副牌找机会，说白了，能不能保住不打光头，关键是要留准管得住孙小安的副牌了。于是，他扭头征询王四曳，点着手上的牌说道："我估计孙主任在熬这张牌哩，得守死了。"王四曳因为坐在孙小安与马志武之间，担任着马志武的技术指导，孙小安出于本能，对自己手上的牌一直遮掩着不想暴露给王四曳的，然而王四曳是何等精明之人，明面上看起来是在用心指点着马志武出牌，实际上在指导过程中，她的那一双顾盼生辉的眼睛根本就没闲着，桌上出的牌、孙小安手中的牌，其实早已落入她的眼底了。

王四曳没有回马志武的话。笑嘻嘻地向左一歪头，说："孙大哥啊，为人要厚道，你别真把马局他们削了光头啊。"一边说，一边贴过身子，佯装着要看孙小安手中还有几张什么牌。

孙小安正在兴头上，面对王四曳歪过来并贴在自己肩膀上的那只温热柔软的暧昧，竟然笑嘻嘻地装出一副在思考着要如何出牌的样子，故意让它在那儿停留了好一会儿，才突然像被烫了似的往后一缩，戏谑道："四曳呀，你可不能见色忘友啊，你帮着马局出牌可以，但是不能把我的牌给透露过去哩。"

不等王四曳反应过来，坐在孙小安上家的施文峰却嚷嚷开了："哎呀，想不到堂堂的孙大主任也是小心眼啊。马局不是新手上路嘛，四曳小姐只不过是指导指导罢了，怎么，你还吃上醋了？"

孙小安听了，也不加以理会，笑嘻嘻地歪着头看了王四曳一眼，突然将捂在手上的牌一下丢出好几张来，说道："你们看好了，我继续在用主牌刮大风，大家最后只留一张牌在手里就行了。"孙小安这种牌一出下来，等于就是在告诉大家，他就只剩下最后一张副牌了，如果最后马志武和施文峰留的牌有误，管不住他孙小安或对面的程洪海的牌，那么就真给削光头了。

王四曳先前要看孙小安的牌只不过是故意做做样子而已的。现在轮到马志武出牌时，她的手就直接伸上去了，指点着马志武把一张红桃 A 留了下来，剩下的两张 10，一张 K 全部丢了下去。眼见着马志武将 10 和 K 这样的分数牌、大牌都丢了，施文峰便忍不住在对面提醒道："四曳啊，你可得帮马局把好关，我这儿可是一把乱牌哩，没有一张超过 10 的。"

王四曳听了，一笑，说道："施处长放心好了，孙主任这只狐狸再狡猾，也逃不过猎人的手掌心的。"

马志武没想到王四曳说话竟然如此口无遮拦，眼睛悄悄扫了扫孙小安，发现他并没有生气的样子，反而和王四曳调侃上了。

孙小安说："四曳你这么自信？志武当个猎人还可以，你怎么当猎人？枪都没有一支！"

不等在座的其他人反应过来，王四曳的粉拳已经上去了，故作气恼地说道："还没端酒杯就开始花起来了。没有枪我有嘴巴，看我不咬死你。"

孙小安喜欢热闹，特别是在一些有女人的场合，雄性激素分泌就显得格外旺盛。这会儿装模作样地躲闪着王四曳的粉拳，嘴里仍然也没停止戏谑："能在石榴裙下死，做鬼也风流。四曳啊，我真希望你能咬死我哩。"

王四曳同样也不是好惹的角儿。听了，突然趁其不备，粉拳改成了手掐，结结实实在孙小安的右手臂上来了一下，嘴上同时还气哼哼地跟着来了句："我这就让你痛快着去死吧。"

孙小安虽然痛得咧着嘴角倒吸凉气，但表现出来的却是"痛并快乐着"的样子，只见他一边用手抚着被掐痛了的地方，一边哈哈笑着要和王四曳打赌，说："四曳你信不信，我这一局绝对是要剃他们一个大光头的。"

"赌什么吧？"王四曳也毫不示弱。

孙小安沉吟了稍许，说道："能赌什么呢？赌酒吧。这样，如果剃了他们的大光头，罚你陪着喝三杯交杯酒！"

"行！"王四曳也不含糊。

"要喝大交杯呢？"孙小安笑眯眯地补充道。酒桌上，一般说喝交杯酒，是指男女双方，喝到情浓处，分别用右手端着酒杯相互挽着手臂喝酒，体现的是一种亲热和友好，也包括了几分暧昧。而所谓的大交杯，俗称也叫"喝花酒"，方法是男女双方各端着酒杯，要将举杯的胳膊绕过对方的后颈来完成饮酒任务，这种喝酒方式的难度在于，一对男女要完成这个动作，需要面对面相拥着对方才能实现。所以，酒桌上一对男女将酒喝到这种份儿上，在很大程度上就不仅仅是几分"暧昧"，实际已达到了"揩油"或者说"猥狎"的味道了。

"假若没剃上光头呢？"王四曳反问道。

"没剃上他们光头，我自罚三杯。"孙小安倒也爽快。

"那不行。"王四曳说："如果你赌输了，你得按我的要求来进行相应的处罚。"

"行。"孙小安也不含糊。

"那好，如果你输了，"王四曳稍稍停顿了一下，说道，"你得把我们程总那事给办了。"

"你这娘们儿就是性急。"孙小安拿眼风扫了一下马志武，说道，"你们程总的那事其实也很简单，等会儿就看你把马局他们招待得好不好了。"

马志武原本是关心着自己会不会打光头的，并且饶有兴味地听他们讨价还价地打着赌，然而听着听着，觉得他们要打的赌，好像涉及他自己的头上来了，眼睛眨了眨，忽然就对下面的牌局没多大兴趣了，于是就问道："还在等着谁吗？"

晚上的饭局马志武本是不想参加的。原因有两点：一个是支队今晚安排有集中整治行动，而且涉及的范围比较广，有些地方甚至还涉及省直机关单位的区域，虽然已全权交由副支队长秦海负责，但他仍然觉得开展行动时，自己不在单位坐镇心里不是很踏实。二是当前在江城市，对于类似于聚餐等娱乐消费活动一直处在一个敏感状态，各级纪检监察部门，包括新闻媒体几乎是无孔不入、无处不在，让人感到风声鹤唳，稍有不慎，弄不好就会成为一个反面典型。因之，这样的活动在当前这样一种情况下，能不参加就不参加，能少参加就少参加。然而，中午一上班，孙小安电话打过来，说晚上想一起"聚一下"时，他却又不好意思拒绝了。不过，马志武当时虽然没有好意思拒绝，但是出于一种习惯和本能，他还是在电话中问了句："都有谁呀？现在小聚，还是要小心一点哦。"

孙小安的回答倒是很不以为意，轻描淡写地来了句："没事，范围很小，都是几个熟人。况且，也不是公款消费。"

孙小安是市公安局的老资格了。工作了几十年，用他自己的话说，由于"吃了嘴巴的亏"，到现在也只混了个正科级，但他孙小安占着的可是办公室主任的位置，算得上是市公安系统的"大内总管"，上上下下，他协调掌握着许许多多的资源，没有人会小看他。加之，孙小安平时为人比较直率仗义，乐于助人，而且对于基层反映的一些问题和困难也善于帮助化解。因之，在市公安系统，他的人缘其实是相当不错的。至于闲暇时或者酒后偶尔的信口开河，或者面对有姿色的女性表现得有些"花"，甚至传出些"桃色绯闻"，在一般熟悉他的人看来，觉得那些事其实也不是什么大事，可以一笑而过，算得上"瑕不掩瑜"吧。

孙小安对于马志武而言，细究起来，其实还有师徒之谊。马志武在参加工作之初，曾经有过一段借调到市局机关政治部工作的经历，而那时，孙小安恰在政治部担任副主任，于是便有机会跟在孙小安的身边，得到一些相应的指导和点拨。马志武刚从学校出来那会儿，正是风华正茂时节，不仅人年轻，有学历、有专业，而且为人处世很是机灵得体。那会儿头发浓密还没有出现脱发征兆，给人的总体感觉是既俊朗帅气，又谦逊好学，到机关时间不长，不仅很快掌握了机关的一些管理业务方面的知识，而且写作能力和水平也得到显著的提高。

孙小安曾一度想把马志武留在机关，留在政治部的。然而那会儿正赶上公安系统改革，全员实行定员定编，不仅对机关的岗位职数进行了严格的限制，而且对进入机关岗位人员的相关条件也卡得很死。马志武当时在年龄、学历、专业方面都没什么问题，出问题的是他没有在基层满五年的工作经历。没办法，马志武只得又回到基层派出所去当他的片警。当然，就当时情况来看，马志武没能留在机关也许是一件憾事，然而事过境迁，这么多年在基层一路走下来，其实也并不是什么坏事，包括能"后来者居上"，当上支队长、公安局副局长，进入副处级干部系列，甚至成了孙小安的领导。马志武清楚，他之所以能取得一些成绩和进步，明面上看，是个人的努力、组织的培养，特别是局长魏子明重用提携的结果，但私底下，也同样与孙小安明里暗里的点拨与支持是分不开的。自然，马志武对孙小安的那种知遇之情一直是心怀感激的，而且历久弥坚。

正如孙小安此前所言，参加"小聚"的人大家相互都比较熟悉。酒局一开始，照例是迟到的人要先罚酒。吕胜杰却坚持着不肯就范，声称他的迟到，是因为来的路上堵了车，让他在路上空耗了将近一个半小时，要多倒霉有多倒霉了，若不是中途灵机一动，从的士车上下来，在路边用手机扫了一辆黄色的共享单车，现在只怕还没过长江二桥。吕胜杰说话时那种委屈的样子，莫说是罚酒了，该给些奖励和表扬都不过分。忸怩中，和他一样也迟到了的办公室机要秘书陈菊华却忍不住了，说："吕队你平时可是海量了，今天为喝下这三小杯酒就这么困难？"

"不是困难不困难的问题，关键是原则问题。"吕胜杰一边大声应付着陈菊华的责问，私底下却用手轻轻扯了扯她的衣袖，悄悄说道："陈姐你饶了我吧，我今天情况特殊，前几天喝伤胃了，还吃着药哩。"

聚餐的人不是很多，围坐的餐桌却不小，桌面的直径少说也有两米上下。马志武和吕胜杰正好斜对过坐着。大约吕胜杰因为急着想撇开罚酒的事，私底里和陈菊华说的悄悄话没有把握住音量，竟然都被大家听了个清楚明白。马志武盯着他看了眼，就忍不住调侃道："吕队号称'吕一瓶'，什么时候听说你胃不行了的？"

吕胜杰不为所动，对着马志武连连抱拳拱手，说："马队、马局、马哥，为人要厚道。您且高抬贵手，我花了好几百块的胃药钱就不找您报销了。"言下之意，我的胃受伤，就是那天晚上被你忽悠了喝出的问题。

晚上的聚餐活动，明面上孙小安是组织者、召集人，但做东的还是程洪海。最初孙小安在主位上落座前，孙小安也还是冲着程洪海谦让了一下的，说今天在你程大老板的府邸上，主位应该归你程洪海来坐才对。程洪海却是连连摆手，说："论年龄你是老大，况且，召集人也是你，我只不过是搞搞服务而已。"

孙小安所说的程洪海的府邸，其实是指程洪海购买的这处高端小区房产，听听小区的名吧，"御临南湖"，要多霸气有多霸气。楼盘不仅紧邻湖畔，环境好，私密度高，而且面积大，差不多有400平方米上下，前几年房价还没出现跳涨时，一套房子下来就得上千万。因之，能在这儿购房的人，都是些非富即贵的角儿。程洪海的生意做得风生水起，在江城光投资购买的豪宅就有好几处，他和家人并没在这儿住，这栋"御临南湖"的房产，实际上成了他平时用于交际娱乐的一个场所和平台，这儿不仅可以小范围地组织饭局，还设有茶室、棋牌室、健身房，甚至还辟有一间文房四宝齐全的书画室，以供往来人等饭前饭后消遣或附庸风雅一番。

马志武对这儿并不陌生，前几年也曾来这儿参加过几次饭局的。今天进门时，他也根本没在意晚上的小聚会与他有什么关系，包括见到王四曳出现在牌桌上，他只是在心里稍稍诧异了一下，觉得王四曳的确是个人才，竟然能和老板程洪海走得如此热络，出现在一个范围比较小的朋友圈里。只是后来打牌时，王四曳与孙小安就是否能将马志武他们削个光头，牌桌上你来我往地谈起打起赌的筹码时，才引起马志武的警觉，不过即便是在那个时候，他也不知道具体是有什么事情，要通过孙小安出面来予以协调周旋，直到看见吕胜杰气喘吁吁地进门，他才恍然明白过来，将军府洗浴中心被查封，不仅涉嫌情色问题，消防安全也存有隐患，今晚的"鸿门宴"只怕与此有关。

马志武被孙小安安排坐在他的右手边，按场面上的说法是主宾的位置，孙小安左手的位置，起初孙小安是让吕胜杰坐的，吕胜杰却礼让着要陈菊华坐，说陈姐是老大姐，让她陪着孙主任好多喝点酒。吕胜杰之所以这样礼让，其实大家心里都清楚，明面上，陈菊华是孙小安手下的机要秘书，实际上两人的关系一直是很特殊的，私底下有人甚至公开说陈菊华就是孙小安的"情况"。"情况"一词，在江城的一些特殊语境里就是指"情人"，或者是"相好"。事实上，对于明里暗里的议论，孙小安其实也很清楚，但依然故我、处之泰然，包括现在从严治党了、有八项规定了，在有些场合，他该带她出来参加朋友聚会的，照样带出来参加聚会。当然，之所以能这样，他有他的理由：谁说男女就不能有知心朋友了？谁看到我们有什么见不得人的勾当了？是她本人告了，还是他的家人有意见有看法了？他们两家关系好着哩。逢年过节，或者两家有了什么好的事由，都还要在一起聚餐喝酒呢！

陈菊华对于吕胜杰的谦让并不响应，却扭身挨着主陪程洪海的右侧坐了下来，信口说道："我才不和他坐呢，我和老孙是一个办公室里的，天天和他在一起待腻了。"她这样一说不打紧，桌上听的人却哄然大笑，一直默不作声的施文峰甚至不失时机地对孙小安开了句玩笑，说："孙兄啊，人说五十是极品，你这极品只怕是熟过头了，快成废品了，听听，现在连陈姐都有点腻歪你了。"

孙小安听了也不生气，一边打着哈哈说："废了废了，早废了。"一边指点着施文峰说，"来来来，还是你这新闻官过来坐吧。"这样，一圈坐下来，吕胜杰坐在了施文峰与陈菊华之间，王四曳就坐在了马志武与程洪海之间了。

孙小安是个热闹人，吕胜杰的罚酒不喝没法开局啊，他拿眼睛扫了下陈菊华，说道："还是老规矩，我们充分讲究民主，吕队说他有特殊情况，大家看看他的酒还要不要喝？"

"我也不是故意要破这个规矩。"吕胜杰用手揉了揉有些隆起的肚皮，低声回说道，"实不相瞒，到现在，我这胃里还像火烧火燎似的痛着哩。"

"依我看，奖励给吕队的酒该喝的还是得喝。"马志武接过话，他不说罚酒，而是说奖励喝酒。只听他字斟句酌地说："譬如，要奖励三杯的，可以只奖两杯，倘若嫌酒杯太大了，我看，也可以适当换小点的。总之，多少得喝一点，这也算是一个态度。"

马志武之所以要这样说，也是经过考虑了的：吕胜杰犟着不肯认罚总不是个办法，得找个台阶来给他下。再就是他声称受了伤的胃，说起来也是那天晚上被他忽悠的结果，现在如此一说，也算是表达了一种歉意和抚慰。

果不其然，马志武的建议，立马就得到了大家的响应。

王四曳抢着说："就按马局说的，奖励你两杯酒总归是可以的。"

陈菊华则说："吕队你只要答应喝两杯，剩下的那杯酒，我可以帮你喝掉的。"

吕胜杰也是个爽直之人，话说到这个份儿上，他真不好意思再推诿了。他伸手把酒杯端起来打量了一眼，皱着眉头说："这一杯少说也有七八钱，连着两杯喝下去，我这吃了几天的胃痛药，算是又白吃了。"

孙小安眼见着吕胜杰满脸苦大仇深的样子，顿然心生怜悯，于是对着坐在对面主陪位置上的程洪海说道："洪海啊，我记得你这儿是有'三球'的酒杯的，要不就按刚才志武说的，可以给吕队换上一只小点的杯子。"

所谓"三球"的酒杯，实际上是指容积大约在三钱的小酒杯。由于这种酒杯实在小巧，比较适合酒桌上人多，互相闹酒时使用。因为它的身躯和容积都非常小，人喝到高兴处，帮忙倒酒和实际喝酒的人，都会出现眼花手抖的问题，于是在酒桌上就戏谑出了"三个球"：说酒还没怎么倒上就"满球了"、手还没怎么端稳当就"洒球了"、嘴还没怎么凑近喝上就"完球了"，意思是杯子实在很小，也很好玩，用这样的杯子喝酒，可以让人减少不小的心理压力。

程洪海很快让人送了几只小杯上来，当下就先给吕胜杰换了，顺口还打趣地问："谁还要'三球'的杯？谁要'三球'谁吱声啊。"他这样一说不要紧，坐在她身边的陈菊华探手就拿了只过去，说："管它三球四球的，我也换一个，感觉还是用这样的杯子喝酒显得文雅些。"王四曳坐在程洪海的左手边，见了陈菊华的作

150

为，马上有样学样，不等其他人反应过来，也伸手把剩下的一个酒杯拿了过去，并随口附和道："女士优先，我们也享受一下吕队的待遇。"

施文峰原本也是想趁机换个小酒杯的，无奈坐的位置距离程洪海实在太远。这时见陈菊华、王四曳近水楼台都换了小酒杯，心里就有些不爽，便问陈洪海："程总啊，既然两位女士都讲文雅换了'三球'的杯，何不也让我们都跟着文雅一下呢。"言下之意，不用一桌两制了，干脆都换成小杯算了。然而程洪海听了，却笑嘻嘻地说："现在'三球'的酒杯在我这儿可是稀罕物了。以前买了好几套的，结果最后都被摔打得差不多了。"

马志武最初建议换上小酒杯，主要是针对吕胜杰的特殊情况提出来的，他没想到陈菊华、王四曳也会跟风而上换了'三球'的酒杯。在江城，乃至在整个江南省，但凡在酒桌上喝酒，有"三子"之人是要提防着点的，即花裙子、红脖子、眼镜子。意思是端杯喝酒的女人，以及喝酒时脸红的人，还有看起来文质彬彬戴眼镜的人，一般都是有好酒量的，喝酒、闹酒时断不可以掉以轻心，否则，酒桌上闹将起来，一般会让人"死"得很难看的。

当然，喝酒脸红的人，或者说戴着眼镜的人是否就一定能喝酒，现在看来也是没有什么道理的。因为已经有很多生活杂志和医学界的人士，通过不同的形式进行过权威发布，说是通过相关数据检测分析，一喝酒就脸红、脖子也红的人，其实是身体里缺少一种分解乙醇的酶，脸发红、脖子发红实际是酒精中毒的表现，这样的人在酒桌上拼酒，无异于是一种恐怖性自杀。至于说但凡戴眼镜的人都有好酒量，那就更是荒诞无稽了。不过，想一想为什么会将其列入"三子"的范围，细究起来，这大约是和酒桌上的一些插诨打科、逗乐子凑兴有关。而对于酒桌上的"花裙子"，只怕所有经历过酒场鏖战的男人，是没有谁敢等闲视之的了。现在，酒桌上的两个"花裙子"突然出现这样一种状况，马志武当然不敢疏忽大意。只见他欠了欠身子，装着不经意的样子说道："酒桌上还是要讲究男女平等，特别是在喝酒的问题上，四曳的酒量我不是很清楚，但是陈姐的酒量我可是领教过的，我们这一桌除了孙主任，再就是刚认识的施处长我不是很清楚，剩下的，我们全加起来，只怕都不是她的对手。"马志武说完，还故意把面前已斟满了酒的杯子端起来看了看，扭头对着孙小安说道，"主任你看，我们这一杯，只怕要顶上'三球'杯的三杯了。"

孙小安在喝酒的问题上，从来都喜欢直来直去。他显得有些不耐烦地对陈菊华摆摆手，说："吕队有特殊情况，你和四曳都别在里面瞎掺和了。"事实上孙小安也清楚，王四曳不仅酒量好，而且酒桌上伶牙俐齿好生了得，现在她也跟着弄个"三球"的杯子端上了，等会儿喝开了她一旦闹起酒来，那是会很麻烦的。

眼见着程洪海重又将陈菊华和王四曳的酒杯换了回去，马志武在心里突然觉得很好笑，朋友相聚喝点小酒，原本是很怡情、很放松的事情，但有时却又弄得很复杂，比如现在，大家伙儿仅为入座、罚酒、酒杯的大小就来来回回、你推我让地折腾了好半天，酒文化在不断的演进中真的是变得越来越复杂了，有时复杂得就像在演一场宫廷剧或情景剧似的。

吕胜杰用小杯，陈菊华用大杯，两人相跟着各罚喝了三杯酒之后，接下来的剧情就顺畅、活跃起来了。也是老规矩，坐在主位上的孙小安提请大家将三杯开局酒喝完了，就可以相互敬酒。孙小安在桌上年纪最大，也是今晚的召集人，因之，大家一开始敬酒，自然而然地都冲着他过去了。孙小安也是豪爽之人，基本上是来者不拒。前面说过了，桌上除了吕胜杰用的是"三球"杯外，其他人等的全是容积差不多能装小七八钱的酒杯，连着五六杯下去，肚子里就揣着三四两酒了。加之今天喝的酒，也是孙小安喝习惯了的30年的"白云边"，属浓酱兼香型的，味道醇厚芳香，入口回甜爽净，而且，酒精的度数较高，有53度，在江南属于高端白酒，其价位也一度能和茅台、五粮液相媲美。在酒桌上，关系的亲疏也是很容易表现出来的。孙小安由于酒喝得急，而且量还大，很快，人就变得非常兴奋起来，别人先行敬了他的酒之后，本来相互之间也要敬一敬的，这样，他就可以趁机吃点菜，或者喝点饮料缓缓劲的。但他却不，正在兴头上，竟然站起身，要从马志武开始，来逐一给大家回敬酒。陈菊华一看这阵势就坐不住了，马上起身，从茶几上给孙小安倒了一杯浓茶过去，顺着把他往椅子上一按，说："酒得慢慢喝，你不是会瞎摆乎吗？现在也可以给大家来点下酒料啊。"完了，还趁着别人不注意，在他的后腰上掐了一下，算是给了他一个警醒。

第十二章

　　对于李月茹所患的病，魏子明多年来一直是心生愧疚的。在许多个寂静无声的暗夜里，他曾默然思忖在这个世界上是否真的有命运弄人一说，不然，那么多的事，为什么都要那么巧地在那个时段发生？

　　李月茹在入住市康复医院之前，魏子明曾与王笑宽就她的病情有过一次闲聊。当时，王笑宽十分肯定地说："一般的精神疾患，先前其实都有征兆的，特别是像早期的精神忧郁，如果发现及时，是能够有效化解的。"王笑宽的言下之意是：你当老公的，在此之前难道就没发现老婆有没有什么异样？

　　闲聊的地点是在南湖边的一个小茶室里。正是盛夏时节，室外的温度虽然高得几乎可以把鸡蛋烫熟，但是因为有了空调，室内却凉爽舒适。如果不是心里有事，如果不是想着李月茹的病，能有片刻闲暇聊天品茗，也可谓人生之快意吧。

魏子明听了王笑宽的问话，深吸了口气，却没有言语。他在心里想：我怎么能没发现呢？只是发现了没太往心里去。还有，关键是那段时间也没精力为了老婆的事往心里去啊！

那是一个令家国不能承受之重的具有荒诞＋黑色幽默的年份。

包括江城在内的南方多个省份，在毫无先兆的时候，在春天的脚步已然迈近，柳梢已摇摆着吐出了剪刀般的嫩黄，桃花、梨花在原野、在山坡湖畔、在庭院小区争妍斗艳的时候，老天爷突然以"倒春寒"的方式杀了一个回马枪：几乎在一夜之间，先是细雨霏霏，继而风吹雪飘，很快就把春意渐浓的南国，装扮成了"山舞银蛇，原驰蜡象，欲与天公试比高"的冰封千里的北疆。起始，人们对这种极端天气还没怎么太在意，下雪好啊，瑞雪兆丰年。近年来整个气候变暖，从江城以南，连着好几个冬天别说下雪，连天空中偶尔不经意飘洒出的星星点点的雪花都很少见了。现在，上天眷顾，让冬天的漫天瑞雪和晶莹剔透的冰凌迁延到春天像大礼包似的分发派送，也真切地体现了上苍对人间的一种恩宠。大千世界银装素裹，公园里孩子们打起了雪仗，小区的草坪或空旷的场地上有人堆起了神态各异的雪人，人们对突然从天而降的新的世界和环境感到兴奋莫名，电视上甚至播报了一条让人喜不自禁的新闻，说是在广西某旅游大市，连续好多年都没见下雪了，眼下瑞雪普降，全城大人小孩几乎倾巢出动，踏雪观景，好不热闹。更有意思的是，市中心公园的工作人员一大早起来，竟在园区内的一些空旷的雪地里用绳索牵扯起了围栏，防止游客随意闯入，踩踏那些洁净松软的足有三四厘米厚的积雪，想着是要让这种美好，能更长时间地留存一会儿，让这种美，能使更多的人得以分享……

　　然而兴奋的肥皂剧上演了没过多久，也就三两天时间吧，华丽外表下潜伏的狰狞与恐怖粉墨登场。无端的，城市突然出现了成片、成片的停电，许多乡、镇入夜几乎是漆黑一片。电视台、电台滚动播出的新闻让人听了、看了心生恐慌：蜿蜒于崇山峻岭的铁塔已被厚厚的积雪、冰凌包裹覆盖，先前的根根纤美银线，这会儿也几乎在转瞬间肥胖得似蟒蛇凌空，并且在风的肆虐与鼓噪下，上下左右腾挪翻飞，最终不是让自己命断气绝，就是将不堪重负的巍峨铁塔揪扯得麻花样的扭曲倒覆，生生让一度坚强无比的电网变得破碎不堪，一片狼藉。所有的公路全部成了溜冰场，在上面行驶的汽车，要么像初学溜冰的孩童在上面左扭右摆，要么似醉酒的汉子跌跌撞撞碰在了一起。最终，中国南部的几个重要省份的公路，特别是主要的高速干线公路，全部成了停车场。如果仅仅变成停车场也就罢了，关键是成百上千的车上还载有成千上万的人需要救援，还有给大大小小城市运送物资食品的货车，那些让市民赖以生存的食品，比如鸡鸭鱼肉蔬菜，如果不能在一个有效的周期内进入城市供给链，不能走上市民的餐桌使之变成市民的盘中餐，稳定的社会生活秩序就会骤然被打乱，随之而来的就可能会演变成一场社会危机。抗冰抢险——一场国家级的动员令就此展开。魏子明那时虽然是在特警支队，但是他和他的兄弟们根据需要很快摇身一变成了交警，他的支队被分成了两个部分：一部分人员配属交警支队，负责江城主要干道的交通疏导，保证城市道路畅通，具体由支队政委带队；另一部分则由他本人率领，赶赴京珠高速江城至长沙段，协助武警和地方驻军负责高速路面的铲冰除雪，以及对受阻车辆和人员的救助，同时对部分重点危险路段实行交通管制和封闭管理，确保交通大动脉的畅通……

回忆起当年那场罕见的南方冰灾，王笑宽同样记忆犹新，平时一副笑眯眯的脸上，这会儿也出现了少有的严肃。他说："那一年春天的气候的确邪乎得厉害，现在回想起来还让人觉得后背发凉。"

魏子明喝了口茶，盯着他看了一眼，似有不解地问道："莫非你王大院长也遇到过什么情况？"

"那一年的老天变得十分诡异。"王笑宽紧皱着双眉说道，"你要下雪吧，你就好生地下，它却不，它是冷雨飞雪交替着来，间歇地，还夹杂着针刺般的寒风，完全想着把整个天地打回到冰川时期的节奏。"

"遇到极端恶劣天气好生在家待着就行了。"魏子明说，"你们当医生的，风雪吹不到，雨淋不了，太阳也晒不了，没人比你们这行当更清静省心的了。"

"也不能这样说。"王笑宽感叹道，"家家都有一本难念的经哩。医生这行当看起来光鲜，实则是也有许多的苦恼和无奈。比如责任，病患家属把病人送过来，一切都是依靠医护人员的，特别是我们收治精神病患的医院，遇到一些狂躁性的病人，你就得留着一百二十个小心，弄不好，不仅伤及无辜，甚至连自己的安全都会没有保证。"

对于王笑宽的感叹，魏子明也是深有感触的。他记得那次带李月茹去西安的一家陆军医院接受脑立体定向手术治疗，就眼见着医院被围攻冲击的情景。起因也是很偶然，一个原本精神狂躁的病人，经过一段时间的治疗，病情得到控制后慕名到医院接受定向手术治疗，谁想到治疗过程中剧情突然反转，医生在给他备皮麻醉时，不知病人是哪根神经突然短了路，竟一下子从手术台上蹦了起来，操起手术室的器械，不仅当场打伤了医护人员，自己还夺路而逃。在医护人员对他进行追赶控制过程中，他竟然从五楼跳下去摔死了，以致引起了极大的医患纠纷。

王笑宽行医多年，与人相处极易察言观色，此时发现坐在对面的魏子明默然无语，于是便转换话题说道："当然，我们做医生的难处和你们警察比起来，只能是小巫见大巫了。"

魏子明知道他是误会了，说："警察也好，医生也好，实际上只是分工不同而已，都有自己的职业要求和责任。你们的难处和不易我是完全理解的。"

王笑宽听了，从桌前端起茶杯，对着魏子明举了举，兀自一口干了，说："我是发自内心地佩服和感激你们这些当警察的。就说那年冰灾吧，如果没你们警察相助，我们一家，大约早就是阴阳两隔、天各一方了。"

魏子明有些诧异地盯着王笑宽看了一眼，不及说话，王笑宽尘封已久的话匣子却豁然洞开：

"那一年春节我们一家三口是在珠海过的。也是迄今为止，唯一一次在外面过春节。然而就是那么一次，差一点就把一家人的性命给玩丢了。本来不该在你们当警察的面前诉苦，但我们当医生的其实也有许多的无奈与不堪，一般在机关事业单位，包括许多的工矿企业，只要是逢年过节，该放假就放假，该休息就休息，只要留下几个节日值班的，就可以轻轻松松地休假度假了。然而我们当医生的就没那么简单了，我们不仅不能把病人赶回家去过年，相反的，我们要面对这些特殊病患，还得要想办法把他们照料好、安顿好，让他们把年节过好。说了你也许不相信，这么多年，我几乎没有好端端地过一个完整的春节。"

王笑宽说到这里，自顾自端起茶杯喝了口水，继续说道："当然，那年春节去珠海是个例外。说了你可能还不相信，我今年快五十岁的人了，向前倒数十年，那时也快四十岁了，我老婆那时和我结婚也有十四五年了，然而包括我家小丫头，我们一家子竟然没有看过大海。大人还好说，没看过海就没看过海，其实也没什么了不得的。我们江城不缺水，长江、汉江穿城而过，南湖、北湖像条条绿色的丝带缠绕着城里城外游走，我们虽然没见过大海，但是，我们见过如此浩瀚多姿的大江大河大湖。想想看，天底下能比我们这儿水资源丰富的地方有多少？屈指数一数，真的是不多！然而我们家的小丫头却不这样想，她从上小学三年级的暑假开始，就吵着要去看大海，说是老师布置的作文题目就是'我第一次去看海'。小丫头说得振振有词，说她从来就没见过大海，不知道怎么来写大海。她妈妈就开导她说，我们不是经常带着你去长江边的江滩上去玩吗？你就照着从江滩上看长江的那种景象去写，把长江当成大海来写就行了。

"小丫头伶牙俐齿，马上回说道：'你这不是叫我骗人吗，我这是写记叙文哩。老师说了，写记叙文要写真人真事，要写出真情实感！'老婆没办法，晚上就悄悄和我商量，说不行我们就请几天假，带着姑娘去青岛或者是大连、烟台去看看，圆了丫头也圆了我们自己还没见过大海的心愿。

"实际上我自己也想去。见过的江河湖泊再多再大，必然没有大海大，走的路再远再长，没走近过大海，怎么好意思说自己走过的路又远又长。可是转念一想，工作上走不开是一方面，事实上手头的钱也不宽裕，丫头读书要钱，老婆在街道社区办的一个小食品加工厂工作，一个月干下来，几种险金一扣，剩下的勉强能够她自己的生活费，我的工资说起来比较稳定，但那时工资普遍低，收入很有限。我私下算了个账，一家三口去看一次海，就是在那个时候，没有三五千块钱是下不了地的。没办法，只好硬着头皮去做丫头的工作。当然，做工作首先还是得给她一个承诺，说是目前暂时抽不出空，去不了，现在去不了，不代表以后去不了，爸爸一旦有了时间，马上就带着她去看海。青岛、烟台、大连、厦门、珠海任她选。小丫头也还算懂事，红着眼睛点头同意之后仍不甘心，当时就像小大人般地将我一军，说既然看不了大海，爸爸你就和我们老师说一说，我的那篇暑假作文就等以后看过大海再写吧。我那会儿听了真有些哭笑不得，我有些心酸地抚着孩子的头说：'你个傻丫头啊，没看过大海就不能写大海了？没听过猪叫唤我们就不吃猪肉了？'这鬼丫头扭着头往上看着我，说爸爸呀，你是真糊涂还是装糊涂啊，我们要写的作文题目就叫作'我第一次去看海'，我从来没去过海边，哪里有第一次呢？难不成我写梦里去看过大海？！

"小丫头最初将我的军，说这篇作文不好写的时候，我真的也感到犯难，中国有句俗话叫作'巧妇难为无米之炊'。你都没去过大海边，你让小学生怎么用记叙文写她第一次去看大海？然而现在一句'写梦里去看过大海'却让我受到了启发。我马上蹲下身子，双手怜爱地握住小丫头稚嫩的双臂，亮着眼睛问道：'你在电视上见过大海没有？'姑娘点了点头。又问：'你小时候在看图识字册上见过大海没有？'姑娘同样又是点了点头。再问：'你在你们的教科书上读没读过有关写大海的文章？'姑娘照样还是点了点头。眼见着小丫头有些疑惑地连连点头，我一下就放心了。站起身一边在小丫头面前踱着步，一边循循善诱，说：'写作文可以写实，也可以写虚，比如说大海，你没亲眼见过，但总归是在电视上、在图书、画册上见过的吧。既然见过了，也就不陌生，既然不陌生，你就可以在这个基础上发挥想象啊。发挥想象你知道吗？就是你幻想着你第一次见到大海会是个什么样子。比如你可以写大海一望无垠、写海风拂面、写海浪翻滚、写海鸥碧空飞翔、写幽燕击浪、写孤帆远影、写渔船穿梭……你甚至还可以写你如何开心地在海边的沙滩上捉螃蟹、拾贝壳，如何在爸爸妈妈的陪伴下，在海中尽情地游泳玩耍……总之，要写的东西有很多很多啊，你可以尽情地开动你的小脑瓜发挥你的想象就是了。只是在文章的最后，不要忘了文章语句的转承，要恰到好处的交代一句，说自己上述记叙只是自己想象中第一次见到大海的样子，相信真的有一天和大海见面，也许比现在想象的样子会更美更让人沉醉、更令人神往。看看，这样一来，文章写得既在情理之中，又在意料之外。弄不好，甚至还会被评为你们班级的范文……'"

"嘿，你真应该读个师范学校出来当一名教师的。"魏子明趁着王笑宽停下来喝口水的间歇，终于逮着机会插上话，顺口打了个哈哈，说道，"听你这样一说，还真的把一个不可能变成了可能。怎么样，小丫头听了你的意见没有？"

"当然听了。我家小丫头乖巧得很的。"王笑宽放下茶杯，顺手端起桌上的水壶，一边给两人的茶杯续上水，一边说，"她的那篇作文按我的指点写了后，虽然没有成为班级的范文，但还是得到了语文老师的好评，老师在批改那篇作文时，不仅用红笔在一些好的语句下面画了许多的波浪线，而且在文章末尾的空白处，还认真地写了几句评语：语言流畅，层次清楚，结构合理，想象丰富，结尾言简意赅，令人回味无穷。"

"不错，这丫头还真争气。"魏子明嘴上夸着王笑宽家的姑娘，自己脑际间竟然时隐时现地蹦出叶馨竹笑吟吟的神情来。他下意识地眨了眨有些干涩的眼睛，心想，人生里能有个丫头也真好。

王笑宽说："我家这丫头还真就被大海给迷上了。"

"女孩子嘛，总是充满着天真与幻想的。"魏子明说道。

"你们家也是丫头吧。"王笑宽说，"丫头贴心啊，比养儿子省心。"

"我没你幸运，是个儿子哩。"魏子明说话的时候，叶子的身影又似乎在脑际间闪动了一下。他顿了顿，说，"我和老婆那会儿还真想要个丫头的，结果一出生，来的却是个讨债的。"

佛教里有这样一种说法：说今生的妻子，是在前世被你掩埋的人，此生是来还未报的恩的；今生的情人，与你是前世的夫妻，此生是来续前世未尽的缘的；今生的女儿，是你前世的情人，此生是来了与你未了的情的；而今生的儿子，则是你前世的债主，此生是来追讨你未还的债的。对于这样一种传说，王笑宽想必也是知道的，此时听魏子明说自己家的是个儿子，于是便将话头往回收，说："其实，是儿是女一切都是前世的缘分罢了。俗话虽说女儿是父母的'小棉袄'，但若论起中国的传统文化，儿子可是一个家族的血脉传承呐。"

"咳，那也是一个虚名。人生苦短，前八百年后五百年的事多了去了，管那么多干什么？能把自己的一生打点好倒是正事！"魏子明说，"算了，我的话扯远了，你就明确告诉我，小丫头最后看没看成大海吧。"

王笑宽盯着魏子明看了一眼，问道："你是当警察的，听说过海子吗？"

魏子明自信地用手拢了拢头发，眼珠转了转，说："是写诗的海子吧，他曾经是北京大学的学生，很多年前就卧轨自尽了。"

王笑宽点了点头，说："他的诗却活着。那时我家的姑娘已升初中了，不知怎么突然对海子产生了兴趣。"

"'面向大海，春暖花开。'小姑娘一定是被这一诗句吸引了。"魏子明说。

"谁说不是啊，海子的许多诗她都会背诵。"王笑宽说，"当然，我们一家三口最终决定利用春节去看大海，既是为了遂姑娘的心愿，也是想了却我们自己的一个愿望。"

"结果就遇到冰灾，被堵路上了？"

"结果就出车祸了，而且是大祸。"王笑宽说。

对于王笑宽有关车祸的讲述，当年在高速路上参与救灾的魏子明是太熟悉不过了。算起来，那一年的冰灾距今已有十多年的时间了，现在稍一回想，许多画面还是会时空穿越般地出现在眼前：高速路不仅仅成了停车场，甚至还可以说变成了集散场地，双向六车道，包括许多段面的应急通道，几乎都被南来北往的车辆给堵死了。魏子明和他的支队当时的主要任务是负责对京珠高速江城段至湖南岳阳段双向应急通道进行有效的疏导管控，最大限度地对滞留在路上需要紧急救助的乘客给予帮助。上路后才知道，滞留的车辆，特别是许多客运、货运车辆，少则堵在路上有一两天了，多的则已堵在路上四五天了，饮水、食品，甚至油料都出现了问题。现在电视上经常会报道非洲、中东一些国家因战乱、动乱出现的难民的画面，魏子明一看到这样的场景，马上就会想到那些困在路上的司乘人员当时的处境，想到他们那时的境遇真的和难民没什么区别了。绝望中，见到警察的到来，于他们而言，仿佛是在干旱的沙漠中看见了绿洲。他清楚地记得，当他和他的战友们，把方便面、火腿肠、面包、矿泉水等食品饮料送过去的时候，惹得许多人眼睛发热、泪眼婆娑。有人甚至禁不住喊出共产党万岁、解放军万岁、人民警察万岁。

王笑宽说："中国有句俗话，说人到了哪一步说哪一步的话。自从经历了那一场生死劫，我说真心话，我是发自内心地对我们党、对我们国家、对我们军队，包括对你们这些公安干警有了新的认识。觉得只有这样一种组织和这种组织里面的人，才是老百姓的依靠。"

"究竟是一场什么样的生死劫？"魏子明打趣道，"让你王大院长充满着如此的正能量！"

"我是发自于内心。"王笑宽说，"人在无助、在天塌地陷时的感受尤为明显。"

"是不是车祸时有人受了重伤？"魏子明迫不及待地想知道最终结果。

王笑宽伸出左手亮出四根手指。说："何止是重伤，当场摔死的就有四个。"他见魏子明眨巴着眼睛在等待下文，便进一步解释道，"我们因为在广州没买到火车票，就改乘长途汽车，就是那种能躺着睡觉的长途旅游大巴车。结果车走走停停，到了广东韶关地界，路面上的结冰本来已被解放军战士铲得很干净了，然而谁知道行驶过程中，大巴车忽然就……忽然就失去了控制，一下子从高空中，不，从高处，冲下了高速公路……那会儿，要不是那些巡逻值勤的公安干警及时发现并施救，我的老婆孩子，真的……真的很难闯过鬼门关的……"

不难看出，事过境迁，王笑宽忆及此事的时候，仍然情绪激动，在讲述那场车祸的过往时显得语无伦次、词不达意。魏子明从王笑宽的讲述中知道，王笑宽一家搭乘的旅行大巴车，过了广东韶关后快要进入湖南郴州路段时，高速路上的结冰已经打通并恢复了正常通行，正高兴着可以平安回家的时候，车辆突然失去控制，从架空的高速路上冲到桥下，车上载有二十五人，司机，包括前面坐着的三位乘客一共四人当时就摔得断了气。剩下的或轻或重都受了伤，这同样也包括王笑宽他们一家三口在内。要说，他的妻子当时伤得最重，颈椎骨折不算，右腿创伤性骨折而且造成大出血，女儿则头部受到重创。当时处于昏迷状态，一家人数他最轻，只是手臂和膀子受了点皮外伤，但他却在车辆落地时，被冲击后移位的座椅给卡住了，动弹不得。王笑宽说，当时的情况太恐怖了，车基本都摔散了架，到处都是哭叫之声。天已经黑了，他凭借着冰雪的反射光，发现受伤的妻子和女儿一个在他左边一个在他的右边，他想救她们，但是他自己没办法脱身，手根本够不着她们，他说他那时真的是心如刀绞、心急如焚。正在万念俱灰的时候，有人从高架桥上亮着手电下来了。王笑宽在讲到这儿的时候还特别强调，他说我后来才知道，这些从高架桥下来的交警，也是冒着生命危险的。因为出车祸的地方刚好是架空路段，下面是一片冬季干涸了的沼泽地，上下距离少说也有四五米高，又是晚上，还是在冰天雪地里，而且事发突然，他们根本就没有升降设备，但是他们为了能及时救援，一个个都是从桥面上直接跳下来的，好几个干警的脚踝骨都受了伤。我当时就是被一位跛着腿的警察把我从卡着的位置给解救出来的……

那天，在南湖边的小茶室里，魏子明原本是约了王笑宽谈妻子李月茹的病情，谈入院康复休养的事宜的，结果，话一投机却谈跑了题，真正的病情没谈多少，反而扯起了陈年往事，聊起了生活经历和人生感悟。魏子明发现，表面看起来随和大度的王笑宽，内心其实也很脆弱、敏感，情感丰富。他在向魏子明讲述妻子女儿被救过程中，现场参与救援的警察，为了抢时间把她们送到医院，在没有起降设备的情况下，干警们在冰天雪地里脱下了身上的大衣、外套，拧结成索，上拉下托把她们送上高速路面的场景时，竟然声音哽咽、热泪奔涌，弄得一边的魏子明一遍遍地给他递纸巾，心绪也一度五味杂陈。他在想：深受儒家文化浸润的国人，在这个社会上其实每个人都有一个没有定规的价值认同，都有一个或高或低、或明或暗的角色定位，只是这种定位有的是源自内心、发自自我的一种追寻，这与职业、文化、高低贵贱无关；而另一种，则体现在外在的，或是一个组织强加的，个人又无法摆脱的角色要求，这与职业素养、与道德责任相关联，而且让你欲罢不能、欲说还休，纵然心有不甘，但你只能义无反顾，不能回头。这同样也包括他自己，从穿上警服的第一天开始，他便觉得自身有了一种说不清的气场，而这种气场的形成与传导，谁能说不是角色的使然。同样，妻子李月茹发病之初，其实已有了很多的迹象，要是自己当时能分身有术，及时带她寻医问药，他的家庭生活也许就是另外一种结局了。遗憾的是，在那样的一种环境下，他无法分心，更无法顾及，留下的，只能是将愧疚与自责深埋心底，甘苦自知。

第十三章

　　孙小安喝酒有个特点，喝到高兴的时候喜欢抽烟，而且是一根接着一根地抽。这还不算，一边抽烟的时候，还滔滔不绝地讲一些荤素不等的笑话，当然，也包括酒喝多了把不住关，褒贬时政，议论当下，甚至攻击单位领导，等等。所谓"吃了嘴巴的亏"，往往就是在这样一种场合引起的。

　　陈菊华端上来的茶，以及私下里用在腰际上的"警醒剂"马上起到了作用。孙小安果然放缓了节奏，坐下来燃上一支烟后便开始自嘲起来，说："以前没有八项规定，吃饭喝酒成了工作的一部分，几乎天天都有。现在可好，喝顿酒，从参加的人员、时间、地点都要千挑万选地找机会，说得难听点的话，就像做小偷似的。"

　　马志武怕他借酒又发些不必要的牢骚，准确的说法是怕他"妄议"，就马上打断道："其实现在这样也好，少喝些革命的小酒，倒是有益于自己的身体健康。"

"好是好，只是不利于人与人的交流和沟通啊。"王四曳的酒也喝得很猛，此时已是桃腮粉面，在一旁插言道，"比如现在要和孙哥喝次酒，得约上好多回，真是有点烦。"

孙小安听了，看似不经意地瞅了眼陈菊华，说道："四曳呀，你这丫头别一喝酒就忘了大小了，我可是你大叔呢。"

"谁说大叔不能变大哥啦。"施文峰打趣道，"四曳叫的也没错，女人嘛，身份是可以随时改变的，至于是该叫大叔还是叫大哥，关键还是要根据情感的高低深浅进行转换。"

"算了算了，你们这些耍笔杆子搞新闻的人就是花花肠子多。"孙小安怕施文峰继续卖弄知识把自己给套进去，于是赶紧转换话题，说，"酒的确是个好东西。你看我现在酒喝得少了，给大伙讲故事、说段子的功夫也快废掉了。"

"就是，要不怎么叫作酒文化呢。"坐在对面的程洪海也不甘寂寞，感慨道，"我是发自内心地佩服三国时代的曹操曹孟德丞相了。"

"你佩服曹操干什么？"马志武有些不解地问道。

"'何以解忧？唯有杜康。'啊！"程洪海说，"若不是曹老儿发明了酒，我们哪有机会品尝这些琼浆玉液？"

他这一说不打紧，却让满桌的人都笑了起来。陈菊华一只手捂着嘴笑，一只手忍不住把程洪海肩膀一拍，说："程总，你可真逗啊，你让曹操发明了酒，好比让关公战了秦琼哩。"

倒是王四曳反应快，马上帮着打圆场，说道："看看，我们程总一高兴，酒就喝得急了点，昏头了不是！"

程洪海知道说错了话，马上配合着拍了拍脑门，搪塞道："昏头了、昏头了，真的昏头了。"

孙小安忍住笑，用手对着施文峰敲了敲桌子，说："文峰你老家是山西吧，这酒其实和你们山西有关的。"

"算了吧，山西产醋，和酒可是不搭界的啊。"

"看看，你这文化人没文化了不是！"孙小安调侃道，"有人说酒是醋的妈妈，意思是先有了酒后有的醋。不过依我查看到的资料，应是先有了醋后有的酒。"

"有点意思。"施文峰用手撸了撸袖子，说，"从来都是先有了酒后有的醋。现在你老孙反其道而行之，我们倒是想听听你是如何胡编乱造的。"

"怎么能是胡编乱造？！"孙小安不满地扭头看了施文峰一眼，说，"程洪海刚才说到的杜康你们应该都是知道的。"

"知道。中国的酒圣，酿酒的鼻祖。"马志武恰到好处地给孙小安搭上了胡编乱造的梯子。

"曹操老儿之所以能借酒解忧消愁，全凭了杜爷爷不辞千辛万苦酿出了杜康酒啊。"

"那这杜康酒又和醋扯上什么关系了呢？"王四曳有些急不可耐地问道。

"别急嘛。"孙小安又从桌上的烟盒中弹出一支烟，燃上，很享受地深吸一口并吐纳出一串烟雾，这才开始像说书人似的娓娓道来，只听他说道：

"相传，杜康系陕西白水县人，最初他是从酿醋开始的，之所以因酿醋而发明了酒，也完全是一种巧合。一天，杜老先生刚刚酿好一锅酸醋，突然来了一位久违的朋友。晚餐时，自然要让客人品品自己新酿的醋。起初，他和客人只是感到今天的醋和平时口感不一样，虽有些酸，但更多的是斜刺刺的辣，而且，那种斜刺刺的辣中还透着一丝丝的甘甜。二人大喜，一来二去，竟然在不觉中，将那一小锅新酿的醋当成茶水喝了个精光。饭后告辞，宾主准备拱手道别的时候，两人都觉得头晕眼花，手脚发软，还没起身，竟一头扑在饭桌上呼噜呼噜地睡了过去……

"次日，宾主一觉醒转过来，回味昨天品尝的醋，两人都觉得这醋的味道和功力显得很特别。客人甚至当下就问老杜，说你昨天酿的醋是怎么鼓捣出来的，不仅味道特殊有劲道，而且还像麻药似的让我昏沉沉地给睡过去了？

"杜老先生听了，挤了挤还有些惺忪的眼睛，回说道：'我也不知道是怎么给整的，反正最后就弄成了这么个味道！'

"友人却不信，说：'酿醋也是有讲究的，你不变换工艺程序怎么可能种豆得瓜？！'

"然而杜老先生转着眼珠想了好一会儿，也没弄清楚问题出在什么地方，只是吞吞吐吐地说，唯一和平时不同的是，大前天一觉睡过了头，酿醋的原料密封发酵的时间比平时要多出一个、半个时辰的。

"友人听了，精神马上为之一振，撺掇道：'既是如此，何不赶紧再行一试。'并声称，'如果还能酿出这样的美味，那你老杜酿的醋，当是人世间至精至好的醋了。'

"当下，友人当助手，杜康又按平时酿醋的方法忙活起来。然而遗憾的是，连续好多天，试了不下十几个回合，结果生发出的汁液却怎么也品不到之前那种斜刺刺的辣、吧嗒吧嗒嘴还感到有些甘甜的'美醋'了。

"本来，屡试屡败，此事时间长了，这事也就过去了。因为醋，原本就应该是从前的那种酸爽之味的，何必要勉为其难，要让醋变辣、变甜？

"然而，自古有句俗话，叫作'日有所思、夜有所梦'。这之后的一天晚上，杜康老先生忽然梦到一位仙风道骨的老者，飘飘然然地从遥远的天际来到他面前，微闭着双眼，既像是对杜康，也像是对着眼前的虚无念念有词：'本月二十一，一路走向西，酉时三滴血，好醋要成精。'老者说完，仍然像来时一样，踏云而去，飘然遁形。

"次日醒来，杜康回味良久，认定这是上苍在对他暗示开导，于是私下与友人合计，在当月二十一日这一天的酉时，带了一锅正发酵着的酿醋原料，来到他所住房屋的西边大路旁，想着能讨要到三个人的血来充作酵母。等啊等，首先来的是位书生，二人上前，很容易就得到了他中指上的一滴血；又过了不久，远远地走过来的是位束发仗剑的武士，虽然多费了些口舌说了些好话，不过也总算弄到了武士中指上的一滴血；酉时将尽之际，最后一个人晃晃悠悠地过来了，二人急不可耐地凑近一看，来人却是位疯疯癫癫的傻子，二人不容分说，趋步上前就按住傻子取了中指上的一滴血……"

"什么什么？疯子傻子的血也能取？！"王四曳趁着孙小安往烟灰缸中弹拭烟灰的机会，突然插进话来，显得有些天真地说道，"干吗不多等一会儿，弄上一个正常人的血。用了疯子的血，会不会让人染上疾病啊。"

"是不是傻子疯子已经顾不上了。"孙小安说道，"眼看着酉时就要过去了，纵然是疯子傻子的血也要先弄上再说吧。"

孙小安酒桌上编排故事有一个特点，讲究抑扬顿挫，讲究婉转起伏。而且，说到精彩之处，听的人笑得前仰后合，他自己却可以置身度外，淡定从容，好像故事中的一切一切，本该如此，与他相距遥远，漠不相关。包括他此时停顿下来弹拭烟灰，其实是在酝酿着如何让故事更好地进入高潮。

王四曳依然穷追不舍，问道："他们采集到的三滴血就真的管用吗？"

"当然管用。"孙小安说道，"不仅管用，而且超级有用。"

便听他继续摇头晃脑地说道："杜老先生将滴入了三滴血的酿醋原料密封了一段时间之后，再打开时，只觉得香气扑鼻，品之如仙如痴，远远超出了之前那种'斜刺刺的辣'，'斜刺刺的辣中还透着一丝丝的甘甜'味道了。老杜和友人当下弹冠相庆，并且一遍遍地相互询问：'这哪里还是醋了？这哪里还有醋味了？'这分明是上天赐予我们的琼浆玉液啊！

"既然这新酿出来的琼浆玉液不是醋了，也没有原先那种醋的味道了，那就得给它取上一个名字或者要有个说法啊。于是，两人静下心来再一合计：起了关键性作用的'三滴血'不是在酉时采下的吗？血虽浓于水不也还是液体，还是水吗？三滴血和酉合在一起是个什么样子呢？不就成了一个'酒'字了吗？！

"于是，也就从这一刻开始，一种被叫作'酒'的尤物，绵延了数千年的浓郁之醇香，经久而不衰……"

按照一般常理，一个段子讲到最后，总是会抖一抖"包袱"，逗得大家乐上一乐的，然而今天孙小安的讲述，好像从最初开讲都没有预设什么伏笔，整个段子听起来基本上是平铺直叙，没有跌宕起伏。自然，段子快讲完了，桌面上也没有出现应有的喧哗与喝彩。

孙小安倒是淡定，坐那儿，一边吸着烟，一边扫了眼桌上的人等，发现除了陈菊华和王四曳之外，施文峰、马志武、吕胜杰和程洪海，都在各自皱着眉头对着手机指指点点，似乎对他讲述的由醋到酒的酝酿过程，甚至对酒的命名并没往心里去。

王四曳却依旧透露着好奇，问道："孙主任你讲的这个段子究竟是正史还是野史，听起来还是蛮有意思的哩。"

孙小安听了，微微一笑，伸出大拇指对坐在他左侧的施文峰指点了一下，说："正史野史得由你施哥判定，他们老家那地方可是盛产老陈醋的。"

事实上，施文峰、马志武他们皱着眉头摆弄手机，并不是对孙小安的段子不感兴趣，而是恰恰相反，因为在他们所掌握和了解的知识面上，从来都是先有酒后有醋的，于是便想着到网上去找依据，看看孙小安是不是在信口胡诌。不过很遗憾，大约是程洪海所在的御临南湖小区的信号不是很给力，怎么也连接不上网络。

马志武说:"程老板你这个小区的信号怎么这么差呀?御临南湖入住的可都是些非富即贵的人哩。"

"岂止是差。"施文峰有些气恼地把手机往桌上重重地一放,说,"我百度了半天,一直连接不上去,真的是成了白度了。"

程洪海方头大耳的,脾气好,接连遭到抢白,也不生气,把手机收了往裤兜一放。嘿嘿笑着打趣道:"我们这儿是移动的网,大家就这样坐着接电话、上网肯定不行,得移动、走动着才行哩。"

"去你的吧。"陈菊华反驳道,"江城正在建设智慧城市,5G就快上马了,如果都像你说的这个样子,猴年马月才能实现得了?!"

"陈姐你可别听程胖子胡扯。"吕胜杰还在低头不死心地连着网络,说,"近期南湖景区的几个机站正在整改,估计会时断时续地影响附近一些区域的上网和通信。"

听吕胜杰这样一说,马志武也想起来了,前不久市里召开"双节"维稳工作会时,市委副书记在讲话中还专门提到过的,要求移动、联通、电信公司必须在节前,把各自的基站按照南湖景区管委会的统一要求改造建设好,做到既要与景区的景致相协调,又要保证全市所有的公用通信网络处于优质可靠状态。

马志武冲着程洪海问道:"你这儿以前的信号应该是没什么问题的吧?"

"一直很好的。"程洪海笑着解释道,"那几个机站之所以要改造,主要是立在景区的那几座通信塔太别扭,突兀地从景区的万绿丛中冒出来,的确是显得生硬别扭,有碍观瞻。"

"今天算是孙大主任运气好,景区的通信网络给他帮了忙。"施文峰道，"要不然，我们可以现场给老孙普及普及一些常识的。"

马志武这会儿显得很宽容，甚至，还变得有些深沉，只听他说道："其实孙主任刚才讲的段子，细细品味起来也还是很有些道理的，大家想想看，从古到今，好多的发明创造不都是在有意无意间被认识和发现的吗？"

"比如？"王四曳依然透出一副好奇的样子，歪着头说道，"不妨讲出来让大家听听嘛。"

马志武本来是信口一说，没想到一边坐着的王四曳却当了真，他愣怔了一下，正想着要找个什么话给搪塞过去的时候，忽然看到摆在面前的手机，突然眼睛一亮，说道："你知道手机的前身是什么吗？"

"怎么不知道。"王四曳很干脆地回答道，"以前应该就是电话机呗。"

"对呀，电话机的发明就是典型的偶然中的偶然。"马志武说，"我曾看到过一个资料，最先发明电话机的是英国人贝尔。他当时本来是和助手在研究试验电报机的，但在试验过程中，发现用作试验的磁铁上，不小心粘上了一个弹簧片，也就是在动手取下这块弹簧片时，受到其发出的颤动之声的启发，才得以让电话机'碰巧'问世，并最终改变和缩短了人们的生活方式和交流、交往的时空。"

"马哥你讲的这个故事我也听说过。"王四曳大约是酒喝得急了些，满脸粉红，亮着一对丹凤眼问道，"还有呢？还有别的什么吗？"

"听说过瓦特与'水壶的故事'吗？"酒的确是个好东西，马志武觉得自己的思维变得异常灵活起来。

"怎么不知道。"王四曳有些亲昵地往马志武身边靠了靠，说，"我在上小学的时候就从课本上学习过的。"

马志武径自说道："瓦特老先生之所以能发明蒸汽机，与他小时候看见火炉子上的水壶盖，不断地被沸腾了的水蒸气顶起来有直接的关系。也就是说他从中受到了很大的启发。"马志武说完，扭头看了眼王四曳，却骤然和王四曳那束颇富风情的眼波有了些交接，眼神下意识地颤动着往下一落，便又在无意间看到了王四曳胸前的一抹白嫩的沟壑和丰腴拥挤的山峦，以及包裹着妙曼身材的淡绿色的衣裙。他掩饰着端起桌上的茶水喝了一口，开始调侃道："包括你王四曳和大家身上穿的衣服，早期的人类应该是不知道穿衣服的，后来在进化的过程中，大约也只是发现树叶、树皮，包括兽皮可以御寒、遮羞罢了，至于后来要用衣衫的颜色款式穿着来表达美，进而表达'为悦己者容'，一定是脑洞大开、忽来灵感的结果，也就是说，同样是在偶然或无意间受到的启发。"

马志武侃侃而谈，本想着赚些喝彩之声的，没想到却被施文峰兜头给浇了瓢凉水。施文峰打断他的话锋，不客气地说道："马局说的前半截还是有那么回事，后面联想到的古人与现代人的衣着用途，就有点像孙大主任的酒与醋的关系，完全是胡侃神吹了。"

事实上，刚才孙小安讲述的有关酒的段子，说到最后时，他也是想卖个关子的，只是在停顿的过程中，不仅没有得到大家的及时呼应，反而被你一言我一语地给弄断篇儿了，甚至，还让马志武给引出了一些新的话题，因之，就淡定地坐在那儿抽着烟，想着等待一个峰回路转的机会，再把"三滴血"的寓意给抖搂出来。这会儿突然听到施文峰的攻击，便立马将手上还燃着的烟头往烟灰缸中一按，清了清嗓子正要开口，不料却被陈菊华抢了先。她毫不客气地冲着施文峰说道："你施处长可是搞新闻出身的，按说看问题会抓关键点，我们孙主任之所以要拿酒与醋产生的先后来说事，其本质是要把它们当作一个讲段子的由头，也就是噱头，而真正想要表达的要点，则是那三个不同类型人的血哩。"

"什么意思啊？"施文峰大约是酒劲上来了，眼睛眨巴着透出疑问。

"你是揣着明白装糊涂吧。"孙小安微笑着接过话，"文人、武士和疯傻之人，其实是代表了酒场上的三种形态和境界，也可以说能反映出酒桌上的三个阶段。"

陈菊华之前大约是听过这个段子的，此时和孙小安几乎是一唱一和了，说道："第一阶段，好比是文人的血在起作用。一开始，大家在桌上彬彬有礼，举杯互道贺词，互相规劝，好似秀才吟诗作对般文气十足；第二阶段，似是侠客武士在现场主导，大家酒过三巡，情到深处，话不多说，一饮而尽，场面上无比慷慨豪爽；至于这要说的第三阶段嘛……"陈菊华故意停顿了片刻，佯装醉眼蒙眬地在桌面上扫了一圈，嘿嘿笑着道，"我不说，你们也知道是由谁在当家做主了，并且会干出一些什么啼笑皆非的事情来。"

的确，再不用陈菊华进一步解释，大家已经心领神会了。最先给予充分肯定的是吕胜杰，他哈哈笑着端起面前的一杯酒，隔空对着孙小安往上一举，说道："孙主任、孙哥，你这段子编得可是有水平，很形象，我佩服。酒你喝不喝我不管，反正这一杯我先敬你了。"

紧挨着陈菊华坐着的程洪海则没有相跟着敬孙小安，却显得十分恭敬地起身要敬陈菊华的酒，说是段子讲得有水平的还是要数我们陈姐，孙主任讲了半天，点睛抖包袱还是陈姐抖得恰到好处。

陈菊华也是个爽快之人，被程洪海的一番马屁拍得很是受用，不等人劝，端起酒杯和程洪海一碰，仰头就一口给干了。跟着，便又从程洪海面前拿过酒瓶，先给自己的酒杯倒满了，又要给程洪海倒，说："感谢程总看得起姐，我也得和你走上一杯。"

孙小安一看这阵势，知道陈菊华的酒喝得起兴了，害怕她一下收不住给喝高了，于是就冲着程洪海说道："洪海呀，你陈姐的酒量现在可赶不上以往了，要我说，她主动给你回敬酒，你得用大杯喝了才说得过去。"

孙小安所说的一大杯，是指每个人面前都有的一个分酒器，呈小葫芦形，酒杯的脖颈处标刻的容量是200毫升。程洪海原本已起身来响应陈菊华的提议的，这时听到孙小安一说，歪着头看了看面前分酒器里装得满满的一杯酒，眉头皱了皱，一下像泄了气的皮球般坐了下来，故意苦着脸，显出一副万分痛苦的样子说道："孙哥啊，你也太狠心了吧，这满满一杯酒，可是装有小四两哩，我这样一家伙灌下去，还不马上死翘翘了。"

孙小安突然提议要程洪海用大杯喝，其实是故意抬高门槛，目的是保护陈菊华，让程洪海不要再和陈菊华喝了。然而陈菊华正在兴头上，根本就理会不了孙小安的用心。反而十分豪气地把自己还剩有大半杯酒的分酒器拿了过来，将程洪海的酒往自己的杯中匀了匀，说道："姐也不占你的便宜，一样多，总该可以了吧。"

程洪海估计也是喝得有些多了，仍然坐那儿皱眉撇嘴地不肯接招，桌上就开始有人起哄了，纷纷要求程洪海拿出点男子汉的气概来。马志武在酒桌上向来就是一个热闹人，他有些看戏不怕台高地说道："程总啊，你什么状况没见过，不就是那半杯酒吗！"

施文峰同样也不是省油的灯，在一边撺掇着说："老程平时看起来很豪爽的，今天是怎么了？喝点小酒怎么这么不痛快哩。"

吕胜杰身体有恙，自己没怎么喝酒，按说在酒桌子上是不会出头露面劝别人喝的，然而此时也受到感染，乐得在一旁敲着边鼓："陈姐敬的酒还是要喝的。如果一口干有难度，可以考虑分两口喝也还是可以的。"

陈菊华一直豪气十足地站着，听了建议，马上接口道："可以，分两口喝了也行。"

孙小安听了连忙伸手对着陈菊华示意道："老陈你先别急，坐下来说嘛。依我看，洪海既然有压力，你们都先喝口茶，喝点饮料，缓缓劲再喝也不迟的。"

王四曳眼见着孙小安明里暗里关照呵护着陈菊华，心里暗自一笑，也不点破。端起酒杯绕过马志武凑到孙小安的跟前，显得万分亲热地说道："孙哥啊，你刚才这个段子讲得真是有水平，怎么着，我也得敬你一杯的。"

孙小安却不接招。面对王四曳侧身贴靠过来的肥硕大乳，身子往一边躲让了下，扫了眼已经坐了下来的陈菊华，说："四曳呀，我刚才讲的那个故事，可是用了施处长老家的老陈醋为噱头的，要敬，你得敬一下施大处长才对。"

施文峰大学毕业后就留在了江城，最初向别人介绍说自己是山西人时，听的人总爱把山西与老陈醋联系到一起，流露出的言语和表情，总会让人感到有些许的调侃与小觑。不过时间长了，特别是随着山西陈醋的不断开发与创新，山西老陈醋不但是闻名遐迩的调味品了，而且，据说眼下还成了养颜、养生的美容保健品。施文峰听到孙小安把王四曳往他这边引，他不仅不拒绝，反而还很淡定地说道："讲个故事把醋当个噱头算什么，山西老陈醋的好处多了去了，经常食用，甚至还可以降血压、血脂和血糖哩。"说完，扭头看了眼孙小安，又补了句，"你这个噱头虽然有些扯淡，但是山西人民还是要感谢你。来，干脆我和四曳一起敬你吧。"

孙小安有些不解地翻了下白眼，晃了晃有些花白的头，问："这和我有什么关系？"

"怎么没关系？感谢你为我们山西做品牌宣传呀！"施文峰说道，"如果按你孙大主任的说法，我们山西不仅是醋的发祥地，变相地，也成了酒的发源地了。因为杜康这老儿，最初酿醋的手艺，弄不好还是在山西学的哩。"

施文峰的话刚一说完，立刻得到了马志武的认可："这话有道理。按老孙的说法，杜康老先生本来是酿醋的，由于酿醋走手了，歪打正着才酿成了酒嘛。"

孙小安原本是为了帮陈菊华的，没想到言多必失，惹火烧到了自己的身上。现在，王四曳和施文峰一左一右夹着他要敬他酒，便就心有不甘地躲闪着想转移目标。他用手挡了挡贴在身边的王四曳，有些玩笑地责骂道："你这娘们儿傻呀，今天的酒是要冲着马局和吕支队敬才是正事啊。"

马志武心里还惦记着晚上的清查行动，想着早点结束饭局，看着孙小安想转移目标，就起身给孙小安的杯中续满酒，说："孙主任你就从了吧。再说了，四曳他们向你敬酒，也是为了表达心意哩。"说完，趁人不备，顺手在王四曳的屁股上捏了一把，催促道："四曳，你还愣着干什么，难道给孙主任敬杯酒还这么难？！"

王四曳被马志武一激将，身子扭了扭，也不顾对面陈菊华的感受了，温热的身子贴靠着孙小安，端起桌上的酒杯就往孙小安的口边上送。孙小安下意识想着躲闪，施文峰反应倒是快，伸手就从后面托住了孙小安扭动着的脖颈，四曳这边稍一用力，顺势将一杯酒给灌了下去……

不得不说，眼前的一套连贯动作配合得是那样迅速、精准加优美，几乎是在一瞬间完成的。桌上的所有人等在最初的愣怔之后，立马就爆出一番喧笑与喝彩，甚至连陈菊华也忍俊不禁地哈哈直乐，说四曳这死婆娘手脚倒是利索。当然，说归说，王四曳与施文峰能轻松地给孙小安灌下一杯酒，没有孙小安的配合也是行不通的，之所以说他能配合了将一杯酒以这种"不恭"的方式喝下去，一方面说明孙小安平时为人不拘小节比较豪爽，另一方面也可以从中看出，他对酒的热爱与敬重是由衷的，实在是不舍得将一杯送到嘴边上的清香、甘洌的美酒白白给浪费掉。

王四曳与施文峰也知道规矩，两人配合默契地给孙小安灌了酒，各自也及时地端起酒杯，象征性地在空中轻轻一碰，脖子一仰，哧溜一声喝了下去。

孙小安大约是酒喝急了些，呛着了气管，一边捂着嘴巴咳嗽，一边指点着想责骂王四曳与施文峰的无礼。马志武笑眯眯地看着眼前的一切，伸手从桌上连着抽了几张面巾纸递了过去，说："看看，喝急了不是。要不，先喝口茶压一压。"

孙小安闷不作声地接过面巾纸，捂着嘴巴连着咳了好一会儿，方才缓过劲来。他红着眼睛在桌上扫了一圈，大家都以为他要寻机找王四曳、施文峰来报复的，不料却对着马志武问起了话。他说："马局呀，你以前应该是不认识施文峰施处长吧？"

马志武摇了摇头，答道："只是面熟，好像有几次在市里开会碰到过。"

"肯定没在一起喝过酒。"孙小安说。

"当然没有。"马志武说，"今天是第一次哩。"

施文峰知道这是孙小安在把矛头往他身上引，因之便主动地接过话，说道："马局啊，一回生、二回熟，咱们啥也别说了，来，再喝杯酒加深一下感情吧。"说完，端着杯子就过来要和马志武碰杯。马志武没想到剧情突然翻转要把自己给圈进去了，有心往外推，但是眼面上却又没了退路，只得硬着头皮与施文峰一仰脖子干了杯。落了座拿起筷子刚捡了几粒油炸花生米丢进嘴里，孙小安又紧接着开了口："志武啊，你刚才这个酒喝得呀，叫我说就显得有些被动。"马志武止住咀嚼，问道："主任是什么意思？不就是还要回敬一杯酒吗？！"孙小安燃起一支烟，扭头白了眼马志武，说道：

"还记得前几天的南湖事件吧？"

马志武愣了一下，问："你是说记者在南湖会所暗访那件事？"

孙小安点点头，说道："那俩扯淡记者最后能够摆平，施处长可是亲自出了马的呀。"

马志武脑瓜飞快地转了转，记起当时两名记者在110巡特警大队赖着不走，坚持要讨说法时，最后是武玉明到处打电话找人疏通的，只是不清楚当时找的人与施文峰有关。

施文峰听到孙小安别有用心的夸奖，欠了欠身子，很谦虚地说道："小事一桩，小事一桩，况且，能为公安上的兄弟们出点绵薄之力，也是荣幸之至。"

马志武已清楚了孙小安的用意，而将要被收拾的施文峰却好像还蒙在鼓里，现在竟然把话说得如此得体和周详，他马志武再不敬杯酒真的是没有道理了。于是从桌上拿过酒瓶，探身把施文峰和自己空着的酒杯都一样斟满，说道："刚才听老孙一讲，不和你敬杯感谢酒还真没法交代了。"

孙小安眼见着马志武端着杯子要敬酒，赶紧在下面用脚踢了他一下，不动声色地说道："武玉明那小子腰痛病又犯了，今晚没能到场。要不，这个感谢酒，怎么也得和施处长走一两个大杯的。"

孙小安所说的"走大杯"，是指直接用各自面前的分酒器来喝。马志武在心里估算了一下，因为晚上支队有行动，他虽然不具体负责一线指挥，但还是要预防不测，万一有什么突发事情，他必须得保持头脑清醒。而眼下如果一大杯走下去，只怕就会有些问题了。

孙小安见他盯着酒杯显出了为难，便建议道："为了表达诚意，一口干不了，分两口喝清也行。"

桌上的其他人眼见马志武踌躇不前，酒桌上就快冷场了，于是就纷纷出面相劝，有的说："施处长这么仗义，马局怎么着也该痛快地敬上一杯的。"

有的说："感情深、一口闷。还分什么两口喝清？！"

程洪海因为还有事找马志武，酒喝到现在都还没机会提及，担心真的把他喝醉了，该说的正事反而给泡了汤，于是就出面调和道："马局啊，该表达的心意还是要表达，要不，你先和施处长把杯碰了，你能喝多少算多少，剩下的，我是愿意代劳的。"

施文峰和程洪海早就熟识，而且仗着自己有八两一斤的好酒量，听了程洪海建议，马上说道："我倒是无所谓的。只不过喝酒也是有讲究的，我就不信马局和我碰了杯，会让你们谁来给他代喝。"

王四曳对于那天发生的事情当属亲历者，而且从内心评判，虽说那俩记者图谋不轨在先，但是一帮警察，就那样群殴性质地打人和抢夺、损坏记者拍摄的手机，场面之恐怖、惊悚，回味起来，还是让人感到不是很爽。就见她一咧嘴角，笑言道："我们马局也是个豪爽人，敬杯酒怎么可能让人代劳。"嘴上一边说，手在下面对着马志武的大腿上狠狠地掐了一把。

马志武痛得一激灵，明知道是王四曳在报先前对她的揩油之恨，此时却又不好意思声张。只得顺着王四曳的话说："酒肯定是不会让人代的，不过，我们可以分两口喝清。"

马志武如此的忸怩，倒给了施文峰一个错觉，认为马志武一定是没什么酒量，想着何不借机把他现场放倒了事。不等马志武起身，他自己主动端起面前的葫芦形分酒器，径自和马志武的杯子一碰，咕噜咕噜喝了个精光。说道："男子汉大丈夫的，还分什么三口两口喝的。"

马志武的大腿被王四曳掐得不轻，他在说可以分两口喝的时候，手一直还在被掐的地方摩擦抚慰。这会儿被激将到这种程度，眼前这杯酒，就是一杯毒药也得与之同归于尽了。只是，他的这杯酒自此一喝，让施文峰怎么也不会想到，要不了多久，他就会陷入警察朋友和人民群众的汪洋大海之中，最终醉得一塌糊涂，"死"得比较难看。骄兵必败的千年古训不是没有道理。

施文峰先声夺人地将酒喝了，并没马上落座，而是一直站那儿等着，表面上看这是一种礼节，而真正用意实则是一种督促，就像古时两军对垒，战书已经下了，是应战还是避战，还是甘拜下风缴械投降，都得有个说法。因之，眼见马志武被激将了仰着脖子把一杯酒灌将下去，这才笑眯眯地了声"够哥们儿"，便落了座，拿起筷子拣了菜往嘴里送。也就是一口菜刚咽下去的工夫，陈菊华已端着酒杯站在身后了。

施文峰虽然喝了不少酒，心里还是清楚的，扭头看了眼身后站着的陈菊华，知道刚才配合王四曳灌了孙小安的酒，别人的"情况"不高兴了，这会儿是来帮着报仇的哩。不过，即便是这样，他也没太往心里去，他自忖有斤把多的酒量，多一杯少一杯也没什么不得了的。只是，他现在不想分散精力，想着探探马志武的底哩，便听他玩笑道："陈姐啊，我刚才和四曳敬孙哥的酒，可是发自内心的哩。况且，你就是要表达不满，也要等我和马局把该喝的酒喝完了再说吧。"

马志武咬着牙把一杯酒喝下去了，认为该表达的意思已表达到位了，现在对于施文峰的激将自然不会上当，于是就说："施处好酒量，我甘拜下风了。不过，你在关键时候能主持正义，对警察施以援手，帮助化解纠纷，我们还是发自内心地感谢啊。"

马志武咬文嚼字说话的时候，陈菊华也没闲着，她探过身子，从孙小安面前拿起酒瓶，显得十分认真地给施文峰空着的分酒器和酒杯都一一斟满，这才答道："你们搞新闻的就是心眼多。我要敬你一杯酒，和孙主任没半毛钱的关系。只不过是发自内心地想表达一个心意哩。"

施文峰却不接招，说："陈姐你这说的什么话？那俩记者去暗访公款吃喝，在南湖会所消费吃饭的那帮警察应该是马局的手下，与你们其他人都是没什么关系的。"施文峰说的时候，还伸出一只手，推挡着陈菊华，试图让她回到她的座位上去。陈菊华喝了不少的酒，这会儿正在兴头上，而且过来的真正意图，是为孙小安报"一箭之仇"的，哪里会改弦易辙，于是也同样用力想拨开施文峰拦着她的手。就这样一推一挡，施文峰喝酒后手上没个轻重，用力过猛，陈菊华脚下一闪，生生歪倒在孙小安的身上。这还不算，陈菊华在往下倒的同时，手上满满的一杯酒，也一下浇得孙小安满头满脸。慌得施文峰一边把陈菊华往起拉，一边连着声说"对不起对不起"。

孙小安这一晚上也是够倒霉的了。先是被人半真半假地灌了酒，想着找个由头发动大家来报个仇，不料又被自己的人给浇了一脑门的酒。在大家的哄笑中，他接过王四曳递过来的面巾纸，一边不停地揩着脑门、脸上和身上的酒渍，一边嘴上也没歇着，嗔怪道："你们看看、看看，这多浪费，全都给弄酒了，这些可都是粮食啊。"

陈菊华平白受到如此不恭的拒绝，自然不肯善罢甘休，她回到座位上，也只是用纸巾象征性地擦了擦手。再过来时，端着的已不是先前的小酒杯了，而是换上了葫芦形的分酒器，里面的酒虽说不是很满，但也快到分酒器的脖颈了。施文峰一见这架势，连忙站起身，说："大姐，实在要喝，我们还是用小酒杯喝吧。"

陈菊华芳华已逝，风韵犹在。喝了酒，血脉偾张，先前有些焦黄的脸，这时好似回光返照，能隐约再现年轻时腮红齿白、柳眉粉黛的姣好脸庞。她脸上挂着笑，听了施文峰的建议，却不言语，而是毫不客气地把施文峰试图拦着她的手打开，径自将酒杯对着施文峰面前的酒杯一碰，一仰脖给喝了个精光。

"好！漂亮！"率先发出喝彩之声的是马志武。他对陈菊华这种以其人之道还治其人之身的做法赞不绝口，连声说，"陈姐豪爽，陈姐够意思。"

现在有些发愣的是施文峰了。陈菊华和他先前敬马志武的情形一样，豪气十足地把酒喝了，同样是笑模笑样地站在一边等着，摆明了，碰过杯的酒不喝下去是说不过去的。施文峰最初也是干新闻的，曾担过江城日报记者部的主任，后来在采写江城环境治污的系列报道时，引起市委主要领导的关注与赏识，先是抽调到市委办公厅和政研室帮助工作，之后大约考虑到他的专业背景，被提拔下派到市委宣传部的新闻处任处长，专司新闻管理和新闻协调方面的工作。从记者到官员，长期在体制内外行走浸润，什么场面、什么人等没见识过？！就好比现在，酒喝到这种份儿上，遇到了这么一种状态，场面上只有看戏不怕台高的，不可能出现息事宁人施以同情的。也可以说在愣神后的转瞬间，想明白这一点，北方汉子的豪气马上就回来了，他根本不用桌上的人等花样百出地循循善诱或友情规劝，幅度有些夸张地端起斟得满满当当的分酒器，在众目睽睽之下一饮而尽，完了，杯子往桌上重重一放，说："哎呀陈姐，我这真叫是豁出去了，生生被你给逼上梁山了。"

陈菊华开心地嘿嘿笑着，从桌上拿起酒瓶又要给施文峰斟酒，却被孙小安给夺了下来，说："老陈你先归位吃点东西，服务工作由我们来做就行了。"一边说，顺手就把酒瓶递给了王四曳，并叮嘱道："你辛苦一下，给大家伙儿把面前的酒杯都满上。"完了，左手拍了拍施文峰的肩，说："兄弟厉害！好酒量！"

施文峰落了座，胡乱地吃了几口菜，酒劲就跟着上来了，只见他用手撸了撸袖子，高门大嗓地说道："孙哥，孙主任，你说说，你只说说，我今天喝的这点酒算酒吗？！"

"怎么不算酒？53度白云边哩。"孙小安忍住笑，故意逗道，"三十年珍藏版的，地道的好酒。"

施文峰不满地扭头白了他一眼，说："我知道是白云边。你们那帮小警察在南湖、在南湖会所喝的也是白云边。"

马志武听他说到南湖会所，说到那帮小警察，立马纠正道："施处啊，我们那些警察兄弟虽然喝的也是白云边，可只是低档次的，而且都是自己买单，不存在公款消费的。"

"我知道……知道。"施文峰连着点头，手还不停地拍着桌子，说，"实际上吧，他们也不完全是冲着几个小警察去的。"

王四曳这会儿正挨个给桌上的杯子满着酒，就插话道："要说，那俩记者也的确很无良，当初就因为常到将军府娱乐中心赖吃、赖喝，甚至赖玩开罪了他们，现在是故意来砸场子给会所难堪的。"

"是，也不完全是。"施文峰眨了眨眼睛，歪过头问孙小安，"你们公安局是不是又在搞什么天眼工程？那些监控系统不是早就建起来了吗？"

孙小安愣了愣，说："对呀，现在主要是进行升级改造，要把电子综合视频监控系统打造得更智能、更清晰、覆盖面更广。"

"工程是不是也要参加招投标？"施文峰问。

"那是必须的。"孙小安答道，"但凡涉及一定数额的物资、工程项目都得纳入招投标范围。"

"这不就得了！"施文峰突然把桌子一拍，说，"关键是有些项目不能一女两嫁！"

"什么意思？"马志武接过话，问道，"俩记者也参与了天网项目？"

"肯定是没戏了呗。"施文峰道，"他们是在做设备代理，据说，之前有市局领导答应过了的，可最后开标时，却被另一家中了标。"

马志武知道，物资采购、工程项目向来复杂。市局的小型基建、项目改造等一些工程虽说由副局长潘宏光负责，并且，说起来也要走招标程序，通过技术、质量、价位公平参与投标竞争，只是最后中标与否，还是要看背后关系强弱，人为影响的因素很大，有时，也不是他潘宏光，甚至是局长魏子明能说了算的。马志武问："就因为没中上标就通过暗访来黑我们警察?！"

"没别的招……招数了，只能这……这样发泄不满。"施文峰依然亮着嗓子，只是说话已有些不连贯了，并且还按着自己的思路开始恣意发挥起来，"答应了能中标的，结果，煮熟的……鸭子飞了，搁谁，也不会……不会开心。你们这中间……这中间是不是也有猫腻?"

"有没有猫腻咱可不清楚。咱清楚的是这事你帮着给拦下来了。我们可是真心感谢你的。"孙小安有意转移话题。

施文峰这会儿已不理会别人怎么说了。就见他伸出右手，显得亲热无比地搂着孙小安，一个劲儿地说："孙哥，你说……你只说，你们公安……有时候是不是，是不是也不……也不讲理……"

孙小安想把搂着他的手拿开，试了好几下，没有成功。马志武看在眼里，心想，眼下最好的办法，只能再加点码，让他老先生躺倒为最好。他飞快地对着程洪海打了个手势，说道："程总啊，施处那天能把暗访的记者给摆平，依我看，主要还是保护了你们南湖会所的生意呢。"

程洪海会意，立马端着刚斟满的分酒器过来了，说："施处，我也得敬你一杯感谢酒哩。"

施文峰酒胆大开，一下丢开搂着的孙小安，起身端起了面前的分酒器，对着程洪海一晃，说道："程总你……看清楚了，我这也是一大杯。"说完，也不碰杯了，一仰头，将满满一杯酒给灌了下去。并且，喝完后，还豪气十足地将空着的杯子对大家亮了亮，方才坐了下来，要看程洪海如何来喝那杯酒。只是让人没想到的是，他刚一落座，头便像挨了一闷棍似的耷拉下来，伴之而来的，是如雷的鼾声。

桌上的人寻声看到施文峰醋然入睡的样子，几乎同时发出了开心的笑声。程洪海连着吃了好几口菜，压了压有些往上翻滚涌动的酒劲，便对着孙小安问道："孙哥，这酒还怎么喝啊？"

孙小安看看歪在桌边的施文峰，开心地一乐，说道："还要怎么喝？这不已倒下一个了吗！"

王四曳却乖巧地接过话，说："程总的意思，是不是还要敬一敬马局和吕队啊。"

孙小安听了，对着她一瞪眼："早干什么去了？！"跟着，扭头看了看马志武和吕胜杰，手一挥，说道："算了，你们那些事，也不用多说了。来，把酒都斟上，大家一起喝杯团圆酒吧……"

第十四章

妻子发病的消息是夜半时分知道的。儿子魏俊武拨通他的电话，只喊了声爸爸就哽咽着说不出话来了。

魏子明在电话里吼道："你小子怎么回事啊？有话就说，有屁就放，我正忙着哩！"

儿子被魏子明一吼，似乎立刻清醒了过来，于是在电话中带着哭腔说道："爸爸，你在哪里呀？我怕。妈妈的手腕被她割伤了，浑身都是血，你怎么就丢下我们不管了？你快回来救救妈妈吧。"

"你说什么？你小子再说一遍！"魏子明原本对儿子的电话没太往心里去的，忽然听说他妈妈浑身上下都是血，要他回家施救，心里就突然一激灵，马上感觉出情况不妙，但眼下的状况是，后方的妻子就是出现天大的事他也无能为力了。他耐着性子听完儿子的复述，立刻对儿子吩咐道："魏俊武你听好了，你今年已满 12 岁了，大小伙子了，爸爸现在执行抗震救灾任务，还有好多人埋在废墟中等待救援，你妈妈现在就靠你了，记着，就靠你了。你现在要做的有两件事，一是马上找块毛巾或者是布条，帮你妈妈把手腕上的伤口给包扎住，不要让它再出血；再就是赶快拨打市120急救电话，告诉家里的准确地址，很快就会有救护车、救护人员来救你妈妈的……"

"你当时就这样对儿子下的指令？"王笑宽问道。这会儿他似乎已走出了自己旅行途中遭遇的不堪过往。

"只能这样说了。"魏子明声音显得有些喑哑低沉，"你不知道当时前方的情况有多么危急。受灾地区道路、通信全部中断，地震中心情况不明，总理急得连电话都甩了。"

"后来空降兵不是强行跳伞摸清了情况吗？"王笑宽回忆道。

"也只是摸清了部分情况。"魏子明说，"关键是要打通生命通道、保障通道的畅通，让救援人员和物资能迅速进入灾区。"

"我记得那时你还在特警支队，要你们特警支队上去干什么？"王笑宽问道。

"协助武警交警打通救援通道，保证交通命脉畅通。"魏子明说。汶川大地震已过去好多年了，当时他参与救灾的场景总会在有意和无意间冒出来，而每次，他都会及时转移思绪，努力和过往一刀两断。比如儿子魏俊武在他妈妈犯病时给他打求助电话的场景，每次忆起，他的大脑或是心脏区域便会有瞬间的针刺般的疼痛与抽搐。他想：我这也是犯了病吧，疑似精神障碍？

当时汶川地震灾区完全成了"孤岛"，为了打通救援通道，抗震救灾指挥部先后调遣精兵强将，从东西南北四个方向进行突击抢修。南、北线分别是从都江堰向映秀方向，沙坝向茂县方向全力推进；东、西线则由北川向茂县方向，马尔康理县向汶川方向突击。魏子明奉命从江城带队紧急入川的主要任务是，负责西线救援通道的交通协同疏导与保障。他和他的队员在震后的第四天傍晚抵达马尔康，也就是从西线进入汶川的方向。当时，这条"生命线"以成都作为起点，途经雅安、泸定、康定、丹巴、金川、马尔康、理县，终点是汶川。这是当时唯一被打通的通往汶川的道路，为大部队进入汶川县展开救援创造了有利条件。然而因灾区经常出现余震，通道时常被垮塌下来的山石阻断不说，沿途的车辆也频频被坠落的飞石砸中，轻则车辆受损，人员受伤，重则车毁人亡。特别是对于受损车辆造成的道路拥堵，当时根本没有办法按正常的交通事故进行勘验处置，采用最多的办法就是当机立断，伤亡人员立即被转移到路边想办法进行救治处置，而受损车辆则要视事发现场情况灵活处理，能就近腾挪的马上腾挪让出通道，没有腾挪之地的，就地由清障车或值勤人员直接推下路基或山崖，总之，要尽一切所能保障这条"生命线"的畅通。

魏子明清楚地记得，儿子魏俊武打电话告知他妈妈李月茹切腕自残的消息时，他正在处置一起飞石滚落造成的伤亡事故。当时，因为余震，从陡峭的山峰滚落的山石砸中了一辆丰田霸道越野车，驾车的是一位带着新娘回门的新郎，滚落下的石头也不是很大，就篮球般大小，然而就是这块该死的石头，不偏不倚，刚好就击中了正在沿着蜿蜒的公路缓慢行驶的新郎。惨的是，那会儿新娘就坐在副驾驶座上，新郎的脑浆、血沫溅得她一身一脸。突然的祸从天降，毫发无损的新娘在惊恐中一下子情绪失控，先是抱着已经咽气的新郎狂呼乱叫，继而见魏子明指挥队员将横在路上的受损的车辆准备推下山崖的时候，新娘竟然拖着新郎的遗体拦在车前跪地求情，说什么也不准把自己受损的车辆往山崖下推，哭喊叫骂着说这车是她老爸老妈刚送给她的陪嫁，也可能是她今生今世唯一的念想，说这车修一修还是可以用的，说修车的费用都不要国家负担，她自己可以出……原来，这一对新郎新娘，他们是在新婚三天后，新郎陪着新娘在回门的路上遇到地震的，新婚夫妻是马尔康市水务公司的职工，大震前的那天中午，新娘欢天喜地带着新郎开着父母陪嫁的豪车出发不多久，刚到卓克基，天塌地陷的事情就发生了。当时他们也不知道地震的中心是在汶川，只是惊慌失措地控制住车辆在路边停下后，才从前后堵在路上的人群中断断续续得到地震的大致方位和消息，新娘便赶紧给汶川的家中打电话。电话根本就没法打通了，回门的家宴定在县城最大的海鲜城，这是新娘的老爸老妈先一天晚上就和他们约定好了的，包括吃什么菜，上什么汤，都在电话中一一敲定，然而一阵山摇地动，电话顷刻就打不通了，父母双亲仿佛在一瞬间遁形无踪。新郎新娘根本就不死心，堵在路途中的几天时间里，两人几乎是交替不停地拨打电话，然而得到的是一次更比一次多的失望与伤心。而现在，好不容易在焦灼中度过了七八十个小时，道路打通了，车辆可以向家的方向挪动了，却在一个风景秀丽的名叫米亚罗的地方再次遇到了塌天之祸……

有那么一会儿，魏子明是心生恻隐的，他睁着一双布满血丝的眼睛，在公路的前后左右扫了好几个来回，除了前后看不见头的拥堵车流，没有一星半点的地方能容纳受损不是很大的丰田霸道车存身。横下心让人强行拉开新娘，把车推下山崖的时候，事实上新娘已经昏厥过去了，她的爱车，在暮色中翻滚着汇入山崖下湍急的河流，随着漩涡消失在人们视野中的那一刻，她注定是没有机会和勇气向它做最后的告别。

"新娘的父母最终结局如何？有没有幸存？"一直静默无语的王笑宽忍不住地问道。

"不是很清楚。"魏子明说，"据当时了解，新娘的父母都是映秀中学的老师，大震来临时学校的师生们都正上着课，能幸存下来的概率实在是太小。"

"汶川地震中，记得有好多学校的损失几乎是毁灭性的。不知包不包括你说的映秀中学？"

"当然包括。"魏子明十分肯定，"事后我曾专门留意过一些学校伤亡情况的报道，映秀中学应该是非常重的，据称，地震时整幢教学楼全部坍塌，最终只剩下教学楼前的一根旗杆在风中伫立。"

"那位新娘后来的情况你们还有没有掌握？"王笑宽低声叹道，"真是个不幸的孩子。"看得出来，医生所富有的怜悯之心让他情绪显得十分低落。

"没有掌握。也没精力去掌握。"魏子明说，"那会儿就像在打一场恶仗，根本顾不过来，也没留下她的联系方式。况且，我自己，那时也是心力交瘁。"

"刚巧又赶上夫人犯病的事了。"王笑宽十分理解，说，"你这属于典型的'屋漏偏逢连夜雨'，让谁碰上，都是没法轻松的。"

"这也是没办法。谁让我是警察呢。"魏子明怅然一笑,下意识地摸了摸裤兜,问,"有烟吗?"

王笑宽扭身从旁边的茶几上拿过自己放在上面的手包。自嘲道:"看看,我平时不怎么抽,现在竟忘了给局长同志上烟了。"

魏子明以前的烟瘾其实是很大的,最近几年,缘于叶馨竹有意无意地提醒,慢慢也不怎么抽了。偶尔想起来会拿一支在手上摆弄一会儿,或叼在嘴上吞吐几口烟雾,大约是一种应激反应,只是为了舒缓一下情绪罢了。魏子明打开烟盒,从中抽出一支燃起来后,还反客为主地递了一支给王笑宽。两个男人隔着茶几相向而坐,有那么一会儿,茶室里除了吞吐出的烟雾在清凉舒适的空气中游荡飘浮,整个世界似乎都溘然沉寂、悄无声息了。

打破沉默的还是王笑宽。对于魏子明在面对妻子发病自残一事的处置上,他还是心存不安,那种情况下,当时就交给一个十多岁的小孩去求救、送医,怎么就放得下心?

魏子明按灭了手上的烟蒂,说:"这也是没有办法的办法。我的老家在远郊农村,爱人这边的父母那时也先后去世了。在江城基本上没有什么至亲,单位的同事朋友本来也可以依托,但说实话,家里出现这样的事情,我这人虚荣心强,真的不想弄得满城风雨。"

"当时是在哪个医院?"王笑宽说,"如果那会儿送到我们医院,结合病情进行些干预治疗,效果可能会更好一些。"

"市第五人民医院。"魏子明说,"那会儿救人要紧。五医离我家近,儿子打了120,急救车很快就过去了。"

"病人送去时肯定是当作一般外伤急救病号给处理的。"

"后来听儿子讲，送到医院后，医生看了看伤口，先是问他妈妈李月茹是怎么回事，怎么把手腕给割了。他妈妈那时已处于半昏迷状态，根本就不可能回答。又回头问陪着去的儿子，儿子那时也不知道是怎么回事，只说放学回家时，就发现妈妈浑身是血躺在地板上了。"

"你儿子还真不错！"王笑宽赞赏道，"毕竟只有十二三岁啊。"

"要感谢的其实是和你一样的那些医生。"魏子明说，"他们听到儿子说我在汶川救灾，二话不说，及时进行抢救处置并作为特殊病号重点护理。"

"李月茹这是第一次发病自残吧？"王笑宽问道。

"准确点说，这是第一次实质性犯病。"魏子明答道，"抗冰救灾结束之后，她有过一些犯病的迹象，比如不愿说话、厌食，夜半突然惊坐起来，一会儿哭一会儿笑的。"

"早期症状一般都是这样。"王笑宽说，"如果当时能看看医生，再辅以心理疏导，根本就不会出现自残等问题的。"

"这个世界上从来没有后悔药。"魏子明叹了口气，"谁知道会出现汶川这样不该有的插曲呢？一切都是命吧！"

李月茹在康复区的单独小套房在一楼，魏子明敲门进去的时候，李月茹明显和以前的表现又有了些不同。王笑宽和她打了个招呼，退出房间后，李月茹竟然主动给魏子明倒了一杯凉开水，还紧挨着魏子明坐了下来，关心地问他怎么这么晚了还过来看她，问他晚上吃的什么，说他看起来瘦了不少。

平常的夫妻，一种亲昵、一种嘘寒问暖，原本是再平常不过的事情。然而，自从李月茹出现状况后，魏子明对于这样的亲昵，似乎早已成了一种奢侈。精神疾患病人，由于其思维方式和行为方式出现紊乱，不能很好地对自己的情绪和行为进行有效管控，表现出来的自然是具有很强的排他性、过激性与破坏性。因之，在治疗过程中，由于用药的关系，同样会对患者造成一定的次生伤害，继而使行为人的精神状态和行为方式从一个极端走向另一个极端，也就是人们常说的副作用。李月茹同样也不例外，几年来长期反复地医治用药，让从前温柔、体贴、娴静、善解人意的李月茹变得呆滞、木讷，不善也不愿与人沟通表达。眼下，李月茹这种些微的变化，从某种程度上看，她的康复状况还是相当不错的。

魏子明端起茶几上的水杯，咕咚咕咚地喝了大半杯之后才说："快到国庆节了，单位的事情很多，稍微忙一点，不过总体还好，我有时晚上回到住宅小区后，还会在小区院子里走上几圈路。你看，我的大肚子是不是小了不少？"说完，还站起身扭动着身子给李月茹看。

李月茹也当真地打量一眼，一边点着头，一边伸出手，摸了摸魏子明的肚腹，微笑着打趣道："嗯，还真不错，你这小猪肚下去了不少。"

眼见着妻子的变化，魏子明有那么一刻仿佛又回到了从前。再坐下来时，竟习惯地将手搭在了李月茹的肩头，轻轻地拍着李月茹的肩膀，说道："刚才我进来时，和王院长参观了你们社区的'庆中秋迎国庆'才艺展，你猜我看到了什么？"

李月茹听了，身子突然像触电似的一颤，扭过头盯着魏子明看了一眼，有些不相信地说道："你真的去看了？那儿参展的作品有好多哩，告诉我，你都看到了些什么？"

　　"看到的东西多着哩。"魏子明故意卖着关子，说，"有绘画、摄影、机械制造，有机器人、编织作品，还有……还有生产的农副产品，等等。总之好多好多，让人眼花缭乱、目不暇接的。"

　　"还有呢？"李月茹支棱着耳朵听完，似有不甘地问道，"还看到什么别的参展作品没有？"

　　"当然还有哇。"魏子明说道，"还有一幅拔得头筹的十字绣，王笑宽说是你的作品，我当时打死都不相信。你说，你一直是搞手工编织的，这些年，你给我、给儿子织了好多的毛衣，你哪里会搞什么十字绣呢。"

　　魏子明话音刚落，李月茹却忍不住了，侧身推开魏子明放在她肩膀上的手臂，回过头显得有些生气地说道："你太小看人了吧，那幅作品，我前前后后可是花费了小半年的时间哩。"

　　眼见着李月茹嘟着嘴生气的样子，魏子明一下乐了，伸手揽过李月茹，朗声笑道："哈哈，上当了吧，和你开玩笑哩。实话跟你说吧，你那幅参赛作品简直是太棒了，我一进展厅就看见了。听听，'江山如此多娇'，不仅主题选得好，而且绣功也十分了得，惟妙惟肖的，简直就是原作的复制品哩。要不是王笑宽王院长提醒我看参展人员的铭牌，打死也不会相信是我老婆的杰作啊。"

　　李月茹被魏子明拥揽入怀，起初还有些抗拒，有些不太习惯。夫妻相拥而坐，大约还是很早以前的事情了吧。眼下，静静地偎在一起，听着心爱之人絮絮叨叨，听他对自己赞赏有加，李月茹的眼睛不觉红了起来，眼眶里悄然漫起的泪水，竟嘀嘀嗒嗒地滚落下来。

"怎么，我说得不对吗？"魏子明探身从茶几上抽出几张纸巾给李月茹擦着泪，怜爱地说道，"我可真的没有哄骗你的意思哩。"

李月茹听了，头往他的臂弯里拱了拱，低声说道："子明，我想回家。"

"怎么，这儿，这儿不是很好吗？"魏子明听到李月茹说到想回家，稍稍迟疑了一下，便有些是下意识地婉拒道，"你来这儿快两年了，和大家一起学习、生活，一起做手工，身体恢复得很好，急着回家干什么？"

"我觉得……我觉得自己可以了。"李月茹侧着脸紧贴着魏子明的胸脯，用一根手指轻轻滑着他的肚皮，幽幽地说道，"在家里，我还可以给你洗衣做饭，给你做喜欢吃的红烧鱼、葱爆猪肚。"

有那么一会儿，魏子明的心，忽然变得有些沉郁、发酸，甚至在不觉中，眼眶竟然有了些发潮。短暂的静默中，他的脑际有过闪电般的回放：算起来妻子的病，自从在抗震救灾时出现第一次切腕之后，断断续续、时好时坏差不多有十个年头了，十年的病患与不幸，放到历史的长河中仅是沧海一粟，甚至算不上一粟，但是对一个家庭，对于一个人而言，却是有着难于承受之重的漫长与痛苦。为了给李月茹治病，他利用节假日，带着妻子去北京上海看过专科，去贵州西藏求过中医吃过藏药。然而往往是，通过药物控制好上一段时间，总是在你觉得稳定了好起来的时候，突然杀个回马枪，来一个大反复——不是砸坏家里的电视机、冰箱，就是把儿子的电脑主机、显示屏一股脑儿地丢进浴缸泡澡。毁物倒还好说，家电砸了、毁掉了可以花钱再买，问题严重的是不知道她什么时候一下想不开控制不住自己的情绪，不是自残就是大量吞服私下积攒的安眠药，人死没法复生，这可是最要命的事情。

妻子李月茹接受脑体手术治疗完全是一种意外。那是魏子明在上海参加全国特警工作会，返回江城的飞机上，随手翻看飞机上配阅的一本旅游杂志时，不经意看到西安一家陆军医院，针对精神病患新创的一种微创手术疗法，不仅效果好，而且复发率低。上面介绍的有关症状和病例，魏子明当时看了，觉得那些病例和症状几乎就是按李月茹的情形复制的一般。飞机落地后，魏子明打开手机，三下五除二，把那几页文章一股脑儿地给翻拍下来。从机场出来，他没有直接回家，而是第一时间回到办公室，打开电脑上网搜寻有关这家医院官网，了解咨询相关手术的具体治疗情况。现在看来，李月茹的病情，能够日渐恢复稳定，在王笑宽这儿的康复治疗是一方面，西安陆军医院的脑定向治疗却是起了决定性的作用。

李月茹到西安的陆军医院先后进行了两次手术，前后相隔不到一年的时间，然而从第二次手术治疗至今已有快三年的时间了，现在李月茹的精神状态和自我认知，应该说都是相当不错的了，只是她提出想要回家，魏子明却犹豫着不敢轻易表态。

李月茹在陆军医院接受手术治疗的主治医生叫汪明冲，他施行的脑体定向手术，实质就是通过遥感微测技术及多元化定位方法，使手术靶点定位精确，对受损的神经功能进行干预修复。整个手术过程很短，三四个小时就结束了，住院观察七至十天就可出院，但出院后的药物巩固治疗非常关键。李月茹之所以第一次手术出院后不到一年复发，主要是在后期用药上，魏子明因工作忙乱，缺少对她的监管与交流沟通，没有注意为她营造一个良好的康复环境。因之，李月茹病情复发在陆军医院进行了第二次手术后，那位姓汪的年轻医生曾专门提醒过他，说李月茹目前的精神分裂症，主要还是因前期严重精神抑郁而引起的，属于慢性迁延性疾病，复发率、致残率都是相当高的。如果患病初期治疗及时规范，临床所需要的康复时间基本上一两个月就能见效，而一旦造成复发，需要治疗的时间会明显延长。复发次数越多，临床缓解所需时间越长，患者达到临床治愈所需要的时间就会更长。以至于姓汪的医生说到最后，竟然有些不满地责怪道："您的工作不管有多忙、多重要，您要知道，您妻子的身体健康更重要啊！"

事实上，对于年轻医生的责怪或是劝诫，魏子明也是认真进行过反思的。他觉得，长期以来，自己在对待工作和家庭问题上，总体认知是明确而清晰的：工作事业家庭都重要，都要齐头并进，不能顾此失彼。只是很遗憾，现实中，一旦出现特殊情况，个人和家庭往往被退居其后，包括妻子因为企业改制、下岗，精神上受到压抑刺激，自己若是能够动用关系、想想办法，给予她实质性的帮助和关爱，或是及时送医并进行心理干预和疏导，是不是就不会酿成病患，不会有后面一系列情况的发生呢？其实，自打李月茹精神上出现障碍，他魏子明的内心一直不曾安稳，他甚至在努力寻求一种心灵的救赎，这种救赎的终极目标，就是要穷尽所能地寻医问药，为她的康复营造一切可能的环境，让他的爱人能够好起来，能走出阴霾，还她一片清澈湛蓝的天空。现在看来，他的这种救赎效果是明显的，是充满了希望的，李月茹的精神状态、思维方式、行为举止都在一点点趋近于正常了。按说，回归家庭和社会，回归正常人的生活应该是没什么太大的问题了。特别是眼下，李月茹对回归家庭又充满着期待，这对于他魏子明而言何尝不是天大的幸事。然而，一想到传言中的即将调去西北任职的事情，他的内心却充溢着难于言表的矛盾与苦涩，他甚至不知道该如何作答。最终，沉吟良久，魏子明只能顾左右而言他了。

"你那幅十字绣真的是漂亮。"魏子明想的是转换话题，说，"改天参展结束了，我们就把它挂到我们家里的客厅里。"

"放在客厅还不是很好。"李月茹听到魏子明说到她的十字绣，马上抬起头，有些兴奋地回说道，"画幅的比例小了点，挂在客厅会显得不协调，我觉得如果是挂在你的书房还是不错的。"

"比例小点有什么关系呢。"魏子明有些讨好地说道，"客厅里还真得有一幅像样的画作来点缀一下的。"

"你别急嘛。"李月茹抢着说道，"其实我早就想好了，客厅里还是挂一幅大气点的、吉祥喜庆些的画要好些。"

"不是狮子老虎之类的吧？"魏子明玩笑道，"有这些家伙镇着，能趋利避害哩。"

"算了吧。"李月茹撇撇嘴，看似有些娇嗔地说道，"我们家有你这位黑猫警长就足够了。"一边说时，探身从茶几上拿起平板电脑，打开来在上面指点一番后，一幅满屏盛开的火红牡丹呈现在眼前。不及魏子明眯缝着眼睛细细欣赏品味，便又追问道："怎么样？我儿子魏俊武帮忙参谋选定的。"

"花开富贵。"魏子明随口说道，"不错，有这样一幅十字绣挂在客厅，真的能让我们家蓬荜生辉啊。"

"怎么能说是蓬荜生辉，"李月茹纠正道，"应该叫锦上添花。"

"对，应该是锦上添花。"魏子明赞赏道，"还是你的表述准确些。只是绣出这样一幅作品，不知得用多少时间哩。"

"这你就不用操心了。"李月茹的语气几乎完全回到了从前，说道，"在我们家，你主外，我主内。况且，回家后，我除了给你洗衣做饭也没什么别的事情，像这样一幅作品，顶多三五个月就完工了。"

魏子明眼下对于李月茹想要回家的打算，可以说是非常敏感的。他担心妻子想要回家的念头若不趁早打消，一旦形成具体的意向，而他自己又可能面临工作变动，弄不好又会给她造成新的刺激。

"你们工艺编织社区现在还有多少人？"魏子明想着转移话题，"你在这里能当上园区长也真不容易。"

"你算是说对了。我这个社区可是康复中心最大的一个区了，大大小小老老少少的有三十多号人，能把她们管理好、安排好还真得费些神。"李月茹一说到她领导的社区，脸上立马溢满了喜色。

"三个女人一台戏。你竟然一下领导着三十多个女人。"魏子明夸奖道，"我老婆真的棒极了。"说完，还用手亲昵地拂了拂她的头发。

"近期可能还会增加三五个人进来。"李月茹说，"前几天听我们王院长讲，这些将要来的康复人员的家属，提前好多天就来了解过情况了，明点着要到编织社区，说我们这个社区人多，大家在一起相处很好很融洽，而且活动安排组织得也好，觉得管理上很规范很有条理。"

"村看村、户看户，群众看的是干部。"魏子明随口说了句很有些历史的谚语。依旧把妻子往台面上捧，说，"编织社区有这么多人，而且能管得如此好，还不是与你这个当领导的有很大的关系。"

"这三四十个人算什么。"李月茹说，"你不知道，我当初在东方红棉纺厂当车间主任的那会儿，最多的时候，管过近两百多号人哩。"

听到妻子说到她从前的棉纺厂时，魏子明特意地侧过脸看了看她，发现李月茹的神情很是平淡自然，远没有了从前一说到棉纺厂时就爱恨交织的那种样子了。他忽然记起最初在和王笑宽讨论将李月茹送到这儿康复疗养时，王笑宽曾说到过"脱敏"效应，现在看来，李月茹在这个给她带来希望与失望的地方，经过王笑宽和医护人员的用心、关心，真的是浴火重生、凤凰涅槃了。

"你现在管理的三四十人，和从前的一两百人根本不是一个概念啊。"魏子明顿了顿，索性试探着说，"现在你管的这些人，都是来休养康复的。"

"肯定不一样啊。"李月茹清了清嗓子，说道，"我当车间主任的那会儿，同车间的姐妹们大都是从纺织学校毕业分配过来的，素质高、懂业务、好管理。不像现在这些人，有点像……有点像一帮乌合之众。"

"你们的王院长对你可是很欣赏哩。"魏子明随口编排道,"刚才他陪我进来的路上还说,你在编织社区的威信高着呢,那些康复人员都说你性格好、待人细心周到,大家从内心里服你。"

李月茹耳听着丈夫对她的评价褒奖,有那么一会儿,她的脸上似乎还飞上了一层淡淡的红晕,静静地依偎在丈夫的胸前过了许久,忽然从茶几上拿过手机,翻了翻页面,笑吟吟地递给魏子明,说:"你看过这个信息没有,好有意思的。"

魏子明顺手接了过来,有些好奇地问道:"谁发给你的?什么信息让你觉得有意思?"

"你先看嘛!"李月茹有些娇嗔地用膀子推了推他。

魏子明微笑着拧开沙发边的台灯,端着身子盯着妻子的手机显示屏翻阅起来:

压力分级趣解

(1)小明来自农村,多年的城市打拼终于混成了白领,上班的路上恰逢一个搭顺风车的美女,正思想要如何享受一下桃花运的时候,女人突然晕倒在车上,吓得他不得不赶忙将女人就近送往人民医院。

——小明感受到了一些压力。

(2)到了医院,医生经过一番检查,说送来的美女怀孕了,并恭喜小明说他快做爸爸了。小明当时面红耳赤,连忙声明说孩子与他没半毛钱关系,根本就不是他的。但送到的美女这时清醒过来了，跟医生解释说，我老公事先没有心理准备，突然一听说，一时还有些不好意思哩。

——这让小明焦虑不安。

（3）当然，美女这样说，小明自然不会认可，他极力想更正，美女却丝毫不给他机会，争执不下时，一旁的医生给了他们一个建议，声称他们医院就可以做一个加急的DNA鉴定，是与否，让科学说话。很快，结果出来了，医生告诉小明，说他是不育不孕患者，而且还是先天性的，美女怀着的孩子，跟他真的没半点鸡毛关系。

——小明听后忧心忡忡。

（4）小明心绪烦乱地开车回家，路上竟然不小心闯了好几次红灯，医生的话让他的脑瓜没法集中精力去开车。他在不断地想：自己家里的一儿两女三个孩子，他们是谁的种呢？

——小明感到心力交瘁。

（5）回到家，老婆开心地迎了上去，搂着他的脖子说：老公，我又有了小宝宝……

——那一刻，小明痛苦得连死的心都有了。

（6）很快，不管老婆如何解释，他和老婆离婚了，善良的小明选择净身出户。

——小明开始失眠忧郁。

（7）不久后的一天，小明感冒了去医院看病，刚巧碰到了上次为他和美女做DNA的那位医生。医生偷偷把他拉到一边说：上次那女的想讹你一把，被我一眼就看穿了，所以简单地帮助你处理了一下，说你是不孕不育患者。怎么样，找机会你总该请我吃顿饭吧！

——小明当时听了眼睛一黑，晕倒在地。

（8）医生手忙脚乱地经过一番抢救，小明醒了过来。这会儿，小明满脑子就一个念头：城市套路太深，我要回农村老家！

…………

李月茹的手机是华为新款，显示屏大，字幅明亮清晰，虽然信息的内容很长，中间刷换了好几屏，但魏子明还是很快就看完了。不过，内容是看完了，甚至，文中有些递进式的黑色幽默，让他的嘴角禁不住还漫起了笑容，只是看过笑过之后，他却没闹明白，妻子此时给她看这则信息是什么意思呢？仅只是小明的境遇让人感到好笑？他悄悄地用眼睛瞥了下李月茹，一边哈哈笑着将手机还给了她，身子舒展着往后靠向沙发，一边调侃道："现在许多微信、网络信息编排的段子主角都是叫小明。小明这家伙算是倒八辈子霉了。"

"怎么样，还有点意思吧？"李月茹笑着接过手机，拿在手上看似不经意地来回摩挲着，听了魏子明的话，说道："段子上的主角其实是叫小明还是叫小白、小黑都没什么，关键是人在这个社会上有时遇到的一些事情会让你欲罢不能，或者说是哭笑不得。生活就像一个深不可测的陷阱，有时会在不经意间让你误入其中，无处可逃。"

李月茹的话说得很轻，也很平静，甚至有点像是自言自语。但是魏子明听了却不敢掉以轻心，刚刚靠在沙发上的身子又立了起来，歪着头看了看李月茹，似有不解地问道："怎么了月茹，在这儿过得不开心吗？"

"还行吧。"李月茹说，"王笑宽院长他们让我当个园区长，领着几十个康复休养的姐妹，做卫生、搞理疗、学编织，虽然女人们在一起婆婆妈妈、是非口角的事多，让人操心费神，但是时间打发得快，日子倒是过得充实。"

"日子充实就很好啊。"魏子明伸手搂过李月茹，玩笑道，"难怪你们王院长总夸你不错。你李月茹是谁呀？好歹以前也是在国企当过中层干部的人！做人做事、考虑问题和一般人还真是不一样的。怎么样，现在是不是又找到了以前当车间主任的感觉了？"

"这和以前不是一码事。"李月茹往魏子明身边贴了贴，说，"况且，我也早对那些身外的名利之物不感兴趣了。"

"不感兴趣是什么意思呢？"魏子明没有贸然发问，只是眨巴眨巴眼睛在脑瓜里打了个问号。

"我还是想回家。"李月茹幽幽地说道，"我已经康复了，里里外外就你一个人，我不放心！"

魏子明一时无语。

第十五章

南湖派出所算得上是一个大所。内部设有刑事治安中队、社区中队、巡逻防控中队和内勤组,人员编制有二十多人,行政级别按副科级单位管理,这在江城公安系统是独一无二的。派出所有一个很大的院子,旁边紧挨着风景秀丽的南湖景区,在江城公安系统,大家都戏称南湖派出所是5A级。

张雷回到派出所时,饭点已经过了。所里的警察们知道晚上有行动,在食堂吃过饭,见还没有具体任务下来,就三三两两地散开了自由活动,有的走出大门,进入景区的湖边散步,有的则在院内的石桌、石凳边坐着,有一搭没一搭地聊着天,或者兀自低头玩着手机。

办公楼前有一个三四百平方米的操场,在靠操场的里侧立了一个单只篮球架。刑事中队的耿如豹和巡逻中队的夏承彪,这会儿正带着几个兄弟,在饶有兴味地进行投篮比赛。方法也简单,人站在篮球架前的三分线之外，每人一次投三个球，比命中率，一轮一结账，谁分数最低，谁就站在三分线外，瞄着支撑球架的两根立柱间放好球，俯下身子，用头猛力顶球，使球能够滚入两个立柱的中间。倘若顶偏了，或用力小了，球没有进入两个立柱中间，都不作数，得俯下身子重来。这有点像足球射门，球进了对方之门才算有效。平时有空闲时，张雷也经常参加这种活动，他和耿如豹、夏承彪都有一个共同的感觉，认为这种玩法比组织几个人打半场赛有意思，不仅输赢立马可见分晓，而且奖罚分明：赢者，可以堂而皇之地当裁判、当监督员，兴高采烈地在一边笑着、闹着指导或监督被罚之人；输者，则按规矩四肢落地，乌龟似的俯下身子，探出头，对着花皮西瓜般的篮球猛然发力，希望球能心随所愿，能准确地滚入球架的中间位置……那种情形，无论谁输谁赢，都会让人感到开心、放松。

张雷从车上下来时，夏承彪正遭受着罚球之难：大约几次三番，篮球总是不能顶进篮板下的两个立柱中间，他表情丰富地立起身，抱着球站在三分线外，左右移动着想找个最佳角度放球，以便再俯下身时能把球给顶进去。夏承彪长得五大三粗的，身材和他的名字一样，给人的感觉很有些孔武彪悍。身高少说也有一米八，但是投球的命中率以及输了球用头顶球的准确率都不是很高。相比张雷和耿如豹，他们两人在三分线外的投球命中率虽说不是很高，可他们输球后趴地上用头顶球的功夫却比较好，基本上一两次就能把球顶到篮球架下的中间区域内。特别是耿如豹，他的身材和夏承彪恰恰相反，人长得不仅矮小，而且还瘦，可他头上的功夫却是了得，每次只要是他输了，在三分线外把球对着篮板的中间线放好，趴下来突然用头发力，那只花皮篮球便像长了眼睛似的，不偏不斜，径直就冲着篮板下的中间区域过去了，基本上一次成功，时常能赢得场上场下一片呱唧呱唧的掌声。

夏承彪选择好角度，正要俯下肥胖的身躯时，突然发现了经过操场边的张雷，于是就停止了动作，像突然见到救星似的喊道："哎呀，张副所，你总算回来了。快来快来，你来试试手气。"

张雷左手上还拎着一个手包，看见夏承彪弯腰抓起球要往他的方向投送，就连忙用右手不断地摇晃，说："你们玩、你们玩，我肚子到现在还饿着哩。"

耿如豹正饶有兴味地监督着夏承彪并享受罚球之乐，这会儿见夏承彪想把刚下车的张雷拉进来参战，明显是在找理由躲避眼下的处罚，正想出面阻拦，听到张雷说还饿着肚子不能参战，于是就连忙对站在他身边的丁小乔说："小乔啊，你就别观战了，张副所到现在都还没吃饭，你快去食堂给安排一下吧。"

丁小乔是几个月前刚招考过来的女民警，人长得小巧玲珑，性格却偏偏有些男子气概，这大约与她有过部队当兵的经历有关。最初分配过来时，用她本人的话说，是想着去耿如豹的刑事中队，有机会尝试一下当侦探缉拿案犯的滋味，奢望当一名女福尔摩斯的，觉得只有那样才刺激给力，不枉当一回警察。然而丁小乔分来后，所长武玉明和副所长张雷一合计，内勤组的人手原本就少，管户籍的民警李莉莉又请了产假，于是就将丁小乔留在内勤组，先帮着顶一下李莉莉的岗，顺带着负责派出所的一应勤杂琐事。

张雷进到办公室，刚从饮水机上接了一杯凉水灌下肚子，丁小乔就跟着过来了，说食堂的师傅都还在，问他是去餐厅吃还是给他送到办公室来。

南湖派出所和许多单位部门一样，凡事都有一些成文或不成文的规矩。比如就餐，能够让食堂师傅或是内勤组人员将餐食送进办公室吃的，只有所长武玉明能够享受这个待遇。当然，所里的其他人等，自己偶尔想改换个口味，网上叫份外卖送到办公室吃那又是另一码事。

武玉明的这份特殊，也不是因为当上所长就有了的。追根溯源，实乃是武玉明最初提拔到南湖派出所任职时，因在之前抓赌受伤后，身体还没完全恢复，加之胃肠功能、消化系统一直有些问题。有时到了就餐时间，要么没有食欲干脆就不吃，要么象征性地吃点青菜、喝点稀饭了事，时间一长，人瘦得几乎脱了形。食堂做饭的老张看着心痛，有时就会私下煮上一碗肉丝面、炖点萝卜排骨汤、粉丝乌鸡汤什么的，算是给武玉明开个小灶。遇到武玉明有时没到餐厅来就餐，老张还会打发徒弟给送到办公室。老张是个外聘厨师，前前后后在派出所烧火做饭有十几年了，不仅对南湖派出所上上下下的人都熟悉，甚至连区分局、市局的好多干警也都混得很熟络。一个外聘职工，都知道对新来的所长施以关心，在编的干警怎么能熟视无睹？于是，一来二去，内勤组就把偶尔给所长武玉明打饭、送饭到办公室就餐，慢慢演变成了一个习惯，或者说成了一所之长的待遇了。

现在，内勤组的美女警察丁小乔倚在门边，问他要不要将餐食送到办公室来，他本打算是要说去餐厅吃的，转念一想，所长老武不是请假住院了吗？他张副所不是在临时主持工作吗？他晚上不是还要组织开展一档子清查活动吗？有些活动的细节不是还要进一步思考完善吗？此时因工作需要享受一些特殊也没什么不妥。

张雷回到办公桌边，也不落座，一边佯装忙碌地在桌面上翻找着资料，一边头也不抬地说道："哎呀，你看我忙的。如果方便，丁小姐能给我随便弄点东西来填填肚子也行。"

丁小乔原本是顺口一说，没想到张雷还当了真。她白了一眼假装忙活着的张雷，抬手轻抽了自己一嘴巴，转身往外走的时候，朗声回了句："怎么不方便，我这就去食堂给你端过来。"

伙房老张给他预留的晚餐很丰盛。丁小乔用一个托盘把饭菜端进来摆到茶几上后，张雷坐到沙发边扫了眼，发现有爆炒的红椒鳝鱼丝、香干子炒回锅肉、清炒大白菜，外加一份白米饭。特别抢眼的是，托盘中还放着两只油亮透红的大螃蟹。张雷开心一笑，说："不错，很丰盛啊，还有螃蟹吃。"

"可不是，听老张说还是刚从阳澄湖那边过来的哩。"丁小乔从桌上抽了几张面巾纸，一边擦着手上的油渍，一边打趣道，"要是给张副所再弄上二两小白酒会更好。"

张雷也是饿急了，听了丁小乔的话，白了她一眼，抄起筷子就夹了一大块回锅肉，塞到嘴中狼吞虎咽起来。过了好一会儿，等嘴巴腾出了空当，这才打着官腔说道："你这个小丁是真傻还是装傻，不知道今天晚上有任务？！"

丁小乔当然知道。而且，全所人员晚餐后一律待命的通知，都是由她丁小乔奉张副所之命传达的。她这时之所以开玩笑说出"弄上二两小酒"的话，其实是想找个话头探探张雷的口风。

丁小乔说："晚上的行动又不会涉及我们内勤组吧。"

"这次得用上你们了。"张雷说，"今晚的任务较重，你们内勤组的人可以在所里参加值班。"

内勤组统共只有三个人，李莉莉还在休产假，眼下内勤组实际上就丁小乔和行将退休的老赵。

丁小乔可不是个安分之人。她想，自己分到派出所差不多有小半年的时间了，每次所里有专项行动，总是把他们内勤组排斥在外。用所长武玉明的话说，你们那几个人又老又小的，扫黄打非、抓吸毒捉赌博的事就不用你们掺和了。现在，临时主持工作的张副所，说是要给他们安排所内值班的任务，这和之前比起来，也算是一个进步。

丁小乔说："我在基层当协警时，也是参加过许多集中行动的，说了你可能不相信，我还查到过一名网上逃犯哩。"丁小乔的意思很明确，她是有过现场出警经验的，带上她没什么不好。

张雷风卷残云般地把桌上的饭菜消灭得差不多了，这会儿拿起一只螃蟹，毫不犹豫地扭下一条蟹腿，在准备用嘴吸出里面的蟹肉之前，举到眼前看了看，说道："都说阳澄湖与梁子湖大闸蟹的区别在腿脚上，我看着这些家伙的腿毛、关节和爪子都是差不多的嘛。"

丁小乔抬腕看了看手表，时间已快九点了，面前的张副所仍在很享受地品着大闸蟹，于是便玩笑道："外行看热闹，内行看门道。

217

阳澄湖的蟹与梁子湖的蟹还是有区别的。"

丁小乔从小在梁子湖边长大。要说到阳澄湖与梁子湖螃蟹的同与不同，丁小乔是"门里清"。家乡的梁子湖号称江南省的第二大湖泊。不仅湖水清澈，水质优良，达到或超过了国家二级标准，而且湖中所产的螃蟹，个大、肚白，肉质鲜美，口感及肥嫩度从来就不输于产自阳澄湖的大闸蟹，只是由于宣传及推介力度的原因，市面上梁子湖的大闸蟹，总是没有产于苏州阳澄湖的大闸蟹知名度高、名号响亮。丁小乔从部队复员后，最初在老家的乡镇派出所当协警，镇上有些养殖户，为了能在市面上谋个好价钱，张冠李戴，挂羊头卖狗肉，竟然贴上阳澄湖大闸蟹的标签，招摇过市，以假乱真，畅销省内外。

张副所品着美味，旁边还有丁小乔陪着，心情大好。便道："说说看，它们究竟都有些什么共同点和不同点。"

近山知鸟音，近水识鱼性。说起它们的特点，首先就相同点而言：一是青背，产自两地的大闸蟹蟹壳皆成青灰色，平滑而有光泽；二是白肚，两地的螃蟹因为水质优良，贴泥的脐腹，看起来洁白晶莹，少有色彩暗淡污浊之状；三是黄毛，主要是指螃蟹的腿毛纤秀挺拔，且透着撩人的金黄。其次就不同点来看，主要区分点是它们的蟹爪，阳澄湖大闸蟹的蟹爪黄亮修长，坚挺有力，而梁子湖大闸蟹的蟹爪虽然看起来也呈金黄色，但由于梁子湖的湖底较为松软有淤泥，因之，它的蟹爪远没有生长在湖底平滑坚实的阳澄湖的蟹爪那么发达。丁小乔在基层乡镇工作时，曾亲眼见过有人对两地的螃蟹做过试验与比较：方法其实很简单，把产于两地的大闸蟹分别放在同一块玻璃板上，阳澄湖的蟹能八足挺立，双螯腾空，几乎可以在玻璃板上行走如飞，反观梁子湖的蟹，上了玻璃板面，就像一个人被赤足丢在了晶莹剔透的冰面上，别说行走如飞了，在上面战战兢兢的根本就挪不动腿脚……

丁小乔心里装着事，不愿意在螃蟹的问题上多费口舌，于是便化繁为简，回说道："看一只螃蟹是不是阳澄湖的蟹，其实只要看一看它的蟹爪就清楚了。"

张雷听了很感兴趣。一边撕扯着对付着手里的美味，一边好奇地问道："有点意思，它们的蟹爪如何才能看出不同。"

丁小乔倒也爽快，一对黑得发亮的眼睛滴溜溜地转了转，便一本正经地询问道："张副所会不会弹钢琴？"

张雷把自己正拿着蟹腿的手看了看，接着又将自己粗短的手指对着丁小乔一晃，反问道："你看我这像是弹钢琴的手吗？"

丁小乔摇了摇头，笑言道："还真不像。你这是天生的舞枪弄棒的手。"

丁小乔说完，跟着又补了句，问："那你见过弹钢琴的人的手没有？"

"怎么没见过。"张雷认真地说道，"我家隔壁就住着一个教钢琴的老太太，有时在楼道口碰见了打打招呼什么的，我发现老太太的那双手，不仅白皙，而且十指匀称修长，一看就觉得是天生与钢琴为伴的。"

"这就对了。"丁小乔正色道，"阳澄湖的大闸蟹，它们的蟹爪虽不像钢琴家的手指属于天生之物，但也匀称修长有力，那可是在阳澄湖的湖底一天天操练出来的哩。"

平心而论，丁小乔把张雷短粗的手指和钢琴家的手指放到一起，并且还堂而皇之地拿出来与阳澄湖的蟹爪进行比较，本身就有点调侃的味道，张雷听了，倒也没太往心里去，反而盯着手上捏着的蟹腿蟹爪反复打量了好一会儿，才漫不经心地发了句感叹："真是人不可貌相。想不到你丁小乔在基层别的没怎么学到，却对八条腿的螃蟹很有研究啊。"

丁小乔又是取餐、送餐，又在一边陪聊说话，其实是打着自己的小算盘的，她才不屑待在所里值班接听电话哩。然而巴结了半天，张副所却冒出这样一句带有讥讽的话来，这分明是把人往扁里看嘛。一股无名火噌就蹿了上来，丁小乔几乎想都没想，冲着张雷一拍桌子，绷着脸说道："张副所你是太小看人了吧，我在基层当协警那会儿，属于全能型，扫黄抓赌捉小偷那可是样样都干过的。"

张雷本来也是说的句玩笑话，没想到文静娇小的丁小乔却当了真。于是，眼瞅着丁小乔嘟着小嘴，当下哈哈一乐，笑道："有点意思，美女上当了吧，不淡定了吧。"一边说，一边从桌上抽了纸巾擦拭弄得满手满嘴的蟹黄蟹汁。

"你张副所可别以为我是在吹牛啊。"丁小乔知道自己刚才有些冲动，立马换上了一脸娇羞，说道，"我在乡镇那会儿，所里加上协警，也只有七八个人，工作可不像现在分得那么细，只要有任务，大家都是要出警的。"

丁小乔所在的内勤组，归口由所长武玉明直接管理，因之在工作上与张雷少有联系，今天偶然一交流，张雷觉得这新来的丫头倒是很有些意思。他抬手看了看表，见时间还早，于是就笑眯眯地说道："如果方便，我倒是想听听你一个女孩子，在乡镇是如何扫的黄、抓的赌、捉的小偷。"

"你可别搞性别歧视啊。"丁小乔人长得娇小，心气倒是很大，她有些炫耀地说道，"张副所你知道我以前是干什么的吗？"

张雷盯着她看了眼，说："知道你以前当过兵。不会是特种兵吧？"

"算不上是特种兵，不过也差不到哪里去。"丁小乔十分傲气地挑了挑嘴角，说道，"正儿八经的野战部队，以前号称'老虎团'。"

"哦，那还真厉害。不会是在特务连、侦察连里当兵吧。"张雷曾听说丁小乔当的是卫生兵，便故意逗她道，"如果真的是特务连、侦察连出来的，一定就有些擒拿格斗的功夫，等武所回来了，我得要求把你调到刑事或是巡逻中队来。"

"特务连、侦察连我倒是没待过。"丁小乔的瓜子脸漫起了一层红晕，撇了撇嘴，解释道，"我那时在团卫生院哩，就是团长政委过来看病，还不都得乖乖地听我们医护人员的。"

"说了半天，原来是卫生兵啊。"张雷发现了丁小乔的窘态，依旧开心地逗道，"你一个娇小柔弱的小女兵，回地方安安稳稳地当个医生护士多好，干吗要改行当警察，小脑袋瓜进水了吧。"

"我愿意，你管得着吗？"丁小乔被张雷逗得有些急了眼，抢白道，"就你能凭一双粗短的手指舞枪弄棒当警察？！"

"好好好，算我没说。"张雷见丁小乔涨红了脸，说话已带有了明显的攻击性，于是便自找台阶，笑着说道，"刚才是和你开个玩笑哩。况且，我们警察队伍也要海纳百川，什么样的人才都是需要有的。"

丁小乔听到张副所如此一说，也是见好就收。起身给张雷倒了杯水过去，一边帮着收拾茶几上的残菜剩饭，一边毫不含糊地自夸道："不瞒你说，从部队下来的人，什么事情没经见过。你放心好了，男人能干的事，我们女的同样能干哩！"

有点女汉子的味道。张雷在心里嘀咕了一下。问道："莫非你真的在乡镇捉过小偷抓过赌？"就他张雷个人的经历来看，最初参加工作就在治安中队，开展扫黄打非、抓赌捉嫖，甚至平息打架斗殴、寻衅滋事等一干事体，都是一帮像他这样彪悍的男人做的事。何况在基层，一则是女警员少，即便是有一两个女警察，一般也只是安排做些管内勤、户籍的工作。

"我还能说假话不成。"丁小乔在部队时就有个绰号叫"丁司令"，意思是性格豪爽，敢说敢当，男人气十足。只听她说道，"我还参加过抓嫖呢。"

"是抓赌还是抓嫖啊？"张雷以为听错了，问道。

"抓赌是常有的事。我说的是抓嫖，就是捉嫖客。"丁小乔大大咧咧地说道，完了，还补上一句，"准确点说是抓那些玩车震的嫖客。"

现在轮到张雷有点不知道如何接话了。首先是关于"车震"，这是近些年伴随着私家车的普及而诞生的一个新名词。私家车普及的"副作用"之一，是为偷情出轨的、玩一夜情的带来了方便，甚至包括卖淫嫖娼等一些违法乱纪的行为也相跟着出现。有违法活动就得打击，问题是打击过程中真假李逵难分，谁知道车中是真夫妻还是狗男女？因之，弄得不好惹上口舌纠纷则是大事。丁小乔抛出这个暧昧十足的话题，让经见过世面的张雷张副所一时感到有点发蒙：怎么应对？是洗耳恭听？还是细问其详？

丁小乔没有让她的张副所为难。她手脚麻利地把茶几上的一应碗筷和残菜剩羹收拾了放入托盘，依旧在沙发边的一把椅子上落下座，毫不含糊地问："知道什么叫车震吗？"

张雷愣了愣，说："车震并不一定就是违法吧。"

丁小乔说："我们在乡镇捉到玩车震的好多都是违法的。"

张雷感到身上有些燥热。从茶几上的烟盒里抽出一支烟燃上，起身回到办公桌后面的椅子上坐下后，才看似不经意地说道："以查车震的方式抓嫖，风险会很大哟。"

"那也是没办法。"丁小乔知道张雷是在担心弄错了，会引起不必要的麻烦和纠纷。便解释道，"乡镇所不像城区所经费足，有时得想些办法的。"

"说说看，你们在乡镇，都是采用些什么方式来创收的。"张雷坐在办公桌的后边，身子放松地往椅背上一靠，一边抽着烟，一边和美女警察丁小乔谈论有关捉赌抓嫖的话题，觉得这个样子会让人自然许多。

马上就要进入十月了，江城的天气仍然燥热。丁小乔顺手从旁边的书报架上抽了本杂志当扇子，拿在手里摇晃着扇风，回说道："我以前待的那个乡镇很小也很偏僻。说了你可能不会相信，派出所的辖区内没有一家娱乐场所，也没有发现固定的经营卖淫嫖娼的窝点，要想按常规的办法去抓嫖捉赌来罚款可不是那么容易。"

"那怎么就想到要去抓车震的人呢？"张雷问道，"那么偏僻，还玩得那么前卫，莫非现在农村、乡镇家用汽车也都普及了？"

"说不上普及，但也有不少了。"丁小乔说，"你知道我们是怎么突然想到去抓车震的吗？"

张雷盯着丁小乔看了眼，突然发现丁小乔的眉眼长得很好看，不仅柳眉清秀，睫毛修长，而且双眸黑亮、透彻，与人的眼神对接中，透出那种淡定与超脱很容易让人心动。张雷眨了眨眼睛，调侃道："不是吃瓜群众看不下去了打的举报电话吧。"

丁小乔一笑，说："大致差不多。不过，最初打电话到派出所来举报的可不是什么吃瓜群众，而是当事者的老婆，说自己的老公经常开车带着理发店老板娘，跑到梁子湖边偏僻人少的地方去鬼混，要求派出所把这对狗男女抓起来蹲监狱。当时正是初春，倒春寒，天气阴冷得厉害。接警的是位快要退休的老民警，他一边做着记录，一边就在电话中质问，说天冷得要死，你说的那地方前不着村、后不着店的，他们在那儿怎么鬼混，就不怕给冻出病来？"

张雷见丁小乔说到这里，自己忍俊不禁哈哈地笑了起来。便也笑着打趣道："老警察没你们年轻人有经验，不知道小汽车是天然的房子，在里面是可以巫山云雨的。"

"哎哎哎，打住打住。"丁小乔忍住笑，正色道，"不能乱引申的啊，我到现在还没男朋友哩。"

"你们还真去捉了？"张雷马上收回了话题。

"当时倒没有去帮着捉奸。"丁小乔说，"不过自此就引起了我们所长的关注，他后来还专门带人悄悄过去踩过点，发现那地方人烟稀少，很僻静，而且路面也宽敞，经常能发现停在路边的车辆会出现可疑的震颤。"

"有的也就只是偷情。不能都一概当成卖淫嫖娼的。"

"那是肯定的了。"丁小乔说，"我们也是要进行甄别的。包括，组织警力去抓嫖，先把车堵住，敲开车门时只是说治安检查。不过，一旦发现有淫乱行为的，而查明又不是夫妻的，对不起，一律带回所里，按卖淫嫖娼处罚。"

"你们就不怕别人告你们过度执法或是乱执法？"张雷问。

"总体还好。"丁小乔说，"所里的经费紧张啊。况且，只要不是真夫妻，不管是出轨还是偷情，都是不能拿到台面上来说的，最终只能自认倒霉。"

对于丁小乔所言，张雷也是有同感的。早些年，他还在治安大队那会儿，队上每年为经费的事总会想出一些招数的，包括对于在路边、公园以及隐秘性较强的停车场，也同样捉过一些玩车震的男男女女来罚款。只是那时有私家车的人还不多，有能力开公车出来玩的人，基本上是单位的领导或是司机，并且，还都有一定的经济承受能力，他们一般也是愿意罚款了事，只要不捅到单位和家里就行。记忆最深的是有一次，他跟着队长马志武，就曾在沿湖路边树荫浓密的空场子里，捉到一位石油系统的女领导和男下属在小车里厮混。

事后，他还曾私下问过当时的队长马志武，说你在车上坐得好好的，怎么就发现路旁停着的一辆车里会有情况。马志武哈哈一笑，说你开车经过那辆车时，正好车速不是很快，我突然发现停着的那辆车在不停晃动，就好像警察走队列，一二一的很有节奏感嘛。对于马志武的幽默，张雷听了并不以为然，当下进行反驳，说即便认准了是在车震，你就敢断定是野鸳鸯而不是真夫妻？！马志武也没客气，揶揄地说你小子毛还没长齐，等你娶了媳妇你就会知道，要是正经八百的真夫妻，哪里会如此按捺不住欲火，竟然将车停在滚滚车流的马路边寻苟且之乐？张雷虽说那会儿还是单身，却已不是童子身，听了马队的话，认真想了想，当下对自己的头儿佩服得五体投地……

张雷长期在公安一线工作，以前在基层虽说经费紧张，但为了弥补不足，上面是默许各单位通过罚没收入来解决一些业务费用的。基层的治安分队、派出所等看起来不是很大，可掌握着较大的执法权，只要一高兴，像猎人般地撒开网查一下黄赌毒，什么问题都解决了。在他的印象当中，过去就从没听到马志武在他们面前哭过穷。

不过，对于张雷的羡慕，丁小乔并不认同，说道："你长期待在大都市里，根本就不知道基层是个什么情况，在乡镇，真正能罚款的地方也并不是很多。"

张雷听了却不以为然，说："你可别小看我啊，我小时候也在农村乡镇待过。我知道的，许多村民闲得无聊，凑一起不是打麻将就是斗地主、炸金花什么的，热闹着哩。不说别的，在乡镇，就是光抓赌博就够了。"

"切。你是在想当然。"丁小乔显得有些妩媚地扭了扭头，把拿在手上当扇子的杂志还回到书架上，说，"实话告诉你吧，我们所管的辖区，总共就五六个村子，抓来抓去，爱赌博的那些人几乎都被抓过好几次了，哪里有那么多罚的？！"

丁小乔说的也是实话。在乡镇，对赌博人员的处罚标准通常要低一些，罚款额度一般控制在500到2000元之间。当然，罚款额度的多少既与赌资的多少、赌注的大小有一定的关系，也没有太大关系，主要根据现场情况来定。比如现场的赌资很大，人又很多，自然就会罚得多一些，倘若赌徒中侥幸与抓赌的警察比较熟悉，求求情，罚款的额度也可能会少一些。并且，在执法现场，遇到有人交不出罚款的，警察也只能灵活处置，最后让他有多少交多少，余额可以给派出所打张欠条。那种在现场讨价还价的情形，很有点像是在做生意。丁小乔调离基层派出所时，抽屉里就还装有不少这样的欠条，她想了想也没有办理移交，悄悄丢进碎纸机中给粉碎了。

"辖区有没有贩毒吸毒的呢？"张雷显然对丁小乔在乡镇时的工作产生了兴趣。说道，"你一个丫头片子，抓贩毒吸毒你不可能也参加吧？那可不是闹着玩的！"

丁小乔一笑，说："我们那儿地处偏僻，民风还算纯朴，有黄和赌，好像还没发现有吸毒、贩毒的。"

"嗯，还不错。"张雷点点头，玩笑道，"抓抓车震、捉捉小赌，小日子过得也算滋润。"

"什么意思？"丁小乔不满地瞪了一眼讪笑的张雷，说，"你可别看我们小站小所的，经见的事也多着哩。"

张雷听了，没有往下再接话，而是话锋一转，一本正经地问

227

道："知道武所以前是怎么受的伤吗？"

丁小乔眨了眨眼睛，说道："听说是为掩护手下的民警挨了歹徒的刀。"

"那只是个果。"张雷头靠在椅背上，显得莫测高深地吐出一串烟圈，说道，"他那天带着人，本来是去抓网上通缉的逃犯的，结果却误入了一个吸毒加聚赌的窝点，要不是手上有枪，人又跑得快，弄不好把吃饭的家伙都给报销了的。"

"你也参加了？"

张雷摇摇头，说："我们那时还不是一个单位。武所在刑警支队，我在治安大队。"

"我就说嘛。"丁小乔佯装认真地说道，"倘若有你张副所在，结果只怕又是另外一个样子了。"

"什么意思啊？"现在轮到张雷有些不解了，盯着丁小乔问道。

丁小乔原本是想调侃一下的，面前的张雷属于"中年油腻男"型，人长得肥头大耳的，身材还显得臃肿，如果不当警察当老板，应该是很有气场的。她在想，当时如果张雷在现场，慌乱中被人追杀起来，他的那副肥硕的身躯，注定是会代替武所武玉明挨刀的。

丁小乔看了看有些疑惑的张雷，眼珠一转，便笑嘻嘻地说："我是在想，如果当时你张副所在，指不定就镇住了场面，说不准连逃犯带赌博吸毒的都给一锅端了。"

"出警好比上战场。"张雷淡定地吸着烟，感叹道，"战场上瞬息万变，说不准什么时候就会冒出一个让人始料不及的事情来。就好比缉毒、抓赌，谁说得清现场会突然出现些什么意外呢？！"

张雷之前特意提及所长武玉明受伤，说到缉毒、抓赌，本意是说其间有相当的危险性，男女有别，遇到这样的行动，女人还是走开为好。丁小乔却并不领情，觉得这是对女性警察的歧视，她甚至带着炫耀的口吻问张雷，说："想听我们以前抓赌博的故事吗？"

张雷眨眨眼睛，玩笑道："不会是抓赌抓到卖淫嫖娼的什么了吧？"

丁小乔说："心理不能太阴暗啊，凡事还是得要向好处想才对哩。"

丁小乔所讲的故事，张雷其实在以前的内部情况通报上也看到过的，只是最后的结果不一样，但总体有些类似。

大意是说，有一个基层派出所得到线报后，组织辖区内的联防队员去抓赌，悄悄抵达现场，从门缝里瞅见有四个男人在屋里围成一圈打麻将，其中带队的警察上前一脚踹在大门上，本打算是一脚踹开后，大家一拥而入把几个赌博佬按住就完事了。谁承想，一脚上去只踹掉了一块门板，而大门并没有被踹开。其中一名参赌者反应超快，看有警察来抓赌，吓得转身从后门跑上了三楼，慌乱中他大约是想从楼上跳下去的，结果扒在三楼的护栏上准备往下跳时，可能又怕楼层太高摔出问题，正在犹豫不决的时候，护栏却承载不了负荷，连人带护栏一起摔在了水泥地上……

通报上说当事人跌下时后脑壳先着地，摔得脑浆迸裂当场死亡。死者家属后来把当地公安告上了法院，说派出所私闯民宅抓赌，把亲朋好友间的正常娱乐当成了赌博，从而造成人员恐慌跳楼摔死，引起了法律纠纷。事后各级公安部门在执法中要注意执法的准确性和行动预案的可行性与安全性。

而丁小乔所讲内容与通报的情况稍有出入的是，逃避被抓的赌博佬从三楼跌落下去时比较走运，脑瓜没有先着地而是腿脚先落地，结果只是摔断了一条腿、断了两根肋骨，而且，没有后续的法律纠纷。

张雷听她讲到人跌下去后只是受了伤没有摔死时，就忍不住点评道："你们在基层开展行动，有些问题明显考虑不周全，比如说，赌场房间里有后门，按说行动前就要勘查清楚，事先就得着人设防蹲守，哪里还能让嫌疑人有机会从现场脱逃？！还有，抓赌进入民宅，手续是否完备，这都是需要引起高度重视的事情。"

丁小乔听了却不以为然，说在基层的有些行动很多都是临时性和突发性的，根本考虑不到那么细。再说，真正犯了事的人，哪里还能想到你执法的手续是不是完备。

张雷听了觉得也有道理，便问道："抓赌把人摔伤了，最后总得有个说法吧？"

说起结果来，丁小乔的脸上顿然显现出了一丝得意，回答道："人摔下去之后，我们所长当时还真有些慌了神，连声嘀咕说这下可麻烦了惹出大事了。我悄悄扯了下他的衣袖，低声提醒他，'人还活着，只是摔伤了，得赶快送到医院去抢救才是啊。'"

"你们那是不幸中的万幸。那可是从三楼跌落下去的呀。"张雷发着感慨，"不过，人没死，医药费只怕是不会少花的。瞧你们这赌捉的，完全是偷鸡不成反丢了一把米。"

"哎哎哎，打住打住啊。你张副所怎么说话哩。我们这是履行职责，执法抓赌。让你如此一说，怎么成了偷鸡的、丢米的了？"

张雷知道被丁小乔抓住了辫子，便解释道："话不是那个话，理却是那个理。你自己说，最后的医药费是不是少不了？"

"办法总比困难多嘛。"说起最后的结果，丁小乔似乎带着几分骄傲，道，"我们所长后来倒是反应很快，马上让另外被控制的三名赌博佬将伤者抬上警车，迅速送到镇上的医院，并用现场没收的1500多元赌资预付了伤者的医疗费。完了便虎着脸对那几名赌博佬训斥道，说这次看你们态度还不错，就不罚你们的款了，但你们三个人得出钱出力，要轮流在医院照顾着，把伤者的伤给医治好才行！"

"你们这是在转嫁矛盾哩。"张雷说，"那几个家伙能同意吗？"

"当然同意。他们连半句折扣话都没打的。"丁小乔说，"在医院把受伤的人员安顿好了之后，所长还将自己的警官证押在医院里，作为不拖欠医药费的一种担保。结果过了不到一个星期，所长让我去了解一下伤者病情，医院的医生却说伤者只住了五天时间，伤还没全好就要求出院走人了。他们这是怕派出所反悔，等治好了伤再捉他们去罚款……"

张雷端坐着听完丁小乔的一番话语，本想对他们的这种做法给予抨击的，话到嘴边还是忍住了。换位思考，有时在基层遇到的一些事情，还真没办法拿到台面上来讲。

丁小乔也没等张雷的回应，兀自心生怜悯地发着感叹："要说啊，这些赌博的、吸毒的、玩车震的可恨也可怜。你想啊，做什么事不好，干吗一定要找些歪门邪道的事情来做？干吗要玩什么黄

231

赌毒？”

　　张雷瞅了眼丁小乔微皱双眉，表露出那种哀其不幸、怒其不争的样子，忽然就联想到前不久在朋友圈里看到的一段视频：画面上出现的是一个乞丐，在十字路口，他拦住了一个正开车等着红绿灯的男人。男人的老婆怕自己的老公晚上在外面应酬时间长了出问题，就急着赶着一遍遍打电话催他早点回家。男人正烦着哩，乞讨男却敲开了车窗，说自己一天没吃饭了，要开车男行行好，给他些钱买碗面吃。男人结束饭局时，正好服务员给打包了剩下的饭菜，就顺手从副驾驶座上拿起来要送给乞讨男，没想到乞讨男不愿意要，说是不要饭菜只要钱。开车男还以为当下乞讨的人也有了洁癖，嫌弃别人吃剩下的东西，于是就又补充说，我车上还有一包烟和一瓶酒，都是没打开过的，干脆一起送给你算了，这样你吃的喝的抽的也都有了。然而让开车男大跌眼镜的是，乞讨男偏不领情，声称自己烟酒不沾，只希望开车男能给他些钱。开车男当时听了很生气，便耐住性子故意调侃他，说前面不远处有个洗浴中心，要不我请客，带你去洗个澡，顺便找个小姐给你做个保健按个摩什么的。乞讨男一听，立马义正词严加以拒绝，并提醒说违法乱纪的事咱可坚决不能干。以至于气得开车男猛地一按喇叭，大声吼道：“好了，你快跟老子上车吧，我倒是要把你带回去给我媳妇看看，一个既不抽烟喝酒，也不打牌找小姐的男人是个什么东西……”

　　毫无疑问，吓得落荒而逃的乞讨男留给大家的是一阵开怀大笑。但是笑过之后，倘若将视频中的人物对话、神情，包括场景再进行一番回味思考，就会发现在这段视频的背后，除了幽默搞怪博人笑点之外，其实也还隐匿着一定的人生内涵。吃喝玩乐是什么？食色是什么？当然是人的本能和天性。只不过凡事要有个度，不能随心所欲地乱来。当然，这样的视频丁小乔不一定看过，换句话说，她即便看过，大约也只是一笑罢了，对于一个涉世未深，还没成家的女警察，哪里会领略和理解其中更深层次的寓意呢？

张雷笑着逗道："小丁啊，等你长大了、成了家就懂了。为什么黄赌毒屡禁而不止？关键是这些东西和人的本性、欲望纠缠得太紧，让人不太容易节制和把控。"

张雷说的也是实话，丁小乔听了却觉得是对她的小觑，眨了眨眼睛正要开口反驳时，张雷办公桌上的电话突然响了起来，眼见着张雷拿起话筒凑到耳边一问一答，知道是治安支队的秦海副支队长打过来的。

丁小乔犹豫着站起身，准备退出办公室回避一下，张雷却对她摆摆手，意思是没关系。丁小乔于是走到办公室靠南边的窗口，一边吹着凉风，一边借机领略一下窗外的夜景。张雷的办公室在四楼，面南的方向，正对着派出所的大门。夜已经有些深了，球场上耿如豹、夏承彪们的投球、顶球已经收了场；在院内花草边散步溜达的、坐在石凳上聊天玩手机的警员们也都没了踪影，大约都回到各自的办公室，去进行着行动前的相关准备工作了。窗外目光所见，只有派出所门前亮着的几盏白惨惨的路灯，和院内停车场排列得还算整齐的七八辆警车，以及远处景区里的景观灯不停地变幻闪烁着的绚丽多姿的图案……

丁小乔走近窗口观景是假，侧耳搜罗张雷与副支队长秦海的通

233

话内容是真。张雷对着话筒报告说："这边没什么问题了，全所人员除武所住院不在岗，剩下的都在所里待着命哩。"

张雷接打电话并没有按免提功能，大约手持的话筒与耳朵贴得不是太紧，也因为对方的嗓门很大，丁小乔能隐约听到对方的话音。秦海在电话中说道："很好。不过我还是要提醒你张副所，武玉明请假住院了，你考虑问题就得细致周全些，特别是在人员的组织搭配上，要尽量均衡合理。一句话，不能在关键的时候给我掉链子。"

丁小乔这时已经从窗口收回了目光，雪亮的灯光下，只见张雷撇了撇肥厚的嘴巴，带着一些自负的口吻说道："秦队放心好了，扫黄抓赌缉毒，清查酒店歌厅舞厅这些事，我们都经验着哩，不会有什么问题的。"

"那就好！"秦海也爽快，只听他在电话里说道，"方案都审过了，具体的行动时间你自己定。记着，有什么事要及时报告。"

丁小乔几乎就在张雷放下电话的同时，单刀直入地提了要求："张所，晚上的活动你得把我带上。"

张雷抬腕看看表，说："之前不是说过了吗，你一个女孩子，还是在所里值班安逸。"

"你这是小看人哩。"丁小乔故意冷着脸说道，"之前不是告诉过你吗？我是从野战部队下来的哩！"

"不管是野战、特战，你不都还是个女兵吗。"张雷打趣道，"我记得很早以前有句名言——战争让女人走开。公安警察和部队的性质差不了多少，只要到了第一线，男女还是有很大区别的。"

"你这是性别歧视。"丁小乔瞪了张雷一眼,"明跟你说吧,我在部队就是护士,部队的医护人员什么没见过?!"丁小乔在这儿特别强调自己在部队是护士,意思是经见的伤残、死亡的事情很多,心理素质也是超强的。

张雷眼瞅着丁小乔一副认真的样子,想回说一句:"护士怎么了,护士不也还是女护士吗?!"不过,话到嘴边还是忍住了。

丁小乔不知道张雷此时的默然无语是在走着别的心思,便大大咧咧地说道:"你一个大老爷们怎么磨磨叽叽的?告诉你吧,女警察也不是泥巴做的,有时在现场,说不定比男警察还管用哩!"

张雷听了也不生气,脑瓜中闪现出"女汉子"几个字。于是,在张雷宽大的脸庞上,突然就冒出了向日葵般的灿烂,只见他蒲扇似的手掌在桌子上一拍:"行啊,你如果真要坚持去,今晚就跟着我去查吸毒的吧!"

第十六章

从李月茹的房间出来时，康复区内的路灯和迎国庆提前布置的景观灯都已暗了下来，只有稀稀拉拉的几盏地标灯亮着。江城的秋夜，暑气已渐次消退，空气中弥漫着久违的清新与丝丝甘甜。园区的占地面积很大，树木植被茂密葱茏，整个园区静谧安详。突然置身于这样一种环境，魏子明感到特别的轻松惬意，禁不住思忖：假若这儿不是与精神疾患人员的康复相关联，能在这种地方修身养性，谁说不是前世修来的福分呢。

院长王笑宽一直在园区的门房边坐等着。远远地望见魏子明从里面出来，就起身迎了过去，笑着打招呼："局长大人越来越表现得好起来了，和夫人一待就一两个小时。怎么样，夫人的整体状态还不错吧？！"

"还不错。"魏子明用力握了握王笑宽递过来的手，点着头应道，"真让老兄费心了。"

两人并排走出康复园区，王笑宽对着办公楼指了指，礼节性地问了句："还上去坐一会儿吗？"

魏子明犹豫了一下，抬腕看了看表，说："时间虽说也不早了，但还是上你办公室稍坐一会儿吧。"

听到魏子明答应还要去他办公室，王笑宽知道魏子明一定还有什么事，于是就在前面带着路，进了办公室。招呼魏子明落了座，倒了杯白开水过去，就直截了当地开口说道："天有些晚了，喝茶影响睡眠。魏局是不是还有事要吩咐？"

魏子明端起杯子喝了口水，习惯性地皱了皱眉头，说："也没啥事。来，你先看看这个。"

王笑宽有些迟疑地接过魏子明递过来的手机，问道："什么意思？"

"没什么，这是李月茹转发给我的一条信息，我先前在李月茹那儿也看过了，你也看一看。"

王笑宽的眼睛大约是有些老花了，虽然也戴着眼镜，但他持着手机的显示屏，一会儿往眼前凑，一会儿往后拉，努力寻找着聚焦点，凝神静气地过了好半晌，才算把那几段文字看完。让人料想不到的是，王笑宽看完信息，直到把手机还给魏子明，不仅没有笑，脸上的表情也很平淡，坐那儿沉默了许久，才开口问道："李月茹想回家了？"

"你怎么知道？"魏子明反而感到了好奇。暗自思忖："这个王笑宽，莫非还听到我和李月茹的对话了。"

"不是想回家，你现在不会上我这儿来坐了。"王笑宽淡淡地一笑，说道，"特别是，你在这个时候还专门给我看这样一则信息。"

"你这个院长快成仙了。"魏子明说，"李月茹说她已经完全康复了，想回家给我洗衣做饭。"

"你答应了吗？"王笑宽问。

"她很坚持。"魏子明说，"我不敢硬性拒绝，怕刺激她。"

王笑宽和魏子明面对面地坐着。听了魏子明的回答，伸出右手拇指给他点了个赞，说："你这样是对的。"

"她能算完全康复了吗？"魏子明盯着他问。

"她说什么原因了吗？比如，说没说到自己究竟有什么压力？"王笑宽反问道。

"具体有什么压力她倒是没讲。"魏子明说，"她大约只是觉得那则信息有点意思，让她受到一些启发，完了，便觉得自己的病已经好了，可以回家了。"

"她这几年在康复区确实调整得不错。"王笑宽说，"后来又推举她当园区长也当得非常称职。"

"现在看来，她在你这儿康复休养，还真的是起到了一些'脱敏'的效果。"魏子明说，"当年棉纺厂的改制，人员的下岗、转岗对她的发病应该是一个重要的诱因。"

"也是一种巧合吧，这儿的环境对她的康复休养肯定是有影响的。"王笑宽解释道，"所谓'脱敏疗法'，最早是美国的一个学者研究创立的，主要是针对发生了精神疾患的人员，摸清其诱发病患的根源之后，在一定范围通过一定的方式，还原其导致神经焦虑、恐惧的情境，并经过多次反复的呈现，使病患能放松状态并对抗这种焦虑情绪，达到消除焦虑或恐惧的目的，从而在精神上、心理上得到一定的舒缓和修复。"

"现在看来还是有些道理。"魏子明认同道，"她现在说到过去棉纺厂的事，就好像与她没什么大的关联了，很超脱。你不知道，她竟然说有点厌倦当什么园区长了。"

"还真这么说了？"王笑宽问道。

"大致意思差不多吧。"魏子明点点头，说，"她说她现在对那些身外的名利之物根本就不感兴趣了，只想着回归家庭。"

"嗯。"王笑宽也点了点头，一双不是很大的眼睛盯着魏子明看了许久，才若有所思地说道，"从整体情况看，李月茹的康复巩固期已相当长了，今后应该不会有什么大问题了。只是、只是……"王笑宽欲言又止。

"只是什么？"魏子明问。

"回归家庭后的环境很重要。"王笑宽说，"我记得你们家好像是个小子。"

"是啊，小子怎么了？"魏子明有些不解地问道。

"不是有句俗话嘛，说女儿是妈妈的小棉袄。"王笑宽说，"姑娘总归要心细些、贴心些，在家里对妈妈的照应肯定要比儿子周全。"

"生儿生女也是命里注定的事了。"魏子明打起了哈哈，说，"计划生育政策早个十年八年发生改变，我们兴许还有点希望的，而现在，说什么都晚了。"

"小子是在读书还是工作了？"王笑宽问。

"在新加坡读的书，今年夏天就毕业了。"魏子明顿了顿，说，

"这小子也没打算回来，已在香港那边参加工作了。"

王笑宽听他说儿子并不在江城，眉头就不自觉地皱了起来，不大的眼睛像受到什么刺激似的用力挤了挤，担心地说道："你们一家三口，儿子还在香港，你工作又忙，几乎顾不上家，你若把夫人接回家，让她整天形单影只地待在家里，只怕也不是个好办法！"

"所以我没敢贸然答应啊。"魏子明敷衍着如此回了话，私底下却在暗自伤着神：你王笑宽是不知道我将要面临什么难堪的事哩。工作上忙点算什么，总归不是背井离乡吧，总归每天可以早出晚归吧。李月茹能够回归家庭，只要有我魏子明在身边，今后应该都不是什么大事。问题是一旦交流去了外地，李月茹如何安顿？是带着她陪我远走他乡，还是让她留守家中？或是继续在康复中心？孰好孰坏？孰优孰劣？他一直没想明白。

"刚才你不是说没敢拒绝吗？"王笑宽自然不知道魏子明的难言之隐，依旧诧异地追问。

"没敢拒绝也没敢答应。"魏子明说，"我只是缓了缓节奏，跟她说要和你商量商量再定。"

"哦，原来只是个缓兵之计啊。"王笑宽颔了颔首，说，"这事一定要慎重些，回归家庭后的家庭环境营造是很重要的。不然，一旦再反复，恢复起来会很困难。"

"就是，上次在西安重新做立体定向手术时，汪医生也反复强调过了的。"魏子明问道，"老兄有什么好的建议没有？"

"李月茹的状况已经很好了，回归社会、家庭是迟早的事情。"王笑宽说，"现在需要考虑的重点是两个方面：一个是回归后的环境营造，主要是不能出现新的不适造成病情反复，也就是说不能有新的刺激；二是在回家的时间选择上，是现在就回去还是再稳固一段时间，也是要认真考虑好的。"

"依我看，为了稳妥起见，还是再巩固一段时间为宜。"魏子明默然片刻，找了个理由，说道，"近段时间单位上的事很多，也很杂，如果能缓到春节之后再接她回家是最好了。"魏子明之所以想拖到春节后，他考虑的是近期如果真的外调出省，能给他一段时间到新单位熟悉情况，把手上的工作大致理出一个眉目来，再把李月茹带过去，不至于在人生地不熟的地方弄得顾此失彼。当然，他的这些想法，只是在心里打的小算盘，现在是没法和王笑宽说的。

王笑宽听了魏子明随口编出的想法，点着头表示赞同，说："你既然考虑好了，李月茹那边，我再找机会和她谈谈吧。"

"怎么谈呢？"魏子明有些不放心，说，"李月茹的个性还是比较拧巴的，没有合适理由很难说服她。"

"这个你不用担心，近期我还得给她压点担子。"王笑宽笑着解释道，"我思忖着再给她配个园区副区长，让她带上几个月，跟她说清楚，她带的副手称职了，能放手了，她就可以甩挑子走人了。你放心，信任和适当的压力也是一种很好的疗法，局长夫人应该能够配合好的。"

魏子明听了，半晌没有言语。他想，王笑宽说得也许有些道理，不妨先这样试试吧。他的脑瓜中有那么一瞬间，甚至像流星般地闪出一个念头：李月茹如果近期执意要回家，也许可以试着让馨竹偶尔去陪陪她的。

第十七章

　　丁小乔随着张雷进到"江南春韵"娱乐会所时，眼前的一切还让她误以为弄错了地方：首先是从大厦的一楼通往二楼会所的楼道内，那些排列有序、搔首弄姿的一幅幅裸女图，在以红黄为主的暖色调灯光的交替变幻中，无一不显得妩媚可人、意醉神迷，透着一种无以言传的诱惑。上到二楼，先行冲上来的十多名警察已控制了现场，只见一个个衣衫不整的男女从房间里被请了出来，在警察的指挥与呵斥下，战战兢兢的双手抱着脑袋，背靠走道的墙壁蹲成一排，等着接受问话与处置。客房的门一律敞开着，她粗略地数了数，客房少说也有二十好几间吧，透过客房敞开的房门往里面看了看，发现每间客房内面门的墙壁上，也同样张贴着女人香艳惹火的裸照，其中有几间客房中，对着床头悬挂的电视机里，男女主角依旧在浪声嗲语地上演着活色生香的春宫剧……

　　丁小乔在基层派出所当协警那会儿，除了抓车震，捉赌博佬，也参与过类似于扫黄打非的一些活动，只是乡镇的扫黄打非，和眼下大都市比较起来就要简单许多了。整个集市就是横竖两条马路，临街的发廊、按摩店、洗脚屋满打满算也就三五家，至于这些地方平时有没有违法活动，官民似乎都心照不宣。实际上，在乡镇能堂而皇之地做这种生意，一般都会有些来路，要么背后有靠山，要么在当地有一定的势力，这种势力虽然还说不上是黑恶，但能量绝对不可小觑，而且无一例外，他们都明里暗里在派出所挂了号，相互也都比较熟络，一旦上面有集中行动的要求下来，扫黄也好，打非也好，象征意义大于实际意义，根本不可能有现在的这种气势和阵仗。

张雷背着手，一边打量着两边敞开的房间，一边不急不缓地向走道尽头的吧台踱了过去。丁小乔跟在张雷的后面，想凑上前去问一下张副所，事先确定 A 组的主要任务是抓吸毒的，怎么弄了半天，却跑进娱乐会所来扫黄了。只是话未出口，耿如豹已从吧台那边匆匆迎过来了，一见面就低声说道："有点问题呀张副所，那几个常客好像溜掉了呢？"

"怎么可能溜掉？"张雷听了却不以为然，说道，"我们得到的线索应该是准确无误的，何况，你们在上来之前，我带的丁小乔他们几个，一直分头在楼梯口、电梯口和地下停车场蹲守着，难道这些家伙还能飞上天不成？"

"就是，我也觉得奇怪。"耿如豹黑着一张瘦削的脸，不断转着眼珠，说，"我高度怀疑这儿还暗藏着什么机关哩。"

"既然有怀疑，那就赶快给我找！"张雷很干脆，一边说着，一边快步走近了吧台。问，"这儿的老板在吗？"

"在那儿蹲着哩。"耿如豹回头往走廊上蹲着的一群男男女女们一指，回答道，"其实也不是老板，只是平时由她管着事，应该是叫前台经理，我们冲上来的时候，她正准备从吧台这边的一部电梯溜掉的，亏得我们反应迅速，及时把她给控制住了。"

"既然知道她是管事的，那就别让她在那儿蹲着了啊，你们得先从她那儿找人啦。"

张雷和耿如豹一问一答说着情况，跟在旁边的丁小乔也很快弄明白了，原来这个会所是黄毒兼备的，之前被侦察人员盯上的涉毒人员，进到会所，现在却不知躲到什么地方去了。耿如豹依了张雷的要求匆匆去传唤前台经理，她见刑事中队的老王在吧台边翻翻检检地似是在查验物品，便问："有需要帮忙的吗？"

老王还没说话，一边站着的张雷发话了，他指着桌上、地面上丢得乱糟糟的东西说道："你们看看，这些账本，还有那些什么玩物，都是证据哩。小乔你帮着老王清点一下，拣主要的该登记的登记，该照相留存照的留下存照。一句话，不管是吸毒贩毒，还是卖淫嫖娼的，这次都得把证据给锁定了。"

张雷说得没错，吧台所占的面积和空间都不是很大，但是摆放的东西却是种类繁多，琳琅满目。丁小乔扫了眼吧台后面的物品架，上面就堆放着许多橄榄油、激情奶蜜、情趣内衣、安全套、漱口水、润滑剂、消毒液、宣传卡片等一应物品。紧挨着物品架的旁边，则并排张贴着两张明细表，一张是《技师服务项目表》，上面排列了一长串的服务项目，丁小乔凑近看了看，只见上书：情意绵绵、舌舞天涯、海底捞月、翻江倒海、奶溢回香、嫦娥戏君、玉女缠身、君临天下、壁上天使、四龙游江、龙凤合一、恋恋不舍，等等，总的服务项目不下好几十种，只是上面所列的项目，有些是可以一目了然、心领神会的，有的看了则是一头雾水，让人感到不知所云。

再看另一张《技师服务用品价目表》，上面品名清楚、明码标价，不用费神就能清楚明白，只是价格不菲：安全套100元/盒，漱口水50元/瓶，消毒水50元/瓶，手指套55元/包，润滑剂65元/支，橄榄油65元/瓶，丝袜20元/双，消毒液50元/瓶……

警察老王见丁小乔只是在一边东瞧西瞅的无从下手，就提醒道："小丁你可以帮着把物品架上的东西都照下来，还有，台面上那些本子上记的一些东西，你大致翻着看一看，觉得能作为证据的都可以拍下来。"

丁小乔的手机，是刚买的华为最新款，像素高，成像效果超级好。她调出相机功能，给物品架上的东西拍了照，包括给《技师服务项目表》和《技师服务用品价目表》都拍了特写后，回过身再要翻拍吧台上那些记录本上的内容时，她持着手机却不知道往哪儿对焦了。本子上写的东西很多，看似信息量很大，并且还有许多疑似涉黄信息和暗语。只是涉及的内容很杂、很零乱，一时半会儿也看不出有什么逻辑关系，或者说哪些更有价值。譬如"迎新年，新人、新貌、新气象，本所新近从东莞引进一批极品新茶，特推出节日酬宾活动，欢迎您来品尝"；"2月14日：加多宝10支、可乐 8 支、雪碧 5 支、怡宝 12 支，新来嫩茶需接待"；"5 月 4 日开会，主持人李总，重新明确 4 个牌类：小公主、公主、佳丽、模特，不能私自到技师房间挑女孩子，叫牌要把女孩子所属牌类讲清楚"。"一天发 500 张名片，每月服务 60 个"；"7 月 20 日入库 35 双丝袜，出库振动棒 3 个，等等"；"9 月 25 日休息厅开会，新增一项目，650 元现在也可以上口爆"；"9 月 1 日入库模特工衣 10 套、佳丽 5 套工衣、公主 3 套工衣、振动棒 10 个、手指套 5 包、套子 5 大盒"……

丁小乔常常自称是野战部队出来的，而且当的是护士，意思是见过世面的，然而眼下目光所及，却是很有些让人感到不适，心里甚至有了小鹿一样的东西在左冲右突。她掩饰着自己的耳热心跳，胡乱对着几处技师领用物品的记录拍了拍，一边拍还一边自言自语地说，这家店的老板很有经营头脑啊，还搞着些活动促销，说不准下一步还会来个"互联网＋"的。

张雷人在吧台，眼睛和心思却一直关注着整个现场。不过，当他听了丁小乔的话语，马上回说道："什么下一步会来个'互联网＋'？别人早就把互联网给加上了！"

丁小乔是临时参加进来的，自然对"江南春韵"的前因后果不是太清楚。这次之所以把"江南春韵"纳入搜查的重点，原因是很早以前，市局网管支队在网络监管过程中，就发现有人通过微博、微信、QQ、陌陌、58 同城等网络载体，邀约在这儿进行毒品吸食和交易。并且，南湖派出所得到网管部门的情况通报后，武玉明曾安排耿如豹和夏成彪他们来查过好几个回合了，但每次突击检查，要么带回几对卖淫嫖娼的卖淫女和嫖客，要么只查到几个在歌厅嗨歌吸食麻果的小混混，而真正进行毒品吸食和交易的情况一直没有被发现。为此，派出所和网管支队还相互打过嘴仗，一方说对方提供的信息不准确有些大惊小怪，一方则说另一方组织不够严密，跑风漏气让犯罪嫌疑人溜了号。

丁小乔觉得好奇，亮着眼睛问是采用什么方式加的互联网、效果真的好吗。丁小乔从学校毕业后直接进了军营，从军营回地方后又分到偏僻的乡镇派出所当协警，通过努力好不容易考上了公务员进了大城市，毕竟时间太短，许多犯罪分子利用网络作案的事见识得还真不多。

张雷人长得胖，着一身警服人倒是显得格外雄壮魁梧，但严实整齐的着装也限制了热量的散发。他取下帽子用手擦了擦脑门上的汗，正想给丁小乔简要地解释一下，耿如豹从走廊尽头的一个房间里连走带跑地过来了，冲着张雷说道："张副所，你得让小乔配合我们一下，管事的前台女经理犯了幺蛾子病，谎称要撒尿，结果躲卫生间不出来了。"

"幺蛾子"并不是病，应该属于地方的口头语，意思是说一个人不按常规出牌，而且这种牌出得不是很靠谱，让人觉得匪夷所思。被耿如豹声称犯了"幺蛾子病"的前台女经理姓刘名澜珊，她最初抱着脑袋蹲在走廊的墙角边，被耿如豹找出来后带到了房间问话，耿如豹说："刚开始这娘们儿也是很配合，说她们的大老板这几天都过来检查过工作的，并且还计划着要在节日期间开展酬宾抽奖活动。声称有什么事可以直接找老板，她只是个打工的，完了，还主动把老板的电话报了出来。然而，当一问到娱乐中心除了二楼的洗浴三楼的歌厅之外，是不是还有别的活动项目和场所时，这娘们儿开始说没有，而当我们出示外围蹲守时拍到的照片给她看，她又推说不认识，没见这些人上来过，说她一大晚上都在二楼忙乎着，到现在连个厕所都没有时间上。"

耿如豹带着张雷和丁小乔进到房间，卫生间的门口正站着刑事中队的警察钱为高，他一边敲门一边喊着话："刘澜珊，你还没好吗？快把门打开啊！"耿如豹用手指了指卫生间，说："在里面差不多有十分钟了，磨磨蹭蹭的怎么喊也不开门。"

"你们干吗让她一个人进了卫生间？"张雷虎着脸瞪了耿如豹一眼，低声道，"弄个自残或是跳窗溜掉了怎么办？！"

耿如豹看了看丁小乔，有些委屈地用手指了指卫生间门口的钱为高，说："我们俩都是男的，刘澜珊说她尿憋不住了，起身就往卫生间里跑。谁想到她人快手快，一进卫生间就顺手把门给关上了。"耿如豹这样向张雷解释的时候，顺便还给站在门边的钱为高递了个眼色。钱为高反应也快，跟着附和道："这娘们儿动作确实快，关门时还差点把耿队的手给夹住了。"

警察钱为高，包括耿如豹本人，他们其实和刘澜珊都是很熟悉的了。当然，他们这种熟悉，不是其间存有什么问题，主要是娱乐会所属于南湖派出所的管辖范围，他们时不时就会根据需要，到这些地方进行一些例行巡查或突击检查，而一旦发现有问题，就少不得找刘澜珊问话，有几次查到吸食麻果和卖淫嫖娼的，还把刘澜珊带回派出所接受调查处理。这样一来二去的，反而变成了熟人。包括刚才，他们把刘澜珊带进房间问话时，也没有采取什么措施，只是让她坐在房间的一个凳子上接受询问。这期间，当刘澜珊突然说憋不住了要撒尿，他们甚至也没太在意，回说憋不住了要撒就去撒呗，别把门关死就行。耿如豹毕竟是中队长，做事也还是留着小心的，口中答应她去上厕所，人也跟着她来到了卫生间的门口，没想到这娘们儿却哈哈一笑，讥讽说你们这些当警察的心理太阴暗，连女人撒泡尿也想跟着看吗？结果在耿如豹一愣神的工夫，门就被叭的一声给关上了。

张雷不知道这些具体的细节，眼下也顾不上去追究相关的细节，问了句："里面有外通的窗户没有？"

耿如豹摇摇头，说："事先查房时我看过的，整个二楼靠这边一排，室内的卫生间都没有窗户。"

"她在接受你们问话时情况还正常吧？"张雷听说里面没有窗户，悬着的心稍微安稳了些，不过，还是怕这女人在里面时间一长，做出一些意想不到的事情来。耿如豹听了，转着眼睛想了想，说："都还正常，这女人经常和警察打交道，总体上应该还是靠谱的。"

丁小乔走到门边，先是耳朵贴着门框听了听，然后用手指轻轻敲敲门，柔声地说："刘澜珊，我是民警丁小乔，你好了吗？请把门打开。"完了，便屏声静气地等回音，见没什么动静，便就再敲、再喊、再等，如此三番，敲敲喊喊、喊喊敲敲，丁小乔的耐心便就没了。她甚至没有征得旁边站着的张雷同意，一边出手重重地敲着门，一边开始大声地喊道："刘澜珊你听好了，从现在开始，我数

一、二、三，你若再不出来，我们就强行开门了。"

丁小乔的身材属于小巧玲珑型，平时说话做事总是文文静静、和和气气的，根本看不出在她文静与和气的背后，还有着很强的气场，隐藏着女汉子的干练与泼辣。她亮着嗓门刚开始喊出个"一"，张雷已经示意退在一边的钱为高准备强行踹门了，剧情便开始有了反转：就在丁小乔刚喊出个"二"字，稍一停顿就要喊出"三"字的时候，卫生间里面有了回应，只听刘澜珊在卫生间里应道，说："丁警官你也是女人，你给我点时间好不好，我肚子痛得厉害，正来着好事哩。"

里面如此一说，已经憋足了劲准备发力踹门的钱为高，立马像泄了气的皮球闪到了一边。丁小乔看了张雷一眼，意思是还要不要强行开门。

张雷没有犹豫，对着紧闭的门命令道："刘澜珊听好了，你现在是嫌疑人接受调查，必须马上把门打开。"

厕所里面的女人也不含糊，回说道："管天管地，管不得解手和放屁。不是告诉你们了吗，我突然来好事了，难道女人的好事也要归你们管！"

"别再跟她啰唆了。"丁小乔示意退到一边的钱为高，说，"你把门给撞开，女人的事由我来对付。"

刘澜珊自己也没想到，门外的警察在她声称"来了好事"之后，仍然会毫不犹豫地把门给撞开了。

丁小乔抢步跨进来的时候，刘澜珊的确是在立式坐便器上坐着。不过，丁小乔只扫了一眼，就看出了问题，这女人竟然是衣衫

250

齐整地坐在马桶盖上。丁小乔厉声问道："刘澜珊，你这是在搞什么鬼名堂？"

刘澜珊脸一红，一边惊慌地站起身，一边忙着把手上拿着的手机往裤袋里藏。

丁小乔见了，觉得十分奇怪，心想这个耿如豹是怎么办的案，被控制的嫌疑人员的手机不收缴，有多少信息不会被泄露掉的？！就听她大着嗓门说道："好你个刘澜珊，你倒是很潇洒啊，原来是关着门躲在卫生间玩手机，来，把手机交出来！"

外面的耿如豹一听刘澜珊手上还拿着手机，立刻像疯了似的冲了进来，不仅夺下了手机，顺带着把她的双手也给铐上了。

刘澜珊被再次带进房间问话时，就没有先前那么自在了。张雷从耿如豹那儿拿过刘澜珊的手机，只打开简单地看了眼，就一下涨红了脸，当下命令耿如豹和钱为高，说："你们去把她的手铐打开，重新给我反着铐。"事实上，耿如豹这会儿也窝着一肚子火，他在把刘澜珊的手机递给张雷之前，已匆匆打开瞅了一眼。不看不知道，一看吓一跳，原来这娘们儿躲在卫生间里通风报信哩。他没弄明白，在带刘澜珊进来问话时，已让她交出了手机，现在都还在房间的茶几上放着，而且，当时在她交出手机后，他还让钱为高上前搜了一下的，结果还是百密一疏，真不知道这娘们儿是把手机藏在什么地方了。

张雷只让给刘澜珊反着铐，耿如豹因为恼火，执行的时候却给她来了个"宝剑斜背"。起初，刘澜珊还想躲闪着不肯就犯，可哪里架得住耿如豹和钱为高的左右夹击，立马就被铐了个结结实实。

一双粉嫩的手被上下反背着斜铐在一起，不仅没了尊严，而且还十分地痛，眼泪当下就淌下来了。

张雷没让她坐。先前大约是刘澜珊坐过的凳子现在被他自己坐着了。张雷没有按程序问她姓甚名谁，也没让人做记录继而形成询问笔录的意思，上来就是开门见山："说吧，你这手机发的信息，打的电话都是给谁的？他们究竟是在什么地方？"

刘澜珊只是泪流满面垂首不语。

丁小乔背着手，站在张雷的左侧，她盯着刘澜珊看了一眼，发现面前的女人长得很有几分姿色，年龄在三十岁上下的样子，鹅蛋脸，皮肤白净，留着当下时兴的短发，看起来十分利落精干。上身着一件短袖白衬衣，下面是一条质地很好的藏青色细腿裤，脚上是一双酒红色半高跟皮鞋，这身打扮，应该是会所管理层的职业装。耿如豹对于突然冒出的手机耿耿于怀，见刘澜珊默不作声，便插进话来追问起手机来源，想着引出她的话头。然而刘澜珊已经摆出了一副死猪不怕开水烫的样子来，任你如何转移话题，如何提示诱导，她只是哭着垂首不语。

丁小乔对于刘澜珊这样被反铐着，心里多少还是有些同情的，自己本身是女人不说，还有就是刚才通过对刘澜珊的观察，以及从她身上若有若无散发出来的淡淡的香味，估摸着这女人还奶着小婴孩也未可知。听到耿如豹几次三番询问刘澜珊的手机来源，她站在一边也在暗自思忖：刘澜珊穿的还是夏装，之前在被控制时交出手机后，钱为高还对她进行过检查，她的上装没有荷包，薄薄的裤兜里如果揣着手机不可能不被发现，因此，唯一的可能，是她将手机藏匿在自己的胸罩里面了。当然，如果猜测没错的话，这也从侧面印证了会所里肯定隐藏有其他暗所密室。

丁小乔探身从张雷的手上拿过手机，她倒想看看这个女人躲在卫生间是如何通风报信的，竟然惹得张雷和耿如豹恼火得不行。手机是苹果老款的，浅红色，和现在时兴的大屏手机比起来，显得十分袖珍小巧。手机的超薄套壳已有了些许磨损，一看就知道用的年份有些久了。丁小乔先是调出通话记录看了看，发现其中有两个标明了"小哥""齐姐"的电话，在前后不到十分钟的时间，连续拨打了不下十次，好在手机上均显示未能接通。从通话模式上退出来再翻看手机短信，同样看到了与"小哥""齐姐"的联系记录，短信不存在能否收到的问题，只要发了，只要不出现通信基站覆盖方面的情况，都是能够照单全收的。最让丁小乔感到生气的是，退一万步讲，你要通风报信也就罢了，可恶的是你要通风报信还连带着把执法的警察一并给骂了，看看，给小哥的短信发的是：黑狗进场，赶紧收场。给齐姐发的短信更为简明而恶毒——牛鬼蛇神们来啦……

她的脑瓜中突然跳出一句名言：可怜之人必有可恨之处。

刘澜珊的沉默对抗让张雷非常生气。他阴沉着脸冲刘澜珊说道："光哭不说话是解决不了问题的，我们事先的侦察和你手机上发的信息都已经很清楚了。老实交代，你们这儿隐藏的暗室在什么地方？"

耿如豹也在一边接过话，看起来是提醒，其实话中带着威胁："你早就在派出所挂了号的，前几次都看在你态度好，配合调查，对你网开一面了。今天这事你若不配合，再这样执迷不悟下去，最后办你个三年五年是没问题的。"

钱为高站在刘澜珊旁边警戒着，防着她有什么过激行为。张雷见这女人只是低声抽泣，拒不回答问题，情绪还算稳定，便对钱为高命令道："你出去和另外两个小组说一下，询问排查的时候，不管是楼上楼下的服务人员，还是在这里消费的嫌疑人员，一律要问明这儿除了洗浴和歌厅，还有没有其他消费的地方。可以明确告诉他们，知道线索的或者举报有功的，可以视情节从轻发落甚至给予奖励。"

室内中央空调的温度调得较低。丁小乔在里面待久了，身上感到有些冷，但是当她把手机还给张雷的时候，发现他的脸颊上、脖子上都是汗，身着警服的后背上也沁出了一片汗渍。她在想，张副所热得满身是汗，胖是一方面，更主要的只怕是心急上火吧。按说今晚的行动，表面上看是"两节"前的例行清查，但是针对娱乐会所而言，则属于收网性质，因为在此之前已进行过缜密的侦察，基本锁定了这儿存在吸毒贩毒活动，要不然，临到行动前，负责今晚统一行动的副支队长秦海，也不会特意打电话过来提醒。而眼下是明明发现几个嫌疑人进到了会所，结果却是不仅现场没了踪影，行动过程中还因为管控上的疏忽，极有可能已经走漏了风声。张副所这是在担心把差给办砸了哩。

恰在此时，一直垂首流泪的刘澜珊突然呜呜咽咽地哭出声来。身子扭动着就想往一边的按摩床上靠过去，却被耿如豹一把拽住并厉声吼道："老实给我站好了。你现在哭？不老实交代，今后悔恨的日子还在后头！"

丁小乔从茶几上抽了几张面巾纸，走到刘澜珊跟前，一边给她揩鼻涕眼泪，一边低声说道："事情都成这样了，你还心存什么侥幸啊？刚才耿队也已经说了，你现在不抓住机会，就你那性质，判你三年五年还是轻的！"丁小乔说完，顺带着问了句，"你还带着小屁孩吧？"

谁也没想到，丁小乔随口问的一句是否带着小屁孩，仿佛是一句魔咒，马上使剧情得到反转，就见刘澜珊身子一颤，突然对着丁小乔"扑通"一声跪了下来，并由低声呜咽变为失声痛哭，连连求情道："警官同志你行行好，我家小宝宝还不满一周岁呀，你们得让我回家啊……"

第十八章

　　晚上的清查行动，夏承彪带领的是 B 组，也就是以巡逻防控中队为主要成员的行动小组，重点负责对高校周边的相关场所进行清理排查工作。和张雷、耿如豹带队去的"江南春韵"娱乐会所相比，他领的任务要轻松不少。搜查"江南春韵"娱乐会所，事先已有了目标和线索，并且通过暗地侦察了解，指向性非常明确，现场是要出手缉拿犯罪嫌疑人的。而清查高校周边的相关场所，则没有明确的指向性，属于一般性的例行检查或随机抽检。

　　江城市属于华中重镇，不仅经济发达、交通便利，而且人才济济。有一个统计数据，说江城的城区人口有四五百万人，但在市区的大专院校就有上百所，其密度之大、在校学生之多，即便是北上广等一流城市也难以望其项背。前些年，地方官员为发展经济，到全国各地招商引资时，其中打出的一张名片就是"青年之城、人才之都"。声称江城的优势不仅在于交通便利、物产丰富，更有体量庞大的青年才俊，全市上百所大学中，仅在校学生便高达 120 万之巨，生生为江城的发展与腾飞奠定了难于企及的潜在的人才支撑。临到最后，负责招商引资的官员们还会神采飞扬地来一番畅想：每当夜幕降临、华灯初放时刻，徜徉在美丽、繁华的江城街头，放眼四顾，环视周遭，每三五个同行人中，或许就有一名在校的男女学生与你同在。想想，是否会有一种别样的情愫与舒爽……

一座城市，有了数量庞大的年轻人，自然是充满了活力与动力，蕴藏着不竭的创造力。而与之相伴随的，是对新生事物的接受能力，甚至追求新奇刺激的能力也是超乎寻常的。

南湖派出所辖区是大专院校相对密集的区域。在江城市，属于全国 211 和 985 的名校共有七所，而归口南湖派出所治安管辖的就有两三所，并且，它们都直接或间接地与风景秀丽的南湖相邻。这还不算，几所学校还有一个共同特点：要么前门与繁华的街市相接，侧门或后门与湖畔比邻相连；要么，有的学校大门就直接面对沿湖大道而开，侧门和后门则连通着繁华的街市。也正因为有着这样的区位，学校周边的饮食和文化娱乐等服务就十分热闹和发达，以学校为中心，大小不等、风格各异的餐馆、酒店、歌厅、酒吧、网吧，包括还有许多形形色色的、看起来灯光迷离的发廊、按摩店、洗脚城都像事先约好了似的呈有序性排列，向湖畔周边和繁华街市方向辐射，并连为一体形成规模，生生把莘莘学子包围在世俗与滚滚红尘之中。好在这些学校的学风一直很好，加之学校平时对学生的管理比较严格，总体上看，红尘世界的种种诱惑对学生的影响还不是很大。当然，影响的大小讲的只是大概率，"影响不是很大"

并不是说没有影响，而即使是很小的影响，一旦放到一种特定的环境里，或者说一旦被有意或无意地放大，也许就会成为一个大的事件，甚至把属地的公安派出所也给牵连其中。

比如周末的时候，有些男女学生悄悄去泡吧，如果仅仅是聊聊天、喝点酒、跳跳舞，甚至两情相悦卿卿我我，开个钟点房可能也没什么关系，这对已经成年的大学生们来说是再正常不过的事情了。问题是，倘若这中间在泡吧过程中一高兴或者一不留神吸了毒，食了五颜六色的摇头丸，碰巧又被好事的小报记者探得了消息，并且还添油加醋地与名校和大学生联系起来，个别的说成普遍的，偶尔的说成经常的，最后还玩出一个标题党的套路，把文章推送到论坛、网站上，可能马上就会引起"不明真相的"或者是"出来打酱油"的网民们点击围观，继而演变成一个热门话题或酿成一个大的舆情事件来。想想看，辖区内的公安派出所是没办法置身度外的。通常情况下，谈情说爱、开房行巫山云雨之欢也没关系，只要在谈情说爱、行鱼欢之乐时不弄出个第三者，或者说不掺和一个老板、土豪类的角色进来想吃天鹅肉、想吃嫩草，或者说在吃嫩草、吃天鹅肉的过程中不闹出动静、不争风吃醋、不出现黑恶势力、不出现人命官司，负责维护治安的公安派出所也可以置身事外。但是，谈情说爱，好好地谈情说爱倒也罢了，偏偏要在性取向上违反人伦常规，弄出个同性相吸、异性相斥，玩起一些在西方国家盛行的"同志""拉拉"的路数来。或者说私下玩玩"同志""拉拉"倒也罢了，偏偏个别"拉拉"和"同志"不甘寂寞，要找酒吧、歌厅搞集会、派对，还要发表宣言，弄得满城风雨不说，还惹得学生家长心急气短、慌了手脚，有的找学校理论，说学校对学生的管教失当，以至于让他（她）们雌雄不辨、阴阳不分，差不多要断子绝孙了；有的找到派出所，说派出所对宾馆、酒吧等娱乐场所的治安管理失控，以至于让外出鬼混的学生有了淫乱的场所，指责派出所在位不作为，活生生让学校周边的餐饮服务、娱乐场所成了万恶之源。更有让人啼笑皆非的事情是，遇到情人节、万圣节、圣诞节，纵情放松的女学生在歌厅、酒吧喝多了被"捡了尸"，或是被"劫了财"，同样与属地公安派出所脱不了干系。特别是后者，不仅有损失了财物的学生前来报案，属地学校的保卫部门也会上门交涉，甚至出具公函，希望公安机关在周末、节假日加大警力，加强对学校周边地域的巡逻和警戒……

夏承彪是派出所资历比较老的干警了，他到所里的时间比所长武玉明、副所长张雷都要早很多。从大学的校门一出来，就分到了南湖派出所当警察，先从内勤组干起，刑事治安中队、社区中队、巡逻防控中队都干了一个遍，光是现在担任的巡逻防控中队队长就干了三四年了，不仅业务精、辖区的环境熟，而且工作尽心尽力。有时看到学校出具的公函，或者是由市局领导批转的有关加大学校周边娱乐场所巡查整治力度的文件，就觉得有些好笑，也感到十分委屈。辖区内常住人口和流动人口加起来有好几十万，光住校的学生就有数万之众，谁敢说一年三百六十五天不出一丝一毫的纰漏？！在公安系统，从机关到基层，有两件事是必须坚守的底线：一个是命案。按要求，一旦发生，必须在最短的时间内做到命案必破；另一个则是要严防发生群体事件。退一万步讲，即使是不以人的意志为转移，发生了群体事件，也必须在第一时间内给予妥善处置，特别是不能因为群体事件形成新闻舆情炒作事件。辖区内的大专院校，应该说是夏承彪所在的巡逻防控中队管控的重点，几年下来，不仅没有出现过什么群体事件，更谈不上有什么命案了。至于出现个别的因争风吃醋发生打斗，"拉拉""同志"们派对或发表什么宣言被家长投诉，还有"捡尸"与"被捡尸"过程中被劫了财，从所长武玉明到副所长张雷，到他巡逻防控中队长的夏承彪，无一例外地都认为这算不上是个事，谁能保证在空间相对狭小的区域内，在如此青春荡漾、雄性激素、雌性激素高度云集弥漫冲撞的场所，不会发生一丁点与青春有关的故事和事件？！

虽然，找这样一个理由自我安慰一下是可以的，而一旦回到工作现实中，却是不敢有半点懈怠之心的。治安管理和防火防盗一样，来不得丝毫的侥幸，社会就像是一个硕大无朋的舞台，白昼与夜晚则是舞台起承转合的大幕，谁知道在什么时候、什么地点从大幕的台前或幕后冒出一件什么样的人等物事，上演一出什么形式的喜剧、悲剧？而维护各色人等正常出演的公安执法人员，或者说维护演出秩序的勤杂人员，只有具备足够强大的心理素质，加上充分有效的应对准备，才是防范和化解一切超规范"演出"的关键。

夏承彪在所里是资深的骨干力量，从所长武玉明，到副所长张雷，明面上对他都十分客气尊重，但是在客气尊重的背后，他们对他的工作要求可是从来没有放松过，用跟他搭了好几年班子的副中队长古德山的话说，武所、张副所就像是一对笑里藏刀的监工，见了兄弟们在办公室多待一会儿，便立马会出来语重心长地提醒大家：有事没事你们多到学校周边去转转，省得那些年轻的帅男靓女聚集在一起，闹出些什么事端来。

古德山的年纪其实和夏承彪不相上下，只是他在警校读的是专科，虽然从警的时间长，但因为最初的起点稍低了些，所以在个人的进步上反而落在夏承彪的后面。要说，古德山长得和他的名字倒是很合拍，不仅面相显得敦实憨厚，而且皮肤黝黑粗糙，下班后脱下一身警服，乍一看，分明就是长年累月泡在建筑工地上的打工仔。如果还想再仔细打量一番，就会发现古德山的脑壳大，脸盘也很大，一双眼睛像有太阳光照着似的总是眯缝着，很难让人看见眼仁和眼白；鼻梁显得很宽，鼻孔外露，属于"朝天鼻"；嘴巴阔，上下两片嘴唇略厚，加上脖子短且粗，很容易让人联想起"脑袋大、脖子粗，不是老板就是伙夫"这句民间俗语。

人还真的是不能以貌相取的。就说这古德山吧，如果单从长相上看，难免会让人觉得他有些愚笨粗俗，但古德山有一个最大的特点——善于学习、爱动脑筋，喜欢揣摩问题，特别是对于一些物事的观察，总有他的独到之处。比如平时在学校周边或巡察或蹲守时，来来往往的男男女女行人和学生如过江之鲫，面对芸芸众生，他只要认真打量一下，就能基本辨别出从面前走过的人，是来自本地还是外地，是附近周边学校的学生还是从外地过来访朋问友的学生。还有，去年情人节的夜晚，就在辖区一所新开业的主题酒店的歌厅里，发生了一件让人匪夷所思的事情：一名女生精心策划了一场求婚，被求婚的对象是她同宿舍的闺蜜。蜡烛摆出"MARRY ME"图案，女生手捧鲜花，在一众人等的注视下，单膝下跪，大声呼喊："亲爱的，嫁给我吧！"被求婚的闺蜜激动地用双手捂脸，两人相拥亲吻。有好事的同学，不仅在现场照了相、录了像，还将现场视频和图片挂到了网上，一时迅速引发热议和转发……网上、微信上一传播，当事女学生的家长们自然得到了消息。自古都是男大当婚，女大当嫁。自己的女儿到了大学怎么会闹出男女不分、有违人伦的事情？！于是心急火燎地赶到学校，泪眼婆娑、苦口婆心、恩威并重也劝不动自己反叛的女儿之后，自然就将矛头对准了学校与公安，声称是因了他们的疏于防控与管理，才使得他（她）们的孩子在学校玩起了同性恋不算，还走出校园搞什么求婚仪式，甚至扬言要婚姻合法化。家长们呼吁学校和属地公安机关，要加大对学校周边环境整治，不能让这种有伤人伦与风化的事情像瘟疫般地蔓延传播。

当今社会对于同性恋群体，总体上看是处于包容状态的。据统计，世界上差不多有四十多个国家视同性婚姻为合法。当然，也有七十多个国家将同性恋视为疾病或犯罪。中国虽说在法律层面上没有允许同性婚姻，但也没说同性婚恋就违法。既然没有任何关于同性恋方面的明文规定，因之，在现实生活中只要不出什么民事纠纷、刑事案件，那么对这一块就处在"睁一只眼闭一只眼"的状态了。没有法律法规上的遵循，学校对成年的大学生自然不会有太大的约束和限制，最多，也只是通过开展一些类似"防艾"活动，进行一些有限的教育引导，包括如何遵循传统的公序良俗，如何养成健康向上的爱情、婚姻、家庭观，等等。只是，这种教育与引导，收效甚微，不见明显效果，以至于校方对学生家长的交涉，可以脖子一缩、两手一摊，绅士般地说一句给他们"提出了新的课题"。而反观属地公安部门，则就不可能如此轻松自然地对待了。当时，学生家长们反映的问题，被办公室主任孙小安编进了"要情简报"，局长魏子明和分管治安的马志武在上面先后批示，指令所属各区县公安分局、公安派出所、治安支队，要加大辖区内各大专院校周边酒店、宾馆、歌厅、酒吧等娱乐场所的检查管控力度，特别是要防范那些在校的"拉拉""同志"，利用相关场地搞出一些"出格"的活动。为此，所长武玉明不敢懈怠，专门要求夏承彪带着古德山，联合所辖的几所大学的保卫部门，以开展例行治安检查为名，对附近的旅馆、酒吧等娱乐休闲场所，进行过好几个回合的拉网式清理排查。

实际上，在对待同性恋的问题上，相关院校方的态度是比较暧昧的，包括派出所借着对周边治安环境整治，邀请学校保卫处人员参与排查同性恋群体事情上，有些分管后勤保卫的副校长先是说，大学生都是成年人了，他（她）想怎么爱、想爱谁可以自己做主，没必要干预吧？后来在警方的坚持下，他们虽说也派了人，但也只是面上参与一下而已，具体行动上，觉得这与他们没什么太大关系。

古德山不管这些，在对周边环境排查时，却是一点也不敷衍马虎。他的观点很明确，黄赌毒从来都是社会治安的隐患与重点，同性恋虽然还不能与之相提并论，但是同性恋群体在很多时候与艾滋病、毒品联系得十分紧密，而一旦有人与这两项结了缘，谁敢说这不是一个大的社会问题？！

晚上的行动虽然是一种例行检查，但是时间节点却是在"国庆""中秋"两节来临之前，其目的主要还是为了保证市民们能过一个愉快祥和的节日。因之，这样一种检查或抽查，自然不同于针对"同志"和"拉拉"们为重点的清理排查，所以也就不存在邀请周边学校的保卫部门参与其中了。不过，即便是如此，在确定晚上的清查重点场所时，仍然将以前发现过有同性恋群体入住或者组织过相关活动的地方当成了重点。对于这些地方是否有必要每次都进行重复抽检，最初夏承彪与古德山在确定抽检场所时，两人的观点并不一致。古德山认为，人的行为习惯是很容易养成的，包括去一个地方，去的次数多了，就会自觉或不自觉地重复过往，而且不需要理由。因此，对这些地方的排查应该属于常规选项。而中队长夏承彪却不是很认同，他觉得习惯的形成应该是在没有其他因素的影响下才能自然养成，而一旦有了外力的作用，习惯肯定就会发生变化。就好比对同性恋的检查，他（她）们在一个地方被查了，下一次肯定会吸取教训再觅新的"乐土"，聪明人哪里会在同一个地方再次摔倒？！只是中队副古德山却很固执，他对夏承彪眨了眨细眯的小眼，咧着肥厚的嘴唇哈哈一笑，说："专家们早有验证，凡是私欲太强，或是坠入爱河太深之人，一般在关键的节点上都会呈现出最低的智商……"

　　亮点主题酒店坐落在五一路上，门脸儿不是很大，楼层也只有五六层高，酒店的招牌还是从上往下竖着挂起来的，白天因为没有赤、橙、黄、绿、青、蓝、紫的灯光映衬，人们从门前过来去往，根本觉不出这个小门小脸的酒店有什么特别。但是每当夜幕降临，随着霓虹灯管用艺术字形勾勒出的店名不停地变幻闪烁，以及明暗交替出现在店名上的多幅帅男靓女搔首弄姿、充满欲望与诱惑的电子图像，立马会吸引住人的眼球，甚至生发一些暧昧的联想。

夏承彪和古德山早已成了这里的熟人，从老板、老板娘，到前台服务值班人员差不多都认得他们。时间已经很晚了，在服务台值班的是位二十多岁的小姑娘，看见他们一干身着警服的人进来，立马起身笑脸相迎，一边谄媚地打招呼说夏队好、古队好，一边说："我们亮点歌厅正装修着，开业还得小半个月的时间哩。"

夏承彪盯着迎上来的姑娘看了眼，觉得有些面熟，只是不知道姓甚名谁。姑娘上来就说歌厅在装修没有开业的事，想必认为警察又是有针对性地冲着歌厅来的。那次在网上炒得沸沸扬扬的同性求婚活动现场，始作俑者的地点就是在这个亮点主题酒店的歌厅诞生的。

夏承彪冲着值班的姑娘点点头，说："我们今天不查歌厅，只是顺道进来看看。你们老板不在店里？"

姑娘长着一张圆圆的脸蛋。听到问话，眼睛眨了眨，甜甜一笑，答道："我们老板在汉街有个应酬，差不多快回来了的。"姑娘一边说的时候，手在胸口捂了下，跟着小声补了句："吓死我了，还以为店里又摊上什么事了哩。"

值班姑娘小声嘟哝出来的一句话，虽然是下意识的自言自语，但道出的却是实情。社会治安要求越来越高，酒店、休闲娱乐场所自然是辖区公安部门管理监控的重点，特别是对于在公安派出所有过案底或者是挂了号的场所，警察上门走访或是摸排情况应该是常有的事，何况亮点主题酒店还因为同性恋求婚事件闹出了舆情，早就上了派出所重点监管的黑名单。

　　夏承彪听说歌厅装修没有开业，便打定主意在大厅里看看就去下一个地方的。扭头却发现古德山折身进到了服务总台，并弯着腰用鼠标点开了桌面上的电脑。夏承彪知道古德山大约是在查看客人入住登记情况，通过调阅入住登记信息，筛查其中有没有什么问题和疑点。值班的姑娘原本是走出吧台迎接他们的，见古德山检查起电脑，便也就尾随着跟了进去。

　　夏承彪站在吧台的外面，发现跟进去的圆脸姑娘神情显得有些不很自然。就问道："你们酒店今晚入住的客人多吗？"

　　圆脸姑娘转了转眼睛，说："因为歌厅装修歇业，客房的入住情况不是很好，大约只有五六成的入住率。"

　　夏承彪问："是外地过来的人多，还是本地人住的多？"

　　"这还不好说，要看时段的。"圆脸姑娘答道，"如果碰到周末或是节假日，本市区的客人就会多一些。"

　　现代都市开办的所谓"主题酒店"，实际上和如家、汉庭、全季之类的酒店差不多，应该同属快捷酒店的范畴。不同的是，一般快捷酒店面对的群体很宽泛，而主题酒店则更多的是面向年轻人，这主要是从装修的风格上，家具的配置上，色彩饱和度、丰富度上有很大的不同。说白了，快捷酒店的特点是干净、便宜，主题酒店讲究的是浪漫与风情。不过，也正因为这样，快捷酒店以价位低、入住率高赚取利润，主题酒店则以入住率稍低但价位适当偏高求得生存。

"都是周边学校的一些年轻学生吧。"夏承彪提醒道,"你们得把握好原则,入住人员的证件必须完备。另外,对于有伤风化的一些出格活动,你们得吸取教训,坚决不能让他(她)们在店里胡来。"

夏承彪后面所说的有伤风化的出格活动,显然是指类似于"同志""拉拉"们这一群体。

"那是必须的。"圆脸姑娘在回答夏承彪问话时,眼睛一直在有意或无意地扫瞄着古德山点开的电脑页面。凭经验,夏承彪觉得亮点酒店在今晚入住的客人中,一定有手续不完备的情况。

酒店老板姓涂,叫涂正好,前几天才通过关系找过他,希望到店里检查的频次少一些,免得影响他们的生意。所以,晚上在确定清查的相关场所时,若不是古德山的坚持,他原本不打算过来的。

古德山在电脑上大概没看出什么大问题。丢下鼠标,显得不经意地对圆脸小姑娘说:"前段时间听说你们店里又添了一些设备,我看你们五楼的客房也基本都空着,干脆,你带着我们去见识见识吧。"

圆脸姑娘听说要去看房间新添的设备,突然脸一红,支吾道:"要不我给涂总打个电话,让他带你们去吧,总台这儿还得有人值班哩。"

古德山听了有些不耐烦,小眼睛一瞪,说道:"我们这是在执行公务哩。何况,有我们警察在这儿,还有人敢跑来打家劫舍、自投罗网不成?!"

古德山话音不是太高,但是说话的口气很冲,圆脸姑娘一时愣在那儿不知道如何是好了。恰在此时，酒店一直静默着的旋转门动了起来，圆脸姑娘眼睛一亮，冲着从旋转门厅走进来的人一指，说："好了，各位警官，我们涂总回来了。"

涂正好个头不是很高，微胖，留着板寸头，大约晚上在汉街的应酬没少喝酒，从脸庞到脖子根全都红得发亮。进门见好几个警察在大厅里站着，先是有些吃惊，再睁着发红的眼睛仔细一看，发现吧台里外站着的夏承彪、古德山都是熟人，便连忙紧走了几步迎上前来握手，完了，还忙不迭地从夹在腋窝的手包中往外掏烟找打火机。

夏承彪礼节性地和涂正好拉了下手，说道："涂总不用客气，我们几个都是不抽烟的。"

涂正好却不听。笑哈哈地拿着烟，挨个递了一圈也没人接手，只好有些解嘲地给自己燃上一支。

夏承彪说："国庆、中秋两节快到了，例行检查，我们顺道过来看看。"

夏承彪之所以有如此一说，意思也是在向他传达一个信息，他们进来检查，纯属于工作需要走走形式而已，不是存心和亮点过不去的。

涂正好也是个明白人，听了，把刚燃上的烟深吸了一口，便笑嘻嘻地点着头，说："欢迎各位警官莅临指导。只是，我们歌厅正在装修，还没营业哩。"

"今天不查你的歌厅了。"古德山接过话，说，"只是想参观一下你们亮点的客房。"

涂正好突然听说不查歌厅要看客房，脸上就突然变得有些不自然了。他一边掩饰地吸了口烟，一边飞快地扫了眼吧台里面的圆脸姑娘。

涂正好没出现之前，圆脸姑娘在应对突然闯进来的一干警察时显得较为紧张，现在有了老板出面，自然觉得剩下的事与她没什么太大的关系了。涂正好拿眼睛扫她的时候，她正低着头，自顾收拾着台面上摆放得有些零乱的物品，根本就没想着要与之眼神交接、传达出一丝半点的什么信息。

古德山看在眼里，慢慢松开了紧绷着的脸，笑着打趣道："涂老板啊，我可是早就听说你们这儿添了一些设备和项目的，刚才这姑娘不友好，推说前台没人值班不愿带我们上去参观，现在你回来了也就好办了。"

涂正好听了，眼睛眨巴眨巴，说道："没关系的。要说我们这儿也没添多少新设备，只不过现在年轻人前卫，追求新奇刺激，得投其所好罢了。"

夏承彪刚陪妻子外出休了段时间的年假，对于亮点主题酒店近期是否添加过什么新设备、增加了什么新奇刺激的项目并不知情。况且，即便是亮点的客房增加了什么设备和项目，也与他们开展的重点检查是没多大关系的，只是古德山在吧台的电脑上查检了一番之后，突然提出要参观客房长见识，他思忖这参观长见识的背后，只怕是隐匿着什么伏笔。事实上，古德山提出要去五楼看设施、长见识的时候，他还想着搪塞一下走人算了，后来转念一想，涂正好托人找他关照，只是说尽量少去他的酒店歌厅进行突击检查、抽

269

查，免得影响其正常经营活动，但这并不等于说就要对其网开一面、放任不管，甚至对酒店、歌厅出现违规违法活动也视而不见，包庇纵容。

涂正好虽然喝了不少酒，仍然对警察提出要参观客房里的设施充满了警觉。他在借着进到吧台找圆脸姑娘拿钥匙的当口，还是话中有话地低声问了句："五楼今晚都没有客人入住吧？"

圆脸姑娘垂着眼睑，顿了顿，同样是话中有话的低声回了句："除了那个大套住着客人，其他的都空着哩。"

电梯在服务台的右侧，涂正好引着一干人往电梯口走的时候，夏承彪与古德山嘀咕了一下，留下警员大李和小伍在楼下大厅候着，两人只带着高高瘦瘦的警员沈崇峻跟着涂正好一起进了电梯。

涂正好说得没错，他的主题酒店要新潮、刺激，要适应到这儿住店消费群体的胃口。夏承彪完全没想到涂正好连电梯都下足了功夫，电梯间的四壁，当然也包括关闭后的电梯门，不仅张贴着抽象放大的美女的丰乳肥臀、帅哥酷毙了的腹肌，以及腹肌下有些夸张地被顶起的高耸的帐篷，而且，面对电梯门的厢壁上，甚至还镶嵌着一大幅做工考究的欢喜佛的合欢图。夏承彪有些猝不及防地转着眼珠扫了一圈，不仅找不到眼睛驻足的位置，而且还毫无缘由地感到血脉偾张、周身燥热，暗自打量了一眼身边站着的古德山和沈崇峻，发现他们的眼神也同样游离漂浮，表情显得有些怪异。倒是涂正好淡定，大约是喝了酒，有酒壮胆。当然，也可能是觉得自己与这几位警察原本就有些熟悉，在电梯从一楼上升到五楼的过程中，竟然不失时机开起了玩笑套起了近乎，说别看我们亮点酒店外观不是很起眼，但是进来之后还是很有特色和品位的，改天兄弟们有空了，可以带着女友、相好什么的来体验体验生活，包你们不虚此行，而且房费全免。

不及几位警官回话，电梯到了五楼，映入眼帘的廊道同样让人耳目一新、记忆深刻。当然，这种深刻倒不是说香艳风情，指的是装修风格与灯光色彩的运用，长长的廊道给人的视觉冲击是富丽+炫目。走道的顶端，一律配以暗褐色玻璃吊顶，地面铺排的是墨绿色地毯，左右的廊壁，则用简洁明快的菱形和三角形等图案材料进行拼接装潢，完了，分别在它的上中下三段，佐以粉红色、淡黄色和乳白色灯带呈不规则线条点缀，彩灯的交替跳跃变幻闪烁，给人的感觉仿佛一步迈入了莫可名状的虚幻世界。

涂正好问："夏队想看哪个房间呢？"

夏承彪扭头扫了眼古德山，说："随便吧。古队不是说要参观一下吗，你把添了新设施的房间打开看看就行。"

呈现在眼前的景致同样让人有时光错位的感觉。江城的宾馆、旅店，包括洗浴的、按摩休闲的娱乐场所不可谓不多，夏承彪、古德山与这些场所抽检打交道的机会不可能会少，然而甫一进入，几个人都有些愣神，怀疑自己走错了地方，涂正好明明打开的是客房，是住宿睡觉的地方，眼下给人的感觉还以为是到了洗浴和按摩休闲的场所。

亮点酒店经营有好几年时间了，开业之初，夏承彪和古德山在带着人对辖区的酒店、歌厅等相关娱乐场所进行专项检查时，曾进到亮点酒店的客房抽查过入住人员的身份。那时的亮点主题酒店还没有配套的歌厅，客房中除了家具、床铺的形状、色彩，包括室内的装饰有些前卫新潮外，别的，和一般旅馆、酒店没什么太大区别。当然，眼下客房的"画风"有如此大的变化，所辖区域的派出所却一无所知，也不能说是他们的失察和失职，主要是亮点酒店设在一楼的歌厅开始营业后，特别是"同志""拉拉"们的求婚视频在网上掀起了小风浪后，警方将临检或抽检的重点都冲着歌厅去了。

一干人在房间转着眼睛看了一圈下来，古德山指着敞开式卫浴处摆放的一张水床问道："你这儿经营的是住宿还是洗浴按摩休闲的？"

涂正好满面红光，有些得意地说道："这儿是客房，自然是客人住宿睡觉的地方啊。"

"还有。"古德山没有理睬涂正好的回话，歪着头，认真打量了一眼那张模样有些古怪的红色椅子，以及比篮球还要大上好几倍的草绿色皮球，皱着眉头问，"这些玩意儿都是在洗浴中心、按摩店才会有的，你怎么都弄到客房里来了？你这店里是不是还有特服啊？"

"特服"是业内的行话，专指娱乐场带有钱色交易的特殊服务。而且，一旦查实有了"特服"，无一例外都是要被公安机关重点进行打击和整治的。

涂正好一定是发现古德山板起了脸，说话的口气变得有些生硬，于是再回话就带了小心："怎么会呢？我这儿都是守法经营，规矩着哩！"

涂正好与古德山一问一答的时候，跟着进去的沈崇峻也没闲着，他和丁小乔一样，也是通过公务员考试，入职到南湖派出所工作了不是很久。不同的是，丁小乔从部队回地方后，在基层派出所当协警，他沈崇峻则是从一家国企招考进来的，之前对于警察职业的了解，更多是来自影视和书本，因之，其从警业务和见识相较于丁小乔，毫无疑问要逊色不少。比如，现在进到主题酒店的房间，沈崇峻就显得有些像刘姥姥进到大观园的样子，他十分好奇地东张西望了一番之后，先是在房间中央那张硕大的船形床上落下座，双手和屁股相继用力，试了试床垫的弹性。完了，还瞪着一双有些疑惑的眼睛，盯着床对面那张长得有些怪异的红色"躺椅"研究了一番，竟突然起身，冲着船形床头边摆放着的草绿色皮球走了过去。

倒是队长夏承彪显得很淡定，从进入房间开始，他就一直冷眼观察着房间的布局与设施，包括刚才沈崇峻坐着的船形大床上方倒垂着的两根双杠，以及双杠上配着的一组红色皮绳。他在想，主题酒店的客房中也配上这样的设施，来住宿的年轻人都会玩吗？如果玩起来不得要领出了安全问题怎么办？疑问刚在脑瓜里转了个圈，还不及说出口，先前冲着绿色大皮球过去的沈崇峻突然对着他滑倒过来……原来，沈崇峻大约看着绿色的皮球放在床前很是温馨可爱，便凑过去用手摸了摸、按了按，发现韧劲和手感都不错，索性屁股一扭想着坐上去找点享乐的感觉，没料到重心掌握不准，皮球闪身一抖，让他的身体立马就失去了平衡。而且最搞笑的是，这家伙在往下倒的过程中，由于猝不及防，手脚在慌乱中寻找支点时，竟然别无选择地将一旁站着的夏承彪当了依托。所幸，队长夏承彪反应迅捷下意识地闪让开了，不然，也得和沈崇峻一样摔个大屁股蹲儿。

涂正好反应很快，见状赶紧过去搀扶，沈崇峻却坐在地上没有马上起来的意思。他一边顺手拾起掉在地上的大檐帽，一边有些自嘲地说道："涂老板这酒店有些欺生哩，看看吧，摆这儿的东西，我只是想坐一下都成问题了。"

涂正好笑嘻嘻地听着，也不答话，自顾从一侧挽住沈崇峻的手臂一用力，把他给拽了起来。

夏承彪拍了拍涂正好的肩，手指着船形床上方的红绳问道："那些家伙是什么时候装上去的？那可是很时髦的玩意儿哩。"

涂正好仰着头看了看，有些得意地回答道："小半年了，从沿海那边引进过来的。江城这边可是不多见的。"

"来这儿住宿的人都时兴玩这种花样？"古德山背着手，走过来插言道，"我这人孤陋寡闻，以前只听说在洗浴、桑拿店里才会有这些玩意儿。什么时候登堂入室，竟然进到酒店宾馆的客房里来了？！"说完，用手往空中悬吊下来的双杠一指，有些不客气地问，"玩红绳是要讲究技法的，客人入住后，你们还要找人给培训？"

"这哪能呢。"涂正好也是生意场上的老手了，明白古德山的问话是话中有话，说，"客房里配置'红绳'，只不过是多了个主题娱乐项目，其目的是为了增加点竞争力和吸引力，况且，也不是到这儿入住的客人都乐意玩这玩意儿的。"

"假若有客人要玩呢？"古德山依然穷追不舍。

"那就玩呗。"涂正好打着马虎眼，笑嘻嘻地说道，"现在一些年轻人，悟性高，他们自娱自乐，出不了问题的。"

"安全问题可不能掉以轻心。"古德山和缓了一下口气，循循善诱道，"比如，你可以在房间弄个真人秀的视频放放，让客人看了照着葫芦画个瓢总归是可以的。"

"那怎么行！"涂正好态度很坚决，说道，"我们亮点是正规酒店，真人秀也好，真人秀视频也好，都是属于黄色淫秽的东西，在我们这儿是绝对不会让它进入客房的。"

"古队说的话你得当点真。"沈崇峻估计刚才一跤摔得不轻，他被涂正好从地板上拉起来后，手一直在抚摩着屁股，这时就建议道，"别的不行，弄一套器材使用指南还是可以的。"

夏承彪见涂正好微笑着没吭声，便接口道："古队和小沈说的都没错，安全是大事哩，你只考虑新奇刺激招徕生意怎么行？！"夏承彪稍微停顿了一下，同样用手对着垂悬的双杠一指，说，"要是一旦有人从上面摔下来、摔伤了怎么办？弄不好只怕还要惹上官司的。"

"何止是惹上官司。"古德山拧着眉头说，"夏队你忘了，上半年市局不还有个通报，说江山那边的一家洗浴中心，违规增设红绳项目，招徕小姐从事有偿色情服务活动不说，最后还酿成了伤残事故。"

夏承彪知道古德山这是话有所指。"红绳"服务在南方一些沿海城市早就不是什么稀奇事了，但是在江城的洗浴按摩场所却并不多见。并且，江山"红绳"事件后，据说江山分局还针对辖区的相关娱乐场所进行了专项取缔和整治，严防这种极为淫秽低俗的东西在江城蔓延。现在倒好，"红绳"进到了亮点酒店的客房，成了男女客人的情趣选项。

涂正好听了，当下也是很敏感，解释道："我这和洗浴按摩店不是一个性质，都是客人自娱自乐，不违法的。"

"现在倒不是说你违不违法的问题。"古德山一本正经地说道，"眼前的问题是存在安全上的隐患，你得引起高度重视才是。"

涂正好见古德山板着脸，话说得一点也不客气，便连着点头应允道："谢谢古队的提醒，明天我就着人弄一套器材使用指南，或者是安全使用须知什么的摆在房间里，也算是友情提示，省得年轻人玩花样玩出事故来。"

第十九章

伍先生的无聊茶斋与中山公园相邻。魏子明每次过来，脑瓜子里总会无缘无故地跳跃出《陋室铭》中的一些词句来，比如"苔痕上阶绿，草色入帘青"，比如"谈笑有鸿儒，往来无白丁"，还有"无丝竹之乱耳，无案牍之劳形"，如此等等。之所以让他有这样一种条件反射，主要还是伍先生的这个躲在公园后街一隅的茶斋，乍眼一看，实在是显得太过于简约粗朴了。

说是茶斋，其实在临街的窄小的门脸上是没有牌匾的。平素，进到伍先生的茶斋来品茶的人并不算多，也基本都是熟客。茶斋里既没有茶艺师，也没有服务人员。说白了，偶尔有人过来，要么自助，要么由伍先生自己坐下来冲泡。茶斋共有两层，上面一层是伍先生的生活起居室，底层才是茶室或者说是茶斋，面积不过四五十平方米，用一面画着梅兰竹菊四折屏风隔成两个相对独立的空间。里间略小一些，居中的茶台看起来像是西餐桌，但台面却是黑褐色的火烧石，与摆放在茶台边的几把黑色靠背椅倒也十分般配协调。而靠外侧的这一间看起来就要大出许多，除了居中摆放着一组用硕大的树根剖面雕琢而成的茶几和木桩坐墩之外，左侧的墙边，摆放着两组略显陈旧斑驳的博古架，上面不经意地摆放着一些茶饼和茶杯、茶壶，让人入得室内，便能够多少感觉到这儿正打理着与茶相关的营生。

要说，伍先生的无聊茶斋也还是有招牌的。只不过是没有像一般的茶室、茶吧、茶楼在门外招摇悬挂广而告之。"无聊茶斋"几个字，是伍先生自己随性题写在一把浅黄色的大纸扇上。伍先生写下后，托着腮帮子端详许久，觉得隶书的蚕头燕尾、一波三折的特点，用在这几个字上与呈半弧形的纸扇搭配起来，很有些让人耳目一新，于是就在里外两间茶室里打量了一番，便挂在靠里间的茶室里了。伍先生书法的功底很深，只是他的书法作品从不轻示于人。有时茶斋客人稀疏或是心血来潮，他会在楼上的书房里泼墨挥毫，用楷、隶、行、篆、草、魏等六体，书写诸如"淡泊明志，宁静致远""滚滚长江东逝水，浪花淘尽英雄""三十年功名尘与土，八千里路云和月""也笑长安名利处，红尘半是马蹄翻""采菊东篱下，悠然见南山"等条幅，并一顺溜地在房间的地板上铺排开来，独自凝神欣赏片刻，然后再一张一张地撕碎了丢进字纸篓。

魏子明来伍先生的无聊茶斋喝茶，最初还是跟着张家和过来的。中央还没有出台八项规定之前，组织部门同样被深陷在酒桌与饭局之中，那时，人们在酒场上喝高了，解酒的方式无外乎是去歌厅吊嗓子，或是去按摩店、洗浴中心按摩、桑拿醒酒，真正喝高了直接回家，去挨老婆的唠叨训斥则是很少见的。张家和向来对自己要求严格，什么歌厅、舞厅，洗浴、按摩等场所他根本不可能去涉足。因之，饭后或是闲暇之余，泡一泡茶吧、茶室自然就成了首选。魏子明最初曾问过张家和，说无聊茶斋设施简陋，门脸又小，也没个招牌，你堂堂一个部长大人，如何就找寻到这样一个喝茶的去处？张家和听了却笑而不答，过了好半晌才发出一声感慨，说："酒香不怕巷子深哩。"

伍先生的茶斋之所以有吸引人的地方，说穿了还是与茶斋的主人有关系。在魏子明看来，伍先生的身上有许多让人感到迷惑和神秘的东西。首先是年龄与长相。品茗时，大家偶尔会问及先生的生辰属相，而每每，伍先生总是虚与委蛇，要么将话题撇开，要么打个哈哈，自嘲已是老朽，过了古稀快入杖朝之年了。传统文化中有五十知天命、六十耳顺、七十古稀、八十杖朝之说，如果按伍先生所言"过了古稀快入杖朝之年了"来推算，年龄应该有七十好几快八十岁了，但从伍先生的面相和神情上看，怎么也不会相信他是已近耄耋之年。伍先生个头并不算太高，身体微胖。一张圆盘形的脸上，五官排列组合中规中矩。留着个大背头，浓密且长的青丝中虽夹杂着不少的白发，但它们被蓬松了往后齐整梳起，再施于发胶定型，看起来就十分地规正且很有风度。眼睛不大，多数时候看似半睁半闭的，而一旦凝神打量起人和物，里面透着的光和亮或者说隐匿其中的锋芒会让人印象深刻。最有意思的是他的一对顺风耳，硕大丰盈不说，耳垂却是出奇的大，若不是蓄了发，他的那副模样，和那些在寺庙中打坐的方丈没什么太大的区别。平常，伍先生着装最多的，要数那套洗得有些发白的绛紫色的唐装，举手投足间，透出的是与他的年龄不是很匹配的敏锐与洒脱，若不是知道他一些根底的人，任谁也不会将之与一介年近耄耋的老者联系在一起。

再就是有关伍先生年轻时的经历和职业，也让人觉得莫测高深。为此，魏子明也同样向张家和打听过。张家和官居省委组织部常务副部长，从职业习惯上来讲，他应该对伍先生的经历、来历是十分清楚的。然而，张家和同样哈哈一笑，淡淡地说了句："英雄不问来处。"问过了、笑过了，魏子明凭直觉，认定伍先生之前也应该是体制内之人，而今尘埃落定，能过这样相忘于江湖的生活倒是人生之快意。其实，魏子明身为公安局长，真要查出伍先生的前世今生也是举手之劳的事情，但是他却懒得在此操心费神。当然，有这样的想法并不是懒惰或者是失职渎职，他也有他的判断。据了解，伍先生的茶斋在这儿开了少说也有十年了，往来品茗的人虽不是很多，但多半在江城也还是有些身份和来头的。尚在政界的张家和就不说了，而早些年已退休的市人大主任甄老爷子、市政协占山主席，还有在市文联、书画协任职的一干人等，甚至，包括一些在某一方面有所专长、看似具有奇技淫巧之人，偶尔都会到他的无聊茶斋坐上一坐。而但凡进到无聊茶斋的客人，都有一个共同的特点——喜静，淡然，从不聚闹喧哗。有时来了，就是安静地喝上一壶茶走人，有时逢到三两人凑到一起，品茗中如果有了话题，也是随性地有一搭没一搭地聊聊，不会起争执，也不会动意气。有意思的是，往来的茶客，不管是年轻的，还是年长的，伍先生都是神情淡然。人来了，微微一笑，点点头，算是打过了招呼；人走时，同样微微一笑，点点头，算是别过。来茶斋的大都是熟客，在伍先生这儿也都存有之前购买的尚未喝完的茶叶。并且，许多客人的茶盏也都是自备，标注了不同的编号，用后存放在博古架旁的一个大柜子里。也就是说，伍先生的无聊茶斋，只是提供了一般的茶具茶炊茶水等相关的用具，有点类似于自助。当然，逢到伍先生兴趣高，或是有了新的茶品，则会兴味盎然地拿出自己的珍品与大家分享。

魏子明一直有个疑惑，伍先生的茶斋，说起来是"往来无白丁"，毕竟来去的人员不是很多，平时也就卖点茶叶，没有什么其他的进项。加之，每月楼上楼下的水电费、保洁费等一应算下来，也是一笔不小的开支，因之，要说茶斋有什么利润可言似是不切实际。然而，伍先生的无聊茶斋一开却是多年，明面上根本看不出有入不敷出、经营窘迫之情状。

伍先生的茶斋，朝九晚十，风雨无阻地开着。

魏子明推开虚掩的门进到室内，发现外间茶室的灯光很亮，茶台上却空无一人，而用屏风隔开的靠里一间茶室，灯光调得就要相对暗淡一些。魏子明以为张家和早已到了，一边匆匆往里走，一边飞快地想着要解释一番迟到的原因，然而转过屏风，却发现那张黑褐色的火烧石茶台的背后，坐着的只是无聊茶斋的斋主伍先生。并且，伍先生这会儿是入定般地坐那睡着了，间歇地，还会发出些微的鼾声。而在茶台一角，放置在电磁灶上的一个白色的钢精锅正呼呼呼地吐着热气，透过玻璃盖板，隐约发现里面似有什么器皿，在随着翻滚的沸水，扑哧扑哧发出有节奏的声响，仿佛在有意地为伍先生的小憩伴奏。魏子明没有惊动伍先生的好梦，只是会心地一笑，斜对着坐了下来。

　　约了晚上到伍先生的茶斋喝茶，是省委组织部常务副部长张家和的提议。张家和电话打过来的时候，魏子明正在翻看手机上的一些微信，准确点说，是在那个叫作"三人行"的微信群里转悠。有好几年了，最初是王小奇建的一个小群，只是将魏子明、马志武拉了进来，取名叫"三人行"，并十分虔诚地说：魏局、马队都是领导加师长，跟着你们会让我受益匪浅。魏子明起先对"三人行"也并没太当回事，不是别的，主要是一度在心理上对微信朋友圈有些抵触，觉得在那上面扯白聊天是耽误时间，属于没正事可干之人的去处。因之，平时自然就很少去关心上面所发的信息与留言。马志武和王小奇则不同，从一开始就对微信迷恋得不行，有事没事便会往上面转发一些自认为有意思的信息、视频，也会在上面聊天，针对一物一事生发许多议论，甚至工作上有什么想法，还会开诚布公地在上面进行讨论和交流。不过，即便如此，"三人行"因为圈子太小人气不旺，在很长一段时间里，实际上是过着不咸不淡的日月。而后来之所以忽然变得热闹起来，甚至引起魏子明的兴趣，其原因大约和消防支队的支队长吕胜杰、城管大队女队员叶馨竹的加入有直接的关系。有天晚上，魏子明与叶馨竹相约在一家小饭店用餐，餐后在送叶馨竹回家的路上，叶馨竹走着走着突然发问道："'三人行'里怎么就不见你发言啊。"魏子明一下没反应过来，神情突然一紧，前后左右一看，便不解地回说道："明明就我们俩人，哪里又多冒出个人来？"叶馨竹歪着头，看到魏子明一本正经的样子，还以为魏子明是在装糊涂玩幽默，当下一边哈哈直乐，一边亲昵地在他的手臂上不轻不重地拧了一下。不过，等他明白过来，知道叶馨竹和吕胜杰都被拉进了"三人行"的朋友圈时，再之后他忽然像变了个人似的，只要稍有闲暇，去"三人行"上面转转圈便成了一个习惯，高兴的时候，他甚至还会就一些感兴趣的话题参与讨论，也会用"你太有才啦""棒""点个赞""握手""多谢"等动漫或卡通图片冒个泡，表明自己的态度与存在。不仅如此，遇到一些大的节日和高兴事，他还会在群里丢上几个一百、两百的红包，让群友们在里面抢得不亦乐乎，这也包括，张家和打电话过来的时候，微信群里的几个家伙又在撺掇他派发红包哩。当然，起因是叶馨竹突然间成了"网红"。消息最初是王小奇在"三人行"上发布的。王小奇在微信圈发言道：特大新闻！城管女队员叶馨竹汉江桥头帮老人卖菜一夜成了"网红"。吕胜杰马上跟了一个"不会吧"的表情包，后面还紧接着连发了三个问号。王小奇没有直接回答，很快将登在江城"楚天网"站的一则头条图文消息转发上来：

　　　鹤发老翁桥头设点摆摊，红颜城管现场吆喝助卖。昨天傍晚，一名年近八旬的白发老人，在江城市汉江大桥桥头处就地摆摊售卖自己挖来的折耳根、野葱等野菜。突然，一名身穿制服的女城管来到桥头，就在人们以为老人会被驱赶时，女城管却走到老人身旁，将老人的箩筐从马路边转移到人行道边，并当街帮着老人吆喝叫卖起来："大家帮忙买些小菜吧，早些卖完了老人好回家！"当时正值下班高峰，众人见城管换了一种方式执法，让人感觉很人性，也很温馨。于是许多路人围了过来，纷纷掏钱买下老人的野菜。前后不到半小时，两个箩筐的野菜全部卖了出去……这位让人暖心的女城管名叫叶馨竹。

吕胜杰、马志武先后给了一个大大的"赞"字。

魏子明看到这里，打算也跟着点个赞，转念一想，却在上面俏皮地问了一句：这是为什么呢？

王小奇：扭转城管形象。

吕胜杰：为人民服务。

马志武：难道是为了赶时髦当网红？

叶馨竹突然冒出泡来：没那么复杂，就想让老人早点回家。

王小奇发送了一张配有"向高手敬礼"的警察小图像。

吕胜杰发送了一张配有"喜欢"二字的小和尚图像。

马志武发送了一张配有"啥也别说了，鼓掌吧"的小胖人的图像。

王小奇接了句：大叔该考虑发红包了。后面还跟着放了个"一脸坏笑"的卡通图。王小奇上面说到的"大叔"是指叶馨竹平时对魏子明的称谓。

吕胜杰跟着来了句：这个红包应该发。后面还配放了个伸出大拇指的卡通图。

马志武看戏不怕台高，马上跳出来丢了一句：我看行。紧接其后配发的是一个"点赞"的图标。完了，似是意犹未尽，又补了一句发上来：她大叔要发就发个大的吧！

…………

魏子明这边笑眯眯地翻看着正想冒个泡表明态度。

叶馨竹却抢先发送了一张配有"谢谢大叔打赏"的动漫卡通图，上面那位小女孩正夸张地笑着，两只粉嫩的小手在不停地打躬作揖。

叶馨竹这是在先声夺人逼迫就范哩。魏子明在心里刚暗骂了句"鬼丫头"，张家和的电话就不容分说闯了进来。

张家和在电话里问道："忙啥呢魏子？"

魏子明有些不自然地左右晃了晃脑袋，回说道："还好。快过'两节'了，相关值班事项得要安排妥当哩。"

"最近去过无聊茶斋没有？"张家和在电话中说，"伍先生那儿谋到了一些上好的老古茶，我看咱们还得去见识见识吧。"

"哦，那当然好。"魏子明道，"我还真有段时间没过去了。什么时间过去？"魏子明说的时候，抬头看了看墙上的时钟，发现分针与时针上下快成一条线了。

张家和在电话那边沉吟了片刻，说："下班后我还有点事要处理，可以稍晚点，八点钟左右如何？"

电话中两人约定好时间，魏子明在临挂断电话之前，本还想顺便打听一下自己去西北靖州的事进展得怎么样了，话到嘴边，竟然没好意思开口……

现在，魏子明与伍先生相向而坐，伍先生些微的鼾声似乎会弥散传染，魏子明背靠在沙发上，一缕睡意也几乎在不经意间悄然地从脑洞深处探出头来，像风像雨亦像雾似的渐次聚集飘荡，并很快将其裹挟在一片蒙眬之中，身子骨也随之像陷入松软的棉花垛般变

285

得异常轻松舒适起来。

如此清纯的少女真的是第一次见到。有那么一瞬间，他在心里闪过这样一个念头：我要是有这样一个女儿该多好！并且，在此之后，他甚至不止一次地臆想过：假如国家没有计划生育政策，他和妻子李月茹会不会要二胎或者三胎？二胎三胎中会不会有一个天仙般的女儿呢？真的有了二胎三胎，也许妻子李月茹就会将心思全部用在养儿育女上，也许就不会惹出这样一种毛病来吧。

与叶馨竹的相识说起来与马志武有关。当时是个夏天，那时他还是江城市公安局的党委副书记、常务副局长，王小奇陪着他，去参加市治安支队的干部大会，宣布局党委的任免决定，马志武正式出任市治安支队的队长。原本说好会后不在支队吃晚饭的，然而人逢喜事精神爽，把多年的"马副队"或"马副支"变成了"马队"或"马支"的家伙说什么也不让，仗着和魏子明的感情铁，竟然拦着不让他上车，说局里规定同城不吃饭，那是指公务，现在已到下班时间了，我们自己吃饭总归是可以的，意思是说他个人自掏腰包来请客。马志武所在的治安支队地处闹市区，周边酒店宾馆、餐饮饭店很多。出门左手有个叫碧云天的饭店，外面看起来有些陈旧破败，然而进得室内，让人眼前陡然一亮，干净素雅不说，门厅的左右两侧，各站立着好几位年轻的女孩子，身着蓝底碎花衣衫，见他们进来，一律躬身致意：欢迎光临。马志武是这里的熟客，指着其中一位姑娘说道："叶子，前面带着路，我们还是去你负责的包房吧。"被马志武叫着叶子的姑娘突然脸一红，再一次躬身致意，叫一声"马叔叔好""王叔叔好"，便飞快地转身带着大家往里面走。

马志武见魏子明有些发愣，便解释道："这家碧云天的老板不错，假期都是聘些家庭困难的学生来当服务生，除了每月给三四千的底薪外，每天还可从为客人服务的消费总额中，提取百分之十到百分之十五的服务费。你看，你魏局能留下来吃顿饭，实际上也是在献爱心哩。"马志武在一边说的时候，王小奇正默然地跟在魏子明的身后，于是魏子明放缓了脚步回头问道："王小奇也来过这里吗？"王小奇听到领导如此一问，当下显得有些慌乱，嗫嚅道："对，来过。我和吕胜杰……不，和吕队，都被马队拉来献过爱心呢……"

记不清是从什么时候开始，叶子叶馨竹改口叫他魏子明为大叔的。自从有了碧云天的第一次相识之后，暑期短暂的不到两个月时间里，他们一干人等为了"献爱心"，在这儿又聚了好几次，然而每一次，叶子见了他，都会甜甜地一笑，道一声"领导好"。而对于马志武、吕胜杰，甚至王小奇，则无一例外地称为"马叔叔"、"吕叔叔"和"王叔叔"。有一次酒后微酣，魏子明曾纠正过叶馨竹，说王小奇大不了你多少，你只管叫他王哥就行。还有，今后你也别叫我什么领导、领导的，就比照你马叔叔、吕叔叔，叫我魏叔叔就好。然而叶子听了，依旧是微微一笑，之后，该招呼王小奇时依旧叫他"王叔叔"，该招呼他魏子明时依旧叫他"领导"。

魏子明一直有过思虑，叶馨竹究竟是什么地方打动了他，让他从第一次见面就怦然心动、似曾相识。是她的美貌吗？从内心里讲，叶馨竹算不上美女，身材虽然苗条匀称，但她来自西南省的高海拔地区，大约因为高原紫外线太强，她的皮肤显得很粗糙，甚至还有点高原红，五官长得倒还周正，但是倘若按美女的标准来衡量，眼睛显得稍小了些，而且还是单眼皮。那么是她的身世让魏子明生发了怜爱之心吗？说心里话，最初在碧云天见到她时，包括后来又多次过去"献爱心"，当时仅知道她是一位准大学生，利用新生入校前的一段时间，出来打工挣些学费，就连最早认识她的马志武，也不知道她家里的真实情况。他们那时只是想着，这位来餐馆打工的小女孩很单纯，需要赚些钱补贴学费的不足，他们的所作所为，只是想着给她多拿些提成而已……思来想去、回味再三，最终认定这位名叫叶馨竹的小丫头，之所以能够打动他魏子明，主要还是她那种甜美的笑让他印象深刻，或者说让他为之着迷。比如他一本正经地让她叫他魏叔叔的时候，叶馨竹听了，回馈出的是那种清纯甜美的笑。而在此之后，她依然叫他为"领导"，惹得魏子明对她这种"明知故犯"偶显不悦之色时，叶馨竹表现出的依然是那种清纯甜美的笑。

　　魏子明曾在内心多次体味过这种笑，他觉得叶馨竹的那种笑，就像来自遥远的天国，那里的纯净清澈无与伦比，那里的风景如诗如画且让人充满向往，那里的磁力线强大无边让世间万物无路可逃。他一直在冥冥之中有一种预感，他觉得自己和叶馨竹之间一定会生发一些故事，至于这个故事如何发生，在何时发生，用什么形式发生，他一直不愿多想，也不敢深想。他曾在内心有过暗自思忖：男女之间除了红颜情爱，还有没有别的纯情友谊？如果有，会用一种什么方式存在？而这种方式能够在以儒家学说为主导的社会，会不会因为"男女授受不亲"、过从甚密而引起别人的非议？他一直没能想明白。他害怕稍有不慎，把这种美好给蹂躏践踏，最终让人悔之晚矣。

英雄救美的故事上演时，连他自己都没有一点思想准备，以至后来他都不好意思向任何人言传。他甚至害怕连马志武之流知道后，都会怀疑他的人格、鄙视他的落俗行为。但是该来的总会要来。苍天在上，人世间的许多事，真的不以人的意志为转移。

好像是到了冬天了，江城的天气是典型的夏热冬冷。由于工作发生变化，正式出任了江城市公安局的掌门人，魏子明整天忙得像一只高速旋转的陀螺，几乎没有时间再去凑热闹献什么爱心了。而恰恰在这一时段，妻子李月茹的病情出现了不断加重的迹象，脾气变得越来越焦躁，动不动就在家里摔盆子打碗的，而且还表现出很强的疑心病和臆想症来。有时，半夜里会突然从床上跳起，要么说有小偷从窗户里爬进来偷东西了，要么说有人在门外拿着刀要对她行凶。常常闹腾得魏子明整宿不得安宁，并且时间长了，连他自己在睡梦中也会感觉有人不是蒙着面就是拿着刀从窗子里、从门外悄悄进来了。这还不算，每次出门，他甚至会很小心地先观察一下门的左右两侧，担心会有人趁其不备打他的埋伏。有时白天正开着会，或者正在下面调研检查工作，隔壁的邻居或者是小区物管人员，会突然打电话过来，说你是魏局长吗，你快回来一趟吧，你爱人这会儿正从楼上往下扔东西哩……

要说，半夜里突然从梦中惊醒，怀疑家里进了小偷没关系，怀疑有人持刀打埋伏也没关系，说白了那只是一种虚幻，但是从窗子里往外扔东西就不一样了。退一步讲，倘若李月茹一时情绪失控，只是扔些小物小件、衣服被褥之类的便也罢了，问题是失控后扔得兴起，把硬物硬件也扔了，并且扔得不凑巧，扔出了严重的后果那就惹上大麻烦了。

儿子出国留学前，家里专门购置了台式电脑，为的是方便他出国前备考英语，而实际上，多数时间儿子是在上面聊天打游戏。儿子出国后，书房里的电脑便成了李月茹的精神寄托，只要一有空，她就会在电脑前坐上好久，有时是和儿子聊天或是视频，有时，儿子忙得顾不上理她，她也会在电脑前盯着那只小企鹅，生怕错过了儿子与她打招呼。魏子明有时也会提醒她，说儿子修学分的任务重，不是经常有时间上线的，如果想他，可以给他打打电话。李月茹口头上点头应允，但过不了多久，她会依然故我，甚至有过之而无不及。也就是说，书房那台电脑，成了她连接儿子的情感载体和纽带。然而，谁也想不到，就是这样一种看起来和她的生活密不可分的东西，李月茹犯病时，先是把它们丢在浴缸里"泡澡"，后来觉得不解气，竟然把电脑显示屏和主机一股脑儿地从窗子扔了出去。魏子明家住在五楼，他所在的那幢房子紧靠小区最后边，平时往来的人比较少，从楼上丢下东西时砸到人的概率比较小。然而人没砸着，却砸着了一个宠物狗。

谁都知道，狗命抵不上人命。狗的主人看在加害者是局长夫人的份儿上，明面上也没有过多地计较与追究，但是说出的话让人听了还是感到很有分量的。狗主人声称狗通人性，而他们一家早已视小狗狗为家庭中的一员了，小狗狗的罹难让他们很伤感也很心痛……人生在世，没有什么比情感更为重要了。现代社会，诸如猫狗之流之所以能登堂入室，被许多人奉为至宠，一方面与主人的喜好或者心理上的情感需求有关，另一方面也与狗狗对人类的忠诚基因和其聪明伶俐密不可分，两相互为依托、互为需要与关切，以致随着岁月流转，人与宠物的情感，在很多方面甚至可以等同至亲。因之，狗狗事件一出，无疑坚定了魏子明决心：眼下砸着的是条宠物狗，谁敢说下一次砸着的不会是一个活生生的人呢？思前虑后，将李月茹送院治疗就成了唯一的选择。

那时他还不认识王笑宽，他也没想着要把李月茹送到江城市精神病康复医院去就医。毕竟，自己的爱人得了这种病，不想弄得满城风雨，能悄悄地找寻一家偏僻些、医院条件和医术相对好一些医院，能够在短期内把李月茹的病医治好是他的真实想法。那些天，他除了一些极个别重要工作要亲自处理外，剩下的时间，他主要用在到江城市周边的一些康复医院进行暗访和考察。

中国有句俗语叫"隔行如隔山"。李月茹没有出现精神疾患之前，什么精神疾患，什么精神病康复中心、精神病康复医院，对他魏子明来说都是那么的遥远缥缈，遥远缥缈得超出了自己想象的范围和空间。然而自从李月茹有了这方面的问题，他才关注了解到，社会在发展进步的同时，物质文明与精神文明在极大丰富和完善的过程中，精神疾患也在越来越多地影响着人们的生活。就在他为李月茹寻找一家合适的康复医院的那段时间，他发现仅在江城市以及相邻的县市区，国有和私营的精神病康复医院就有十数家之多，魏子明那段时间就像疯了一般，也不带秘书和司机，自己开着车，根据事先查找到的大致方位和地址，一家一家去现场勘察了解咨询，逐一对每家医院的环境条件、医疗医术的效果，包括距城区的距离、相对保密程度等要素进行筛查比较分析，力求能满足自己预先设定的一个大致标准。功夫不负有心人。他隐约记得，那是他前前后后、左左右右地寻觅了十多天之后，终于顺利地将李月茹送进一家令人满意的康复中心入院就诊。浑身如释重负的返程途中，准确点说，是在进入城区，路过江城理工大学附近时，一桩英雄救美的故事就像预先设定的一样，别无选择地伺机上演了。

那晚的月亮很圆，也很亮，亮得几乎让城市的路灯也显得悄然失色。车载音响一直开着，里面的歌曲也都是司机事先按他魏子明的喜好精心挑选出来的。美妙的歌曲在不停地播放着，他的心绪也像过山车般地起起伏伏，从许美静的《城里的月光》中，他没有感受到车窗外城市的月色清辉美景，有的是在心上的某个地方，总有好些挥不散的记忆，感受到的是万千世界变幻莫测，真的有太多的聚散离合让人不能心安。同样的，紧接其后的是《生如夏花》，朴树独有的声音特点，让人感到梦幻而清晰，一词一句、一韵一律，似从遥远的地方款款而来，又好像附在耳边轻吟慢唱着过去那个时代的欢乐、伤感、青涩与无奈。

也不知在黑暗中究竟沉睡了多久

也不知要有多难才能睁开双眼

我从远方赶来 恰巧你们也在

痴迷流连人间 我为她而狂野

我是这耀眼的瞬间

是划过天边的刹那火焰

我为你来看我不顾一切

我将熄灭永不能再回来

我在这里啊　就在这里啊

惊鸿一般短暂

如夏花一样绚烂

…………

　　那一刻里，他的脑海中，在不停地萦绕、幻化出妻子李月茹青春年少时的影像，他在一遍遍地思索：他心中的"月茹之花"，能在短期内回归正常、重新如夏花一样绚丽绽放吗？他的人生之旅已然过半，他和他的李月茹共沐风雨，犹如一对比翼之鸟，不能在相伴归途时落下彼此啊。好在紧接其后的一曲《便衣警察》的主题歌，好似一缕蔚然暖阳驱散心中的阴霾，使其神情为之一振：几度风雨几度春秋，风霜雪雨搏激流，历尽苦难痴心不改，少年壮志不言愁，金色盾牌热血铸就，危难之处显身手　显身手……歌声高亢激昂，歌声也深情悲壮，魏子明炯炯有神的眼眸里，似乎也在不知不觉中漫起了潮湿的薄雾，而薄雾中还隐约出现了男女奔跑、追逐的画面。要说，他的车速不快，但作为一名职业警察，安全与警觉是他的天性，他没敢让这种虚幻持续绵延，用力挤了挤潮湿的双眼。薄雾褪去，先前虚幻追逐、奔跑的男女没有悄然遁形，继之而来的是更加明白清晰：原来是三男一女，原先前后奔跑追逐已变成了聚集撕扯，女的被困其中似在奋力反抗，三男围在周边有的在捂嘴，有的似在搂腰扭臂并施以拳脚，企图逼其就范。抢劫。施暴。

两个词语几乎是在同时被放大了弹出脑幕。紧急的刹车之声，在寂寥清冷的月辉里应该是特别的突兀与张扬，以至在魏子明从车里冲出来的时候，三个施暴的男子最初的反应是张皇无措，直到魏子明饿虎捕食般抓住一个男子的衣领，跟着一个扫堂腿将其摔倒在地的时候，另外两名歹徒才狼奔豕突、作鸟兽散……

那应该是魏子明从警二十多年第一次"枉徇私情"吧。当他手法娴熟地铐了那个倒霉蛋时，他也看清了险被施暴的女子叶馨竹。原来是叶馨竹顺利进入大学后，仍然在利用晚上的时间，偶尔到学校周边的餐馆打工，不料却在这样一个月色美好的夜晚，碰到了三个在附近酒吧喝多了酒的滋事者。他们也许被叶馨竹的美貌所吸引，也许是在醉眼蒙眬中把叶馨竹当成了夜归的风尘女，他们在由最初的搭讪没有得到叶馨竹的回应时，竟然酒精作祟，企图强行拦截施暴。

一般情况下，遇到这样的事情，是要联系 110 或属地派出所，交由他们做进一步调查或是根据需要抓捕溜掉的嫌疑人的。然而魏子明简要地问了问叶馨竹有没有受到伤害，有没有受伤，并确信瑟瑟发抖的叶馨竹手脚活动正常，便对蹲坐在一边的滋事者一顿连吓带吼地训斥一番，最后竟松了手铐放他走人——他实在是不希望因为这样一种巧合，将他自己和叶馨竹曝光在舆论的"聚光灯"下，从而引起不必要的误会和猜测。

那天的月亮真的很圆。那晚江城的月光真的很亮。那晚江城的夜景出奇的绚丽多彩。魏子明在之后的很多次里，回味过那天的情景，他可以肯定地说，就是从那天开始，他和叶馨竹的关系发生了质的变化——从相识走向相知。并且在这一过程中，让他变得柔软而轻松，心房里时常会漫起一种不易言传的温情。这种温情既不同于男女间那种爱恋，也不同于单纯的父女间的那种绵柔情愫。反正，那种说不出的感受，让他觉得特别充实与舒心。

叶馨竹的身世和家境都是在那天之后慢慢知道的。那是一个遥远而令人神往的地方，当然也是一个贫瘠闭塞得让人心痛的地方，叶馨竹能从那儿走出来，实属一种机遇加巧合。当然，所谓的机遇，是因了国家扶贫脱贫政策对边远贫困地区的支持，使她和她的兄弟姐妹五人能领到一部分生活补助金，从而使一家人的生活得到很大改善。还是在她很小的时候，母亲就因病不幸去世，父亲在外打工时遭遇车祸造成下肢瘫痪，根本就没有了劳动能力，一家人的生活只能靠年迈的爷爷支撑。那时，对于叶馨竹他们而言，能按时收到急需的生活补贴，能有个亲人依靠，还能与同伴一起学习、玩耍，是很多处于困境中的穷苦孩子的梦想。所幸的是，当时有一个联合国儿童基金会，在相邻的县乡组建成立一个儿童之家，凑巧在开园的那天，她在附近寻找自家走丢的山羊时，被当时刚主持完开园工作的国际机构的一位负责人遇见。这位机构负责人是个老外，能说一口流利的汉语，他在发现这位瘦小的女孩瞪着一双清纯的大眼睛在门口张望的时候，径自走了过来，经过一番简单的问答，得知这个小女孩的家境后，当即与负责儿童之家的中方负责人商量，破格把她招进了儿童之家。从而使她能够在儿童之家学习和生活，并最终能够走出偏僻的山乡。

魏子明一直有一个愿望，能带着李月茹陪叶馨竹回一趟她的西南地区的老家，那里虽然贫瘠苍凉，但那儿有碧云蓝天，有在现实社会很难寻觅的纯朴民俗民风，还有风吹草低见牛羊的如画美景。他曾把这一想法告诉过叶馨竹，惹得叶馨竹时常会歪着脑瓜问他："大叔，你何时才能带着阿姨去一趟我的老家呢？"是啊，何时才能去她的老家呢？魏子明想，假若没有交流到西北靖州的事情突然摆上台面，凭着王笑宽对李月茹的精心调理，这个愿望应该是很快就能实现了的。而眼下，一切一切的设想，大约只能再待时日、从长计议了……

一阵叮叮咚咚的铃声，将魏子明从清浅的小憩中唤转回来。他还以为是自己的手机在响，及至睁开双眼，对面的伍先生已经拿着手机在关闭闹铃了。魏子明挤了挤有些惺忪的眼睛，有些略带歉意地一笑，说："瞌睡也会传染哩，在先生面前一坐下来，也陪着去找了趟周公。"

伍先生听了，嘴巴习惯性地咧了咧，微笑道："魏局公务繁忙，难得有闲暇之时，想必到了无聊茶斋，心绪就会放松一些吧。"

魏子明听了，欠起身子跟着打起了哈哈，说："我本就是江城的一更夫，整天东跑西颠地瞎忙乎罢了。不像家和部长，他忙的那些事才是正事。"

"一样一样，你们忙的都是大事正事。家和跟我打电话约的是八点，看看，现在都快九点了还不见踪影哩。"

伍先生说的时候，手上却是在不停地忙碌着，先是关了电磁炉的开关，端下了放在上面的钢精锅，继而揭开了滚烫的锅盖，等一股蒸腾的热气散开，伍先生便又抄起茶台上的一把竹镊子，从锅子里捞出一只造型别致的紫砂壶和与之相配的几只茶杯来。

魏子明从裤兜里掏出手机，说："我来给他打个电话吧。这人一忙起来呀，是很容易把约好的事给弄忘了的。"

"不必催他。"伍先生笑道，"反正我这儿也是个无聊茶斋。来与不来，来早来晚都没关系的。不来是有事。来了也可以无话不聊，也可以无话可聊，即便有话可聊，聊的权当是无聊之话。一切顺其自然，放松就好。"

魏子明来的次数不少了。却还是第一次听到伍先生如此诠释他的无聊茶斋的言外寓意。当下便在心中暗自叫绝，思忖这个无聊茶斋还真是值得禅悟品味。

魏子明眼瞅着伍先生对着那只从沸水里拿出来的壶显露着十分专注之色，便往前凑了凑，问道："先生这是又新谋到的一把紫砂壶吧。"

伍先生没有言语，只是微微点了点头，小心地将还冒着热气的壶拿在手上端详了许久，才将身子往前探了探，把壶递了过来，说道："刚才不是响闹铃了吗？为了这把壶，整整煮了两个小时哩。局长先生帮忙鉴别一下，看看这把壶的做工和成色如何。"

魏子明对于紫砂壶只是有些粗略的了解，伍先生如此一说，本来也是个客套话，魏子明倒是不谦虚，接过来上下左右、壶里壶外打量端详了一番，竟然睁大了双眼问道："这可是把高仿的相明石瓢壶哩，只怕价格不菲吧？"

伍先生原本微眯着双眼，不急不缓地用洁净的纱布擦拭那几只刚出水的茶杯，听了魏子明的问话，突然抬首反问道："如何说是相明石瓢壶？而且还属高仿真？"

魏子明见伍先生面露惊奇，便淡然地一笑，说："我也是现学现卖，前些日子在局里值班时，顺手翻看过一本名壶欣赏，什么'提璧壶''双圈壶''雨露天星提梁壶''相明石瓢壶'，等等，那上面对很多紫砂名壶都有过介绍。"

"哦，难怪，魏局倒是有心之人啊。"伍先生敛下眼帘，说道，"要说紫砂壶，顾景舟先生的作品当是不能漏掉的。譬如刚说到的几把名壶，都属'景舟八式'系列的，与其相齐名的还有'茄段壶''掇只壶''上新桥壶'和'宝菱壶'。"

"好记性。"魏子明应声赞道，"还是伍先生厉害，对顾先生的'八式'壶如数家珍。要我，还真说不完全。"

伍先生一笑，说："我和你不一样的。我已是老朽一枚，别无他思，而你，重任在肩，整天挂念的是如何保境安民、如何扫黑除恶，事情多了去了。"

魏子明虽说对紫砂壶的了解不是很深。但对于顾景舟的"景舟八式"壶还是用过一番心思的。说起来，在"八式"中，相明石瓢壶应该说让他情有独钟，这倒不是因为这把壶，在前几年的拍卖会上拍出了1200多万元的天价，而是这把壶的造型、题款和书画都是那么精美别致，让人感到赏心悦目。

伍先生大约发现魏子明的眼神一直在壶面的几个字面上游走，便道："'为君倾一杯，狂歌竹枝曲。'当初吴湖帆先生在壶面绘画了风动疏竹不算，又题写了如此意境深远的诗句，细细一品，真乃相映成趣、别有洞天啊。"

298

"雁齿小红桥，垂檐低白屋。桥前何所有，苒苒新生竹……谁能有月夜，伴我林中宿。为君倾一杯，狂歌竹枝曲。"魏子明顺口吟诵起来，并认同道，"撷取白居易先生的一句诗题写在这儿，的确是恰到好处，有点睛之妙。"

"也可谓珠联璧合。"伍先生淡淡地言道，"当年，如果不是几个发烧友聚在一起，别出心裁地玩些花样，想必也不会有现在一壶值千万金的传奇了。"

伍先生有如此一说，这背后也是有原因的。包括近些年，人们只知道顾景舟的石瓢壶在历届拍卖会上，其成交价格高得让人耳热心跳，叹为观止，但却并不知晓这款石瓢壶所隐匿的一些有趣的故事。事实是，当初顾景舟一并做了五把石瓢壶，除了自己留用一把之外，还有其他四把壶分别赠予不同的人。而题写了"为君倾一杯，狂歌竹枝曲"的相明石瓢壶，则只是其中之一。

顾景舟先生原是宜兴紫砂著名艺人。20世纪40年代末期，为谋生计，经常往来宜兴与上海之间，经铁画轩主人戴相明介绍，认识了当时的江寒汀、唐云、吴湖帆、王仁辅等著名书画篆刻家，并在后来的交往中，这些书画人士对他的创作思想与艺术格调有着很大的影响。还是在20世纪中叶，顾景舟精心制作了五把石瓢壶，除自留一把外，余下的四把相继赠予戴相明、江寒汀、唐云、吴湖帆。据说，最初壶坯制作完成后，先是用船运到了上海铁画轩主人戴相明处，戴随即相约江寒汀携壶坯到吴湖帆的家中，由吴湖帆饱墨执笔悬腕在五把壶坯上各题诗句，并同时在四把壶上描画了形态各异之疏竹，而吴湖帆预先要自留的一把壶，则坚持请江寒汀画寒雀一只聊以纪念。总之，题诗作画之后，仍由戴相明交货船带送顾家，再由顾景舟亲自镌刻后再入炉烧制。最终使这五把壶达到了"陶艺一绝，书画一绝，篆刻一绝"的完美境界。

魏子明偶有闲暇时，曾对几把壶的书画、篆刻情况进行过查验比对，觉得那时的文人墨客、艺人名流，他们的艺术修为、情趣境界，还真值得今人追崇膜拜。比如铁画轩主人戴相明持有的相明石瓢壶上，其壶壁刻字"为君倾一杯，狂歌竹枝曲。相明先生。吴倩并题"。壶底印是王仁辅刻的"戴相明"三字方章，盖印是任书博刻的"顾景舟"款。

而另外四把壶则钤上任书博篆刻的"顾景舟"底印、王仁辅篆刻的"景舟"盖印。其各壶的刻字分别为：

寒汀壶："寒生绿樽上，影入翠屏中。寒汀兄属。吴倩并题"。

唐云壶："无客尽日静，有风终夜凉。药城兄属。吴倩并题"。

景舟壶："但为清风动，乃知子猷心。景舟先生。吴倩并题"。

湖帆壶："细嚼梅花雪乳香。寒汀兄为余画茶壶。倩自题"。

四把石瓢壶上风动疏竹画之落款皆为"湖帆"二字。

唯有湖帆壶，因其壶壁上的"寒雀"为江寒汀所画，落款为"湖帆道兄正画。寒汀"……

时光荏苒，岁月如梭。数十载风雨流转，紫砂史上刚柔相济的五把石瓢壶如今已先后有"三个兄弟"在拍卖市场上抛头露面，其身价更是让人难以想象。因之，在这一点上，魏子明和伍先生心里都是十分清楚明白的。这也就包括刚才伍先生递过来的壶，魏子明拿过来一打量一揣摩，特别是已确定为相明壶时，立马断定是高仿

300

真无疑。

魏子明说:"伍先生的这把相明壶从做工、品相及款式,都是十分细微精致,如不是得到顾先生的真传,难得会有如此足以乱真的作品。"

"我就不配拥有一把相明壶真品?"伍先生嘴巴一撇,故意摆出一副很不高兴的样子。

魏子明却佯装未见,依旧微笑道:"先生有没有相明壶真品姑且不论。但眼前的这把壶肯定是仿真品无疑。不然,也轮不上先生这会儿还在用电磁炉为之开壶。"魏子明一边说时,顺手将壶还了过去。并且不加掩饰地说道,"先生的这把壶,现在还没有一星半点的岁月沉淀哩。"

魏子明的话说得十分直白,担心伍先生听了同样会不高兴,没想到这老头却哈哈一乐,打趣道:"没想到警察也是有鉴赏能力和水平的,我看你魏大局长的专业素养一点也不低呀。"

伍先生有如此雅量也是有原因的。眼前这把壶,虽然不是原物真品,但是和原物真品的距离与渊源应该是最为紧密和亲近的。其仿制者顾幼之,也是当今名气不小的工艺师,其很多的光素器、方器及筋瓢器为博物馆收藏。他不仅是顾景舟的一门亲侄,而且还自幼深得伯父顾景舟大师的赏识,认为侄儿顾幼之极具制壶天赋,因此把发扬光大顾氏家族制壶技艺的希望,全部寄托在顾幼之身上,所以经常手把手传授其紫砂技艺。而顾幼之亦不负众望,其很多作品得到广泛好评,在业界有"小顾景舟"之称。眼前这把相明壶,就是他亲手打造的"景舟八式"的经典之作,属限量仿制,一壶难求。若不是茶友兼有忘年之谊的张家和几次三番让其代为物色，他也不会穷尽所能，费了许多周折才谋得其中一把。当然，这些话，伍先生也是不便与魏子明言说的。

魏子明倒也有自知之明，听了伍先生的褒奖。当下自谦地一笑，一边声称自己是连蒙带猜瞎胡说，属于瞎猫碰到了死耗子。一边对无聊茶斋的主人开起了玩笑，说刚才与伍先生交流了半天的茶壶，何不现在就用新壶泡老茶，也让人品鉴品鉴它的效果。

伍先生对于魏子明的戏言却没有理会。弯腰从茶台下面的一个瓷碗里拿出一小块豆腐，仔细地放进壶里，并再次给钢精锅里注上水，放在电磁炉上，重新将电磁炉燃了起来。

魏子明觉得奇怪，在一边不解地问道："刚才先生不是已经开过壶了吗？怎么又让它吃上豆腐了？"

伍先生听了一笑："好马配好鞍。我既受人所托谋到一把好壶，还是得按套路把该做的事做好了才能送予出去。"伍先生拿着抹布擦拭着台面上的一些水渍，反问道："紫砂壶的开壶和养壶是很有讲究的，考考你，知道有几道什么工序吗？"

魏子明转了转眼珠，说："具体我也说不很清楚。不过用沸水煮一煮，消消毒、杀杀菌，顺带着去掉茶壶的泥土腥味当是必须的。"

"还不错，基本说到点子上了。"伍先生颔了颔首，说道，"谋到一把新壶，用水煮之法进行开壶是最基本的，其作用是通过高温蒸煮，达到洁壶、净壶、去掉泥土腥味的目的。当然，这一过程耗时最长，得将壶放进没有油渍的锅中，加上水，蒸煮一两个小时才能达到效果。"伍先生说的时候，见魏子明的眼睛始终盯着放在电磁炉上的钢精锅，便释疑道："现在将豆腐放进壶内加热，是在进行第二道工序，叫作豆腐煮壶。你知道的，紫砂壶是通过高温窑烧而成，一般认为壶的'火气'很大，正常使用之前，应该给紫砂壶降火清火。"

"既然是降火，水煮不就行了。"魏子明还是第一次听说有给茶壶降火之言，当下就有些隐忍不住地插言道，"即便是要降火，干吗就一定要用豆腐呢？"

伍先生愣了愣，说："这大约和豆腐所含的一些成分有关系。它里面不仅含有一些石膏成分，而且豆腐味甘性凉，有益成分丰富，通过将豆腐与新壶高温加热蒸煮，一方面有助于给新壶进一步降火，同时也可以将新壶的残余物质进行分解，对新壶亦有营养之功效。"

伍先生眼见魏子明频频点头，不觉谈兴更浓，便听他亮了亮嗓子，嬉戏道："壶如人生。刚才是让壶吃了豆腐。第三道工序则是让壶再吃点甘蔗，也就是'甘蔗煮壶'。具体来讲，就是将豆腐与壶相煮一定的时间后，捞出来用清水洗净，自然冷却到常温，再弄几段破开剥皮的甘蔗，与壶同置于锅中加温蒸煮，让甘蔗的天然糖分能够使新壶部分吸收，从而得到前所未有的滋润。"

"嘿，开一把壶，没想到还如此复杂。"魏子明玩笑道，"煮了豆腐，吃了甘蔗，接下来总可以泡茶喝茶了吧。"

"还差那么一点点哩。"伍先生笑道，"一把有讲究的茶壶，原则上一壶泡一茶，之所以最后一道工序叫作'煮茶定味'，意思很明确，就是说假如今后主要用它来泡红茶类的，此时施行'定味'时，便可用红茶与壶同置锅内充分煎煮，将壶捞出后，再用锅内所煮的茶叶稍稍用力去摩擦壶体和壶盖数分钟，最后用温水把壶清洗干净，这样一'定味'，便也确定今后该壶所泡之茶的种类了。"

"哦，原来如此。"魏子明细细品味，觉得很有点意思，便笑问道，"先生这把壶，准备如何给它定味呢？是红茶还是普洱？"

伍先生抬手看了看表，说道："今天只怕是来不及了，这开壶也是个功夫活，每道工序没有个把小时是达不到应有的效果的。"

伍先生说完，突然发现魏子明面前并没有茶具，刚才只顾说话，魏子明没有自助泡茶，他伍先生也只忙着开壶竟忘记给来客倒茶，于是便面带歉意地说道："看看，刚才只顾说话，你怎么连茶也没泡上？先前的存茶喝完了？"

"还有一些的。"魏子明道，"云南老班章，二十年的，汤色和味道都不错。"伍先生所说的"存茶"，实际上是指魏子明先前在伍先生处喝茶，遇到认可的好茶，就会购买一些存放于此，闲时过来喝茶，即时取出冲泡，方便省事。

"既然有，那还不赶快去拿来泡上。"伍先生催道。

魏子明本想借机打个哈哈，说是家和部长约了来分享无聊茶斋主70年的古树茶的。只是最初的发起者到现在还不见踪影，伍先生则只顾开壶又未主动提及，于是到了嘴边的话，便临时改了个口，说道："我还是先给家和部长打个电话吧，这家伙不会在路上给人打劫了吧……"

第二十章

古德山和夏承彪之所以几次三番地把"红绳"当个话题，说到它的安全隐患问题，这其中也是有原因的。

"红绳"又称"荡秋千""红粉佳人"，发源于日本。最初传入中国沿海一些城市的桑拿按摩中心，由于新奇刺激，很快就被内地的一些娱乐场所效仿。红绳材料一般选用价格较贵的红色丝绸，质感好，不会磨损皮肤，截取合适尺寸后与悬挂的双杠配套起来，置于包厢内的按摩床之上，使之能根据需要变为高低不等的弧形，服务全程都由小姐或躺、或坐、或倒挂其上，来为顾客完成一系列刺激且难度很高的娱乐项目。

夏承彪对于红绳的了解，说起来也就是从那次局里的情况通报中弄清楚的。准确点说，是打一开始，他从所里的办公自动化系统中读到那则情况通报就感到了疑惑："红绳服务"是一种什么服务？小姐好端端为顾客"服着务"怎么就会掉下来？而且，而且还

"出口"伤了人？情况通报根本就没说清楚。事实上类似这样的通报还不太好说清楚。疑惑一直持续到午餐时进了所里的食堂，在窗口取了菜品餐食刚刚在面门的饭桌前坐了下来，此刻在另外一桌吃饭的古德山却端着饭碗过来了。夏承彪见他走路一跛一瘸的，便就瞪着眼睛问道："这两天不是没安排出警任务吗？"古德山一时没反应过来，回说道："是啊，这几天可是闲着哩。"话说完了，见夏承彪的眼神一直在注视着他的腿，便撇了撇肥厚的嘴唇，补充道："眼下就是有警务，我这一时半会儿也没法出警了。"古德山一边说着话，一边拍了拍左边的大腿，声称运气还算好，没伤着筋骨。于是就相挨着坐下来吃饭，顺便也将腿部受伤的情况向队长夏承彪说了说。

　　原来是先天晚上下班回家，按常规，他买有城市公交月票，315路公交车的起始站就在派出所的斜对面，每间隔十多分钟就有一趟公交车开出。正常情况下，如果不遇到早晚上下班高峰交通拥挤时段，差不多二十分钟或半小时就到家了。然而也是活该有点小插曲，那天他下班已经出了派出所的大门，正在路口等着红灯变绿了去对面站台候车，然而毫无缘由的，此时脑袋瓜子里突然蹦出一个并不经意储存的"信息码"，闪出老婆曾对着他念叨过的一件事。说是江城地铁三号线已经开始试运营了，地铁线在他们住的小区旁边就有一个进出站口，她已经试坐过几回了，觉得这趟将要正式开通的地铁真的可以称为"贴心工程"，不仅干净、舒适，方便、快捷，而且，最关键的一点是，这条线路还特别像是为他们家专项定制的，起始站点由东向西开过来，首先经过南湖派出所，再路过他们家所在的小区，继续西行七八个站点，正好是她上班的万达广场。这还不算，三号线的终点线是机场，这之间还经过高铁站、江城广场、市民服务中心什么的，简直是把他们一家上班、休闲、娱乐和出行连为了一体，让人要多舒心有多舒心。古德山和老婆的性格刚好相反，明面上看起来显得木讷敦厚不善表达，但心里却是"门儿清"的。当时，他对于老婆的滔滔不绝，看似在言语和神情方面都没有什么回应，但他的脑袋瓜却并没闲着，不仅对这些信息在看似不经意中进行了快速处理，而且还恰到好处地在脑际间找了个合适的地方打包储存了起来……现在，储存的信息既然已经被激活了，平时坐惯了的公交车，这会儿是不打算去了的。他抬手扫了眼手机上的时间，正是下班的高峰时段。他想，这会儿去乘坐地铁，既熟悉体验了试运行的线路，又错开了"晚高峰"，谁能说这不是个一举两得的好主意呢？！

地铁入口不是太远，从派出所走过去也就五六分钟的样子。大约是线路刚"试运行"，许多人还不太清楚这条地铁已经开通。古德山进入地下通道，一路从自助机上购票进站到上车都是非常顺畅，甚至在车厢里还找到了一个空着的座位。有那么一刻，他似乎还有些不适应，偌大的江城，什么时候能在上下班的高峰时段觅得一个座位？他睁着一双不是很大的眼睛，对过道上稀稀拉拉站着的人等扫了扫，没发现有白发苍苍的老人和大腹便便的孕妇需要关照，于是心安地调了调坐姿，让屁股和腰身都处在一种最为放松舒适的状态后，便顺手从裤兜中掏出耳机，与手机连接后戴上了耳麦，正经八百地享受起音乐来。前些年，网上有一首《成都》的歌曲风靡一时，微信上、朋友圈里都在相互转发。走在街上，包括酒店、饭馆，甚至电梯间的电子广告视频里，都有赵雷充满磁性的声音在如泣如诉地唱：

　　让我掉下眼泪的／不止昨夜的酒

　　让我依依不舍的／不止你的温柔

　　余路还要走多久／你攥着我的手

　　让我感到为难的／是挣扎的自由

　　分别总是在九月／回忆是思念的愁

　　深秋嫩绿的垂柳／亲吻着我额头

　　在那座阴雨的小城里／我从未忘记你

　　成都／带不走的／只有你

　　…………

　　成都距离江城并不太远，古德山却没有去过。不过，古德山的记忆力和理解力超好，他不仅将一首《成都》的歌词能够倒背如流，而且歌词所要表达的意境与内涵也让他充满向往。他在想，有机会休假时，要不要带上老婆去成都的街头走一走，或者说也去玉林路上的小酒馆里坐一坐，看一看那里的小酒馆和江城街头的大排档有什么不同。有一天他甚至半开玩笑半认真地和老婆讲到了自己的梦想，老婆一开始听了很高兴，说成都应该是个不错的地方，自己也一直很想去逛一逛的。当下就建议等小孩放了假，就带着一起到成都去休假，去成都品尝那儿名满天下的火锅与美食。古德山听

308

老婆说要趁休假的工夫，带着一家人去成都下馆子，心里陡然间就感到有些添堵，那会儿他老先生也不知是哪根筋出了毛病，当下一撇嘴巴，说了句和他平时的性格特征极不匹配的话："成都是个讲情调的地方，到那儿逛酒吧、喝啤酒，顺便再看看成都的美女才是正事，莫非弄了半天，就只是去那儿下馆子吃火锅？"话一出口，他自己也感到了不对劲，及至看到老婆先前挂着的笑脸正像风刮了似的消弭无踪时，再想着找话往回收已经来不及了。老婆疑惑不解地转着眼珠揶揄道："好你个古德山，什么时候也开始小资了，想着吃天鹅肉了？难怪急着吼着想去成都哩，原来是想着去那儿看美女找情调啊！"这还不算，老婆的醋坛子好像瞬间被打翻了一般，不仅挖苦他是猪八戒想娶媳妇，也不知道照镜子看看自己的模样，并且发誓，说成都那个妖精成堆的地方，她真的不稀罕去了。古德山本是随口一说，其用意也只是和老婆开个玩笑的，没想到老婆却当了真。他在家里一向言语短，从不与老婆拌嘴一争高低，现在因了一语不慎引起误解，无端地遭到老婆的一番连珠炮般的抢白与讥讽，只能自认尴尬和倒霉，自此也断了带老婆出行成都的念想。偶尔的，再听到赵雷唱的《成都》时，他开始有些为江城打抱不平了，甚至在内心深处有些反感和讨厌起这位红极一时的歌手。思想着你凭什么就单单要为"成都"唱赞歌呢？成都人难道给你送钱送车送房了？聘你当形象大使了？你就不能为"江城"唱首歌吗？江城能比成都差吗？我们江城这儿可是有三镇有大江大河大湖哩，任你随手挑出一件，也够你写够你唱的啊！想归想，也只能是一想，他一小警察，既不认识赵雷，也不能模仿着赵雷为江城写一首曲、唱一支歌。好在是，这种让他感到对江城的不公平，没过多久就有了改观，网络上、微信上开始出现了有人仿着《成都》的曲调，创作出了韵味十足的《江城》，歌手虽然名不见经传，但是唱得却是十分投入倾情，给人感觉是那样的贴切亲近、情绵意暖、抚慰人心，整体效果一点儿也不输赵雷，听听：

走在南方周末的街头

沿江大道的青年的自行车后面的自由

温暖的阳光把我包围了

让我暂时忘了北方的寒冷是否还有户部巷一眼看不到的尽头

黄鹤楼在雾气中还挺着胸口

长江大桥下的轮渡还没走

一会工夫我就从武昌到了汉口

走不完的路啊

喝不完的酒

歌唱了一首一首

等你回来的时候……

这还不算，心气高的江城人，觉得现在弄出的一首《江城》之歌，多少有点步人后尘的味道。虽说和《成都》一样词曲优美、浪漫、抒情，沁人心扉，让人留恋、沉醉，回味悠远，只是过后细细一品，还是感到有些遗憾与不足，觉得曲词音韵中，隐匿着些许的唠叨、呻吟、萎靡与消沉，少了阳刚、朝气，全是少男少女们的儿女情长。一句话，韵味不够，正能量不足。

前面曾说到过的，古德山外表看起来显得有些木讷呆板，甚至还觉得有些愚顽粗俗，但内心世界却是细腻丰富，考虑问题缜密周全、很有章法的。比如他现在坐着地铁下班回家，比如他微眯着双眼坐那儿悠然自得地欣赏着音乐，大家可能不会想到，在他的手机音乐的播放模式里，总共只留存着三首歌，一首《成都》，一首《江城》，再一首就是现在正摇头晃脑听着的一首《在此》。古德山听歌、欣赏音乐有个习惯，但凡是自己喜欢的，或在一个时段流行好听的歌曲，他总会下载后存入自己喜欢的播放栏中，反复播放反复欣赏，就像一位饥渴日久的汉子，但凡遇到饭食茶水，不吃饱、不喝足是绝不会轻易放下杯盘碗筷的。《在此》这首歌，之所以进入他的"喜爱"之列，原因在于它说得上是《江城》的升级版，不仅在曲调上和《成都》《江城》一样优美抒情，令人陶醉享受，更在于这首《在此》的填词。它的一词一句，一抑扬、一顿挫，都能触及每一位楚人深藏心底的骄傲与柔软：

古琴在此 / 以一千年为弦

一滴泪染我当时青衫

黄鹤在此 / 以你指尖为天

拈花时惊动漫天云霞

长江在此 / 化一地波澜为墨

无边里勾勒楚地幽兰

珞珈在此 / 山川起伏为衣襟

人间四月绣一树樱花

…………

古琴在此 / 黄鹤在此

长江在此 / 珞珈在此

你我在此 / 万年同呼吸

此时风起是知音 / 一抹笑泛起千万双涟漪

楚字里天生人字的笔迹

…………

　　古德山起初听到这首歌，要说还得益于丁小乔。那天中午出警回到所里，路过内勤办公室的门口，负责内勤值班的丁小乔大约闲得无聊，正在电脑上播放着自己喜爱的歌曲，突然而至的优美旋律，以及伴随而起的雄浑、厚重的声音，马上磁铁般地吸引并包裹住了他。静静地，一直等至一曲终了，古德山仿佛还在歌声中畅游、徘徊，仿佛那黄鹤楼、那长江、那珞珈山、那古琴台都还在眼前梦幻般地列队呈现。倒是丁小乔反应快，见古德山站在门口有些发愣，便大咧咧地说："古队你这是怎么了，莫不是捉赌抓嫖给累傻了不成。"古德山回过神，也不跟口无遮拦的丁小乔计较，单直地问道："你听的这是首什么歌子？谁唱的？"丁小乔眨了眨眼睛，说："《在此》啊，韩磊唱的。"古德山又问："网上有吗？这唱的好像都是我们江城的物事，之前我还从没听到过哩。"丁小乔动了动鼠标，伴着回放的声音响起，只听她脆生生地答道："有些时间了，不过一直很火的哩……"

丁小乔说得没错。古德山回到办公室通过网络查找到往手机里下载的时候，还专门去看了下百度，原来《在此》面世于去年的"江城斗鱼节"。有网友留言说，没想到江城的斗鱼节，竟然"斗"出了能反映江城之神韵的歌曲——伯牙在此，子期在此，李白在此，崔颢在此，莘莘学子在此，高朋满座在此，你我也在此，你和他们一起在此。古琴袅袅，洞箫呜呜，百鸟啁啾黄鹤翩翩。人间四月满树樱花，天地辽阔万古如今只在毫厘之间……

古德山多年前上警校时，也曾是一位"病"得不轻的"文青"。他在细细品味了《在此》之后，不得不在内心发出感叹：词作者喻江乃一女流，又非江城之人，只不过豆蔻年少时在江城求学四载，但是她对江城的人文底蕴的认知、感悟，对它的精美描摹和直击人心的表达，犹如戏曲花旦的身段水袖，袅娜多姿、妖娆妩媚，让人赏心悦目。而生于此、长于此的他古德山，对于江城的理解，对于江城的气质、江城的粗犷与风雅之把握，岂止是毫厘之谬啊。不过让他欣慰的是，已届中年油腻之嫌的歌手韩磊，其歌声依旧如黄钟大吕，他无人匹敌的雄健浑厚，高亢豪迈之音，准确无误地把江城人的神魂、气韵抒发得淋漓尽致、无以复加——古琴在此，以一千年为弦……黄鹤在此，以你指尖为天……古琴在此、黄鹤在此、长江在此、珞珈在此、你我在此……是的，你在此，他在此，我也在此，虽说我是一名位卑的小民警，但我却守候江城的平安在此。古德山有时听着听着，心中甚至会激荡出一股热流来。

…………

夏承彪吃饭狼吞虎咽的，饭快吃完了，古德山的讲述似乎还没有进入主题。

夏承彪说:"古队,你说情况时能不能简洁点,等会儿我还要出去办事哩。"

古德山听了,愣了愣,小眯眼一转,思想着你夏彪子急个什么劲呢,我方才统共不就说了三五分钟吗?耐点心,我正要往关键地方上讲哩。

要说,古德山并不是健谈之人,刚才对夏承彪的讲述也真没有多言多语,没有啰里吧唆的,而之所以在前面叙述铺排有那么长的篇幅,其实很多内容仅只是他的一些可能有的内心活动而已。况且,就他个人的脾气秉性,有很多所思所想,他根本就不好意思,也不可能过多地向外人掏心掏肺地去谈。

要怪只能怪夏承彪吃饭快、性子急。

古德山很淡定,他从桌上抽了张面巾纸擦了擦嘴巴,问:"我刚才说到哪儿了?"

"正点评着歌词哩。"夏承彪耐着性子提示道,"感到自己是个警察很自豪,能'在此'为江城、为老百姓保一方平安什么的。"

"哦,我知道了。"古德山一笑,说,"我那会儿也是太投入、太大意了。"

"你也是自作多情。"夏承彪调侃道,"你我都是一名小警察,没必要玩那种小自恋的。怎么着,是遇到打劫的了?还是碰上小偷、色狼了?"

古德山听了,撇了撇肥厚嘴唇,头一扭,说了句粗话:"我他妈吃错药了。"顿了顿,又补了句,"也算是点子低吧。"

古德山从音乐的享受中回过神的时候，应该说他将要参与其中的故事早已开始了，只不过他太专注于《在此》而没在意此时此地，还有故事中的角色等着他闪亮登场。他后来一跛一瘸地回到家，打电话让老婆下班时，顺便给他带点云南白药或者是红花油什么的时候，老婆在电话里有些吃惊地问道："你把哪儿弄伤了？那些药物好像都是治疗跌打损伤的哩。"他忍着痛在电话里大致说了个从来，老婆竟然觉得十分诧异，说你一个警察，见义勇为，见别人争嘴打架，你一个拉架的，竟然会被别人打伤了腿？言下之意她是无论如何不敢相信的。

然而，事实胜于雄辩。起初，他之所以没太在意，还真以为是几个无聊的家伙，我行我素地在大庭广众之下演什么行为艺术。他甚至取下了左边的耳麦，目的是想分出一点点注意力，看看这一对男女究竟要演哪一出。

人类社会有关行为艺术的演绎由来已久，可以说是形形色色、光怪陆离、不胜枚举。在表现主题上，有考验人性的、社会的、伦理的、宗教的，甚至，还有男欢与女爱的；在表现形式上，有温柔的、浪漫的，有血腥的、惊悚的和恐怖的，当然也有无聊的、搞怪和丢人现眼的。要说，行为艺术也算是舶来品，其中较为有影响的当数行为艺术之母玛丽娜·阿布拉莫维奇。这位来自前南斯拉夫贝尔格莱德的女性，出生于 20 世纪 40 年代中期，她的最有影响且最为惊险刺激的行为表演，莫过于 1974 年在意大利那不勒斯表演的"节奏系列"。当时，她在系列终结作品《节奏 0》中，第一次尝试和现场观众的互动效应，让观众成为她作品的一部分。玛丽娜面向着观众站在桌子前，桌子上有七十二种道具，其中包括枪、子弹、菜刀、鞭子等危险物品，观众可以使用任何一件物品，对她做任何他们想做的事。由于作品有不可预测的危险性，所以，玛丽娜承诺承担行为艺术表演过程中的全部责任。

在场观众中，有人用口红在她的脸上乱涂乱画，有人用剪刀剪碎她的衣服，有人在她的身上作画，有人帮她冲洗，还有人用小刀划破了她的皮肤……随着时间的推移，观众发现无论如何摆布，阿布拉莫维奇都不做任何反击，直到有一个人用上了膛的手枪顶住了她的头部，最终被他人阻止。在被人施暴的过程中，阿布拉莫维奇眼里已经开始有泪水，内心也开始充满恐惧，但是她始终没有做出身体上的反应。这件作品持续了六个小时，作品结束后，她站起来，走向人群，所有的人担心遭到报复，都开始四散逃跑。以至于阿布拉莫维奇后来大发感慨，说一个人，一旦把决定权交给公众，公众产生的恶，甚至会要了你的小命……

古德山多年前在警校读书时，行为艺术在院校、在社会上都是很时兴也很时髦的活动了。并且，他自己在当时还曾上场参加过学生会组织的一些所谓的"行为艺术"，比如对"破窗效应"的验证。在一座城市的几个不同点，分别模拟放置几面硕大的方格窗子，有些地方放置的是玻璃完整无损的窗子，而有些地方，则放置的是个别玻璃有被损伤过的窗子，一段时间之后，比较哪一种窗子的破坏程度更为严重。还有，选取并设置几面不同地点的墙面，有的墙面故意留有胡涂乱画的痕迹，而有的墙面，则清洁干净、白璧无瑕。一个时段后，看哪种墙面被胡乱涂抹得更厉害。或者，蹲点观察一些街道角落或者公共场所，有人丢了垃圾后，如果不及时清除，是否会很快成为垃圾堆……他们那时通过行为艺术活动，来验证"破窗理论"的目的很明确，主要是想强调着力打击轻微犯罪行为，有助于减少更为严重的犯罪案件的发生，特别是要以"零容忍"的态度面对一切可能的犯罪案件。

遗憾的是，事过境迁，行为艺术越来越显得娱乐和嬉皮。他甚至觉得，现在流行的让人眼花缭乱的行为艺术，还不要说与阿布拉莫维奇这种考验人性之恶的经典作品比，就是和他们那时候开展的一些与现实、与工作结合较紧的小儿科般的活动相比，也不难看出其间存在着天壤之别，体现出的是一种浅薄与虚无，是一种造势、博眼球加自娱自乐，形式大于内容，为形式而形式。这也就包括近期发生在国内一些城市地铁中的所谓行为艺术，真的让人感到匪夷所思。

在他的印象中，媒体曾报道过广州地铁三号线的一个人群拥挤的站台，一位女大学生躺坐在沙发上，面露舒适表情。据悉，她表演的目的，是希望通过这场名为"旅行的沙发"的行为艺术，呼吁人们即使面对生活的各种压力，也要想办法"寻找舒适区""活在舒适区"。

同样发生在广州，一名打扮成空姐模样的女子进入地铁车厢后，立即放下行李箱，脱去外套和衬衣，把地铁扶杆当作晾衣架，全身上下只剩三点内衣。她在不紧不慢地拿出镜子抹完口红后，竟然还把脚踏在车厢内的座椅上，径自刮起了腿毛，之后收拾停当，再若无其事地穿好衣服款款而去。那一种超然与淡定，竟让许多乘客目不忍睹，纷纷闪身躲避。那么，这个女子所要表达的主题，是否在告诫大家：人在旅途，一切要随遇而安？

而在上海地铁四号线上，一对"公鸡兄弟"的表演更是滑稽可笑。他们身穿鹅黄色公鸡外套，头顶红色鸡冠，臀部翘着红色鸡尾，在地铁车厢内往来奔走、招摇而行，一度希望引起人们的关注和嬉戏互动。他们要表现的主题很简单，就是为了娱乐大众，同时也让大众得到娱乐。只是对于这种自娱自乐的行为艺术，身边的乘客显得不以为然，他们有的冷眼静观，有的闷头看手机、发微信、玩游戏，有的看报纸、聊天……他们对于这种"表演"，基本处于一种漠视状态……

就在几天前，与江城比邻的一座城市的地铁管理部门，从净化公共场所环境计，已经出台了相关管理规定，明令禁止一切快闪、行为艺术等活动在地铁站台、地铁车厢中上演。古德山是警察，他个人倒并不倾向这种简单粗暴地搞"一刀切"，有些活动即便看起来无聊而嬉皮，假若不违法、不影响公共安全，生活中添些别样的色彩也没什么不好。

现在，古德山开始从全神贯注的音乐享受中，分出一点精力瞧"稀奇"时，这对男女已经开始在斜对面的座位上脱衣服了。当然，话说回来，作为一名职业警察，他的职业习惯，以及对周边环境的感悟力和敏感度，真不是一般人所能企及的。包括这对男女上车之初，古德山虽说眯缝着眼睛，看似戴着耳麦在全身心地欣赏音乐，但车厢里一定范围内出现的些许不寻常的"异动"，凭直觉就会在不经意间输入大脑：

318

这对装束有些特别的男女，大约是在古德山上车之后的第三个站点上来的，而且一人手里还抱着一只硕大的粉红色的枕头。上来后，见靠门的地方还有一个空着的座位，脑后扎着马尾巴的瘦高个男子，便很绅士地对着跟在身边的妙龄女子一甩头，示意她先行入座。女子个子不高，身材曲线和脸庞肤色倒是标致洁净。古德山不经意地扫了眼，当下就在心里有点为她惋惜，好端端的一个大美人，干吗把眼睛画得像大熊猫，将嘴巴涂得像红嘴鸥?！女子也不客气，人坐下了，她还要让怀抱着的枕头与她排排坐，而原本在她旁边座位上的是位有些腼腆的小后生，小后生见新落座的妙龄女子有明显挤对他的味道，便也不与之一般见识，起身让到了一边。后生一离座，马尾巴男顺理成章补了缺。按说，正常情况下，一对情侣上了车、都有了座位便也就心安理得了，即便按捺不住情感有些出格的轻浮行为，大家也会见怪不怪视为等闲。然而，这两人却不，先是坐定后，很快拥在一起开始热吻，只是，他们的热吻显得有些奇特而脱俗。他们唇与舌、舌与唇的互动让人看不出欲罢不能、欲说还休的那种缠绵与亲昵，反之倒显得有些蜻蜓点水、敷衍了事的嫌疑，或者说有点像画家的随性写意，虚幻缥缈，不在神形，重在意会。他们的唇舌相接，远没有额际与脸颊的相贴厮磨、交颈互动来得自然、贴切。总之，整个过程看起来热闹夸张，实则呆滞刻板，缺少激情，让人感觉只是在表达一种让人不能确定的什么主题。不一会儿，女人脸上特征鲜明的熊猫眼和画得比红嘴鸥的长喙还红的嘴巴，一律发生了不规则的变化，基本成了一副色彩斑驳的花脸，而马尾巴男原本清瘦白皙的脸庞，这时也仿佛变成了将要化妆出演的花脸丑行，脸上已铺满了红黑不均的底色。这还不算，马尾巴男趁着两人交颈缠绵的间歇，不失时机地掏出手机，当众放起了一首听起来节奏劲爆的歌曲来。紧接着，男女双双起身，各自围着车厢中的一根立柱上下摇头摆臀跳起了钢管舞……

古德山基本判定这对男女是在搞行为艺术，是从他们当众拥吻的那一刻开始的。虽然他只是眯缝着小眼睛一扫而过，但脑瓜中一闪念，当下把主题都给猜出来了，他们那种不按常规的接吻互动、涂得满头满脸的黑红油彩，似乎就是要向世界宣示：爱，就要爱得一塌糊涂嘛！当然，后来这对男女随着舞曲响起，开始慢慢褪下衣服时，他不得不承认自己心里还是有些阴暗，觉得他们既然要为所表达的行为艺术大胆裸露展示，一个下班回家途中的警察，顺便挂挂眼科也没什么不好。

古德山打定主意，摘下一只耳麦，睁大双眼正想抽空欣赏一番的时候，谁知道剧情突然急转直下，甚至还来不及给他们正在进行中的表演再拟个恰如其分的主题，比如"爱，就得赤诚相见"什么的，高潮就跟着过来了。而且来得是那么突兀、那么不可思议，根本让人来不及反应、来不及应对思考，现场就逼着他出于一种本能，激情出场了。

后来，他和他们一干人被地铁值勤的警察，带回值班室做询问笔录时他才弄明白，他们演的行为艺术没错，错的是在不该出演的地方，碰到了不该碰到的人。准确点说，就是在错误时间、错误的地点，上演了一出不该上演的剧情，不仅让古德山在见义勇为中挨了一"飞腿"，前后花了好几百块的药费不算，还丢人现眼地一趔一瘸的前后搞了四五天，想想，要多窝囊有多窝囊。

　　他记不清楚当时自己是不是受到韩磊"在此"的激励，油然生发了一种自豪感和责任感，觉得关键的时候有警察在此，没有什么邪恶力量能为所欲为不可战胜。反正，一根手腕粗细的木棒冲着一对男女劈过来的时候，他的第一反应是挺身迎了上去。事后他在回想复盘的时候，他自己也觉得有些后怕。他想，他那时手臂的力量如果小了点，或者说怒火中烧的肇事者力量更大一些，或者说肇事者当时沉住气，不在出手之前吼出一句"你格婊子养的"叫骂，那么，古德山就不会在瞬间积攒出万钧之力有效应对。那么，肇事者像孙行者劈下的棍棒十有八九，不是让古德山的脑袋开花，就是左肩右臂受伤骨折。所幸的是，古德山出手神猛有力，右手在快速捉住肇事者劈下来的木棍的同时，手腕顺势向上用力缓解动能，右脚横着猛力一扫，冲过来的肇事者突然失去平衡，身子一扭，重重地面部朝上摔在车厢的地板上了。而在当时，沉浸在优美的音乐声中，围着车厢的立柱扭腰摆臀的一对男女，对将要迫近的危险并没有丝毫的感知。马尾巴男已经脱掉了上衣，正双手握拳两臂平行后拉，努力展示着干瘪的胸脯，女的几乎与马尾巴男同时动手褪衣。只是，女的浅红色的衬衣里面多着一副文胸，紫红色，绣着蕾丝，女的在马尾巴男的鼓励与挑逗下，妙曼的身材在款款舞动中，纤细修长的双手已经几次三番，摆出了欲解胸扣的动作了。偏偏此时肇事男大煞风景，不早不晚地叫骂着挥舞棍棒闯了出来，一时惹得围在一边观看的人等唯恐避之不及，在惊叫躲闪的同时，大约也会感到些许的遗憾。

古德山在俯身缴获肇事男子凶器的同时，也看清楚倒在地板上的男子同样是位年轻人，而且，长相并不凶恶，相反，看起来还有几分清秀，身材也显得匀称精干。只是这家伙倒地后，又被古德山手脚并用，牢牢地控制在地板上半晌不能动弹，自然是很气愤，也很恼怒。他没想到半路里竟然会杀出个多管闲事的"程咬金"，让他猝不及防、折戟沉沙，"死"得如此难看，一张模样周正的脸，在扭动挣扎中涨得通红，歪咧着嘴巴在下面叫骂道："格八马的，你是谁呀？你给老子松开、松开……"

肇事男子从地上跳将起来的时候，红嘴巴鸥女和马尾巴男已在慌慌张张地穿衣服了。古德山之所以让他起身，主要是凭直觉，认为眼前的男子被夺下行凶的棍棒后，已没有什么太大的危险性了。他甚至觉得如果没什么大的原则性问题，他即便从中做一些调解说服工作也是未尝不可的。只是，许多事情并不能以个人的意志为转移。古圣先贤不是早有明训吗：人不可貌相，海水不可斗量！肇事男看起来面目清秀周正，不像凶恶之徒，但是他的目标取向十分明确，而且瞬间的爆发力同样让人惊诧莫名。他在古德山松手的刹那，也不和古德山计较，一个鹞子翻身，冲着迎上来看似想做解释的红嘴巴鸥就是一耳光，扇得她如同一只突然折了翅膀的小鸟，歪扭着身子栽倒在两米开外的车厢门边。与此同时，冲着眼见大事不好想抽身而逃的马尾巴男，低吼一声"格婊子养的往哪跑"，便迅疾出手，一把揪住了马尾巴男留在脑后的发辫，并顺手往下狠命使力，当下就把马尾巴男重重地扯倒在地板上了，这还不算，跟着挥起拳头对着马尾巴男的面门和脑袋揍了过去，那阵势很有些像鲁智深拳打镇关西的味道。古德山这时也顾不上对自己先前的轻敌而懊悔了，扑过去就想控制住肇事男正施以罪恶的拳头。如果说先前肇事男出场时因为掉以轻心吃了闷亏，此时吃一堑长一智，哪里就那么容易受制于多管闲事的旁观者！也就在古德山刚一近身的当口，这小子一个转身侧踢，一下把没怎么防备的古德山踢了个趔趄，当然，也一下把他给踢清醒了，原来这个看似不起眼的家伙还是练过跆拳道的。要说，肇事男当时怎么也想不到这个多管闲事的旁观者是个警察，而且，也没想到这位看似愚笨的汉子，竟然身手不凡，自己即便是练过几年的跆拳道也根本不是他的对手。他直到被古德山单手锁喉，按压在车厢的座椅下面，古德山声明自己是警察，让躲闪一边的乘客给他提供绳索捆他的双手时，才弄清这位多管闲事的人的真实身份……

"说了半天，你还是没有说清楚几个关键点。"夏承彪总算找到一个插言的机会，问道，"比如，肇事男为什么扇了红嘴巴鸥还要拳打马尾巴男？还有，你的腿现在不还跛着吗？什么时候被打伤的？你不是三两下就控制住他了吗？"

古德山的话看来说得真有些多了，他听到夏承彪有些连珠炮般地提问，咽了咽口水。反问道："知道什么叫涉嫌偷情吗？"

夏承彪摇摇头，说："他们演的是行为艺术哩，况且，还是大庭广众之下。"

"没错。"古德山说，"错的是他们的行为艺术不被肇事男认同。"

"你是说肇事男与红嘴巴鸥是情侣？"

"新婚不久的夫妻。"古德山道，"马尾巴男只是红嘴巴鸥的一个小领班，同在一家创意广告公司混生活。"

"要说，他们那种行为艺术真有些扯淡。"夏承彪评点道，"起码有伤风化。"

"肇事男其实也并不反对这种行为艺术。"古德山的话有些让人大跌眼镜。他见夏承彪瞪着眼睛不吭气，解释道，"前提是，肇事男本人得在现场。"

"不是有病吧。"夏承彪感叹道，"现在这个社会真是无奇不有啊。"

"肇事男对红嘴巴鸥爱得很深。"古德山见夏承彪支棱着耳朵听得认真，便继续爆料说，"肇事男那天其实跑了很远的路才买了根擀面杖。"

"既然如此，红嘴巴鸥为什么不等老公到了场再去出演呢？"夏承彪说，"估计马尾巴男真的是不厚道。"

"要不肇事男说他涉嫌偷情哩。"古德山说，"不是那小子凶神恶煞地抡着根木棍冲出来，也许我就不会多管闲事的。"

"你是说那根差点开了你脑瓜瓢的凶器？"

"准确点说那是根擀面杖。"古德山纠正道，"红嘴巴鸥是北方人，爱吃他做的面条和面饼，说是有筋道，香，好吃。不巧的是，搬家后那根用惯了的擀面杖不知道怎么弄丢了，为此，肇事男跑了好几个地方才买了根长短顺手好使唤的家伙。"

"一根擀面杖有多长，能被用来当凶器？"夏承彪显得有些不解。

"你以为是擀饺子皮的那种小棍棍？"古德山说，"肇事男买的那根擀面杖差不多有二三尺长，主要是做面条、面片时用的。"

"哦，原来是这样。"夏承彪点点头，赞道，"没想到你对什么情况都弄得很清啊。"

"切。"古德山也不客气，道，"就为他们那些破事，害得我也在地铁站的警务室做了好几十分钟的询问笔录。"

夏承彪顿了顿，问："你的腿究竟是怎么给弄伤的？"

"你真是忘性大。"古德山嗔怪道，"那小子一个飞身侧踢啊，亏得我反应敏捷闪躲了一下，不然，十有八九会折断掉的。"

"既然抓他到了警务室，定一条打架斗殴或是寻衅滋事，拘留他三五天，上十天都是没问题的，包括赔偿你的医疗费、营养补贴费我看都是可以的。"

"算了吧。这小子也不是故意要和我过不去。况且，当时也没太觉出有什么不对劲，直到快到家时，被踢的地方才开始感到钻心的痛。"

夏承彪听了，忍不住调笑道："你这不仅仅是见义勇为，我看还是很讲风格的了。"

"那是。"古德山认同道，"那天如果不是我在场，只怕会闹腾出人命官司的。"

"真让那一根擀面杖劈下来，肇事男的官司只怕够他受用一辈子了。"

"可是我的好心成了驴肝肺。"古德山有些自我解嘲地说，"最后竟然还遭了误伤。"

夏承彪突然听到"误伤"一词，眼睛眨了眨，竟然哈哈一乐笑了起来。正沉浸在回忆中的古德山，见夏承彪不仅没有表达应有的同情之意，反而咧着一张嘴在那儿发笑，于是眉头一皱，不满地说："你夏彪子不厚道哩，怎么还幸灾乐祸起来了？不管怎么说，我也算得上是见义勇为、英勇负伤的吧！"

　　夏承彪和古德山之间，说起来是上下级关系，但毕竟是在一个中队，而且是正副职。只是论年龄、资历，古德山都要比他大，从警时间也要相对长些，因之，平时在一起相处，如果不是什么特别大的原则性问题，夏承彪也是有所为、有所不为的。

　　夏承彪见他有些生气，知道是误会了。便忍住笑，解释道："你可别往边里想。我之所以笑，是我想起上午在办公室里看到的一个通报，说一家洗浴中心的红绳小姐，好端端地为顾客'服着务'，竟然因为突发事故'出口'误伤了人。"

　　夏承彪见古德山瞪着一双小眼睛看他，便继续说道："我是在想，你这个'误伤'和红绳小姐的'误伤'，是不是有着异曲同工之妙啊。"

　　古德山在那一刻，出手给他一耳刮子的心都有了。

　　不过，当队副的总得给队长一点面子。他掩饰着埋下头，恨恨地往嘴里扒进一大口饭，咀嚼了好一会儿，才显得不很在意地来了句："一个伤的是'屌'，一个伤的是腿，能一样吗？！"

　　"我也只是顺口一说。"夏承彪道，"洗浴中心玩红绳，如何能把客人那玩意给'误伤'了，我还真没有完全弄明白。"

　　"你夏彪子就装吧！"

"通报上讲得含糊。"夏承彪解释道，"你晓得的，我们这边辖区里的一些休闲场所，还真没发现有上红绳服务项目的。"

古德山盯着看了一眼夏承彪，伸手从口袋里掏出手机，说道："那玩意儿一时半会儿我也说不清。并且，也还不太好说出口，这样吧，我在一些网站、论坛，包括微信、微博上搜到过一些这方面的介绍，你自己晚上偷偷看看吧。"古德山打开手机将相关信息转发给夏承彪的时候，还不怀好意地来了句："记着，晚上偷着看的时候，千万别让弟妹给发现了啊。"

夏承彪倒是不以为意，听到自己手机上有了"呗"的一声响，立马打开翻看起来。古德山发过来的有好几个页面，第一个页面的文字看起来是翻拍了用图片的形式储存起来的，字迹显得小且不说，还不是很清晰，不过，总体上还是能看个清楚明白，知道其服务项目涉及"倒挂金钩""风火轮""荡秋千""金鸡独立""四季发财"，等等。

"你这家伙，这些消息都是从哪儿弄来的？"

"听啊。搜啊。看啊。"古德山有些得意地卖弄道，"现在这社会，来源渠道广着哩，手机、电话、互联网、短信、微信、微博、论坛，渠道多得是。一个地方，只要有点风吹草动，马上就会有许多途径给你鼓捣出来的。"

夏承彪听了，坐那儿眨巴眨巴眼睛，突然哈哈一乐，笑言道："看不出来，你这家伙还真是个'学习型警察'哩。"

第二十一章

　　刘澜珊带着一干警察回到吧台时，警察老王仍在那儿清理翻看吧台内的一些物品账目。

　　耿如豹见刘澜珊进了吧台站在那儿没了什么动作，便不客气地说道："刘澜珊你要想清楚，拖延抗拒对你是没有任何好处的，利索些，早点带我们把那几个人找出来，也许你能得到宽大处理，可以早点放你回家。"

　　丁小乔一直跟在刘澜珊的旁边，起初刘澜珊带着一干人往吧台这边走，还以为她是过来拿开门的钥匙什么的，因之，听到耿如豹威胁十足的话语，担心适得其反，便不等刘澜珊回应，就自作聪明地在一旁插言道："刘澜珊是过来取钥匙的吧？你只说是在哪个抽屉里放着就行，我来帮你拿。"

　　刘澜珊在之前的问讯中，由于被丁小乔意外击中泪点，想到了襁褓中的孩子，哭着求警察放她一马，并答应要好好配合。丁小乔当时便示意钱为高，将她先前斜铐着的手改为反手后铐了。现在，刘澜珊对于丁小乔的善意提醒，耷拉着眼皮并没有马上答话，只是略微迟疑了一下，用脚踢了踢地面上被翻得乱七八糟的几个纸箱子，似是一语双关地说道："看看，也不长长眼睛，好端端的吧台都被弄成什么样子了！"

警察老王与刘澜珊也是熟悉的，这会儿眼见刘澜珊明显有拿他撒气的做派，自然不会客气，于是横着眼睛道："你有没有搞错，我这是在执行公务哩。"

张雷到底是副所长，思考与观察能力强，他已觉出刘澜珊把他们带过来，这个小小的吧台，一定藏有猫腻，于是拦了拦警察老王，并弯下身子，把散乱在地上的几个纸箱子、纸盒子归顺到了墙边。随口道："这儿不会有什么暗道机关吧。"

戏剧性的一幕就是在这时被拉开的。

刘澜珊几乎就在张雷的话音刚落，便相跟着连说了两遍："芝麻、芝麻请开门，芝麻、芝麻请开门。"

耿如豹是个急性子，他可没耐心听刘澜珊在这儿装疯卖傻耽误时间，头歪了歪，正想开口训斥她，说你继续说、继续说，重要的事情要不要说三遍？！只是，话还没出口，吧台里面的货物架突然出现了一条垂直缝隙。准确点说，就是在货物架靠里侧的一米见宽的地方，竟然一分为二，并在众目睽睽之下，无声地前后旋转180度，打开了一扇黑漆漆门洞。

还在大家愣神惊愕中，刘澜珊已迈步跨了进去，并伴着她用舌头弹出的一声脆响，里面随之亮起一盏色彩昏黄的灯。丁小乔跟在刘澜珊身后，左右看了眼副所长张雷和中队长耿如豹，竟然没心没肺的发了句感叹，说："现在娱乐场所还真够厉害的，想不到将音控、声控这些东西都用上了。"张雷听了，立马抬手做了个不要声张的动作，并返身示意警察老王依旧在吧台守着，自己则带上钱为高从后面赶了上来。

自动敞开的物品架背后，其实是通向另一个去处的廊道，有好几十米长，中间还拐了个弯，虽然隔不多远就会有盏昏黄的灯闻声而亮，但仍然会让人觉得有些悚然。事后张雷曾带着耿如豹再次到现场勘察过，发现这个廊道最先是连接一对双子楼的露天平台，后来物业公司为了扩大使用面积，便在平台上搭建了一些简易房间。娱乐会所承租后，老板为了迎合一些高端客户的特殊需求，从而谋取更高收益，单独又在 B 座租下几套与平台相连的房间，用来为这些特殊的顾客群体进行专门的服务。自然，从安全考虑，也就巧妙地对之前搭建在平台上的房间加以利用，对其进行适当的改建和装修，并特别辟出一条从 A 座楼通向 B 座楼的秘密通道。

在一扇看似厚重考究且镶嵌着铜皮的大门前，气氛骤然变得紧张起来。张雷和耿如豹先后从腰间拔出手枪，大家不约而同地放低了身子，屏住呼吸，并闪身在门的左右两侧。同样是在派出所，同样是出来执行任务，但也并不是每位警察都能配有枪支的，钱为高手持着一根警棍，丁小乔因为是临时参与到今晚的集中行动，从派出所上车时，一副手铐还是耿如豹从腰里掏出来给她的，说你既然参加执行任务，手上总得有个家伙吧，说不准到时还会用得上的。现在，手上只有一对手铐的丁小乔，眼瞅着持枪、持警棍的几位战友都摆开了如临大敌的架势，一下感到自己有了些底气不足，不过，她暗自吸了口气，用手扯了扯刘澜珊，故作淡定地压着声音问："那里面的人你都认识吗？"

不及刘澜珊回答，张雷用手把丁小乔往后挡了挡，也同样压低了声音说："别再声张了，等会儿跟在我后面就行了。"说完，扫了眼耿如豹和钱为高，对停在门前的刘澜珊低声道："你是敲门还是用暗语？可以开始了！"

刘澜珊则面无表情地站那儿没什么反应。丁小乔心想都什么时候了还有抵触的必要吗？于是用手碰了碰刘澜珊，正要催促她赶快行动时，刘澜珊却扭转身子，示意她的双手被反铐着，够不上安装在门边的那个灰白色的感应器。原来大家都犯了经验主义错误，以为这第二道门也和第一道门禁一样，采用的语音控制系统，大家甚至暗自揣摩刘澜珊又会念叨出一句什么样的暗语来。实际上，这第二道门禁，采用的是指纹识别系统，刘澜珊的双手被丁小乔改为前铐之后，只见她将双手抬起并伸出右手拇指，贴着感应器一靠，随着咔嚓一声响，厚重的大门便就弹开了一条缝隙。紧跟着，张雷和耿如豹几乎是同时双手持枪扑了进去。搞笑的是，屋子里的人都很从容也很淡定，和突然闯入的一干人等的如临大敌形成了强烈的反差。

这会儿如果用慢镜头对着映入眼帘的场景进行一番扫描，就会看到，室内空间很大，装饰和布局也很讲究，分了几个区块，都是通过家具或者相关设施加以区隔。进门处的玄关足有七八个平方米，显得很宽阔，迎面是个造型简洁的吧台，左侧，摆放着两台锃亮的自动麻将机，上面还散乱地躺着东南西北风以及红中五饼与六筒什么的。右侧，临窗摆放着一套似是价格不菲的红木茶台，上面，摆着许多形态不一的茶壶与茶杯。吧台的正前方，用一溜背靠背摆放的沙发，将阔大的正厅一分为二，靠近吧台处自然是客厅，并且在其左右两侧也都疏密有致地放置了几组沙发，从而将品茗区和麻将娱乐区略加区分。而正厅的最里侧，应该可以定位是一个小型的家庭影院，屏幕上有几对洋人男女正纵情着不堪入目的"好事"。遗憾的是，"影院区"这会儿却并没有观众，室内的男男女女，都在正厅硕大而富丽的吊灯下面，散漫地或在沙发上或在地毯上各得其所，各自沉浸在自我陶醉、自我享受之中。

如果用镜头再给这些男女来一组特写，效果则是这样的：在大厅居中的一组长条沙发上，一名体型适中的男子头枕着沙发的扶手仰面而卧，因为只着了一条平角裤头，白晃晃的身子在暖色调的灯光下，倒是显得十分性感。当然，让人联想到他的性感，和紧贴在他身旁的一个身材匀称、面容姣好的女人有关。女人也睡着，区别是其睡姿属于侧卧或是坐卧，而且，如此睡着的女人还把男子的肚腹当成了支点，她的一条白嫩的手臂弯曲着往上一搭，一头秀发衬托着的脸庞就歪斜着放了上去，于是，一幅让人心动的睡美人的图画就勾勒得十分清晰明了。这还不算，睡着的女人仿佛是为了与男人两相呼应，身子也几乎是光着的，大约之前穿着的一件淡绿色的套裙，已被主人胡乱地丢弃在沙发的一边，显得很是不雅地斜躺着——女人仅仅是上下三点，分别套着一条粉红色的蕾边裤衩和直扣式胸罩，总算还留有一点斯文。

而将镜头稍稍抬起再往左边移动一下，呈现在眼前的虽然没有先前的画面活色生香，但同样会让人过目不忘。同样是睡着，同样是成双成对，只是，眼前这一对的睡姿，让人充满了狐疑和不解，因为从性别上看，他们的性别特征十分明显，虽然衣着完整，但是男性的形体、骨骼、肌肉、喉结，不会因为睡着了而就能瞒天过海，也不会因为其中的一人剃了胡须留了长发而逃逸遁形。然而他们就那样毫无顾忌地头颈相接，手臂相拥，亲密而香甜的睡着，香甜得当警察持枪逼近眼前竟还没有醒转过来的意思。

警察兄弟们执行任务从来不会拖泥带水。因之，倘若幻想着像视频镜头般地将场景定格特写或慢放，甚至回放来品味欣赏，自是一种不可能实现的奢求。最先打破这一状态并发出惨叫之声的也同样是一对组合，只是这对组合还没来得及给他们一个定格或是特写，就被警察钱为高的警棍给一拍两散了。

后来根据钱为高自己解释，他说他那会儿之所以控制不住情绪，突然用警棍象征性地电击他一下，主要是为了出一口恶气。

警察钱为高有如此之说，原因是这位挨了电击的家伙名叫林清树，很早以前就是一位吸毒的瘾君子，曾有乔扮警察进行敲诈勒索的违法前科。事发后，被强制戒毒并判了三年的劳动教养，没想到服刑期满回归社会，这家伙不思悔改再次毒瘾重犯，不仅又悄悄吸食毒品，近期还发现有涉嫌以毒养毒，为同是吸毒群体的一些人，提供毒品从而谋取利益。

钱为高有过在缉毒支队工作的背景。很早前有关线报的信息转到派出所后，所长武玉明当时便顺理成章地将侦察跟踪的任务交给了他钱为高。

他很清楚，嫌疑人林清树之前的犯罪事实说起来很简单，当时为了吸食毒品，因为经济上出现困境后，于是打起了互联网的主意。在他的主谋下，邀约同是吸毒者的吕三、王五，通过网络聊天工具物色被害人，先由吕三将被害人约出来开房吸毒，再由林清树带着王五假扮民警将被害人"抓获"，借机敲诈被害人交一笔"保证金"私了放人。

林清树那时之所以胆敢乔扮警察作案，原因是他有吸毒多次被抓的经历，而就是在这样与警察"打交道"的过程中，让他熟悉了公安机关处理吸毒人员的一套工作流程和办法。于是经过较为充分的准备，他冒充女性身份，在陌陌上搭讪结识了刚到江城不久的吸毒男子小冯。他告诉小冯自己有"货"，约小冯当晚出来开房吸毒。而在小冯欣然同意后，林清树则让三人中唯一的女性吕三出面，去香港路上的长江大酒店和小冯见面，并相约来到吕三事先开好的一家快捷酒店。而当吕三在房间里将装有冰毒的透明塑料袋打开，邀请小冯正在十分惬意地吸食过程中，乔扮"警察"的林清树和王五忽然破门而入，当场抓了个现行。他们不仅在现场强制小冯和吕三验了尿，而且还不容分说地给他们双双戴上了手铐，并要求二人双手抱头蹲在地上。整个过程都模仿了林清树在过往经历中学到的警察处理吸毒人员的流程。然而渐渐地，"警察"的画风发生了变化：林清树开始询问小冯身上带有多少钱、微信支付密码是多少。在听到小冯说身上只有几百块钱、微信密码给忘了时，林清树和王五轮番上阵，左右开弓，几个耳光抽下来，不仅两万元人民币的保证金通过微信支付被划走，而且还责令小冯，要他再帮着找两个吸毒的人才可以取保候审放他走人。小冯因为是初到江城，实在是找不到吸毒的朋友，最后好说歹说，把账上仅剩的 6000 元划走才得以自由。当时的小冯是又惊又怕、又恼又恨。脱身后冷静一想，觉得事情有些不对劲，真正的警察怎么会向吸毒人员讨价还价进行勒索？还有，他和吕三是共同吸食的，而且毒品还是吕三提供的，他们当警察的为什么不审查吕三，而只单单冲着他冯某人耍威风要保证金？这几个警察十有八九是冒牌货，于是便立即选择了报警，这才有林清树之流的"东窗事发"……

说起来，林清树一案，从最初的归案到移送检察机关起诉，钱为高都是亲自参与的侦办者。想不到几年过后，林清树也是"一朝被蛇咬，十年怕井绳"。这家伙重返"江湖"后，反侦察能力超强，有好几次，眼看时机成熟可以收网了，但是临到关键，这家伙却突然遁迹，没了踪影，害得他和他的助手小陈痛苦莫名、寝食难安。因之，此时小试一下警棍的放电效果，既是在找寻一点自我心理平衡，也同时给了这位吸毒者且涉嫌贩卖毒品的家伙一点教训。

当然，上述理由是可以堂而皇之地说在明面上的。还有不好意思说出口的是，林清树对一干警察冲扑进来所呈现出的态度，也是让人不能饶恕：警察兄弟们已经是兵临城下了，那两组男女也好，男男也好，别人毕竟是幸福得睡过去还未醒转过来，可是他没有。喊着不许动，举起手来时，林清树似乎仍然活在自己的虚幻世界里，仅仅抬起头，微睁着血红的眼睛不屑地扫了扫，便又继续旁若无人地搂着怀里的半裸女人，兀自埋首亲吻得一塌糊涂。那种让人

"是可忍、孰不可忍"的感受，钱为高终究是不好意思轻示于人的。

钱为高果断出手，让陶醉在自我状态的吸毒犯被无形的电流刺激得嗷嗷惨叫的同时，对副所长张雷来说是个解脱。

张雷快速逼近到沙发跟前时，最先是盯着沙发上熟睡着的男人看了眼，当下心里一格愣，再一瞅斜卧一旁的女人，又是一惊：怎么是她？继而又跳出一问：这女人还吸毒？再一看女人几乎赤裸着身子，跟着又加一个问号：这女人还参与淫乱？有那么一刻，他的脑瓜子里，甚至还冒出了从前在执行任务时演绎的一个故事来。说是有一位女警官，晚上带着一干警察去沿街的洗头房和足疗店检查黄赌毒，在进到一家灯光暗淡的洗头房时，发现里面有涉嫌卖淫嫖娼行为。按惯例，将洗头房里面的所有人员集中到大厅接受调查，这位女警官忽然发现一位抱头蹲着的男子有些眼熟，好奇地瞪着眼睛一打量，发现竟是自己的老公。当下气血上涌、怒火莫名，揪着老公的耳朵正想踢打，然而将要出手时却改了主意，竟然拧着老公的耳朵走到门边，说："你这个老王真的是神经出了问题，怎么跑到这儿来了？还不快点滚回家去，你家里人正满世界找你哩。"完了，一脚把她老公踢出了门外……

这个段子有没有原型另当别论。它的关键点是比较接近生活而且高于生活，无论何时何地回味起来都会给人带来喜感和愉悦。想想看吧，在这种场合与老公不期而遇，任谁都不可能淡定与从容，那种痛与恨，基本上是没有条件地沁入骨髓。但是即便如此，女警官最为聪明的做法，只能咬着牙，将自己误入歧途的老公当成隔壁的犯了神经病的老王。

而就张雷现在所处的状态看，如果有一种可行的理由让他能够变通，是否也有必要学着聪明睿智的女警官，揪着他们的耳朵一脚都给踹了出去？

当然，这一切，也只是张副所一瞬间的神思飞越罢了。

现在，根本不需要他张副所做出什么选择，吸毒犯林清树的惨叫声，立马将横陈在沙发上的男人和斜卧在一边的女人从梦幻中拽回了现实。

看起来有些肥胖的男子虽然睡眼惺忪，但反应倒是敏捷，只见他顺手推开枕在他肚腹上的女人，身子一挺坐了起来，跟着就来了句："哦，原来是张所，你们怎么也来了？"

张雷听了，脸一沉，说道："这要问你程老板，你这是怎么了？带着王四曳跑这儿寻刺激来了？"

被推倒在地毯上的半裸女人，起初还犯着迷糊没反应过来，及至张雷说到她的名字，才当下一个激灵，一手捂着胸，一手慌忙侧身抓过丢弃在地上的淡绿色裙子，胡乱地往身上套。

张雷撇了撇嘴，收起枪，对程洪海道："要不要穿上衣服说话。"程洪海这会儿反而淡定起来："也没啥，我这身上燥热得很呢。"说完，还用手往身边的沙发上一拍，道，"又不是外人，站着干吗呢，坐啊！"

张雷脸上挤出一丝苦笑，从裤兜里掏出警官证，对着程洪海一晃，说："对不起了，程总，我们正在执行公务，你得配合我们一下。"

程洪海却没当回事，探过身，刚从沙发边的茶几上拿起一盒烟，歪着头弹出一支正想往嘴里送时，却被跟在张雷身后的丁小乔抢步上前给打掉在地上了。

王四曳这时已在忙乱中穿好衣服，飞快地转着眼睛扫了一圈，发现闯进来的警察有几个都还熟，心里也就踏实了不少，正想着来找个话题转圜解释一番，没想到一个瘦小的女警察却对着老板程洪海下了手，当下就不满地亮开了嗓子："哎哎哎，这是谁呀？张所，你看你手下的人怎么这么没礼貌？！"说完，还十分不满地瞪了丁小乔一眼。王四曳大约是仗着与张雷熟悉，也可能是先前吸食的毒品还让她处在高度兴奋的状态中，直到现在还没意识到问题的严重性。丁小乔可不是吃醋的，况且她也不认识王四曳，面对王四曳流露出的不满，几乎没给它扩大蔓延的机会，上前就反扭住她的双手，只听咔嚓一声，把她给铐了起来。同时，抬脚对着王四曳的后腿弯稍一用力，顺口来了句："给我蹲好了！"

王四曳几乎是不由自主地贴着沙发的边沿跪了下来。不过，等她反应过来，身子扭了扭想站起来时，头却被丁小乔狠狠地往下一按，于是便只好半蹲半跪地待在那儿不敢乱动了。

程洪海眼见着发生的一切，脸上阴沉得不成样子。他垂着眼睑对张雷道："都是熟人，何必要这样？要不，我给你们局里的孙小安或是马志武通个话吧。"

张雷依旧挂着笑，回说道："程总是过来人。今晚是统一行动，我们得按规矩来。"

"莫非也得将我铐起来不成？"程洪海抬头瞪了眼张雷，说话的声音不是很高，口气却是不小，道，"就是魏子明过来，也不会像你们这样没规矩！"

程洪海在江城警界应该说是个名人。这不单是与他的出身背景有关，更主要的是他早年还是市公安局的一员。说起来，现任省委组织部常务副部长张家和，现任公安局长魏子明、副局长马志武、办公室主任孙小安，他们差不多都是同一时期加入警察队伍的。虽然程洪海很早就下海当了老板，但是他的警察情结却没有因为离职而衰减，相反，由于生意和场面上的需要，他和市局的方方面面都保持着十分密切的联系。包括如张雷这样的低职级警察，关系虽说不是十分铁，但是总体上也是熟悉的。当然，对于新入职的丁小乔这样的"菜鸟"则要另当别论。

张雷长期在基层工作，平时见到的人和事多了去了，包括检查黄赌毒，偶尔也会遇到一些不该遇到的人，见到一些不该见到的事。还是几年前的事了，有次张雷带着耿如豹等几个警察，按所长武玉明的要求，对辖区的一些歌厅、洗浴中心进行例行抽检。已是后半夜了，本来是准备收队的，路过一个路边不起眼的洗脚城，张雷忽然觉得内急，便对开着车的耿如豹说："在这停一下，这个洗浴中心开业好几年了，好像一直没进去过，我先去上个厕所，你们也可顺便看看里面有没有什么问题。"然而，他的这泡尿一撒，耿如豹他们一查看，竟然弄出一件大事来。

张雷从洗浴中心的洗手间办完事，径自回到警车上，在副驾驶位上悠然地抽了支烟，还不见耿如豹他们回来，掏出电话正要催他们动作快点时，电话却"嘀嘀嘀"先响了起来。刚一接通就听耿如豹在里面说："张副所还出着恭吗？你快来一下吧，我们这儿好像捉了条大鱼哩。"耿如豹的声音压得很低，但里面透着明显的激动与兴奋。

耿如豹递过来的证件他只扫了眼，眉头跟着就微微皱了起来，黑色的封皮、金黄色的警徽不说，关键是内页的单位署名是"公安部督察局"，再看部门和职务，上面写着"第一督导室主任"。盯着警官证上的照片端详了一番，再打量了一下坐在按摩床上抽着烟的男子，当下认定证件上的照片和眼前只围了条浴巾的男子同属一人没错，有问题的是公安部督察局的要员，怎么会跑到一家不起眼的洗浴中心来？直觉告诉他，眼前这家伙八成是个骗子。没想到的是，被怀疑是骗子的男人见进来了个管事的，把烟往床头柜上的烟灰缸里一按，朗声说道："我什么都没干。晚上被你们省厅领导推荐的霸王醉酒给整晕乎了，出来洗个澡放松一下，不想就迷迷糊糊被这女人给弄成了这个样子。"张雷听了，扫了一眼双手捂胸蹲在墙角的长发女子，还不及问话，耿如豹却插言道："你少给我狡辩，我们进来时，明明是你压在这女人身上的。"说完，打开手机，要给张雷看当时抓拍的照片。张雷摆了摆手，既没看照片，也没让耿如豹继续往下说。而是盯着半裸的男子问道："既然是督察局的，你们局长是谁？还有，今晚是哪几位省厅的领导陪的你？"

半裸男子倒不含糊，一边责怪张雷不该怀疑他是假冒的骗子，一边将现任的部长，他所在局的局长、副局长，以及江南省省厅的厅长、副厅长几乎报了个遍。并声称，他这次出差到江南省，就是陪着督察局的一名副局长过来调研指导工作的，明天早上九点，他还要主持调研汇报会。

说实话，公安部督察局的局长、副局长究竟是谁，其实他张雷一个基层小小的副所长也弄不清楚，但是涉嫌假冒的男子，连同公安部里的老大和省厅的各位领导，一个个如数家珍般地说得一清二楚。平时显得有些马大哈的张雷，关键时刻还是非常注重讲政治的，他一边示意耿如豹允许半裸男和全裸女穿上衣服，自己则赶紧溜到外面给所长武玉明打电话。那天武玉明也带着几个兄弟在另一个片区搞抽查，收队后躺下来刚梦到周公，忽然被电话吵醒告知说捉到了嫖娼的大领导，而且还是部里的，所长武玉明立马就在电话里责备开了，说张胖子你大约是熬更守夜累坏了脑壳，他还只说是公安部里的一个督察室主任，他要说是他是中央首长、国务院的领导你得怎么办？！赶紧的，把嫖客和按摩女先带回来再说，抓紧时间休整休整明早再处理也不迟。

张雷讨了个没趣，心里虽有不快，但仔细一琢磨，武玉明说的也有几分道理，想想吧，既然敢出来招摇撞骗，没有几把刷子如何能在江湖上混？！

着好装的半裸男子恢复了自信。见张雷进来张口就表扬道："你这小兄弟不错，以后到部里去找我，老哥请你到全聚德吃烤鸭。"说完，竟还伸出手来握，张雷咧嘴一笑，当然也伸出了手，只是在伸出右手的同时，左手也飞快地从腰里取出手铐跟着上去了……

被强行带回所里的问询室，半裸男仍然不愿意配合做笔录，一直熬到天快亮了，才说出一个电话号码，说是可以给他的直接领导打电话核实身份。半裸男说到的直接领导，也就是一同到江城检查工作的副局长。然而电话打过去，对方却关着机。张雷说："除了副局长，总还有其他随行人员吧？你就是要骗，也要骗得有水平，能够自圆其说吧！"半裸男的脸憋得通红，坐在那半晌无语，时间在一分一秒地过去，半裸男就那样和张雷他们对峙着，明晃晃的白炽灯下，张雷他们几乎能看着男子的胡须吱吱往外疯长，脸上的颜色也由最初的潮红变成苍白继而变得蜡黄……好在天刚放亮，带队来江城检查督导工作的副局长一觉醒来打开了手机，最终才使半裸男得以脱身。

后来回想起来，半裸男从一开始，便抗拒着不愿说出他的领导、不愿告知随行人员的信息，以便及时核实妥善处理，究其原因，主要还是顾忌个人名声与安全，心存侥幸，固执地寄希望张雷他们能看重他的特殊身份，私下放他一马。

当然，对这一事件的处理，明面上，支队和局里领导都在一些场合给予了充分的肯定，说他们执法从严、不徇私情，敢于动真碰硬。但是私底下，也有领导对张雷给予了善意的提醒，包括他的老上级马志武。有一次小聚后便半真半假地骂他，说你这个张胖子平时还是很灵性的，关键的时候怎么就让脑瓜子给驴踢了，被门夹了？看着事情不对，干吗只向所长反映不向支队报告？若真要把事情闹大了，上上下下还真都不好看哩。

现在，摆在眼面前的程洪海，包括王四曳，都不属于身份需要调查核实的涉嫌人员，而且，对于王四曳，他们甚至可以说是多年的老熟人了。因之，张雷眼睛眨了眨，觉得众目睽睽之下，既不可能学女警官那样强压怒火，将老公当成隔壁的老王一脚给踹出去，也不可能像从前对待身份待查的督导室领导那样上前铐了就走人，他得要证据，要讲方法。他几乎是在丁小乔的不可理喻的目光中，捡起先前被丁小乔打掉在地上的香烟，自己叼上一支不算，还将烟盒拿在手上端详了一番，在顺手弹出一支递给怒气冲冲的程洪海的同时，说了句："还是程老板有档次，人在江城，抽的却是四川'宽窄'牌子的烟。"

程洪海微眯着眼睛，长长地吐出一串淡灰色的烟柱之后，脸色才慢慢变得和缓下来，于是才接过话，显得有些漫不经心地说道："现在的川烟倒是做得精细，而且成了系列，张副所如果有兴趣，改天可以让四曳给你送几条过去的。"

"鬼才会去给他送。"王四曳因为有丁小乔盯在身边，一直蹲在那儿不敢站起来。大约是和公安系统的许多人都熟，眼下却受到这样一种"礼遇"，自然的，内心压抑着十二分的愤怒与不满。气冲冲地说道，"我们也就是过来醒醒酒，有必要弄得这样威武赫赫、草木皆兵的吗！"王四曳在说的时候，眼睛还红红的对着张雷幽怨地扫了一下。

张雷没有接王四曳有些带着电波的眼神。只是扭头对一边横眼怒目的丁小乔摆摆手，指着沙发背后的投影屏幕，说："你让那个什么刘澜珊，去看看开关在什么地方，赶紧把上面那些乱七八糟的玩意儿给关掉。"

刘澜珊最初被丁小乔推搡着进到门厅后，便一直在靠着吧台的地方站着。一干警察冲进来后，给室内的男女上手铐也好，让其共享警棍威力也好，她都像是个局外人似的视而不见。不过，也有那么一刻，她在无意间，发现了吧台上集中放着的几部手机时，心里曾萌生出一些幸灾乐祸来：活该你们受着！就是再讲安全，总归还是得要有一部手机与外面保持畅通吧。结果怎么样？弄得她想方设法通的风报的信都被付诸了东流！

听到张雷说要关掉投影播放的三级片，刘澜珊先是迟疑了一下，抬眼见丁小乔绷着脸向她招手，于是就相跟着进到了最里面的影视厅。要说，刘澜珊平时进到这处曲径通幽的地方并不是很多，但是总体情况还是熟悉的，她在影视厅一侧的设备控制台上关掉电源，刚想凑到丁小乔跟前，问她现在可不可以回家去给孩子喂奶时，发现丁小乔的眼神，正在影厅里侧的一排沙发上扫来扫去的。刘澜珊只跟着瞅了一下，便明白是怎么一回事了。沙发上散乱地丢放着的那些花花绿绿的塑料纸包，刘澜珊自然是见过不少的，也可以说她在带着警察们进来时，也是早有过思想准备的，只是当下陡然摄入眼帘，还是禁不住在心里暗自叫了句"坏事了"。丁小乔探手抓起几个纸包在眼前看了看，便冲着大厅里的耿如豹挥着手，说："耿队，你快过来看看，这儿发现有不少货哩。"

耿如豹这会儿正忙着查验那对相拥而眠的男子证件，根本就顾不过来。听到丁小乔说发现了"不少货"，抬头见钱为高已将先前相搂着的男女，分别铐在一只四脚茶几的木腿上，便命令道："钱为高你去配合一下丁小乔，赶紧把房间的东西都清查一下，看看都能查到些什么好东西。"

耿如豹有如此之说，自然是话有所指的。被控现场的三组六人，共有四男二女，眼下有一组男女嫌疑人已被铐上了，另一组男女因为关系特殊，虽然程洪海没有被上手铐，甚至张副所还陪这家伙抽着宽窄牌的香烟，但事实上已是控制了现场。而他正查验的这对甚至连性取向都有问题的男子，之所以对他们迟迟没有出手，皆因这对男子出示的证件让他感到有些踌躇。墨绿皮的记者证，都是南国城市报的，而且一个是驻江城记者站的副主任，一个是被聘的特约记者。要说，他在翻过来倒过去看的时候，起初心里还是压抑着一些小激动的。莫非真的是无巧不成书？上次所里的一帮兄弟在南湖会所小聚时，听说到现场暗访的记者就是南国城市报的。只是，那天他因为轮上在所里值班，没有在现场，是不是这俩家伙又转场到这地方来了，他一时还拿捏不准。他也想过是否有必要喊张副所过来辨认辨认，但是念头一出马上就给否定了，觉得自己好歹也是一队之长，那样做是不是显得太没有城府了。于是，眉头往上一挑，把手上拿着的记者证拍了拍，对着脑后留着条辫子的男子说道："你是叫邹一鸣，还是记者站的副主任，我好像在哪儿见过你哩。"俩男子最初被推醒的时候，显现出来的表情十分不满，等到警察找他们要证件，并且眼见着左右几个同伴都被铐、被控制起来了，神情才开始显得有些严肃紧张。留着马尾巴的邹一鸣听到问话，眼睛眨了眨，说："我们是记者，他叫李小伟，平时联系公安这边的新闻报道要多一些。"

"上次在南湖会所好像也是你们俩？"耿如豹问。

"没错。"被称作李小伟的男子接过话，说，"其实上次也是个误会。况且也算是和解了。"

"你俩什么关系？"耿如豹暗自思忖，如果他们真是一对"同志"，眼前这个头大脖子粗的李小伟，身份扮演的一定属于 T 角。

"同事啊、搭档啊。"马尾巴记者似有警觉,插言道,"有什么问题吗?"

"也没什么。"耿如豹顿了顿,扫了眼旁边铐着的一对男女。说,"你们是记者,到这儿也是搞暗访?"

不及邹一鸣回答,钱为高拎着一个黑色的手提箱过来了,另一只手里,还揸着几个色彩各异的塑料小纸包。只见他将那几个纸包往邹一鸣面前一晃,说:"看看清楚,知道这些玩意是什么吗?"

邹一鸣似是被强光猛地刺着了一般,跳开眼神,咧了咧嘴,竟然没能发出声响。

钱为高神色凝重,将手提箱往地上一放,顺手打开,呈现在眼前的则是好几摞码放得较为齐整的长条形盒子,所不同的是包装盒的颜色各不相同。钱为高取出其中的一个拆开,里面却是塞得满满当当的包装精致的一个个塑料小纸包。钱为高大约是为了验证里面装的是何物,拿起一个纸包两手配合着一用力,开口处便有许多细碎的白色晶体状粉末从里面抛撒出来。

耿如豹接过来凑到鼻翼下嗅了嗅,没觉出有什么味道。便问:"这玩意是不是属于冰毒?"

钱为高从事过缉毒工作,对各种毒品的了解自然要比一般人清楚。只见他点点头,说:"很可能是。不过 K 粉和海洛因也和这种颜色很接近。从现场查获的东西看,包括从所使用的器皿残留物上判别,今天带过来的毒品应该有好几种。"说的时候,又顺手打开了另一种包装不同的袋子,撕开后蹦出来的则是几颗红绿颜色不同的小药丸。

346

俩人还在当着邹一鸣和李小伟的面进行简要交流时，丁小乔突然从左侧的茶室区过来了，只见她一手攥着几张白晃晃的锡纸片，另一只手里则拎着一个类似于玻璃茶壶的东西。手上的物品还没放下来，嘴巴就嚷开了，说："你们看看，这些玩意儿够先进的了吧。"

丁小乔拿过来的锡纸也好，玻璃茶壶也好，要说都属于吸毒者常用的一些工具。特别是上面说到的玻璃茶壶，其实在壶口处还插着两根颜色不同的吸管，它的标准名称应该叫作"溜冰壶"。丁小乔因为是从基层站所上来的，在相对偏僻的乡镇，她所见到的吸毒者，可能更多的是采用针具注射与直接口服的方式。

谁也想不到，平时说话办事相对比较认真刻板的耿如豹，见到丁小乔拿过来的东西，忽然心血来潮，也不理会丁小乔了，径自对着邹一鸣和李小伟说道："'溜冰'这玩意儿你们都熟悉吧？看看，现在货都是现成的，要不劳驾现场示范一下，也让我们的美女警察开开眼界。"

耿如豹说的时候，声音不是很高，但他的中气足，一字一句让整个屋子都听得清楚明白。

张雷貌似在陪着程洪海抽烟，而注意力却始终观察着室内的一切，眼见着毒品和吸食工具都已查获，觉得接下来的事情就会好办得多了。手上的烟往烟缸中一按，正要下令让所有涉案人员进行尿检时，听到耿如豹调侃着要让记者现场示范，于是将要说出口的话就一下给忍住了，继而在心里暗自一乐："也好。我倒要看看这两个扯淡的家伙怎么往下表演。"

第二十二章

　　古德山最初提出要到五楼的客房看新上的设施时，夏承彪便觉得亮点酒店可能会遇上些麻烦事。

　　要说今天的任务很明确，虽说同属于支队组织的集中行动，但他和古德山所带的这个组的任务仍然算是一项例行性工作。国庆、中秋双节快到了，对辖区内的一些重点场所开展巡检活动，发现问题是一个方面，更主要的还是在表明一种态度：公安干警的执法监管无处不在，无时不有，一切违法犯罪人员都不要心存侥幸，以身试法。说白了，在某些方面，警示和震慑作用大于实际行动。因之，一般在巡检现场，如果没有发现什么违法活动，或者说没有发现明显的疑点问题，停留时间是不会太久的，露露脸、做做样子也就差不多了，根本不会因为宾馆酒店上了什么新设备而去长见识、看稀奇。

　　果不其然，夏承彪率先从房间出来，径自顺着走廊的通道往右走，准备去楼层的电梯口时，古德山抢上前来扯了扯他的衣袖，顺手往回一指，说："夏队，那边顶头的房间好像还住有客人的，干脆咱们也过去看看吧。"

夏承彪听了，略一思忖正待说话，却不料被涂正好抢了先，说："天已经很晚了，客人也该休息了，建议古队、夏队就别去查了。"涂正好说完话，发现大家都在诧异地瞪着眼睛看他。便又忙着解释，说到这儿入住的客人也都是些常客，一般都很守规矩，不会有什么问题的。

"没人说入住的客人一定都有什么问题。"古德山眨着一双不是很大的眼睛看着涂正好，一本正经地说道，"我们只是例行检查。"

涂正好一时语塞，神情也显得有些慌乱。夏承彪问："顶头那间入住的房客是从哪儿来的？也带着人进去了？"

"是个老板哩。包月的。我们亮点酒店的VIP，我也是刚回来，他今天带没带人我不是很清楚。"涂正好先前红着的脸庞这会儿似乎全都褪净了，廊道上闪烁变幻的灯光下，看起来甚至有些惨白。

"带不带人都没关系的。"古德山插言道，"只要身份清楚不违法，警察也不会过度执法。"

"那就去看看吧。"夏承彪说，"我们这也是在执行公务。"

古德山见涂正好愣在那还有阻拦的意思，便缓声说道："我们这是例行性工作，你得支持一下。"完了，对着一边站着的沈崇峻指了指，说，"小沈，涂老板可能还有些顾虑，是不是怀疑我们的手续不全什么的，你可以把执法检查证给他看一看。"

跟在一旁的沈崇峻，眼见古德山扯了夏承彪的衣袖要去现场查房，当时眼睛就有些发亮，脑瓜里甚至在刹那间，模糊地闪动有妙曼丽人吊着红绳的图像来。这会儿突然听到古德山冲他说起证件，便立马从裤兜里掏出自己的警官证和执法检查证，往涂正好的面前一递，说："我们是文明执法、依法执勤，涂老板你看吧，手续都全着哩。"

涂正好这会儿冷汗都快冒出来了，哪里还有心思去看这帮家伙的检查证。嘴里来了句"古队你这说的是哪里话呀"，便丢下古德山，凑到夏承彪跟前，字斟句酌地低声道："前段时间，也有……有朋友向夏队您汇报过的，现在酒店的生意竞争得厉害呀，过来的熟客本是冲着这儿环境来的。您看，今天如果这么一查，以后，我们亮点可就……可就没人敢再过来了。"

夏承彪听得出涂正好说的话是话中有话。没错，涂正好为了他的营商环境，的确托熟人找他打过招呼的，希望减少去歌厅、舞厅和客房的临时抽检频次，并且，他也的确答应过可以适当加以考虑，因为警察在维护一方治安环境的同时，也要用行动支持和促进社会经济的发展。只是眼下，他的这种"话中有话"，似在说明这中间有了些什么"猫腻"。夏承彪微微一笑，说："没那么严重。身正不怕影子歪。况且，如果不干什么违法乱纪的事，你们亮点的环境又这么好，情趣的档次还这么高，干吗就不能常来享受享受生活？！"

涂正好嘴张了张，一时不知道说什么才好。

沈崇峻见他有些发愣，用手碰碰他，提醒道："走啊涂老板，你得带我们过去看一下啊。"

涂正好回过神，双手下意识地摸了下口袋，说："我还没有房门钥匙呢。何况，我现在也不知道里面有没有人。要不，我先去把总台的小张叫上来吧。"

夏承彪摆摆手，说："不需要钥匙，你过去敲敲门，若有人，把门叫开就行了。"夏承彪之所以有如此之说，他其实也不希望房间里这会儿真住了人，并从中弄出些让人说不起话的花花事来。毕竟，涂正好也是托人打过招呼的。

一干人拥着涂正好来到编号518的房门前，干警们很自然闪在房门两侧，夏承彪一边示意他可以敲门了，一边低声提醒道："里面若有人，问你有什么事，就说总台收了他的一个快递给送上来了。"

涂正好苦着一张脸，心中除了压抑着愤懑，还多着些担心。他比谁都清楚这个VIP老板，龟儿子简直就是个粗俗不堪的土豪，平时出来进去身边带的女人很多，也很杂，有些女性看起来很清纯，说不准就是周边一些学校的学生，有些女性则看起来十分妖媚，明显是从风月场所带出来的。今天又是周末，谁知道这家伙是不是在里面又玩着什么新花样？！有心给里面提个醒，只是在这种情况下不可能有机会。众目睽睽之下，也只能碰碰运气，死马当作活马医吧。他几乎是闭着眼睛敲的门。

"咚、咚咚，咚、咚咚。"涂正好很有节奏地连着敲了两遍，外面所有的人都支棱着耳朵听，里面却没有发出任何声响。涂正好心里便觉得有些宽慰，想着土豪袁大发也许还没有回房间哩，如果真是这样，就不会出现让人感到被动和难堪的事情了。

古德山紧挨在他身边站着，见里面没什么动静，便示意他敲门的声音可以再重一些，并且，他自己还忍不住，在涂正好手上用力，再度敲门的同时，也相跟着探出手重重敲击了几下。门几乎是在没有任何响动的情况下突然拉开的，只是，刚拉开了一半，门外的人似乎还没有完全反应过来的时候，里面的人一见情况不对，马上回手想把门给关起来。但这时已经晚了，就在门刚要闭合的瞬间，沈崇峻一个闪身冲撞，硬生生地把将要关上的门给推开了。刚才开门的人显然没有思想准备，或者说根本没想到出现在眼前的是一伙身着制服的警察。他几乎是光着身子对进来的警察说："你们……你们这是干什么？我——我又没犯什么事？！"

夏承彪扫了他一眼，面带微笑地说道："你是在这住宿的老板吧，现在没说你犯了事。我们是片区警察，例行查查房罢了。"夏承彪一边说，一边示意他先把光着的身子收拾一下。

看得出来，眼前的这位矮胖的老板在悄没声响地过来开门时，身上还是裹了件浴巾的，大约是在与沈崇峻的推挤中，把围在腰间的遮羞物给滑落掉了。身材矮胖的老板这时也缓过神来，伸手捡起掉落在地上的浴巾一边胡乱地往腰间缠，嘴里也同时发泄起不满来，说道："都什么时辰了你们还来查房，影响我们的工作哩。"

矮胖老板租住的是个面积很大的套间，分内外两室。夏承彪听到进到里间卧室的古德山和沈崇峻，正吼着"不准动""原地蹲下"的声音，便就没理会胖子老板的牢骚，快速往里面移动几步探头看了看卧室里面的情况，最先映入眼帘的，竟然是两个光着身子的女人，正在古德山和沈崇峻的呵斥下，颤抖着身子蹲在一架宽大的床前。好在是，这两个女人在警察的呵斥下，慌乱中一人扯了条毛巾、一人抓了个枕头捂在胸前。夏承彪暗自在心里骂了句：这狗东西还是重口味，原来是弄了两个女人在房间里玩双飞呢。涂正好应该是在矮胖的老板开门的一瞬间，就料想到今天会有麻烦事了。他神情不安地进到套房的客厅站了会儿，见几位警察的注意力都在卧室之内，稍微犹豫了一下便想闪身离开。刚一转身，却被夏承彪给叫住了，只听夏承彪话中有话地说道："涂老板你先别走了，这边的好戏才刚开始哩。"

"什么好戏坏戏，你们如果没什么大事，请赶紧出去，别影响我们的工作和休息！"

矮胖老板忽然说出这样的话来，一时让夏承彪感到十分吃惊。有那么一会儿，他甚至不自觉地眨了眨眼睛、晃了晃脑袋，想着究竟是自己的脑子出了问题，还是眼前胖老板的脑袋瓜子短路了。从警的时间少说也有十多年了，平时到宾馆酒吧、歌厅舞厅、按摩房、洗脚城执行公务查检黄赌毒的事多了去了，一般涉嫌违法犯罪的嫌疑人，一旦被抓了现行，早就吓得胆战心惊、魂飞魄散，只有讨饶请求宽大处理的份儿，哪里还敢用如此不屑的态度和口气面对执法的警察。

夏承彪一向以儒雅示人。面对胖老板的不恭，也不生气，只是收敛了笑容，语气平静地说道："我们既然来了，总归是有事的。这样，先进房间，把你的证件拿出来看看吧。"

矮胖的老板倒是听话，进到房间，先是走到靠墙的一张长条桌边，从散乱堆放的衣物中找出一条浅灰色的短裤套上，才开始扯过掉在地上的裤子，漫不经心地从中翻寻身份证件。

古德山进门后直接到了卧室，眼见两个赤裸的女人已被控制，这时回首打量了一番矮胖的老板，觉得有些面熟，便问道："你是叫袁大发吧？"

胖老板听了，扭着脖子看了看古德山，有些不屑地说道："是啊，怎么了？！"

"没怎么。只是看着有些面熟。"古德山话中有话地说，"快一年没见了，袁老板倒是又有长进了。"

袁大发见问话的警察喊他袁老板，一愣，再回头盯着古德山看了一眼，当下就笑了，说："啊呀，弄了半天，原来是古队啊，今天又是什么风把你给吹来了。"

古德山咧着肥厚的嘴唇一笑，说："天热，还没有风。不过，说实在话，许久不见了还真有些想你。"

胖子听了，也同样哈哈一笑，道："谢谢古队，我的情况你是知道的，我就一个体户，而且还离异，当然，也很守法。"

古德山没想到既矮且胖的袁大发很谦虚也很幽默。一年前因为"捡尸"的事情，曾与眼前的这家伙过过招，也就知道了他的一些底细。事实上，这个叫袁大发的人还真不是一般的个体户，要用时下的话说，给他定位"老板""土豪"可能会更准确些。袁大发就是江城近郊人，最初是做钢材与煤炭生意的，也就是把江城钢厂生产的钢材倒腾到山西，再从山西倒腾煤炭回江城，没几年工夫，便积累了一些财富。前些年房地产发展形势看好，这家伙及时改弦易辙，与人合伙拉起一支建筑工程队，傍着房地产老板，在偌大的江城干起了建写字楼建住宅小区的勾当。有人曾给他估算过，说这家伙人长得不咋地，财运却是十分的好，这些年一路走下来，目前的资产少说也过了亿字头了。当下这个社会，对于一个人的评判其实是很实际也很势利的，也就是说有个不成文的评判标准，譬如做官，别看现在官场上时常有丑陋现形，甚至骂声不断，但依然不影响每年成千上万的有志青年打破脑袋往里挤。而且，一旦置身其中，最终不混上个正处、副处你就完全没办法给自己一个交代。同样的，生意场上，十年八年下来，或者说十年二十年打拼下来，个人财富和资产没有八位数、九位数，说实话，还真不好意思称自己是老板。现在，已经身价不菲的袁大发，几乎是赤身裸体的被抓了现行，此时自谦为个体户，想想也是让人感到滑稽与好笑。古德山不想再跟他绕弯子，单刀直入地问道："怎么，袁老板现在不去酒吧玩'捡尸'了，改为直接招嫖了？"

"别说得那么难听好吧。"土豪袁大发听了很是不满，他在把翻找出来的身份证递给夏承彪的同时，对着蹲在床前的两个女人一指，说，"她们都是我的朋友哩，你们不能这样对待她们。"

夏承彪出于职业习惯，接过身份证，只是将照片和眼前的人比对着扫了一眼，就转手递给了古德山，意思很明白，既然以前打过交道，那么这次还是由他来主导处理。只是，他在把身份证交给古德山的时候，脑瓜中仿佛灵光一现，感觉有什么东西给激活了一般。

当然，夏承彪的"灵光一现"也是有来由的。先是他将身份证上的照片与眼前的人做简要比对时，忽然发现面前站着的人长得很奇特，矮胖姑且不说，关键是头大还圆，额际线高，右侧偏上的脑门上，一块足有鸡蛋般大小的椭圆形胎记似曾相识。夏承彪眨了眨眼睛，隐约记起前段时间局里组织党员干部培训时，曾播放过的一部警示教育片，名字好像是叫《苏共亡党二十年祭》，里面有一个主角，苏共中央最后一任总书记、当时的苏联总统戈尔巴乔夫，额际上有一个明显的褐黑色胎记，就和眼前这位名叫袁大发的土豪长得神似。再就是古德山说到的"捡尸"，这样的词句在他的脑瓜里实在是印象深刻，以至于让他较为疲沓松懈的脑神经忽然"满血复活"，闪现出古德山之前曾对他讲过的一件十分奇葩的事情：

有一天周末，所里正赶上古德山值班，支撑了一夜，眼看天就快亮了，靠在值班室的沙发上想打个盹儿。忽然就有一个报警电话打了进来，接通后里面传出的是个女人的声音，先是只听到她在里面呜呜地哭，古德山耐着性子问了好几遍："你怎么了？有什么需要我们帮助的？"对方过了好一会儿，方才抽抽泣泣地说被捡了尸，还遭人欺负了。古德山听得有些莫名其妙，眉头紧皱着在电话中问："谁的尸被捡了？怎么还又被欺负了？"他当时在脑际中甚至冒出了不该冒出的疑问：妈的，世界之大，无奇不有，莫非真有奸尸的不成？！报案的女人在电话里断断续续地解释，说是她被人灌醉了，还被带到宾馆给污辱了。古德山再问："你在哪？污辱你的人跑了吗？"对方则答："好像是在香格里拉酒店，人还在一边睡得正香哩……"古德山带着两名警察急如风火地赶过去。敲开门，房间里酒气熏天，睡得正香的人显然早就醒了，这会儿已穿戴齐整正打算出门，见了一伙警察进来，先是有些吃惊，不过很快就平静了下来，反问进来的警察有什么事。古德山亮明身份，指了指捂着

356

肚子靠在床头的一个年轻女子，问刚才报警的是不是她。女子脸色潮红，神情显得萎靡不振，一边点着头认可，一边又说没事了，声称刚才有些误会。古德山没想到画风会变得如此之快，满脸狐疑地要过两人的身份证，发现年轻的女子是东北人，眼前长得矮胖的中年男子则是江城本地人。再问女子是干什么的，什么时间入住的香格里拉酒店，女子说自己是学生，在江城读书，她自己也不知道怎么就到了香格里拉酒店。又问男子的职业，怎么就认识了眼前的女子，两人是什么关系。男子回答说自己是个体户，之前也不认识这位小妹妹，但是昨晚上在酒吧就认识了。男子说得很坦然，也有些不耐烦，他甚至还不等古德山答话，就想要回他的身份证，说是要去天河机场赶飞机去深圳，那边还有桩业务要谈判。这下轮到古德山脑瓜子短路了，他想，眼前这个矮胖的家伙是真傻还是装傻？这他妈明显是卖淫嫖娼的节奏，或是有趁人醉酒占别人便宜甚至奸淫女性的嫌疑，这会儿还装大尾巴狼，想走就走得了的吗？！他示意随行的两个警察就近找个地方，把男女当事人分开询问情况。为了慎重起见，他在隔壁房间里亲自询问那个报警的女学生，他说："你知道他叫什么名字吗？"女学生摇摇头，说只知道他姓袁，让我叫他袁老板或者是袁哥。又问："他给你钱了吗？"女学生还是摇了摇头，说他干吗要给我钱。再问："没给你钱难道也没送你什么礼物吗？"女学生这次没摇头了，承认送了她一个鸡心项链。

古德山听到女学生说收了袁老板的项链，当下心里就安稳了许多。他想，带一个陌生的女人到宾馆开房睡觉，又送了不菲的物品，这岂不是典型的有价交换，属于卖淫嫖娼吗。他暗自深吸了口气，接着又问："袁老板欺负你了？"女学生摇摇头，说袁哥也不算欺负我，只是在酒吧里不停地要我喝酒，把我给灌醉了。又问："带你到酒店开房是你同意的吗？"女学生还是摇了摇头，说我喝高了，我也记不太清楚怎么就到宾馆里来了。再问："他把你带到房间干什么？占你便宜了吧？"女学生这次没摇头，而是低着头想了想，说："他应该是替我清洗了吐在身上的污物。"女学生说完，停了停，又补充道，"还有，他搂着我，睡了觉。"古德山听到这里，不自觉地咽了咽口水，直截了当地问道："你的意思是你们做爱了，而且还是在你不情愿的情况下？"女学生茫然地瞪着一双眼睛，半晌没有言语。古德山则穷追不舍，继续说道："所以你清醒后就打电话报了警，说这个男人污辱了你。"女学生缓过神，回答说，一开始是这样的。那是因为她的手袋不见了，而且在酒吧送给她的鸡心项链也不在脖子上了，因此怀疑这个袁哥不按规矩出牌，是个江湖骗子。女学生发现她在向古德山说的时候，古德山听得有些发愣，便又做进一步解释，说后来发现手袋其实是滑落在两只沙发的空当处了，袁哥送给她的项链也在浴室的地板上找到了。声称，刚才急着报警完全是个误会……古德山当时对女学生的询问，就像是居家的大哥与邻家的小妹聊闲话、扯闲篇，显得十分自然随意，而另两名警察把袁大发带到一边询问时却做得很认真也很规范，他们将询问笔录递给古德山看的时候，脸上甚至掩饰不住喜悦，说古队你看看，一切都十分清楚了，你看怎么处理吧。这俩警察之所以面带喜色还说十分清楚了，是指被询问对象袁大发交代得很细致也很彻底。甚至，当警察做询问笔录时问他："你为什么要想着去酒吧'捡尸'？"袁大发很坦诚地回答："没多想，只是觉得有意思，那种玩法很刺激！"

夏承彪记得很清楚，那天古德山在讲到有关"捡尸"的情节时，曾专门停下来问过他，有没有在执勤时碰到过类似的案子。夏承彪也是很坦诚，说在此之前，他还只听说过卖淫、嫖娼，搞婚外情、"一夜情"的，"捡尸"这词儿，他还真的是第一次听说。

所谓"捡尸"，属于那些经常出入于酒吧、歌厅的一些前卫男女的圈内"行话"。简单点说，就是男人把女人灌醉，或者女人找醉，在失去知觉或者说行为意识不太清醒时，被居心叵测之人"捡走"并发生性关系。

改革开放几十年，先进的、健康有益的精神与物质的东西不断引进吸收，直接或间接地影响着人们的生活，但与此同时，一些没落的、腐朽的有害糟粕，也像几只不怕碰壁的苍蝇，嗡嗡乱叫着乘虚而入，让人猝不及防，无力招架。甚至，有些"苍蝇"还学会了隐匿与伪装，或招摇过市，或装疯卖傻，让人一时半会儿分不清真假虚实，却又真真切切地影响和肢解着人们的"三观"。比如，袁大发之流觉得有意思、很刺激的"捡尸"，说穿了，它和"红绳""拉拉""同志"一样，属于"舶来品"。这种"游戏"之所以有市场，主因是素不相识的男男女女，可以心照不宣地在酒吧、歌厅等娱乐场所放松自我，并且以各类美酒为媒介，或唱歌跳舞，或游戏聊天，不知不觉中，男人将女人灌醉，或是女人纵情自醉，然后被带到家中或是酒店宾馆生发苟且之乱。很多玩家认为，捡尸过程与召妓不同，有不可预知的成功与否的征服快感。并且，有些自视前卫的两性专家更是给出定义——"捡尸"活动，属于不留情感的激情，可以称为"一夜情"。

在西方，或者说在一些相对比较发达、开放的国家和地区，"捡尸"活动一度成为一种社会现象，并且曾在网络上引发广泛的讨论。有的认为，这种活动，说起来是捡尸，其实是一种人性和欲望的放逐，无论男女，在一个时期或一个时段，都会有这样或那样的一种压力累积需要得到释放，所不同的是，因社会环境、宗教信仰、文化差异等因素的影响，最终释放的方式各有不同罢了。

具体说到"捡尸"，一个活生生的人，被你不动声色地用"琼浆玉液"灌成"尸"而捡走，你不仅要有超强的智商，还得有超强的情商。这还不算，不菲的经济实力，酒场上具有超强的能征服女人的酒量更是不可或缺，因之，其挑战过程中给人带来的那种刺激、那种心理震颤自然是新奇的、前所未有的，真的会让一些年轻人心之所向，乐在其中。

当然，网上关于"捡尸"的话题也是多元性的，甚至不乏鞭挞之声。认为，这种游戏看起来刺激好玩，其实反映出了人的滥情、颓废、空虚，而且，很容易染上性病，给家庭和社会带来极度的不安全感，是应该受到谴责和制止的。一些女权人士更是出面高调抨击，说这种活动的目标主要是针对女性，在整个过程中，女性是被动的、是处于一种从属地位的，不符合男女平等、公平正义最基本的要义，是一种赤裸裸的性别歧视。

只是，这种不同的声音，在网上引起的反响总体显得很微弱。有网友留言并举例，说台湾新北市的信义区一带，一度被网友们形容为"捡尸大道"。深夜过后，男女在酒精的作用下，陶醉于"男爱捡、女被捡"的淫乱关系，多名曾玩过"终结一夜单身"的男女，向媒体袒露心迹，说那种感觉特爽快＋特放松。 而有多次被捡经历的周小姐则表示，说这种事是一个巴掌拍不响。大家都是成人了，对于"捡"与"被捡"的结果自己是清楚的……

实事求是讲，有关"捡尸"的说法，最初在夏承彪的知识储备中完全是个盲点，那天他听到古德山简要地介绍情况后，他忽然觉得自己有一种眼界大开的感觉。他当时还玩笑着问古德山，说你把这些稀奇古怪的事情都弄得这样清楚明白，一定是私下里也尝试过了的。古德山听了，哈哈一乐，说："我知道自己有几斤几两，没亲自尝试，但是对一些基本知识，应该说还是涉猎掌握了些的。完了，顺手扯着自己的警服抖了抖，戏谑道："还是你说得对，本队副是学习型警察嘛。"

古德山戏称自己为"学习型警察"。这里面其实是隐匿着一个"桥段"的，或者准确点说是从一个"带彩"的段子中引申过来的。包括，夏承彪有时调侃古德山为"学习型警察"，背后其实也还包含着对他的一种赏识。喜欢读书和揣摩问题，可以说是古德山的一个明显的特点，这家伙平时只要一闲下来，不是上网就是阅览图书杂志，不管是时政新闻、经典名著，还是名人传记、野史花边，他总是津津有味地阅读浏览，加之这家伙记忆力特好，读过一遍、看过一遍的东西，他基本都能记住一个大概。因之，平时在所里，给人的感觉就像是个百事通，天文地理、阴阳八卦、前八百年后五百年的陈芝麻烂谷子他似乎都能说出个一二三来。

许多年了，关于"学习型"什么什么的，在社会上派生出的名称、名词很多，而且还很时髦。以美国的彼得·圣吉先生为代表的"学习型组织理论"，原本属于企业管理方面的东西，它的核心要义是通过"自我超越、改善心智模式、建立共同愿景、团体学习、系统思考"等为基础的"五项修炼"，最终实现企业或团队的目标价值。然而自打这一理论传入中国之后，迅速产生了质的变化，不仅政党、社团学习运用，企、事业单位学习运用，弄到后来，党员干部、职工群众也被各级组织调动起来，仿佛"学习型"就是灵丹妙药，不打上这一标签，不开展学习创新活动，就是思想不解放，就是不支持改革开放，就是不要求进步，就会掉队落伍，就不能解决工作中的矛盾和问题，就不能很好地完成各项目标任务。社会上学习型党组织、学习型团组织、学习型工会、学习型妇联、学习型企业等"学习型"组织比比皆是，学习型党员、学习型领导、学习型团员、学习型青年、学习型员工等"学习型"个人如雨后春笋，纷纷都冒了出来。倘若能静下心来，回望一下中华五千年之文化文明史，这一时段这一民族将"学习"看得如此之重、折腾得如此之热闹，一定是空前绝后、无与伦比。

不得不说，全民"学习"在热闹之后逐渐趋于平静，并且私底下偶尔"尊称"某某为"学习型领导""学习型员工""学习型警察"什么的，古德山不是不知道里面隐匿的嘲讽与戏谑。但他却不以为意，有时他甚至会自我调侃逗乐，觉得对待世界万事万物，尊重自我内心的感受很重要，包括在对待新知识、新事物的学习和吸收，从来都是发自内心的一种需要和自觉，而且，慢慢形成了生活中不可或缺的一种习惯。他甚至觉得人的大脑就如同互联网的云储存，容量空间超级强大，你存放在里面的数据越多、越丰厚，一旦遇到难题和问题的时候，调动运用起来就会越发得心应手。这也包括在对"捡尸"这一行为的认识和看法上。比如"捡尸"，属不属于治安管理调节的范畴？明白点说，是否属于变相的卖淫嫖娼？是否应该纳入治安管理的重点范围？网上有不同的声音：有的说，捡与被捡，总体上看，应该算是周瑜打黄盖——一个愿打，一个愿挨。如果其中没有金钱和物品的交易，自然就不能用治安处罚条例对此调节；有的说，"捡尸"有违公序良俗，凭什么两个素不相识的人，几杯酒灌将下去，就没了诗和远方只剩下了苟且?！

言下之意，公安机关对这种行为不能视而不见，任其恣意蔓延。特别是关于后者，古德山深以为然，并且，在这方面他和队长夏承彪观点相近、认识相同。之后有一次，两人在聊到"捡尸"的话题时，还曾以袁大发为例，有过一番很值得品味的对话与交流。

夏承彪说你们那次既然在香格里拉酒店掌握了充分的证据，干吗不采取些措施，比如罚款、拘留，或者是通知家属领人之类的措施，让那个所谓的"土豪"也能从中吸取教训。

古德山听了，知道夏承彪的意思是要他搬出《中华人民共和国治安管理处罚法》来，那上面的第六十六条说得很清楚：卖淫、嫖娼的，处十日以上十五日以下拘留，可以并处五千元以下罚款；情节较轻的，处五日以下拘留或者五百元以下罚款。古德山咧开宽厚的嘴巴一笑，说："事实上，我们能用到的措施都用了，只是这土豪无所谓，根本不怎么在乎。"

夏承彪有些疑惑地眨了眨眼睛，问："难道是说你们证据不足，定不了他们的卖淫、嫖娼？"

古德山摇摇头，说："那倒不是。经讯问、查证，他们在发生性关系前后，事实上已经有了物质利益的交易和输送，办他们一个卖淫、嫖娼不冤枉。"

夏承彪说："既然是这样，那他还能犯什么'翘'？"

古德山说："关键是他有资本啊，既不是党员，也不算领导干部，没有什么纪律可以约束他。而且，这家伙还有钱，属于土豪类型，他既不怕罚款，也不怕拘留。"

夏承彪说："他不是还有家吗？通知他老婆来领人，看这家伙还敢在外面胡搞乱来。"

古德山一笑："快别说了。人家早就离婚了，单身，属于钻石王老五哩。"

夏承彪顿了顿，说："我就不明白了，按说玩'捡尸'的，一般都是些懵懂无知的小年轻干的事。而那位名叫袁大发的家伙，差不多就是枚'油腻男'了吧，怎么就还会有些女孩子愿意往他跟前凑呢？"

古德山说："钱又不油腻。"

夏承彪说："总得讲点礼义廉耻吧。何况，钱也不是万能的。"

古德山讪笑道："你只说对了一半。更多的人认为，没有钱是万万不能的。"

夏承彪低头沉吟了稍许，想着发句"世风日下"的感慨，话到嘴边，终究只是撇了撇嘴巴，没有出声。

而现在，夏承彪先前没说出来的"世风"，土豪袁大发正在非常不情愿地用行动一一展示和演绎。

大约是熟人的原因，也可能是现场情景已经很明白了，古德山没有按常规对抓了现行的当事人分开进行询问。不仅如此，他还示意沈崇峻，将两个女人散乱地丢落在地板上的衣服捡起来，让她们穿上后再蹲在那儿接受问话调查。两个女人抖抖瑟瑟地穿衣服时，夏承彪装着不是很经意地打量了一下。发现这两个女人的年龄都不大，约莫在二十岁的样子，都留着齐耳的短发，面容姣好，身材修长。不同的是，两个女人的皮肤一个显得要白一些，另一个则显得相对要黑一些，皮肤白皙的女人看起来要胖一些，脸庞呈圆形，皮肤黑些的女人显得要瘦一些，脸型很有些像某范姓明星。顺带着再扫一眼站在一旁的土豪袁大发，矮胖不说，还腆着一个大肚子，要不是先前穿了件大裤衩，就和屠宰场里刚褪掉毛的猪没什么太大区别了。他压抑住在两相比对中漫起的一丝喜感，心里暗骂一句"这狗东西倒是会享受"，便佯装出一副漫不经心的样子，在偌大的房间踱着步，把房间的布局和相关的设施检视了一遍。他发现土豪袁大发包租的房间，和先前借故参观"红绳"的房间很相似，不同的只是这边是套房，而且房间里的面积要大出不少，配套的设施也要更为完善齐全，卧室内除了有船形大床，床的上方悬挂的红绳，床头有黄、蓝两色的硕大的皮球，以及靠墙摆放的合欢椅等一应物品之外，在靠洗手间一侧，还摆放着一套水床，而且紧邻着还配有一间干蒸房，他推门探着头看了看，除了比正规洗浴中心的干蒸房小点外，别的都没什么区别。有意思的是，夏承彪踱着步在房间里查看的时候，涂正好仗着和他也算是熟人，竟然看起来若无其事地相跟在他身后。当然，说是相跟着，其实也隔有好几步的距离，涂正好清楚，眼前突然冒出来的事，让他感到尴尬是一方面，更多的，是让人感到紧张和心虚。夏承彪有意打破尴尬，正想着问亮点酒店像这样的房间有几套，住一晚上得多少钱时，古德山突然提高了声音对着袁大发吼了起来，只听古德山警告道："再提醒你一遍，你得给我态度放老实点，我见的行为艺术多的去了，有你们这么玩的吗？"

"古队别发火嘛。"袁大发说，"我一直在如实回答你的问话。古队说行为艺术不能这样玩，那应该如何玩才算数哩？"

夏承彪听了袁大发的一番话，当下也像受到传染似的暗自思忖："是啊，什么样的玩法才算行为艺术呢？"

没想到学习型警察也有卡壳的时候。古德山涨红着脸，过了好一会儿才回说道："无论怎么说，也没有如你们这样脱光了衣服在床上玩的行为艺术。"

"警察先生，凡事要实事求是。"袁大发说，"如何玩，这都属于我们个人的自由与喜好。况且，不脱光，我们的艺术活动怎么开展？"

"真他娘的无耻至极。"夏承彪在心里骂了句粗话。平时见过的无耻之人不少，然而像眼下这么无耻的东西还真不多见。他看了眼古德山，觉得没必要和这等货色多费口舌，干脆带回所里去分头审查处理得了，不过，话到嘴边还是忍住了。他想，你古德山坚持要对亮点酒店进行搜检，现在既然碰上了，也就不能有退路了。何况这土豪所说的行为艺术，你古德山之前也了解，也见识过，那就耐着性子看看你们如何往下唱吧。

古德山对突然冒出来的"行为艺术"之说，事先应该是没有什么心理准备的，以至于在面对袁大发的狡辩和诘问之后，虽然故作镇定地虎着脸加以应对，但说出的话，明显有些苍白无力："不管你们什么狗屁艺术，就这样赤裸着身子泡在一个房间里就是违法。"

"哪个法律规定不准男女光身子在一个房间了？"土豪袁大发也不是吃素的。继续反问道，"是宪法里面说了，还是刑法里面说了？你们警察依照的《治安管理处罚法》中，也没有说把艺术活动当成黄赌毒来抓吧？！"

"你他妈少给我谈艺术，艺术有你们这样赤裸着身子来亵渎的吗？！"古德山大约是真急眼了，说话竟然带上了脏字。

"古队千万别激动，你得注意文明用语。"袁大发对着古德山的胸前一指，有些嬉皮笑脸地说，"看看，你们的警用执法仪还开着哩。"

"别给我废话了。"古德山强压住怒火，说，"我对我的一切行为负责。只是，你现在有涉嫌违法行为，得配合警察调查。"

"你这样说话我可就不愿听了。"袁大发说，"凡事都得讲证据，说我有违法行为，那么请问我违反了什么法？你们当警察的，也得要有点艺术细胞好不好？！"

袁大发的话说得很冲，夏承彪预料着古德山会被激怒，没想到这会儿的古德山反而冷静下来。说："警察办案讲究的是证据，跟有没有艺术细胞关系不大。你刚才不是说到执法仪了吗，我们可以让你回看一下刚才的现场。"

沈崇峻最初进入房间后，一边控制两个惊慌失措的女人不准乱动，一边对现场通过警用执法仪进行了录像锁定。听到古德山说到现场录像，马上呼应道："现场都录得很清楚了。包括那边还发现有使用过的安全套。"

古德山微微点了点头，讥讽道："这难道就是你袁老板所说的行为艺术？！"

"男女友爱、性爱都是天性，这没什么错吧。"袁大发不以为意，说，"难道你们当警察的，就不和自己的妻子、自己的女朋友发生性爱吗？"

"有你这么玩的吗？"古德山对垂首蹲在床边两个女人一指，说，"他们都是你的女朋友？"

袁大发不满地头一摆，说道："我先前就和你古大警官解释过了，李小芮是我的女朋友，也是我公司的文秘人员。张蕾蕾则是李小芮的同学加闺蜜，当然，也是我和李小芮的朋友。"

"一个是你公司的职员兼女朋友，一个是女朋友的闺蜜，三人这样鬼混在一起，还美其名曰叫行为艺术，亏你说得出口。明确告诉你，你们这是聚众淫乱，追究起来是要判刑的。"

听到古德山说出"聚众淫乱"几个字来，一边看着"西洋景"的夏承彪开始安下心来，觉得古德山现在总算抓住了问题的关键。《刑法》第三百零一条说得很清楚，"聚众进行淫乱活动的，对首要分子或者多次参加的，处五年以下有期徒刑、拘役或者管制。引诱未成年人参加聚众淫乱活动的，依照前款的规定从重处罚"。而所谓的聚众淫乱，是指聚集众人进行集体淫乱活动的行为，具体而言，是指纠集三人以上群奸群宿或者进行其他淫乱活动。土豪袁大发不是单身吗？不是可以滥情吗？不是不怕治安处罚吗？现在好了，如果能按聚众淫乱来论，之后有这家伙好果子吃的。

"错，我们根本都没有淫乱，只是两个人在做爱。"袁大发依旧一副嬉皮笑脸的样子，辩称道，"不信，你可以让张蕾蕾小姐自己说嘛。她只是我们俩请来的摄影师，主要负责记录我们的行为过程。"

皮肤白皙、长着一张圆脸的张蕾蕾，和皮肤显得有些黑、模样酷似某明星的李小芮并排蹲在床前。听到袁大发如此一说，张蕾蕾立刻应声道："我真的什么都没做，只是袁老板和小芮请过来的摄影师，主要负责记录他们的恩爱过程而已。"

古德山质问道："你既然是他们请来的摄影师，你的摄影照相器材呢？"

"手机呀，照相摄影功能都是全的。"张蕾蕾也不含糊，指着不远处的床头柜说，"在那儿放着哩，早就被你们收过去了。"

床头柜上一共放着三部手机，都是沈崇峻进来后，临时收集控制起来的，这也是一般工作需要，主要是为了屏蔽信息，减少不必要的干扰。再者，现在的手机，几乎成了人们生活与工作密不可分的朋友，那上面明里暗内储存着主人的海量信息，若有必要，在上面可以找到许多有价值的线索。沈崇峻听说他们的行为艺术是用手机做的记录，便走过去指着躺在那儿的几部手机问道："哪一部手机是你的？三星还是苹果？"

张蕾蕾答："现在都打开贸易战了，我得用国货产品，就是那部黑色的华为手机。"

古德山瞪了她一眼，没吭气。伸手接了沈崇峻递过来的手机，打开影像储存文件只简略地翻看了一眼，便就合上了，那上面储存的图片与影像真的是不堪入目。他指着张蕾蕾问道："你既然是摄像的，为什么也不穿衣服？"

她大约没想到古德山会这么问，愣了愣，一时不知如何作答，白皙的脸一下子涨得通红起来。不过，袁大发在一旁马上接过了话头，只听他说道："我们玩的是人体行为艺术，况且，脱光也是一种业余爱好，警方应该无权干涉吧？！"

现在轮到古德山血脉偾张、满脸通红了。只听他提高嗓门咆哮道："我最后再说一遍，像你们这样聚众淫乱，那是得判刑的！"

"我也再提醒一下古队。"袁大发也不示弱，可能是仗着在社会上还有些关系，加之自己单身，又是平头百姓，不会被一些条条框框所束缚，这会儿就像吃了豹子胆，公开和古德山较上了劲，梗着脖子说道，"我们根本就没有聚众淫乱，我们这叫人体行为艺术，而且，也只是与女朋友恩爱。"

"既是这样，张蕾蕾不应该不穿衣服啊？"沈崇峻在一边实在忍不住了，厉声说道，"我看你没必要再狡辩了。你们这是打着行为艺术的幌子，在行聚众淫乱之实。"

"你这个小年轻，怎么动不动就乱扣帽子、乱打棍子？"袁大发不满地翻了翻白眼，神情显得十分亢奋，根本没把沈崇峻的话听到心里去。相反，还带着一种玩世不恭、吊儿郎当的语气说道，"凡事都要讲个氛围，摄像的如果衣冠楚楚地立在一边，换了你们，那戏还能如何往下演？！"

　　袁大发人长得矮胖，偏偏又是肥头大耳，脸盘子上还像被熨烫了似的带着一个黑褐色的胎记，眼下又几乎是赤身裸体地被抓了个现行，自己不仅不思悔过，反而还在这儿扬扬得意地胡诌狡辩，惹得夏承彪早就想上前抽他两耳刮子了。不过，他是一队之长，凡事冷静为要，他甚至想到古德山之所以耐着性子与之交谈询问，一定是想着要吸取从前的教训，这次无论如何得将袁大发给办个铁案。因之，他不动声色地对古德山建议道："袁老板既然玩的是行为艺术，我看也就不用再纠缠了。不过，可以检验一下他们的尿液，如果没问题，我们也就不打扰袁老板接下来要玩的艺术了。"

　　夏承彪的话，仿佛成了一副清醒剂。古德山扭头冲着沈崇峻命令道："不是带有试纸吗，你去客厅里看看，找几只纸杯过来。"说完，扫了眼蹲着的张蕾蕾和李小芮，觉得有必要找个人来协助取尿样，于是便又回头对站在身后的涂正好说道，"涂老板你给总台打个电话，让你们那位值班的小丫头也上来配合着做些事。"

　　剧情就是从这时开始得到了翻转。夏承彪之所以建议查尿液，是他在一旁观察发现，土豪袁大发自始至终都处于一种亢奋状态，而他所谓的女朋友李小芮则和他恰恰相反，情绪低落，眼神闪烁不定，好像总是透着恐惧与不安，而且蹲在那儿，一直闷声无语，手还不停地在身上挠着痒。按一般吸食毒品后的症状，袁大发和李小芮，都有吸食毒品的嫌疑。

结果很快就出来了，试纸显示，除了张蕾蕾尿检呈阴性，袁大发和李小芮的都是呈阳性。有意思的是，袁大发面对试纸上呈现的结果，还想抵赖否认，声称自己根本就没吃白粉。只是，古德山这次没客气，快速从腰间掏出手铐，一下将他的双手给铐了起来。完了，还不紧不慢地来了句："别的就不用再多说了，先委屈一下袁大老板，还是请你们先去一趟派出所吧。"

第二十三章

　　毒品在中国的历史，最早可以追溯到唐朝初年，是由阿拉伯商人将鸦片与罂粟朝贡给皇帝的产物。

　　当然，它们最初被当成朝贡之品，目的仅只是供皇家或上层士大夫们的养生与保健之用。之后差不多用了 600 多年的时间，罂粟与鸦片的药理与药性才被历代名医逐渐加以认识和推广。而让它真正演变成奢侈、纵欲有害之物，逐渐从皇室官宦阶层走入民间，从而危害民族、社会的健康当是在清朝中叶之后，并且随着社会的发展和科技水平的提升，毒品的种类也被衍生出许多的名目与特性。比如从毒品的来源看，可分为天然毒品、半合成毒品和合成毒品三大类，而从毒品对人的中枢神经的作用看，可分为抑制剂、兴奋剂和致幻剂等。再就是，从毒品的自然属性看，可分为麻醉药品和精神药品，从毒品流行的时间顺序看，还可分为传统毒品和新型毒品。从传统意义上讲，法律明文规定的毒品有鸦片、海洛因、苯丙胺类毒品、甲基苯丙胺、大麻油、大麻脂、大麻叶、大麻烟、可卡因、吗啡、杜冷丁、盐酸二氢埃托啡、咖啡因、罂粟壳等。而在当下，社会上比较流行的或是在一些娱乐场所较为常见吸食的，当数一些新型毒品，如冰毒、摇头丸、氯胺酮（也即 K 粉）、麻古等。

这些新型的毒品由于各自毒理性质的不同，对人的身体和中枢神经的影响也不尽相同。就冰毒而言，它的通用名称叫甲基苯丙胺。其性状与外观为纯白结晶体，晶莹剔透，故被吸毒、贩毒者称为"冰"，由于对人体的中枢神经系统具有极强的刺激作用，且毒性剧烈，故又被称为"冰毒"。冰毒的精神依赖性极强，已成为目前国际上危害最大的毒品之一，人在吸食后，会产生强烈的生理兴奋，能大量消耗人的体力和降低免疫功能，严重损害心脏、大脑组织甚至导致死亡。吸食成瘾者还会造成精神障碍，表现出妄想、好斗等特征。

而平时人们常说到的"摇头丸"，其成分则以 MDMA、MDA 等苯丙胺类兴奋剂为主，外观多呈片剂，形状多样，五颜六色，由于滥用者服用后，会出现长时间地随着音乐节奏剧烈摆动头部的现象，故称为摇头丸。人在吸食后，具有兴奋和致幻双重作用，在药物的作用下，用药者的时间概念和认知会出现混乱，表现出超乎寻常的活跃，整夜狂舞，不知疲劳。同时在幻觉作用下，使人的行为失控，常常引发集体淫乱、自残与攻击行为，并可诱发精神分裂症及急性心脑疾病。

还有就是 K 粉，通用名叫氯胺酮，其外观呈白色结晶性粉末，无臭，易溶于水，可随意勾兑进饮料、红酒中服下。一般人只要足量接触两三次即可上瘾。人在服用后，意识与感觉会产生一种分离状态，导致神经中毒反应、幻觉和精神分裂症状，甚至出现怪异和危险行为。表现为头昏、精神错乱，幻觉、幻视、幻听、过度兴奋，包括一旦接触到节奏狂放的音乐，便会条件反射般强烈扭动、手舞足蹈，"狂劲"一般会持续数小时甚至更长，直到药性渐散身体虚脱为止。同时，经常吸食此类毒品，对人的记忆和思维能力也会造成严重损害，智商几乎和医学上定义的弱智不相上下。

钱为高在缉毒支队时，就曾遇到一件让人啼笑皆非的事情。检查一家歌厅，给一位吸毒嫌疑人做笔录。

钱为高：你每次都和谁一起吸毒？

吸毒嫌疑人：和菜花。

钱为高：吸完毒都会干些什么事？

吸毒嫌疑人：做爱。

钱为高：你每次和菜花吸完毒，都和她发生关系？

吸毒嫌疑人：我每次和菜花吸完毒，都和李酸菜发生关系。

钱为高：李酸菜是谁？

吸毒嫌疑人：李酸菜是菜花。

钱为高：好好交代。

吸毒嫌疑人：我叫李酸菜。

钱为高：你在说什么啊？

吸毒嫌疑人：菜花每次吸完毒，都和李酸菜发生关系。

…………

钱为高转着眼睛想了半天，整个人差点要崩溃——嫌疑人陷入神志不清、胡言乱语之中，这笔录如何还做得下去？！

其实，在公安机关的执法实践中，对于吸毒嫌疑人是否吸食了毒品，或者说要想知道吸食了什么类型的毒品，现场检测起来已经十分方便快捷。无论是毒品检测试纸、毒品检测尿检板，还是毒品检测唾液板，使用起来，不仅检测的准确度高，而且体积小，携带方便。撕开铝箔袋，取出试纸，直接将事先取得的嫌疑人的尿液滴两三滴至加样孔，然后将试纸平放，三至五分钟内观察结果就会见分晓——如果是阳性，在试纸或尿检板的对照区 C 处范围内，会出现一条紫红色条带，测试区的 T 处范围内，则不会出现任何色条带，证明被检者吸食毒品无疑。反之，如果没有吸毒，检查结果自然是呈阴性，对照区的 C、T 处范围内，则会出现两条紫红色条带。再者，如果想要弄清嫌疑人是吸食了哪种类型的毒品，还可以采用定向型试纸进行检测，比如甲基安非他明（冰毒）检测试纸、吗啡（海洛因）检测试纸、大麻检测试纸、氯胺酮（K 粉）检测试纸，等等。精确的检测结果会更有说服力，能让嫌疑人心服口服。

马志武是在天刚蒙蒙亮时到的南湖派出所。因为晚上的集中行动，许多涉嫌人员被带回到派出所要进行审讯处理，院内的停车场包括篮球场上都停满了警车，而有五层高的办公楼，几乎所有的窗户都还亮着灯。黄处良陪着他从车上下来，便问要不要给张雷副所长打个电话。马志武摇摇头，说："不用，先去监控室看看，这小子一准还在审讯室忙着哩。"

派出所的审讯室和人员留置室设在地下一层，而负责对所有地下一层执法情况的监控掌握则在办公楼的五楼。马志武带着黄处良进到五楼的监控室，果然就见显示屏正显现着审讯室里的张雷的影像。监控室内有好几个警察在值班，坐在监控台上的耿如豹见了马志武，赶忙起身敬了个礼，并将自己的位置让了出来，跟着说了句："张副所亲自在下面问着话哩。"马志武点点头，屁股落下后，顺手就拿起台子上的遥控器按了几下，随着审讯室内高清探头的转动，监控显示屏上的图像也就跟着动了起来，马志武看清被审讯着的不是别人，正是将军府酒店董事长、南湖会所的老板程洪海。他用遥控器将程洪海往近处拉了拉，发现程洪海就一晚上的工夫，突然像变了个人似的，头发蓬乱，方盘大脸和平时相比，看着明显瘦下去了一圈，整个神情看起来很疲惫。不过，他对于张雷的问话显得十分抗拒和不配合。张雷说："程洪海你听好了，你现在是涉嫌聚众吸毒、淫乱接受讯问，你要如实回答问题。"程洪海的两个手腕被分别固定在被审台的桌面上，就见他挣扎着用手掌一下一下地拍打桌面，大声说道："我那叫什么吸毒？我只是喝多了酒，去解解酒而已。"张雷打断他的话，说："有你那么解酒的吗？你们连'溜冰'和'追龙'都玩上了，现场我们都取证了。"程洪海在对面眨眨眼睛，一时没有言语。张雷说："你们去那个地方有多少次了？吸食毒品的时间有多久了？"程洪海道："我要和你们的魏局长或者马副局长通个电话。"张雷提高嗓音："我再告诉你一遍，你现在是涉嫌聚众吸毒、淫乱接受讯问，你要如实回答问题。"程洪海道："我也再说一遍，我要和你们魏局长或是马副局长通个电话，我有重要事情反映……"

马志武按下了静音键，没再往下听。回头看了眼身边站着的耿

377

如豹，问："你好像是在刑事中队负责吧，昨晚也去现场了？"耿如豹听了，连忙点了点头，说："是的。我叫耿如豹。我和张副所在一个组，收获不小哩，带回来好几十人。"马志武问："都是涉嫌聚众吸毒、淫乱？"耿如豹摇摇头，说："也不全是。主要还是以赌博、卖淫嫖娼的为多数。当然，还抓到几个网上通缉的罪犯。"马志武抬手指了指显示屏上定格着的程洪海，问："他们搞吸毒、淫乱的有几个人？""一共六个人，四男二女。"耿如豹说完，又显得有些得意地补了句，"这中间还包括两名记者，一名涉嫌毒品贩卖者。"

事实上，关于程洪海涉嫌吸毒、淫乱在现场被抓，今天凌晨秦海就已经向他报告过了。当时，在江南春韵娱乐会所的主楼和暗室里一下控制了不少人，张雷中途便给当晚的行动总负责人秦海打过电话汇报，请求支援。特别是秦海赶到现场，了解到在暗室里捉到的人和身份比较特殊，当下一边安排人员做相关的证据固定，将嫌疑人带回所里审查，一边抽空向马志武报告了相关情况。要在平时，马志武得到消息，一准是要赶往现场的，但是因为晚上喝过酒，红着脸带着酒意去执法现场，一是有违工作纪律和规定，二是造成的影响也不好。因之，他只能躲在办公室负责调兵遣将，包括当时程洪海在现场不配合，最终被公安干警采取强制措施带回派出所，都是他居中协调指挥的结果。

"那两个暗访的记者现在怎么样了？"黄处良从自动饮水机上接了杯水给了马志武，便向耿如豹打探道，"都如实交代了没有？"

还是在来的路上，马志武问过黄处良，问他还记不记得上次到南湖会所暗访的俩记者，黄处良因为参与过当时的问讯调查，自然印象深刻。当下就说，不就是那一胖一瘦的两个家伙吗？那位扎着马尾巴的瘦高个儿好像还是个小领导。怎么，他们又出现在哪个暗访现场了？马志武听了没有正面回答，只是笑了笑，说："他们这次掉得有些大，出现在了吸毒、淫乱的现场哩。"

耿如豹和马志武并不是很熟，刚才在回答问话时一直是带着小心的。这会儿听到黄处良突然问起俩记者的事，原本紧绷着的脸上，立马就变得生动起来，说："这俩家伙说起来是记者，其实要我看，就是混进新闻队伍中的垃圾。"

"真吸毒了？"黄处良问。

"那是必须的。"耿如豹说，"据我观察，这俩家伙看起来还属于'同志'系列。"

"什么同志系列？"黄处良一时没反应过来，竟然歪着脑袋向耿如豹发问。

马志武见黄处良一脸的茫然，当下一乐，心想黄处良应该改叫黄处男了，入职一两年了还像个菜鸟，到现在连什么叫"同性恋"都还没弄清白。当然，他这会儿也没心思将"同志"的话题往下进行，而是一本正经地问耿如豹："俩记者吸毒、淫乱的证据都锁定了？"

"吸毒是肯定的。"耿如豹说，"当时在现场查获了毒品和吸毒用具。我本来是讯讽他们，让他们现场示范一下'溜冰'与'追龙'，没想到这俩家伙根本就是一对软骨头，当下跪地求情，要求放他们一马，说是私下了结罚多少款都可以，只要不弄到单位，不丢掉饭碗保住名声就行。"

马志武问:"他们是先吸食后淫乱,还是后吸食先淫乱的?"

耿如豹没想到支队长马志武会突然问出这样的问题,暗自思忖:吸毒与淫乱的先后次序,莫非在处罚与量刑上还有什么区分?站那儿略一沉吟,便回说道:"从目前掌握的情况看,他们还是属于先吸食后淫乱的。"

"怎么,还不能完全肯定?"马志武瞅了眼耿如豹,说,"你们的证据一定要准确无误。要知道,那俩记者可不是吃素的。"

耿如豹点点头,说:"领导放心,我们一定得办成铁案。"

马志武问:"那俩'同志'真就在吸食现场鬼混起来了?"

"也不全是。"耿如豹说,"我们冲进去控制现场时,俩记者还只是搂抱在一起。当然,在此之前,有没有真刀真枪地干过,我们还在做进一步调查。"

"如果只是相互搂抱一下,也不能说他们就是在搞淫乱。"马志武道。

"那是。"耿如豹认可道,"国家法律也没禁止公民不能同性相恋。"

"那你们现在为什么要说是涉嫌聚众淫乱呢?"

"现场的人数超过两人了。况且,有一对男女是被抓了现行的。"

"是他吗?"马志武指指显屏上的程洪海。

耿如豹摇摇头,说:"被抓现行的名叫林清树,这家伙有诈骗、吸毒的前科。近期又涉嫌贩毒吸毒已被我们盯了很久了。"

"和林清树一起鬼混的女人也吸毒贩毒？"马志武问。

"从目前掌握的情况来看，这女人只涉嫌吸毒。是林清树从一家夜店里带出来的小姐。"耿如豹答道。

"那个程老板又是从哪儿带的人过去的？也在现场鬼混了？"马志武再次指了指显示屏上的程洪海，他一直想不明白，昨晚上他喝了那么多酒，最后还能溜到那个地方去寻刺激。

"是和一个叫王四曳的女人。"耿如豹说，"真是莫名其妙。据这女人交代，她是在程洪海手下做事，昨晚陪着老板出来，目的就是出来醒醒酒的。"

马志武突然从耿如豹的口中听到"王四曳"几个字，起始还以为是自己的耳朵出现了幻听，甚至在瞬间，还会感知昨晚的酒席上，被王四曳拧过的大腿处隐隐地有些胀痛，及至弄明白王四曳真的涉案之后，他坐在那儿竟然半晌无语。

就他本人而言，之所以要一大早从办公室赶过来，主要还是觉得心里不太踏实，原因有两点：一是涉及的记者比较敏感。前些天因为记者暗访起的纠纷，动了好多脑筋、想了好多办法才使之安静平复下来，没有出现大的舆情。而昨晚的集中整治行动，恰巧又将这俩扯淡家伙以涉嫌吸毒、聚众淫乱给扣住了。中国自古有"天子犯法，与庶民同罪"之说，何况一个犯了事的小记者，该如何处置，自然会让法律来说话。只是，让马志武感到不踏实和担心的是，这俩记者先前曾与南湖派出所结下过梁子，倘若张雷这小子没个轻重借机报复，闹起来又将是很难收场的事。其次是从秦海简要说到的涉案人员中，程洪海的身份比较特殊。这家伙在省里、市里结交的人员很多，交往比较复杂和广泛，包括在市局，上上下下没有他不熟悉的，这其中，也包括他马志武本人，昨晚上还在一个桌上喝过不少的酒。现在既然涉了案，被抓了现行，下一步如何拿捏、处置，如何在应对说情、打招呼上把握好一个分寸，他觉得不到现场去看看、不去了解掌握第一手情况，心里总觉得不是很踏实。还有让他疑惑的是，程洪海和两个记者，从前原本就有些误会与过节儿，而且就在几天前，俩记者还去南湖会所进行了暗访和偷拍，表面看是想通过曝光，让公安机关、让派出所难堪，甚至让相关当事人受到追责处理，但是私底下，不也是在砸他程洪海的门面与招牌吗？！更让人想不到的是，耿如豹突然说到的涉案人员中竟然还有王四曳？马志武记得很清楚，那天为了记者暗访事件，他和黄处良在找她做询问笔录时，王四曳这鬼女人，分明对那俩记者是十分厌恶和不齿的……

然而，偏偏就是几个看起来不怎么搭调的人，却忽然会在一个错误的时间与错误的地点，不仅聚集在一起吸食毒品，而且，还能宽衣解带，行苟且之乐，真是滑天下之大稽。

涉案人员的讯问笔录，是张雷亲自从审讯室里拿过来的。

马志武看得很仔细，包括林清树供述自己如何因毒资不济走上贩毒吸毒之路，如何定期或不定期地在这个会所里兜售和分享吸食毒品，如何在现场与夜店小姐苟且淫乱。

当然，马志武要了解的重点，主要还是集中在对记者邹一鸣、李小伟和王四曳的审讯上。对于邹一鸣、李小伟的讯问笔录，马志武关注的不外乎有三点：

一是要了解清楚他们是否吸了毒？采用什么方式吸的毒？二是要弄清楚是什么渠道把他们几个看似不相干的人凑到的一起？三是要理清楚这俩记者在现场，是否存在淫乱行为？包括，是否真有"同志"间的淫乱行为？

不得不承认，张雷他们的审讯还是比较细致全面的，两位记者对警察的配合也很好。马志武逐条逐句地看下来，心里很快就有了底数。按他们的供述，不管是最初的 QQ 联系也好，还是现在采用的微信联络方式也好，他们都是单线与一个叫作"锤子"的人联系的，有了货或者是想要货，或者是有了新货还想在吸食时玩点花样与氛围，都是由"锤子"发布和遥控组织安排。每次供货人和参与人并不固定，但活动的场地则相对是固定的，因之，张雷给他们这些人定个涉嫌聚众吸毒、淫乱罪应该是顺理成章不冤枉的。而当马志武在翻阅王四曳的供述时，立马就少了先前那种从容与淡定，平时看起来十分光亮平滑的脑门，竟然会伴着眉头蹙起，上面横竖爬满了沟壑。并且，随着他的目光在讯问笔录上飞快地游走，他甚至还在心里连着暗骂了好几句"骚婆娘"。

要说，马志武一直自恃在男女问题上是位"坐怀不乱"的汉子，但唯有在偶尔遇到王四曳时，他的生理和心理就会不由自主地出现些异样，准确点说会显得心浮气躁，并且，只要有了机会，他还会隐忍不住地玩些打情骂俏或是揩油占便宜的小勾当。他曾经有过许多次的反思与自责，为自己的这种不齿行为而羞愧与脸红，警告自己要注意形象，下不为例。但每次，他最终都会像一个偷吃惯了的孩子，明明知道不对，可总也管制不住自己的手脚。为此，他有过扪心自问：这是否当初在夜半钟声的歌厅里，王四曳的秀美、清纯与才情给他留下的美好印象在作祟？！事过境迁，清纯的女孩早已浸淫了岁月的风尘。许多年了，许多回了，王四曳应该有过很多次暗示可以投桃报李，或是投怀送抱，但是他马志武，仿佛把她当成了一件隐匿在内心深处的"家珍"，每次都只局限于有限的"把玩"，生怕用力不慎失了手，给捏烂摔碎了似的。那种情状让人平添不少的郁闷。

王四曳的供述很简单，但是在马志武看来却是很关键很重要。王四曳倒是承认吸食了毒品，她说因为和朋友相聚喝多了酒，听了老板程洪海的话，为了解酒跟着在现场吸了冰毒后，浑身燥热、行为失控出现过衣衫不整、现场昏睡现象，但是不承认有淫乱或者是集体淫乱行为。

马志武合上王四曳的讯问笔录后，坐在那儿半晌没有言语。习惯性地掏出一支烟拿在手上把玩了许久，直到张雷凑上来给燃了起来，才突然不着边际地问了句："白粉也能解酒？"

张雷摇摇头："我这还是第一次听王四曳说。"

"就是。"马志武点点头，说，"以前查处黄赌毒，遇到涉嫌吸毒的女嫌犯可是不少，她们给出的吸毒理由很多，有说吸毒可以治疗痛经的；有说可以缓解人工堕胎前的紧张的；还有的说，因为大龄了，一直找寻不到男朋友，酒吧里'摇摇头''追追龙'，可以暂时忘掉'单身狗'的痛苦。总之是千奇百怪，何曾听到过吸食毒品能解酒的？！"

"这倒不是关键。"张雷显得很坦然，说，"《治安管理处罚法》

第七十二条说得很清楚，非法持有鸦片不满二百克、海洛因或者甲基苯丙胺不满十克或者其他少量毒品的；向他人提供毒品的；吸食、注射毒品的；胁迫、欺骗医务人员开具麻醉药品、精神药品的。只要有其中行为之一的，便可处十日以上十五日以下拘留，可以并处二千元以下罚款。"

马志武点点头，说："好在没有参与淫乱。"

张雷提醒道："林清树和他带去的小姐可是在现场有过淫乱行为的。"

马志武没有接话。而是问："程洪海就一直扛着不配合？"

张雷试探着说："马局要不要去下面给做做工作？"

马志武眼睛眨了眨，问："你们在执法现场都使用了警务通吧？"

"那是必须的。"张雷十分自信地答道，"我们的执法规矩着哩。"

马志武回过头看了他一眼，问："他的尿检或是血液化验都还没有做？"

"他一直不配合。"张雷迟疑了一下，说，"主要还是考虑他的身份比较特殊，给了他一些面子。"

"那就继续给他些面子吧。"马志武说完，顿了顿，把手中还燃着半截烟往烟灰缸中一按，跟着又补了句说，"你们就多点耐心，看看他的膀胱最终会不会给他面子……"

第二十四章

　　周三的班子碰头会是临时安排的。魏子明早上刚进办公室，孙小安就将调整后的领导班子成员"双节"值班表送了进来，解释说："之前少安排了一天的中秋节值班，潘宏光副局长主动提出由他来顶替，这样魏局还是像往常一样，在家坐镇指挥就行了。"

　　魏子明点点头，说："今年是'双节'碰在了一起，放假的时间比较长，其间又赶上南湖花卉展，安全保障千万不能出问题。"

　　孙小安说："上周的例会后，潘宏光、马志武两位副局长已分头召开过工作协调会了，应该不会有什么大的问题。"

　　"舆情方面还平稳吧。"魏子明道，"上次俩记者暗访的事闹得有些被动。"

　　"目前总体情况还好。"孙小安说，"暗访出现的纠纷也基本摆平了。市委宣传部分管新闻的处长亲自出来协调，媒体怎么也得给点面子的。"孙小安说完，本还想表表功，说一下为了这事还与施文峰喝了场大酒的事，但话到嘴边却忍住了。

"基本摆平是什么意思？"魏子明转过头盯着孙小安看了眼。

孙小安的目光没有与之交接，略一思忖，便字斟句酌地回说道："记者的暗访，估计还是有针对性的。那天在南湖会所，就餐的客人不少，据说还有几个厅局的领导。但是，记者们盯着的，却是我们的几个普通小警察。魏局想想，这里面是不是隐藏着什么事情呢？"

"你是说这是有预谋的暗访和偷拍？"

孙小安没有正面回答，眼睛扫了下魏子明，说："天网工程的设备招标，我记得是上过局长办公会的，统一纳入市招标中心去招的标。而且，在上周的碰头会上，你还向潘副局问过工程的进展情况的。"

"对呀，整个工程项目都由潘副局在具体跟踪负责。怎么，有什么问题吗？"

"这中间可能有些误解。"孙小安眼神闪了闪，说，"那俩记者可能也参与了设备的销售代理。"

"没中标？没中标就想着给公安局难看？格八马的这是没事找事！"魏子明不是很大的眼睛里透着凌厉的光，说出的话，竟然还带了一句不太干净的方言。

"也只是猜测。"孙小安说，"好在这俩记者也没再纠缠了。"

平时，魏子明进到办公室，如果没有特殊情况，第一件事就是给自己冲泡上一杯普洱茶。当然，他的这种冲泡，和茶室里的工夫茶是两回事的。说白了，也就是将适量的茶叶，放入一只透明的飘逸杯中，先用沸水冲洗几遍后，再冲泡饮用的那种，属于简易冲泡法。他刚才与孙小安的对话，实际上就是在茶几边上进行的。等他泡好茶，端着茶杯回到办公桌边落下座，一眼就发现桌上还摆着一份市委的红头文件，上面还标注了"特急"二字，拿起来匆匆看了看，便问孙小安，说这份急件金龙主任看过没有。

孙小安是办公室主任，文件放到魏子明的办公桌上之前他就已经看过了，知道是一份有关全市最新舆情的通报。孙小安说："文件是总值班室一大早送过来的，还等着你签批后再转给崔主任看哩。"

魏子明歪着头略一思忖，便又将文件认真地看过一遍，对孙小安道："每逢大的节日和大的活动，相关的矛盾和问题便会攒着劲地往外冒。市委在这份急件中要求迅速将通报的精神进行传达，搞好摸排稳控。明天就要正式放假了，老孙你赶紧通知一下局领导，上午十点钟，就在党委会议室召开一个班子碰头会吧。"

马志武因为是以治安支队工作为主，办公的地点距局机关较远，加之路上有些堵车，几乎是踏着时间点进的会议室。

魏子明没像平常的周碰头会那样，先让办公室汇报本周的工作开展情况，通报下周相关工作的预安排，而是对刚落座的马志武说道："治安支队在节日期间的任务很重，又赶上花卉展的安保工作，说说看，你那一块的相关准备情况做得如何了。"

马志武听了，摊开手上的笔记本，清了清嗓子，竟然一开篇就汇报起前天晚上的集中治安检查情况来。魏子明之所以通知大家过来开个碰头会，也是有他的目的和想法的。近期有关他将要交流任职的事，正式通知还没有动静，小道消息却已风传开来了。他想，越是这个时候，越是得多加小心，无论如何，不能出什么岔子。因之，再次检点一下双节期间相关重点工作是否都安排妥当；应急预案是否完备充分；还有，对市委下发的急件，也要通过学习传达，统一思想认识，并对照做好相关的舆情排查和应对工作，才是今天会议的主旨。魏子明有心提醒他重点说一说"双节"期间的安保准备工作，以及有否需要协调配合的事情，但见马志武讲得一板一眼，很认真，也就只好耐着性子往下听。

好在，马志武的汇报还算简洁，主要是用数据说话，比如集中行动涉及了哪些范围，当晚出动多少警力、清查了多少家娱乐场所、带回审查了多少人，包括查破了多少起案件，等等。治安检查也好，黄赌毒集中整治、专项行动也好，在公安系统是再平常不过的事情了，与会人员真正对这些事儿也不是太关心。

孙小安坐在马志武的对面，会议将开始时，他以为还是像往常一样，开篇由他来介绍相关面上的情况的。他甚至已经打开了面前的麦克风，准备好了要来发言的，然而，当主持人魏子明直奔主题，让各管领导先说，孙小安原本绷着的身子，便像被扎了一针的皮球，马上就缩了回去，靠坐在黑色的皮椅子上装模作样地听马志武发言。孙小安也没想到马志武在这时，会突然说到前天晚上的集中整治情况。而这些情况，也恰巧正是他想要向马志武打探的，只是一直忙着还没找到合适的机会。程洪海的老婆今天一早就给他打电话，说她老公差不多有两天时间失去了联系，本来想去报案的，可有人说曾看见他被公安局的人半夜里从娱乐会所带走过，言下之意是要他帮助打听一下，公安局前天晚上是不是有什么行动，把她老公给"网"进去了。临到最后，还吞吞吐吐地说，如果程洪海真做了什么坏事、丑事，她可以认罚私了，不要弄得满城风雨就好。孙小安听了程洪海老婆在电话中的求助，一开始是否定的，觉得那天晚上程洪海的酒也喝得差不多了，应该没精神再跑去什么娱乐会所去瞎折腾。不过，这种想法也只是一闪念便就打住了。现在的一些老板，日子过得可是要比体制内的人滋润，精神好、身体棒，没有什么是他们不能做、不会做的。况且，那天在程洪海组织的餐叙晚宴上，孙小安也的确从马志武的一些表现中感到治安支队会有什么行动，而他当时之所以没过多地了解，一是觉得治安检查在基层是一件十分平常的工作，没必要询问打听，再加之公安内部也有纪律要求，但凡涉及各类案件和专项行动，只要与自己工作无关，是严禁打探甚至说情的。现在，马志武竟主动说起相关的清查行动的事项来，他孙小安的耳朵自然就会支棱起来听。不过，很遗憾，马志武对于很多案情细节一语带过，竟然没再往深处说就转换了话题。马志武向来言语不多，即便说到了花卉展的安保准备工作，他也是蜻蜓点水，略说一二便就此打住了。给人的感觉是，他分管这块工作多年，经验丰富着哩，一切都在掌控之中。

引起大家讨论和警觉的倒是崔金龙的发言。崔金龙今天一大早，就被通知参加了由市委副书记郑一光主持召开的全市信访稳定紧急会，和上次信访稳定联席会所不同的是，这次紧急会议任务更明确、更聚焦。首先是信访局长在会上宣读了全市遗留问题处置及节日维稳包保方案。对在两节期间很容易引起群体事件的长期遗留问题进行了责任分解。崔金龙说:"市委副书记郑一光在会上发表了重要讲话,要求各单位、各部门要从讲政治的高度,牢固树立政治意识、大局意识、核心意识、看齐意识,认真抓好维稳和遗留问题的重点处置工作,特别强调公安机关是维护社会和谐稳定的重要力量和坚强的支撑,要继续发扬特别能吃苦、特别能战斗的精神,在警力上给予通力配合,真正把遗留问题的处置和维稳工作落在实处。"

魏子明问:"一光书记说的警力配合主要是指哪些方面?省厅一直强调要慎用警力的。"

崔金龙道:"具体还没有明说,到时由信访局负责协调。不过,有些遗留问题的处置如果没有警力支持,是完全没办法得到落实的。"

"明天就放假了,现在对遗留问题进行处置如何来得及?"魏子明说。

"也不一定就要在节前处置完成。"崔金龙说,"会上一光书记也讲了,之所以将历史遗留下来的重点问题,现在拿出来集中力量进行处置,主要是有迹象表明,这些当事人很可能在假日期间上访或群访。也就是说,节前能处置的节前处置,节前处置不了的,可以推到节后上了班再行处理,但是有一条要求很明确,就是任何责任单位和任何部门,都必须各负其责、履职尽责,把重点人稳控在当地,决不能在'双节'期间出现上访、群访事件的发生。"

潘宏光副局长坐在马志武和崔金龙的中间,这时插话道:"水利局那个老大难问题拖了差不多快十年了,这次是不是列在重点处置范围内？"

"何止是水利局的那个老大难。"崔金龙说，"这次把移动公司的那个麻缠事也一并纳入重点处置范围了，到时肯定得要有警力出面做支撑。"

关于水利局、移动公司的两件遗留问题，魏子明是清楚的，这两个分属不同的单位，出现的遗留问题却是惊人的相似。都是在同一个年份，都是死者的家属因赔偿或补偿达不到自己的期望值，拒绝签字将死者尸体火化，以致被长期寄放在殡仪馆冷冻。水利局的死者是下属单位的一个小水电站的女职工，因家庭纠纷想不开，跳楼自杀了，而且自杀的地点选在水电站的主控楼。虽然有遗书、日记为证，说明她的死与单位，与单位领导、同事们都没关系，但是死者的母亲却一条道走到黑，说她的女儿早晨是好端端进的水电站，而且还值着班，现在人死了，单位不追认个因公牺牲、不赔偿四五百万元是不能解决问题的。移动公司的情况也是大同小异，死者是男性，属移动公司外聘员工，主要工作是负责公司各通信基站的维护。然而有一次在登临一处发射塔进行检修时，不慎从十多米高的塔杆上跌落下来，头部着地，当场毙命。后者的家属对荣誉看得倒不是很重，不要求什么因公牺牲、因公殉职，但是要钱，一口价，赔偿金额不能少于三百万元，同时还要让死者的弟弟顶替入职，并且还要求是移动公司的全民所有制身份。移动公司属于中央企业，对员工的入职条件要求本身就高，而死者的弟弟连初中都没毕业，因之，招录为全民职工完全是不可能的事情。换言之，不管是前者还是后者，不管是地方单位，还是国有企业，凡事都得讲规矩、讲标准，无理的漫天要价不可能达到目的，于是单位与死者家属之间，很快就形成了对立。单位苦口婆心地做工作，往往换来的是更加激烈的对抗。前者的家属曾以同意将尸体火化为借口，从冷藏室领出尸体后直接抬到了水利局的办公大楼门前，幸亏当时还在特警支队任职的潘宏光反应迅捷，带领应急分队火速赶到现场，才没有让事态扩大。只是，那一次出警，有一名特警队员在对尸体进行强制管控过程中，被死者的母亲生生咬住了手臂，险些撕掉一块皮肉下来。副局长潘宏光之所以在此时间及水利局那个老大难问题，大约也是因了那次特警队员的受伤让他印象深刻。

而后一位死者的家属，因为是城郊的村民，他们的行为更为隐蔽也更为激进。凌晨时分，组织了二三十个亲朋，带着担架和棍棒，突然冲进殡仪馆，逼着值班人员打开冷冻室的门，将尸体强行抢了出来，预备抬到市政府去堵大门施压，好在值班人员电话报警及时，半路上被刑警大队给截了下来……魏子明还记得年初的时候，市里曾发过一份维稳隐患通报，其中就对这两起遗留问题进行了重点提及，说前后已长达近十年的时间了，光存放在殡仪馆的冷冻费就超过了好几十万元，死者家属至今还不甘休，时常利用重大节日和重大活动进京上访、缠访，造成了极坏的社会影响，要求相关单位和部门高度重视，想方设法彻底化解这一难题。魏子明当时看了，还进行过一番"换位思考"：倘若他是这个单位的负责人，摊上这样的事情，会采用什么奇方妙法才能彻底地、妥善地予以化解呢？实话实说，他当时颇费了些心思，也没有想到一个万全之策。而眼下，魏子明似乎更没心情去帮别人操心费神了，于是便对

393

着崔金龙问了句："今天的紧急会上，涉军方面有什么新要求？"

崔金龙答："市里成立了退役军人事务局，凡是涉军的问题主要由他们负责。至于需不需要我们配合，如何配合，目前没有下达具体的任务。"

魏子明点点头，道："你和孙主任还要多用些心，在内部也进行一下排查摸底，我们自己可不能出任何么蛾子。"

崔金龙说："之前我们已摸排过了。总的看还算平稳，没有什么大的矛盾和问题，但潜在的隐患也还是有的，比如部分协警持续反映的待遇低的问题，个别违法犯罪被除名的协警要求恢复工作的问题，等等，都需要引起大家的高度重视。"

说到协警的待遇和除名协警要求复职的事，潘宏光扭了扭身子，开口说道："网监支队通过监控发现，有人在中国协警网上发帖子，说现在的协警每天起得比鸡早，睡得比狗晚，吃得比猪差，干得比驴多，拿到手的钱比民工还少。声称全国的协警兄弟们应该联合起来，走向街头、走向广场，向公安局、向政府要待遇、要说法。后来一查，竟然是我们特警支队的一个聘用协警放上去的。"

"这是什么时候发现的？"魏子明还是第一次听说，当下拧着眉头问道，"确定是我们特警支队的人？"

"没错，就是几天前的事情。"潘宏光说，"是特警支队的一个聘用协警。这家伙酒后无聊发到网上去的。"市特警支队、网监支队都归口潘宏光分管，为这事，他曾让网监支队的牛海涛专门去找过王小奇，将人员核准后还与发帖的协警谈过话的。

魏子明扫了一圈与会人员，没发现王小奇，便问："怎么特警支队没有人来参会？”

孙小安答：“今天江城过江隧道正式通车，市里在那边有个仪式，小奇一大早就带人去现场执勤，赶不过来了。”

魏子明说："网上发的东西，虽然是酒后所为，但是造成的影响很坏，同时也反映出了一种心态，大家千万不能大意失了荆州。"魏子明说的时候，眼神其实是瞅着孙小安的，大约见孙小安的手指一直在手机显示屏上写写画画的，便又直截了当地提醒道："孙主任你要把今天会上的精神转告给王小奇，特警支队那边的维稳工作是压倒一切的，马虎不得。"

孙小安听了，停下手上的动作，眼神盯着魏子明看了看，说道："这是个大事，我正在给小奇发着信息友情提示他哩。"

魏子明收回了先前十分锐利的目光，从桌上拿起那份紧急文件，拣紧要的传达起来。而孙小安则越发认真地边微微点着头，边断断续续地在手机上写写画画。于是，就见手机屏幕上，来来回回地显露出这样一些对话框：

孙主任好！怎么不接电话？麻烦你打听到我们家老程的下落没？真是急死人了。

正开着会哩。不急。一会儿了解了告诉你。

…………

马局，前天晚上的行动，带回审查的人员中有没有程洪海？

什么意思？

他失联有几天了，他老婆急着打听他的下落哩。

目前不掌握。你孙大主任跟着操什么心？！

真在你们手上了？嫖娼还是吸毒？

志武你怎么不回话？？？

您把魏局传达的精神和提的要求发给王小奇了吗？后面连着
跟了三个捂嘴呈害羞状的小卡通图标。

第二十五章

　　路上堵车。魏子明在距无聊茶斋不远处停好车，进入伍先生的茶室时，发现张家和已和伍先生相向而坐品着茶了。

　　伍先生见了他，照例是微笑着点点头，用茶镊子给魏子明的茶台前放上一个茶盅，顺手给茶盅里续上了茶水。魏子明也不客气，端起来看了看茶的汤色，才呷了一口在嘴里抿了抿，转着头看了眼张家和，说道："好茶。本来上次就该享受的，结果却因你张大部长的爽约，先生竟舍不得拿出来让人分享，害得我只能喝点自助的茶走人。"魏子明说的时候，眼神还飞快地在张家和的脸上游走了一遍。

　　近来江南省也不是很太平，随着省委常委、常务副省长郭春喜被立案调查，他所分管的好几个厅局级领导也受到了牵连，有的甚至在接受纪委监委约谈时被当场采取了留置措施。张家和是组织部常务副部长，明面上看与常务副省长郭春喜没有什么隶属关系，但张家和毕竟早些年当过他的秘书，并且在此之后，他在仕途上也是顺风顺水，谁能说没有老领导在暗地里的提携与帮助？！要说，在国家的政治和组织体系中，领导与秘书，只不过是一种职务的区分，是一种领导与被领导的工作关系，即便是因为工作的原因，久而久之建立起超出一般的信任关系，也属于人之常情。何况，在现实社会中，也并不是领导出了问题，之前所追随或者说为其服务过的秘书、工作人员都会跟着犯错。当然，反观张家和是否能洁身自好，出淤泥而不染，就当下反腐的现实与情状，在案子还没有完全揭开之前，一切皆有可能。昨天晚上魏子明去康复医院看望李月茹，院长王笑宽在送他出来的路上，竟突然向他求证，说因为郭春喜副省长的事，组织部的张副部长是不是也被牵扯进去了。王笑宽的问话声音极低，魏子明听了却不亚于在耳边滚过了一声惊雷。他当下停住脚步，瞪着眼睛问道："不可能的。你是听谁在瞎胡说？！"

魏子明的瞪眼不是没有道理的。张家和在他的心目中，仿佛就是他们过去同学、同事中的杰出代表，是一颗即将升起的政治明星。早在一年多前，就有耳闻其升任省委常委、组织部部长的传言。为此，他还侧面向他打探过。不过，张家和当时听了，只是哈哈一笑，连着说了好几句"空穴来风""空穴来风"。

王笑宽一介精神病医院的小领导，忽然见魏子明满脸的严峻，只得连连推说是坊间的一些小道消息。

明面上看，社会上的小道消息，就好似天空中偶尔刮过的东南西北风，刮过了，吹过了，也就过去了，但是这次关于张家和的

"小道消息"，却仿佛在魏子明的脑瓜中留下了什么印记，竟然会冒出这样一个问号：上次还是张家和主动约了去无聊茶斋喝茶的，弄到最后却是爽约未至，而且，电话还无法接通，这中间不会是真有什么情况吧？

张家和生得年轻，虽然已年过半百，但乍一看，让人觉得也就四十挂零的样子。听到魏子明说他爽约，害得上次没喝上伍先生的好茶，他眼睛眨了眨，也不解释，只是有些夸张地哈哈一乐，说道："都说你魏子明喝茶很讲究，怎么连这是什么茶都没品出来呢？"

张家和如此一说，倒一下弄得魏子明有些不好意思了。重又端起茶杯品了品，道："口感真的不错。入口有些甘醇、香甜，似有些花香与陈香的味道。"

"这叫柑普茶。"伍先生依次给茶台上的茶盅续上水，抬眼看了看魏子明，说道，"产于广东江门的新会地区，采用当地未成熟的青柑，除去果肉留用柑皮，将普洱散熟茶填入其中，再经特殊工艺加工而成。"

"难怪有点柑香味。"魏子明说，"早就听说过柑普，只是一直还没品尝过。"

"偶尔换换口味也是可以的。"伍先生淡淡地说道，"柑普茶不仅有普洱熟茶的浓郁滋味，同时也有柑果的清新感，喝起来也是很享受的。"伍先生说的时候，伸手从茶台边的柜子里，取出一个没开封的青柑茶，进一步向魏子明介绍道："柑皮是能入药的，冲泡时放进一些柑皮，不仅味道清香独特，长期饮用，还有理气化湿、健脾和胃、消积化滞、暖胃养胃的功效。"

"说了半天，先生的绝品古树茶，莫不就是青柑茶？"

"别不知道好歹啊，你魏大局长不到，伍先生的绝品好茶可是不轻易入壶冲泡的哩。"张家和说完，顺手指着茶台边放着的一个小茶碟，道，"看清楚了，你不到场，伍先生的家珍也只能在一边稍息。"

今天的茶叙是魏子明主动邀约的。已是假期的第二天了，昨晚的花卉展开幕式进展得很顺利，各方面保障非常到位。快十一点了，市长陈唐山还打电话过来，说晚上参加活动的中央部委领导很高兴，整个活动的组织、布展，包括现场及周边的安保、交通等方方面面工作都做得很仔细，值得肯定和表扬。同时要求公安干警们再接再厉，确保江城人民过一个文明祥和的中秋节和国庆节。陈唐山在电话中将该说的官话说完，话锋便突然一转，关心起魏子明的交流任职有了什么新消息。电话中他甚至调侃："上面的调令之所以还没下来，想必是为了让你魏子明再为家乡多做几天贡献吧。"

魏子明听了，也跟着打起哈哈："我怎么会只想'再多做几天的贡献'，我想着是毕生为家乡搞服务做贡献呢！可你们当领导待人不公，偏偏把我当包袱往外丢……"当然，玩笑归玩笑，事实上，魏子明也正想从陈唐山的口中打探些消息，就问："如果要卷铺盖走人，过完'双节'就应该差不多了吧？"陈唐山在电话的一端稍微顿了顿，回说道："按说是差不多了。不过，现在的形势很严峻，何况，干部跨省市任职，履行相关任职手续也要复杂一些。只是，近段时间，你那边得稳扎稳打，不要生出些什么事情来。"

陈唐山在电话中所说的形势严峻，不知道是否与郭副省长牵出的许多人和事有关，甚至与传言中牵扯的张家和有关。陈唐山当时没有具体说，他也不方便打探。倒是刚才落座时打量了一眼张家和的，张副部长和对面坐着的伍先生一样，略显稀疏的头发一律整齐地后背着，鼻翼上架一副无框眼镜，身着一件质地很好的浅蓝色 T 袖，神情淡定，看起来与平常没什么两样。从内心讲，邀约张家和品茶，魏子明其实也很矛盾：张家和如果真的有事，这时约其见面，他能不能来是一回事，会不会引起组织的误解把自己给牵扯进去又是一回事。中央三令五申，反腐永远在路上，从上至下一直呈现着高压态势，这样的大环境下，最好的办法是独善其身。当然，魏子明最终决心打电话约一约，他也是认真思考过了的，他觉得自己与张家和的关系，渊源很深，其形成与发展可以说是历史的必然，同学也好、同事也好，甚至成为朋友也好，都不是以个人意志为转移的，就像一处荒原草地，原本没有路的，但是来来去去时间久了、走的次数多了，便也慢慢踩踏出一条清晰的路径来。也就是说，他们的这种交往，是合乎情理的，没有什么出格的或是肮脏的、见不得人的东西存在。他的想法很简单：既然组织上对自己的任职有了动议，总还是希望能早些有一个明确消息，而这种消息源，不管是正式还是非正式的，省委组织部常务副部长张家和同志，无疑是最具可能性和权威性的。

大约真的是绝品好茶，伍先生的神情骤然显得用心专注起来。冲泡前，他不仅起身到卫生间重又净了手，坐下后，还从茶台上摆放的五六把式样各异的紫砂壶中，将之前开过的那把相明石瓢壶请了出来。用沸水与先前用过的茶盅一并冲洗一遍后，才将先前放在茶盘中的茶叶小心地倒入壶中。

魏子明问："先生上次开过的壶'定味'普洱茶了？"

伍先生听了，却没有马上回答，而是微眯双眼在默算沸水注入茶壶后的时间。魏子明知道，普洱茶的冲泡，前期的洗茶、醒茶工序是很讲究的：第一道茶为洗茶也称涤尘，开水入壶后，盖上盖子约十五秒后，倒出来洗烫杯具。而第二次加入适量的开水谓之醒茶，要等水在壶中约三十秒后方再次倒出。同样，第二次茶水也不饮用，只是用来烫洗杯子或是用来滋养一下紫砂壶体。直到加注第三次沸水，闷泡三十秒至一分钟左右才可开饮。

茶台上的公道杯是一只透明的器皿。第三道茶汤从紫砂壶倒入后，伍先生将杯子端起来先是在眼前端详了一番，并抽动鼻翼嗅了嗅氤氲中的茶香，才依次从张家和开始，给各自面前的茶杯里倒入茶汤。完了，自顾将面前的茶盅端起来品了品，跟着来了句："真乃好茶，也算不枉了这把相明壶啊。"

魏子明端起杯子没往嘴边送，而是专注地晃动着杯子察看了一番茶汤的颜色，方才问道："先生泡的这壶茶，莫非真有一个甲子的年龄了。"

"何止一个甲子。"伍先生说，"可以再加上十年，差不多和我们共和国同龄哩。"

"何以见得就有如此之久的陈期？"魏子明笑言道，"现在市面上假冒伪劣的东西实在太多，仅凭一纸包装上的印标只怕不足为信。"

"鉴茶品茶也是一门科学和艺术哩。"伍先生说,"实话告诉你吧,我们今天分享的普洱茶,可是来自今年广州的春季拍卖市场,最后拍下来的价位差不多有了这个数。"伍先生伸出右手在魏子明的眼前晃了晃。魏子明起始以为是五万,不过眼珠转了转,马上就自我否定了,心想,五万块的一饼普洱茶,在伍先生的眼里怎么称得上是绝品古茶。不过,如果一饼茶,真的达到了五十万的价位,即使有幸品尝,还是觉得于心不忍。伍先生似是读到了魏子明愣神间的心思,因之,再给公道杯加注新的茶汤时便补了一句,说:"物以稀为贵。这饼茶的全称叫蓝印圆茶,也就三四百克的重量,凭什么比黄金还要精贵?!"伍先生说的时候,头还不由自主地摇了摇。

几天后,魏子明突发奇想,悄悄动身去靖州的路上,在高铁站候车时,闲得无事,曾在手机上百度了这饼蓝印圆茶。网页上将其冠之于"稀世珍藏"的极品,有图有真相,对它的前世今生交代得清楚明白。伍先生说它与共和国同龄一点也不假,产于中华人民共和国成立初期的1950年,饼重323克。属云南勐海茶山的大叶种乔木茶树茶,生产工艺为生普。其茶饼储存优良,茶质优厚,陈期将近七十年。饼面乌亮润泽,条索粗壮紧实,品相良好,配茶风格萌芽偏重,生闻已感觉其韵气醇而樟香味浓烈。冲泡后,茶汤明亮呈栗红色,清澈见底无浑浊;茶水醇厚馥郁,富层次,浓郁芳香而不霸道,令人舌底鸣泉,回味无穷……

说起来,伍先生从朋友那儿得到一些珍稀的古茶,并能拿出来与人分享,足见分享之人在其心目中的分量。然而遗憾的是,那一天的无聊茶斋，整个品茗的氛围似乎缺少了些什么东西。魏子明在与伍先生讨论茶的真假、茶的价位、茶的汤色、茶的口感时，他多少还是有些虚与委蛇，穷于应付的味道，总想着如何将话题转移到有关人事变化上来，希望能从张家和的口中得到一些与自己有关的信息。而张家和表面上看似从容、淡定，但是在对茶的品评上，在对一些话题的探讨交流甚至话题的维护上，却让人感到有些超然物外，似乎没怎么上心。比较起来，无聊茶斋的斋主真的是入了境界，三五泡茶喝了下来，时常微眯着的眼睛明显睁大了许多，也亮了许多，先前略显苍白的脸色开始变得红润起来，明晃晃脑门上甚至还沁出细密的汗珠。

股市与房市的话题就是在这会儿提出来的。

伍先生也许是觉得关于茶的话题说得差不多了，也许是发现张家和对这个话题似乎不愿多谈，于是，在冲泡茶水的间歇，看似不经意地说起了社会普遍关注的房价和股市。

伍先生说："这几天，微信上关于股市和房价的问题倒是议论得很多。你们都是省市的官员。我倒是想请教一下：有关股市、楼市，究竟还有没有一个好的走势。"

伍先生在股市里的起落魏子明和张家和都是清楚的。前些年的有段时间，股市忽然变得气冲斗牛，伍先生沉寂多年的几只股票像吃了壮阳药般地起死回生，先前被套牢的不仅轻松自然地解了套，而且一路飙升，回报率高得连伍先生自己都不敢相信。伍先生给人的感觉是很淡定的人，然而对着手机中的股市K线，仍然禁不住喜形于色，常常是满面红光。见了过来喝茶的人，一改往日的随性淡然，要不了多久，准就会把话题往股市上引，并且现身说法，好心地规劝大家都去关心一下股市，可以去那儿淘淘金，可以真正用行动来实现对"美好生活的向往"。比较起来，魏子明、张家和对形势的研判要客观清醒得多。多年前，上面曾有过明确要求，公务员或者是党员领导干部不允许炒股，况且魏子明、张家和也没时间炒股，各自的妻子倒是跟风进了股市，但是一路走过，没有哪一位不是血本无归、泪眼蒙眬。而眼下，风水倒转，股市仿佛一夜间成了聚宝盆、成了提款机，连大街上的摊贩、单位的清洁工都在忙着炒股、捞金，几乎没心思去操弄正业了。当局者迷，旁观者清。魏子明、张家和之流无论在家还是在单位，只要说到股市，都会善意地发出预警，包括偶尔去到无聊茶斋，面对伍先生的亢奋，曾也有过几次三番地泼冷水，友情提示伍先生见好就收。伍先生大约是过去在股市里遭受的打击太大，或是忍受压力太久，没有充分认识到中国股市如同中国足球那般不靠谱，不仅没有见好就收，反而还在关键的时候，低价卖掉了自己仅有的一套商品房，将得来的钱一分不剩地押了进去，而最终的结果可想而知……

当然，伍先生在这之后曾有过深刻的反思，说自己平时比较信奉一句人生信条：年轻时要看远；中年时要看透；年老时要看淡。而自己活了差不多一辈子了，结果是既没有看透，也没有看淡，真是没活明白。现在，伍先生重又突然关注起股市和楼市来，想必这其间又会有什么高论与动作吧。

魏子明看了眼张家和，笑言道："先生谈到的这个话题，还是得请张大部长来解答了。在中国，股市和房市，似乎总与政治和经

405

济牵扯在一起的。"

张家和听了，也不客套，在座位上欠了欠身子，问："伍先生莫不是要割了肉再进到楼市里去闯荡一番？"

"廉颇老矣，哪里还有精力去闯！"伍先生垂着眼睑，一边给烧水的壶注水，一边自嘲道，"况且，被套在里面的几只股，已没有什么肉可以宰割的了，就只剩下几根老骨头罢了。"

"留得青山在，不怕没柴烧。"魏子明忍不住插言道，"股市总也有触底反弹的时候。"

"何时触底与反弹，现在对我而言也觉得无所谓了。只是有时茶友们聊到这个话题，都显得底气不足，找不准方向。"伍先生说的时候，伸手拿起了放在茶台一角的手机，打开来在显示屏上翻找了一会儿，递给魏子明，说："你看看这条微信，我可是暗自揣摩了好几天，终究还是没有想明白。"

魏子明接过来只扫了一眼，便顺手递给了张家和，说："还是得让部长来解答。这条微信，我前几天也收到过，问题看起来简单，想明白还真不容易。"

手机微信上的内容，张家和其实也在很早以前就看到过了，上面提出的问题有些夸张，当然也很刁钻。说是在当前，有几个世纪性的难题摆在中国人面前很难化解：

其一：逻辑难题。为什么学历不值钱，但是学区房值钱？

其二：经济难题。近半数上市公司利润不够买京沪深一套豪宅，但卖掉1%股份就可买几套了。究竟是楼市泡沫更大，还是股市的泡沫更大?

其三:哲学难题。《人民日报》撰文:失去奋斗,房产再多我们也将无家可归!

网友评论:失去房产,奋斗再多我们也将无家可归!

那么,究竟是《人民日报》的观点更正确,还是网友评论的观点更正确?

…………

的确,对于当前的股市、楼市,不管是从逻辑层面还是从经济、哲学层面都是难于回答的问题。张家和有次去党校参加一个研讨会,中场休息,他在和几个地市的党政主要领导闲聊时,顺带着将这几道题拿了出来,领导们讨论得倒是很热烈,各抒己见,各亮观点,但是讨论完了、见解讲完了,张家和仍然是一头雾水,大家所谈的不管是论点、论据,还是最后的论证,都不能让他心悦诚服。

伍先生可能是见张家和拿着手机看了半晌没有言语,思忖这几道题还真是能唬住人的。于是便自顾说道:"这几年,股市看着像玩蹦极似的垂直下跳,却没见到政府出手相救,而对于楼市,就在前不久,中央高层再次开了会,再次强调'房子是用来住的,不是用来炒的',要重拳出击,严厉打击投机炒房。只是纵观十多年楼市价格的走向,说句不恭之言,它就像小孩子的雀雀,越摸越坚挺了。"

"总是喊狼来啦、狼来啦,结果狼却没有来。"魏子明调侃道,

"只怕这次会是真来了。网上有篇文章，点击率少有的高，题目就叫作'终于，房子开始吃人了'。看看，够危言耸听的吧?!"

伍先生抬头瞅了一眼魏子明，说："没那么严重。网上才发布了一份全国各大中城市房价排名走势榜，我数了数，出现跌幅也就是二三十个二、三线城市，包括江城市，不仅没有跌，甚至还有微涨哩。"

"现在的楼市与股市，都得放在大的背景上来看。"张家和将手机还给了伍先生，显得有些莫测高深地接上了话，"楼市的价格不可能再像以前那么火，微涨、小跌是大概率，政府的管控不会松；而股市，低迷也好，牛市也罢，更多的是依赖于经济形势的好坏，政府不可能过多干预，包括熊得一塌糊涂、惨不忍睹。"

整个晚上，张家和的话都不是很多，而一开口，话却说得十分肯定。魏子明便打趣道："股市、楼市都事关整个经济形势，凭什么政府只关心楼市而忽略了股市？手心手背不都是肉吗?!"

"表面上看是没错。"张家和点点头，"但是如果放在大的格局上看就得有区别了。"张家和多年养成了一个习惯，有事没事，都喜欢到网上去转转，他就曾在一家网站的论坛上，看到过一个有关对国家大的宏观政策的逻辑分析方法，他觉得这时套用起来，就是很能说明问题的。比如上面出台一个政策、形成一项决策，无外乎要考虑三个递进关系——最高级别：政治稳定；中间级别：主权稳定；最下级别：社会民生。所以，如果一个事情只影响社会民生，属于大概率事件，可以容忍；上升到影响主权稳定，就视情况而定，但被容忍的概率就大大下降了；而如果一件事影响到政治稳定，用脚底板也能想得到，是可忍，孰不可忍。说到股市大跌，为什么政府不出手相救呢？影响政治稳定吗？没有。影响主权稳定吗？同样没有。影响社会民生吗？有一些，但不是很大。毕竟，游走于股市的人总还是少数，而且，以零星散户居多。

伍先生大约是发现张家和在不急不缓地说着话时，眼神有好几次跳动着打量他，于是在张家和停下来喝茶时，就笑嘻嘻地自嘲道："对呀对呀，像我们这等散户股民，即便是亏得当了裤头，也只能自己双手捂着，鼓捣不出什么名堂的。"

张家和的思路没有被打断。继续侃侃而谈："再说到楼市房价，中央坚决遏制房价上涨、打击恶意炒房的力度可以说是前所未有。那么这一次，是真的会让房价下跌吗。我们不妨试想一下。如果房价下跌20%、30%，会发生什么？大多数的首付一共才30%左右，如果房价跌掉首付之后，购房者必然会及时断供、止损，将包袱直接扔给银行……这还不算，现在的开发商，他们的资金基本都是通过银行、券商、信托、投资公司融过来的，负债率几乎接近100%了，开发出来的房子成了不良资产，借的钱没办法还，等着的只有破产一条路，而开发商的破产，跟着的就会是券商、投资公司的倒闭。有个数据，整个中国社会融资差不多有180万亿，而其中有60%以上的资金都流入了房地产。此时，融资杠杆一断，注定会发生中国版的次贷危机。中国版的次贷危机倘若发生，影响的是什么？只是社会民生吗？影响的一定是政治稳定。影响政治稳定的事，这房价大跌的事还能发生吗？"

"当然不会发生。"魏子明认同道，"政治稳定是压倒一切的。"

魏子明没想到张家和条分缕析得这样透彻明了，而且记忆力超好，很多数据似乎都是了于心、信手拈来的。魏子明觉得张家和经过这些年的历练，真的让人刮目相看了。

伍先生一直在不间断地忙着烧水、冲泡、倒茶，听张家和不急不缓地讲完，他竟然好半晌没有吱声。魏子明便问道："伍先生莫非还另有高见？"

"哪里还有什么高见！家和的分析可以说是抽丝剥茧，再清楚不过了。"伍先生喝了口茶，缓缓地说道，"去年就在说家和要高就，怎么到了现在还没一点动静呢？"

魏子明一听伍先生说到了张家和，心里当下一喜。想着张家和正面回答也好、侧面搪塞敷衍也好，总会吐露出一星半点的信息的吧，顺带着，也可以打探一下与自己有关的消息。脸侧了侧看一眼张家和，没想到这家伙只是哈哈笑了一声，抬起手腕看了看表，来了句："先生的好茶也喝得差不多了，我们是否也该撤退了。"一边说，一边就站起了身。

第二十六章

相约了去东西湖农庄钓鱼，还是在"五一"假期的一次小聚时定下的。

起因是在此之前，有一家名为"卧龙大酒店"突然在夜半时分发生了火灾，由于消防支队的支队长吕胜杰带着消防人员扑救及时，避免了一场灭顶之祸。老板和吕胜杰过去并不是很熟，但是吕胜杰带队救火之事让他十分感激，先是送红包、请吕胜杰吃饭，都被婉拒后又提出请他去钓鱼。

酒店老板来自城郊农村，也算是做得比较成功的农民企业家了。在江城的市中心区域，开着一家富丽堂皇的五星级大酒店，而在农村老家，也还仍然承包着几百亩的鱼塘，不仅养着比较精贵的甲鱼、牛蛙、螃蟹，同时还养着许多的鲤鱼、草鱼和鲫鱼。酒店老板声称，他的鱼塘一直对外开放垂钓业务，而与之相配套的，还经营着"农家乐"餐饮，开设了棋牌室、网球场，无公害蔬菜瓜果采摘等娱乐项目。客人到了农庄，就像进到一家大型超市，可以钓鱼、可以采摘、可以球场健身、可以在棋牌桌上一展风采。总之，可供选择的东西很多，一切为顾客着想，充分体现了随性与快乐。酒店老板在推介他的相关特色项目时，还专门强调，被钓上来的鱼或者采摘的蔬菜瓜果，都是要按斤论两卖给垂钓者或采摘者的。并且，大家对自己的劳动所获，既可以带走，也可以在现场自助加工或委托加工后大家一起分享，不存在有行贿受贿、拉拢腐蚀领导干部之嫌。酒店老板说到最后，还显得特别体己地来了句文绉绉的话，说之所以想请吕支队到郊外放松放松，主要是看领导平时太累、太辛苦，有机会带着家人和朋友出来"减减压"，总归是有百利而无一害的。

　　"五一"节那天小聚的时候，刚好卧龙大酒店的老板又打了电话过来，吕胜杰在电话中难免又是一番深表谢忱的好言相辞。及至他放下电话，大家就问是怎么回事，吕胜杰不胜其烦地简要一解释，没想到在场的所有人都说去郊外钓钓鱼还是值得的。马志武率先表明态度，说去鱼塘钓鱼又不是去私人会所、上高档饭店，应该是不违犯纪律和规矩的。王小奇也跟着附和道："到乡下钓鱼，如果费用什么的都是个人支付，应该不算违纪违规。"叶子看看一边坐着魏子明，也跟着附和，说她还从来没有钓过鱼，如果决定去，一定得带上她。魏子明见大家纷纷表明态度后都拿眼睛瞅他，于是就端起面前的杯子喝了口茶，方才不急不缓地说道："如果大伙有空闲的时候，相约了去那位老板的鱼塘钓钓鱼也是可以的，不过有几点原则得把握好。一是去的人员不能太多，得注意点影响；二是大家相约了过去，都得开私家车，不能公车私用；三是活动产生的费用得自己出，不能让鱼塘老板免单。"

魏子明当时的一番话可以说是一锤定音。只是在此之后，吕胜杰有好几次通过马志武联系魏子明，确定一个周末或是小长假去郊外放松放松，但最终都因为这样和那样的事情牵扯了没能成行。

魏子明将要交流到外省任职的消息，已在节前的一些私下场合传开了。吕胜杰在电话中问马志武，说魏局只怕过完节就得走马上任了，之前说好要组织的钓鱼活动一直还没有落实，可不可以借这个假期把遗留的问题给整改了。马志武没说行也没说不行，只是说那要看魏局的时间能不能赶趟。吕胜杰这次没再让马志武联系，而是自己直接给魏子明打了电话。

说起来，吕胜杰最初通过马志武认识了魏子明后，随着时间的推移，虽然也慢慢变得熟稔起来，但是从内心的感受上，总还是觉得与马志武相比要差出一大截的。加之近年来，自己在心里存下了"小九九"，思想着自己在部队已经服役二十好几年了，在团职岗位上也有六年多时间了，而再往上走的台阶几乎为零，唯有的选择是脱下军装回归地方。就他的现状而言，回归地方时如果能得到江城市公安局长魏子明施以援手，今后的人生之路大约不会走得迷茫和灰暗。所以，平时在与魏子明的相处上，他是一直留着小心的。

作家柳青曾经说过，人生的道路虽然漫长，但紧要处却常常只有几步，特别是当人年轻的时候，走错一步，会影响一个时期，甚至会影响一生。比如军人转业回归地方，对许多人来说，何尝不是人生的一个紧要关口。虽然他们不再年轻，他们将青春年少留在了军营哨所疆场，但是，一旦结束使命，有机会转身回望来路，选择新的征途，他们从最初的兴奋与激动过后，慢慢就会变得持重而谨慎，就会有比较、有思忖，就会产生一种冷峻地对现实的评判与思考。他们会发现，脱下军装后，对他们绝大多数人来说，就如同一名登山赛手，好容易历经艰险脱颖而出、快要及顶时，忽然被人吹了偏哨，被要求下到山脚重新再来，或改行为徒步竞走，或另外参与射击、标枪等其他项目的竞技。试想一下，这种突然的改变，会让人多么的不甘与不堪？大约也正因为如此，近些年才有了不少的涉军诉求。

人生际遇发生变化是大概率，本是无可厚非的事情。而作为一名军人，效忠疆场马革裹尸原本是他们的宿命与天职，能侥幸完成使命从容转身也算是一种福分和欣喜，问题是在侥幸和欣喜之后，有些事需要他们想明白：回归地方，就意味着人生之途要归零从头再来，意味着要重新适应环境开始新的打拼，而这种"新"的建构，从决定离开军营的那一刻开始，如何选择似乎就成了人生的又一重要课题。说起来，吕胜杰算是幸运的，他是正团职干部，按照转业安置政策，可供他选择的路有两条：一是自主择业，凭着勇气和运气到社会去独自闯荡。其次是计划安置，通过竞争考试，挤进公务员队伍，或安排进入国有企事业单位。吕胜杰很清楚，自己来自河南的伏牛山区，家族里他是近百年出的最大的官了。自主择业倒是省心，每月拿一份不菲的工资，外带着再找点事做也许能将日子过得很滋润。但好容易从大山里走了出来，原本觉得眼前的路是越走越宽的，可一转瞬间，似乎走着走着，路又到了尽头，他觉得意犹未尽，也觉得心有不甘。这种"未尽之意"和"不甘之心"，最直接的意念就是不能将自己游离于组织之外，他得在体制内接力前行，他得极尽所能，挤进公务员队伍。最次，也得到一个像模像样的企事业单位去谋一份体面的职业——他的人生已过去多半了，现状与现实让他不敢心存多大的家国情怀。但是作为一名七尺男儿，能有机会在这个多姿多彩、莫测高深的世界走上一遭，临到最后，总得给自己、给家族和亲人一个交代。然而，综观许多从军战友的转业情况，他又感到十分惶惑与无助，在这个人情大于一切的社会，他和他的家族中，几乎没有一丝半点能给予他庇护和关爱的可能。他担心稍有不慎，自己的一切努力付之东流，最终还不如自主择业来得清心、洒脱。

认识魏子明是他人生的亮点。很长一段时间，对吕胜杰而言，走近魏子明、与魏子明处好关系，转业时能进到市公安局，可以说是他吕胜杰的家庭与个人的最大梦想。而这种梦想，有时就像坐上了过山车，时而跌宕起伏，时而峰回路转，快慰、焦虑、兴奋、紧张交替反复，让人欲罢不能，欲死还休。眼看年底越来越近了，按照常规，离队的报告很快就要批下来了，外面却风传魏子明要交流到省外任职。他先是不信，经过多方打探，在得出了差不多肯定的信息后，他的神情是黯然的，他在想，魏子明先前的表态还能算数吗？转业进公安系统的想法还能实现吗？之前，魏子明虽然也曾有过暗示，说他吕胜杰的事，他会一管到底。但现实社会，到哪个山头得说哪个山头的话，人在其位才能谋其政，换言之，人不在其位，很多事就会存下许多的变数。

好在这种担心没过多久，他的人生旅途再一次柳暗花明，显露出新的曙光：关于相关部队的改革，目前已出台了明确的方案，其中包括武警消防部队军官的转业安置，不纳入今年的安置范围，而是就地转入地方应急管理部门，按国家公务员对待，其职级会与在部队时的职级充分衔接。也就是说，他眼下即便脱下军装，他的职业生涯也不会发生大的变化了。而且，从军几十个春秋累积的职级和荣誉光环，不会像充盈饱满的气球遇刺般破碎烟灭。他觉得，他这个从大山深处走出来的农家小子，他的人生际遇真是太幸运、太精彩了。他甚至在心里暗自打算，明年的清明节，无论如何，也得回老家给躺在荒山野岭里的父亲、爷爷烧一炷高香。

叶馨竹是坐着王小奇的沙漠王子越野车过去的。在农庄门前刚一下车，吕胜杰就迎上来打趣道："叶子啊，几天没见，人怎么看起来很憔悴呀！女孩子可是要注意休息和保养哦。"

叶馨竹听了，浅浅地一笑，说："还不是怪你吕大支队，要安排钓鱼活动，也不早点打招呼，来个突然袭击，害得我想睡个自然醒都办不到。"叶馨竹说的也是实情，这几天，她连着在单位值了几天班不说，暗地里，还熬更守夜地准备着参加局里的招聘考试。一大摞子有关公务员考试的试题集，把她折腾得两眼昏花、头昏脑涨的。

王小奇下了车，左右看了一圈，没见着马志武那辆老掉牙的帕萨特，便问："马支队还没到吧？我昨天值班，也没顾上去备鱼饵哩。"

叶馨竹说："我出发前联系过马支队的，他说钓竿、鱼饵什么的他都备着了。"

吕胜杰听了，愣了愣，说：“怪我忘记交代了。张老板的农庄配套很齐整，服务也周全，只要人来就行了的。”

　　张老板长得瘦瘦小小的，一点也看不出有如他的“卧龙大酒店”那般豪华大气。不过挨近了一打量，五官长得倒是周正，给人的感觉很好。吕胜杰说这儿的服务周全还真没错。张老板带着一干人进到垂钓区，且不说让第一次到鱼塘钓鱼的叶馨竹感到新奇，就连从前经常光顾众多大小鱼塘、算得上垂钓高手的王小奇也感到惊奇莫名。放眼望去，一溜排列着四口鱼塘，每口鱼塘的水面，足有一两个足球场般大小。塘与塘之间，明晃晃地都有被硬化的路面相互连接。路的两侧，绿毯似的铺满了许多长势旺盛的鱼食草本植物。而在靠近公路边的这口鱼塘，临近塘边，还十分突兀地耸立着四五顶太阳伞。这些等距离支撑起来的红蓝黄各异的伞，一眼看过去，就像是在绿色植被中长出的一株株鲜嫩的蘑菇，在秋日的阳光映衬下，显得十分赏心悦目。这还不算，细眯了眼睛再看看伞下，不仅每顶伞的下方摆放好了钓竿、抄网、有靠背的折叠椅，而且，在每顶伞的避荫处，还都亭亭玉立了一位身着淡绿色套装的服务小姐。王小奇不解地看了眼身边的吕胜杰，心想，好端端地来钓鱼，弄几个女孩子站那儿干什么呢？难不成现在钓鱼也引入了星级服务？！瘦小的张老板大约是看出了王小奇的疑虑，连忙凑近介绍道：“几位领导看见了吗？我这几口塘里，养殖的品种还是很齐全的，有螃蟹、牛蛙、甲鱼和鲫鱼、鲤鱼、草鱼，遇到节假日，过来试钩的钓友和随行的客人可是不少的，遇到有人不会下饵、摘钩什么的，我们也有服务人员给予协助的。”

"螃蟹、牛蛙、甲鱼也能钓吗？"叶馨竹觉得很好奇，她发现眼前的几口水塘边，都有或蹲或站着的垂钓人。

吕胜杰是多年前从北方的野战部队调到江城来的。这儿大江大河大湖的，水资源丰富，水产资源自然也更丰富，逢到节假日，偶尔也会被战友或朋友们约了到郊外钓鱼。只是，钓螃蟹、钓甲鱼、牛蛙什么的，他还是第一次听说。因之，便跟着打趣道："螃蟹有八条腿，那玩意如何好钓它？"

张老板见客人说起了八条腿的螃蟹，当下也跟着开上了玩笑，说："别看这些家伙腿多横行，但是心眼还是不够，和那些王八一样，只要咬了饵，一般是不轻易松口的。"张老板说的时候，见大伙儿都支棱着耳朵听，便又眉飞色舞地细述起来。王小奇自小在江城长大，对钓甲鱼、钓螃蟹，甚至钓泥鳅、鳝鱼什么的都是很清楚的。比如钓螃蟹，随便数一数，就有竿钓法、网钓法、灯照法和笼诱法等好几种方法。而日常用的较多的竿钓法，实际上就是取一根或几根略带弹性的竹竿，长度 1 米左右即可，竿梢拴上线绳一根，长约 1.5 米，在绳的尾部拴上一小块生的肥猪肉或是青蛙腿、鸡鸭内脏等饵料。将饵线甩入水中，使之沉底，再将竿插入岸边，绳子保持松弛。一切就绪后，准备好一把手柄稍长些的抄网，一旦发现钓绳被拉直，即可轻轻提竿，待螃蟹即将提出水面时，迅速用抄网从水下捞出，屡试不爽。

瘦小的张老板很是健谈。王小奇回过神的时候，张老板已经说完了钓螃蟹，开始比比画画地向走在他身边的吕胜杰、叶馨竹介绍如何钓王八了。平常习惯说的王八，学名叫鳖或甲鱼。张老板说：

"王八从水里钓上来容易，但是出水后要将钓钩从它嘴里取出来可不是那么容易的事。"

"是不是会缩着头让人没法下手？它们还会咬人。"叶馨竹曾在菜市场售卖乌龟、甲鱼的摊位近距离观察过这些动物。之前她总是将二者混为一谈，觉得它们都是四只脚，都顶着厚厚的壳，一受到惊吓都会缩头收尾的，让人奈何不得。及至将二者现场一比对，才弄清楚，原来乌龟的体形相对小一些，且呈长方形。鳖或者说甲鱼的体形要宽大很多，且呈圆形。不仅如此，叶馨竹还发现，这些家伙看起来胆小，但是也有它们凶恶的一面，那天在售卖乌龟、甲鱼的摊位前，她就亲眼见着女摊主因为大意，在为顾客从临时使用的蓄养箱中往外抓缩着头的甲鱼时，一不小心被咬住了右手的大拇指，而且任你如何敲打总不松口。痛得女摊主嗷嗷大叫，亏得她老公急中生智，抄了隔壁家的杀猪刀，给这只该死的王八现场抹了脖子才算完事。当时的那种血腥，叶馨竹一想起来就感到心发颤，她说："乌龟、甲鱼，打死我也不会去钓它们的。"

"乌龟、甲鱼咬人毕竟是个小概率。"吕胜杰见叶馨竹说话时一副很紧张的样子，于是故意逗她，说叶子看起来有些神经过敏了，要不等会儿让张老板先带着你去钓钓甲鱼，也算是顺带着进行脱敏治疗。

"算了算了，吕大人您行行好，我还是学着去钓钓鲫鱼、鲤鱼省事。"

"没那么可怕，只要留些小心就没事了。"张老板笑眯眯地解释道，"咬了钩的甲鱼被抄网捞起来后，注意先将带着钩线的甲鱼仰放在地上，让它四脚朝天，人在一边候着，静等这家伙伸出脖子便快速出手，果断地抓住它的长脖子，再用食指和拇指掐住它的口角就可以轻松摘钩了。"

"将它朝天仰放着，是不是防着它抽身又逃进水里？"吕胜杰问。

张老板先是点点头，跟着又摇了摇头，说："主要还是要利用它伸头翻身时好捉住它。"

"王八还会翻身？"吕胜杰显得有些疑惑，他看了一眼王小奇，说，"你就是江城本地人，以前钓没钓过王八？在我的印象中，乌龟、王八好像都是不会翻身的。"

"当然钓过。张老板讲得没错，钓王八的关键是给王八摘钩，那可是个功夫活儿。"王小奇回答得倒是很率真，但是对于摘钩的细节，他没好意思说出他们那会儿给王八摘钩，属于典型的"霸王硬上弓"：咬了钩的王八用抄网捞上来后，根本就不用将它们仰面朝天，而是就地一放，跟着便上去一只脚踩住了背壳，也不用使太大的劲，承受不了重压的王八就会十分不情愿地伸出长长的王八头……而至于乌龟、王八会不会翻身，他们那会儿还真没做过试验比较。不过，有一则经典的脑筋急转弯还是可以说明些问题的。说是一对相爱的乌龟，在海边做爱之后，雄乌龟悠哉闲哉地回到了大海，而雌乌龟却依旧四脚朝天地待在原地。要求回答：这是为什么？有的认为是雌龟还没有尽兴，痴等着雄龟再来复盘。有的说是雌龟太用情，大约是幸福死啦。而标准答案是，没有人助龟为乐，帮助雌龟翻身得解放，因之，它只能待在原地，等着下一次的海潮将其带回大海。脑筋急转弯的题型和内容，包括设定的所谓标准答案，虽然看起来有些荒诞和搞笑，但是出题的依据往往还是符合实际、注重遵循一般客观规律的。王小奇之所以没将这个足以佐证的黄色笑料抖搂出来，大约是因为叶馨竹在场，想了想，竟没好意思说出口。

张老板很自信。他紧接着吕胜杰的话解释道："乌龟和王八是有区别的。乌龟的腿脚、脖子都较短，翻身要显得困难些，而王八的脖子相对较长，让它四脚朝天，它会先将脖子伸出来，用头顶着地，将身体支起，而后倒向一边，并就势借力从而翻转过来。"

吕胜杰见他一边说，两只同样显得小巧的手还不停地翻转比画，便一笑，说："张老板这儿有没有钓乌龟的？若有，等会儿可以让乌龟、王八来一场翻身比赛，也让大家长些见识、寻点乐子。"

张老板听了，脸上现出些遗憾："乌龟还真没有。但是可以钓几只王八上来展示展示的。"说的时候，正好来到就近的一顶太阳伞下，张老板对着站在伞下的姑娘一指，说："别看这些女孩子个个长得娇嫩柔美的，她们钓王八摘钩可都是行家里手哩。"

王小奇刚进到垂钓区时，就对惹眼的太阳伞，以及伞下立着几位着装统一的女孩子产生了疑问。之前，魏子明对钓鱼活动定下的调子他是清楚的：属于私人朋友间的自助活动，一切从低调出发。而眼下的这种阵势，在当前反腐的生态环境下，无疑显得过于张扬，一旦说出去，即便是自费性质，影响也不是很好的。他跟在魏子明身边多年，知道局长的脾气秉性，担心他一会儿过来见了，弄不好会训人骂人的。王小奇单刀直入地问："这些服务员不会是平时的标配吧？看起来好像是张老板临时从卧龙大酒店带过来的。"

"也说不上是标配。"张老板很爽快，随手对不远处站着的一位姑娘指了指，说，"她们都是在酒店里经过挑选并培训过的。"

"专职就在农庄的鱼塘边搞服务？"叶馨竹觉得有些好奇，眨巴着一对灵动的眼睛问。

"也用不着专职在这边服务。"张老板顿了顿，说，"主要还是根据客人需要。比如今天来的各位领导，平时也难得出来放松一下，估计钓鱼的水平也不是很高，这会儿有个人在一边帮着上饵摘钩什么的，总还是要方便许多。"

叶馨竹从来没钓过鱼。听了张老板的一番言语，点点头，没再吭声，不过在心里却对张老板生出些敬意，觉得当一个老板也不容易，考虑问题真的是细致入微。

吕胜杰之前并不知道张老板有如此的超值服务。因为和张老板有约在先，大清早来到农庄的第一件事，便是当着张老板的面，在农庄的总台押上了2000元的现金，并特别交代所有的活动费用一定要由他来负责买单。而眼下，突然听了张老板的这一番特意安排，只好礼节性点头称赞，说不错不错，张老板做生意还真有不少的创意。乍一看，这些漂亮的服务员往鱼塘边一站，不输于那些在高尔夫球场上服务的球童。吕胜杰说完，还亮出右手拇指点了个赞。不过，及至回头发现一边的王小奇在拿眼睛瞅他，便又跟着补了句，说道："其实，钓鱼时的上饵料甩钓钩，鱼儿咬钩后的提竿收线，以及给钩上来的渔获摘钩，那可是一套系列活动，少了哪个环节，便会缺少了应有的乐趣了。"

"我们还是自娱自乐吧。"王小奇笑着打起哈哈，说，"张老板的心意我们领了。不过，那些在一旁服务的姑娘还是撤下去的好，不然，她们往那儿一站，鱼呀、王八呀都会忘记咬钩的。"

马志武是随后过来的。这家伙是钓鱼的老手，虽然张老板备有好几种钓竿，但他还是坚持用自己带过来的工具，并笑眯眯地说钓鱼也是有讲究的，自己的家伙自己熟悉，使用起来顺手。说完，很老到地选了处下钩的地方后，还禁不住调侃了一句，说魏局今天不是要晚点来吗，我们今天的自助活动啊，可以来个"斗地主"，最后看谁的渔获最少，便由谁来买单。

魏子明其实从一开始就没答应要过来参加垂钓活动。吕胜杰向他发出邀请时，魏子明倒是很客气，在电话中对吕胜杰说，这几天他手上要处理的事太多，参加不成了，得请个假。

吕胜杰因为转业到地方的事有了明确的着落，高兴得就像意外得了件宝贝的孩童，急吼吼地要与伙伴们展示分享似的，当魏子明在电话中建议他们自行组织活动时，他没有再像过去马志武那样，一番虚言之后还是等着魏子明，而是当下给几个人打电话，诓大家说："魏局手头上还有点事，让我们先行组织开展，他可能会稍晚些时候到场……"

今年的天气比较异常。年初，春节就已经过完了，该是春暖花开的时节，江城却飘起了漫天风雪。而且，这一飘，因为飘的时间长了些、密了些、大了些，跟着又下起绵绵细雨，同时还配套地吹起了嗖嗖的老北风，竟然一下把江城的节奏给完全打乱了。路面结了冰，城市交通几乎全部瘫痪，上班的、上学的要么堵在家里，要么堵在路上。还有，和人们生产生活密不可分的电力也告了急，因为这种极端恶劣的雨雪天气，导致许多输电线路大量覆冰，这里、那里，不是电杆倒了就是线路断了。那段时间，可是苦了那些供电职工，旷野中、道路边、街区里，常常会见到那些头戴安全帽、身着红马甲的电工师傅，在凛冽的冰雪与寒风中爬高上梯、踏冰卧雪地抢修线路，那一张张冻得发红发紫的脸庞、那一双双冻得皲裂的手足，通过省市电视台近距离的采访播报，一时让电力系统的形象在人们的心目中火箭般飙升。

春天是这样，夏天也同样让人不省心。江城的热是出了名的，不过，正常年份的热，还是能让老百姓热得淡定、热得心里有数的。比如，连着好几天都是太阳当空，烈日高照，酷热席卷大地，常规情况下，这种热，顶多三五天，最多五六天，就会来一次模式转换——突然间漫起满天乌云，犹如雷公老爷抢了两柄大铁锤，在天地间只擂得火光四溅、呜咽轰鸣，洋洋洒洒地浇下一场透墒雨，恰似给了那些宛如生活在火炉下的江城人，送来一份酣畅淋漓的舒爽，而且这种舒爽，用江城人的自嘲的说法：格八马的就像免费进了趟桑拿室洗了回桑拿浴。

而说到今年的热，之所以说它热得不正经、不地道，主要是它不讲规矩，不按常规出牌。你要热，热上三五天嫌少了，热上五六天也就够意思了吧？问题是这一热，十天半月都还没打住。细细数了数，这太阳老儿竟然连着高温酷暑了二十好几天，差不多一个月，生生是要生灵涂炭的节奏。如果不是地方各级政府、各级党员领导干部讲政治、讲大局、讲规矩，牢固树立为民服务思想，全力组织抗旱救灾，谁知道会弄出什么更多的麻烦与祸害来！

好在，眼下这几天的中秋、国庆假日还不错。天气预报说北方几省提前进入了冬季模式，但是江城连着好几天都是天高云淡、风清气爽的。中午时分虽还是会觉出些微的燥热，但是早晚的空气却凉爽宜人，让江城人的双节过得十分惬意而舒适。

张老板撤了塘边的服务人员。接下来的垂钓活动则充分显示出了自主性。吕胜杰出于对王八的好奇，二话不说去养着王八的塘钓王八了。王小奇因为从没钓过牛蛙，简单地问了问张老板的一些垂钓要诀后，便去试着钓牛蛙了。而饲养着鲤鱼、草鱼和鲫鱼的这口塘，也就是事先支起来几顶太阳伞的鱼塘，仅有叶馨竹和马志武各自占用了一个，余下的则是虚位以待，空在那儿。

叶馨竹虽然属于新手，但由于有了张老板在一边悉心指点，从一开始手气便出奇地好。往往钓饵一丢下去，不是鲤鱼咬了，就是鲫鱼咬了。整个池塘的垂钓人，就数她那儿最热闹，以至于让还负责着上饵摘钩的张老板，忙得头上布满了细密的汗珠……

午餐就在农庄的餐厅里吃的。事先说好要简单些的，结果菜品一端上来，七盘八碟、大钵子小碗的摆了满满一大桌，这中间的几道大菜，基本上都是上午的渔获请农庄餐厅师傅给加工的，比如吕胜杰钓的王八被做成了红烧，王小奇钓上来的牛蛙则被佐以青椒、香菇等食材做成了黄焖。叶馨竹上午的斩获最丰，被加工成的菜肴品种当然也是最多，计有豆瓣鲫鱼、糖醋鲤鱼、沸腾水煮青鱼片，等等。

张老板一直在张罗着上菜，及至落座时，发现大家已经开始大快朵颐了。便往左右看了看，似是自言自语道："这么好的菜，不来几杯小酒配合一下真是有些可惜哩。"王小奇上桌前就提过建议，说下午还要继续活动，魏局也还要过来，中午的酒就留着晚上一起喝算了。吕胜杰是活动的组织者，特别是自己转业安置的心病已经彻底消解了，心里憋着的喜庆其实早就按捺不住想抒发出来，这时张老板如此一说，何尝不是正中下怀。于是就歪着头激将马志武："昨晚干坏事了吧？你看你今天的手气都臭成什么样子了！依我看，可以整上几杯酒给你提升提升火气的。"马志武听了也不含糊，回怼道："说点别的，我能干什么坏事？！你若是酒虫子爬出来了想给它喂点料就明说，我们可以毫不利己专门利人，舍下身子陪你一陪的。"马志武今天的确不是很走运。桌面上那些喷喷香的鱼肉宴，竟然没有一道是来自他的渔获，整个上午，仅从鱼塘里钓上来几条麻雀般大小的黄咕丁。想想，真的是脸上发烧很没面子。现在，如果说喝点小酒杀杀邪气，未尝不是好事，或许在下午的活动中能够乾坤倒转。

吕胜杰的准备很充分，自带着一箱30年的白云边酒。当下招呼着让服务员将酒打开时，却被张老板给笑眯眯地拦住了，说："先别忙，我这还存放着几瓶土酒，度数虽然高些，但是很纯，几位领导可以尝一尝。"一边说，一边像变戏法似的从餐厅里的小吧台里拎了一瓶出来。王小奇眼尖，远远一看就叫开了，说老张你开什么玩笑，你那还叫土酒？那是霸王醉，酒精浓度高过了内蒙古那边产的"闷倒驴"。

张老板之所以将"霸王醉"说成是"土酒"，大约是说它的产地在江南本省。但此"土酒"非彼"土酒",它从一开始就定位"双高",也就是高端+高度,前者指的是产品价位与市场消费群体,后者的指向是说酒精度数。马志武从张老板的手上接过酒瓶看了看上面的标注,禁不住来了句:"乖乖,酒精度数是70度,一杯酒下去还不把喉咙管子都给烧伤了。"

"度数高着哩。它甚至可以当火锅的酒精燃料用。"王小奇也跟着附和道,"有人做过试验,酒桌上用打火机对着一点,立马便会燃起一片蓝色的火焰。"

"当火锅燃料用那算是暴殄天物了。"吕胜杰说,"知道一瓶霸王醉的价钱是多少吗,它甚至高过53度的茅台了。"

"大家别看它度数高,其实口感纯正、细腻,香气郁人。"张老板推介道,"它还有一个最大的特点,人喝了之后,口唇不干、头不会发昏疼痛,只要不过度超量,基本上没有什么不良反应。大家可以尝一尝,这酒还真是不错的。"

霸王醉酒在市面上流行也有好多年了,但它的产品销量估计不是太好,这大约和它的酒精浓度太高有关系。马志武看了一眼吕胜杰,征询道:"霸王醉酒之前还真没喝过。既然张老板说得有板有眼的,干脆,我们不妨中午就先试上一试,晚上也可以让魏局尝一尝的。"

王小奇嘴上说不喝,但一瓶酒被均分了四个等份之后,他终归架不住一干人的"好言相劝",只好摇着头显得十分痛苦地出手认领。叶馨竹最初也是要被纳入其中的,只因她支支吾吾、推说自己有情况不方便,大家于是心照不宣,也就不再难为她。想不到的是，及至大伙举杯碰在一起，并仰起脖子哧溜干下一杯，这丫头突然来了句："大家可别喝急了啊。现在喝的是霸王醉，别弄到最后都成了醉王八。"话一出口，她自己先觉出了不妥，红了脸，有些娇羞地低下头等着挨训时，没想到喝酒的几个汉子，在愣着眼彼此对视一番之后，紧跟着爆出一串爽朗的笑声……

触电事故的发生是在第二瓶霸王醉快要见底的时候。其时，吕胜杰酒兴正浓，红脸出汗、高谈阔论，说今后我吕胜杰即使到了地方的应急管理部门，消防救灾、应急救援仍然是我的主业，还是要与警察兄弟们打交道、搞配合。一句话，有事您说话。

几乎还没等大家再说话，餐厅里亮着的日光灯突然像抽风似的闪了几闪，眼看就要灭掉了，紧接着便就传来几声噼噼啪啪的激烈炸响。叶馨竹吓得身子一缩，继而喊了声"地震"，便起身想往外跑。不过，人刚一站起身，却被旁边的王小奇给拽住了。说："别慌别慌，房子都没晃动，哪里会有地震啊。"桌上的人诧异地瞪着眼还没反应过来，外面就有人嗷嗷叫唤起来了："不好啦、不好啦，有人给电上了、电上了。"张老板坐在靠近门边，听到外面的叫喊声，说了句"拐啦、拐啦"便撒起腿往外跑。屋里的其他人见了，也是不容分说，跟着追了出去。

正是午后时分，空中悬着的太阳有些耀眼。远远地望过去，发现叶馨竹和马志武先前垂钓的那口塘边有人在跑动，并伴有断断续续的喊叫声："注意了……小心、小心……小心触电……"就在大家还没明白过来究竟是触了电还是没触电，鱼塘那边便传出"啊呀"一声尖叫，跟着有"扑嗵"的落水声轰然响起。张老板几乎是百米冲刺般地赶到了现场，眼见有两个男子跌倒在水塘里，其中一位显得瘦小些的男子还颤抖着手臂在挣扎。张老板见状，也顾不上脱衣服了，纵身就要跳下去救人，所幸关键一刻，被冲上来的吕胜杰给拦了下来，只听吕胜杰气喘吁吁地吼道："你疯啦，水里面可能还有电。"吕胜杰如此一说，陆续赶过来的人似乎都明白过来，有的说："是的是的，断了的电线还落在塘里面哩。"有的说："找根竹竿伸过去把人拉上来。"有的说："不行不行，得先把电线挑开。"有的说："得赶紧打电话，让电力公司的人快把电闸拉下来。"

马志武是随后赶过来的，发现出事的地点距他上午垂钓的地方不足 50 米。他这时也顾不上暗自庆幸自己先前多的那份小心，没有选择在那段斜跨鱼塘边的电线下方落杆垂钓，不然，现在触电的弄不好就是他自己了。他在塘边像只没头的苍蝇转了一圈，找不见有顺手可用的东西，情急中，忽然记起上午还没怎么派上用场的那把木柄抄网，于是抽身跑去拿了过来，探出身子，战战兢兢地将掉落在水中的导线往远处挑开。

倒在水塘的两个男子很快被大家合力从水中拖了上来。比较起来，身材高大肥胖些的男子手臂和腿脚被电击烧灼得很严重，直挺挺地躺那儿没半点动静。瘦小些的男子拖上来后虽然双目紧闭，但还是抽搐着想呕吐，歪扭着头，嘴角边哩哩啦啦地流出一些浑浊的口水。从现场情况和目击者介绍，早先落水的那个高大肥胖的男子，是因为鱼儿咬钩后，在往上快速起竿时，因用力过急过猛，刚咬上饵的鱼一下脱了钩，造成钓绳或是钓竿的竿梢大幅上弹时碰到空中带电的导线，造成人员触电并栽进水塘，现场那根足有六七米长的肇事鱼竿,已被击烧得面目全非地躺在水塘边。

　　吕胜杰和王小奇都还懂得些急救知识。两人只匆忙地交换了一个眼神,便一人冲着一个躺在地上的男子展开施救。肥胖些的男子看起来已没了生命体征,吕胜杰伏下身子没听到心率的搏动,立马就采取人工急救,大约是喝了酒,施行心脏复苏术时,因为每按压30次左右,就得伏身进行两次人工呼吸,吕胜杰没鼓弄几个回合,便就气喘吁吁、大汗淋漓了,额头上、脸上的汗珠犹如黄豆般纷纷滚落。

　　众人在忙着施救时,特别是听说掉进水中的导线还带着电,叶馨竹连忙掏出手机给电力公司的95598打电话,简要说明了情况告知了大致方位,又慌着打急救电话,本来平时对110、119、120、122等电话的功能分得十分清楚的,结果人一紧张便出错,电话却打到了122,交通事故报警中心的接线员倒是很有耐心,一直等到叶馨竹一口气将要该说的话说完,对方才提醒她说:对不起,我们这儿是交通事故报警中心,您得打120医疗急救电话才对哩。叶馨竹在心里骂了自己一句龟儿子,重又心急火燎地折腾一番要了急救车,回头发现张老板正配合王小奇,半跪着,将瘦小个男子的腹部放在自己的腿上,使其头部下垂,并不停地用手按压、拍打背部,为其倾倒呛入腹腔里的积水。瘦小个男子遭到的电击看起来要轻一些,已开始哇啦哇啦地往外吐水了,神志上也似乎有了些反应,往外吐水的过程中,间或地,会发出微弱的哼哧、哼哧之声。而反观正被吕胜杰施救的男子,虽然吕胜杰在那儿又是做心脏按压,又是伏身做人工呼吸,上上下下忙得浑身是汗,但是仍然没见到什么效果，叶馨竹冲了过去，说了句吕队我来配合你，便双膝跪地，给没有心跳的男子做起了人工呼吸……

令人心动的情景就是在这一刻被人定格拍照的。只是，当时拍照的人究竟是谁？以及照片被推送到网络上之后，为什么没有像叶馨竹之前给大爷卖菜那样引起围观，使之再度成为网红？甚至连当事人自己都还不知道有如此存照？细究起来，一是那时现场一片忙乱，谁也没在意有没有人拍照或为什么拍照；再就是事发那会儿正值"两节"长假，网民们各自要忙、要玩的事太多，大家根本顾不得去网上点赞、追捧，不然，魏子明后来被省纪委书记凑巧碰在一起"拉家常"，从公文包里掏出这幅从网上下载的照片给他看时，也不至于瞪着眼睛打量了许久，懵懵懂懂地不知道是怎么一回事。

供电公司的抢修车来得很及时。两位头戴安全帽的电工师傅从车上下来后，转着头只对现场扫了几眼，其中一位大约是个班长的人，一边指挥跟在身边的黑脸同伴赶紧参与救人，一边嘀咕道："看看，怎么能在这儿钓鱼呢？旁边明明就立着'高压线下禁止钓鱼'的警示牌啊！"

班长师傅对人员触电的救援显得很专业，他凑近正被吕胜杰和叶馨竹做着心脏复苏的男子跟前，先是察看了一下手脚处的放电伤痕，继而又翻开眼皮看了看伤者的瞳孔，本来是在不自觉地摇着头觉出没了救的，然而当他握着男子的手腕摸了摸脉搏，突然就亮开嗓子叫道："还有救、还有救，有心跳了。得赶紧往医院送！"

马志武因为暂时帮不上忙，一直在旁边焦急地踱着步，间或地，不是低头看表，就是抬首往公路的尽头眺望，期盼着急救车快

431

点过来。这会儿听着班长师傅说要赶快往医院送，便在一边骂开了，说现在的急救真成问题，看看，你们电力公司反应有多快，不足十分钟就赶到了出事现场，格八马的救命的救护车到现在还没个影子。

"不用再等了。"班长师傅很果断。手一挥，说，"时间就是生命，就用我们的抢修车赶紧往医院送吧！"

第二十七章

市城管局要组织机关本部招聘考试的消息，还是在放假之前就通过内部网站进行了发布。根据工作安排，节后一上班，参与竞聘人员就得上报竞聘志愿表。这几天，叶馨竹一边在利用假期时间准备应聘考试，同时，也思考着要报哪个岗位更合适。从公布的招聘信息来看，有两个岗位还是比较符合自己的。一个是办公室的文秘岗。另一个是财务装备处的器材管理岗。然而，在摊点匆匆吃了点饭，回到房间坐下来填写志愿时，却拿捏不准究竟选哪一个岗位更好了。晚上快十点的时候，她忍不住给魏子明发过去一个卡通图，上面有个小人儿在歪着头问：人哩？

要找的人回复得很快，而且是直接打过来了电话。上来就问："干吗哩丫头？今天玩得很开心吧？"

叶子顿了顿，说："一般般。"她想，如果不是中午碰上那两个倒霉的触电人，大家提前散了场，今天的垂钓活动应该是很开心很完美的。

"手气不好？"魏子明在电话中安慰道，"钓鱼也是个技术活，一回生，二回熟，以后多尝试几次就好了的。"

"才不是哩，手气好得很。"她想说一下触电的事情，只是现场的情状恐怖得让人不愿回味，因之，话到嘴边转了个弯，嗔怪道，"吕支队把我们诓过去了，大叔你却没到场。"平时在许多私下场合，叶馨竹总是亲昵地称他魏子明为"大叔"。

"不会吧。"魏子明故意在电话中逗她，"我们的网红女城管也学会了口是心非。"

"大叔就不能抽空见见我吗？"叶馨竹没再客套，电话中显得十分认真地说，"我有事想咨询一下大叔的。"

魏子明在电话中沉吟了片刻，问："你在哪儿呢？"

"就在你家附近。"叶馨竹顺口说了句谎话，脸上禁不住漫起一层红晕。

城管局要组织内部相关岗位竞聘，魏子明起初也还算清楚。当然，这个所谓的"清楚"，自然也是叶馨竹通报的结果。那会儿，叶馨竹在为自己要不要参加竞聘上犹豫不决。魏子明倒是态度鲜明，声称："年轻人就应该积极要求进步，要有进取精神，只要符合条件，没有理由不去抓住机遇、大胆尝试的。"魏子明一番鼓励的话说完，最后也没忘记提醒她，如果拿定主意参加竞聘，就得认真做好相关的应聘准备，凡事，不能打无准备之仗。

叶馨竹进门之前，魏子明匆匆忙忙把客厅稍微整理了一下，并且，还特别将平时不怎么开的壁灯、吊灯全部让它们亮了起来。叶馨竹落了座，他还从冰箱里拿出一瓶酸奶递了过去。叶馨竹也不客气，接过来插进吸管却递给了魏子明。完了，自己起身从饮水机中接了杯纯净水，亮着眼睛道："大叔没见我比从前瘦了许多吗？"

"不是累着了吧。"魏子明知道这段时间叶馨竹又是城运会执勤，又是节日值班的，空闲时间还在准备着参加单位的竞聘考试。因之，看似不经意地扫了一眼，打趣道："难怪看起来没有平时靓了。"

"才不是哩。"叶馨竹放下水杯，就地转了一圈，头一歪，笑吟吟地问，"猜猜我在练什么功？"

魏子明愣了愣，一时半会儿也想不明白有什么功会适合女人来练习，便信口开河地说："女城管眼下成了江城市的一道亮丽的名片和风景。不过，既然是女城管，就不能只当花瓶，遇到一些违规捣蛋的家伙，该出手时还得出手。你不会是在学军体拳吧？！"

"切。城管也是要文明执法的。"叶馨竹小巧的嘴巴一撇，做了个鬼脸。并且原地挺身直立，双手在胸前合并，双臂肘自然展开端平，抬头挺胸，宁心静气地摆出一副祈祷的姿势，跟着，又将双手举过头顶，上身和头部稍向后倾斜，做了一个展臂动作。

魏子明并不知道"祈祷式""展臂式"都是瑜伽功的基本招式。也不知道叶馨竹还在忙里偷闲，报名参加了网上"瑜伽乐园"课程，每天挤出几十分钟的时间练习瑜伽功，进行着减肥燃脂、塑形、健身训练。要说，叶馨竹的身材原本就长得非常匀称，加之经过一段时间的瑜伽训练，身材曲线越发显得凸凹有致、别有风情。叶馨竹今天着一身淡黄色紧身连衣裙，在双手合并置于胸前做祈祷动作也好，双手向上伸展、头部和身体微微后仰做展臂动作也好，都恰到好处地把她的曼妙身姿显露无遗。这还不算，叶馨竹在连着几个动作做下来的时候，一对闪动着珍珠般的眼眸还滴溜溜盯住魏子明看，里面似有欲说不能、欲说还休的情愫隐匿其中。魏子明不敢与之对接，只飞快地扫了一眼，便觉出心里有一种隐忍不住的东西在那儿奔突碰撞，血流加速，身体燥热，明明才吸吮了冰凉爽口的酸奶，口舌里却依然漫起一些焦渴，喉结处甚至不易察觉地上下嚅动着透出些许的不安。

魏子明没敢让这种状态往下持续。他快速地垂下头，含住吸管，直到将还剩下的小半瓶酸奶吸得一干二净，并顺手丢进茶几边的垃圾桶里，方才吐出一句话来，说："你这练的是什么功我还真说不上来。不过，你要参加的招聘考试准备得怎么样了？"

听到魏子明如此一说，显摆着的叶馨竹马上安静下来，重又回到沙发边落了座，顺手端起杯子喝了口水，便开始将自己有关备考的准备情况，特别是在选择填报什么岗位存在的摇摆与困惑，一五一十地吐露出来，希望他魏子明魏大叔能帮她拿个主意。

魏子明习惯性地用手挠了挠后脑勺，问了叶馨竹两个看似不是很搭界的问题：其一，自我评判一下，自己是否属于文艺女青年？其二，办公室的文秘岗都有些什么事要做？

叶馨竹起初愣了一下，心想，现在都什么时代了，谁还脑子有问题给自己标注是不是文艺女青年？！只是，她因为没弄明白魏子明的真实意图，没敢贸然回答。而对于办公室的文秘岗具体要做些什么工作，她还是清楚的。现在的这个岗位之所以拿出来招聘，就是先前的秘书提拔去了政治处，而她先前的工作也无非就是收文发文，在单位跑腿打杂，偶尔协助领导做些迎来送往的事情罢了。叶馨竹简要地一说，还不及魏子明回应，跟着又补了一句："如果能竞聘上这个岗，我有百分之百的信心去把它做好的。"

"丫头的精神十分可嘉。"魏子明微笑着点头表示认可。但是接下来给出的建议却让叶馨竹有些费解。魏子明说："依我看，你还是竞聘财务装备处的器材管理岗要更合适。"

"这和是不是文艺女青年有关系吗？"叶馨竹问。她想，竞聘个文秘岗莫非也还得要有些爱好与才艺？！而她自己也的确算不上是文艺女青年。高中的时候，她就偏了科，读的是理科班，并且，平时对写写画画也没多大的兴趣。包括近期为了应付招聘时的申论考试，面对那些模拟题给出的形形色色的材料，又是审题，又是要点提炼，完了还要组织文字进行答题，真的是弄得人两眼昏花、晕头转向的。

魏子明没有过多解释。笑言道："办公室的文秘人员可不只是收文发文、跑腿打杂、迎来送往就行了的。"

"唱歌跳舞算不算才艺？"叶馨竹歪歪头，看似天真地问道。

魏子明有些哭笑不得。说："文秘文秘，望文生义，它对于文字材料的写作水平肯定是要求很高的。你一个女孩子，如果整天熬更守夜地写讲话稿、写总结材料，要不了多久，只怕就会变成个黄脸婆的。"

叶馨竹听了，身子往后一缩，下意识地伸手摸了摸脸颊，半晌没有言语。

叶馨竹说想唱唱歌是突然冒出来的。魏子明心里一动，扭头看了看电视墙边立着的几只高低不一的音箱，说功放机早就坏了，那些东西只是个摆设了。

"我可以清唱的。"叶馨竹笑着坚持道，"大叔如果高兴，就劳驾为我伴伴奏呗。"叶馨竹说完，也不等魏子明回应，径自起身走到临窗而放的钢琴边，揭下琴罩，打开琴盖，并顺手按出一串哆来咪发唆拉西的琴音。

魏子明的家叶馨竹从前是经常来的。那会儿，妻子李月茹病情还不明显，每逢周末，不用魏子明提醒，李月茹就会打电话或是发短信，让叶子过来吃顿饭，改善一下伙食。叶子人长得漂亮、清纯，李月茹一见到她，就觉得特别有缘，有时高兴了还开玩笑感叹，说她这辈子原本是不会再有姑娘的，现在遇到叶馨竹，真是平白多了件贴身的小棉袄。这也就包括，有时吃完饭，看看时间尚早，李月茹一高兴，还会招呼大家开展些娱乐活动，比如，三人围在一起，玩一会儿"不带彩"的斗地主，下跳子棋，当然，更多的时候，还是用家庭音乐会的形式出现，要么是卡拉OK独唱、合唱，要么是钢琴独奏、伴奏，而有时，也会是清唱。大家轮番上场，熟悉的或不熟悉的歌，只要高兴，都可以吼上几嗓子，总之是形式灵活多样，气氛轻松热烈。

魏子明不由自主地在琴凳上落下座时，起初竟有一种恍然如梦的错觉。这架钢琴还是十多年前专门为儿子学琴买下的，当时省吃节用，几乎花了夫妻俩将近半年的工资。然而，儿子学了没几年，只考到钢琴五级便不肯再往下坚持，推说学习任务重、作业太多，如果练琴就没法集中精力搞好学习了。对于儿子的半途而废，李月茹气得直翻白眼，却毫无办法。魏子明倒是会自寻安慰，儿子虽然琴业荒废，但是却成就了他和李月茹一份才艺，特别是李月茹，因为连着好几年都一直陪着儿子上课练琴，从最初的学五线谱到一系列指法练习，她都是一步不落地跟着学了过来，她虽然没有参加考级，但她的弹奏水平应该不会输于儿子，加之魏子明上大学时，一度曾是学校吉他社团的活跃分子，儿子出国留学后，魏子明受了李月茹的影响，有事没事时也学着弹起了钢琴。他有音乐方面的基础，加之还有些天赋，一段时间下来，魏子明也能把一些自己认为好听的流行歌曲弹得像模像样了。那会儿，中央也还没出台八项规定，迎来送往、吃喝应酬的事情比较多，有时陪了客回到家，趁着酒兴，一个弹一个唱，莫不是琴瑟在御、岁月静好。

魏子明稍做沉吟，手指飞快地在琴键上掠过一遍，找准了音调，头跟着往下一用力，随着手指在琴键的跳动翻飞，一串悠扬空灵的琴声便在室内迷漫开来。张韶涵的《隐形的翅膀》和刘若英的《后来》，一直是叶馨竹最为喜爱的歌曲，包括之前参加李月茹组织的家庭小聚会，每次，这几首歌都是必唱的曲目。不得不承认，这些歌原本就词曲优美、意境深远，经过歌手倾情演绎，真的是把人间的美好与向往、无助与伤感、憧憬与期冀体现得淋漓尽致，触及人心的柔软。何况魏子明爱屋及乌，心存别样情怀，叶馨竹所喜爱的这些歌，从音律到歌词，他早已是烂熟于心、醉之于情了：

每一次　都在徘徊孤单中坚强／每一次　就算很受伤　也不

闪泪光／我知道 我一直有双隐形的翅膀／带我飞 飞过绝望

　　不去想 他们拥有美丽的太阳／我看见 每天的夕阳 也会有变化／我知道 我一直有双隐形的翅膀／带我飞 给我希望……

　　魏子明弹的时候，叶馨竹并没有跟着唱起来，不过，这也没影响魏子明自我陶醉、自弹自唱。及至一曲终了，抬头看一眼依偎钢琴旁的叶馨竹，正要转换弹奏一曲《后来》时，叶馨竹忽然轻声地说道："我才又学会了一首歌，不知大叔能不能帮着伴奏。"

　　"什么歌啊？"魏子明说，"我可以试一试的。"

　　叶馨竹嫣然一笑，站正了身子，略一运气，放声唱了起来：

　　　星月相掩于大海上／微风摇曳 细雨也彷徨

　　　流霞飞舞 群青深处／你我曾相遇的地方

　　　你是否已化作风雨／穿越时光 来到这里

　　　秋去春来 海棠花开／你在梦里 我不愿醒来

　　　每条大鱼 都会相遇／每个人 都会重聚

　　　生命旅程 往复不息／每个梦都会有你……

　　魏子明的琴声伴奏，大约是在叶馨竹清唱了两三句之后开始合起来的。电影《大鱼海棠》前几年上映时他并没去看过，也不知道叶馨竹此时唱的这首歌，还是它的主题歌《在这个世界相遇》，不过，叶馨竹清亮的声音响起，立马让他找到了感觉，因为就在他的那辆公务车的车载音箱里，司机就有下载这首歌，偶尔在车上听到，那种特有的悠扬、舒缓、甚至还略带一丝忧郁、伤感的旋律，以及歌手那如泣如诉的倾唱，总会让人怦然心动、默然戚戚。

发现叶馨竹的脸上挂着泪珠，是在一曲终了，魏子明抬首，为自己配合如此默契、希望得到叶馨竹赞喜的时候。

魏子明觉得有些惊诧。他想，这丫头是怎么了？脑瓜里几乎在一瞬间冒出好几个问号：遇到什么不顺心的事了？失恋了？想家了？在他的印象中，叶馨竹一直是内敛坚强的，许多年了，很少见她有情绪低沉、黯然垂泪的情况。

琴架边就放有纸巾盒。魏子明默然起身，抽了几张递了过去，思忖着要如何安慰安慰她，没想到叶馨竹在接过纸巾的同时，身子也一下向他靠了过来。嘴里喊了句大叔，便扑在他的肩上嘤嘤地哭了起来。

魏子明因为没有思想准备，当下有些慌了手脚，一边下意识想着把她往沙发边让。一边就问："你这丫头是怎么了，刚才不还好好的吗？"

叶馨竹却不肯挪步，就那样站在那儿搂着魏子明抽泣。

这几天江城天气晴好，中午虽然还显得有些燥热，但是一到太阳归山，气温就会明显地降了下来，深夜里，甚至能让人感到久未谋面的寒意。然而，此时的魏子明却感到举止无措，浑身冒起了热汗。他把身子侧了侧，用手轻轻拍了拍叶馨竹后背，低声说道："好了……好了，刚才还唱着歌的，怎么说不开心就不开心了？"说的时候，就想闪开身子给叶馨竹擦拭眼泪。

"大叔真的要走了吗。"叶馨竹慢慢平静下来，接过纸巾，一边擦着泪，一边说，"今后，我可能再没机会到大叔这儿来了。"她在说的时候，眼睛里又跟着滚落出一串泪花来。

唉，这丫头原来是为了他调任的事动了感情。有那么一刻，魏子明的情绪也似乎是受到了感染，心房里仿佛有什么东西在那儿收缩、挤压，并涌动、翻卷着一些难于言说的滋味。设身处地地想，叶馨竹从西南的万千山水里一路走来，在江城的这些年，她把他魏子明这儿当成了她的家、把他当成了她的亲人。而自己真要奉调一去千里，谁能说不会引发一些相见亦难的伤感。

"不是还没来通知吗。"魏子明安慰道，"现在也都还只是个传说。何况，真的去了西北靖州，以后你休假的时候，还可以去看我和你月茹阿姨哩。"

"好久都没见着阿姨了。她还好吗？也要和你一起走吗？"叶馨竹红着眼睛问。

"她恢复得很好。暂时还会在康复医院待上一段时间的。"魏子明顿了顿，说，"你有空时，也可以去陪陪她的。"

叶馨竹听话地点点头。再抬头时，发现魏子明的脸上、额头上沁满了细密的汗珠，于是扭身抽了张纸巾，稍微犹豫了一下，还是伸手帮着魏子明擦了擦。

魏子明没有躲闪，说了声谢谢，便又重新坐回到琴凳上。于是，一曲激情迸发的《天高路远》便在房间里迷漫开来：

时间不曾为我等待 / 当我飞奔在梦的路上 我绝不后退
生活没有那么简单 / 当你需要我的时候 我会在你身边

这条路已走了千百万遍 / 我的喘息没有谁能听见

汗水留在每层楼的台阶 / 亲爱的陌生人

请给我一个温暖的微笑

…………

我不管路有多远 / 也不知天有多高

这些年我受的苦 安慰着也陪伴着我 / 时间不曾为我等待

当我飞奔在梦的路上 我绝不后退

…………

叶馨竹对这首歌是熟悉的。魏子明弹奏的时候，她还在一旁禁不住地思忖，这首《天高路远》是一个名叫"南征北战"的时尚组合，精心为那些奔走在城镇乡村的快递小哥量身打造的，它的曲风欢快明朗、充满激情，歌词也是朗朗上口，非常接地气，在网上一经推出，可谓好评如潮。只是没想到的是，平时看起来威严、刻板的警察大叔，这会儿也能将这首歌演奏得如此荡气回肠，让人如醉如痴。

叶馨竹诧异地说道："没想到大叔还对一首反映快递小哥的歌感兴趣。"

"警察和快递小哥其实也没什么差别。"魏子明淡淡地一笑，说，"天下的警察为了职责所在，都是在一路奔跑啊。"

叶馨竹并没发现魏子明眼中噙着的泪花。

第二十八章

魏子明临近午夜时出现在靖州的高铁站，完全是一个临时起意的结果。

"双节"的假期过得很充实。办公室主任孙小安遵循惯例，并没有给他排定具体的值班、带班时间，但是假期的前两天他根本就没闲着：10月1日，江城金秋牡丹花卉展如期开幕。各位特邀嘉宾、领导、艺术家、文化界名人、社会名流、演员、媒体、企业家、花卉爱好者群贤毕至。大家可别小看了这场花卉展，它可是纳入了江城市年度招商引资"一号工程"系列活动范围。市委、市政府的主要领导也亲自莅临现场，他魏子明不可能缺席。假期的第二天，与花卉展相配套的"校友招商""系列招商专场""商帮聚江城"活动相继登场，而且，还都属于花卉展系列活动中的重头戏。市委书记、市长要交替参与相关活动，他魏子明同样不能置之度外，他既要充当参与招商引资的见证者，也得当好招商引资环境的营造者和保护者。特别是第二天的下午，"商帮聚江城"的签约会，各路大佬名流云聚，马云、李东升、雷军、孙宏斌、陈东升、汪潮涌等一批国内外知名企业家纷至沓来，当天签约的项目，超过亿元的就有二十多个，其中，百亿元以上项目有两个，三十亿元以上项目有七个，新引进了两家世界500强企业，创下了历次签约的新高。当晚，市委书记、市长还特意举办了一场盛大的答谢晚宴。

10月3日之后，如果没有什么特殊情况，余下的几天假期本该可以放松一下，顺带着处理些家务琐事的。这包括，婉拒了吕胜杰的垂钓之约，3日、4日，连着两天早出晚归，去到康复中心探望李月茹，陪着她在康复中心，要么沿着围墙边的步道散步，要么打打乒乓球、羽毛球。不过，大部分的时间，他都待在李月茹的房间里。李月茹坐那儿专注地绣她的十字绣，他则十分懒散地斜靠在沙发上，有时看看电视，有时玩玩手机上的游戏，日子过得很是惬意和悠闲。

王笑宽院长利用假期陪老婆孩子去外地旅游了。临行前，他还曾专门给魏子明打过电话，说局长之前交代的事没什么大问题了，夫人李月茹很爽快，首先是认可了给她新配的一名副主任，并且还满口答应，要把这位副手带上路了再谈回家的事。也的确，魏子明从这两天与李月茹的相处情况看，李月茹心态平和、情绪稳定，根本就没有往回家的事情上提。相反，还十分体贴地劝魏子明，说他平时忙得脚打后脑勺的，难得有个休息的时候，后面还有几天的假期，就不要一趟趟地往她这儿跑了，抓紧时间在家休整休整。李月茹有了这种状态，魏子明是打心眼里高兴的，因为有了这样一个时

445

间缓冲，即便是跨省调动的事现在就下来，他也有了处理的余度和空间了。

今天是假期的第五天了。他听了妻子李月茹的建议，早晨还没起床，就已在心里把剩下的几天假日要做的事给排定下来：首先得给家里来个大扫除，张罗着请人过来做个保洁；再就是得去理发店处理下个人卫生，头发得打整一下了，上次理发并刷了黑的头发，鬓角两边又冒出不少的银丝；还有，假若节后调令一下来，相关的交接手续就得跟着要办理，因之，他得事先有个准备。比如办公室里的一些文件资料该清理归整的得清理归整一下了，特别是电脑中存放的一些有关个人的文档、图片，以及有些相对私密的资料，总归是不太方便让秘书、工作人员代劳的，他得自己动手清理、拷贝。而这些琐碎之事，收拾起来也是很费时间的；再有，收假前的最后一天，按惯例，他还得去几个基层单位转转，一是给大家慰问鼓劲，二是提醒大家要坚守岗位，不能虎头蛇尾，别在临到收假的时候整出些什么岔子来……

只是，计划没有变化快。快得连他魏子明自己都感到莫名其妙。

起因是一个自报家门的电话和一则匿名的短信。

先说那个自报家门的电话：电话铃声响起的时候，魏子明正在一家叫春桃的理发店打理着头发。春桃的胖子丈夫刚给他的头发刷了黑，让他坐在一个灯罩般的烘烤机下面给染过的头发加温。听到响铃，他从裤兜里掏出手机，见是个陌生号码，正想着要不要接听，却看见显示的来电是"西北靖州移动"，于是就按了个免提键，跟着，便听到一个男子的声音从里面传了出来："是魏局长吗？

魏局你好！首先欢迎您来靖州公安局工作。"对方根本不等魏子明确认"是"还是"不是"，也不等魏子明确认对方的身份，上来就自我介绍起来："魏局呀，我是西北省靖州市公安局办公室副主任苏世贵苏世贵啊，我代表靖州市公安局两千多名干警欢迎您来领导我们、指挥我们、帮助我们……"免提的音量很大，亏得魏子明及时将它调到了最低，不过，即便如此，还是惹得好几个等着理发的人盯着他看。魏子明手持着电话并没有多言，只是瞅了个空当，说了声："谢谢。还没影的事，可能是误传。"便匆匆挂了电话。

电话是挂断了，魏子明的心绪却是被搅动起来了。现在真是个信息高度发达的社会，不管大事小事，传播起来快得让人难以置信。有些事，可能还只是决策者们的一个意向，说不准转瞬间就会传遍天涯海角。而有些事，甚至连意念、意向都没有，也会有民间好事之徒，自信而坦然地帮着"肉食者谋"，并且还会将这种牵强附会的"谋划"强加于人，传得有鼻子有眼的，让人真伪莫辨。

当然，魏子明被搅动了的心绪，倒并不是担心他的任职会存有变数。相反，他变得有些莫名地激动起来了。想想，远在千里之外的西北靖州那边也传出了消息，靖州的公安干警甚至查到他的电话在私下投其所好了，可见，异地交流任职于他而言正在一步一步变为现实。他想，这余下的几天休假里，还真得抽空为将要赴任的地方好生做点功课了。

再就是那条匿名短信。魏子明接到短信的那会儿，是他在春桃理发店完成了理、染、烘、洗、吹等一系列工序，并通过微信支付给春桃的胖子丈夫付了款。合上手机，道了谢走出理发店正要上车，只听手机"呗"的一响，一则信息就过来了。和之前接到的电话一样，来电信息没有发送人姓名，一长串电话号码的下方同样显示为"西北靖州移动"。

起始，魏子明还以为是广告推送的垃圾信息，打开来匆匆瞥了一眼，当下就觉得有些不对劲，定睛细看，便有一股莫名之气伴着一行文字涌入眼底：这儿是一个神奇的地方，这儿是个英雄辈出的地方，这儿也是一个令许多官员竞折腰的地方——靖州人民欢迎魏大局长前仆后继！

什么意思？前仆后继？！魏子明的眉头拧了起来。上车后，他没顾上启动点火开关，就急不可待地翻看之前打过来的电话号码，想比对一下是不是同一人所为。不过很遗憾，先前自报家门的苏世贵副主任，他的手机显示是"139"号段，而匿名信息的手机号段属于"170"。魏子明知道，"170"是前些年工信部面向一些虚拟运营商核发的专属号段，也一度被认为是有些缺陷的号段。不是别的，主要是该号段在最初的运营过程中，因在实名制管理等方面存在不足，被有些不法分子加以利用，从事垃圾短信传播或招摇撞骗等违法活动，后来经过专项督察治理，虽然总体得到有效管控，只是该号段由于当初发售的体量较大，涉及的面很宽，时至今日，包括他魏子明所在的江城市公安局，仍然偶尔会接到报警，声称有个别不法人员利用该号段从事一些违法活动。

决定去一趟西北靖州，是在他回家后通过手机点了午餐，等着外卖小哥送餐时拿定的主意。

他觉得，靖州既然是个神奇的地方，或者说是个"竞折腰"的地方，即便是要"前仆后继"，也得打个"提前量"，心里得有点思想准备，何不利用收假前的一个时间差，干脆先过去看上一眼也没什么不好。

从高铁站的出口一露面，很快就有一个个手持大小不一纸牌的人迎上招徕生意。有的问："要不要住宿？我们那儿离这儿近，有暖气、有热水，价格便宜。"有的问："大哥，要不要进城？我的车就在前边停着，要不要我送送你，车费可以比的士车便宜一些……"

魏子明出发前也还是做了功课的。比如百度了西北靖州的天气状况。通过航旅纵横和铁路12306，查看了江城到靖州的航班和高铁的班次。还有，西北靖州，脑海里搜遍没有半个熟人，要不要联系苏世贵？思虑再三，他还是拨通了未曾谋面的办公室副主任苏世贵的电话，只是，他没有说从江城专程去靖州，谎称在外地旅游，正好晚上要路过，如果方便，可以去接个站，并且，还专门强调：此事完全属个人行为，不要与任何人声张。

魏子明对围上来的人一概不予理会。当然，嘴上虽没有搭理，眼神却没闲着，一边不急不缓地往外走，一边不动声色地在那些纸牌上来回搜寻。奇怪，竟然没有看到任何与自己有关的信息或标识。他心有不快地将右手拎着的黑色双肩包换了个手，从上衣口袋里掏出手机翻出号码，电话打过去许久却没人接听。自动挂断后再次按了重拨键，电话回铃响过许久，仍然还是没能接通。他有些气恼地合上手机，思忖是不是哪个环节出了什么问题？甚至，在不觉中，脑海里还冒出这个苏世贵莫非是个骗子的念头来。

忽然有人凑到跟前问道："不会是接站的人没来吧？没关系，我送你去吧。"说话的声音很低，而且很柔。抬眼一看，竟然是个模样周正的女人，正笑眯眯地看着他，眼前的女人年龄看起来不是很大，约莫三十岁的样子，脖子上围了一条红色的丝巾，大约是后半夜气温偏低的原因，围巾把整个下巴也包裹住了。她见他有些诧异地打量她，便马上补了句："先生放心，我是给老板打工的的姐，这半夜了，客人少，便在这儿揽点活。"女人怕他不放心，用手往左前方一指，说，"我的车就在那儿停着，你看要到市里什么地方，马上就送你过去，挺方便的。"

他心有不甘地坐上的姐的车之后，一边细眯着双眼扫视着匆匆而过的街景，一边还试着拨打了苏世贵的电话，他在想，是不是苏世贵在家睡着了错过了接站的时间？抑或是早就来了，因为觉得时间尚早，在车上迷糊过去了？

遗憾的是，苏世贵的电话仍然处于无人接听状态。

靖州市看起来不是很大，楼房也不是很高，但是从高铁站通往市区的马路很宽阔，两边的路灯也很亮，而且，造型也很有些特色。魏子明抬手看了看表，时间已近午夜时分了。街面上几乎看不见什么行人，马路上来回奔跑的车辆，除了一些闪烁着或红或绿色顶灯的出租车，很少有私家车的踪影。魏子明想，这大约就是北方城市与南方城市的区别吧，现在若是在江城，城区里的好多街道、干道上仍然会是人声鼎沸、车水马龙的，各色人等、车辆各行其是，仿佛鱼儿似的游来荡去，还在不知疲倦地往来趋行。

的姐很会察言观色，她见坐在副驾驶座上的魏子明逐渐安静下来，便就不失时机地问道："先生要去的市中心，有预定好了的酒店吗？"

魏子明顿了顿，问："市公安局离市中心区域有多远？"

"靖州的市中心，主要是以'五一广场'为标志。"的姐说，"市公安局就在广场的北侧。"

"附近有没有酒店？不一定是星级，只要干净卫生就行。"

的姐扭头看了他一眼，道："那边的酒店很多，紧挨着市公安局就有好几家商务酒店，服务质量和环境卫生都还是不错的。"

车很快就驶到一家名叫朵朵酒店的门口。的姐说："先生要不就住这家店吧，开了快有大半年的时间了，平时有很多客人就选择在这家酒店入住。"

魏子明点点头，说："市公安局也在附近吗？"

"紧挨着。"的姐用手往前指了指，说，"再往那边走上一两百米就到了。"

魏子明付了款。临下车时问了句："能留个联系方式吗，也许明天我会再叫上你的车用一用的。"

的姐嫣然一笑，说："可以的，只要先生稍提前点打个电话，我很快就过来了。"的姐说的时候，顺手就从车内中控台边的储物盒里找出一张名片递了过来。

魏子明说了声谢谢，接过来就着灯光看了眼，便在心里暗自嘀咕一下：朱珠。名字好听，还好记。

酒店不错。装修风格十分简约明快，房间里配套的一应物品看起来也很舒爽、干净。魏子明在卫生间冲了个澡，出来后用遥控器将电视调到了当地台，半躺在床上想看看还有没有当地新闻播报的内容，然而不凑巧，这会儿正插播着广告，一男一女在上面血脉偾张地轮番推介一种疗效如何了得的药酒，诚邀观众朋友欲购从速，并不厌其烦地推送联系电话和邮购地址……要在平时，对这类假得不能再假的广告，魏子明可能顺手就调换过去了，然而眼下，他不仅没有将频道调换，而且还心情很好地跟着默记上面的电话和地址，似是想看看自己的记忆力如何。遗憾的是，还没等他完全记清白，一股浓浓的睡意却在不觉中涌了上来，当下头一歪，闭着眼睛就睡了过去。

魏子明醒转过来的时候天就快亮了。不属于自然醒，准确点说是被哭叫声吵醒的。起初，他还以为是床前开着的电视里传出来的声音。睡眼惺忪地抓过遥控器准备按下开关键时，发现电视里面播放的是常见的动物世界，一只猎豹正撒开蹄子追捕一只同样撒腿奔逃的羚羊。而且，如此紧张刺激的画面，只有摄像镜头在不断地追踪、推拉，一览无余地展示着暴力与血腥，根本就没有无关紧要的伴音响起。魏子明摇晃了一下脑袋，再侧耳细听，才觉出哭叫之声来自室外，同时还伴随着一阵阵嘈杂的脚步声，以及听得不是很清晰的劝慰与呵斥。出于职业的一种警觉和本能，他没有多想，翻身跳下床直奔门边的猫眼。魏子明住在九楼，房间刚好斜对着楼梯和电梯口，透过猫眼看过去，发现有几个身着警服的男女，正带着一个哭哭啼啼的女人站在那等电梯，旁边还放着一副担架，有两个穿白大褂的医护人员候在一边，其中，有位身材显得要矮些的白大褂还举着吊瓶。由于角度和光线的关系，担架上躺着的是男是女辨别不清。住宿的房客发急病了？发急病怎么会来警察？凶杀案？魏子明贴在猫眼处还没想出个所以然，电梯门打开，一干人先让担架进去后再依次进了电梯。

魏子明重新回到床上时，却怎么也睡不着了。于是索性起床，简单地洗漱了一下便想着出门去楼下看看街景。来到电梯口，先前的疑问仍然没有消失，等电梯的过程中，他甚至还抽空向楼层的廊道两侧走了走，想弄清先前哭泣的女人和被急救的病人究竟是来自哪个房间。只是，所有的客房一片沉寂，客人们大约都还沉浸在黎明时分的梦乡中。

进入十月，南北气候有着明显的不同，魏子明从酒店里一出来，便感到一股寒气扑面而来。他缩了缩脖子，顺手将敞开的夹克衫拉了起来。天已在开始放亮，透过高楼掩隐着的天际线，东方已有暗红色的晨曦在慢慢泛起。他照着昨晚的姐朱珠的指引，往左前方转了个弯，便发现一对高大威猛的石狮子在前方的不远处傲然挺立。不急不缓地走近一看，石狮背后的院门左侧，迎面竖立着一方白底黑字招牌：靖州市公安局。天还早，街面上也没什么行人，而院内值班室的门窗也是闭着的，让人看不清里面到底有没有人在值班。

靖州市公安局局长屡出事端，民间传说有很多版本。魏子明之前在做"功课"时，也曾在百度上专门查阅过，上面的许多说法似乎是鱼龙混杂，让人难辨真伪。其中，有说靖州市公安局之所以连着三任局长倒台，主要原因是这几任局长站错了队，都是和出了问题的几任市委书记搅在了一起而引发的；有的说几任局长之所以

453

出问题，是与办公楼的风水有关。包括办公楼的方位，不是采用传统的坐北朝南之向，而是反其道而行之——坐南朝北。这还不算，面对市中心广场的一侧，其中有一条环绕广场的马路正对着办公楼的大门，按风水学的说法有"万箭穿心之煞"。还有办公楼周边的环境，左右与商场、与广场相邻都没什么紧要，紧要的是办公楼背靠的是一座高高的电视塔，生生对其形成了"塔煞"。因之，前有"穿心"，后有"盖顶"，它的掌门人出问题应该属于"大概率"事件。所不同的是因个人禀赋能量的大小，是出大事还是出小事，早出事还是晚出事的问题。

当然，对于网上的一些传言，或者说几任出问题的局长究竟是站错了队，还是触上了风水不好的"霉头"，魏子明当时看过也就看过了，并不是很在意的。特别是对于风水、鬼神之说，他从来都认为那是些唬人的诓骗之言。他觉得自己天生的就是一名唯物主义者，从记事开始，准确点说从他长大成人开始，不管是求学、婚姻，抑或是购房、乔居、出行、升迁，一切都是来去随性、顺其自然，不会在那上面多费一点心神。只是，魏子明虽然唯物，但却有一个癖好，特别喜欢在一些报纸杂志、媒体网络上猎奇览胜，对于一些惊悚的、传奇的、稀奇古怪的物、事，可以说是兴味盎然、情有独钟。因之，当他在网络上翻阅到一些有关靖州市公安局的流言蜚语时，居然一下子联想起另一则能与之媲美的风水轶闻。

同样是通过网络新媒体为介质，将中州省交通厅与部队炮校的风水之争炒得活灵活现。魏子明记得很清楚，那上面所说的风水之争，其实是指炮校的炮口因为直接指向交通厅的办公楼，从而导致先后好几任主官锒铛入狱，仅有一人得以幸免的故事。

起因是交通厅乔迁新楼，刚入主升座办公的第一任厅长却没能觉出喜庆。相反，还时常感到心神不宁，夜晚噩梦不断。该厅长学识渊博，对风水堪舆颇有研究，冥冥中预感其兆不祥，于是便暗自找人查找原因。一天清早，部属匆匆忙忙跑来报告，说对面的部队炮校调整校园布局，有两门大炮改变了原来的摆放朝向，炮口对着交通厅的大楼来了。厅长闻言，当即开窗远望，果然能隐约见到两根炮管指向自己所处方向。厅长顿觉庚气相犯，不敢怠慢，当下亲临炮校协商，并许下百万巨资，要求炮校方面调整炮位。都是在场面上混的，谁还没几分眼色？炮校深感机会难得，于是趁火打劫，声称交通厅如能赞助五百万元，可以重新对校园的布局进行些调整。该厅长也是条铁骨铮铮的汉子，这种明显勒索，当然不能引项就范，于是愤慨至极，当场拂袖而去。只是没过多久，入主的首任厅长不幸因贪腐而落马。

第二任厅长姓张。继任后，深知炮管的厉害，一上任就亲赴炮校，进行和平谈判，想让炮校把那两根骇人的炮管子拐个方向。与前任相比，张厅心胸开阔，办事爽利，一开口就同意了之前五百万元的价位。可惜社会发展一日千里，炮校方面对自身的定位有了极大的提高，开出的价码骇人听闻，两千万元一分不能少。据说张厅当时听了立马翻脸，骂了一句"真他妈黑！"便拂袖而去，从此不再理会。炮校一文未得，岂肯善罢甘休。索性送佛送到西，将校园内的九门大炮全部调过来，黑洞洞的炮口齐刷刷地朝向了交通厅的大楼……遗憾的是，没过两年，张厅因受贿、挪用公款被判处无期徒刑。

第三任厅长姓石。走马上任不久，便有下属前来进言，说头前两位领导出事，都是对面炮校那几门炮对准交通厅之后惹出的祸。石厅深以为然，决定要想方设法化解这个隐患，于是派人前去和炮校交涉，说你们的大炮怎么放都是放，何必非要朝着我们呢？炮校没捞到好处之前，当然不肯放下武器，回答道：四面八方都有人，老百姓也是人呀，难道让我们的大炮对准老百姓不成？！炮校没咬到肉不松口，石厅无奈，正当准备出血认命之际，先前那位见识不凡的下属又献上一个妙计：同门同宗不相伤，只要与炮校服装一致，这炮弹就不好意思劈头盖脸地打过来了。当下细细一说，石厅拍案称好，即日着人采购迷彩军装，严令所有职工必须着迷彩服为单位工装上下班，一时在中州省城，迷彩服满街飘飞，倒也成了都市里的一道靓丽风景，引来不少市民在上下班时间围观点评。只是，谁也没想到，那几门炮终归威力强大，没等上多久，第三任厅长也因贪腐东窗事发，被中纪委直接拿了下来。

第四任厅长说起来最为幸运。因为中州省交通厅厅长频繁出事，上面为了扭转危局，干脆空降了一名安姓厅长。安厅长多年行走于京城，自是站位高、经多见广，不像前几任捂着钱袋子舍不得撒手。安厅长上任三天，即批给炮校两千万基础建设基金。如此一来，炮校方面也非常讲信誉，收到钱立马调转了炮位不算，还郑重做出了承诺：只要安厅在位一天，我们的炮口指天指地，也绝不会指向交通厅！君子一言，驷马难追。炮校说话算话，再没有行恃强凌弱之恶，以致安厅任职期间风平浪静、安然无恙，且官运亨通，不足三年，就升任中州省政府秘书长，真的是仕途通达。

第五任交通厅厅长甫一上任，炮校就给了他一个下马威。对方抓住战机，迅速将炮位又调回到原地，黑洞洞的炮口依旧指向了交通厅。新任厅长姓牛，遇到这样的事还真没什么办法来"牛"，前任安厅拨给炮校两千万保护费，毕竟为期不久，众目睽睽之下，实在找不到更好的借口来填炮校这个无底洞。不过，牛厅人年轻，思路开阔，且深谙兵来将挡，水来土掩之精髓。于是迅速采取御敌之策，编制房屋维修项目，着人从沿海发达地区找来设计施工人员，依照楼体的结构形态，对办公楼进行适当改造，并特别用钢筋水泥在办公楼的顶端，别具一格地加装了一个巨大的钢盔造型，十分协调地给办公楼戴上了一顶"安全帽"，这样，对面即便是胡乱开炮也大可不足为虑了。然而，想法很美好，现实很骨感。毕竟，钢盔的保护面积有限，一年之后，不仅有一位分管生产的副职因腐败问题应声落马，相跟着还有好几位主任、处长受到上级纪检监察部门的查处。这还不算，对面的大炮似乎仍在持续发威，只能防流弹的钢盔根本经不住它的"狂轰滥炸"。没过几年，牛厅同样未能幸免，十分不情愿地获得了"双规"待遇，成为这场风水大战中，被立斩于炮口之下的第四位厅级官员……

上述这些传闻孰真孰假，魏子明直到现在也并未去过现场踏访。但这并不影响这些看起来令人啼笑皆非，甚至匪夷所思的网络媒体文字给人留下的深刻印象。这也就包括他魏子明现在，即便是不信风水鬼神，一旦站在了今后也许就要在此主政的靖州市公安局的门前，对于网上有关其"风水"之说，此时稍稍留一份"好奇"

之心同样成了应有之义。

　　他在那只脚下踩着一只足球的狮子边停了下来，掏出手机佯装接听电话，先是对着院内打量了一番，接着，又转身调换了方位，顺着守门石狮的方向，看了看对面的中心广场。完了，重新回过头，扫了眼办公楼上方的天际线。真是不看不知道，看了吓一跳，网上炒作的一些文字和跟帖，还真不能说是子虚乌有。也就在那一刻，他忽然觉得头皮有些发紧，脑瓜里，甚至莫名其妙地蹦出那几个"前仆后继"的字样来。

第二十九章

　　王小奇"两节"过得并不舒坦。七八天的假期，仅是南湖花卉展的安保勤务，节假日领导值班、带班就占去了一多半的时间，而中间有了点空闲，应了吕胜杰的邀约到郊外去钓鱼，结果还碰上一个触电救人的事情。看看假期就要接近尾声了，说起来，今天还是很不错的，一整天的时间，基本上都属于自己支配。早晨睡了个自然醒，在楼下吃了碗热干面、喝了糟酒蛋花汤，便开着车去汉街泡了大半天的书吧，将近傍晚，还去洪山体育馆打了一场网球，完了，就在路边店吃了顿烧烤。现在，回到家冲了个热水澡，把换下的衣服丢进洗衣机收拾好了，顺手在书架上抽了本书，躺在床上看得迷迷糊糊正要沉沉睡去的时候，放在床头的手机突然像受到惊吓似的响了起来。拿起来一看是政治部主任崔金龙的，按下接听键刚一放到耳边，就听对方在电话里大声地问："小奇你在哪里？"王小奇说："在家啊，刚迷糊了要睡觉。主任有事吗？"崔金龙听说在睡大觉，说话就变得很不客气。说你王小奇也太不讲政治了，也太消停了。你的人，你们刑警队以前被开除了的那个孙什么虎，差点又给局里惹下大事了，你快去把人领回去吧。

王小奇一听说是孙什么虎，当下在心里嘟哝了一句：孙金虎这家伙真够让人心烦的。

孙金虎曾是特警队的辅警，几年前因为在吉庆街喝夜酒与人起争执发生斗殴，将对方打伤致残被判了刑。按规定，孙金虎在服刑前就与单位解除了劳动关系，然而这家伙刑满释放后却赖上了特警队，说他当初在吉庆街与人斗殴是事出有因，邻桌几个喝夜酒的小混混点了姑娘唱歌不仅不付费，还逼着卖唱的姑娘给他们陪酒，他是在那帮小混混对姑娘调戏猥亵时才出的手，性质当属见义勇为，要求刑警队恢复他的工作并给予经济补偿。当然，孙金虎有如此之说也并非空穴来风。比如，小混混们点歌未付费也是属实，但是那个卖唱的姑娘和喝酒的混混们原本就相互熟悉他孙金虎并不知情。小混混们之所以赖着不付姑娘的唱歌费，目的是想借此逼着姑娘陪他们喝酒助兴，完了视心情一起来支付费用，而这种"游戏规则"后来在法庭上，检方都有证人证言做有力支撑，只可惜等到孙金虎明白的时候已是事过境迁、悔之晚矣。那天，孙金虎眼见不平将要出手时，也是通报名姓亮出了自己身份的，然而那些喝多了酒的小混混根本就不把他这个"警察"当回事，讥笑嘲讽他是狗拿耗子多管闲事，孙金虎曾在年少时游学武当山，师从过武功高强的一位道长，结果双方一交手，同样是喝高了酒的孙金虎出手走偏，丢掉了倚天屠龙功，拾起了啤酒瓶，很快就让两个小混混的脑袋瓜开了花。好的是不幸之万幸，斗殴的现场离协和、同济医院不是很远，受伤的小混混送医院抢救及时，不然，孙金虎的三年有期徒刑是解决不了问题的。

孙金虎出狱之初并没找特警队要说法。凭着一身豪气，谋划着要自立门户，干出一番事业、闯出一片天地，先是在工商局登记注册，打算面向有志于中华武术的小小少年们，开展一些诸如武当功、少林功之类的武术培训班，自己当老板兼任"教头"。然而，场地租下了，在微信朋友圈、在晚报、网站也发了招生广告，最后却鲜有报名的学生。后来又利用互联网＋，申办了一家网上商城，开始经营得倒是不错，只是好景不长，等大家一窝蜂地拥进来的时候，他的商城惨遭挤压，只得闭店歇业了事。据说，他为了生存，后来也一度放下身段，给物业小区当过保安、给长途货运公司当过押运，甚至，还挤进外卖小哥的队伍中给人送过外卖，只是最终都无疾而终，没能做长久。

孙金虎第一次见到王小奇并向王小奇提出诉求时，王小奇感到很诧异，还以为孙金虎是在说笑话开玩笑，这都是哪里跟哪里的歪理邪说啊，你说你是路见不平出面执法，法院给出的定性为什么是寻衅滋事、打架斗殴、致人伤残？你找的律师或者说你自己，干吗不在法庭上说清楚辩明白？你都刑满释放了、人身自由了现在说出来还有意思吗？！王小奇觉得孙金虎这时候找单位讨说法、索要赔偿真是滑了天下之大稽。

当然，王小奇没直接表露。王小奇说："你这事，可以去找你现在户籍所在的街道办。"言下之意，特警队早就和你解除了劳动关系。

　　孙金虎也还听话，转回身去找了他户籍所在的南湖街道办。街道办主任也很负责，问明情况略一思忖，也就十分热心地给出了建议，说解铃还得系铃人，既然觉得法院判得有失公允，你得去向法院申诉啊。如果能得到改判，申请到国家赔偿那是最好不过的事情。孙金虎愣了愣，觉得街道办主任说得有道理，当下就去找了判他徒刑的江城法院。法院接待他的法官同样很负责，听了他的申诉、看了他的材料，眼睛眨了眨，很冷静地说道："法院当初的审理、判决合规合法，没有任何问题；就你本人而言，你当时也没有提出上诉，而如今再旧话重提已没有了意义。不过，你如果实在有什么难处，可以走一走地方的信访渠道，看看他们在你的工作上、生活上能否提供一些救助或帮助。"孙金虎听了，心里虽然一百二十个不满意，权衡一番，最终还是硬着头皮过去了。那天正好是局长接待日，已经秃了顶的信访局长钟向军亲自坐班，热情接待各方来访人员。轮到孙金虎，钟局长微笑着接过材料，只是前后翻了翻，就问他出事之前是在哪个单位，现在户口落在什么地方，目前有没有找到工作。孙金虎据实一说，钟局长表示很理解，跟着也给出了建议，说你这个事值得同情，信访件先由我们信访局走程序转到街道办去处理，我抽空也会给南湖街道办的吴主任去个电话，现在的关键是，你得先有个工作。

　　孙金虎是个明白人，转了一圈，又回到了原点。这帮当官的是在把他当皮球踢哩。他索性一条道走到黑，别的谁也不找了，只找他之前的老东家特警支队。诉求也很明确，一是要重新安排工作，二是得补偿他服刑三年的经济损失。

王小奇面对转了一圈再次回到他面前的孙金虎时，他当时就有种感觉，眼前这家伙只怕不是盏省油的灯。

刚开始，孙金虎的上访也还算文明，不吵不闹，递了材料、陈述了诉求，便就回家等消息。后来，见没什么动静，慢慢就变得极端和蛮横起来——堵过王小奇的家门，赖着要与他同吃同住；大闹过王小奇的办公室，声称不解决问题就不让他正常上班。

孙金虎在吉庆街出事的时候，特警支队长还是潘宏光，等他刑满释放，主事的换成了王小奇。按照一般的潜规则，新官不愿理旧事。但他王小奇却不能，过去的特警支队长，如今升任了市局副局长，还分管特警支队，成了顶头上司，他如何能一推了之？还有，现在信访、上访涉及和谐稳定大局，任何人、任何单位概莫能外。因之，不妥善地将其处置好、控制好，最终闹大了，对上对下都是没办法交差的。顶头上司潘副局曾给他开出过药方，说时间是最好的医生，慢慢来，别激化，一切都会过去的。只是，良药难治孬人。孙金虎是王八吃秤砣——铁了心，最严重的时候，他曾经带着刀、带着汽油瓶进到办公室，不是声称要自决在王小奇的面前，就是要和王小奇同归于尽。好在王小奇处事冷静，讲究方法，注重以柔克刚，往往在将要破局的时候能峰回路转。比如孙金虎架着刀，声称要抹脖子自裁时，王小奇会不动声色地揶揄道："你看你，有点出息好吧，这样死了算什么？懦夫一个啊。你就是要死，起码也得拉上我给你垫背不是！"趁着孙金虎愣神的工夫，很自然地就将他架在脖子上的杀猪刀卸了下来。再比如，谈着谈着，急了眼的孙金虎忽然从腰里掏出一个矿泉水瓶子，晃着对王小奇说："知道是什么吗？95号汽油哩。你不是让我找垫背的吗？今天我就成全你吧！"一边说，一边就要拧开瓶盖。王小奇见了，同样是不慌不忙，问孙金虎："出门的时候，和嫂子侄儿告过别没有？是不是没带打火机？如果没有，我可以免费提供的。"说的时候，还真从办公桌上拿起一个浅绿色的打火机，佯装要给他的样子……当然，王小奇之所以敢如此从容淡定，也不是没有缘由的，私下里，他也摸了孙金虎的一些底细的。首先从孙金虎的角度看，他的家境还算殷实，并不是日子窘迫得没法往下过，并且新婚不久，妻子就给他诞下一个"小猪佩奇"，一家人和和美美，岂有动不动就自杀啊、自焚的道理？！再就是，万一孙金虎鬼迷心窍剑走偏锋，王小奇长得人高马大，曾经的华南警官大学的擒拿格斗冠军，咫尺之间，身材瘦小的孙金虎真要有什么过激行为，大约不会费太大气力就能有效管控。孙金虎见寻死觅活在王小奇面前不管用，嘴上还是依旧发狠，说你王小奇不要欺人太甚，狗急了还会跳墙，兔子急了还要咬人的。王小奇听了也不含糊，说你现在有必要跳墙吗？有必要咬人吗？有问题可以好好谈嘛，用得着如此胡搅蛮缠吗？孙金虎说："我不是没有好好谈过，可是和你们谈不出个结果呀。我那天晚上虽然喝多了酒犯了浑，但我的出发点没有错啊。就算是辅警、协警没有执法权，算我是见义勇为总是可以的吧！"孙金虎一边说，眼泪也跟着哗哗啦啦地下来了。王小奇没想到孙金虎的内心也还如此柔软，当下心里也是一沉，没再说话，缓了缓脸色走过去拍拍孙金虎的肩，说："晚上我们一起坐坐吧，我请你。"

王小奇所说的"一起坐坐"，在江城这边也就是请吃饭喝酒的意思。谁也没想到这次"坐坐"的效果十分好，用上"化危为机"一词也毫不为过，谁也不知道他们当时是如何"坐"的，又是如何谈的。反正，自此之后，孙金虎再没有到特警支队找过王小奇。而他以前在特警支队的一些战友，经常会看到孙金虎时常往来于江城下游的白鹤滩，不是在白鹤滩边的采沙船上指指点点，就是在江城的一些正要开建和将要开建的楼盘边转悠忙活。还有的时候，能看见他陪着长江河道管理所的工作人员在一些饭店、KTV量贩等娱乐场所出入。在江城从事建筑行业的老板们都清楚，白鹤滩采挖的长江河沙质优价廉，市场上供不应求，生意异常火爆，火爆到一度引起了河道管理部门的警觉，担心过度开采，影响长江河道的行洪安全。因之，对白鹤滩采沙船的数量、开采范围、开采量进行了严格地管控。说白一点，如果不把相关方面的关系勾兑好，别说扩大生产，就连日常的经营都会受到影响。细心的人还发现，孙金虎自从与白鹤滩有了联系，过去开的那辆老掉牙的东风雪铁龙，也不知在何时鸟枪换成了大炮，一辆崭新的丰田霸道越野车成了他的新座驾。于是有人自此猜测，孙金虎只怕是寻到了发财致富的好路子，日子过得这般滋润逍遥，从前那些不快的事，也就翻篇儿了。

遗憾的是，这种平和安逸的日子没持续太久，也就是过了一年半载吧，市信访局局长钟向军就直接把电话打到了王小奇的手机上，说话的口气甚至比崔金龙主任还要强势尖刻，上来就劈头盖脸地问你们特警支队还讲不讲政治，还讲不讲大局！你们对重点人员是如何在防控、如何在包保！电话里火气冲天，根本就不给王小奇说话的机会。几乎是带着命令口气说："孙金龙在京城聚众缠访、闹访，现在已被巡警送到了久敬庄的收容教育所，命你亲自带队，二十四小时内把孙金虎从京城接返江城。"王小奇当时听了十分抵触，你一个信访局长好大的口气，你凭什么对我发号施令？！我上面还有魏子明局长罩着哩，真是岂有此理。钟向军长期从事信访工作成了精，他没让王小奇的不满情绪四处蔓延，紧跟着补了句："你可听清楚了，刚才的话是市委领导郑一光同志的明令口授。领导很生气，问题很严重。时间紧急，只得辛苦兄弟亲自跑一趟了。"王小奇清楚：一光同志是江城市委副书记，直接分管信访稳定工作。王小奇当时一听，哪里还敢有一丝半毫的怠慢，巴巴地，心怀忐忑地带了人和车连夜往京城赶。

　　事后才弄清楚，孙金虎对于他的个人诉求其实并未"放下"，只不过在表现形式和表现方法上更为隐蔽和巧妙。《增广贤文》早有明示：明箭易挡，暗箭难防。这种更为隐蔽和巧妙的操弄，在某种程度上造成的危害与影响更大、更为恶劣。曾几何时，社会上对公职人员的职务消费和维稳及公共安全经费居高不下诟病很多，甚至用数据说话，声称如果对这些开支稍加管控，别说建几条航母了，就是一年组建一支庞大的航母舰队都是绰绰有余的。有些话虽然说得夸张，但客观地讲，还是触及社会治理的难点与痛点的。好在前些年中央八项规定的顺势出台，其影响和震慑盛况空前，从很大程度上遏制或终结了过往那种奢侈与无度的消费。只是，时至今日，在维稳与公共安全方面仍然没有什么创新与突破，无谓地消耗了许多社会资源和公共财力，上面强调要讲政治，下面抓落实要讲责任、讲追究，依旧采用人海战术，不计成本、不计代价，将矛盾与问题控制在当地、控制在基层，没有从根本上找到行之有效的上访良策。

之所以说孙金虎"没有放下"，或者说采用的形式与方法更为巧妙和隐蔽，是指他明面上没去找特警支队、没去找王小奇的麻烦，暗地里仍然是心有不甘，但凡省内外有些什么大事要事，或者是重要年节，他都会主动或被动地与一些长期上访、闹访的人员纠合在一起，或明或暗地做出一些过激和有影响的事情来。比如那次被送到久敬庄收容教育所，就是因为受到长期滞留在京城的一帮上访、缠访人员的邀约，混入了雁栖湖国际会议中心，预备在一带一路的高峰论坛会时打横幅、喊口号的。王小奇千里奔袭，在久敬庄见到他时，不及王小奇开口，他自己倒显出十分歉疚的样子说道："看看，有多大点儿事，还劳累王支队长亲自跑来一趟……"

那一刻，王小奇胖揍他一顿的心都有了。

现在，王小奇被崔金龙主任从床上揪起来后，同样不敢怠慢。带人赶到南湖派出所时，跟着他从车上下来的还有另外两个人：一位是当晚在支队值班的副支队长邱成松，一位是同样在值班的辅警刘德强。

邱成松下车后见王小奇站在停车场边四处张望，便说："我刚才发信息问过了，今晚派出所值班的是副所长张雷。孙金虎现在被留置在四楼会议室里哩。"

王小奇点点头，说："南湖街道办的肖作成主任也该到了。他们不能每次都作壁上观。"

邱成松是特警支队的老人儿了，一直分管内勤和信访维稳工作，这几年下来，孙金虎的事没让他少费神。听说南湖街道办也过来人了，便马上呼应道："他们是该管些事了。按照信访维稳的属地原则，孙金虎是他们街道管的人，倒是与特警支队没有多少关系的。"

　　两人正发着议论，突然从不远处的暗影里冒出个人来，还没挨近，声音就过来了："王队、邱队。你们当领导的可不能在背后说我们街道办的怪话啊。"

　　王小奇愣了下，跟着便打起了哈哈："原来是肖主任啊，你反应蛮快嘛，还先我们一步到了。"

　　相互握过手，肖作成说："街道办一直很积极的。只要有事，我们从来不拖沓推诿。"

　　邱成松和肖作成也熟，在一边接过话："孙金虎这小子平时也没什么事，关键的时候跑出来冒个泡，烦死人的。"

　　王小奇补了句："主要是影响不好。"

　　肖作成说："问题是他孙金虎平时也没什么迹象，我们每次去家访，他都显得很淡定和超脱，问他有什么要求，他总是那句话，没有啊，一切都很好的。"

　　邱成松说："这家伙老油条了，隐藏得很深。"

　　"我看他主要还是心态。"肖作成说，"他明明知道，他的那些诉求是没办法解决的，但是只要有了机会，就想出来发泄一通。"

　　"问题是他一发泄，一露头，信访局就找到了我们特警支队。"邱成松说，"你们街道办倒是万事大吉了。"

"此言差矣。"肖作成说,"我们也不是不管,是孙金虎他不要我们管,一门心思地赖上你们特警支队了,我们也没什么好办法。说实话,街道办也是想多做些工作,无奈是剃头挑子一头热哩。"

王小奇见肖作成说到后来,话语中似乎带着些怨气了,便出面打圆场:"要说这几年街道办的工作也没少做,同样不容易。"

肖作成说:"我们平时也是内紧外松。不瞒你们说,孙金虎一直是纳入稳控范围内的,至于这次是如何摆脱监控,下来后我们还要认真地查一查。"

王小奇认同道:"大家共同努力吧。反正就一条,维稳工作不能出问题,不能有丝毫的闪失。"

"上次孙金虎在北京被你们接返后,我和书记一人背了个诫勉谈话。也不怕你们笑话,年终的绩效奖,一两万都被扣掉了。"肖作成说,"我们两家其实是拴在一根绳上的蚂蚱。"

王小奇还是第一次听说,街道办的党政主要领导还受到了组织处理和经济处罚。想一想,他和邱成松还算幸运,局长魏子明虽然大会小会地点名批评了特警支队,不过最后还是网开一面,只给了他们一个警示谈话。

王小奇正想着安慰一下肖作成,当晚值班的张雷听到动静从大厅里迎了出来,相互打了个招呼,张雷并没带大家去四楼见孙金虎,而是到了一楼值班室。王小奇思忖张雷可能是有事要说,便直接问:"时间也不早了,有什么情况就简单地说说吧。肖主任他们一直将孙金虎纳入在稳控范围的。你们究竟是在哪儿拦下他的?"

张雷这段时间大约加班很多、很辛苦,整个眼睛看起来都是红的，人也瘦了不少。听到问话，一笑："今天碰到孙金虎，完全是个意外，就像是搂草打兔子，是顺带发现的。"

王小奇有言在先，让他简要地说说，因之，张雷在介绍情况时，跳跃幅度就很大，尽量拣紧要的说。不过，即便是如此，他在把整个脉络说清楚的过程中，还是用去了不少的时间。

事情的起因是教育系统早些年一批没能转正的民办教师。这些辛勤的老园丁为了身份的问题长期上访，一度还引起了中央领导的关注。后来在各方的努力下，身份问题解决了，能够和公办性质的退休教师一样，可以按月领到退休工资了。只是钱到手后，缘于起薪标准太低，退休金太少，不能满足在当前形势下对美好生活的需求。因之，再度要求教育局对他们从前的付出能有个说法，能按月或按年给予适当的补偿。这种得陇望蜀的行为，自然是不能被各级组织和领导放任与姑息。于是，经过层层做耐心细致的疏导工作，分化瓦解，甚至对带头闹事人员采取强制手段和措施，使得这一较大的诉求群体逐渐变为了少数，并由少数变成了极少数。但就是这些极少数，仍然让江城市、区、县的领导们伤透了神：近几年，只要中央、省市有大的重要活动，或者逢到比较大的年节假，他们不是串联其他一些闹访、缠访人员到现场拉横幅喊口号，就是纠集一些社会闲散人员去静坐围堵政府大门。有几个主事的，甚至还因此被拘留、判过徒刑，然而人一放出来，过不了多久，就又开始了所谓的维权活动。

这次国庆中秋双节，市委市政府利用南湖花卉展组织系列招商引资活动，市维稳办也是跟进配合，超前谋划、抓早抓小，工作做得严、做得细实。眼看七八天的长假就要平平安安地过去了，然而就在前天，市公安局网监支队监测到一些异常情况：在华北的某个省份，有一些长期信访、缠访的人员，组建了一个什么维权联盟，通过网络、微信、QQ等媒介面向各地发出邀约，计划在收假后的第一天早上，陪国旗兵们走正步，参加升国旗仪式，并要在现场开展维权演讲等活动。这其中，就发现在江城市被列入稳控对象的几个骨干分子与之遥相呼应，很有可能会出现在天安门前的维权现场。警讯一出，市信访局、教育局紧急响应，一摸排，还真有些稳控在家的人员失去联系，再一查全市交通信息系统，却没发现这些人有订票、购票记录，调看了车站、机场的候车厅、候机厅监控系统，也同样没见到他们的踪影。不过，为了稳妥起见，市维稳办决定扩大摸排范围，一方面派人火速赶赴京城，在机场、高铁站出口布控，采用守株待兔之法，一方面派出人力警力，对与江城市辖区相邻的几个高铁站、长途汽车站进行摸排蹲守监控。总之，不管是侥幸脱逃刚到京城的，还是企图从异地迂回取道进京的，一旦发现，就地拦截带回江城，没有选项。

至于南湖派出所副所长张雷，介绍情况时为什么说拦下孙金虎是个巧合、是搂草打兔子，原因有两点：一是在启动应急响应的时候，起初并没发现孙金虎有什么反常迹象，因之也就没有将其纳入截访范围；二是选派人员到邻近车站去摸排堵截的警力，一开始并没有考虑从南湖派出所抽人，只是因为治安支队人手不够，分管领导马志武临时命令张雷派人给予协助。于是，当时正值班的古德山便别无选择地走到了前台，不仅在高铁站意外地发现了孙金虎并成功将其拦了下来，而且在此之后，还别无选择地与之发生殊死争斗，共同上演了一出惨烈的惊天大戏，只是其结局，让人伤心莫名、伤心莫名……

"你是说，古德山发现孙金虎是个意外？"王小奇似乎还存有疑虑，问道，"古德山怎么也认识孙金虎？"

张雷对这些小细节并不是很清楚，愣了愣正不知如何作答，一直默然无语的辅警刘德强突然插言道："我和古德山是老乡，有时他有了空闲会到我那儿串个门聊聊天什么的。"

"也在一起喝过酒？"王小奇问，"节前你和孙金虎喝醉酒有没有古德山？"

辅警刘德强摇摇头，说："以前在我那儿打过几次照面的，相互都认识。至于那天喝酒小聚，古德山没参加。"

王小奇这时问起喝酒的事，其实是话有所指的。就是因了刘德强那次喝醉了酒，竟然被孙金虎冒用他的 IP 地址，在中国辅警网上乱发帖子，胡说什么"辅警起得比鸡早，吃得比猪差"等污言秽语，影响极为恶劣。为这，分管领导潘宏光给他打电话问情况，网监支队牛海涛支队长亲自跑过来调查取证，之后办公室主任还给他发信息，提醒他要严加管控、稳妥处理。局长魏子明自己，临到放假前的晚上，半夜了，还亲自给他打电话，让他这段时间要警醒些，关键时候别添麻烦，别掉链子。什么是关键时候？什么是别添麻烦、别掉链子？肯定是与局长将要发生的人事变动有关系嘛。王小奇跟在魏子明身边多年，深知他的脾气秉性。魏子明处事向来超脱大度，注意调动和发挥下属的作用，很少对这些芝麻小事在意费

472

神的。然而这次就为网上的一个小帖子，他是如此的在意和上心，目的就是不希望生出一些不必要的插曲和变故，一切平稳过渡，平安就好。

也就是在那天晚上，王小奇向魏子明表过硬态的，说局长您就放一百二十个心，特警支队什么时候都要体现出一个"特"字，我这儿不会有半点问题的。电话中，他没敢向魏子明报告，经过他们细致入微的工作，所谓辅警刘德强的"网上发帖"，其实另有隐情，心地善良的辅警刘德强将错就错，毫无原则和底线地帮着诿过于他的前队友背了黑锅。

王小奇对着辅警刘德强道："等会儿接到孙金虎，你可就得盯紧他了，别又稀里糊涂地让这家伙给耍了。"王小奇这是话中有话，意思是给他一个立功赎过的机会。

辅警刘德强也不含糊："王队放心好了，吃一堑长一智，再不会有空子让他钻的了。"

张雷带着一干人进到四楼会议室，当时的气氛明显地紧张和压抑，古德山与孙金虎并排而坐，都虎着脸，所不同的是，孙金虎的双手与他坐着的椅子扶手铐在一起。

王小奇冲古德山点点头，径自问孙金虎："好久不见，孙总怎么待在这地方了？"

孙金虎的笑，明显是挤出来的。让人觉出里面藏着些生硬，也藏着气恼，而在生硬与气恼之间，似乎还隐匿了些许的羞赧。他冲王小奇抬了抬被铐着的双手，说："王队你给评评理，派出所的人凭什么把我带到这里来？！"

473

王小奇盯着他看了一眼，揶揄道："就是，你不在白鹤滩发大财当你的项目经理，跑这儿凑什么热闹。"

孙金虎听了，将铐着的双手努力往上举了举，做了抱拳的动作，说："多谢王队关照。不过今天完全是个误会。"孙金虎说的时候，还扭头横了古德山一眼，不满道，"都是古胖子狗拿耗子，我也就是买票去一趟京城，又没犯任何事。"

王小奇脸一沉："还要犯多大事？难道再把你扭送到呼家楼、久敬庄就满意了。"王小奇刚在楼下也听张雷介绍过，说古德山在高铁站控制孙金虎时，还是很费了些气力和周折的。进门后特意扫了眼古德山，发现他右边的脸颊有些红肿和轻微擦伤，左额偏上部位，也隐约能看到一小块不是很规则的青紫色斑痕。于是又补了句，你孙金虎要感谢人家古队副才是，别忘了，这都是为你好。王小奇这样说时，瞥见古德山的脸色也变得和缓起来，就示意张雷把孙金虎被铐着的双手给打开。

孙金虎嘴巴撇了撇，半晌没再吭声。直到手铐打开后，他用手交替地揉了揉手腕上被勒的印痕，才又显得很委屈地说道："我其实早就放下了的。这许久了，我既没找特警支队，也从未找过社区街道办什么麻烦。肖主任你最清楚，前天下午，你还上我家坐了一会儿的，你是可以给我证明的。"

"如何给你证明？"邱成松忍不住插话道，"证明你去京城是观光旅游？！"

"就是啊，好端端的，你说你去凑什么热闹？！"肖作成说，"道理你都懂，就得拿出懂道理的样子来。"

"真的没什么。我也就是出去玩玩散散心。"

"要玩、要散心光明正大地去，干吗要偷摸地舍近求远跑到孝感北那边去购票上车？"邱成松不依不饶。

"我也想在这边买票上车啊，但是都被管控了，莫说飞机、高铁票，就是长途汽车票都不卖给我。"

孙金虎所说的管控，实际上是对重点人员在特殊时段采用的特殊措施，被纳入了购票系统的"黑名单"。古德山说："既然知道自己的底细，还出来顶风惹事，你这是毛病。"古德山说的时候，手还在有些红肿的脸上摸了一把。

孙金虎也不是省油的灯，冲着古德山嚷道："要不是你多管闲事，能让这么多领导大晚上跑你们派出所来耗着吗？！"

"你还好意思。"古德山恨恨地道，"要不是王支队亲自过来接你，就凭你抗拒执法这一条，早就该把你拘了。"

孙金虎并不示弱，瞪了一眼古德山，骂了句："格八马的，你等着瞧……"

孙金虎那天并没被王小奇带回刑警队，而是交由南湖街道办带回去进行教育稳控。当时之所以出现这样的"变通"，一方面是与街道办主任肖作成极力改变"壁上观"的形象，积极主动地要求履行好属地稳控责任有关。另一方面，"双节"长假渐近尾声，王小奇觉得，孙金虎既然被拦下了，他就是想去参加北方维权联盟的活动，从时间空间以及当前他所处的环境，大约也只能在心里想一想罢了。

然而，谁也没有想到，就是因了这一无关紧要的"变通"，在随后发生的一起恶性事件真的是让人追悔莫及。

　　古德山从吕家山地铁站出来时，他自己都觉得有点不可理喻，他在心里甚至还嘀咕了一句：明明是下班坐地铁回家的，中途下车跑这儿干什么？！不过想归想，人还是很快进到了特警支队的大门。

　　好多年、好多次了，古德山每次走进这里，都有一种回家的感觉。早些年，他从警校毕业的时候，就是先在这儿当的辅警。不过他运气好，没待上多久，便赶上了一次警官招录的机会。而且，那次招录，僧多粥少，名额有限，他古德山居然在数百人中脱颖而出，成了一位基层派出所的正式警察。

　　特警支队现在这个场地，以前其实是一所民办中学，由于经营不善，运行不长时间就倒闭了，因为欠着贷款，最后整个学校都抵押给了银行。那时，市特警支队刚刚组建，正愁没有合适的地方，市领导得到消息，便让市财政局与银行方面协商，想办法将闲置的不良资产盘活。于是，最后由市财政担保出资，将昔日的学校修缮改建成了特警支队的办公、生活区域。

　　特警支队的大院呈较规则的正方形。面积差不多有两个足球场大小。临街的一面，居中建有挂着市特警支队匾牌的门楼，而在门楼的左右两边，是一溜对外出租的门面商铺，特警支队每年可从中收取一笔不菲的租金。入得大院，中间是宽而阔的操场，左侧是办公区，右侧是生活区，与门楼对应的操场正面，最初是围墙，改建后则贴着墙边搭建了一排半开放式的车库，用于停放特警支队大大小小好几十辆警车。

古德山一直有个疑问：在当今社会，从党政机关到学校，到大大小小的企事业单位，到居民小区，门禁管理一个比一个严格规范，唯独特警支队，好像从他最初在这儿当辅警开始，许多年了，特警支队一直是以不变应万变，有门楼而不设门禁、门岗。究竟是疏于管理还是为了减少不必要的开支？还是特警支队原本就是个阳刚气十足的地方，没什么人敢到这儿惹是生非？当然，他冒出的这些想法都是一晃而过的事情，设与不设，与他没什么关系，要是真正设了门禁、门岗，出来进去反而没那么自在方便了。

进了大门是往左走还是往右走，古德山突然迟疑了一下。不过也就是在片刻的迟疑中，他明白自己到特警支队，其实是想着找一找老乡刘德强的。自从昨晚把孙金虎从派出所移交出去后，不知怎么的，心里一直不是很踏实，甚至还反思自己是不是有些多管闲事。

说起来，他和孙金虎并不是太熟，只不过以前在老乡刘德强那儿聊天时打过几回照面。而对于孙金虎出狱后屡屡的上访、闹访之事，他古德山大体上也是清楚的。大约自己过去也曾是辅警的缘故，对孙金虎的际遇和诉求一度还有些惺惺相惜。

昨天下午被临时抽调去孝感北高铁站执行监控任务时，信访办事先是提供过几个重点人员的照片和身份信息的，那上面并没有孙金虎。

也是巧，当时两人在高铁站几乎是迎面相逢，先是愣了一下，古德山率先打招呼，说这不是金虎吗，你这是要去哪里呀。孙金虎背着双肩包，戴着一副大墨镜，一身休闲打扮。听了问话却装迷糊，并不言语，头一低，继续快步往进站口那边走。古德山起初也以为认错了人，摇摇头，还暗自在心里自嘲了一句"瞧你这眼神"。事已至此，如果古德山没有不甘心地再回首，或者说已擦身而过的孙金虎不出现一溜小跑，古德山大约是不会重新警觉起来的。

　　拦住孙金虎时已是在站台上了。经停孝感北开往京城的高铁刚好进站，孙金虎正要从八号车厢上车，古德山从后面扯住了他的双肩包，很干脆地说孙金虎你不能去京城。孙金虎扭头一看也不客气，摘下墨镜气冲冲地说你算老几，管得了老子孙金虎是去京城还是到上海。古德山对孙金虎的过去是有所了解的，这会儿自然不能打马虎眼。正僵持着，催促上车的警铃响了起来，孙金虎急了眼，说我数一二三，再不撒手我就不客气了。古德山听了孙金虎的恐吓觉得很搞笑，说就你这瘦筋干巴的小样还敢跟我叫板，乖乖地，跟我回去就什么事没有，不然，刑拘你十天半月是分分钟的事。孙金虎怒气冲天地听他如此一说，也不数一二三了，右手肘冲着他胸腹部猛地一用力，脚下横腿一扫，当下就将胖墩墩的古德山摔在地下，同时顺手扯过被古德山攥着的双肩包，撒腿就想往车厢里钻。古德山也不是吃素的，猝不及防被踹倒在地的时候，也没忘记自己的职责，发现孙金虎趁乱想溜时，就地一个翻滚，粗壮有力的短腿对着挪步奔跑的孙金虎狠命一绊，孙金虎一个踉跄，一下扑倒在距离车门不足两米远的地方。别看古德山人长得有些胖，从前在警校读书时也是练过些身手的，速度与爆发力了得，他在出腿的同

478

时，人也跟着弹跳起来，犹如老虎捕食，几乎是毫不犹豫地将整个身子压了过去。孙金虎倒是反应敏捷，情急中泥鳅般地将身子往外一闪，刚好躲了过去。这还不算，就在古德山结结实实地摔在他身边的同时，还抢起拳头，呼啦啦地对着他额头砸了过去。所幸古德山也是一条汉子，身子扑了空，手却没闲着，一只鹰爪般有力的大手，快得像章鱼的吸盘，一下死死地揪住了他，使之脱身不得。于是，一胖一瘦的两个家伙便像麻花样地扭扯在了一起。那会儿，要不是古德山的助手及时赶过来支援，很难说他古德山能在众目睽睽之下强行将孙金虎给铐回来。

不过，人铐回来了，也铐对了，他孙金虎的确是被纳入了稳控范围的。只是，他过后也想，自己是否真有些多管闲事。换句话说，孙金虎真要去了京城，也并不一定就会参与挑头闹事，如果就只是去散散心呢？去看看热闹呢？

当然，他在自我反思完了，又一想孙金虎当时的表现，也让他生气恼火，明明亮明了身份，这小子还要强行闯关，甚至还冷不丁地对他出手攻击，倘若不是自己身体好、抗压能力强，当时一口气憋不住，说不准还真让这小子脱逃了。更为可气的是，情急中伸出腿脚绊了他，并且双双扭打在一起的时候，这小子同样出手凶恶，右边的脸颊之所以红肿，其实是在他采用老虎捕食法扑了空时，遭到这小子的暗算，呼地一老拳招呼过来，打在了左边的额头上，造成了右边脸颊与站台的花岗岩石板瞬间的挤压和擦滑，以至于让自己伤得窝火，伤得有失颜面，生生气得牙齿痛。

话说回来，想过了，气过了，甚至纠结过了，有些话他觉得还是想找人说说才好。他想，辅警刘德强既然是他古德山的同乡，也和孙金虎是朋友，何不就和刘德强聊聊，让他有机会见到孙金虎时，也可以向孙金虎解释一下，他古德山之所以将他从高铁站带回来，仅只是职责使然，并不是存心和他过不去，毕竟事情闹大了，对单位、对他本人都没什么好处。好多人都知道，他孙金虎近年来在白鹤滩做得风生水起，没有特警支队的领导帮着疏通一些关系，这样的好事能落在他的头上？！古德山想，等会儿要是谈得高兴，还可以让外卖小哥送几样酒菜过来，聊聊天、吹吹牛，外加喝点小酒，也算是给有些郁闷的心情一点放松。

打定了主意，古德山便沿着操场往右一拐，径直到了特警支队的宿舍楼。前面说过，特警支队一应办公生活设施，都是由从前的学校演变而来，包括现在队员住的宿舍，以前就是学生教室，所不同的是，后期进行了简单的改造和装修，并且相应配套完善了一些必要的生活娱乐设施。比如一楼改造成了干警食堂，二楼设有健身房和警员图书室，而在每个楼层，都加装了公厕和淋浴房。宿舍楼一共是七层，刘德强住在六楼的 609 室，因为没有电梯，古德山气喘吁吁地从楼梯爬了上来，对着门敲了许久，里面却没有丝毫动静。他当时就有点后悔，觉得在进到大院的时候就应该给刘德强打个电话的，如果他说不在宿舍，那一定是还在值班或是有别的什么事情，这样也就没必要暴露自己的行踪，老老实实地打道回府，还是回去陪老婆孩子安逸。

然而，人世间哪有什么后悔药。有些事想了就想了，做了也就做了，一切都是在冥冥中排定预设好了的。既没有如果，也没有假设，该来的注定要来。包括现在，古德山站在特警支队的宿舍区六楼有点后悔的时候，其实将要到来的惨烈剧情已经悄然逼近，完全没有什么回旋余地了。

古德山的肚子感到胀痛是突然出现的。这让他不得不放下所有的私心杂念，赶紧寻着楼道顶头的公共卫生间奔了过去。他蹲在那儿稀里哗啦地忙乎了好一会儿，刚刚觉得痛快了，心满意足了，一番收拾正待起身，肚腹里的痛，却又是一撕一扯地发作起来，于是便又只好继续蹲那儿吭哧吭哧地暗自发力。如此反复了好几个回合，他当时竟有些紧张了，如果再这样下去，只怕连收拾摊子的手纸都要消耗干净了，莫非弄到最后，还得打电话找刘德强送揩屁股的手纸过来不成。

古德山在卫生间磨磨叽叽的时候，楼下的操场上早已有人等得很不耐烦了。虽然双节长假行将结束，明天就要走上正轨了，而公安干警们因为节日期间满负荷的值勤、值班，很多人的轮休模式才刚刚开启。这也就包括眼前的特警支队，已是晚上九十点钟了，平时有上百人居住的特警支队的宿舍楼，竟然还默然淡定地没有几个房间亮着灯。

大院里的路灯没有打开，偌大的操场上，光线显得很是昏暗，昏暗得连停放在车棚里的那些车，那些平日看起来威风凛凛的黑皮的、绿皮的、白皮的警车，都模糊虚幻得有些诡异。好在，特警支队旁边的小洋房和别墅区，以及远处马路上不讲规矩偷跑进来的一些散乱的光，让人的眼睛睁大些或是抵近仔细些察看，还是能辨清那位不耐烦的家伙不是别人，正是多年前曾在这儿工作过的辅警孙

481

金虎。

　　孙金虎和昨天在高铁站的装束完全不一样，既没有背双肩包，也没戴墨镜。昨天穿着的浅黄色长袖衫、深灰色休闲裤，以及淡蓝色的旅游鞋，眼下一律改换了行头，不用太仔细，从轮廓上就能看出来，他今天的穿着打扮，与许多单位和小区的保安们没有区别，所不同的是，没戴帽子，晃着一颗板寸头。

　　弄出这样一身打扮，于他而言是一种没办法的办法。他从家里溜出来的时候，他甚至还觉得是一种屈辱，而刚才在操场上转了几圈下来，他忽然有了些释然，甚至还能感受到昔日的豪气和荣光。之所以有这种冰火两重天的感受，这大约和环境的需要与变化有关系。

　　就看看他穿着的这一身保安服，准确点说是他压在箱底多年的协警服。在局外人看来，警服也好、协警服也好，或者外延到保安服也好，一旦去掉警衔、胸牌和臂章等饰物，它们的颜色和款式几乎没什么区别，没有多少人能辨得清楚明白的。

　　昨天晚上，街道办主任肖作成将他从派出所领走后，并没有将他送到学习班或培训班去接受教育和反省，而是直接让他回了家。肖作成也爽快，开诚布公地放下话，说你孙金虎也是个明白人，这几天你就安心在家待着，哪儿也不用去了，免得你一出门，后面总有人盯着看着的，让人耗神费力不说，也有损你孙总的形象。肖作成的意思很明确：既然被纳入了重点稳控范围，你就得安于现状，别再出什么幺蛾子了。要知道，你所住的小区、你所在的单元楼道里，这几天都会有人加倍地关心照顾你。

孙金虎当时听了虽然心有不甘，但是俗话说得好：人在屋檐下，不得不低头。识时务者为俊杰，最终也只能认了。早晨睡到自然醒，午餐叫的外卖。今天是国庆长假的最后一天，带了儿子回娘家玩的妻子也该回来了。孙金虎午休起来后，便特意将冰箱里的食品盘点了一下，合计着晚上要给妻子做几样她爱吃的红烧排骨、豆瓣鲫鱼、宫煲鸡丁，为儿子炖一碗香喷喷的鸡蛋汽水肉。然而就在他拉开架式，心情极好地开始预备葱姜蒜等一应作料时，妻子发送的视频和打来的电话，一下让他的心情跌落到了冰点。视频是妻子先通过微信发送的，他还没顾上打开看，电话就响了，妻子在那边开口就问："孙金虎你在哪里？刚发给你的视频看了吗？怎么像是你犯事被人逮着铐住了？"

　　妻子说出的话很快，连珠炮似的，想必是有些急。孙金虎听说视频里有他被铐的镜头，当下心里一格愣：格八马的，莫非那会儿在站台上还有人进行了偷拍？过后又发到网上赚流量了不成！

　　孙金虎矢口否认："怎么可能是我？我这几天待在家里可是舒服够了，现在正寻思着为你和'小猪佩奇'做一顿丰盛的晚餐哩。"

　　妻子比她小很多，思想新潮、时尚，比较注重享受当下生活。而对于孙金虎从前当过什么协警，进过什么监狱，她觉得那些都是"神马"与"浮云"，和她没半毛钱的关系。她所关注的是活在当下，讲究随性、舒适、体面。如同她与孙金虎能结成伉俪，就是在汉街酒吧里的一次邂逅，不出一个月便闪了婚，似乎随性得让人不可理喻。

　　妻子听说老公好端端在家待着，悬着的心便就安定了下来，电话中告诉孙金虎，说视频中的倒霉蛋长得真的和你挺像，闺蜜把视频发给我求证的时候，我都快气疯了。

孙金虎也算淡定，电话里还开起了玩笑："你这是从哪冒出来这么个不靠谱的闺蜜，竟然连闺蜜的老公都认错了！"

"还说哩。我自己就差一点认错了，那人长得太像你了。"妻子对闺蜜很佩服，说，"你可别小瞧了别人了，供电公司的女汉子，我们县上的用电都由她负责。"

电话中，妻子告诉孙金虎，她还得晚两天回江城，闺蜜节后补休，她们约定了还要聚一聚。完了，还叮嘱孙金虎平时莫惹事，家里养着的几盆兰草也莫忘了给它们浇些水。

孙金虎与妻子结婚之初，他在因从前的过往与单位纠缠不休时，妻子起始并没太在意。直到有一天，听说他拿了汽油瓶要在领导办公室里讲狠，平时有些不谙世事的妻子不淡定了，之后曾不止一次地当面揶揄他，说你孙金虎有点骨气好不好？江湖大佬早就说过了，但凡有本事的人，一年赚上个把亿只是个小菜，玩儿似的。你也是个大老爷们，即便是能力差点，不要赚多，一年赚些养老婆孩子的生活费总该不会有问题吧！妻子长得清纯娇小，说话却是十分的爽直尖刻，她说你孙金虎也不想想，你叽叽歪歪找人给你平反昭雪，倘若真的遂了愿，你就为了每月的三五千块钱，再穿一身协警服上蹿下跳地还有意思吗？！

孙金虎有时冷静一想，觉得还真没啥意思。然而遗憾的是，想明白之后过不了多久，他孙金虎仍然会觉得心里不舒坦，憋得慌。

现在的"不舒坦"自然是那段视频勾起来的。放下电话，他把视频调出来看了 N 多遍,越看越来气,越看越觉得脸上发烫发烧得厉害。他想,这次丢人算是丢大了,当下的网络、微信传播不知道有多快、有多广,格八马的,这让我今后如何在江湖上行走?!

血气上涌,要给多管闲事的古德山一点颜色看看,几乎是在一瞬间决定的。

他所住的小区属于还建房,有着新农村的架构。一律呈坐北朝南方位,相互平行,一顺溜摆了五排,而且每一排有十二个单元楼,每个单元楼区隔分明,楼下都设有独立门禁。不知道当时出于何种考虑,表面上看,楼下门禁森严,而楼顶上的平台,则没有将各单元进行物理区隔,也就是说,通过楼的顶层平台,人可以轻松地到达任何一个单元楼的底层。

稳控的确更加严格,孙小虎有时透过猫眼往外看,发现隔不了多久,便会有人蹑手蹑脚地走到他的门前瞄一瞄,或是将耳朵贴在门边听听屋内动静。现在要想成功脱离监控,楼顶的平台,成了唯一可以利用的生门。

穿一身没有任何饰配标志的警服出来,也是一种无奈的权宜之策。大丈夫行不更名坐不改姓。他倒好,竟然混到需要乔装打扮才能脱身。不过,小不忍则乱大谋。只有这一身形同小区保安的打扮,才不会在小区里引起太多的关注。

他其实在南湖派出所的大门前就盯上古德山了。按照他最初的想法,他得以血还血,以牙还牙。你不是搞得让我难堪吗,我也得让你丢些颜面,我得跟上你,要当着你老婆孩子的面,打得你满地找牙。只是,他怎么也没想到,天都这么晚了,这古胖子却中途跑到特警支队来了。

孙金虎远远地看到古德山进入大院往右走，他就猜到这家伙一定是去找老乡刘德强的。他想，天都这么晚了，在刘德强那儿不会待太久的。于是他便在楼下的操场里一边信步转着圈，一边监视着楼道口的动静。

这儿的环境对他来说太熟悉了，好多年了，特警支队一直保持着最初的样子，如果不是靠车库那一侧的院墙外面，建起一幢幢造型别致的小高层洋房和别墅区，他在操场里信步走着，感觉和从前青涩年少的时光没什么区别。那时从警校出来，由于不包分配，能有幸穿上警服，当上一名协警也是一种荣光。走在大街上，同样能惹得大姑娘小媳妇们多看上一眼，许多小朋友，有时还会主动地凑上来脆生生地叫一声警察叔叔好！

操场上的等待有些漫长。但是，在如此环境下的等待也让他慢慢变得平静与柔软。他想，古德山好半天了还不下来，是在和刘德强扯什么淡？会不会也觉得昨天的做法有些过了？！也许几个家伙凑在一起喝夜酒哩。有没有必要也上去凑个热闹？如果他古德山有诚意，端起杯子说声对不起，这事也就一笔带过了，毕竟，人都有犯浑的时候。

他不知道怎么就进到了梯道。也不知怎么就上到二层。准确点说，是在二楼与三楼的转角处，他稀里糊涂地和匆匆下楼的古德山几乎撞了个满怀。

古德山往回闪了一下，瞪着眼睛问："孙金虎？怎么会是你？！"

孙金虎一下醒过神来："只能你来得，我就来不得？"孙金虎这样说的时候，脑瓜里还自以为是地觉得这有些小幽默，有点类似于"和尚摸得我摸不得"的味道。

古德山这会儿没那个雅兴。紧拧着眉头问："街道办不是把你带回去稳控了吗？怎么又跑出来了？！"

"你哪来的这么多疑问？"孙金虎的火气不觉蹿了上来，"你格八马的是吃饱了撑的吧！"

古德山一听孙金虎竟敢如此和他叫板，愣了下，问："想干什么？反了你！"古德山习惯性地往一侧挪动了一下，摆出一副准备擒拿的动作。

孙金虎见状，并没贸然采用狭路相逢勇者胜的套路，而是十分警觉地顺着楼梯往楼下退。他想，到了外面的操场上，得让这个不知天高地厚的家伙好好长点记性。

古德山上次已和孙金虎交过手，知道他还是有些功夫的。只是他的身材瘦小，两人如果拢身，孙金虎很难占到便宜。现在这家伙一味往楼下退，明显是想在操场上方便他施展手脚哩。他不想给对方机会，就在快到底层的楼道口时，古德山一下扑了过去，右手回环，想着箍住孙金虎的脖子，孙金虎头一低，闪身跳到了古德山背后，一个回转猛蹬，竟一下将古德山蹬出了楼道。

古德山也顾不上痛了，爬起来就想扑过去与孙金虎厮打。这时，孙金虎早就跳到楼道门前摆开了架势，已不可能给他近身缠斗的机会。这大约是古德山从警以来最为不堪的一次滑铁卢了。有那么一会儿，他几乎是被有些拳脚功夫的孙金虎给打蒙圈了，连着好几次，刚被一套连环组合拳打得晕头转向，还没找到北，跟着又是旋身飞踢加扫堂腿,古德山只落得满地翻滚躲闪的份儿。他当时是那个气呀,气得还加上急。他甚至想着扯开嗓子大声喊叫、大声开骂,但是,他最终还是忍住了,他想,自己一个正经八百的警官,竟然被孙金虎这么个家伙打得满地找牙,这让人见了是多丢面子、多失体统的事情?!就在他又一次被打翻在地躲避翻滚的时候,天助神佑,古德山忽然摸到一根倒在地上的拖把,说时迟,那时快,只见他顺手抄了起来,对着孙金虎就是一顿横扫竖劈。突发的变故,竟然让孙金虎猝不及防,腿上、肩上还因为躲闪不及,结结实实地挨了好几闷棍。特别是肩膀上的那一棍子,若不是他脑袋及时一偏,脑瓜子无疑就开瓢了,古德山这家伙完全冲着他往死里来的。孙金虎也不是吃素的,强忍住痛,飞快地从腰里抽出折叠的三节棍,跟着顺势展开,一套点棍、劈棍、云棍、拦腰棍舞得虎虎生风,一下子镇住了对方的气势。好汉不吃眼前亏。古德山见状,只得且战且退,并亮开嗓子连声吼叫:"孙金虎,你给我放下武器!孙金虎,你再敢胡来我就不客气了!"

孙金虎这时打红了眼,哪里管他古德山是虚张声势还是在向办公楼内的特警们发求救信号,反正是又一番抢扫、劈砸,不仅打掉了古德山手持的拖把,古德山的腰和屁股都遭受了不同程度的击打。古德山这时也不顾形象了,拔腿便往办公楼的方向跑,一边跑,一边大喊大叫说兄弟们快出来,快出来抓歹徒、抓歹徒啊。孙金虎人瘦,机灵,几步上前拦住了去路,并且,三节棍接二连三地冲着他的大腿小腿就过去了。古德山也是急中生智,眼见难于脱身,便飞快往右转,跛着腿跑进了那处半开放式的车库。有了许多车辆作掩护，孙金虎的三节棍很快失去了先前的威力，追逐中，两人其实在里面只是隔着大大小小的警车转圈，玩起了类似于猫捉老鼠的游戏。事后如果回味起来，此时的古德山倘若能借机从车库里成功脱逃，或者说，转圈对峙中古德山不虚张声势地吼着、叫着、威胁着让他放下武器，让他回头是岸，也许剧情的推进就不会有那么惨烈。当然，前面已经说过，任何事情，该来的肯定会来，一切都是宿命。

外面的嘶喊吼叫惊动了办公楼内那些值班的干警。许多人起初还以为是听错了：外面的喊叫声是真还是假？难道还有人跑到关公门前舞大刀了？！及至明白过来，操着家伙赶出来施予援手时已经晚了。谁也没想到，孙金虎在十分不甘地抽身而逃的时候，他竟然把那瓶不曾在王小奇办公室使用的 95 号汽油，毫不犹豫地点燃了冲着古德山扔了过去，古德山倒是反应快，几个翻滚，只灼伤了些皮毛，而身后的车库，则在瞬间变成了一片火海……

吕胜杰带着消防车冲进特警支队大院的时候，火势已经蔓延开了。操场边依着围墙搭建起来的半开放式的车库，这时已变成了一条威猛发怒的火龙。那些还没来得及转移出来的一部分警车，已经被火舌席卷与吞噬，并且开始变得没有了节操，大约是经受不住火舌的肆虐和凌辱，不是炸裂就是爆响。而且，每一次炸裂和爆响，似乎都在助纣为虐，什么汽油、柴油、机油、润滑油一个个热血沸腾，竞相簇拥绽放，不断地为已经无比张扬的火龙注入为非作歹的勇气和能量；什么车胎、备胎、内饰、沙发，什么车门车窗、挡风玻璃，包括车库建材等一应可燃易爆材料，也同样被绑架裹挟，毫不保留地牺牲色相、倾情出演，为骄横霸道、膨胀无惧的火龙摇唇鼓舌、壮威呐喊，助推其凭借秋夜乍起的东风，穿墙破壁，一路攻城略地，以迅雷不及掩耳之势，开始占领与特警支队比肩相邻的小洋楼和别墅区。

操场上人很多，也很乱。左边办公楼值班的、宿舍楼里准备休息的特警队员们，现在都聚集在偌大的操场上，有的还拿着从楼道里找来的手持灭火器在往火里喷，有的则拎着桶、端着水在一桶桶、一盆盆地往火里泼、往火里浇，还有的，则像一只只无头苍蝇，在一边急得团团转，不知如何下手。吕胜杰在现场只扫了一眼，便果断地抓起了车载话筒，他也不知道王小奇今天不值班没在现场，上来就对着车载电话吼："王小奇带着你的人赶快后撤，让出通道方便我们展开扑救。"

说起来，特警支队的内外环境他都熟。自从王小奇主政特警支队，他吕胜杰可是没少来串门的，有时是到王小奇的办公室聊聊天，有时则是过来放松和健身，别看特警支队办公住宿的条件很一般，但是它的场院好，操场足够阔大宽敞，在这儿你可以围着操场走路转圈，你也可以组织人员开展篮球赛、排球赛，或是羽毛球赛。还有，聊天聊饿了，或者是健身累着了，就在与特警队相邻的别墅区，有一家名叫豫园的私房菜餐厅让他格外上心。很多菜品就不说啦，最特别的，是那儿做的一种叫胡辣汤的东西要多正宗有多正宗，让他在那儿能时常找到遥远的伏牛山老家的味道。

火势上来的速度很快，眼看就要漫过场院，一路翻滚着，企图明显地要去攻占隔壁的小洋楼和别墅区。

最初，吕胜杰对现场的观察与研判，这就是一场很小的火灾，翻不了什么大浪花。只要他带着的这两台消防车火力全开，一起发力，灭了它不会用太大的工夫。而且从一开始，情况的确如他所料，现场很快得到了控制，只是没想到被压制住了的火龙，并不甘心就此灰飞烟灭，它在神情沮丧地喘息片刻之后，再次借助倏忽刮起的一股斜风，趁机窜进了隔壁的别墅区，妄图在那儿重整旗鼓，再现辉煌，吕胜杰几乎可以清楚地看见，那栋名叫豫园的私房菜餐厅，很快就会被骄纵的、不可一世的火龙包围与吞噬。

这时，手持喷水枪的二班长申有华没敢懈怠，追随着逃窜的火龙想要攀过围栏时，不知是体力不支，还是脚下打滑，一下从近两米高的围栏上摔了下来。吕胜杰见了，飞快地冲了上去，抢过喷枪，也不翻围栏了，而是就近跳上了一辆已被烧得面目全非的警车的顶端，双手架着喷枪，对着飞蹿而逃的火龙打了过去。与此同时，另一辆消防车见状，也及时抽身支援，现场两条气势恢宏的水柱前后左右夹击，很快打压住了火龙的锐气，几乎就要锁住它的咽喉，彻底让其偃旗息鼓、束手就擒的当口，谁也想不到，吕胜杰脚下的那辆面目全非的警车，这时就像战场上潜伏的一枚哑弹，忽然从昏睡中醒转过来，几乎是不辨敌我地大发雷霆：只见火光一闪，紧接着一声闷雷般的巨响，油箱爆裂开来的巨大能量，裹挟着警车的部分残骸，连带着车顶上的吕胜杰，一律在空中无序而激烈地碰撞翻飞，犹如武功高强的超人，恣意地在氤氲湿热的夜空里，昙花般地绽放出各自香艳绝美的绚丽风采。

许久，特警支队的院场里都是一片沉寂……

第三十章

苏世贵几乎是悄无声息地出现在魏子明面前的。

魏子明从电梯里出来，用钥匙卡开了门进到房间正要反手掩上时，却感到门背后有什么东西给顶住了。魏子明诧异地回过头正想看个究竟，苏世贵的那张圆得有些像皮球般的脸就出现在了魏子明的眼前。

苏世贵没等魏子明问话，便自报家门："对不起呀领导。我是苏世贵，我来晚了。"

魏子明的眼神往开跳了一下，说："苏世贵？苏世贵是谁？我不认识啊。你找错人了吧！"

"没错哩领导，没错哩领导。"苏世贵的身材与他的脑袋和脸庞有些比例失调，上面圆且大，下面则显得纤细瘦弱，一眼看上去，让人觉得头重脚轻、支撑不够。苏世贵个头看起来要比魏子明略高一些，此时却卑谦地弓着身子，鸡啄米似的连连点头解释道，"昨晚误了接站，是事出有因、事出有因啊领导。"

魏子明盯着他看了一眼，身子往一边挪了挪，让他进到了房间。魏子明没有坐，也没招呼苏世贵入座，上来就问："怎么知道我住这里的？"不过，话一说出口，便觉得自己说了句废话。

苏世贵的回话似乎也没客气，说了句这很简单，我们旅馆业的管理信息系统很完备，便就转换了话题。苏世贵说："领导这次路过这里真是不凑巧哩。"

"逢到天灾人祸啦？！"魏子明是摆明了不想给对方因误了接站来找寻开脱理由。

"目前很复杂。"苏世贵摇晃了一下硕大的脑袋，叹了口气，说，"主持工作的袁副局本想着将信息给封堵住的。不承想，还是被那些媒体记者给捅出来了。"

魏子明眼睛转了转，没弄清楚苏世贵说的是一桩什么事情。不过，脑海里却闪过昨晚从房间猫眼里看到的警察、女人以及担架上躺着的不明人员。

"出了命案？"

苏世贵点点头："闹大了。捂不住了。"

"凶杀？死了几人？"魏子明问。

"人倒不多。"苏世贵说，"就一人。还是个女性。"

"凶手抓住没有？"魏子明听说只是一人命案，绷着的神经稍微松了松。这里是靖州，并不是他的江城防区，但是出于一种职业习惯，或者准确点说下意识里，这儿似是在不觉中与他有了某种联系。

"情杀还是劫杀？"魏子明探着究竟。

"都不是。"苏世贵犹豫了一下，掏出手机，在上面戳戳点点了一番，调出一段下载的视频递了过来，解释道，"应该算是一起意外事件，我们的警察在出警时执法不慎。"

视频似是在现场偷拍的。画面不是很清晰，抖动得也很厉害，但是却真实记录了现场的情况。魏子明一动不动地站在那儿看完，半晌没有吱声，过了好半晌，才问道："将女人的头发踩在脚下的警察是哪个单位的？叫什么名字？"

"城郊派出所的副所长，名叫郑得昌。"苏世贵说，"起因也很简单，一个叫龙城公馆的门卫，因为和几名想强行闯入小区找老板讨薪的农民工发生争执，郑得昌接警后，带着两位民警赶到现场进行调解和劝阻，然而其中有一名工人情绪很激动，不仅不听劝阻而且还动手打人、抗拒执法。"

"其中也包括那个女人？"魏子明问。

苏世贵摇了摇头。说："带头闹事的是她丈夫。"

"视频中她一直纠缠郑得昌，并抱住他腿是想干什么？"

"她丈夫被采取了强制措施押在了车上，她拦着不让走。"

"那女人后来既然被强行按在地上了，郑得昌还踩着她的头发干什么？有这种执法的吗？！"魏子明说的时候，狠狠地瞪了苏世贵一眼，仿佛将他苏世贵当成了肇事的郑得昌。

事实上，郑得昌为什么倒背着双手，傲气十足踩着那个女人的头发，让其不能动弹，直挺挺地躺在地上长达数十分钟之久。据事后调查，郑得昌那时也是赌着气的，因为那女人哭叫着抱住他的腿，拦着不让其带走她的丈夫时，撕扯、抓伤了郑得昌的大腿和私处。他在等待增援人员，思谋着要将这个女人一起带回派出所依法从重处理。当然，上述这些真相苏世贵想要解释时，发现魏子明瞪他的眼神里露着凶光，于是便撇了撇嘴巴，将话头给直接咽了回去。

"女人当时就毙命了？"魏子明问。

"带回派出所才发现不行了。"苏世贵说，"往医院送的路上就断了气。"

"具体是哪一天？"

"有好几天了。"苏世贵说，"10 月 2 日下午的事。"

"这可是个大事。"魏子明在靠窗边的沙发上坐了下来。同时，往另一边的沙发指了指，示意苏世贵坐下来说话。

"局里也是高度重视。"苏世贵说，"事情一发生，立即成立了应急小组，袁副局亲自任组长。当事人郑得昌当晚就被采取了措施。"

"刑拘了？"魏子明问。

"留置。交代问题。接受调查。"苏世贵说。

"什么时候弄到网上去的。"魏子明指了指苏世贵的手机，"有图有真相的，一炒起来可就麻烦了。"

"最开始控制得都还是很好的。家属工作也做得差不多了。谁承想，昨晚上却被人放到网络上去了。"

"昨晚就在处理这事？"魏子明想，这事还真不能等闲视之。

苏世贵听了，身子往沙发后缩了缩，说："不是。发现弄到网上还是今天早上的事。昨晚上被人灌醉了。"

"被灌醉了？"魏子明以为是听错了。

苏世贵有些虚胖的圆脸上露出一丝苦笑，说："我和袁副局都有些轻敌，被俩小记者给声东击西了。"

魏子明没有吱声，瞥了他一眼，静静地等着他往下说。

也许是在魏子明的面前有些紧张，也许是这段时间所经历的事情有些多且繁杂，一时半会儿不知从哪说起，因之，苏世贵接下来所说的话，显得有些啰唆、零散：

我们局办公室本来就缺编，在岗的就一正一副两名主任，我是副的，主持工作的袁副局也是副的。局里老大早前一两个月前就被省纪委监委带走了。没过多久，我们办公室的老大也跟着进去了。剩下我，不想管事都不行啊。就说昨天被灌醉了的事吧，我本来肾上就有结石，医生吩咐我要忌酒的。袁副局却给我打电话，说你到海外海来一趟，而且没说原因。海外海是个饭店，在靖州是属于档次很高的地方，之前生意火爆的时候，不提前两三天是订不了位子的。不过现在不行了，纪委监委查得紧，门可罗雀。我当时还在想，这都什么时候了，还跑到海外海去？这不是没事找事吗！袁副局现在暂时是局里的老大，主持全面工作，我是办公室副主任，也是主持办公室的全面工作。身不由己，一切行动要听指挥。到了海外海，包房里面有三人，除了袁副局，还有一男一女。年纪都不是很大，但是穿着打扮，包括长相都很一般。袁副局显得十分郑重地起身一一向我介绍，原来这俩男女都是从京城过来的媒体记者，女的姓刘，男的姓杨。落了座，才知道这俩记者来者不善，是冲着

"10·2"事件来的。当然，"10·2"是我们内部对那个意外事件标注的简称。袁副局一直在和俩记者打太极。女记者说：袁局让苏副主任过来了，能让他带我们去看看事发现场吗？男记者说：还要去看看出事者住的医院。袁副局对着我飞快地挤了挤眼睛，笑嘻嘻地说：那有什么关系哩？有苏副主任陪着你，在靖州你们可以想看哪儿就看哪儿，想到什么地方就到什么地方，没人敢拦着你们的。女记者夸张地伸出纤细的小手和袁副局握了握，接着便开始埋怨起来，说你袁局手下的那些警察太过分了，我们来两天了，到现在还没进到事发现场，也寻访不了目击者，更别说采访当时的办案民警了，走哪都有你们的人跟着。男记者也不是省油的灯，在一边火上浇油：昨天晚上，我感到肚子有些饿了，出门寻到一家小馆子喝了碗羊肉汤，回来后想着给相机充上电，然而却怎么也找不见充电器了，再一检查放在房间的相机，发现相机中的内存卡也没有了。男记者说的时候，一张瘦削的小白脸涨得通红，他认为，是我们的人进到他的房间做了不该做的手脚。袁副局也还算淡定，对于男女记者的指责与批判，全程都是似笑非笑地听着。过了许久，才找了个说话的空当，对我命令道：苏副主任你老人家可别老坐着呀，菜我都点好了，快去催一下服务员上菜，今晚我请客，刘记者、杨记者到一趟靖州不容易，怎么也得尽一下地主之谊……

魏子明见苏世贵说得啰里吧唆的，就顺手从床头柜上取了瓶矿泉水递了过去，打断他的话，问："你如果肾里不长结石，正常情况下可以喝多少酒？"

苏世贵眨了眨眼睛，如实地说道："如果以头脑还算清醒且不吐酒为衡量标准，喝个半斤八两是没问题的。"

"昨晚究竟喝了多少？"

"估计是八两往上走了。"苏世贵嘴巴撇了撇，把话头指向了主持工作的袁副局，说一开始，那男女记者都坚称不喝酒，可是我们的袁副局高低不肯，又是给别人讲酒文化，又是讲地方礼节风俗，这中间，甚至还语带调侃与威胁，说客人来到靖州的地面上，如果不喝点酒、不叙叙友情，怎么能办得好该办的事情哩。没办法，男女记者只得客随主便端起了杯。

"你是被谁给放倒的？"魏子明想开句玩笑，问他是不是不小心喝了花酒。话将出口时，觉得不合时宜，忍住了。

"男女记者的酒量都不小。"苏世贵说，"再加上袁副局在一旁看戏不怕台高，怂恿我在前面冲锋陷阵。我昨晚的酒喝得冤枉，可以说是以一敌三。"

"你们的袁副局不喝酒？"魏子明问。

"也喝，酒量不是很大。"

"那他何必要把你灌醉？"魏子明问。

苏世贵顿了顿，说道："袁副局的真实目的，是想让我采取'自杀性爆炸'，'友好'地把俩记者放倒算了，免得他们又是要看现场，又是要寻访知情人什么的。"

"原来是苦肉计啊。"魏子明摇了摇头。

"领导你是不知道。"苏世贵说，"后生可畏，我们其实都被这俩记者给耍了。"

"什么意思？"魏子明问。

"被他们将计就计，暗度了陈仓。"苏世贵说，"他们最初在靖州的采访一直很不顺，早就有人暗地里盯着的。只是后来，通过关系找到了袁副局，明面上是要求为其采访提供方便，暗地里其实是为了转移我们的注意力，以利于他们的同行私下里摸情况、找线索。"苏世贵感叹："现在和媒体打交道，真得斗智斗勇才行。"

"他们怎么就联系上了当时的偷拍者？而且还记录得如此完整。"

苏世贵摇摇头，说："记者们神通广大。您不知道，他们在网站上随文配发的小视频冲击力太强，已经推上了头条位置。"

魏子明打开了手机的搜索引擎，问："原帖发在哪个网站？"

"最初发在天涯论坛。几个小时后就上了今日头条。"

魏子明进到今日头条主页，上面果然有一则新闻标题吸人眼球：靖州农民工节假日讨薪，惨遭暴力执法命丧九泉。顺手点开链接，发现这则消息和平时的采写方式有所不同，将文字和视频进行了有机结合，前半部分的文字简洁明了，只大致叙说了事发经过，而更多的内容是通过配发的视频直观推送。魏子明皱着眉头再次看了一遍视频，觉得自己的后背似乎沁出了冷汗。他有些控制不住情绪地亮着嗓音说道："看看吧，都做了些什么事。简直是警察中的败类。你说说，现在全无保留地都给捅出来了，我看你们如何来平息民愤！"

苏世贵接过手机，低声道："袁副局现在也是恼火得很。早上打电话骂了许多人。"

"早干什么去了！现在骂人有什么用！晚了！"魏子明依然火气难平。

"袁副局通知我们八点钟开个紧急会，要研究一个应对之策。"苏世贵抬腕看看手表，说，"魏局经验丰富，您有没有什么指教？"

魏子明白了他一眼，从沙发上站起身，说了句粗话："指教个狗屁。我只是旅游凑巧路过此地，这些事和我搭不上任何关系。"魏子明蓦然生出些后悔，觉得不该贸然跑来这个是非之地搞什么先期考察。

苏世贵知道说错了话，跟着站起身，尴尬地解释道："这事与您没半点关系。只是我们这些当差的没把工作干好，您多包涵。"

魏子明挥挥手："别说那些没用的。时间快到了，赶紧去开会吧，网络舆情马虎不得的。"

苏世贵点头应允，建议道："靖州市周边的双塔寺、龙泉山很值得一看。我可以让我家堂兄弟开他的私家车，陪着您去那些地方走走转转，晚上我来做东，也算是给您接个风、道个歉。"

"不用。你们得专心忙正事。我只是路过，上午就走了。"魏子明伸出手与苏世贵握了握，特别嘱咐道，"拜托了，我路过这儿的事，对谁也别声张。"

朱珠来到朵朵酒店的时候，魏子明已在大厅里等了差不多半小时了。

魏子明一上车，朱珠便连声道歉，说实在对不起，刚才堵车了，眼见就到酒店了，可就是过不来。

魏子明扫了一眼马路，有些不快地说道："我今天一大早就在街面上转过一圈的，觉得靖州市的道路规划还不错，五一广场前的马路双向十车道，抵得上北京城里的长安街了，怎么这儿也会堵车？"

"总体还算好吧。"朱珠说，"我们靖州是个小城市，平时只要不遇到上下班的高峰时段，一般还是通畅的。"朱珠说完，觉出并未讲明堵车的原因，便又补了句："刚才是有人到公安局上访，造成门前的马路大范围拥堵。"

"公安局门前有人上访？"魏子明脑子里忽然有苏世贵的圆脸闪动了一下。

"是啊，公安局这段时间算是倒霉透顶了。"朱珠说，"先是局长被纪委带走调查，据说还牵连许多主任、处长，这事还没个了结。前几天放假，农民工找包工头讨薪，却因争执被警察执法时给打死了，这还不算，死者家属过来讨说法却突发心脏病死在了宾馆。"

"这是什么时候的事情？"魏子明问。

"前后也就这一两个月的时间。"朱珠答。

"我是说死者家属何时突发了心脏病猝死在宾馆？"

"据说就是昨天晚上的事。报了警、打了120急救，送到医院还是没有抢救过来。"朱珠说，"我也是在堵车的时候听人讲的。"

魏子明没再言语。昨晚上从猫眼里看到的那一幕算是有了个谜底。他能想见，袁副局和苏世贵他们正在开着的应急会，现场的气氛该有怎样的压抑和紧张。

去博物馆参观，是魏子明先前打电话找朱珠要车时就说好了的。靖州的城区面积并不太大，然而给人的感觉也还算舒爽，特别是它的马路与街道，和许多北方城市一样，横平竖直，形似棋盘。

东西走向的一律称为"某某街",南北走向则一律称为"某某路",不管是南北的路还是东西的街,路面都很宽阔。朱珠在路口等红灯时,顺手打开了手机导航,听到里面播报了行车路线后,嘴里嘟囔道:"真是讨厌得很。如果不是公安局门前的青年路被堵,从那儿穿过去上到北三环,要不了一刻钟就能到博物馆的。"

"没关系,绕就绕一绕吧。"魏子明将身子靠向椅背,说道,"不用打表了,今天就算是包你的车,我晚上离开靖州。一天八百元的租车费够了吧?"

朱珠侧身看了他一眼,笑道:"先生倒是爽快。六百、八百都行,只要服务得让您满意就好。"

路上虽说绕远了些,但是很顺畅,车子开到博物馆的门前停车场,魏子明看了眼手机上的时间,前后也就半个多小时。因为说好了是包车,而且在租车的价格上魏子明也很大方,魏子明在临下车前,朱珠便自告奋勇地问了句:"魏老板如果愿意,我可以免费当导游的。"

魏子明回头看了一眼,笑言道:"哈哈,有美女相伴讲解,这可是再好不过的事情了。"

朱珠笑吟吟地从车上下来,抬手对着博物馆一指:"看出它像什么了吗?"

魏子明眨了眨眼睛,故意调侃道:"大楼啊,博物馆啊。"

朱珠笑着白了他一眼:"我是说它的造型哩。"

魏子明这才细眯着眼睛,打量了一番眼前颇有些宏伟的建筑,说道:"造型还真有些特别,看起来有点像倒扣着的斗。"魏子明说完，怕朱珠听不明白，便用双手比画了一下，说，"有些和从前农民计算粮食的'斗'神似，大约是象征着丰收与喜庆吧。"

朱珠不及他说完，对着他就竖起了大拇指点起了赞，并称赞道："魏老板还真有些眼力。"

博物馆不收门票。朱珠陪着魏子明一边往前走，一边介绍说："整个场馆坐东朝西，主馆有四层，方正规矩，逐层向外斜挑，体现了古人'如鸟斯革，如翚斯飞'的审美取向，因之，将主馆的主题形象，赋予了'斗'和'鼎'的寓意。"

魏子明边走边看，对于朱珠的讲解，也是不停地点头认可，同时还借题发挥，说："'斗'与'鼎'的形意都很强。'斗'象征丰收喜悦，'鼎'象征安定吉祥。富足与祥和结盟，整个社会自然安之若素、和平美好。"魏子明说完，停下来又仰头端详了一番场馆，忽然又发问道，"你刚才说场馆的设计建筑体现了古人什么、什么的审美取向，我没太听明白，究竟是什么意思？"

朱珠眼睛转了转，说："'如鸟斯革，如翚斯飞'。这是取自《诗经·小雅》中的词句。完整的说法是'如跂斯翼，如矢斯棘，如鸟斯革，如翚斯飞，君子攸跻'。翻译成白话文，就是说'房屋端正如人立，急箭穿过如线直，宽广犹似鸟展翅，色彩艳丽锦鸡衣，君子登堂进厅里'，用在这里，是形容场馆端庄、宏大，气宇不凡。"朱珠说得兴起，还顺手摘下戴着的墨镜，指着眼前的场馆介绍道，"我们西北的这个博物馆，无论是建筑风格、建筑面积，还是馆藏量，在全国都是排得上号的，光镇馆之宝就有十数件之多哩。"

朱珠如数家珍，信手拈来。魏子明到博物馆参观前并没做过功课，自然对朱珠说的新石器时代的庙底沟彩陶罐、商代的兽形觥、西周晋侯的鸟尊、战国时期的铜牺立人擎盘以及汉代的胡傅酒樽等众多镇馆之宝并不了解。换言之，即便是之前做了功课，一时半会儿也记不得如此清楚明白。他有些奇怪，眼前这位开出租车的少妇，怎么对博物馆的情况有如此的熟悉，于是便试探着问："美女之前干过导游？"

朱珠愣了一下，微笑着想矢口否认，可在与魏子明的眼神发生交聚时，忽然发现里面好似有洞穿一切的犀利，因之临时改口道："魏老板厉害。"

馆内所陈列的内容与布局十分讲究。所有展出的文物，皆以"华夏之魂"为主题，分由文明摇篮、夏商踪迹、历代霸业、民族熔炉、佛风遗韵、戏曲故乡、明清商海、时代锦绣等历史文化专题构成。

朱珠不愧是导游出身，专业素养很高，加之毕业前曾在博物馆有过实习的经历，因之，对场馆内所展示的一些主要文物介绍得头头是道。而反观魏子明，则更多的像是一个"吃瓜者"或是"打酱油"的过客，显得并不是很专注。事实上，魏子明突发奇想地踏上靖州的街头，本就是走马观花、增加些感性认识的，顺带着通过苏世贵了解一下局情社情和当地的风土人情，要是事先知道会碰上警察执法过度被媒体炒作的事情，他是绝无可能跑这儿来凑热闹的。不过，既来之则安之。临时选择到博物馆转转看看，也算得上是一个不错的选项，毕竟从这儿，可以很直观地对西北、对靖州的前世今生有一个粗略的了解。

朱珠善于察言观色，见魏子明对许多展品并不是很上心，于是在讲解的时候便注意详略得当，一圈下来，只花费了不到平时一半的时间。

见识黑老大的排场是在从博物馆出来之后的事情。当然也属于巧合。

因为时间还早，朱珠给他推荐了几处值得看一看的景点，比如稍近点的，就在城区周边，有唐家祠堂和王家大院；路途远点的，有龙山景区和辽宋古城，都是能够代表西北、代表靖州地方历史文化和特色的。然而，魏子明却问朱珠，靖州市有没有条件好些的康复医院。

朱珠诧异地看了眼魏子明，大约在想这位自称姓魏的老板究竟是干什么的，怎么忽然对康复医院起了兴趣。

魏子明怕她没听明白，补了句："就是精神病医院。"

朱珠想了想，说："靖州的精神病医院有好几家。至于哪家的条件要好些我还真说不太清楚，不过我有个朋友在卫计委工作，可以打电话去问一下的。"

咨询了解的电话是在车上打的。朱珠的手机音量开得很大，对方接电话的是个男性，当地方言味很重，上来就开始调情，说你朱珠吗？这一久你这小女子都干啥去啦，快让我想死你个尿了。朱珠脸一红，下意识地将手机往耳根上贴紧了些，张口也不含糊，回道："早起也不记得漱口刷牙，一张嘴咋这臭哩。快别胡咧咧了，我问你个正事，市里都有哪家康复医院要好些？"对方顿了顿，问：

505

"这是谁病了，要送到那地方去干啥吗？这段时间那些地方的床位可是紧得很的。"朱珠侧过头看了眼魏子明，对着话筒道："有那么多精神病？还人满为患了？！"对方显得有些不耐烦："你也别多问了。今年的大事要事多，疑似神经病的人自然也会多……"

大事要事多与疑似精神病如何画上了等号？朱珠听不懂。但是魏子明懂。这种现象过去在许多地方都会有不同程度的存在，包括在江南省，也包括在江城市，有些维稳人员为了图方便、少担责，草率从事，将一些长期信访或缠访的人当成精神疾患送过去了，使之成为"被神经"的事也是屡见不鲜。只是，近些年经过强力规范整治，类似情形已不多见了。

朱珠说话也是干净利索，对着话筒道："你也别管人多人少了。你只告诉我哪儿的条件要好些就行。"

男子很听话，马上给出了建议，说康复医院条件好点的，床位什么的又不十分紧俏的，可以去看看几家民营的康复医院。

朱珠很负责，将推荐的医院很快用百度导航比对了距离的远近，便道："两家民营的医院都在市郊，一家靠南，一家靠东，和我们现在所处的位置基本上呈等边三角形，所需的时间差不多都在一小时之内。"朱珠一边说，一边扭身靠近魏子明，指点着手机上打开的百度地图，要他确定去看哪一家合适。

魏子明细眯着眼睛仅只粗略地扫视了一下，便淡然一笑，说："今天都听你的了，你想带我到哪儿我就跟着去到哪儿。"

"你也不怕我就把你丢那儿了。"朱珠见魏子明很放松，便也笑言道，"魏老板好端端的，干吗对康复医院感起了兴趣？"

魏子明当然不能说在为妻子预备不时之需。稍许沉吟，说道："我也是顺便帮朋友考察了解些信息。现在社会生活节奏紧张，人们在心理上、精神上出问题的不少，如果投资开设一家康复医院，既是积善行德，也能获得不菲的回报，可谓是一举两得哩。"

北方的深秋天高气爽、阳光明媚。朱珠设定了导航从停车场出来，一路上走走停停并不是很顺畅，因为时逢"两节"，路上的车辆很多，不时会看到剐蹭、撞碰的车辆不是停在路中间，就是靠在路边等待交警的救援处理。魏子明觉得奇怪，禁不住嘀咕道："路上这么多车出了事，怎么就没见到警车和交警呢。"魏子明也就是顺口一说，没想到却把朱珠话匣子给打开了。朱珠快人快语地说道："要我看，现在靖州市公安局的警察们基本都吓破了胆，一个个成了缩头的乌龟。"

"什么意思？"魏子明在副座上扭头瞥了她一眼，"怎么能说警察都吓破了胆？如果真成那样了，整个社会秩序不就瘫痪掉了。"

朱珠大约听出了魏子明语气中的不快。再说的时候，话锋就稍微往回收敛了些："当然，我说的主要还是那些当官的，一个接一个的倒台出事，都是这些贪官把整个单位的风气带坏了。"

"你是在说靖州的三任公安局长吧？"魏子明随口问道。这时觉得斜拉在身上的保险带绷得有点过紧，便用手往前拉开了些，偏着头想着把自己的身子给解放一下，不料想却被朱珠连着几声"哎哎哎"给制止住了。朱珠说："魏老板你可得遵守交通规则哦，您坐的是前排副座，不按规矩系上保险带，是要扣分和罚款的。"

魏子明自知理屈，不情愿地松开手，扭了扭坐得有些发酸的屁股，信口开了句玩笑："朱珠小姐还真是个好司机啊。"

朱珠听了，也不生气："谢谢魏老板，你还没说我是老司机哩。"

车内竟然不约而同地发出一串呵呵的笑声。

"魏老板是做什么生意的？"笑过之后，朱珠忍不住想探一探魏子明的底细，"你好像对我们市公安局发生的一些事情很清楚。"

"就一个体户。除了毒品、军火生意不做，余下的都是可以做的。"魏子明说，"靖州这几年成了网红，但凡大小事，地球人都知道的。"

"好事不出门，坏事传千里。"朱珠撇了撇嘴巴，有些生气地说道，"市公安局局长连着出事也就罢了，可省里市里的领导也是一串串地出问题，现在反贪官、反腐败还有没有个头啊。"魏子明听了有些想笑，心想什么叫"一串串地出问题"？那是叫"塌方式腐败"！什么叫"还有没有个头"？准确的表述是"反腐败工作永远在路上"！想要纠正的话还没说出口，却发现紧跟着的前车突然亮起了尾灯，魏子明惊得大叫一声小心，朱珠反应也算快，一个急刹车，好险。差一点追了尾。

朱珠似乎被刚才的一场虚惊影响了些情绪，之后好一会儿都没再言语。现在逢年过节，交通出行已成了国人最为头疼的问题。首先是出行的车流量超大，再气派宽阔的路也会显得委琐狭窄，很容易形成刚性堵车。其次是驾驶人员的人文素养，许多人的遵章守纪意识缺位，越是车多速度慢，越是喜欢往前挤往前赶，唯恐落后于人，最终不是出了事故就是造成人为性的堵车。再就是"新手上路"，特别是"新手"上了高速路，原本就"技不如人"，上路后在面对如此恐怖的车流环境下，就好比将一个刚学会"狗刨式"的家伙丢进大江大海，不出问题是一种侥幸，而新的交通法规却对此没有任何限制，无形中增加了出事故的概率。因之，从一定层面上讲，造成了管控缺失性的堵车，并且，后者产生的影响尤甚。

道路再次通畅起来的时候，朱珠打破了沉默，不过话题开始与交通和车辆有了联系。朱珠发着感慨："现在出行，如果路上不发生车辆拥堵该有多好。"

魏子明看了眼手机上显示的时间。他是晚上七点的航班，时间也还充裕。于是漫不经心地说了句："靖州的情况不是还好的吗？"

"逢到大的节假以及上下班高峰时段也恼火。"朱珠说，"还有城里的红绿灯，有些路口明明车流量很大，设定的时间却很短，有的地段明明车流量小，设定的转换时间却是超长，公安局的那些交警，真的是脑袋瓜子被门板夹了。"

魏子明苦笑了下没有言语。现代的城市交通管理，从来都不是小事，往高处说，直接影响当地的社会、经济、环境的好坏。往低处讲，与人们的生活质量和幸福指数密切关联。就包括他所在的江城市，为了引进一套先进的城市交通信息管理系统，手下分管交警的副局长带队去北上广学了不算，还申请去日本、新加坡、韩国考察了好几个回合。

"当官不为民做主，不如回家卖红薯。"朱珠似是自言自语地说道，"现在倒是省事了，连回家卖红薯的机会也没有了。"

"他们都被判了几年？"魏子明道，"最近落马的局长只怕还正在接受组织调查吧。"

朱珠点头道："那也是迟早的事了。之前的两位局长，一个判了十年，一个判了八年。"朱珠顿了顿，说，"很有意思的，除了第一任判十年的那位，是因为在下面市州工作时与煤老板搅和在一起出的事，而后两位犯事的局长，起因据说都是与交通违法和车辆管理有关。"

魏子明之前在网上查找过一些零星信息，连着几任局长的落马，主要还是涉及个人贪腐。官方的说法是不知敬畏、不讲纪律和规矩，十八大后仍然不收敛、不收手，贪污腐化，胆大妄为。

朱珠对于魏子明的说法也是认可的。只是，她在随后抖搂的一些幕后小道消息，魏子明也真还是头一次听说。比如，被判了八年的第二任公安局长吴树宝，引起检察机关注意的是他儿子在京城的一次恶性交通肇事案，一查，豪车的来源不明，还是个套牌车。还有，前不久落马还正在接受调查的第三任局长胡云龙，起因是儿子开车闯红灯，刚好被路边值勤的交警给拦下了。违了章，老实接受处罚便也罢了，可这小子仗势欺人，不仅不接受处罚，还行凶打人。后来值勤交警报了警，一查，这家伙酒精含量超标，还是酒驾。儿子出了错，最明智的办法，当老子的是要秉公办事支持下属依法处理，但是胡云龙真把自己当成了无所不能的"云中之龙"，不仅动用公权力让下属交管部门删除后台违章录像、篡改询问笔录，而且还授意手下心腹对"不懂事"的值勤交警打击报复，以致最后被捅到网上引起了公愤……朱珠不愧是导游出身，健谈、口才好，而且还善于对物事进行点评与分析。比如她在说到两个类似于

510

"我的爸爸叫李刚"的坑爹儿子时，马上就联系上了家风和家教，联想到"子不教父之过"，以至让坐在一旁的魏子明只有点头称是的份儿。也是鬼使神差，魏子明在点头之余，突然想到要求证一件事，于是问询道："我曾在网上看到这样一种说法，说靖州公安局的领导之所以连着出问题，主要是风水不好的原因，广场前的几条马路走向直指办公楼，有万箭穿心之凶，而在办公楼的后方，则有高耸的电视发射塔，因之按堪舆的说法，有泰山压顶之势。不知这些传言，在当地是否也有耳闻。"朱珠反应很快，几乎不假思索地说道："没错。传得神乎其神的。不过从入住办公楼的第二任开始，吴树宝就着人在办公楼门前立了一对威武雄壮的狮子，第三任胡云龙，甚至还请巫师在办公室里做过法事，结果如何？不照样镇不住吗！可见，立不立得住，关键得靠自己。"说完，似乎还言犹未尽，又补了句，"公生明，廉生威。用现在时兴的说法，要不忘初心。"那一刻，魏子明突然觉得这个北方女人很有些单纯与可爱。

车子行进得不疾不缓，窗外秋阳正艳。而车内的和煦温暖也在不知不觉地让魏子明放松下来。他忽然发现儿子从很远的地方向他跑了过来，一边跑，一边还挥舞着手臂，嘴中似乎还喊叫着什么。儿子不是已在香港参加工作了吗？怎么就突然回来了？而且，人还变得这么瘦小！他有些疑惑地站了起来，他倒是要问一问：你这是怎么回事？那边生活不好吗？生病了吗？人怎么瘦得像一个小学生了？

儿子的奔跑看起来很快，也很虚幻，有些酷似电影中的慢镜头，人的手臂甩得很开，步幅迈得很大，一招一式很用力，可就是怎么也到不了跟前。他心急火燎地眨巴着眼睛，正想招呼儿子说你小子别磨叽了快点过来啊。话还没出口，先前的影像如同被大风刮过般地在倏忽间没了踪影。魏子明的后背顿时冒出了冷汗，张皇着想弄明白是怎么回事时，耳畔终于传来了儿子的呼喊声：爸爸，你在哪里呀？我怕。妈妈的手腕被割伤了，浑身上下全是血，你怎么就丢下我们不管了？你快回来救救妈妈吧。魏子明心里突然一惊，这话好熟悉，这都是好多年前的事情了嘛，那次是去汶川抗震救灾，那么多人在废墟中等待救援，妻子却在半夜犯了病，儿子打来电话，哭着喊着要他赶快回去救妈妈。他怎么回得去，他怎么分得开身？！整个灾区的交通命脉都瘫痪了，时间就是生命，他得带着兄弟们争分夺秒地把它打通啊。好在儿子懂事听话，电话里慌急忙张的几句激将鼓励，儿子的小男子汉劲头果真就冒出来了，当下擦干眼泪打电话叫来了急救车，及时将他妈妈送进了抢救室。不然，李月茹很可能就没命了！儿子现在旧话重提是什么意思？难道是怕老子又丢下他妈妈不管不顾了不成？我呸……

"嗵""嗵""嗵"的几声巨响就是在这时候冒出来的。魏子明被吓得一个激灵醒转过来，先是发现车子已停在了路边。再循声望去，窗前漫起的烟尘里，不断有蹿出的礼炮在空中有节奏地炸响，而且，伴着冲天礼炮的声响，还有噼里啪啦的鞭炮声，以及被礼炮和鞭炮声所淹没了的隐约传来的唢呐与鼓点声。原来是有人家在办喜事哩。唢呐吹奏出"百鸟朝凤"的喜庆，可以猜测这家人不是在给老人庆寿就是在嫁姑娘、娶媳妇。西北是个煤炭资源大省，滋养了许多富翁和土豪，早些年有用麻袋装着人民币去京城买房、炒房的，有包下四五家五星级酒店，花六七千万嫁女的，也有极尽奢华，办几百桌酒席、出动上百辆超级豪车迎娶明星女演员的。而眼下，这儿又是鞭炮齐鸣地不知道唱的是哪一出？他发现朱珠已经下了车，站在路边踮着脚伸长脖子看起了热闹。魏子明起初并没打算下车，可是等了许久，礼炮和鞭炮仍没有停下来的意思，而且路上堵着的车和看热闹的人也是越来越多。朱珠也许从窗外看出了他的愠怒，便冲着他招了招手，示意他下来看一看。他有些不情愿地站在朱珠的身边，而只有在电影电视中能见到的阵仗也就顺理成章地映入了眼帘：公路左前方不远的地方，有一条宽阔的甬道，一边居中对着一座高大的院墙的大门，一端则连接着被堵的马路。甬道不是很长，也就二三百米的距离，但它的两边，这时齐刷刷地站立着两排上百人的黑衣汉子，个个光头束腰，背手挺胸、气势不凡。而紧靠马路边的一侧，看起来是一群身着白色校服的学生方阵，男女不等足有二三十人，女生靠前，一律手捧鲜花驻足而立；男生在后，分站两排，前排男生各手持唢呐，正鼓腮运气、左摇右摆开始吹奏《敢问路在何方》的曲调，最后一排男生则腰挎一面脸盆大小的军鼓，两手各持一根系有红绸的鼓槌，伴随着唢呐的节奏，上下翻飞地击打出军鼓清晰明快、节奏感、穿透力极强的效果……魏子明的脑瓜有些不够用了，从眼下这种排场组合看，既不像是娶媳妇嫁闺女，也不像是为老人祝福庆寿，侧过身正想问朱珠是怎么一回事，前方又一次鞭炮齐鸣。硝烟弥漫，正演奏着《敢问路在何方》的唢呐手、军鼓手们也是"画风"一变，水浒传的主题曲《好汉歌》便在吹吹打打中欢快地响了起来，几乎就在同时，先前紧闭的高墙大院的正门洞开，六个黑衣汉子分列左右，簇拥着一个矮胖的男子信步而出。伴随着列队而立的众多黑衣汉子的掌声，矮胖男子的问候短促有力："弟兄们好！"一众黑衣汉子群情激昂，齐吼："老大好！"魏子明以为是听错了，还没转过神，矮胖的男子继续挥手问候："弟兄们辛苦了！"一众黑衣汉子再次齐吼："为老大服务……"

"胖子是干啥的？像个'黑老大'！"魏子明禁不住问道。

"大名陈三，今天是刑满出狱。"朱珠没有否认，"八年前犯事时就是靖州有名的'黑老大'了。"

真是滑天下之大稽。原来鞭炮齐鸣、鼓乐喧天，甚至把城郊的交通要道都堵塞了，就是为了迎接一名刑满释放的黑老大出狱。魏子明一下子愣那儿半天说不出话来。

"看见没，那些列队的都是他的把兄弟。"朱珠说得很平静，还用手往前面指了指，"路边停放的那些宝马、路虎、巡洋舰，都是来接他回家的车队哩。"

现场的活动行礼如仪。当矮胖男子，也就是黑老大陈三款款行至学生方阵前，伴着唢呐和军鼓奏响的《妹妹你大胆地往前走》的曲调，那些看起来还是一群中小学生的女孩子，依次上前献花并列队行少先队礼。

"岂有此理！"魏子明禁不住骂道，"黑老大出狱，弄得倒像是首长检阅部队似的，他妈的这儿还有没有王法！"

朱珠见身边有好几个人盯着他们看，于是扯了扯魏子明的衣袖，说："马上就结束了，走，我们上车吧。"

魏子明黑着脸站那儿半晌没有挪步。有那么一刻，他暗自在心里默念了好几遍"扫黑除恶"。

尾声

走进伍先生的无聊茶斋是好久以后的事情了。

魏子明在茶台边落了座，伍先生盯着他看了眼，说："人瘦了些，不过，气色还不错。"

魏子明脸上挂着的笑显得有些僵硬，回道："还行。吃得香，睡得好，很安逸。"

伍先生点点头："那就好。喝红茶还是普洱？"

"我还是比较适合喝熟普，养胃。"魏子明说，"之前存这儿的茶已经不多了，先生若有了好的，可以再匀一些给我。"魏子明没说"卖"而说了个"匀"字。

伍先生垂下眼睑，淡淡地说道："还是你的福分深。前几天有从云南那边过来的朋友，才给我带了十多饼三十年珍藏版的老班章，正好，今天可以让你尝一下。"伍先生说的时候，手已经从茶台边的矮柜上取出一个精美的陶罐，打开来，递给魏子明，笑言道，"昨天刚撬开的一饼，你嗅嗅，甘醇清香，不喝自醉啊。"魏子明接过来，往鼻子跟前凑了凑，随口附和了句"还真不错"，便还给了伍先生，坐那儿静观伍先生烧水、洁杯具、纳茶冲泡。

魏子明注意到壶上的字迹，是在他看似用心地喝了好几泡茶之后。"为君倾一杯，狂歌竹枝曲"。伍先生早先十分用心地为别人开的"相明石瓢壶"，竟然还在这儿"养"着哩。伍先生倒是敏感，发现魏子明盯着壶看了好几眼，便问："还认得这把壶吧？"魏子明讪笑道："先生真是性情中人，莫非将要予人的器物，因为养出了感情而留下自用了。"伍先生嘴巴咧了咧，却没有发出丝毫的声响。早前，伍先生在与魏子明讨论紫砂壶时，并未说明这把谋来的相明石瓢壶，与时任省委组织部常务副部长的张家和有关，是受他所托而为之的。而张家和本人，自打伍先生为其开过壶之后，起初是说要放在先生这儿帮着"养"上一些时日的，可是隔了不多久，又说要来取走的，结果，不仅现在还没取走，说不准今后也没有机会取走了。有时候，人和器物，就像人与人之间的交际，大约也是要讲究一些缘分的。伍先生默然了许久，突然发问："都定下来了？难道就没有一点转圜的余地了？"

魏子明苦笑了一下："还有什么转圜，那边的缺早就补起来了，而且，还是从公安部直接空降下去的。"

伍先生知道魏子明理解错了，端起面前的公道杯，探身给魏子明的茶杯续上水，叹道："我是在说家和哩。现在有了明确结论没有？"

魏子明不好意思地笑了笑，摇摇头说："家和的事有些复杂，先前一直是中纪委、国家监委在办，目前据说已经移送到检察机关了。"

"那就是快起诉了。"伍先生问，"涉及经济上的数额应该不是很大吧。"

魏子明呷了口茶，说："最初中纪委网站发布的消息是说他不讲政治纪律和政治规矩，涉嫌严重违纪和经济犯罪。不过，坊间的解读和传闻，主要还是纪律和规矩方面的问题，也就是说跟错了人、站错了队。"

伍先生点点头，道："那就好。家和还算本分，平时看着也不像个贪腐之人。"

魏子明瞥了眼伍先生有些释然的样子，心里难免有些怅然，他想，伍先生年轻时大约也是体制中人，只是处江湖远了久了，不知道现在纪律和规矩在官场上的分量了。

"那个常务副省长的案子好像已经开过庭了吧。"伍先生直呼其名，说道，"郭春喜那家伙给人的第一印象就不好。平时在电视上出镜，人长得矮点、猥琐点也就算了，关键是给人的感觉总是显得很阴鸷，说话待人眼神飘忽不定。按相书上的说法，这种人属于奸狡之徒，如果是做官，十有八九，不是贪官就是酷吏奸臣。"

魏子明当下会心地一笑，调侃道："先生既然会识人相面，原郭副省长在位时，好像从未听到您有如此的惊人之言。"

伍先生听了并没辩解。中国有句俗语：不看僧面看佛面。凭着张家和与郭春喜的那层关系，即便是在他的无聊茶斋，有些话也是不能胡乱说的。伍先生稍一沉吟，似是自言自语地说道："好在郭春喜只是个常务副省长，也就是个副部级，还算不上是特别大的老虎，要不然，真的跟着一位顶级大老虎搅和在了一起，岂不是万劫不复了。"

魏子明眨了眨眼睛，没有言语。他第一次觉得，眼前这位已近耄耋之年的老头儿真是可爱得不行，组织上既然给人定性为不讲政治纪律和政治规矩，一定是有的放矢、言有所指的。而且，这种所指，有的是指不讲纪律和规矩的违纪违法行为，有的，则可能是指出于政治目的和野心而形成的团队结盟与人身依附，影响的可能是国体与政体。诚然，后者相较于前者，无论是在性质上还是危害程度上，都是不对等、不在一个层级的，但它在当前生态环境下，同样都是被党纪与国法所不容许的。任何人的恣意碰触，其结果只能是飞蛾扑火，不可能有劫后余生之幸！

伍先生见魏子明坐那儿默然地想着心思，便转换了话题，问道："你的事最后泡了汤，上面总得有个说法吧。"

魏子明愣了下，随即夸张地哈哈一笑："要什么说法？一开始就没个说法。"魏子明说完，见伍先生抬头看了他一眼，便又补了句，"交流任职的事，其实都是民间的谣传。"

伍先生端起面前的茶杯与魏子明碰了碰，一本正经地说道："可别小看了民间的一些传说，有时也代表着一种民意。"

魏子明忽然觉得伍先生严肃起来的样子很熟悉，甚至有些和省委常委、纪委书记庄德相同志的神情举止相似。要说组织上对他魏子明的事有没有个说法，现在想一想，那次庄德相书记与他的"非正式"谈话其实也算是个说法。而之所以说是"非正式"谈话，主要是谈话的地点和方式显得很随机也很随意。记得是在吕胜杰的后事处理完毕之后，吕胜杰被追认为革命烈士的通知也下达了。庄书记到江城参加市委领导班子的年度专题民主生活会。魏子明属于列席人员，只需带着耳朵听，不用像市委常委们劳心费神地咬耳朵、扯袖子、红脸出汗。会议按既定的程序，书记、副书记、常委们依次发言，开展了批评与自我批评，庄书记最后对会议进行了点评、提了工作要求，市委书记代表班子表了态会议也就结束了。不承想，列席会议的魏子明跟着大家在起身离场时，庄书记看似不经意地对从他身边路过的魏子明扯了扯袖子，笑模笑样地说道："魏局长好久不见了，怎么？看起来瘦了不少。"魏子明与庄德相平时交道不多，不过也算熟悉，这会儿领导和他扯了袖子打了招呼，出于礼节，自然就得停下来与之寒暄有所回应。众人一看省纪委书记在与市公安局长说事，包括市委书记、市长也就很自然闪到了一边，于是庄德相就在会议室里，与魏子明并排坐着拉起了家常。

庄书记问："听说你爱人的身体一直不太好？"

魏子明说："之前是。不过现在已恢复了。"

庄书记问："是在康复医院？"

魏子明说："之前是。就在几天前已接回家了。"

庄书记问："儿子呢？还在国外没回来？"

魏子明说："之前是。现在回来了。"

庄书记问："不是说在香港吗？"

魏子明说："香港回归二十几年了。"

庄德相觉得这样拉家常很别扭。探手从桌上拿了两瓶矿泉水，递了一瓶给魏子明，自己打开一瓶连着往嘴里灌了好几口。再交谈时，涉及的内容就显得有些意味深长。不得不说，魏子明当时甚至很有些反感，这是怎么了？组织难道对我也产生了怀疑？我也犯了经济问题贪了污受了贿？也有男女作风问题？也不讲政治纪律和政治规矩，拉帮结伙，搞西山会、东山会？当然，当时也就那么一闪念，谈完话过后再认真一想，马上也就释然了：省纪委书记能够这样随意和你"拉家常"，其本身就是对干部的一种信任，不然，真要有了问题，轻的则会请你到纪委去"喝茶"，重的只怕就得接受纪委监委的立案调查处置了。

庄书记尽量显得和颜悦色。问："'天网工程'是个好工程，好工程得做好。工程招标是一把手分管吧？"

魏子明回答得很认真。说："'天网工程'是一把手工程。工程项目纳入全市统一招标，具体工作由副局长潘宏光协管。"

庄书记问："听说有两个在南湖会所暗访警察就餐的记者，起因就是因为他们代理的天网工程项目没有中标？"

魏子明说："最初有这种谣传。不过后来这俩记者涉嫌聚众淫乱和吸毒，差不多要起诉了。"

庄书记问："你确定你们在招投标中没猫腻？对暗访的俩记者没有借机报复？"

魏子明说："可以用党性担保。"

纪委书记庄德相扭头打开身边的公务包，取出一个牛皮信封，从中抽出一张照片，一边递给魏子明，一边笑着问："认识这位姑娘吗？"

魏子明接过来看了看，起始大脑是一片空白。不过很快认出了上面的吕胜杰，看清了背景后面有很大一片鱼塘以及塘边立着的电线杆。画面的聚焦点，是吕胜杰正配合一位女子给一名貌似溺水的男子在做人工呼吸。魏子明眉眼动了动，似显犹豫地说道："如果没认错的话，这位姑娘名叫叶馨竹，城管局的职员，还是我的干女儿。"

庄书记问："这是在什么地方？"

魏子明答："应该是城郊的一家鱼塘，倒地的男子钓鱼触电，如果不是吕胜杰、叶馨竹他们施救及时，男子只怕就丢了性命。"

庄书记问："他们也是在那儿钓鱼吗？怎么没见到你？"

魏子明说："那是'两节'假期，我到康复医院看望妻子李月茹了。不过那天的活动我听说过，属于自助性质。"

庄书记问："现在认'干女儿'很时髦。你们认识有多久了？"

魏子明说："没有什么时髦的，就是干女儿。我和妻子供她在江城读书，前后差不多五六年了。"

庄书记笑了笑，收了魏子明还回的照片。临拉上公文包时，看似不经意地又问了句："听说你与张家和很熟悉？"

魏子明点点头，说："我们是大学同学，而且还是一起参加的工作。"

庄书记问："平时联系多吗？"

魏子明说："不多，偶尔会喝喝茶。"

庄书记有些严肃地问："就喝茶？都在哪儿喝？"

魏子明平静地说："就喝茶。无聊茶斋。一个很小的地方。"

··········

　　那天的"家常"聊得虽说有些吃力，但是氛围一直很好。魏子明甚至还猜测庄书记会问他为什么要去靖州，会问及有关吕胜杰因公牺牲的一些细节的，但结果，聊到无聊茶斋就戛然而止，没再往下深入了。

　　伍先生一定是觉出魏子明脸色很阴郁，于是便打破沉默，好心地劝慰道："事情过去就过去了，没必要还往心里去。"

　　魏子明一惊，掩饰道："已经很好了，能留在本乡本土工作，于我而言也是最大的福利。"魏子明在说"福利"二字的时候，他的脑瓜，映出的是妻子日渐红润的脸庞，以及每日下班后妻子端上来的香气四溢的可口饭菜。他在想，假如真的去了靖州，李月茹会不会还在康复医院待着哩。

　　"那就好。"伍先生点点头，"人要学会放下。今天咱们也奢侈一回，让你开开眼界。"伍先生说的时候，起身从墙边的柜子里取出一只淡紫色的木匣子，和一个形似卧佛的香炉。只见伍先生把香炉在茶台上摆好后，不急不缓地将那只木匣子打开，看似小心地从中挑出一根与女士香烟有些相仿的褐色木条，拿在手上掂量了一下，才轻声问道："知道这是什么玩意儿吗？"魏子明瞅了眼，没太往心里去，说："现在的一些人啊，就是喜欢玩新奇，明明就是一根香，非要仿着做成香烟的形状，而且，还是女士型的。"伍先生听了，笑了笑没有言语，用打火机点燃后，便十分仔细地插在了卧佛的肚脐处留着的小孔里。很快，屋子里就有了一股清香漫起。魏子明屏住气用鼻子嗅了嗅，觉得这种香很特别，既不同于寺庙里的

522

燃香那么厚重浓烈，也不及一些用来驱蚊祛浊的燃香那么香涩刺鼻，而是淡淡的、凉凉的，有一种说不出的甜香在室内游动飘浮，仿佛在一吸一呼间，让人的神情立马变得愉悦起来。

"好香。"魏子明不由赞叹道。

"沉香。"伍先生说，"这可是上天对人的恩赐啊。"

"沉香？"魏子明以为听错了，说，"这玩意可是不便宜。"

伍先生的眼睛亮了一下，问道："知道沉香是如何生成的吗？"

魏子明愣了愣，他还真说不太明白，于是试探着回答："大约是上好的楠木沉在水里上百年、上千年后才形成的吧。"

"你那说的是阴沉木。当然，也是稀罕之物。"

魏子明哈哈一笑，自嘲道："我可能是把它们记混了。沉香，阴沉木，都有一个'沉'字嘛。"

沉香属于热带植物香科树种。而生成有价值的"沉香"，则和自然界中许多无法说清的各种因素有着必然的关联，从某些层面上讲，还是可遇不可求的事情。伍先生没有客套，侃侃而谈："这种植物在生长过程中，由于受到自然界诸如雷击、风折、虫蛀，甚至人为伤害后，在自身修复的过程中，所产生的用于自我保护的油脂与真菌的感染，最终凝结成的分泌物便是稀罕至极的沉香了。"

魏子明忽然有些茅塞顿开，开了句玩笑："原来沉香有点类似于蚌蛤体内的珍珠啊，都是历经磨难与摧残之后修得的正果。"

"也可谓是聚了天地之精华。"伍先生对着正燃着的沉香颔首说道，"尤其是它，仿佛是来自天地间的小精灵，它的那种香气，一骑绝尘，人世间没有任何一种香气能与之相比拟。因之，人们称其为天地之合香是多么的精准。"

"沉香的作用主要还是体现在它的药用价值吧?"魏子明说,"我隐约还有点印象,以前出于好奇,浏览李时珍的《本草纲目》时,记得这位老先生是把沉香列入上品药卷之中的。"

"没错。"伍先生说,"物以稀为贵嘛。"

魏子明指了指卧佛肚脐上正燃着的香:"我们有些暴殄天物吧。"

伍先生并不认同,淡淡地道:"沉香的高贵就在于它的博爱与包容。它既可入药煎汤于饮,也可燃香养生,品香悦性。"伍先生本来还准备发挥一下的,比如沉香之所以为沉香,它的可贵也反映在面对伤害、磨难、打击时,能够百折不回、自疗调整,最终生成弥足珍贵的带着香的抗体。甚至由此而延伸到人生方面的升华与思考。当然,伍先生没好意思开口。他觉得对于魏子明这样的人,话多了,就显得卖弄。

伍先生说:"走的时候,可以带上一些,偶尔心烦的时候,燃上一根,会使大脑慢慢放空,让人神清气爽、一身轻松,即便是遇到天大的事也会拿得起放得下的。"伍先生笑呵呵地说完,临了还特别补了句,"这点沉香,也是早年的一位好友相送,没要钱的。"

魏子明听了,有些感动,正要说还是放在先生这儿,想着品香了,就像喝茶似的,过来劳烦先生就是了,话还没出口,一直安静的手机,忽然"呗"的发出一声脆响,打开一看,原来是马志武在"三人行"的群里放了一条微信,魏子明点开来看了一眼,标题党的套路很明显,不过,题目确实能吸引住人:《这世道变了》。魏子明想:好好的世道如何就变了?于是便禁不住地往下翻看起来:

这世道变了

　　谈起这年头谈起潘金莲，还真觉得她不淫荡了。毕竟，她还没堕落为"人尽可夫的女人"。论起西门庆大官人，也不觉得他十分无耻了。毕竟，他玩弄的都是成年女性，且都还不是朋友之妻。而道起秦桧、和珅，也不觉得他们是那么恶劣卑鄙了。毕竟，他们没把财产转移到国外，与现在的贪官、裸官们相比，显得太小儿科了。

　　…………

　　魏子明专注地看手机时，伍先生也没闲着，起身换上一桶煮茶的纯净水，回到座位后，发现魏子明还在盯着手机看，而且，看的时候好像还在不自觉地偷着乐。伍先生有些不高兴了，于是忍不住地嗔怪道："什么好东西啊，一个人独自乐呵着也不知道和伍先生分享。"

　　伍先生说的时候，魏子明正好把最后一个词句看完。听了伍先生的问话，便有些不好意思地屏住笑，思思着对这篇借古喻今的调侃文章发几句感慨的，只是，眼珠转了转，觉得还不如将原文转给伍先生，且让他自己去揣摩评判。于是，赶紧在手机上翻找出"无聊茶斋主"的图案，按了个发送键，只听"呗"的一声就传了过去。

　　伍先生在忙着翻看手机时，魏子明则端起了茶盅。当然，他也只是象征性地浅呷了一口，就安静地坐那儿等着伍先生看过之后来一番评点。伍先生看得很慢，也很认真。过了许久，伍先生再抬起头时，只是冲着魏子明淡淡一笑，半晌，只轻轻地吐出两个字：扯淡。